KNAUR

*Im Knaur Taschenbuch Verlag sind bereits
folgende Bücher der Autorin erschienen:*
Im Tal des Schneeleoparden
Die verborgene Botschaft

Über die Autorin:
Steffanie Burow war Art-Direktorin und Werbetexterin, bevor sie gemeinsam mit ihrem Mann ausgedehnte Reisen durch die Länder des Fernen Ostens unternahm, die den Stoff für ihre Romane lieferten. Heute lebt und arbeitet die Autorin in Hamburg.

STEFFANIE
BUROW

Vulkan-
töchter

ROMAN

Besuchen Sie uns im Internet:
www.knaur.de

Wenn Ihnen dieser Roman gefallen hat und Sie auf der Suche
sind nach ähnlichen Büchern, schreiben Sie uns unter Angabe
des Titels »Vulkantöchter« an: frauen@droemer-knaur.de

Originalausgabe Juni 2014
Knaur Taschenbuch
Copyright © 2014 bei Knaur Taschenbuch.
Ein Unternehmen der Droemerschen Verlagsanstalt
Th. Knaur Nachf. GmbH & Co. KG, München.
Alle Rechte vorbehalten. Das Werk darf – auch teilweise –
nur mit Genehmigung des Verlags wiedergegeben werden.
Umschlaggestaltung: ZERO Werbeagentur, München
Umschlagabbildung: Gettyimages / Martin Puddy;
Gettyimages / Anuj Nair; Steffanie Burow; FinePic®
Karten und Illustration: © Steffanie Burow
Satz: Adobe InDesign im Verlag
Druck und Bindung: CPI books GmbH, Leck
ISBN 978-3-426-63906-1

5 4 3 2 1

*Für Sven,
den guten Geist meines Lebens*

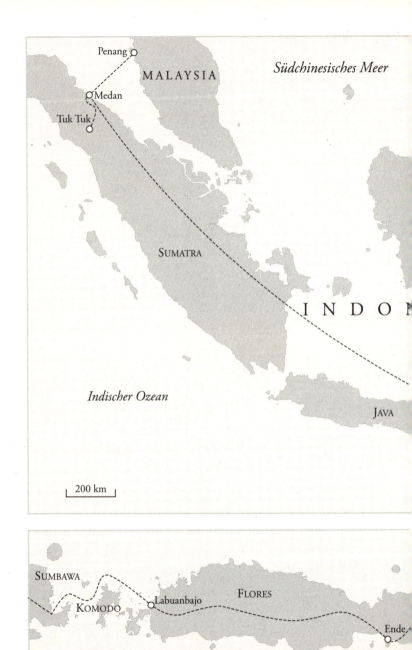

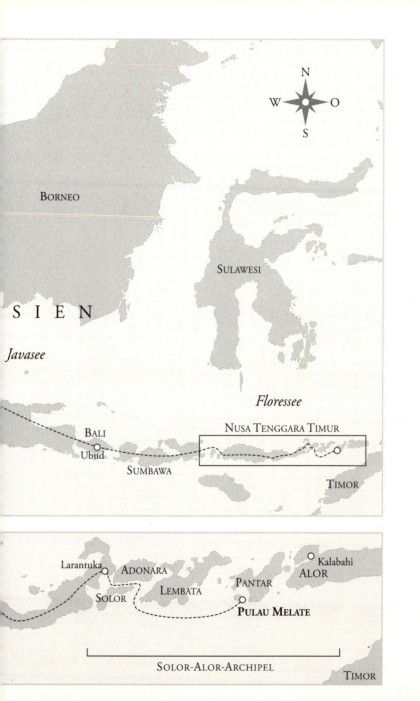

Prolog | Mittwoch, 8. November 2006

Sie standen schon auf der Straße und warteten, als Sonja vorfuhr. Den vielen Koffern nach zu urteilen ein Pärchen auf dem Weg in den Urlaub. Den sauren Mienen nach zu urteilen ein Pärchen auf dem Weg zum Scheidungsanwalt.

Sonja stieg aus, um den beiden beim Verstauen des Gepäcks zu helfen. Teure Koffer, von irgendeinem unaussprechlichen französischen Designer. Die Frau, eine gepflegte Endzwanzigerin, machte keine Anstalten, einen Finger zu rühren, und stieg sofort ins Auto. Im Gegensatz zu ihr hatte sich die Stimmung des Mannes schlagartig verbessert, als er bemerkte, dass das bestellte Taxi von einer attraktiven Frau gelenkt wurde. Er begrüßte Sonja höflich.

Sie grüßte zurück. »Moin. Wir werden Schwierigkeiten haben, das ganze Zeug in den Kofferraum zu stopfen«, sagte sie mit einem Kopfnicken zu dem Gepäckberg.

Er zuckte die Achseln. »Mein Reden. Nutzt aber nichts, es muss alles mit.«

Es passte wider Erwarten alles ins Auto, und wenige Minuten später fädelte sich Sonja in den Feierabendverkehr ein. Die Strecke von der Haynstraße in Eppendorf bis zum Hamburger Flughafen würde mindestens zwanzig Minuten in Anspruch nehmen; sie konnte nur hoffen, dass das Pärchen genügend Zeitpuffer bis zum Abflug eingebaut hatte. Fahrgäste, die erst nicht in die Socken kamen und dann dem Fahrer die

Schuld an Staus und roten Ampeln gaben, waren Sonja ein Greuel.

»Warum fahren Sie hier lang? Es geht kaum voran.«

Na also, dachte Sonja resigniert, das ging schnell. Die Stimme der Frau ließ kaum unterdrückte Wut erkennen. Wut, das war Sonja sofort klar, die nichts mit ihr oder ihrem Fahrstil zu tun hatte, aber wie üblich musste sie als Blitzableiter herhalten. Es gab eine Menge Leute, die das Wort »Dienstleister« großzügig auffassten. Normalerweise hätte Sonja pampig geantwortet, doch ihre Schicht war bisher so gut gelaufen, dass sie milde gestimmt war.

»Die Tarpenbekstraße ist um diese Zeit immer verstopft, und es gibt keine Möglichkeit, sie zu vermeiden. In zehn Minuten haben wir den Stau hinter uns, und Sie sind pünktlich am Flughafen«, erklärte sie geduldig und suchte im Rückspiegel den Blickkontakt mit der Frau. So etwas wirkte normalerweise mäßigend, doch die Frau starrte aus dem Seitenfenster. Sie murmelte etwas, das sich für Sonja wie »Mir doch egal« anhörte, aber sie konnte sich auch verhört haben. Da die Frau weiterhin nach draußen sah, hatte Sonja Muße, sie zu betrachten. Hübsch, sogar sehr hübsch. Spektakuläres Haar, lang, glatt, echtes Blond. Groß, Traumfigur, teure Kleidung, ein Hauch von Schminke, gerade genug, um den schönen Mund und die großen Augen zu betonen. Ein wenig zu alt für den Laufsteg. Sonja musste es wissen; sie hatte in einem ihrer vielen früheren Leben einem Modefotografen assistiert. Und zu verbittert. Die Frau umgab eine Atmosphäre der Unzufriedenheit. Nein, korrigierte sich Sonja, als sie ein weiteres Mal den Blick von der Straße nahm und in den Rückspiegel schaute. Unzufriedenheit auch, aber die Hauptkomponente war Traurigkeit. Ob der hübsche Kerl neben ihr die Schuld daran trug? Gut möglich. Sonja hatte ihn sofort als einen Mann eingeschätzt, der es mit der Treue nicht

so genau nahm. Sie konnte sich natürlich irren, aber wie die meisten Taxifahrer hatte sie im Laufe der Jahre einen guten Instinkt entwickelt. Sie drehte den Kopf ein wenig und zuckte schuldbewusst zusammen. So wie sie die Frau beobachtet hatte, beobachtete der Mann sie. Seine blauen Augen lachten sie aus dem Spiegel an, und sie musste unwillkürlich zurücklächeln, bevor sie heftig auf die Bremse trat, weil direkt vor ihr ein Volvo ohne ersichtlichen Grund mitten auf der Straße anhielt.
»Scheiße!« Dieses unmögliche Paar hatte es tatsächlich geschafft, sie vom Fahren abzulenken. Innerlich fluchend zwang sie ihr Taxi an dem Volvo vorbei in den dichten Verkehr auf der zweiten Spur und bedachte die wild hupenden Golfs und Porsches hinter ihr mit einem imaginären Stinkefinger.
»Pinneberger?«, fragte der Mann.
»Keine Ahnung. Dilettanten eben«, antwortete sie mürrisch.
»Ich bin auch ein Landei«, sagte er. »Sie würden meinen Fahrstil bestimmt grässlich finden.«
Sonja musste lachen. Der Mann war entwaffnend. »Bestimmt«, sagte sie. »Wahrscheinlich fahren Sie zu schnell, blockieren anderthalb Spuren, können nicht einparken ...«
»Er kann überhaupt nicht fahren«, unterbrach die Frau knapp. »Er hat keinen Führerschein.«
»Dann muss Ihr Fahrstil aber wirklich grässlich sein«, sagte Sonja leichthin, um den Frieden im Auto wiederherzustellen. Wenn überhaupt je welcher geherrscht hatte, seit die beiden eingestiegen waren. Es kam ihr mehr wie ein Waffenstillstand vor. Der jetzt gebrochen wurde.
»Danke, dass du die Dame aufgeklärt hast«, bemerkte der Mann säuerlich zu seiner Frau oder Freundin oder was auch immer.
»Ich habe die Schnauze voll von deinen kleinen Lügen und Geschichtchen.«
»Geschichtchen?«

Sonja schaltete demonstrativ das Radio ein. Sie hatte keine Lust, in den sich anbahnenden Rosenkrieg einbezogen zu werden. Eine Weile gelang es ihr, das sich hingebungsvoll streitende Pärchen im Fond zu ignorieren, aber als der gar nicht lustige Berufsjugendliche im Radio das nächste Lied anmoderierte, irgendein grässliches deutsches Stück über Liebe, Leid und Herzschmerz von einer der gerade angesagten weichgespülten Bands, forderten die Stimmen vom Rücksitz wieder ihre volle Aufmerksamkeit.

»Wie stellst du dir das eigentlich vor?«, fragte die Frau gerade. »Soll ich etwa für den Rest unseres Lebens dafür zuständig sein, das Geld zu verdienen, damit du dir einen Lenz machen kannst?« Sie hatte offensichtlich völlig vergessen, dass sie nicht ohne Zuhörer in der heimischen Küche saßen.

»Du weißt doch, wie schwierig die Auftragslage ist.«

»Du kümmerst dich nicht genug.«

»Es reicht, um meinen Lebensunterhalt zu bestreiten. Wann habe ich dich je um Geld gebeten?«

»Oft, aber das hast du praktischerweise vergessen. Ja, du kannst deinen Lebensunterhalt bestreiten. Und zwar nur deinen, und das mit Ach und Krach. Sollte ich aufhören zu arbeiten, säßen wir auf dem Trockenen.«

»Wieso solltest du aufhören? Es macht dir doch Spaß.« Er hörte sich ehrlich verwundert an. Sonja konnte es nicht fassen. Der Typ war attraktiv, charmant, wahrscheinlich nicht dumm – und trotzdem eine komplette Niete. Das fand seine Frau offensichtlich auch.

»Du hast es verdrängt«, sagte sie. »Ich helfe dir auf die Sprünge: Wir haben vor langer Zeit davon geträumt, irgendwann eine Familie zu gründen.«

Eben, dachte Sonja. Obwohl die zwei da hinten den Gedanken besser fallenlassen sollten.

»Na ja, irgendwann eben ...« Er wand sich. »Ich fühle mich noch nicht reif genug.«
»Du wirst nie reif genug sein«, sagte die Blonde bitter. »Manchmal frage ich mich wirklich ...«
»Vergiss es. Ich mich auch.«
Für den Rest der Fahrt herrschte eisiges Schweigen. Sonja trat erleichtert aufs Gaspedal, als sie endlich die Zufahrtsrampe zum Flughafen erreichte, und fuhr viel zu schwungvoll vor den Abflugterminal. Während der Mann die Koffer auslud, zahlte die Frau.
»Wohin soll es denn gehen?«, fragte Sonja versöhnlich.
»Nach Malaysia«, antwortete die Blonde. Sie hätte genauso gut sagen können: in die Hölle. Sonja verkniff es sich, ihr einen schönen Urlaub zu wünschen, und machte, dass sie wegkam. Eine derart deprimierende Tour hatte sie lange nicht mehr gehabt.

Solor-Alor-Archipel, Ostindonesien, März 1870

Ravuú war wütend, so wütend, dass sie sich kaum noch an den Grund dafür erinnern konnte. Fauchend und zischend erhob sie ihren Kopf über die Meeresoberfläche, nicht weit entfernt vom älteren Bruder, der ihrem unbändigen Treiben gelassen zusah. Ihre Wut hielt viele zehntausend Jahre an, in denen sie Lage um Lage flüssigen Gesteins ausspie und zu einem Berg übereinanderschichtete. Erst als ihr neuer Wohnsitz dem ihres Bruders nicht nur ebenbürtig war, sondern ihn sogar überragte, beruhigte sie sich. Der Vulkan hatte nun eine stattliche Höhe von beinahe achthundert Metern erreicht und bildete einen weithin sichtbaren, steilen Kegel auf einer kreisrunden Basis. Lediglich eine Landzunge an der Ostküste, die Ravuú während eines besonders heftigen Ausbruchs geschaffen hatte, ragte wie ein ausgestreckter Finger ins Meer.

Erschöpft von ihrer Raserei fiel Ravuú in tiefen Schlaf. In dieser Zeit trieb der Wind Pflanzensamen und Insekten übers Meer und legte ihrem Berg ein prächtiges Halsband aus smaragdgrünen Bäumen und blühenden Büschen um. Vögel flogen von der großen Insel herüber und begannen in dem Halsband zu nisten; Echsen und Nager klammerten sich an Treibholz und landeten ebenso wie die Kokosnüsse nach langer Überfahrt an den Stränden der jungen Insel. Das Paradies war, zum vieltausendsten Mal, neu entstanden.

Ravuú erwachte erst wieder, als die ersten Menschen, ein junger Mann und seine Frau, ihr Boot auf den weißen Sand der Landzunge zogen. Neugierig beobachtete sie von der Höhe aus die kleinen Wesen, die ihr so ähnlich waren mit ihrem zweibeinigen Gang und den kunstfertigen Händen. Sie ließ sie gewähren, als sie die Tiere ihrer Insel zähmten und verzehrten, als sie die Bäume ihres Halsbands zum Bau von Häusern und Booten verwendeten, sie ließ es sogar zu, dass sie Teile des Waldes mit Feuer zerstörten, um ihre eigenen Früchte anzubauen. In regelmäßigen Abständen erklomm der Mann Ravuús hochgelegenes Reich und brachte der Göttin ihren Anteil an Tieren und Früchten, und sie war zufrieden. Jahre vergingen. Der Mann und die Frau bekamen viele Kinder.

Dann, in einer sehr dunklen Nacht, kehrte der Mann vom Fischfang nicht zurück auf die Insel. Seine verzweifelte Frau bat Ravuú, ein Leuchtfeuer zu entzünden, damit er den Heimweg finden könne. Die Göttin erfüllte der Frau den Wunsch, und von da an geschah es immer wieder, dass sie ein Feuer entfachen musste, weil der Mann unachtsam war. Irgendwann wurde es Ravuú zu viel. Sie begann vor Wut zu zittern und zu rauchen, denn sie war eifersüchtig auf die Liebe der beiden Menschen und die vielen Kinder. Hohe Feuerfontänen spritzten zum Himmel, und eine gluthei0e Lavazunge wälzte sich in Richtung der so mühsam bestellten Felder. Die Frau bestieg den Berg und bat Ravuú händeringend, ihr Wüten einzustellen. Da sagte die Göttin, sie würde es nur tun, wenn sie ebenfalls einen Ehemann bekäme, den sie so innig lieben könnte wie die Frau ihren Mann. Sobald der Mann wieder da sei, solle er seinen ältesten Sohn auf den Berg bringen und mit ihr verheiraten. Die Frau erschrak fürchterlich. Als der Mann vom Meer nach Hause kam, erzählte sie ihm nichts von Ravuús Forderung. Da wurde Ravuú noch zorniger, und die Erde zitterte, aber noch stärker zitterte die Familie, bis der Mann schließlich alle zum Boot führte und sie einsteigen hieß. Bevor sie jedoch von der Insel fliehen konnten, traf ein rotglühender Steinbrocken den ältesten Sohn, der als Letzter noch auf dem Strand gestanden hatte. Ravuú hatte ihn geholt, und sofort verebbte ihr Zorn.

Der Mann und die Frau blieben auf der Insel, da sie sich nicht von ihrem Sohn, der nun der Gemahl der Göttin war, trennen mochten. Auch ihre Kinder und Kindeskinder fühlten sich der Insel, die sie »Pulau Melate« nannten, die Rocheninsel, sehr verbunden und gingen ein Bündnis mit Ravuú ein. Die Menschen waren genügsam, achteten die Natur, und das Paradies blieb erhalten, viele hundert Jahre lang. Die Häuser des einzigen Dorfes drängten sich auf der kleinen Landzunge zusammen, so als wollten sie instinktiv die Nähe des unberechenbaren Vulkans meiden, der rauchend über der Heimat der kaum dreihundert Insulaner thronte. Die Menschen ernährten sich vom Fischfang und vom Ertrag ihrer kleinen Felder. Das Leben verlief in ruhigen Bahnen, bestimmt von Trocken- und Regenzeiten, von Erntefesten und Geisterbeschwörungen und dem Lauf der Sonne und des Mondes.

Normalerweise.

Aber heute war kein normaler Tag, und das lag nicht nur an dem ungewöhnlich heftigen Sturm, der die ganze Nacht gewütet und das Meer aufgepeitscht hatte, bis die brüllenden Wellenberge und die leuchtenden Blitze Furcht in die Herzen der Rochenkinder getragen hatten.
Nein, da war noch etwas anderes, dessen war Sa'e sich ganz sicher, als sie den Schutz der letzten Häuser verließ und sich gegen den Wind stemmend auf den Strand trat. Sie konnte es in ihren Fingerspitzen kribbeln spüren, auf ihrer Kopfhaut, in ihrer Leber. Etwas kündigte sich an. Etwas Unerhörtes. Etwas, von dem das Leben, ihres und das des Stammes, durcheinandergewirbelt würde, so wie die Sturmdämonen durch die hohen Palmen jagten, die Stämme bogen und die unvorsichtigen Vögel durch die Luft warfen, hin und her, bis sie schließlich zerzaust auf die Erde oder in die kochende See klatschten. Etwas Gutes? Etwas Böses? So stark Sa'es Vorahnungen auch waren, so wenig war sie sich darüber im Klaren, was der Sturm bringen mochte.
Suchend blickte sie aufs Meer. Ihr Gefühl sagte ihr, dass der Morgen nahte, doch noch verhängten dunkle Wolken den Horizont im Osten und ließen nicht erkennen, ob die Sonne sich bereits anschickte, die Sturmdämonen in ihre Schlupflöcher zurückzujagen.
Sa'e war allein; die anderen schliefen oder aber taten so, als würden sie schlafen, um ihre Angst nicht zu zeigen und sich nicht der Lächerlichkeit preiszugeben. Sie selbst hatte keine Angst, das Gefühl war ihr abhandengekommen und einer schalen Gleichgültigkeit gewichen, seit ihr Mann auf dem Meer verschollen war, gerade drei Monate nach der Hochzeit. Sie hatte nicht einmal ein Kind, an das sie sich klammern konnte, keinen Grund, am Leben festzuhalten. Sa'e schlang die Arme um ihren Körper und überließ sich ihrer Trauer, die selbst eine Re-

genzeit nach dem Tod ihres Mannes nichts an Stärke eingebüßt hatte. Ihr Vater drängte sie seit geraumer Zeit, erneut zu heiraten, es gab sogar einen Mann, drüben auf der großen Insel, der in Frage käme, aber sie konnte sich nicht entschließen. Grübelnd stapfte sie den Strand entlang, zu den Booten, die bis unter die Palmen gezogen worden waren, damit die See sie nicht holte. Der Wind flaute ein wenig ab, doch es war nur eine kurze Atempause. Mit neuer Kraft griffen die Sturmdämonen in Sa'es Haare und zerrten sie in Richtung des Wassers. Sie taumelte willenlos mit ihnen, bis das Meer ihre Waden umspülte. Eine gierige Welle riss sie von den Füßen. Halbherzig versuchte sie aufzustehen, doch schon kam die nächste Welle, und die nächste, und die nächste. Sa'e gab auf. Sie war bereit, ihrem Mann zu folgen.
Und dann sah sie ihn.
Noch immer verbarg sich die Sonne, doch das trübe Morgenlicht reichte aus, um Sa'e eine dunkle, große Form erkennen zu lassen, die nur eine Armlänge entfernt von den Wellen hin und her geworfen wurde. Im ersten Moment vermutete Sa'e, es sei ein Hai, den der Meeresgott geschickt hatte, sie zu holen, doch einen Herzschlag später erkannte sie, dass dort ein Mensch trieb, der Größe nach zu urteilen ein Mann. Sofort vergaß sie ihre Todessehnsucht. Eine irrwitzige Hoffnung durchzuckte sie gleißend wie ein Blitz und erlosch genauso schnell. Dieses hilflose, leblose Bündel konnte niemals ihr Ehemann sein. Aber wer war es dann? Niemand hatte sich gestern aufs Meer gewagt, alle Fischer saßen zu Hause.
Sa'e duckte sich unter die nächste auf sie zurollende Welle, wurde herumgewirbelt, bis sie nicht mehr wusste, wo unten und wo oben war, und kam prustend wieder an die Wasseroberfläche. Das Wellental war niedrig genug, um ihre Füße Grund finden zu lassen. Mit zwei Schritten war sie bei dem

Mann, gerade rechtzeitig, um mit beiden Händen ein Bein zu packen, bevor die nächste Welle sie beide ergriff. Wild strampelnd gelang es Sa'e, sich und den Mann über Wasser zu halten; sie schaffte es sogar, sich von der Woge näher zum Strand tragen zu lassen. Jetzt war das gurgelnde Wasser nur noch hüfttief. In Erwartung der nächsten Welle spannte sie ihre Muskeln an. Noch zweimal, dreimal, dann würde sie den schlaffen Körper in Sicherheit gebracht haben. Etwas traf sie mit voller Wucht in den Bauch. Sa'e zuckte zusammen, dann erkannte sie ein großes Stück Treibholz, an das sich der Mann geklammert hatte und das er nun im Geziehe und Gezerre der Wellen hatte aufgeben müssen.

Mit letzter Kraft schleppte sie den Mann auf den Strand. Keuchend und mit geschlossenen Augen sank sie neben ihm auf die Knie, noch immer sein Bein umklammernd, als würde nur ihr Griff ihn davor bewahren, von den Geistern ins Totenreich entführt zu werden. Wenn er nicht längst dort war, denn er bewegte sich nicht.

Lange kauerte sie so neben ihm, bis sie endlich den Mut fand, ihre Hände zu lösen und die Augen zu öffnen. Ein Blick auf seinen sich hebenden und senkenden Brustkorb sagte ihr, dass der Mann lebte, dann wanderte ihr Blick höher, hin zu seinem Gesicht.

Entsetzt sprang Sa'e auf. Ihr gellender Schrei übertönte selbst die Sturmdämonen.

»Wacht auf! Wacht auf! Kommt zum Strand!« Laut schreiend rannte Sa'e durch ihr winziges Heimatdorf auf das Haus ihres Klans zu. Jemand musste helfen, sie wusste nicht mehr ein noch aus. Die ersten Dorfbewohner erschienen auf den Veranden ihrer Häuser. Vom Anblick der tropfnassen jungen Frau alarmiert, schüttelten sie sich den Schlaf aus Kopf und Gliedern

und hasteten ihr nach. Stimmen schwirrten durcheinander, fragend, ängstlich, wütend, doch Sa'e blieb ihnen eine Antwort schuldig. Behende erklomm sie die steile Leiter zur Veranda ihres Klanhauses und stieß mit ihrem Vater zusammen, der, aufgeschreckt von dem Lärm, gerade nach draußen trat. Überrascht nahm er sie in den Arm.
»Tochter, was hast du? Warum bist du nicht im Haus? Du weißt doch, dass in Nächten wie diesen ...«
Sa'e unterbrach ihn. »Zum Strand!«, stieß sie hervor. Sie machte sich unwirsch von ihm los. Als er nicht reagierte, schrie sie es noch einmal, so laut sie konnte. »Wir müssen zum Strand! Dort liegt ein Fremder.«
Einer der älteren Männer hatte die Nacht durchwacht, um seine Familie zu beschützen. Sein Kopf war klar, als Erster begriff er, was Sa'e da rief. »Beeilt euch!«, schrie er und lief los, so schnell er konnte. Sa'e und ihr Vater eilten ihm nach, dann folgten auch die anderen, langsamer, zögerlicher. Wenige Augenblicke später waren sie am Strand und umringten ängstlich den fremden Mann, der jetzt die Augen aufschlug und sich stöhnend zum Sitzen aufrichtete.
Der Mann war ein Riese, mit langen gelben Haaren und einer Haut so hell wie der Sand, auf dem er lag. Ein Gott aus dem Meer.
Oder ein Dämon.

* * *

Ziemlich genau dreizehn Monde nachdem der Sturm den hellhäutigen Mann an Land gespült hatte, dreizehn Monde, in denen der Zyklus von Trockenzeit und Hitze und Regenzeit einmal vollendet worden war, kletterten Sa'e und ihre Schwester Mire über die riesigen scharfkantigen Lavabrocken eines weit

vom Dorf gelegenen Küstenabschnitts, an dem besonders viele essbare Muscheln zu finden waren.
Mire lief ein Stück hinter ihrer jüngeren Schwester her.
»Ich habe dich gesehen«, rief sie.
Sa'e tat, als hätte sie nichts gehört, und sprang mit mehr Konzentration, als nötig gewesen wäre, von einem Felsen zum nächsten.
Leider ließ Mire nicht locker. »Halt doch mal an!«
»Was ist denn?«, fauchte Sa'e, blieb aber stehen. Sie ahnte, was ihre Schwester gesehen hatte. Eines Tages musste es passieren.
»Also, was willst du?«, fragte sie resigniert.
»Du warst bei dem Fremden. Mitten in der Nacht.«
»Ja.«
»Ja? Ist das alles, was du dazu zu sagen hast?«
Sa'e zuckte die Achseln. »Was soll ich denn sagen? Du hast mich doch bereits verurteilt.« Heftig fuhr sie sich mit der Hand über die Augen, aber ihre Schwester hatte die Tränen bemerkt und sprang zu ihr hinüber.
Besänftigend legte sie Sa'e den Arm um die Schultern. »Lass uns reden.«
Sa'e schniefte nur kläglich und ließ sich zu einem abgeflachten Felsen führen. Die beiden setzten sich, den Blick aufs Meer gerichtet, das glatt und glänzend wie das Innere einer Muschelschale vor ihnen lag, völlig leblos, so als existierten all die unheimlichen Kreaturen in seinen bodenlosen Abgründen nicht, von denen die Schwestern nur allzu gut wussten, dass sie dort draußen lauerten.
Sa'e kaute schweigend auf einer Strähne ihres krausen schwarzen Haares, bis Mire das Wort ergriff.
»Ich mag ihn nicht«, stellte sie fest. »Er ist unheimlich. Wenn er über den Platz geht, bekomme ich jedes Mal eine Gänsehaut. Er ist wie ein Tier, so groß, so plump, ganz anders als unsere Män-

ner.« Sie hatte sich in Rage geredet und holte tief Luft. »Er ist nicht gut«, sagte sie abschließend.
»Woher willst du das wissen?«, fragte Sa'e.
»So etwas spüre ich. Und in seinen Augen sehe ich nur Verachtung.«
»Du irrst dich.«
»Er gehört nicht hierher«, beharrte ihre Schwester.
»Aber die Rochen haben ihn zu unserer Insel geleitet, sonst wäre er mit Sicherheit ertrunken. Wir haben ihn gesund gepflegt. Nein, *ich* habe ihn gesund gepflegt, viele Monde lang. Niemand kennt ihn so gut wie ich.«
»Das kann ich mir vorstellen«, bemerkte Mire anzüglich.
»Hör auf!«
»Nein, das werde ich nicht tun. Was ihr macht, ist verboten. Du bist nicht mit diesem ... diesem Riesen verheiratet, sondern ...«
»... mit einem Toten! Ich habe lange genug getrauert, und das war euch auch nicht recht. Immerzu drängt Vater: heirate diesen, heirate jenen. Ich will aber nicht diesen oder jenen, ich will Marr-Tin.«
»Aber was ist, wenn Ravuú euch entdeckt? Du weißt, was sie von solchen Geschichten hält«, sagte Mire und warf einen ängstlichen Blick hinauf zur Spitze des Vulkans, wo sich in dieser frühen Morgenstunde noch keine Wolken gefangen hatten.
»Marr-Tin wäre tot, wenn ich nicht gewesen wäre. Ravuú ist einverstanden«, antwortete Sa'e trotzig, obwohl ihr bei dem Gedanken an die rachsüchtige Göttin, die den Menschen so leicht ihr Glück missgönnte, ein Schauer über den Körper jagte. Sie sprang auf und stolperte davon, blind für die Spalten zwischen den Felsen.
»Er ist keiner von uns!«, schrie Mire ihr wütend hinterher.
»Dann muss er eben einer von uns werden«, gab Sa'e zurück.

Noch in derselben Nacht stahl sich Sa'e aus dem Klanhaus und huschte leichtfüßig wie ein *Nitu* des Waldes über den Dorfplatz in die tiefen Schatten zwischen den Häusern.

Es waren große, stabile, auf Stelzen stehende Bauwerke, ganz aus Bambus, Holz und gewebten Grasmatten errichtet, in denen jeweils eine Großfamilie Platz fand. Alle Häuser folgten demselben Bauplan: Über eine grob gezimmerte Leiter erreichte der Besucher als Erstes eine geräumige Veranda, an die sich hintereinander zwei große, fensterlose Räume anschlossen. Der vordere war den Männern vorbehalten, während der hintere zusätzlich zu den Schlafplätzen über einen großen Herd verfügte. Hier schliefen Frauen, Kinder und Kranke. Auch Marr-Tin hatte in dem hinteren Raum des Klanhauses gelegen, fiebernd und am Ende seiner Kräfte, bis der Heiler ihm erlaubte, die dicke, dunkelgraue Dämmerung des Hauses zu verlassen und die Insel zu erkunden, die ihm seit geraumer Zeit seine Heimat ersetzte.

Ein leises Geräusch ließ Sa'e aufblicken. Über ihr türmten sich die mächtigen Dächer, die mehrere Mannshöhen über die Plattformen aufragten, waghalsige Konstruktionen aus dicken Schichten von trockenen Alang-Alang-Gräsern. An den Enden der steilen, in lange Spitzen auslaufenden Satteldächer wachten geschnitzte Holzgötter mit Speeren und Schilden über die Rochenkinder. Wieder hörte Sa'e ein leises Flattern, dann sah sie einen sich entfernenden großen Schatten am Himmel. Erleichtert setzte sie ihren Weg fort. Es war nur ein Flughund auf dem Weg zu seinen Futterbäumen gewesen, kein Geist.

Schnell durchquerte sie einen kleinen Bananenhain und trat auf eine Lichtung. Es war eine helle Nacht, und sie sah, dass Marr-Tin schon auf sie wartete. Schlaflos saß er vor der einfachen Hütte, die ihm die Dorfbewohner etwas abseits ihrer Häuser errichtet hatten. Innerlich lächelnd erinnerte Sa'e sich dar-

an, wie er das erste Mal die Leiter erklommen hatte, die zu seiner Veranda führte. Man hatte ihm ein Haus im Stil der Insel gebaut. Er hatte kaum die letzte Sprosse hinter sich gelassen, als das fragile Gebäude unter ihm zusammengebrochen war. Die Rochenkinder hatten sein Körpergewicht unterschätzt.
Jetzt bemerkte er sie. Sofort stand er auf und kam ihr entgegen. Mit einem Lächeln nahm er sie in die Arme. Sa'e überließ sich nur zu gern seiner Stärke. Wenn sie mit ihm zusammen war, fielen alle Sorgen von ihr ab; der Geist ihres Mannes, den sie anfänglich gesucht hatte und der sie nun Tag um Tag mit seiner Anwesenheit quälte, verblasste und trat zurück in die Schatten.
Marr-Tin schien ihre Gedanken zu ahnen und strich mit seinen kräftigen Händen über ihren Rücken, dann presste er seinen Mund auf ihren. Beim ersten Mal war Sa'e darüber entsetzt gewesen, doch mittlerweile gefiel ihr dieses »Küssen«, wie er es nannte. Ihr Volk kannte das Küssen nicht, und natürlich gab es auch kein Wort dafür. Nach einer Weile löste sie sich von ihm, nahm ihn bei der Hand und führte ihn in die Hütte. Sie hatten nicht viel Zeit.
Schon bald erhob sich Sa'e bedauernd von Marr-Tins Lager und band sich ihren Wickelrock um die Hüften.
»Ich werde nicht wiederkommen«, sagte sie zu ihm.
Er erwiderte etwas, doch sie verstand es genauso wenig, wie er sie verstanden hatte. Seufzend ging sie neben ihm in die Hocke.
»Meine Schwester hat uns entdeckt, und das ist schlimm. Ich glaube zwar nicht, dass sie uns verraten wird, aber es wäre nicht auszudenken, was geschähe, sollte unser Geheimnis meinem Vater oder gar dem *Molang* zu Ohren kommen.« Sa'e hatte sich jetzt so dicht über ihn gebeugt, dass sie trotz der in der Hütte herrschenden Dunkelheit sein weißes, schweißglänzendes Gesicht erkennen konnte. Seine blauen Augen musterten sie auf-

merksam, und sie nahm es als Aufforderung, sich ihre Befürchtungen von der Seele zu reden.

»Nein, nachts komme ich nicht wieder«, wiederholte sie mit fester Stimme. »Aber ich werde alles daransetzen, dich heiraten zu dürfen.« Gefasst erhob sie sich und eilte hinaus. Hinter sich hörte sie Marr-Tin überrascht den Atem ausstoßen, dann sprang er so ungestüm auf, dass die ganze Hütte ins Schwanken geriet, aber sie war schneller. Als er ins Freie trat, hatte sie schon den Bananenhain erreicht. Er sollte nicht sehen, wie aufgewühlt sie war.

Martijn de Groot beobachtete ratlos, wie Sa'e zwischen den großen Blättern der Bananenstauden verschwand. In der Stimme der jungen Frau hatte er eine Dringlichkeit und Ernsthaftigkeit vernommen, die ihm nicht behagte. Sie hatte ihm etwas erklären wollen, aber was? Waren sie entdeckt worden? Kaum, denn dann wäre sie mit Sicherheit heute Nacht ferngeblieben. Genau wie sie war auch er äußerst vorsichtig gewesen. Von Anfang an hatte sie ihm deutlich zu verstehen gegeben, dass ihre Liebelei geheim bleiben müsse, und er hätte den Teufel getan, sich nicht daran zu halten. Das Versteckspiel ging ihm zwar auf die Nerven, andererseits konnte er froh sein, dass sich überhaupt eine Frau gefunden hatte, die sich mit ihm einließ. Im Gegensatz zu den anderen Frauen, die trotz aller Freundlichkeit seine Nähe mieden, war diese hier nicht schüchtern. Sie schien verliebt in ihn zu sein, und obwohl er sie nicht sonderlich attraktiv fand mit ihrer breiten Nase und der dunklen Haut, spielte auch er ihr Verliebtheit vor. Er wollte sie schließlich nicht vertreiben. Ein Mann wie er, jung und stark, brauchte eine Frau, irgendeine Frau, und damit basta.

Martijn wischte die Gedanken an Sa'e fort; er würde früh genug erfahren, was los war. Ärgerlich schlug er nach den Moskitos,

die sich voller Begeisterung auf seinen nackten Körper gestürzt hatten, dann ging er in die Hütte, holte seine völlig zerlumpte Kleidung und schlüpfte hinein. Prüfend blickte er an sich hinunter. Die Hose würde nicht mehr lange halten, ebenso wenig das Hemd, und was dann? Die von den Männern des Dorfes um die Lenden geschlungenen Tücher erinnerten ihn an Frauenröcke. Würde es so mit ihm enden? Ein Wilder in Weiberkleidern, vergessen von der Welt? Nicht, dass die Welt sich bisher um ihn geschert hätte; Martijn de Groot gehörte nicht zu den wichtigen Leuten, deren Namen jedes Kind in Amsterdam ehrfürchtig flüsterte. Er war ein Niemand aus armen Verhältnissen und hatte sein liebloses Elternhaus mit zwölf Jahren verlassen, um sein Glück auf den Ostindienfahrern zu suchen. Er war Seemann geworden, und die Jahre auf See hatten seine Muskeln hart, seine Schultern breit und sein Herz furchtlos gemacht. Seine Eltern hatte er nie wiedergesehen, aber er machte sich keine Illusionen, dass sie ihn vielleicht vermissten. Im Gegenteil, dank seines Fortgehens hatten sie einen Esser weniger durchzubringen.
Er streckte sich lang auf dem Boden aus, die Hände unterm Kopf gefaltet, und beobachtete eine schwarzgelb glänzende, handtellergroße Spinne, die sich direkt über ihm heimisch eingerichtet hatte. Martijn mochte seine Mitbewohnerin, hielt sie ihm doch anderes, weitaus unangenehmeres Getier vom Hals. Da die Spinne sich nicht rührte, landeten seine Gedanken bald bei seinen Fluchtplänen. Seit über einem Jahr saß er nun schon in diesem Dorf am Ende der Welt fest. Es kam ihm vor wie ein halbes Leben, und die erzwungene Untätigkeit machte ihn reizbar.
Dabei hatte er allen Grund, den Dorfbewohnern dankbar zu sein: Nachdem er damals beim Sturm über Bord gegangen und an das Ufer dieses gottverlassenen Eilands gespült worden war, hatten sie ihn gesund gepflegt. Sie waren freundlich, ganz an-

ders als die Eingeborenen in den Geschichten an Bord, wo die alten Ostindienfahrer von Menschenfressern und verfluchten Inseln, von Kopfjagd und schwarzer Magie flüsterten. Er hatte in dem Dorf bisher jedenfalls weder getrocknete Feindesköpfe noch irgendeinen faulen Zauber ausmachen können. Die Menschen waren naiv wie Kinder und verhielten sich ihm gegenüber höflich und voll kaum gezähmter Neugier. Sein blondes Haar, die blauen Augen, die sommersprossige helle Haut, sein ganzes Äußeres war eine Quelle nicht ermüdender Faszination. Die Dorfbewohner hatten offensichtlich noch nie einen Weißen gesehen. Nicht, dass sich dazu viel Gelegenheit geboten hätte: Dieser Archipel war einer der abgelegensten und uninteressantesten Außenposten der niederländischen Kolonien. Es waren gerade elf Jahre vergangen, seit die Holländer den Portugiesen das Gebiet um Larantuka abgekauft hatten. Martijn fragte sich nach wie vor, ob es den Einsatz gelohnt hatte. Im Gegensatz zu den unendlichen Reichtümern der Gewürzinseln gab es hier nichts zu holen.
Trotzdem war Larantuka seine Hoffnung. Zum Zeitpunkt des Sturms hatte sich sein Schiff irgendwo in der Passage zwischen Timor und den Inseln des Alor-Archipels befunden. Er ging davon aus, dass die große benachbarte Insel jenseits der schmalen Meerenge Pantar war. Er brauchte also nur ein Boot, um sich von Insel zu Insel westwärts zu schlagen. Aber hier lag auch das Problem: Die kleinen Fischerboote waren sehr schwierig zu navigieren, und die Strömungen zwischen den Inseln tückisch. Martijn schätzte, dass Larantuka nur achtzig Seemeilen entfernt war, aber es hätte genauso gut ein ganzer Ozean sein können. Selbst wenn er ein Boot stehlen und bedienen konnte, würde er immer wieder an Land gehen müssen. Und wer garantierte, dass die Eingeborenen der anderen Inseln ihm ebenso wohlgesinnt waren wie seine momentanen Gastgeber?

1 | Donnerstag, 16. November 2006

Malaysia *war* die Hölle. Seit zwei Stunden stolperte Alexandra nun schon inmitten einer sterbenslangweiligen Reisegruppe hinter ihrer Reiseleiterin Birgit her und versuchte, die Umgebung zu ignorieren. Es gelang ihr nicht: Während Birgit voller Begeisterung zu berichten wusste, dass der Taman Negara der älteste Dschungel der Welt sei, suchte Alexandra panisch den Boden ab, um jedes Insekt, das auf sie zuzukriechen wagte, umgehend zu zermalmen. Der im Prospekt so vollmundig angekündigte Dschungelspaziergang war eine Zumutung: schlammige Pfade, dornenbewehrte Ranken, stechendes Viechzeug und, um jede aufkommende Sympathie für das wuchernde Grün im Keim zu ersticken, eine klamme, dampfende, ekelerregende Hitze, die den Ausflug zur Qual machte. Zu allem Überfluss kommentierte die Reiseleiterin jede zweite Pflanze. Alexandra vermutete, dass sie es aus Bosheit tat, um die Schar mehr oder weniger interessierter Deutscher so lange wie möglich von ihren wohlverdienten Duschen fernzuhalten.

Als sie zu einer Weggabelung kamen und Birgit Anstalten machte, einen steilen Hügel zu erklimmen, von dem man einen wunderbaren Ausblick auf noch mehr Dschungel haben sollte, streikte Alexandra. Erstaunlicherweise fanden sich einige Gleichgesinnte. Nach einem kurzen Wortwechsel verließen die Rebellen die Hauptgruppe und eilten dem Hotel zu, das laut

Birgit keine zwanzig Minuten entfernt war, da sie das Ende des Rundwegs beinahe erreicht hatten.
Die Bezeichnung »Hotel« war eine glatte Übertreibung für die schimmeligen, nach Moder und Fäulnis stinkenden Bungalows. Nach Birgits Aussagen waren sie die besten im Umkreis von hundert Kilometern, aber das hatte nichts zu sagen: Im Umkreis von hundert Kilometern gab es nämlich nichts außer Dschungel. Trotzdem war Alexandra froh, als sie die Tür hinter sich schließen und sich endlich aus ihrer schweißgetränkten Kleidung schälen konnte. Immerhin gab es eine Klimaanlage. Und die drehte sie voll auf.
Martin kam erst zwei Stunden später zurück, verdreckt und gut gelaunt.
»Was machst du hier drinnen?«, fragte er überrascht, als er Alexandra auf dem Bett liegen sah.
»Mich langweilen.«
Seine gute Laune verpuffte augenblicklich. Ungehalten pfefferte er seine schlammverschmierten Schuhe in die Ecke.
»Ich kann ausnahmsweise verstehen, dass dir der Ausflug nicht gefallen hat, aber musst du es immer so offen zeigen? Warum hast du dich nicht auf die Aussichtsterrasse beim Restaurant gesetzt? Es ist wirklich hübsch dort. Die anderen sind schon da.«
»Eben.«
»Was, eben?«
Alexandra setzte sich auf. »Na, die anderen sind schon da, das meine ich. Und zwingen mir Gespräche auf über all die tollen Rundreisen, die sie schon in irgendwelchen Dritte-Welt-Ländern gemacht haben.«
Martin schüttelte den Kopf. »Stell dich nicht so an. Malaysia ist ein hochentwickeltes Land, im Gegensatz zu, sagen wir mal, Indonesien.«

»Wenn es dort noch schlimmer ist als hier, werde ich niemals einen Fuß in dieses Land setzen.«

»Schade eigentlich. Ich wäre gerne einmal mit dir dorthin gereist.« Martin schnappte sich ein Handtuch. »Ich gehe duschen.«

Als er aus dem Bad kam, lag Alexandra noch immer auf dem Bett und sah ihm entgegen.

»Hast du es ernst gemeint?«, fragte sie.

»Was?«

»Dass du nach Indonesien möchtest?«

»Natürlich.«

»Mit mir?«

Er nickte abwesend, während er seinen Koffer nach einem frischen T-Shirt durchwühlte.

»Es hat doch keinen Sinn.«

Martin hob den Kopf. »Was hat keinen Sinn?«

»Alles. Wir beide. Was soll das noch bringen? Obwohl ich todunglücklich bin, würdest du mich am liebsten an einen Ort verschleppen, der noch grässlicher ist als dieser.«

»Ich will dich nicht verschleppen.«

Sie winkte ab. »Wortklauberei. Im Grunde ist auch nicht Malaysia das Thema. Es ist nur symptomatisch, dass du nicht merkst, wie es mir geht. Wir leben aneinander vorbei. Wir reden aneinander vorbei. Aber ich muss mit dir reden. Über uns.«

Martin hatte ein sauberes T-Shirt gefunden und richtete sich auf. »Das tun wir doch gerade«, sagte er verärgert. »Das tun wir eigentlich dauernd, und ich habe es ziemlich satt. Können wir nicht ausnahmsweise eine schöne Zeit miteinander verbringen, ohne alles zu hinterfragen?«

Alexandra sagte nichts.

»Also, worüber willst du mit mir reden?«, fragte Martin ungeduldig.

»Schon gut. Es ist wahrscheinlich nicht der richtige Zeitpunkt.«
»Dann eben nicht.« Hastig zog Martin sich das T-Shirt über den Kopf und schlüpfte in seine Shorts. »Aber wirf mir nicht vor, ich würde nicht auf dich eingehen.«
Mit zwei Schritten war er bei der Bungalowtür und schlug sie mit einem wütenden Knall hinter sich zu.
Typisch, dachte Alexandra. Wie üblich weicht er aus. Aber ich muss mit ihm reden. Irgendwann muss sich der richtige Zeitpunkt ergeben. So geht es einfach nicht weiter.

2 | Samstag, 18. November 2006

»Hier leben Sie also?« Herr Borowski stellte sich neben Birgit, die, sofort nachdem den Passagieren das Betreten gestattet worden war, die gesamte Länge der Personenfähre durchmessen und sich gegen die Absperrung der hydraulischen Ein- und Ausstiegsbühne gelehnt hatte, ohne sich darum zu kümmern, ob ihre Schäfchen vollzählig an Bord waren.
Herrn Borowskis Frage ignorierend, atmete Birgit tief durch die Nase ein. Die Luft war dick von Diesel und Farbe, frischer grüner Farbe, die auf den Wänden und der Außenhaut der Fähre lange buckelige Nasen bildete. Das Hafenwasser steuerte einen organischen, gerade noch wahrnehmbaren Hauch von Salz, verrottenden Pflanzen und Fisch bei. Sie kannte diesen Geruch und liebte ihn.
»Ich hatte mir Penang ganz anders vorgestellt. Idyllischer«, unterbrach Herr Borowski Birgits Gedanken.
»Traumstrand, Palmen, Hängematte?«
»Ja, so etwas in der Art. Nicht diese Großstadt.« Er wies nach vorn, wo sich jenseits einer schmalen Wasserstraße die grünlich grauen Berge der Insel Penang aus dem Meer erhoben. Die grelle Mittagssonne hatte alle Farben gestohlen; das Meer war eine unbewegte Fläche aus flüssigem, hellgrauem Licht, kaum zu unterscheiden vom weißen Himmel. Selbst Georgetown, die große Stadt auf der kleinen Insel, sah verblichen aus.
Trotzdem erschien es Birgit, als lächelte die Perle des Orients ihnen zu, als bleckte sie freundlich ihr Gebiss mit den blendend

weißen, fast die gesamte Küste säumenden Hochhauszähnen. Selbst das hässliche Komtar-Gebäude, eine sechzig Stockwerke hohe Monstrosität inmitten der Altstadt, erschien ihr als ein Leuchtturm, der sie nach Hause lotste.
Nach Hause. Birgits Blick glitt zur Inselmitte. Irgendwo dort, am Fuße des höchsten Berges, wartete ihre Wohnung auf sie. Die letzten fünf Monate waren sehr anstrengend gewesen. Sie hatte nacheinander neun verschiedene Reisegruppen durch Malaysia begleitet, aber jetzt galt es nur noch zwei Tage zu überstehen, bis sie sich zurücklehnen und das unaufgeregte Kleinstadtleben am Rande der Stadt genießen konnte. Endlich hatte sie ein paar Wochen Urlaub.
Birgit riss sich zusammen. Noch war es nicht so weit, noch hatte sie sich um ihre Schützlinge zu kümmern. Sie zeigte auf das Buch in Herrn Borowskis Hand. »Hat Ihr Reiseführer Sie nicht vorgewarnt?«
»Hat er. Aber es ist doch etwas anderes, die Orte mit eigenen Augen zu sehen.«
Die Fähre rüttelte, und die Motoren verdoppelten ihre Lautstärke. Gleich würden sie ablegen. Birgit drehte sich um und suchte die dichtbesetzten Bankreihen ab. Ihre Reisegruppe hatte sich im mittleren Teil drei lange Bänke gekapert und die freien Plätze mit Tagesrucksäcken und Plastiktüten belegt, damit keiner der Einheimischen in ihre Domäne eindringen konnte. Eine Wagenburg. Birgit seufzte. Es war immer das Gleiche: Sobald das Fremde ihnen zu nahe kam, schraken die Touristen zurück. Sie wollten Zuschauer sein, aber unter keinen Umständen Teil der von ihnen bereisten Welt werden. Damals, als sie die ersten Reisegruppen leitete, hatte Birgit versucht, ihre Begeisterung für Land und Leute an die Urlauber aus Deutschland weiterzugeben, aber sie hatte sich die Zähne ausgebissen. Bali, Thailand und Malaysia wurden von den Touristen zu einer exotischen

Kulisse degradiert, die einen interessanten Fotohintergrund für die wohlorganisierten Abenteuer abgaben, mit denen der Reiseveranstalter sie gelockt hatte. Interessanterweise waren die Urlauber meist zufrieden und flogen mit dem angenehmen Gefühl nach Hause, etwas über die Welt gelernt zu haben.
Zum Glück gab es Ausnahmen. Das aus Duisburg stammende Ehepaar Borowski beispielsweise, beide Mitte fünfzig und so neugierig wie Kinder. Oder Martin Jessberg, der gerade auf sie und die Borowskis zugeschlendert kam, ein Werbefilmer aus Hamburg, der für alles offen war.
Birgit winkte den anderen aus der Gruppe zu, bedeutete ihnen, ebenfalls an die großen offenen Luken zu treten, um die Anfahrt auf die Insel nicht zu verpassen. Zögernd erhoben sich die Ersten, dann immer mehr, bis nur noch Alexandra, die Frau des Werbefilmers, sitzen blieb. Was nicht anders zu erwarten gewesen war.
Die Überfahrt dauerte keine fünfzehn Minuten. Ein Schwesterschiff der Fähre legte gerade ab und machte ihnen Platz am Pier. Birgit ging zu ihrer Gruppe und übernahm die Führung. Ihr Reisebus hatte den längeren Weg über die Brücke genommen, aber mit etwas Glück wartete er schon vor dem Fährterminal. Es wäre natürlich bequemer gewesen, im klimatisierten Bus sitzen zu bleiben und sich auf die Insel kutschieren zu lassen, aber Birgit empfand die kurze Fährfahrt als den schönsten Weg, sich Penang zu nähern. Meist gingen ihre Reisegruppen auf den Vorschlag ein, die öffentliche Fähre zu nehmen.
Der Bus war noch nicht da, wahrscheinlich steckte er irgendwo im zähfließenden Verkehr fest. Es dauerte keine zwei Minuten, bis der erste ihrer Schützlinge sich über die Hitze beklagte und murrte, wie lange man denn noch warten müsse. Um die beginnende Meuterei im Keim zu ersticken, scharte Birgit ihre Leute um sich und erklärte ihnen die, wie sie selbst zugeben musste, unattraktive Umgebung, während sie routiniert einige Taxifah-

rer in Schach hielt, die wie hungrige Löwen Birgits Herde umstrichen. Kurz bevor ihr die Geschichten über die altehrwürdigen Handelshäuser in Sichtweite ausgingen, bog der Reisebus der Gesellschaft auf den Parkplatz.

* * *

Den Rest des Tages verbrachte Birgit damit, den Tourteilnehmern pastellbunte indische und verräucherte chinesische Tempel, Moscheen und Kolonialvillen zu zeigen, bis es schließlich Zeit fürs Abendessen war. Sie führte die Gruppe zurück zum Hotel und verabschiedete sich. Nachdem sich die Touristen in ihre Zimmer zurückgezogen hatten, ging Birgit in die Bar und bestellte ein Feierabendbier. Eine Viertelstunde später betrat das Duisburger Paar in Begleitung des Werbefilmers den Raum. Herr Borowski eilte sofort auf Birgit zu.
»Wie schön, Sie sind noch hier! Uschi und ich hatten schon befürchtet, dass Sie uns durch die Lappen gegangen sind. Wir möchten Sie nämlich als Dankeschön für den wunderbaren Tag zum Essen einladen«, sagte er und umschloss mit einer Handbewegung seine Frau, Martin und sich selbst. »Natürlich bestimmen Sie, wohin es geht.«
Birgit war überrascht, aber auch erfreut. Es würde ein Vergnügen sein, den dreien ihr persönliches Penang zu zeigen. Sie rutschte vom Barhocker.
»Abgemacht«, sagte sie. »Ich will mich nur noch schnell auf meinem Zimmer duschen und umziehen. Geben Sie mir eine halbe Stunde.«
Zwanzig Minuten später hatte sie ihre formelle Reiseleitergarderobe gegen Jeans, Flip-Flops und ein T-Shirt eingetauscht. Man würde heute Abend mit ihr als Privatperson vorliebnehmen müssen.

Bevor sie das Zimmer verließ, schob sie kritisch die Daumen in den zu weiten Hosenbund. Sie war immer schlank gewesen, aber in den letzten Monaten hatte sie so viel abgenommen, dass sie hager wirkte. Auch ihre Gesichtszüge waren kantiger und die Krähenfüße tiefer geworden. Das Alter holte sie langsam ein. Noch vor fünf Jahren war sie grundsätzlich jünger eingeschätzt worden, als sie tatsächlich war, aber mittlerweile sah man ihr die sechsunddreißig Jahre an, davon neun Jahre unter tropischer Sonne. Sie strich durch ihre raspelkurzen aschblonden Haare. Dann hatte sie also Falten, na und? Sie hatte sich schließlich nie sonderlich um ihr Äußeres gekümmert, warum sollte sie ausgerechnet jetzt damit anfangen? Und was die fehlenden Pfunde anbelangte: Penang mit seinem guten Essen würde es schon richten.

Ihre Stimmung besserte sich, als sie aus der eisgekühlten Hotelhalle ins Freie trat und sich inmitten des abendlichen Trubels auf der Penang Road wiederfand. Mittlerweile war die Sonne untergegangen und hatte die schwüle Hitze des Tages mitgenommen. Die milde Abendluft hatte die Städter aus ihren Häusern gelockt, die ersten Nachtschwärmer verteilten sich auf die Restaurants und mobilen Essstände, die zum Teil die gesamte Breite des Bürgersteigs besetzt hielten. Im Umkreis des Hotels befanden sich Kneipen, Bars und Diskotheken, und die ganze Straße vibrierte in Vorfreude auf eine durchfeierte Samstagnacht.

Ein kühler Luftzug traf Birgits bloße Arme. Die Tür der Hotellobby war aufgegangen, und die Duisburger sowie Martin Jessberg und seine unmögliche Frau Alexandra traten zu ihr. Birgit musterte die vier unauffällig. Uschi und Jürgen Borowski hatten die Zeit genutzt und sich ebenfalls umgezogen. Die beiden sahen aus, als hätten sie gerade eine frische Lieferung ihres bevorzugten Weltreiseausrüsters erhalten: Cargohosen mit Bügelfalten, ordentlich an den Armen aufgekrempelte karierte Hemden, weiße Socken – wegen der Moskitos – und multifunktionale Treckingsandalen. Birgit musste innerlich lachen, aber sie verkniff sich einen Kommentar. Diese Reise war für die Borowskis der erste Ausflug nach Asien; und selten hatten so begeisterungsfähige Menschen an ihren Führungen teilgenommen. Ohne Zögern probierten sie jedes Essen, waren morgens die Ersten und abends die Letzten, begierig, jede Minute mit Erlebnissen zu füllen.

Auch jetzt strahlten sie in Vorfreude auf einen spannenden Abend und waren bereit, alles zu mögen, was Birgit ihnen bieten konnte, ganz anders als die etwas abseits stehende Alexandra Jessberg. Gerade blickte sie einer Gruppe junger Chinesinnen in extrem kurzen Miniröcken nach. Ihre blasierte Miene machte die Mühe zunichte, die sie auf ihr dezentes Make-up verwendet hatte. Trotzdem musste Birgit zugeben, dass Alexandra umwerfend aussah. Sie war groß und schlank, ein elegantes knielanges Kleid setzte ihr perfektes Dekolleté, ihre perfekten Arme und Beine vorteilhaft in Szene. Perfekt frisierte goldblonde Haare flossen ihr in einer weichen Welle bis über die Schultern und gingen in das helle Gelb des Kleides über. Selbstverständlich passten ihre Schuhe ebenso perfekt zum Gesamtbild. Ein wenig schadenfroh registrierte Birgit die Bleistiftabsätze der hellgelben Sandalen. Die Schühchen waren entschieden die falsche Wahl für die mit unzähligen Stolperfallen ausgestatteten Straßen Penangs.

Im Gegensatz zu allen Männern in der näheren Umgebung schien Martin von seiner Frau nicht beeindruckt zu sein. Er wandte ihr den Rücken zu, und Birgit gewann den Eindruck, als würde er sich bewusst von ihr distanzieren. Wenn sie es nicht besser gewusst hätte, wäre Birgit niemals auf die Idee gekommen, dass die beiden ein Paar waren, ein verheiratetes noch

dazu. Andererseits lagen sie sich seit Beginn der Reise in den Haaren, was dann doch wieder dafür sprach. Alexandras Anwesenheit begeisterte Birgit nicht sonderlich: Der blonden Schönheit würde der Abend nicht gefallen. Aber eigentlich war das auch nicht ihr Problem.
»Haben Sie einen bestimmten Wunsch?«, fragte sie in die Runde. »Hier gibt es so ziemlich alles, was die asiatische Küche zu bieten hat. Indisch, malaiisch, chinesisch, japanisch.«
»Wo wären Sie denn ohne uns hingegangen?«, fragte Jürgen Borowski und sah sie erwartungsvoll an.
»Nach Little India, um ein *Tandoori*-Huhn zu essen.«
»Na dann los! Ist es weit?«
»Nein. Zehn, vielleicht fünfzehn Minuten zu Fuß. Ist das okay?«, fragte Birgit an Alexandra gewandt.
»Ich hoffe, dort ist es sauberer als in diesem Hotel.«
Birgit war sprachlos. Das Hotel war eines der besten der Insel, und diese arrogante Ziege hatte immer noch etwas zu meckern. Es kostete sie Mühe, sich eine scharfe Bemerkung zu verkneifen. Martin rettete die Situation, indem er seine Frau am Ellbogen fasste und sie auf die Straße schob. »Los jetzt, ich habe Hunger.«
Sie kamen nicht weit. Wie Birgit es vorausgesehen hatte, stolperte Alexandra schon nach fünf Minuten über eine hochstehende Bürgersteigplatte und schürfte sich bei dem Sturz das Knie auf. Martin half ihr hoch.
»Das blutet wie verrückt. Wahrscheinlich hole ich mir bei all dem Dreck hier eine Blutvergiftung.« Alexandra war nicht mehr zu halten. Mit schriller Stimme schimpfte sie ohne Unterlass auf ihren Mann ein, bis sie zu Birgits Überraschung plötzlich in Tränen ausbrach. Martin nahm seine Frau ein wenig ungelenk in den Arm. So als hätte er es lange nicht mehr gemacht, dachte Birgit.

»Ich bringe sie am besten zurück ins Hotel und komme dann nach«, sagte er leise zu Birgit. »Wo finde ich Sie?«
»Immer geradeaus diese Straße hinunter. Sie merken es an den Läden, wenn Sie in Little India sind. Fragen Sie nach dem Restaurant ›Sri Ananda‹. Wir warten mit dem Essen, es ist ja noch früh.«
»Gut. Bis gleich dann.« Martin fasste seine Frau um die Taille und manövrierte sie vorsichtig in Richtung des Hotels. Birgit sah ihnen nachdenklich hinterher. Ein wirklich seltsames Paar.

Eine Dreiviertelstunde später setzte sich Martin auf den freien Stuhl neben Birgit. Er hatte blendende Laune, seine Augen blitzten.
»Wie geht es Alexandra?«, fragte Frau Borowski besorgt.
»Kein Grund zur Sorge.« Er machte eine wegwerfende Geste. »Es ist nur ein Kratzer. Um sie zu beruhigen, habe ich ihr eine antiseptische Salbe aufs Knie geschmiert. Sie schleppt eine komplette Apotheke mit sich herum.« Damit war das Thema für ihn erledigt. Neugierig sah er sich um. Sie saßen an einem der auf der Straße stehenden Tische, direkt vor einem tonnenförmigen, tiefschwarz verrußten Ofen. Birgit nahm an, dass er schon diverse Äonen Dienst in der Hölle getan hatte, bevor der indische Restaurantbesitzer ihn bei einem Ausverkauf ersteigern konnte. Den Ofen bedeckte eine Herdplatte von mindestens einem Meter Durchmesser, hinter der ein dicker Inder mit einem prächtigen Schnurrbart hantierte, das dunkle Gesicht glänzend vor Schweiß, und im Akkord dünne Brotfladen herstellte. Das Restaurant lief gut; ein stetiger Strom von Menschen schob sich an einer mit Bergen von unterschiedlich zubereiteten Hühnerteilen, scharf gewürzten Gemüseeintöpfen, Currys und Süßspeisen beladenen Vitrine vorbei. Mindestens ein halbes Dutzend Männer war damit beschäftigt, von Tisch zu Tisch

zu rennen, Getränke heranzuschleppen, den Köchen die Bestellungen zuzurufen, abzuräumen, vollbeladene Teller zu balancieren und abzukassieren.

»Nett hier«, stellte Martin fest und wischte sich den Schweiß von der Stirn. Der Ofen strahlte eine enorme Hitze ab, aber Birgit und die Borowskis hatten den Platz draußen trotzdem dem stickigen Innenraum des Restaurants vorgezogen. »Kommen Sie öfter her?«

»Sooft es geht.« Birgit winkte einen der indischen Kellner heran und bestellte für alle. Kurz darauf legte der Mann viereckig zurechtgeschnittene Bananenblätter auf den Tisch und klatschte mit einer Kelle das bestellte Essen darauf. Als sich vor jedem ein Berg aus Reis, Curry und duftendem *Tandoori*-Huhn auftürmte, fragte er Birgit etwas auf Malaiisch. Sie schüttelte den Kopf. Der Kellner sah sie erstaunt an, dann huschte ein spitzbübisches Lächeln über sein Gesicht. »*Selamat Makan!*«, sagte er und eilte zum Nachbartisch, wo schon lautstark nach ihm gerufen wurde.

»*Selamat Makan*«, wünschte auch Birgit in die Runde.

»Ich nehme an, das bedeutet ›guten Appetit‹. Den wünsche ich auch, aber«, sagte Herr Borowski und sah sich suchend auf dem Tisch um, »wo ist das Besteck?«

Birgit hielt ihre rechte Hand hoch. »Hier«, sagte sie. »Heute essen wir wie die Einheimischen.«

»Auch das Curry?«

»Auch das Curry.« Sie machte ihnen vor, wie man das Curry mit dem Reis vermischt und kleine Bällchen formt. Uschi Borowski vergrub zögernd ihre Finger im Reis. Wenige Minuten später sah der Tisch aus wie ein Schlachtfeld. Jürgen Borowski kam aus dem Lachen nicht mehr heraus. Jeder Reisklumpen, der wieder zurück aufs Bananenblatt fiel, führte zu einem Heiterkeitsausbruch, auch seine Frau gab den Versuch, sich nicht zu

bekleckern, schnell auf. Birgit gratulierte sich dazu, das Besteck abbestellt zu haben. Ihre Gäste hatten eine fantastische Zeit.
Sie sah zur Seite. Über die Duisburger hatte sie Martin vernachlässigt. »Soll ich Ihnen zeigen, wie es geht?« Sie hielt verblüfft inne. Mit einer sparsamen, präzisen Bewegung rollte Martin gerade eine kleine Reiskugel und schnippte sie mit den Fingerspitzen in den Mund. Er hatte seine Portion schon fast aufgegessen, sein Platz war relativ sauber.
»Sie machen das nicht zum ersten Mal, oder?«, fragte Birgit.
Martin blickte auf. »Darauf können Sie wetten«, sagte er. Seine Miene verfinsterte sich. »Aber Alex will nicht in solchen Läden essen.« Er winkte ab. »Ist ja auch egal. Wo gehen wir als Nächstes hin?«
Sein jungenhaftes Lächeln war wieder da. Er hatte Birgit irgendwann in der letzten Woche erzählt, dass er vierunddreißig Jahre alt war, aber er wirkte wesentlich jünger und auf eine charmante Art sorglos, sogar ein wenig unreif. Um erwachsener und seriöser zu erscheinen, trug er seine dunkelblonden Haare sehr kurz, einen sorgfältig getrimmten Dreitagebart und eine jener eckigen schwarzen, zur Standardausstattung eines jeden deutschen Kreativen gehörenden Brillen. Im Grunde sah Martin aus wie der Prototyp eines erfolgreichen Yuppies. Eine Spezies, um die Birgit im Allgemeinen einen großen Bogen schlug, aber dieses Exemplar hier war ihr sympathisch. Vielleicht hatte sie auch Mitleid mit ihm. Alexandra und Martin waren ein ausgesprochen attraktives Paar, aber mit dem guten Aussehen endeten ihre Gemeinsamkeiten. Soweit Birgit es nach der kurzen Zeit beurteilen konnte, besaß Martin viele gute Eigenschaften, die seiner Frau fehlten: Spontaneität, Herzlichkeit, Offenheit und Neugier.
Birgit verbannte Alexandra aus ihren Gedanken. Sie hatte sich schon genug über diese Frau geärgert, die von Anfang an die

Atmosphäre in der Gruppe vergiftet hatte. Morgen Abend, sobald Birgit ihre Touristengruppe in dem gebuchten Strandhotel auf der anderen Seite der Insel abgeliefert hatte, konnte sie aufatmen. Ihre Aufgabe würde dann nur noch darin bestehen, die Leute nach weiteren zehn Tagen dort abzuholen und sicher zum Flughafen zu eskortieren.
Sie erhob sich. »Was halten Sie davon, noch irgendwo ein Bier zu trinken und dann tanzen zu gehen?«

3 | Sonntag, 19. November 2006

Am späten Nachmittag des nächsten Tages fuhr der Bus endlich auf den Parkplatz des Fünf-Sterne-Hotels in Batu Ferringhi, dem Ferienort Penangs. Zu Birgits Erleichterung waren alle Reiseteilnehmer mit Hotel, Zimmern, Pool und Strand zufrieden, aber es wurde trotzdem sieben Uhr abends, bis sich ihre Gruppe endlich in dem weitläufigen Strandhotel zerstreut hatte. Für die nächsten zehn Tage würden sie sich hier von den Strapazen der Rundreise erholen und einen erstklassigen Sonnenbrand einfangen. Wenn alles gutging, wurde sie bis zum Tag des Abflugs nicht mehr gebraucht.

Nachdem sie sich von den letzten ihrer Schützlinge verabschiedet hatte, verließ Birgit das Hotel durch den rückwärtigen Ausgang. Die Sonne versank gerade hinter einer Landzunge zu ihrer Linken, während die Kellner auf der Terrasse die Tische fürs Abendessen deckten. Vom Büfett wehten appetitanregende Düfte herüber. Birgit suchte sich in dem weitläufigen Hotelgarten einen freien Liegestuhl, verschränkte die Arme hinter dem Kopf und genoss den kurzen tropischen Sonnenuntergang mit seinen violett, orangefarben und gelb auflodernden Wolken.

Sobald die Farben verblassten, erhob sie sich wieder und schlenderte zum Strand hinunter. An der Wasserkante zog sie ihre Schuhe aus, stopfte sie in ihre geräumige Umhängetasche und wandte sich nach rechts. Vielleicht würde ein kleiner Strandspaziergang ihre schon den ganzen Tag anhaltenden Kopfschmerzen mildern. Martin, die Duisburger und sie hatten irgendwann im Laufe der letzten Nacht eine Gruppe Chinesen kennengelernt und waren bis vier Uhr morgens mit ihnen von Bar zu Bar gezogen.

Birgit verfluchte gerade die Chinesen, die eine Runde Bier nach der anderen bestellt und es als Ehrensache betrachtet hatten, dass am Ende niemand mehr geradeaus gehen konnte, als von der Hotelterrasse lautes Geschepper ertönte, gefolgt von Schreien und Zetern.

Da schmeckt es wohl jemandem nicht, dachte sie und ging weiter in Richtung eines kleinen Strandcafés, wo sie zu Abend essen wollte.

Schuld an dem Getöse – und überhaupt an allem – hatten zwei Kater, ein alter und ein junger, Streuner mit zerfledderten Ohren, Legionen von Flöhen und einem stolzen, etwas hölzernen Gang, der ihre Mannespracht wunderbar zur Geltung brachte. Der alte Kater hatte gerade seinen Kontrollgang zwischen den auf der Hotelterrasse aufgebauten Tischen beendet, war geschmeidig einem lahmen Fußtritt ausgewichen und schließlich unter den Büfetttisch geglitten. Die Tischdecke reichte nicht ganz bis zum Boden und gab den Blick auf die nach Sonnenmilch und Mückenschutz, Leder, Gummi und Buttersäure stinkenden Füße der Hotelgäste frei. Der alte Kater nieste. Er hatte sich nie an den Geruch gewöhnen können, und doch kam er seit Jahren hierher, präzise wie ein Uhrwerk, denn mit ebenso präziser Vorhersehbarkeit fielen die wunderbarsten Leckerbissen zu Boden: Würste, gebratenes Huhn, Fischstückchen, Frühlingsrollen, Shrimps und vieles mehr. Er brauchte nur die Pfoten auszustrecken.

Und dann sah er ihn. Der junge Kater lag flach auf dem Bauch und angelte nach einem saftigen Stück gedämpftem Fisch, einer

Delikatesse, die der alte Kater auf keinen Fall einem dahergelaufenen Niemand überlassen durfte. Dieser Büfetttisch war sein ureigenstes Territorium.

Der andere Kater hatte den Fisch zu sich herangezogen. Gerade als er sich darüber hermachen wollte, entdeckte er den alten Kämpfer. Er sprang erschrocken zurück. Sein Fell sträubte sich, und er machte einen Buckel, aber es reichte nicht, um den Alten zu beeindrucken, der sich jetzt zu doppelter Größe aufgeplustert hatte, sich dem Eindringling näherte und ein bedrohliches Knurren hören ließ. Der junge Kater knurrte ebenfalls, und schließlich standen sie sich nur einen halben Meter voneinander entfernt gegenüber. Ihre Stimmen wurden immer höher und schriller, bis sie in einem Fauchen und Schreien eskalierten, das die um den Tisch stehenden Menschen erschreckte. Jemand klopfte auf den Büfetttisch. Der ohnehin schon eingeschüchterte Jungkater verlor die Nerven. Mit einem blitzschnellen Satz warf er sich auf den Älteren, kassierte zwei routinierte Schläge, die ihn seine linke Ohrspitze kosteten, und flüchtete. Der alte Kater hetzte hinter ihm her: So einfach durfte er den jungen nicht davonkommen lassen.

Einige Touristen sprangen überrascht beiseite, als die beiden Kater unter der Tischdecke hervorschossen. Der junge Kater hatte in seiner Panik die Orientierung verloren und raste unter den Tischen und zwischen den Beinen der Menschen hindurch, ohne sie wahrzunehmen. Er spürte den Alten dicht auf seinen Fersen und wollte nur noch weg. Dann sah er einen Fluchtweg: eine lange Gerade zwischen zwei Tischen und dahinter ein Gebüsch, das ein Versteck und Sicherheit versprach. Er mobilisierte seine letzten Kräfte und sprintete den Gang hinunter. In diesem Moment schob sich ein geblümtes Hindernis zwischen ihn und das rettende Gebüsch.

Die Kellnerin trug das mit mehreren Tellern, Schüsseln und zwei aufwendig dekorierten Cocktails beladene Tablett mit einer Leichtigkeit, die auf lange Berufserfahrung schließen ließ. Martin beobachtete fasziniert, wie sie sich elegant mit ernster Miene und unbeeindruckt von herumrennenden Kindern, unentschlossenen Gästen und geschäftigen Kollegen ihren Weg zu seinem Tisch bahnte. Als sie nur noch wenige Schritte entfernt war, lächelte Martin ihr zu. Sie lächelte zurück, ein schnelles, kaum wahrnehmbares Verziehen ihrer Mundwinkel, ein kurzes Aufleuchten der Augen. Aber Alexandra hatte es bereits bemerkt. Ebenso wenig war ihr entgangen, dass Martin zuerst gelächelt hatte.
»Kennst du die schon?«, fragte sie schnippisch. »Wir sind doch gerade erst ein paar Stunden in diesem Hotel.«
»Bist du schon wieder eifersüchtig?«, fragte Martin zurück. »Ich wollte freundlich sein. Einfach nur freundlich.«
Martin sah noch, wie Alexandra den Mund zu einer zweifellos spitzen Bemerkung öffnete. Doch die Worte kamen nie über ihre Lippen, denn in exakt diesem Moment prallte der Jungkater ungebremst gegen die Beine der Kellnerin. Die trat erschrocken einen Schritt zurück, das Tablett kam ins Schwanken und die Cocktails schwappten über. Ein kleiner bunter Papierschirm kippte aus dem Glas, rollte über den Rand des Tabletts und segelte langsam zu Boden, wodurch sich der junge Kater für den Bruchteil einer Sekunde von seinem eigentlichen Problem ablenken ließ. Dann war das Problem über ihm, fauchend, mit spitzen Zähnen und ausgefahrenen Krallen. Die Kellnerin war diesem zweiten Ansturm nicht mehr gewachsen und verlor vollends das Gleichgewicht. Cocktails, Suppe und Curry regneten auf die Tischdecke, Martins Hemd und Alexandras Kleid. Die Kellnerin und die ineinander verbissenen Kater lagen auf dem Boden neben Gläsern und zersplittertem Porzel-

lan. Alexandra bekam einen Wutanfall, Gäste und Kellner riefen durcheinander, die Kater fauchten, und endlich landete das große Metalltablett mit einem alles übertönenden finalen Gongschlag auf dem Boden. Von einem Augenblick zum anderen verstummten alle Geräusche, erstarrte jede Bewegung. Der Garten des Hotels war zu einem Schnappschuss der Fassungslosigkeit eingefroren. In diese bewegungslose Stille hinein ertönte Martins Lachen: Nicht nur die Kater waren spurlos verschwunden, sondern auch der gebratene Fisch, der als Herzstück von Martins und Alexandras Abendessen gedacht war.
»Respekt«, sagte er. »Wenigstens die Viecher haben einen klaren Kopf bewahrt.«

Alexandra machte die Kellnerin für alles verantwortlich, was Martin nicht überraschte. Überraschend war eher die Heftigkeit ihres Ausbruchs. Seine Frau war schon auf der gesamten Reise unverhältnismäßig reizbar und aufbrausend gewesen, aber ihr Verhalten an diesem Abend widerte ihn an. Alexandra schüttete ihren angesammelten Frust, ihre Enttäuschung und Verbitterung über die mit unbeweglicher Miene zuhörende Kellnerin, bis Martin einschritt und seine Frau mit sanfter Gewalt in ihr Zimmer führte. Danach kehrte er wieder zurück, suchte sich einen Tisch ganz in der Nähe des Katerzwischenfalls und winkte die großgewachsene Kellnerin mit den schwarzen Kringellocken heran.
Zuerst versuchte sie, Martin zu ignorieren, aber da der Tisch eindeutig zu ihrem Zuständigkeitsbereich gehörte und keiner ihrer Kollegen ihr aus der Klemme half, schlug sie schließlich widerstrebend seine Richtung ein. Die Bluse ihres Arbeitskostüms spannte in den Schultern; nachdem sie ihre eigene von oben bis unten bekleckert hatte, war es anscheinend unmöglich

gewesen, eine passende Uniform für sie aufzutreiben. Die Kellnerin überragte ihre Kolleginnen ausnahmslos um einen halben Kopf.

»Sie wünschen?«, fragte sie auf Englisch. Obwohl die Worte sachlich und professionell waren, bemerkte Martin einen belustigten Unterton.

»Ich wünsche mir, dass Sie meine Entschuldigung annehmen. Meine Frau hat sich im Ton vergriffen. Das Missgeschick war keinesfalls Ihre Schuld – morgen wird sie sich beruhigt und es eingesehen haben.«

Die Kellnerin verzog keine Miene. »Natürlich wird Ihre Frau es einsehen«, sagte sie.

»Natürlich«, sagte Martin.

»Natürlich nicht«, sagte die Kellnerin plötzlich. Aus den Tiefen ihrer dunklen Augen blitzte für einen winzigen Moment Wut auf, so alt wie der Kolonialismus selbst.

»Nicht?«, fragte Martin erschrocken.

»Für Ihre Frau bin ich nur ein Möbelstück«, sagte die Kellnerin heftig. »Sie hat gemeint, was sie gesagt hat. Und sie wird sich auch nicht entschuldigen.«

»Nein«, sagte Martin zerknirscht. »Das wird sie nicht.«

Nur langsam wurde die Miene der Kellnerin wieder versöhnlicher. »Ich nehme Ihre Entschuldigung trotzdem gerne an«, sagte sie schließlich. »Soll ich Ihnen jetzt noch einen Fisch bringen? Die Kater wussten, was gut ist.« Ihr unvermutet aufblühendes Lächeln war so komplizenhaft, dass Martin kurz spekulierte, ob sie mit den Katern unter einer Decke steckte.

Das Lächeln gab den Ausschlag. »Keinen Fisch, kein Curry. Ich möchte nur ein Bier und wissen, wann Sie Feierabend haben.«

»Warum?«

»Ich würde Sie gerne zum Abendessen einladen. Natürlich nicht hier im Hotel«, beeilte er sich zu sagen, als er ihre besorgte

Miene sah. »Irgendwo draußen, dort, wo das echte Leben stattfindet.«
Sie musterte ihn lange, bis er sich vorkam wie ein exotisches Tier. Nun, dachte er, aus ihrer Sicht mochte er tatsächlich ziemlich exotisch sein. Er wollte gerade abwinken, als sie endlich den Mund öffnete.
»Abgemacht«, sagte sie zu seiner Überraschung. »Wir treffen uns um halb elf auf der anderen Straßenseite gegenüber dem Hotel.«

* * *

Es war schon nach zehn, als Birgit in einem Taxi zurück in die Stadt fuhr. Sie hielt den Kopf aus dem heruntergekurbelten Fenster und genoss die angenehm warme, nach Meer und Dschungel duftende Nachtluft. Die lauen Tropennächte machten ihr immer wieder deutlich, dass die vor vielen Jahren getroffene Entscheidung, alle Brücken nach Deutschland hinter sich abzubrechen, richtig gewesen war. Die Tropennächte und natürlich noch viel, viel mehr.
Das Essen zum Beispiel, dachte sie, als sie kurz hinter Batu Ferringhi mehrere kleine Buchten mit hell erleuchteten Restaurants passierten. Auf der Bergseite duckten sich moderne Wohnkomplexe in die üppige Dschungelvegetation, teure Domizile für die Reichen der Insel, denen es in der Stadt nicht mehr gefiel.
Nur wenige Kilometer weiter bogen sie um eine enge Kurve und erreichten die Ausläufer Georgetowns. Zwanzig- und dreißigstöckige Apartmenthäuser, Bürogebäude und Shoppingmalls illuminierten die gesamte Uferstraße.
Ein paar Minuten später verließen sie die Küste und fuhren über eine Abfolge von breiten Hauptstraßen, bis schließlich die

Hauptmoschee Penangs vor ihnen auftauchte. Läden, Restaurants und billige Mehrfamilien- und Mietshäuser mit schimmeligen Außenwänden säumten die Straße. Kurz darauf stoppte der Taxifahrer vor einem Doppelhaus in einer ruhigen Seitenstraße.

Birgits Vermieter waren schon zu Bett gegangen; lediglich auf dem chinesischen Altar im Eingangsbereich brannte eine kleine Lampe und tauchte das Wohnzimmer in rotes Licht. Der Deckenventilator lief auf höchster Stufe und fächelte den auf dem Boden schlafenden Kindern Luft zu. Ein etwa fünfjähriges Mädchen war von ihrer dünnen Matratze gerollt und lag mit angezogenen Knien und ausgebreiteten Armen flach auf dem Rücken. Sie schlief fest und merkte es auch nicht, als Birgit sich neben sie kauerte und ihr vorsichtig die verschwitzten Haare aus der Stirn strich. Birgit zählte die wie ein Wurf junger Hunde ineinander verknäuelten Kinder, dann richtete sie sich auf. Bee Lee hatte fünf ihrer neun Enkel zu Besuch. Sofort korrigierte sie sich: sechs. Auf der anderen Seite des Raums, halb unter dem Computertisch verborgen, hatte sie einen unter einem rosa geblümten *Sarong* hervorragenden kleinen Arm entdeckt. Er gehörte Mù Mu, mit ihren zwei Jahren die Jüngste in Bee Lees Enkelschar.

Auf Zehenspitzen schlich Birgit durchs Erdgeschoss und die Treppe hinauf ins obere Stockwerk, wo sie seit vier Jahren wohnte. Fünf Minuten und eine Katzenwäsche später lag sie fest eingeschlafen auf ihrem Bett und hörte nicht einmal das penetrante Summen der Mücken, die begeistert ihren Kopf umtanzten.

* * *

Die Kellnerin blieb vor einem in grelles Neonlicht getauchten *Foodcourt* stehen. »Hier?«, fragte sie.
Martin spähte zwischen zwei mobilen Garküchen in den Innenraum. »Gerne«, sagte er. »Wenn wir noch einen Platz bekommen.« Soweit er es überblicken konnte, waren trotz der späten Stunde alle Tische besetzt. Indische und chinesische Großfamilien saßen Ellbogen an Ellbogen auf einfachen Plastikhockern und gingen der Lieblingsbeschäftigung aller Penanger nach: essen.
»Mal sehen«, murmelte die Kellnerin, griff Martin am Ärmel und zog ihn hinter sich her, hinein in den Lärm und die Hitze und die fantastischen Düfte eines malaysischen Esstempels. Zielstrebig steuerte sie auf einen gerade frei gewordenen Tisch im Zentrum des Pandämoniums zu. Martin folgte ihr dicht auf den Fersen, ließ sich dann auf einen Hocker fallen und betrachtete ehrfurchtsvoll die Überreste der Orgie, die hier vor wenigen Minuten zu Ende gegangen war: Der verbeulte Metalltisch war über und über mit zerbrochenen Krebspanzern, halbvollen Tellern mit Nudelgerichten, Fischgräten und zerfledderten Servietten bedeckt. Mehrere leere Tiger-Bier-Flaschen vervollständigten das Stillleben. Die Kellnerin ließ sich ihm gegenüber nieder und ruckelte kurz an dem Tisch. Dann fischte sie eine große Krebsschere aus einem Soßentümpel, beugte sich hinunter und schob die Schere unter eines der Tischbeine. Zufrieden mit dem Ergebnis tauchte sie wieder auf.
»Gefällt es Ihnen?«, fragte sie.
Sie wollte ihn schockieren, ihm zeigen, dass er ein verwöhnter Europäer ohne eine Ahnung vom echten Leben war, aber Martin lachte nur. »Ich finde es wunderbar«, sagte er und zuckte auch nicht, als ein zahnloser Chinese weit jenseits des Rentenalters auftauchte und ungerührt Teller, Becher, Krebsschalen und alles andere in einen Eimer schob. Ein Hoch auf den Pragmatis-

mus der Malaysier, dachte Martin. Plastikgeschirr wird in Europa zu Unrecht gemieden.
Währenddessen hatte der Alte einen fragwürdigen Lappen von seiner Schulter gezogen und wischte damit den Tisch sauber. Dann richtete er sich auf und bellte: »*Minum?*«
Bevor Martin etwas sagen konnte, kam ihm die Kellnerin zuvor: »*Dua* Tiger.«
»*Besar atau kecil?*«
»Groß.«
Als das Bier kam, hob Martins Begleiterin die Flasche. »Ich heiße Sien«, sagte sie und nahm einen tiefen Zug.
Martin beobachtete sie leicht verunsichert. Er war davon ausgegangen, dass die Kellnerin Malaiin war und damit eine Muslimin, die keinen Alkohol anrühren durfte, aber er schien sich geirrt zu haben.
Im hellen Licht fielen ihm nun auch zum ersten Mal ihre Sommersprossen auf. Richtige europäische Sommersprossen bedeckten ihre Wangenknochen und die Nase, eine schmale, elegante und ziemlich große Nase, der die gemütliche Plumpheit der asiatischen Nasen fehlte. Je länger Martin die Kellnerin betrachtete, desto faszinierender empfand er ihr Aussehen, denn trotz der europäisch anmutenden Details war sie eindeutig Asiatin. Sie hatte ein rundes, flaches Gesicht, dunkelbraune, leicht mandelförmige Augen und krause Haare, die eigentlich eher in die Südsee als nach Malaysia gehörten.
»Mögen Sie kein Bier?«
Martin schreckte aus seinen Überlegungen auf. Er hatte die Kellnerin die ganze Zeit angestarrt. »Doch, doch«, sagte er verlegen und hob ebenfalls seine Flasche. »Ich heiße übrigens Martin.«
»Martin?« Sie wirkte überrascht.
Er zuckte die Schultern. »Ein Allerweltsname. Jedenfalls in Europa.«

Sien hatte gar nicht zugehört und murmelte den Namen noch einmal mit einem stark gerollten »r«. »Der Name hört sich schön an«, sagte sie.
»Ebenso wie Ihrer: Sien. Woher kommt er? Ist es ein malaysischer Name? Hat er eine Bedeutung?«
Sien zögerte. Martin glaubte plötzlich, eine tiefe Traurigkeit wahrzunehmen, doch der Moment war schnell verflogen. Sie straffte sich. »Es ist ein Name aus Indonesien.«
»Sie sind Indonesierin?«
»Ja«, sagte sie kurz angebunden. »Schlimm?«
»Was sollte daran schlimm sein? Ich war nur davon ausgegangen, dass Sie aus Malaysia stammen. Ihr Englisch ist exzellent, und in Indonesien ...« Er wusste nicht weiter.
»In Indonesien sind wir zu blöd, Englisch zu lernen. War es das, was Sie sagen wollten?«
»Um Himmels willen, nein! Ein Kollege hat mir lediglich erzählt, dass es schwierig sei, sich in Ihrem Land zu verständigen, deshalb dachte ich ...« Wieder kam er ins Schlingern. Die Frau brachte ihn in mehr als einer Hinsicht durcheinander. Sie lächelte oder lachte kaum, und sie war wesentlich stärker, als ihre devote Haltung nach dem Katerzwischenfall hatte vermuten lassen. Sien erfüllte definitiv nicht das Klischee der netten und angepassten Asiatin, und gerade das gefiel ihm an ihr. Martin mochte starke Frauen.
»Aha. Ihr Freund konnte sich nur schwer verständigen.« Der Sarkasmus in ihrer Stimme war unüberhörbar. »Darf ich daraus schließen, dass er kein Indonesisch gelernt hat?«
Schlau war sie also auch noch. Eine gefährliche Mischung. Martin ging auf ihre Provokation ein. »Nein, hat er nicht. Wahrscheinlich ist *er* zu blöd. Genau wie ich.«
»*Fishing for compliments?* Bitte: Sie sind nicht blöd. Jetzt zufrieden?« Sie gab ihm keine Chance zu antworten und wechselte das Thema. »Was möchten Sie essen?«

»Suchen Sie etwas aus. Ich vertraue Ihnen voll und ganz.«
»Sie sind ganz schön mutig«, bemerkte Sien und bestellte ein Festmahl, das dem ihrer Vorgänger in nichts nachstand. Der Tisch bog sich. Martin bezweifelte, dass sie auch nur die Hälfte des Essens vertilgen konnten, doch er hatte nicht mit Siens Appetit gerechnet. Nachdem sie sich halb durch die Krebse und Nudeln gearbeitet hatten, bestellte sie sich ein zweites Bier.
»Ich hätte nicht gedacht, dass Sie so etwas mögen«, meinte Sien, während sie ihm zeigte, wie man die kleinen, in einer schwarzen Soße schwimmenden Meeresschnecken aussaugte, ohne das Schneckenhaus zu verschlucken. Martin war erleichtert, dass sie ihm seine ungeschickte Bemerkung über Indonesien nicht übelnahm, und genoss den Abend, auch wenn er sich über Siens Ernsthaftigkeit wunderte. Es lag ihm plötzlich viel daran, sie zum Lachen zu bringen. Er biss herzhaft auf eines der Schneckenhäuser und verspeiste den Inhalt samt Schale.
»So geht es auch«, sagte er, »auf die europäische Art: ohne Fingerspitzengefühl, aber effektiv.«
Sie lachte tatsächlich. »Sollte das ein Flirtversuch sein? So ganz ohne Fingerspitzengefühl?«
»Und wenn dem so wäre?«
»Sie sind verheiratet.« Das Lachen hatte sich schon wieder verflüchtigt, und diesmal hatte Martin zumindest eine Ahnung, woher die schwarzen Wolken kamen, die ihre Stimmung verfinsterten.
»Das ist kein Grund, nicht nett zu Ihnen zu sein. Sie haben es verdient.«
»Was macht Sie so sicher?«, fragte sie.
»Haben Sie es denn nicht verdient?«
Sie zuckte die Achseln. »Vielleicht. Vielleicht auch nicht«, sagte sie sibyllinisch. Dann schüttelte sie ihre schwarzen Locken aus dem Gesicht und lächelte. Für den Rest des Abends war sie es,

die sich um eine unbeschwerte Atmosphäre bemühte. Martin ließ sich gerne darauf ein.

Direkt nach dem Essen trennten sie sich. Sien wohnte in der Nähe, und Martin ging zurück ins Hotel. Da Alex schon schlief oder zumindest so tat, streckte er sich erleichtert auf seiner Betthälfte aus. Er hatte ein wenig zu viel Bier getrunken; einem Gespräch oder, was wahrscheinlicher war, einem Streit mit Alex fühlte er sich nicht gewachsen. Außerdem wollte er sich den Nachhall des schönen Abends nicht durch ihre Nörgeleien und Eifersüchteleien vergiften lassen. Es war schließlich nichts passiert.

4 | Dienstag, 21. November 2006

Es passierte auch am nächsten Tag nichts und auch nicht am übernächsten, jedenfalls nicht, solange die Sonne am Himmel stand. Selbstverständlich lief Sien Martin im Hotel ständig über den Weg, aber wenn Alex in der Nähe war, vermied er es, mit ihr Kontakt aufzunehmen. Auch Sien verhielt sich so, als würde sie ihn nicht kennen, warf ihm aber trotzdem hin und wieder verstohlene Blicke zu, die Martin nicht deuten konnte und die genau aus diesem Grund seine Fantasie befeuerten. Wollte sie ihn wiedersehen? Wollte sie in Ruhe gelassen werden? Mochte sie ihn überhaupt? Ein einziges Mal schenkte sie ihm ein Lächeln, und dieses eine Lächeln war so überaus traurig, dass es ihn im Innersten berührte. Es war eine Traurigkeit, die nur schwer mit ihrem selbstbewussten Auftreten vereinbar war. Martin konnte nur mutmaßen, aber er nahm an, dass Sien in ihrem Leben viel Übles erlebt hatte. Warum sonst sollte sie in einem fremden Land kellnern, in einem Land, in dem sie nur Verachtung erfuhr? Mochte sie zehnmal glauben, es nicht verdient zu haben, er beschloss, der hübschen Kellnerin weiterhin seine Aufmerksamkeit zu schenken.

Während er träge den Tag auf einer Liege im Schatten eines Sonnenschirms verbrachte und Sien von weitem dabei beobachtete, wie sie den anderen Hotelgästen Getränke und Obst servierte, beschäftigte er sich damit, Pläne zu schmieden. Wenn er einen weiteren Abend mit Sien verbringen wollte,

musste er sich eine hieb- und stichfeste Ausrede für Alex einfallen lassen.
Der Zufall sollte ihm zu Hilfe kommen. Als er am frühen Nachmittag des zweiten Tages am Empfang ein paar Briefmarken erstand, machte ihn die Rezeptionistin, eine mütterliche Malaiin, deren ohnehin rundes Gesicht durch ihr türkisblaues Kopftuch noch runder wirkte, auf einen abendlichen Ausflug nach Georgetown aufmerksam. Martin ließ sich einen Prospekt geben und eilte damit zu Alexandra. Wie er vermutet hatte, wollte sie partout nichts von der Tour wissen und war auch dagegen, dass Martin teilnahm, aber er setzte sich durch. Der daraus resultierende Wortwechsel war nicht der Rede wert, und Martin hatte ihn schon fast vergessen, als er Sien schließlich in der Nähe des Pools fand und sich mit ihr für den Abend verabredete. Ihre aufrichtige Freude über die Einladung zeigte ihm, dass er richtig gehandelt hatte. In gehobener Stimmung ließ er sich in einen freien Liegestuhl plumpsen. Das Leben war schön.

Martin wartete in demselben *Foodcourt* auf Sien, in dem er mit ihr vor zwei Tagen gegessen hatte. Er hatte sich eine englischsprachige Zeitung gekauft und las gerade mit gemäßigtem Gruseln, dass die Feuerwehr gestern im Nachbarort von Batu Ferringhi eine viereinhalb Meter lange Kobra aus einem *Coffeeshop* gezogen hatte. Da trat Sien, wesentlich früher als geplant, an den Tisch.
»Überraschung«, sagte sie. »Ich habe Kopfschmerzen, Bauchweh, Malaria und Denguefieber vorgetäuscht, bis man sich endlich überwinden konnte, mich frühzeitig ins Bett zu schicken.«
»Ach?«
»Du hast schmutzige Gedanken«, stellte sie nüchtern fest, ohne auch nur im Geringsten schüchtern oder ärgerlich zu wirken.

Ermutigt ging Martin auf ihren leichten Ton ein. »Du etwa nicht?«, fragte er.
»Doch«, sagte sie, und obwohl Martin vor zwei Tagen bereits einen Eindruck von Siens Selbstbewusstsein bekommen hatte, überraschte ihn die direkte Antwort doch. Er war immer davon ausgegangen, dass Asiatinnen ausgesprochen prüde seien, was aber offensichtlich eine weitere Fehleinschätzung seinerseits war. Er lächelte. Solche Fehler korrigierte er gerne.
»Lass uns ein Taxi nehmen und irgendwohin fahren, wo man weder dich noch mich kennt«, sagte Sien. »Es wäre nicht gut, wenn man mich, todkrank wie ich bin, mit einem Mann zusammen sähe. Noch dazu an der Seite des Hotelgasts, der mit der unter den männlichen Hotelangestellten am heißesten diskutierten Blondine der Saison angereist ist. Hast du schon gezahlt?«
Martin nickte, und Sien ging zum Ausgang, ohne ihm die Gelegenheit zu geben, auf ihre Bemerkung über Alex einzugehen. Kopfschüttelnd folgte er der großen Indonesierin auf die Straße, wo sie sofort ein Taxi anhielt und sich mit dem Fahrer in eine hitzige Preisverhandlung verstrickte.

Sien sah angestrengt aus dem Autofenster und versuchte, Martin zu ignorieren. Sie hätte sich ohrfeigen können. Auf was hatte sie sich da eingelassen? War sie verrückt geworden? Wie hatte sie sich auf einen derart anzüglichen Wortwechsel einlassen können? Schmutzige Gedanken? Ha! Die hatte *er*, aber ganz sicher nicht sie. Sie mochte ja nicht gänzlich unerfahren sein, aber so eine war sie nicht. Und auch keine, die sich dem erstbesten Mann an den Hals warf.
Nicht? Sien wand sich innerlich. Was tat sie dann hier? Warum mimte sie die Überlegene, warum tat sie so, als hätte sie alles im Griff? Wollte sie ihn beeindrucken? Andererseits, wie viele Jah-

re war es her, seit ihr ein Mann gefallen hatte? Sie konnte sich nicht erinnern. Und Martin gefiel ihr, das stand völlig außer Frage. Im Grunde hatte er ihr schon vor dem Katerattentat gefallen, denn im Gegensatz zu allen anderen, die sie erst wahrnahmen, *nachdem* das Essen durch die Gegend gesegelt war und die unangenehme Blondine sie vor den hämischen Blicken aller Gäste und des Personals herunterputzte, hatte Martin sie schon vorher bemerkt. Sein freundliches Lächeln, Sekunden *vor* den Katern, war kostbarer als jedes Trinkgeld, das die Touristen ihr gaben, ohne sie anzusehen, so als wäre es ihnen peinlich. Martin war anders. Er hatte Interesse an ihr als Person, zumindest hoffte sie es. Sie war schon zu oft verletzt worden. Sien seufzte. Er hatte es gehört. »Ist alles in Ordnung? Bereust du es, mit mir gekommen zu sein? Wir können umdrehen, du fährst nach Hause ...«

Sien drehte sich zu Martin und schüttelte heftig den Kopf. Sie saßen nebeneinander im Fond des Taxis, einen schicklichen Abstand zwischen sich. »Nein, nein. Es ist alles in Ordnung.« Sie wollte nicht nach Hause. Auf keinen Fall. Hatte nicht auch sie das Recht auf ein paar Stunden Glück, ein paar kostbare Stunden, in denen sie ihr trauriges Leben vergessen durfte? Vergessen, dass es für sie nur eine Illusion von Glück geben konnte?

Das Taxi bog jetzt von der Hauptstraße ab und rumpelte über einen Sandweg in eine kleine Bucht. Am Scheitel der Bucht leuchtete ein wie ein Weihnachtsbaum mit bunten Lichterketten geschmücktes Restaurant. Sien war nie zuvor hier gewesen; das Restaurant war viel zu teuer für ihr kärgliches Kellnerinnengehalt. Selbst wenn davon etwas übrig geblieben wäre, hätte sie es niemals für derartigen Luxus verschwendet.

»Wir sind da«, sagte sie lächelnd zu Martin und stieg aus. Sie hatte den Entschluss gefasst, sich den heutigen Abend zu gönnen. Sie würden etwas essen, sich unterhalten, und dann würde sie sich von ihm nach Hause bringen lassen und sich noch im Taxi von ihm verabschieden. Martin mochte verheiratet sein, doch seine Frau hatte sie so mies behandelt, dass sie sich im Recht fühlte, der Frau den Mann für einen Abend zu stehlen. Alexandra Jessberg war nun wirklich nicht ihr Problem.

Sien kam sich vor wie eine Königin. Zum ersten Mal erhielt sie die Gelegenheit, die andere Seite des Tisches kennenzulernen: Aufmerksame Kellner servierten raffiniert zubereitete Gerichte, Martin kümmerte sich um ihr Wohlergehen, und mit jedem Schluck Wein – ein Getränk, das sie bisher nur anderen eingeschenkt hatte, niemals sich selbst – wurde sie fröhlicher. Ihre anfänglichen Befürchtungen, in diesem feinen Restaurant schief angesehen zu werden, hatten sich schon beim Betreten der dem Meer zugewandten Veranda verflüchtigt, denn zwischen den zahlreichen tafelnden Menschen fielen Martin und sie nicht auf. Am Nachbartisch speiste eine chinesische Familie mit einem amerikanischen Geschäftsmann, drei Tische weiter feierte ein europäisches Pärchen inmitten seiner indischen Freunde, und zwei oder drei gemischte Paare an anderen Tischen sahen sich tief in die Augen und prosteten sich zu. Sien tat es ihnen nach, hob ihr Glas und blickte Martin ebenfalls tief in die Augen.
»Auf den schönen Abend!«, sagte sie und leerte das Glas in einem Zug. »Bekomme ich noch etwas?«
»Nein.«
Sie setzte sich mit einem Ruck auf. »Nein? Was soll das? Ich möchte ...«
»Du möchtest, ich weiß, aber ich möchte nicht, dass du dich betrinkst. Du bist den Alkohol doch gar nicht gewöhnt. Ich will nicht, dass du dir morgen Vorwürfe machst. Oder mir.«

Sie konnte Martin schließlich doch noch erweichen, ihr ein Glas einzuschenken, aber als sie später das Restaurant verließen, dankte sie ihm insgeheim, dass es nicht mehr geworden war. Der leichte Schwips reichte ihr vollauf. Als sie unten an der Treppe angekommen waren, hielt sie sich an Martins Arm fest und streifte die ungewohnten Stöckelschuhe von den Füßen, die sie sich extra für den heutigen Abend von ihrer Mitbewohnerin geliehen hatte. Barfuß lief sie über den Sand.
»Lass uns noch ein wenig spazieren gehen«, rief sie. Sie brauchte Martin nicht zweimal zu bitten. Schnell entledigte auch er sich seiner Schuhe und lief hinter Sien her. Als er sie erreicht hatte, legte er den Arm um ihre Schultern. Sie sträubte sich nicht. Es fühlte sich erstaunlich natürlich an, an der Seite des Europäers den Strand entlangzuschlendern. Und ob es nun am Alkohol lag oder nicht, es erschien ihr ebenso natürlich, sich von ihm küssen zu lassen, als sie am Ende der Bucht angelangt waren.
Es folgte ein zweiter Kuss, ein dritter. Sien schloss die Augen, um die aufkeimenden Schuldgefühle auszusperren, und zog Martin heftig an sich. Zu heftig: Er verlor das Gleichgewicht. In einem Durcheinander von Armen und Beinen, Mündern und Händen, die plötzlich überall waren, stürzten sie gemeinsam auf den Sand.

Später lagen sie Seite an Seite erschöpft auf dem Rücken und blickten in den Himmel. Tief hängende Wolken reflektierten den Lichterglanz der Stadt. Zwischen den Wolken blinkten vereinzelt die Sterne hervor, aber es war zu dunstig, um wirklich von einem Sternenhimmel zu sprechen.
Nach einer Weile schüttelte Sien ihre glückliche Benommenheit ab und setzte sich auf. Sie musste unbedingt etwas loswerden. »Ich mache so etwas normalerweise nicht«, sagte sie, wäh-

rend sie es vermied, Martin ins Gesicht zu sehen. Stattdessen fixierte sie den obersten Knopf seines Hemdes. Sie hatten keine Zeit gehabt, sich vollständig auszuziehen.
»Ich weiß.«
»Du weißt? Woher?«
Martin umfasste ihr Gesicht mit beiden Händen und zwang sie sanft, ihn anzusehen. »Du bist etwas aus der Übung.«
Sie starrte ihn an. Eigentlich sollte sie froh sein, dass er es bemerkt hatte, aber ein wenig verletzt war sie doch. Auf seinem Gesicht breitete sich ein erschrockener Ausdruck aus.
»Entschuldige, ich bin ein fürchterliches Trampeltier«, sagte er, »aber glaube mir, es war trotzdem toll. Hoffentlich hat es dir genauso gut gefallen wie mir.«
Sien nickte. Es war wunderbar gewesen. Sie hatte völlig vergessen, wie schön es sein konnte, sich zu lieben, und Martin war ein einfühlsamer Mann. Ob seine Frau überhaupt zu schätzen wusste, was sie an ihm hatte? Wahrscheinlich nicht. Gedankenverloren ließ Sien ihre Fingerspitzen über Martins Brust gleiten. Dann beugte sie sich über ihn und knöpfte schnell sein Hemd auf.

Im Nachhinein fragte Sien sich oft, ob es besser gewesen wäre, es bei dem ersten Mal zu belassen. Ob es besser gewesen wäre, sich die schöne Erinnerung zu bewahren und zufrieden auseinanderzugehen. Aber sie war zu gierig gewesen. Nachdem er völlig nackt vor ihr gelegen und sie sein Geheimnis entdeckt hatte, gab es kein Zurück mehr. Sie liebten sich ein zweites Mal, heftiger und rücksichtsloser als zuvor, und in dem selben Maße, wie Sien ihre Sanftheit ablegte, verlor auch er die seine. Sie kratzten und bissen und küssten sich, bis sie schließlich voneinander ablassen mussten, weil sie keine Kraft mehr hatten. Doch Sien ahnte, dass das Band geknüpft war. Unzerreißbar. Das Schicksal nahm seinen Lauf.

Auf der Heimfahrt sprachen sie kein Wort. In Siens Kopf wirbelten die Gedanken durcheinander. Sie hatte fürchterliche Gewissensbisse, doch gleichzeitig bahnte sich ein neues Gefühl seinen Weg: das Glück. Kam es zurück? Gab es Hoffnung? Ihre Hand stahl sich in seine, und als er ihren Druck erwiderte, stiegen ihr Tränen in die Augen. Sien brach das Schweigen erst, als das Taxi vor ihrem heruntergekommenen Apartmentblock hielt, in dem sie sich mit zwei weiteren indonesischen Gastarbeiterinnen eine winzige Wohnung teilte.
»Wann reist du ab?«, fragte sie mit belegter Stimme.
»In einer Woche. Wie haben noch viel Zeit.«
»Das ist gut. Ich muss dich wiedersehen. Aber wie willst du dich von deiner Frau fortstehlen? Wie willst du es ihr verheimlichen?«
Martin wusste es nicht. Er wusste nur, dass er im Augenblick nicht an Alex denken wollte. Statt einer Antwort beugte er sich zu Sien und küsste sie leicht auf den Mund. »Mir wird schon etwas einfallen«, flüsterte er.

5 | Mittwoch, 22. November 2006

Er brauchte sich nichts einfallen zu lassen: Eine kräftige Ohrfeige riss Martin am nächsten Morgen aus einem angenehmen Traum mit nächtlichem Meeresrauschen und golden brauner Haut. Erschrocken schlug er die Lider auf und starrte direkt in die dunkelblauen Augen seiner Frau. In ihrem Blick lag überhaupt nichts Sanftes.

Normalerweise hätte Martin sofort erkannt, dass die Zeichen auf Sturm standen, aber er war noch viel zu benommen und machte den ersten großen Fehler des Tages. »Guten Morgen, Liebling«, sagte er.

Die Reaktion kam prompt. »Ich scheiß auf ›Liebling‹!«, kreischte Alexandra. »Und das mit dem guten Morgen kannst du auch vergessen!«

»Was ist denn los?« Er schielte vorsichtig nach dem Wecker. Es war beinahe Mittag. Jetzt vernahm er auch das vom Hotelgarten und dem Pool heraufschallende Gelächter und Geplansche der anderen Urlauber.

»Was los ist?« Alex sah aus, als würde sie ihm gleich an die Gurgel gehen. »Wie war es denn gestern Abend?«

Oh, oh. »Schön«, sagte Martin unbestimmt.

»Das kann ich mir vorstellen. Die Borowskis fanden den Ausflug nach Georgetown nämlich auch toll. Aber es sei schade gewesen, dass ich« – sie machte eine dramatische Pause – »und du nicht dabei waren.«

Rumms.
Die Bombe war also hochgegangen. Es folgte: der Große Streit. Mit großen Anfangsbuchstaben.

Es war furchtbar. Ihre ganze acht Jahre währende Beziehung versank in einem Morast von Anschuldigungen, Gemeinheiten, Hysterie und gezielten verbalen Tritten unter die Gürtellinie. Als ihnen schließlich die Worte ausgingen, standen sie leer und ausgepumpt voreinander, zwischen ihnen die noch rauchenden Trümmer ihrer Liebe – oder zumindest dem, was sie dafür gehalten hatten, dachte Martin bitter. Alexandra verließ wortlos das Zimmer. Sie hatten sich nichts geschenkt und waren sich nichts schuldig geblieben. Eine Menge hässlicher Wahrheiten waren an die Oberfläche gelangt. Allerdings hatte er bis zum Schluss abgestritten, sich mit einer der hiesigen Schlampen, wie Alex in ihrer Wut die einheimischen Frauen bezeichnete, eingelassen zu haben. Er schuldete es Sien. Sie hatte einen Ruf zu verlieren. Und einen Job.
Nachdem die Tür hinter Alex zugeknallt war, saß Martin wie betäubt einige endlose Minuten auf dem Bettrand und nahm irgendwann mit einem unfrohen Lachen zur Kenntnis, dass er immer noch nackt war. Seufzend erhob er sich und ging unter die Dusche. Der kalte Wasserstrahl linderte das Betäubungsgefühl ein wenig, aber wie es nun weitergehen sollte, war ihm nicht klar; zu viele Gedanken, Satzfetzen und Bilder wirbelten durch seinen Kopf. In einem war er sich allerdings sicher: Er konnte Alex nicht mehr ertragen, und er würde sich die letzten Tage in Malaysia nicht von ihren Launen verderben lassen. Er nahm allerdings auch nicht an, dass sie Wert darauf legte, die restliche Zeit mit ihm zu verbringen.
Nach zehn Minuten wurde ihm das Wasser doch zu kalt. Nachdem er sich oberflächlich abgetrocknet hatte, wand er sich das

Handtuch um die Hüften und zerrte seinen Koffer vom Schrank. Er hatte gerade begonnen, seine Sachen in den Koffer zu werfen, als Alex zurückkam.
»Was tust du?«, fragte sie.
»Packen.«
»Das sehe ich. Eigentlich würde mich mehr interessieren, wohin du willst. Ach, ich vergaß, zu deiner Schlampe natürlich.«
Martin trat dicht zu ihr und konnte gerade noch den Impuls unterdrücken, sie zu packen und zu schütteln. »Überlass diese ordinäre Sprache den Schlampen, meine Liebe!«, presste er zwischen den Zähnen hervor. »Sie steht dir nicht. Du bist zu harmlos dafür.« Er drehte sich um und riss ein für diese Reise viel zu elegantes und teures Hemd aus dem Schrank. Verständnislos betrachtete er es. Er konnte sich nicht erinnern, es eingepackt zu haben, und er wollte es eigentlich auch jetzt nicht sehen. Angewidert schmiss er es hinters Bett. Es war ein Gruß aus einer Welt, die ihm in diesem Moment so fern war wie nie zuvor.
»Ich miete mir ein eigenes Zimmer«, setzte er Alex in Kenntnis.
»Hier im Hotel? Willst du mich vor allen Leuten bloßstellen?«
»Selbst nach diesem Streit machst du dir nur Sorgen darum, was die Leute über uns denken?« Martin war ernsthaft entsetzt.
»Du bist krank.«
»Wenn du meinst. Jedenfalls kommt es nicht in Frage, dass du dir in diesem Hotel ein Zimmer nimmst. Und auch nicht in einem anderen Hotel. Meinst du, ich mache mich zum Gespött der Leute, während du mit den Sch... Schönheiten der Insel herumvögelst? Ups. So sollte ich ja nicht mehr reden.« Sie maß ihn mit einem verächtlichen Blick, drehte sich um und rauschte aus dem Raum.
Ein hollywoodreifer Abgang, dachte Martin resigniert und gab dem halb gepackten Koffer einen Tritt. Sollte sie doch ihren Willen haben, wenn ihr so viel daran lag. Im Grunde ging es ihr

nur darum, ihn unter Aufsicht zu halten. Kurz regte sich sein schlechtes Gewissen, aber er beschwichtigte es sofort wieder. Gut, er hatte Alex tatsächlich betrogen, und es war auch nicht das erste Mal gewesen, aber sie hatte ihren Teil dazu beigetragen. Wäre alles in Ordnung, hätte er den Reizen anderer Frauen schließlich problemlos widerstehen können. Mit der Einsicht, dass seine Argumentationskette alles andere als schlüssig war, verließ er das Zimmer. Er brauchte etwas zu essen. Und einen Drink. Oder besser zwei.

* * *

Martin war völlig perplex. »Ist das dein Ernst?«, fragte er.
Sien nickte. Sie lehnte gegen die Rückseite einer kleinen Strandbude, in der tagsüber einige Tamilen versuchten, ihre Wassersportgeräte an die Touristen zu verleihen. Es hatte Stunden gedauert, bis es Sien gelungen war, sich ein paar Minuten von ihrer Arbeit fortzustehlen und sich mit Martin zu treffen. Das Licht einer mit Mückenleichen verschmierten Dreieinhalbwattbirne überzog Siens Gesicht mit einem dunkelgelben Schimmer, zu schwach, um ihre Züge wirklich erkennen, aber stark genug, um ihre Augen aufleuchten zu lassen. Martin war völlig unvorbereitet, als plötzlich ein starkes Gefühl der Zärtlichkeit für diese rätselhafte Frau in ihm aufstieg, die ihm gerade ein ebenso unmögliches wie reizvolles Angebot gemacht hatte. Irritiert kratzte er an einem Mückenstich am Oberarm herum, bis Sien seine Hand ergriff und nach unten drückte.
»Nicht kratzen, dann juckt es auch nicht«, sagte sie beiläufig. Und nach einer kleinen Pause: »Du musst dich nicht sofort entscheiden.«
»Ich möchte aber«, sagte Martin. Er zog hörbar die Luft ein. »Ich bin dabei.«

»Gut«, sagte sie. »Ich kümmere mich um alles. Aber jetzt muss ich zurück zur Arbeit.«
Martin sah Sien lange nach. Er wusste nicht, ob er lachen oder heulen sollte. Er war völlig durcheinander, doch wie durcheinander musste erst die Indonesierin sein? Was ging in ihr vor? Schließlich verließ auch er den Strand und ging seitlich am Hotel vorbei zur Straße. Sien war eine erwachsene Frau. Sie würde schon wissen, was sie tat.
Um Mitternacht saß Martin immer noch in dem *Foodcourt*, den er mittlerweile als sicheren Hafen betrachtete, und tat sich selbst leid. Vor ihm stand eine beeindruckende Batterie Tiger-Bier-Flaschen, die ihm die unverhohlene Bewunderung der am Nachbartisch zechenden älteren Chinesen einbrachte. Glücklicherweise hatten sie ihre Versuche, ihn in ihre feuchtfröhliche Runde zu integrieren, mittlerweile aufgegeben und begnügten sich mit einem *Thumbs-up*, wenn Martin ein neues Bier orderte. Er wollte nicht reden. Er wollte nachdenken und diesen verdammten Brief zu Ende bringen, der ihn nun seit Stunden beschäftigte. Ihm fehlten die Worte; die Taktik, sie mit Alkohol zum Fließen zu bringen, hatte leider nicht gefruchtet. Mit leerem Blick starrte er auf das leere Blatt Papier vor sich. Nein, ganz leer war es nicht. Immerhin stand dort schon »Liebe Alexandra«.
Martin rieb sich die Augen. Wie hatte es bloß so weit kommen können? Was war schiefgelaufen? Und wann? Er lehnte sich auf seinem Plastikstuhl zurück. Sein alkoholgetränktes Hirn spülte ihn zurück in eine Zeit, in der das Leben viel einfacher – und glücklicher – gewesen war. In der er machen konnte, wonach ihm gerade der Sinn stand. Zum Beispiel reisen ohne eine Frau im Schlepptau, deren Ansprüchen er niemals genügen würde. Wie lange war es her? Zwölf Jahre? Dreizehn? Er rechnete mühsam nach.

Es waren vierzehn Jahre. Vor vierzehn Jahren, mit gerade mal zwanzig, hatte er das erste Mal seinem Fernweh nachgegeben. Südamerika, Afrika, Asien. Er hatte fotografiert und gefilmt, und er war immer besser geworden. Zwei Jahre später gelang es ihm, einige Fotos und einen Kurzfilm zu verkaufen, noch ein Jahr später hatte er seinen ersten Auftrag für eine Reisereportage in der Tasche. Leute in wichtigen Positionen bestätigten ihm sein Talent. Er war auf dem besten Weg, sich einen Namen als Dokumentarfilmer zu machen.

Dann war Alex in sein Leben getreten. Groß, blond und strahlend schön war sie auf der Party eines Freundes erschienen, und er war hingerissen. Es gelang ihm noch am selben Abend, ihr die Zusage zu einer Verabredung zu entlocken. Drei Wochen später waren sie ein Paar. Martin schwebte im siebten Himmel. Alex war nicht nur schön, sondern auch klug; klüger als er. Sie studierte mit großer Ernsthaftigkeit Wirtschaftswissenschaften. Überhaupt war sie sehr ernst und auch nicht spontan, aber es machte ihm nichts aus. Sie holte ihn immer wieder auf den Boden der Tatsachen zurück, wenn seine Unbesorgtheit ihn in gefährliche Höhen zu wirbeln drohte. Zum ersten Mal in seinem Leben hatte er keine Geldsorgen. Alex ordnete sein Leben und hielt ihm den Rücken für seine Arbeit frei.

Im ersten Jahr ihrer Beziehung war sie stolz auf seinen Erfolg, doch je häufiger er fort war, desto unzufriedener wurde sie. Martin bot ihr an, ihn hin und wieder zu begleiten, doch sie lehnte ab. Erst war es das Studium, dann der Eintritt in das Maklerbüro ihres Vaters, was sie von den Reisen abhielt. Aber Martin vermutete, dass mehr dahintersteckte: Sie fürchtete sich vor dem allzu Fremden.

Dafür wurde sie immer eifersüchtiger. Als er ihr eröffnete, eine Reportage über die Elefantencamps in Thailand zu drehen, flippte sie regelrecht aus und unterstellte ihm, dass es ihm nur darum ginge, kleine Bargirls abzuschleppen. Danach wurde es immer schlimmer, bis sie am Ende sogar eifersüchtig auf die ihn begleitenden Journalistinnen wurde. Obwohl er wieder und wieder beteuerte, dass diese Frauen ihr nicht das Wasser reichen konnten, reagierte sie mit hysterischen Wutausbrüchen, die in völligem Gegensatz zu der beherrschten Frau standen, die sie nach außen darstellte.

Im Grunde ist der Streit heute Morgen nach altbewährtem Muster abgelaufen, dachte Martin resigniert. Er hatte alles geopfert, und wofür? Sein Fremdgehen begann jedenfalls erst, nachdem er seine Karriere als Dokumentarfilmer gegen den häuslichen Frieden eingetauscht hatte. Den Scheinfrieden.

Martin erinnerte sich noch genau an den Tag im Spätherbst 2001, als er völlig erschöpft von einem vergeigten Auftrag aus Indien wiederkam. Alex wartete in der Empfangshalle des Flughafens. Sie trug einen knielangen Rock und Stiefel mit himmelhohen Absätzen, die bei jeder anderen Frau billig ausgesehen hätten, Alex jedoch zur Göttin machten. Martin vergaß sofort seinen Indien-Ärger und eilte freudestrahlend auf seine Freundin zu, doch der Empfang glich einer kalten Dusche.

»Ich mache das nicht mehr mit«, sagte sie kühl. »Du kommst und gehst, wie es dir beliebt. Ich habe genug davon. Entweder, du änderst dein Leben, oder ich werde mich von dir trennen.«

Das saß. Statt einer liebevollen Umarmung, statt Wärme und Nähe servierte sie ihm ein knallhartes Ultimatum. Wie ein geprügelter Hund trotte Martin hinter ihr her zum Auto, und auch auf der Fahrt blieb er sprachlos. Was hätte er auch antworten sollen? In seinem Kopf wirbelten die Gedanken durcheinander, als hätte er hintereinander drei Bang-Lassis ex getrunken. Und ein Omelett mit magischen Pilzen obendrauf gepackt. Er konnte nur verlieren. Entweder er verlor seinen Job, den er

trotz der letzten ernüchternden Erfahrung liebte, oder er verlor Alex, die er noch mehr liebte. Trotz allem.
Alex hatte alles vorbereitet. Mit den richtigen Leuten gesprochen, an den richtigen Fäden gezogen. Der Vertrag lag auf seinem Schreibtisch, fertig zur Unterschrift. Vier Stunden nachdem sein Flugzeug auf der Landebahn aufgesetzt hatte, besiegelte er mit zwei Unterschriften seine weitere berufliche Zukunft. Er war nun kein selbständiger Dokumentarfilmer mit hoher Anerkennung und niedrigen Honoraren mehr, sondern gutbezahlter Angestellter des angesagtesten Werbefilmstudios der Stadt. Martin war schon immer ein Mann der schnellen Entscheidungen gewesen.

So schlimm war es in der Werbung nicht. So toll aber auch nicht. Er hatte ein Händchen für Werbefilme, aber sie interessierten ihn nicht. Zum Glück war der Job so hektisch, dass er wenig Zeit hatte, seinem ungebundenen Leben nachzutrauern. Alex war zufrieden, und sie führten ein glamouröses Spießerleben mit Altbauwohnung in Eppendorf, schicken Partys und noch schickeren Empfängen. Martin langweilte sich zu Tode.
2003, an einem verregneten Maitag, heiratete er Alex mit allem Pomp, den sie sich wünschte. Für Martin hatte die ganze Hochzeit einen seltsamen Beigeschmack, aber er hütete sich, etwas zu sagen. Er wusste, dass Alex hoffte, durch die Hochzeit ihre etwas lahm gewordene Beziehung wieder aufzupeppen. 2004 ging das Filmstudio pleite. Einfach so, ohne Vorankündigung. Zu wenig Aufträge, hieß es offiziell. Zu viele Luxuswagen in der Garage des Chefs, hieß es inoffiziell. Martin stand von einem Tag auf den anderen ohne Arbeit da. Er war erleichtert.
In den Jahren danach hatte er sich gehütet, einen festen Job anzunehmen. Tatsächlich brauchte er es auch nicht. Er hatte den Ruf, kreativ und zuverlässig zu sein – das Zweite sicherlich

Alex' Verdienst, die ihn mehr als einmal morgens aus dem Bett geschmissen hatte –, und bekam genug Aufträge, um sich über Wasser zu halten. Seine Ehe befand sich dafür auf Talfahrt, schneller und immer schneller, bis zum heutigen Tag. Sie waren unten angekommen. Und hatten sich die Nasen blutig geschlagen.

Martin schüttelte den Kopf, um das traurige Bild zu vertreiben. Sein Exkurs in die Vergangenheit war nicht dazu angetan, seine Enttäuschung zu mildern, im Gegenteil. Immerhin wusste er endlich, was er schreiben musste. Entschlossen nahm er den Stift in die Hand und kritzelte so lange über das erste Wort, bis es nicht mehr lesbar war. Dann schrieb er einige Sätze, so schnell es eben ging, damit er sie beendet hatte, bevor der Mut ihn verließ. Er faltete das Papier und steckte es in einen Briefumschlag, den er sorgfältig zuklebte.

Als er schließlich ziemlich betrunken zurück in seine und Alex' Suite kam, bemerkte er sofort sein Kopfkissen und das Laken auf der Couch im Vorraum. Also hatte auch für Alex die Wahrung des Scheins ihre Grenzen. Die Tür zum Schlafraum war geschlossen, aber nicht verriegelt. Martin machte sich nicht die Mühe zu klopfen und trat einfach ein. Alex lag schon im Bett, war aber noch wach. Sie hatte sich hinter einem Buch verschanzt und würdigte ihn keines Blickes.

Seine Sachen lagen wieder in den dafür vorgesehenen Fächern und Schubladen, fein säuberlich zusammengelegt. Kopfschüttelnd registrierte er, dass sie selbst den Koffer auf den hohen Schrank gehievt hatte, Gott allein wusste, wie. Aber wenn Alex etwas wollte, dann gelang es ihr im Allgemeinen auch. Eine Eigenschaft, die sich als Segen und Fluch der letzten Jahre erwiesen hatte.

Er schnappte sich ein frisches T-Shirt und Unterhosen, ging ins Bad, duschte sich und putzte die Zähne. Seine verschwitzte Kleidung ließ er auf dem Boden liegen, damit Alex sich darüber aufregen konnte. Dann durchquerte er das Schlafzimmer und vermied es, in ihre Richtung zu blicken. Erleichtert stieß er schließlich die Verbindungstür hinter sich zu und ließ sich auf die viel zu kurze Couch fallen. Es dauerte lange, bis er endlich einschlief; zu sehr beschäftigte ihn die Frage, ob er die richtige Entscheidung getroffen hatte. Zum ersten Mal seit sehr langer Zeit hatte er sich keine Hintertür offen gehalten.

Solor-Alor-Archipel, Ostindonesien, Juni 1871

Die Morgendämmerung war nur eine blassgraue Ahnung über dem Horizont der stillen Sawusee, als der *Molang* Bale die letzten Meter bis zum Kraterrand erklomm. Er streifte seine schwere Umhängetasche von den Schultern und hockte sich erschöpft nieder. Noch hatte er den Opferstein auf der höchsten Erhebung des geliebten und gefürchteten Vulkans nicht erreicht. Er konnte ihn in der Dunkelheit nicht erkennen, wusste aber von unzähligen Besuchen, dass die große Steinplatte auf der südlichen Seite des Kraters lag, der sich direkt zu seinen Füßen auftat, dunkel, tabu und unendlich tief. Ein heftiger Windstoß fegte über ihn hinweg und brachte beißenden, schwefligen Gestank. Der *Molang* Bale zitterte. Zu dieser Stunde war es kalt auf dem Berg, er sehnte den Tag herbei. Er wurde langsam zu alt für diese Pflichten, aber als Priester und Zauberer des Dorfes würde ihm nichts anderes übrigbleiben, als den beschwerlichen Gang selbst auf allen vieren zurückzulegen, wenn die Not es verlangte. Und die Not war groß: Ravuú war wieder wütend, und er musste den Grund ihres Zorns erfahren.

Er richtete sich mühsam auf und streckte seine steifen Gelenke. Ihm blieb nur noch wenig Zeit, denn er musste rechtzeitig zum

Sonnenaufgang am Opferplatz sein. Mit vorsichtig tastenden Schritten setzte er seinen Weg über die scharfzackigen Felsen fort. Die Spitzen und Kanten machten seinen schwieligen, harten Sohlen nichts aus; nur ein einziges Mal in seinem Leben hatte er Schuhe gesehen, am Fuß des hellhäutigen Fremden. Der greise Priester schüttelte noch heute den Kopf über diese unbequemen, schweren Dinger, die einen den Boden unter den Füßen nicht mehr fühlen ließen. Doch den Boden musste er fühlen: Ein falscher Schritt, ein loser Stein, und er würde stürzen, endlos stürzen bis in das unheimliche Reich der Vulkangöttin, dorthin, wo seine Ahnen lebten.

Das fette Huhn in seiner Tasche schien die Gefahr zu spüren. Es wehrte sich gegen seine Fesseln, und der *Molang* Bale hatte Mühe, es zu beruhigen. Gerade rechtzeitig erreichte er die Kuppe des Hügels und begann sofort mit den Vorbereitungen. Als Erstes breitete er den Inhalt der Tasche auf dem flachen Opferstein aus: eine Yamsknolle, ein wenig Reis, Früchte, einen Fischschwanz und ein dünnes, mit Palmwein gefülltes Bambusrohr. Dann presste er das heftig zappelnde Huhn mit der linken Hand auf den Stein und wartete, den Blick direkt nach Osten gerichtet. In der rechten Hand hielt er das verzierte Zeremonienmesser bereit.

Jenseits der Meerenge ging die Sonne direkt hinter dem mächtigen Kegel des von der großen Nachbarinsel Pantar in den Himmel ragenden Brudervulkans auf und färbte den Morgennebel über seinem Gipfel fahlgelb; kurz darauf erstrahlte der ganze Himmel in leuchtendem Orange und Violett. Die Umrisse der Inseln begannen sich vom dunklen Wasser abzuzeichnen, und der lange Schatten des Brudervulkans reichte fast bis an die Küste der Insel des *Molang*. Er stand reglos. Der Schatten wurde kürzer und kürzer, aber erst als die Sonne genau über dem Gipfel des Brudervulkans stand, kam Leben in den alten Mann. Mit einer schnellen Bewegung spaltete er dem Huhn den Kopf und hielt es fest, bis auch das letzte Zucken des Vogelkörpers verebbte. Dann schnitt er dem Tier sorgfältig die Leber heraus. Lange studierte er das Organ. Was er sah, gefiel ihm nicht.

Die Sonne stand schon hoch am Himmel, als der *Molang* Bale die vorgeschriebenen Riten abgeschlossen hatte. Jetzt galt es nur noch, der grausamen Göttin des Berges das Opfer in den Schlund zu werfen. Unter gemurmelten Beschwörungsformeln raffte er die auf dem Stein ausgebreiteten Gaben zusammen und trat an den Kraterrand. Beinahe senkrechte Wände fielen zu einem giftiggrünen See am tiefsten Grund des Kraters ab. Ungesunde Dämpfe hatten schon den ganzen Morgen über dem Berggipfel gelegen, doch nun schlugen sie dem alten Priester mit voller Wucht entgegen und nahmen ihm den Atem. Bale ergriff das tote Huhn und holte weit aus. Er hatte es plötzlich sehr eilig, den Berg zu verlassen. Gerade als er im Begriff war, den Hühnerkörper über den Kraterrand zu schleudern, sah er das Zeichen: Eine braune Schliere durchschnitt fast den gesamten See.
Trotz der Tageshitze fröstelte ihn. Nicht zum ersten Mal wechselte der Kratersee seine Farbe, und immer waren diese Erscheinungen von großem Unglück begleitet gewesen. Der braune Streifen erinnerte den *Molang* Bale an eine blutende Wunde, eine Wunde, die der Vulkangöttin Schmerzen bereiten musste. Ihm wurde schwindelig.
In diesem Moment begann die Erde zu beben. Die Oberfläche des schrecklichen Sees dort unten wurde aufgewühlt wie von einem schweren Sturm. An den Rändern vermischte sich das Braun der Wunde in kleinen Wirbeln mit dem hellen Grün zu einem dreckigen Grau. Entsetzt taumelte der *Molang* Bale zu-

rück. Ein starker Erdstoß riss ihn von den Füßen. Er schlug mit dem Kopf hart auf den Boden.
Die Tore zum Reich der Vulkangöttin öffneten sich unter ohrenbetäubendem Krachen und Jaulen. Dampf und Rauch stiegen auf, Fontänen aus Feuer, so hell, dass sie die Sonne auslöschten, schossen in den Himmel, Gesteinsbrocken groß wie Häuser wurden von den Dämonen des Bergs herumgeworfen wie Kiesel.
Der *Molang* hockte inmitten des Infernos, unfähig, sich zu bewegen; aber wohin sollte er sich auch wenden? Die Welt, wie er sie kannte, war nicht mehr. Unter ihm zitterte die Erde, bewegte sich in Wellen wie die Haut eines von Insekten gequälten Wasserbüffels. Überall taten sich Risse auf, aus denen glühende Lava quoll und sich auf sein geliebtes Dorf zuwälzte. Flüchteten sich die Dorfbewohner schon in den Booten auf die trügerische Sicherheit des Meeres? Er konnte es nur hoffen. Tränen traten in seine Augen. Alles, was er in seinem Leben aufgebaut hatte, würde in wenigen Augenblicken ausgelöscht sein.
Und dann sah er sie. Groß wie drei Männer, mit starken Muskeln unter der feurig orangefarbenen Haut, trat sie aus dem dunklen Rauch auf ihn zu. Ihre schrecklichen Zähne konnten einem Büffel den Nacken durchbeißen und ihre Hände ganze Bäume greifen und entwurzeln. Mit hervorquellenden Augen starrte Ravuú auf den alten, sich zu ihren Füßen windenden Priester hinab. Bale schlug sich die Hände vors Gesicht. Er konnte den Anblick nicht einen Moment länger ertragen. Wie von ferne hörte er sie sprechen. »Ich will den Fremden«, grollte ihre Stimme. »Er hat mich beleidigt.«

Der *Molang* schlug die Augen auf. Er lag auf dem Rücken und erblickte über sich einen wolkenlosen hellblauen Himmel. Der Stand der Sonne sagte ihm, dass es schon früher Nachmittag sein musste. Alles war still. Er wagte sich nicht zu rühren. Wo waren seine Ahnen, um ihn zu empfangen und in das Totendorf zu führen? Vorsichtig tastete er mit den Händen seine nähere Umgebung ab. Rauher, kalter Stein. Etwas Nachgiebiges, Glitschiges. Er drehte den Kopf. Direkt neben ihm lag das Opferhuhn, ein Stück weiter war die Yamsknolle in eine Mulde gerollt. Sie musste während des Vulkanausbruchs dorthin geraten sein. Verwirrt setzte er sich auf.

Alles war friedlich, nichts wies darauf hin, dass der Berg noch vor kurzer Zeit zornig getobt hatte. Er konnte weder neue Spalten noch Lavaflüsse erkennen, die Luft roch schlecht wie immer, war aber klar. Tief unten, jenseits des den Vulkan umschließenden Dschungels, erkannte der *Molang* Bale die Landzunge, die sich wie der Fühler eines Insekts von der kreisrunden kleinen Insel tastend ins Meer schob, und die grasgedeckten Häuser seines Dorfes. Er kniff die Augen zusammen. Einige dunkle Punkte am Strand erregten seine Aufmerksamkeit. Aus der Entfernung konnte er sie nicht zählen, aber er wusste auch so, dass die Fischerboote vollzählig an Land waren. Der Klan hatte es nicht für nötig befunden, auf die Boote zu gehen. Und endlich verstand der *Molang*: Es war ein Traum gewesen. Eine Vision. Und eine Warnung. Die Vulkangöttin gab sich mit seinen armseligen Hühnern nicht mehr zufrieden.

* * *

Die Hütte schwankte so stark, dass Martijn de Groots wenige Habseligkeiten von dem selbst angefertigten Regalbrett fielen. Er sprang von seinem Lager auf und eilte nach draußen. Obwohl er keine Angst hatte, von der auf Stelzen stehenden Hütte erschlagen zu werden, zog er es vor, das Erdbeben im Freien abzuwarten. Vom Dorfplatz her erschallten laute Stimmen. Martijn lief durch den Bananenhain, um zu sehen, ob seine

Hilfe benötigt wurde; er glaubte zwar nicht, dass das Beben die großen Häuser zum Einsturz gebracht hatte, wollte sich aber versichern.

Alle Gebäude waren unversehrt, trotzdem liefen die Dorfbewohner auf dem zentralen Platz zusammen. Aufgeregt durcheinanderredend, wiesen sie immer wieder nach oben, zur Spitze des ihre Insel beherrschenden Vulkans. Martijn konnte nichts Alarmierendes feststellen; auch wenn die Insel in den letzten Wochen häufiger von Erdstößen durchgeschüttelt worden war, so sah der Berg doch aus wie gewohnt. Als Martijn sich umdrehte, um zu seiner Hütte zurückzukehren, traf sein Blick den Sa'es. Sie lächelte ihm verstohlen zu, aber er ging weiter, ohne zu reagieren. Sollte sie ihre Spielchen doch mit jemand anderem spielen, er würde nicht mehr auf sie hereinfallen. Seit jener Nacht vor vier Monden, als sie ihn so überstürzt verlassen hatte, ging sie ihm aus dem Weg, aus Gründen, die sie ihm nicht verständlich machen konnte oder wollte. Selbst sein Essen wurde ihm seitdem von ihrer Schwester gebracht, was also sollte dieses Lächeln? Wütend riss er an einem Bananenblatt, das ihm den Weg versperrte. Vier Monate ohne eine Frau! Wenn das so weiterging, würde er verrückt werden.

Und wenn sie zurückkam? Er konnte es nicht ausschließen. Sofort bereute er, ihr Lächeln nicht erwidert zu haben. In seiner Situation musste er sich alle Möglichkeiten offenhalten.

Zurück in seiner Hütte, hätte Martijn liebend gern seinen unterbrochenen Mittagsschlaf fortgesetzt, um die Zeit totzuschlagen, aber der Schlaf wollte nicht kommen. Er wälzte sich in der schwülen Mittagsluft hin und her, bis er schließlich schlecht gelaunt aufgab und ins Freie trat. Er brauchte dringend frische Luft, aber auch hier draußen war die Hitze kaum zu ertragen. Die Insel kam ihm immer mehr vor wie ein Gefängnis, das ihm langsam, aber sicher die Luft abdrückte. Es gab kein Entrinnen.

Martijn strich frustriert über seine Brust. Vor zwei Wochen hatten sie ihn dort in einer recht schmerzhaften Prozedur mit einem kammähnlichen Gegenstand tätowiert, nachdem er einen halben Tag lang unverständliche Rituale über sich hatte ergehen lassen müssen. Jeden erwachsenen Mann des Dorfes zierte eine identische Tätowierung; wahrscheinlich barg sie einen geheimen Zauber, mit dem Martijn eigentlich nichts zu tun haben wollte. Er legte keinen Wert darauf, ein Wilder unter Wilden zu sein, aber er hatte den Wunsch seiner Gastgeber unmöglich ausschlagen können. Vor allem dem Dorfvorsteher, der gleichzeitig als Heiler fungierte und der Martijn in der Anfangszeit ständig mit bitteren Kräutertränken und dubiosen Pülverchen traktiert hatte, schien sehr viel daran gelegen zu sein, Martijn zu tätowieren, so dass er sich schließlich gefügt hatte. Außerdem gefiel ihm das Motiv: Verschlungene schwarze Linien und Spiralen bildeten einen großflächigen Rochen. Die Flügelspitzen des Rochens waren mehr als eine Handspanne auseinander und legten sich wie eine Kragenverzierung um Martijns Hals, während der lange dünne Schwanz des seltsamen Fisches mittig über sein Brustbein lief und sich mit einem auf seinen Oberbauch tätowierten Vulkan verband. Für Martijn sah es aus, als würde der Rochen aus dem Krater eines Vulkans aufsteigen. Der Berg selbst war mit einer furchterregenden Fratze verziert. Martijn war ein ungebildeter Seemann und nicht gewohnt, seinen Kopf mit komplizierten Gedankengängen zu quälen, doch er erfasste intuitiv, dass diese Tätowierung die Essenz der Welt ausdrückte, wie sie sich den Inselbewohnern darstellte. Ihr Leben war allein von den Launen der Meeres- und Vulkangötter abhängig, die mit der einen Hand Leben spendende Früchte der See und des Landes austeilten, nur um von Zeit zu Zeit mit der anderen ebendieses Leben mit Wasser, Wind und Feuer auszulöschen. Man stellte sich besser gut mit diesen Göttern, dachte Martijn amüsiert und ließ die Fischfang- und Erntefeste, die Tänze und Büffelschlachtungen und all den anderen Hokuspokus vor seinem inneren Auge Revue passieren. Erst kürzlich hatte wieder so ein Fest mit allerlei Magie und Schweineblut und einem Ringelreihen der alten Weiber stattgefunden, und das nur, weil einer der Männer des Dorfes für unbestimmte Zeit die Insel verließ.

Martijn schüttelte den Kopf. Man konnte es auch übertreiben. Da hatte er schon mehr Verständnis dafür, dass sie heute Nacht den klapprigen alten Zauberer auf den Vulkan geschickt hatten: Er würde dort oben allerlei Unsinn anstellen, um die Dämonen des Berges zu beruhigen. Manchmal erinnerte ihn das ganze Brimborium an die Gottesdienste zu Hause in Holland, bei denen die Priester versuchten, dem lieben Gott mit großen Worten und Kerzenrauch den Blick zu vernebeln.

* * *

Am Abend desselben Tages hing der angenehme Geruch von Bratfisch und würzigen Kräutern über dem Dorf; die Fischer waren in der Nacht zuvor erfolgreich gewesen. Sa'e legte liebevoll ein Stück gebratenen Rochen auf ein Bananenblatt. Trotz Mires Protest verließ sie mit dem Fisch in der Hand das Kochfeuer ihres Klans, um Marr-Tin sein Abendessen selbst zu bringen. Sie hatte ihn so lange nicht mehr alleine getroffen, dass sie vor Aufregung zitterte.

Während sie über den von den Kochfeuern geisterhaft erhellten Dorfplatz ging, versuchte sie, die anderen Familien zu ignorieren, deren Mitglieder sie verstohlen musterten. Zwar hatte ihre Schwester das Geheimnis für sich behalten, aber seit einiger Zeit tratschten die Dorfbewohner: Zu auffällig war ihr Bemühen gewesen, den Fremden in die Dorfgemeinschaft aufzu-

nehmen, ihn zu einem Rochenkind zu machen. Daran hatte auch Mires unverhoffte Unterstützung nichts ändern können, und die aufflackernde Aktivität Ravuús machte die Situation nur schlimmer.
Sa'e straffte sich. Alles würde gut werden. Marr-Tin gehörte seit der Tätowierung am letzten Vollmond zum Stamm der Rochenkinder, und der *Molang* war auf dem Berg, um Ravuú zu besänftigen. Schon morgen würde sie ihren Vater bitten, Marr-Tin heiraten zu dürfen. Es wurde höchste Zeit.
Marr-Tin saß auf dem Boden vor seiner Hütte und starrte ins Leere.
»Guten Abend!«, grüßte Sa'e ihn schon von weitem. Sie war sehr stolz auf die wenigen Wörter seiner Sprache, die sie bereits gelernt hatte.
»Guten Abend«, antwortete er in ihrer Sprache und lächelte. Es war ein Ritual, dass sie begonnen hatten, als er hilflos und zerschlagen im Haus ihres Vaters gelegen und sie sich um ihn gekümmert hatte. Leider hat er nicht viel mehr hinzugelernt, dachte Sa'e, aber das wird mit der Zeit kommen, wenn er erst mein Mann ist und wir uns sehen können, wann immer wir wollen.
Sie kniete neben ihm nieder und reichte ihm den Fisch. Schweigend sah sie zu, wie er ihn mit großem Appetit vertilgte.

Martijn ließ sich seine Überraschung nicht anmerken, als Sa'e zwischen den Bananenstauden auftauchte. Er hatte nicht die geringste Vorstellung, was sie dazu bewogen hatte, ihre Deckung zu verlassen, aber es sollte ihm recht sein. Er konnte nur hoffen, dass sie nicht nur deshalb sein Essen brachte, weil ihre Schwester verhindert war. Aufmunternd lächelte er ihr zu, als sie sich niederkniete, und nahm ihr den Fisch ab. Mit dem kurzen Anflug eines schlechten Gewissens schlang er ihn hinunter; es wurde Zeit für ihn, selbst für seine Nahrung zu sorgen. Doch solange die Eingeborenen keine Anstalten machten, ihn zur Arbeit einzuspannen, sah er keinen rechten Grund dazu, unter der sengenden Sonne auf den Feldern zu schuften.

Als er sein Mahl beendet hatte, nahm ihm die kleine Insulanerin das Bananenblatt ab und warf es achtlos fort. Dann sah sie sich verstohlen um. Als sie sich vergewissert hatte, dass niemand sie beobachtete, rutschte sie nah an ihn heran und berührte ganz leicht die Tätowierung auf seiner Brust. Die Berührung schoss Martijn sofort in die Lenden, doch er bezähmte sein Verlangen, sie an sich zu reißen und in seine Hütte zu tragen. Der Abend war noch jung, zu jung. Bisher war sie immer in den dunkelsten Stunden nach Mitternacht zu seiner Hütte geschlichen. Vielleicht würde sie heute Nacht endlich wieder den Weg zu seinem Lager finden.

Um seine Erregung zu unterdrücken, lehnte er sich gegen die zu seiner Hütte hinaufführende Leiter und sah in den dunkelblauen, mondlosen Himmel, an dem die Sterne der südlichen Erdhalbkugel funkelten. Martijn brauchte nur wenige Augenblicke, bis er das Kreuz des Südens gefunden hatte; er war ein Seefahrer durch und durch, und wenn er auch nicht viel von Navigation verstand, so waren ihm die Sternbilder über den nördlichen und südlichen Meeren doch so vertraut wie den Krämern im fernen Amsterdam der Inhalt ihrer Börsen.

Ob der Kurs seines Lebensschiffes jemals wieder den Polarstern anpeilen würde? Während Sa'e weiterhin seine Brust streichelte, schloss Martijn die Augen und träumte sich zu den wilden Küsten der Nordsee. Graues, sturmgepeitschtes Wasser, die eiskalte Gischt flog einem aufrechten Seemann direkt ins Gesicht. Möwen kreischten um die Masten der stolzen, mit den Reichtümern der Gewürzinseln beladenen Schiffe. Die Kais gesäumt von feisten Kaufleuten und dürren Gassenjungen, von feinen

Damen und bunt herausgeputzten, strohblonden Dirnen, die dem Schiff entgegenjubelten.
Der Jubel ging in aufgeregtes Geschrei über. Martijn schlug die Augen auf und blickte direkt in Sa'es erschrockenes Gesicht. Das Geschrei kam vom Dorf herüber. Sa'e zischte ihm etwas Unverständliches in ihrer Sprache zu, dann sprang sie auf und verschwand zwischen den Bananenstauden.
Martijn folgte ihr langsam. Kaum hatte er die Gasse zwischen den Häusern betreten, konnte er die Silhouetten der über den Dorfplatz rennenden Menschen erkennen. Sie verschwanden in westlicher Richtung, dort, wo der in die Felder und auf den Vulkan führende Pfad begann. Eine Frau stieß ein gequältes, langgezogenes Geheul aus, das sich über die Rufe der anderen erhob und über das Dorf ausbreitete. Martijn war das Ganze nicht geheuer. Irgendetwas stimmte nicht, ganz und gar nicht.

Es dauerte eine Weile, bis die Dorfbewohner, angeführt von dem gebeugten Zauberer, zurückkamen. Der Greis hielt sich nur mühsam aufrecht und taumelte zu einem extra entfachten Feuer vor dem bootsförmigen Altar in der Mitte des Platzes, wo er sich niederließ. Der Dorfvorsteher und einige der älteren Männer und Frauen gesellten sich zu ihm. Alle Übrigen, es mochten etwa dreihundert sein, stellten sich in einem weiten Kreis um die Respektspersonen am Feuer und gaben keinen Laut von sich. Über ihnen wölbten sich bedrohlich die ausladenden Hausdächer, schwärzer als der schwarze Himmel, und verdeckten die Sterne.
Martijn stellte sich unbemerkt in den Schatten. Erstaunt registrierte er, dass die Fischer vollzählig versammelt waren; keiner war in der Abenddämmerung zum nächtlichen Fang hinausgefahren. Vielleicht hat das Erdbeben sie abgehalten, dachte er und konzentrierte seine Aufmerksamkeit wieder auf den *Molang*.

Da Martijn wesentlich größer als die Insulaner war, konnte er über ihre Köpfe hinweg die Szene am Feuer gut beobachten. Der Priester erholte sich schnell. Mit weit ausholenden Gesten redete er auf die ehrfürchtig lauschenden Stammesmitglieder ein.

Martijn de Groot betrachtete ihn mit einer Mischung aus Faszination und Entsetzen. Bisher hatte er den gebrechlichen alten Spinner, der kaum seine dunkle, stickige Hütte verließ und mit Knochen, Kräutern und anderem Zeug hantierte, mitleidig und ein wenig von oben herab betrachtet. Ein ungebildeter Heide; harmlos und dem Tode nah.

In diesem Moment jedoch haftete dem Zauberer nichts Mitleiderregendes an. Das Feuer beleuchtete sein zerfurchtes braunes Gesicht von unten und zeichnete tiefe Schatten in seine Augenhöhlen, aus denen die Blicke raubkatzenhaft hervorblitzten; sein krauses graues Haar leuchtete auf wie ein unseliger Heiligenschein. Jahrzehntelanges Betelkauen hatte die Lippen, die Mundhöhle und die wenigen verbliebenen Zähne des Zauberers tiefschwarz gefärbt, aber die flackernden Flammen ließen es aussehen wie blutgetränkt. Heute Nacht ähnelte der alte Mann den auf den Hausdächern lauernden Götzenfratzen weit mehr als einem lebenden Menschen, und seine brüchige Altmännerstimme erschien Martijn wie das Raunen von Dämonen. Erst jetzt bemerkte er, dass der *Molang* sich geschmückt hatte: Auf seine bloßen Oberarme waren helle Ringe gemalt, die der Schweiß im Laufe des Tages verwischt hatte, und um den Hals trug er eine Kette aus den Häusern großer Meeresschnecken. Federn von einem so leuchtenden Blau wie das Elmsfeuer an den Mastspitzen der Segelschiffe waren überall auf seinem mit Tiermotiven verzierten *Sarong* befestigt. Martijn erkannte, dass dem alten Teufel eine nicht zu unterschätzende Stärke und Macht innewohnte. Der Mann war alles andere als harmlos.

Und dann wurde Martijn richtig mulmig zumute: Zwei ältere Frauen eskortierten Sa'e vor den Zauberer. Seine Geliebte hielt den Kopf gesenkt und hob ihn auch nicht, als der *Molang* ihr Fragen zu stellen begann. Anfangs erschien sie ruhig und gefasst, schüttelte immer wieder den Kopf und murmelte die Antworten so leise, dass sich die Menge geschlossen einen Schritt dem Feuer näherte in dem vergeblichen Versuch, etwas zu verstehen. Der Zauberer schien mit Sa'es Antworten nicht zufrieden zu sein und drang mit immer lauterer und schrillerer Stimme auf sie ein. Sa'e wand sich wie ein Fisch auf dem Strand.

Das Verhör ging weiter, bis Sa'e plötzlich ihre unterwürfige Haltung abstreifte. Hoch aufgerichtet, beinahe stolz baute sie sich vor dem alten Mann auf und antwortete ihm mit klarer, fester Stimme. In diesem Augenblick bewunderte Martijn seine Geliebte für ihren Mut, während ihm gleichzeitig ein unbehaglicher Schauer über den Rücken lief. Er ahnte, was sie dem Zauberer, dem Dorf, der ganzen Welt erzählte, und wusste instinktiv, dass es unangenehme Konsequenzen haben würde. Als Sa'e schwieg, herrschte Totenstille, selbst dem *Molang* hatte es die Sprache verschlagen. Das gesamte Dorf hielt den Atem an.

Ein Moskito setzte sich auf Martijns Hals. Unwillkürlich schlug er mit der flachen Hand nach dem Insekt. Das Klatschen durchbrach die gebannte Stille wie ein Trommelschlag. Der Priester fuhr überrascht auf und sah Martijn direkt in die Augen. Für einen endlosen Moment verharrten der alte dunkelhäutige und der junge hellhäutige Mann bewegungslos, die Blicke ineinander verkrallt. Martijn sah in schneller Abfolge Erkennen, Wut und maßlose Enttäuschung in den Augen des *Molang*. Plötzlich sprang der Greis mit einer Schnelligkeit und Gewandtheit auf, die sein Alter verhöhnten, und zeigte mit ausgestreck-

tem Arm auf Martijn, der erschrocken einen Schritt zurückwich. Der Priester sagte etwas mit schriller Stimme, und wie auf Kommando wandten sich alle Dorfbewohner dem großen blonden Mann zu und starrten ihn an. Dreihundert Augenpaare lasteten auf ihm, durchbohrten ihn. Noch immer hatte außer dem Zauberer niemand ein Wort geäußert. Die Stille wurde unerträglich. Martijn merkte, wie sich die feinen Härchen auf seinen Unterarmen aufstellten, ein nie gekanntes Grausen packte ihn. Wie festgenagelt verharrte er auf seinem Platz. Was ging hier vor sich? Zu spät bereute er, die Sprache seiner Gastgeber nicht gelernt zu haben.
Eine Hand streckte sich nach ihm aus, berührte zögernd seinen Arm. Eine zweite folgte, dann eine dritte. Martijn stand noch immer reglos. In die Menge kam Bewegung. Ein älterer Mann zwängte sich durch die Menschen und stellte sich vor den Holländer. Die harten Muskeln seiner Oberarme zuckten im Takt der sich öffnenden und schließenden Fäuste. Martijn kannte den Mann gut, er war Sa'es Vater, in seinem Haus war er gesund gepflegt worden. Bisher hatte er sich ihm gegenüber umgänglich gezeigt, doch jetzt war alle Freundlichkeit wie weggeblasen. Der Blick des Mannes verriet einen so abgrundtiefen Hass, dass Martijn seine Ahnung bestätigt sah: Sa'e hatte ihr Verhältnis tatsächlich offengelegt, und in den Augen der Dorfbewohner schien diese Beziehung ein schweres Vergehen zu sein.
Martijns Gedanken rasten. Er musste die Menschen beruhigen, die Frau heiraten oder was auch immer sie von ihm verlangten. Aber bevor er auch nur eine beschwichtigende Geste machen konnte, schoss die kräftige Hand des Mannes vor und ergriff Martijns Unterarm. Der Bann war gebrochen. Mit lauten Rufen umringten die Dorfbewohner Martijn, packten seine Kleidung, gruben ihre Finger in seine Arme, krallten sich in

seine Haare. Der Schmerz riss Martijn aus seiner Starre. Mit einem Ruck versuchte er, die sich dichter und dichter um ihn drängenden Menschen abzuschütteln, aber für jede Hand, die von ihm abließ, kamen zwei neue hinzu. Mit aller Kraft hieb er auf die Meute ein. Sie kam ihm vor wie ein Rudel hungriger Tiere, die nur noch einen Gedanken hatten: ihn zu zerreißen, zu vernichten. Er landete einen heftigen Faustschlag mitten in das Gesicht von Sa'es Vater, der aufheulte und Martijns Arm fahren ließ. Der schmerzerfüllte Aufschrei lenkte die Aufmerksamkeit der Insulaner kurz ab, und Martijn wusste seine Chance zu nutzen. Mit einem urzeitlichen, seinem tiefsten Inneren entspringenden Schrei fegte er die viel kleineren Männer, Frauen und Kinder beiseite und befreite sich mit einem großen Satz aus ihrer Mitte. Ohne sich umzusehen, hetzte er davon, vorbei an seiner bescheidenen Hütte, vorbei an der Schaukel, die er für die Kinder des Dorfes in einen großen Baum gehängt hatte, vorbei an den kargen, kleinen Gemüsefeldern, bis er schließlich in den schwarzen Dschungel am Fuße des Vulkans eintauchte.

In diesem Moment erschütterte ein erneutes Erdbeben die Insel.

Trotz des schwankenden Bodens gelang es Martijn, auf einen am Waldrand stehenden Baum zu klettern. Hinter sich hörte er das Geheul der in Panik geratenen Inselbewohner, und er konnte von seinem erhöhten Platz aus sehen, wie die Männer ziellos in die Felder liefen. Wahrscheinlich zertrampelten sie dabei einen Teil der kostbaren Ernte. Es dauerte lange, bis der *Molang* und einige der mutigeren älteren Männer sie wieder beruhigt hatten und zu Martijns Verfolgung antreiben konnten. Martijn brach der kalte Schweiß aus, als er die ersten dunklen Gestalten in Richtung seines Baumes rennen sah. Sein Verstand zischte ihm zu, dass sie ihn unmöglich zwischen den dichten Blättern sehen konnten, aber die Angst vor einer Entdeckung krallte sich in seinen Körper. Unfähig, sich zu bewegen, wartete er auf sein Verderben.

* * *

Sa'es Blick klammerte sich an ihre Zehenspitzen, als wären sie das einzig Wirkliche auf der Welt. Sollte sie den Kontakt zu ihren Füßen verlieren, würde sie sich einfach auflösen. Vielleicht wäre es besser so, schoss es ihr durch den Kopf. Lange würde sie das Verhör nicht mehr durchstehen. Immer drängender wurden die Fragen des *Molang*, und immer deutlicher wurde ihr bewusst, dass ihr Geheimnis schon lange keines mehr war. Der *Molang* Bale musste es geahnt haben, und nun hatte Ravuú seinen Verdacht bestätigt.
»Hast du dich mit dem Fremden allein getroffen?« Die Stimme des Alten bohrte sich in ihren Kopf. Sie nickte. Weiterhin alles abzustreiten würde die Sache nur schlimmer machen, wenn das überhaupt noch möglich war. Sie hörte ihre Mutter neben sich gequält aufseufzen. Sa'e wand sich. Mit großer Anstrengung hob sie den Kopf und prallte entsetzt zurück. Der zusammengekniffene Mund ihrer Mutter und die sie anklagend musternden Augen sagten ihr überdeutlich, was sie ohnehin schon wusste: Alle waren verloren. Sie. Marr-Tin. Und vielleicht sogar die Rochenkinder. Ihre Schuld. Es war ganz allein ihre Schuld.
»Hast du das Lager mit ihm geteilt?« Der Priester schrie jetzt, schrie ihre Schande in die dunkelblaue Nacht, bis seine Anklage auch die letzten Ohrenpaare erreichte und die letzten Zweifel an ihrer Unschuld beseitigte. In Sa'e regte sich plötzlich Widerstand gegen die Selbstgefälligkeit des *Molang* und auch gegen ihre Mutter. Sie würde nicht klein beigeben. Hatte nicht auch sie einen Anspruch auf Glück?

Sie straffte sich. Ihre Verzweiflung schlug in Wut um.
»Ja, ich habe das Lager mit ihm geteilt«, antwortete sie laut. »Es ist mein Recht, denn es war kein Zufall, dass ausgerechnet ich ihn gefunden und gerettet habe: Der Gott des Meeres hat mir meinen Mann genommen und Marr-Tin dafür geschickt. Ich werde ihn heiraten.«
Triumphierend registrierte Sa'e die Verblüffung auf dem Gesicht des *Molang*. Damit hatte er nicht gerechnet. Er würde sehen, dass sie recht hatte; Ravuú stand auf ihrer Seite. Um sie herum wurde es so still, dass die Gedanken der Rochenkinder vernehmbar wurden. Sie hörte die dumpfen Schwingungen des Zweifels, schrille Verachtung und das leise Raunen der Bewunderung. Sie hörte Worte, die sie lieber nicht verstanden hätte, und sie hörte die Furcht, die sich wie ein Tuch über alle Gedanken legte und sie langsam erstickte. Dann übertönte ein lautes Klatschen die Gedanken und trieb sie zurück in die Köpfe. Ebenso wie der *Molang* und der Rest der Dorfbevölkerung fuhr Sa'e herum und sah zu ihrem Entsetzen Marr-Tin am äußeren Rand des Kreises im Schatten stehen, groß, hellhäutig, auffällig. Was machte er hier? Begriff er denn nicht, in welcher Gefahr er schwebte? Verzweifelt versuchte Sa'e, seine Aufmerksamkeit auf sich zu lenken, ihn zur Flucht zu bewegen, doch er hatte seinen Blick fest in den des *Molang* gebohrt. Der stumme Kampf der beiden Männer schien eine Ewigkeit anzudauern, lang genug, um Sa'es mühsam errungene Zuversicht verpuffen zu lassen.
Hilflos verfolgte sie, wie ihr Vater sich seinen Weg zu Marr-Tin bahnte, hilflos musste sie mit ansehen, wie die Rochenkinder über ihren Geliebten herfielen.
Plötzlich packte ihre Mutter Sa'e am Arm und schüttelte sie wie ein Hühnchen. »Glaubst du wirklich, dass dieser Marr-Tin dir geschickt wurde? Bist du so vermessen zu glauben, dass der Meeresgott von dir Notiz nimmt?«, fragte sie aufgebracht.

»Von meinem Mann hat er Notiz genommen«, antwortete Sa'e bitter. »Und Ravuú hat ihre Augen auch überall. Warum sollte mir nicht ausnahmsweise etwas Gutes zuteilwerden?«
»Was ist gut an dem Fremden? Wie kannst du dir sicher sein, dass er kein Dämon ist?«
Sa'e sah ihre Mutter nur an, beobachtete stumm, wie sich langsam die Erkenntnis in deren Gesicht breitmachte. Doch bevor die Frau etwas erwidern konnte, erreichte der Tumult um Marr-Tin seinen Höhepunkt. Mit einem wahrhaft dämonischen Schrei sprang Marr-Tin aus dem dichten Ring von Leibern heraus und verschwand in Richtung seiner Hütte. Die Rochenkinder waren so überrascht über seine Flucht, dass sie einige Momente verstreichen ließen, bevor sie ihm nachsetzten, kostbare Momente, die Marr-Tin einen dringend benötigten Vorsprung verschafften. Sa'e riss sich von ihrer Mutter los und erreichte mit wenigen Sätzen die nächste Hausecke. Hinter sich hörte sie ihre Mutter zetern, doch niemand beachtete sie in dem allgemeinen Durcheinander. Sa'e hetzte weiter, umrundete das Dorf und kauerte sich in den Schatten eines dichten Busches am Rand der Felder. Sie war so aufgewühlt, dass selbst das Erdbeben, das die Rochenkinder wie geköpfte Hühner herumtaumeln ließ, sie nicht erschreckte. Es dauerte eine geraume Zeit, bis sie sich so weit beruhigt hatte, dass sie einen klaren Gedanken fassen konnte.
Marr-Tin war offensichtlich in den Wald geflohen. Mit kaum unterdrückter Schadenfreude beobachtete sie, wie die Rochenkinder vor dem Dschungel zurückschreckten: Marr-Tin befand sich in Sicherheit, solange die Nacht andauerte. Mit einem Anflug von Stolz dachte sie an ihren Geliebten, der sich nicht fürchtete, weder vor Geistern noch vor Menschen. Niemand würde sie so gut beschützen und eine Familie so gut versorgen können wie er, der so viel größer und stärker war als alle anderen. Dann kamen

ihr Zweifel. Marr-Tin würde sich nicht ihrem ganzen Volk entgegenstellen können. Er musste fort von der Insel, sonst würde es ihm schlecht ergehen. Sa'e sorgte sich so sehr um Marr-Tin, dass die Erkenntnis sie erst traf, als die Rochenkinder schon lange ihre Wachtposten vor dem Waldrand bezogen hatten: Auch mit ihr würde es ein schlimmes Ende nehmen.

* * *

Die Männer blieben abrupt stehen, wenige Schritte vor dem Waldrand. Verhaltenes Flüstern drang zu Martijn in sein Baumversteck hinauf. Zu seiner unendlichen Erleichterung begriff er, dass keine Macht der Welt die Menschen der Insel dazu bewegen konnte, den von Geistern und Dämonen bevölkerten Dschungel nach Einbruch der Dunkelheit zu betreten. Stattdessen ließen sie sich in einer lang gezogenen Linie und in sicherem Abstand entlang der bedrohlichen Schwärze des Waldes nieder. Um ihre Angst zu vertreiben, sangen sie ohne Unterlass seltsam unmelodische monotone Lieder, begleitet vom Rhythmus einiger Bronzetrommeln. Martijn musste lange warten, bis die Aufmerksamkeit der Insulaner so weit erlahmt war, dass er den Baum verlassen konnte. Leise trat er den Rückzug an, tiefer in den Wald hinein, bis er sich in Richtung der Küste wandte. Vorsichtig kletterte er über die Klippen und pirschte sich auf das gespenstig ruhige Dorf zu. Sein Verstand arbeitete klar und präzise. Er hatte einen Plan.

* * *

Sie würden gemeinsam fliehen. Sa'e hatte die halbe Nacht gegrübelt und war mittlerweile davon überzeugt, dass es keine andere Möglichkeit gab. Sie musste ihre Familie und ihr Volk verlassen. Die Erkenntnis, dass genau diese sich heute Nacht von ihr abgewandt hatten, machte ihr den schmerzhaften Entschluss nicht leichter. Sie hatte Angst zu bleiben, doch ebenso viel Angst bereitete ihr das Unbekannte, das dort draußen jenseits der übersichtlichen Grenzen ihrer kleinen Insel lauerte. Lediglich die Vorstellung, an Marr-Tins Seite einen Neuanfang zu wagen, stimmte sie ein wenig zuversichtlicher. Irgendwo würde es einen Platz für sie beide geben. Es musste einfach so sein.

Mit angehaltenem Atem verließ sie ihr Versteck hinter den Büschen und erhob sich. Ihre Füße kribbelten, und sie musste sich zwingen, ruhig zu bleiben, bis das Blut erneut zirkulierte. Als sie wieder auftreten konnte, verschwand sie lautlos in der dem Wald entgegengesetzten Richtung und schlug einen weiten Bogen um das Dorf.

Sie wusste, wohin Marr-Tin sich wenden würde.

* * *

Martijn kauerte schwer atmend unter einem der dem Strand am nächsten stehenden Häuser und beobachtete misstrauisch die in einiger Entfernung auf dem Trockenen liegenden Boote. Nichts regte sich, aber das konnte auch eine Falle sein. Sein einziger Fluchtweg war das Meer, und die Dorfbewohner würden Wachen aufgestellt haben. Aber hatten sie es wirklich getan? Von weither hörte er Rufe, dann setzten die dumpfen Schläge der Trommeln wieder ein. Offensichtlich hatten sie ihre Posten am Waldrand noch nicht verlassen. Martijn spannte seine Muskeln an. Er durfte nicht zu lange warten, sein Glück nicht weiter herausfordern, aber noch zögerte er. Hatte sich dort, im Schatten der Palmen, etwas bewegt? Er kniff die Augen zusammen und konzentrierte sich auf die in

lockerem Abstand stehenden Stämme. Einige Minuten verstrichen. Die Stille wurde nur von dem leisen Gluckern des Meeres unterbrochen, das in trägem Rhythmus den Strand liebkoste. Aus den Augenwinkeln nahm Martijn erneut eine Bewegung wahr und drehte vorsichtig den Kopf. Große Krebse flitzten über den im Sternenlicht glitzernden Sand an der Wasserkante, stürzten sich ins Meer und ließen sich von den Wellen wieder auf den Strand tragen. Die Nacht war ihre Zeit, die Dunkelheit ihr Schutz vor den Vögeln. Martijn seufzte. Wenn es wenigstens wirklich dunkel wäre. Selbst in dieser mondlosen Nacht würde seine Gestalt vor dem hellen Sand weithin zu sehen sein. Irgendwo im Dorf begann ein Kleinkind zu weinen. Martin kroch vorsichtig unter dem Haus hervor. Er musste es wagen. Jetzt.
Mit einigen großen Sprüngen erreichte er die Boote und glitt zwischen sie. Sein Herz klopfte bis zum Hals; jeden Moment erwartete er einen Warnschrei, eine Hand an seiner Gurgel, ein Messer in seinem Körper. Nichts geschah. Er war unentdeckt geblieben. Mit neuem Mut robbte er die Reihe der Boote entlang. Er hatte es auf ein bestimmtes abgesehen, das mit geschnitzten Seitenwänden ausgestattet war. Es war größer und stabiler als die gewöhnlichen Fischerboote und hatte zusätzlich den Vorteil, am weitesten vom Dorf entfernt auf dem Strand zu liegen. Als er es erreichte, wagte er einen schnellen Blick über die niedrige Bordwand. Befriedigt registrierte er einige Paddel und ein aus Pandanusblättern geflochtenes Segel. Er wusste nicht, wie man es setzte, war aber zuversichtlich, es schaffen zu können – wenn es ihm gelang, ungesehen zu entkommen. Schnell glitt er zum Heck des Bootes und stemmte sich mit aller Kraft dagegen. Die Fischer waren jeweils zu dritt oder zu viert, wenn sie ihre Boote zu Wasser ließen, aber Martijn besaß neben seiner enormen Körperkraft auch die

Kraft der Verzweiflung. Mit einem Knirschen kam das Holzboot in Bewegung, und nach wenigen Minuten spürte Martijn, wie die Last leichter wurde: Das Boot hatte Wasser unterm Kiel.

* * *

Sa'e glitt vorsichtig von einem Stamm zum nächsten. Die Palmen auf der Landzunge standen weit auseinander, und sie musste jedes Mal, wenn sie die Deckung verließ, ihren ganzen Mut zusammennehmen. In einiger Entfernung leuchtete zwischen den Stämmen der Strand, ihr Ziel. Wieder löste sie sich von einem Palmenstamm, machte drei, vier schnelle Schritte und schmiegte sich an den nächsten, dann an den nächsten und wieder den nächsten. Sie war nicht mehr weit von den Booten entfernt, als sie Marr-Tin sah. Er hatte bereits das große Zeremonienkanu ins Wasser geschoben und wartete offensichtlich auf sie. Alle Vorsicht außer Acht lassend spurtete sie los, sie musste sich beeilen. Marr-Tin war so deutlich zu sehen, dass er jederzeit entdeckt werden konnte. Sa'e erreichte das erste Boot und stürmte weiter. Ein Ruder ließ sie straucheln, sie rappelte sich hoch, lautlos, um nur ja nicht die Aufmerksamkeit der Rochenkinder auf die Geschehnisse am Strand zu lenken. Schneller, trieb sie sich an, schneller!, während ihre nackten Füße den feinen Sand aufwirbelten. Nur noch ein paar Schritte, und sie würde Marr-Tin erreicht haben. Doch dann stockte ihr der Herzschlag. Was tat Marr-Tin da? Ein verzweifelter Schrei entrang sich ihrer Kehle. Er musste doch auf sie warten!

* * *

Martijn versetzte dem Boot einen letzten Stoß, schwang sich über die Bordwand und griff nach einem Paddel, um so schnell wie möglich eine sichere Entfernung zwischen sich und die Insel zu bringen. In diesem Moment durchschnitt ein Schrei die ruhige Nacht.
Martijn fuhr herum. Am Ufer stand Sa'e, winkte und rief immer wieder seinen Namen: »Marr-Tin!« Als sie sah, dass er sie gehört hatte, lief sie ins Meer, aber schon nach ein paar Schritten wurde es zu tief. »Marr-Tin!« Ihre helle Stimme überschlug sich. Martijn zog das Paddel ein und starrte zurück. Sa'e stand keine zwanzig Schritte von ihm entfernt im hüfttiefen Wasser. Er konnte ihr dunkles, von krausem Haar umrahmtes Gesicht deutlich erkennen, ihre breite Nase und die großen Augen. Der Rock aus grobem Webstoff hatte sich auf der schwarzen Wasseroberfläche um sie gebreitet und schaukelte sanft auf der Dünung; Martijn hatte die Vision eines Meereswesens, das die zierliche Insulanerin erst umschmeichelte, um sie dann in die Tiefen der See hinabzuzerren.
Sie hatte aufgehört zu winken, und ihre Hände strichen über ihren Bauch. Dann drehte sie sich zur Seite, immer noch seinen Namen rufend. Wie viele Frauen auf der Insel trug Sa'e kein Oberteil, und Martijn konnte ihre kleinen Brüste erkennen. Sa'e hatte es geliebt, wenn er sie mit seinen großen Händen bedeckte, und bei Gott, er hatte es ebenfalls genossen. Was tat sie jetzt? Martijn folgte der Bewegung ihrer Hände, die einen großen Halbkreis vor dem Bauch beschrieben. Endlich begriff er. Sa'e war schwanger. Von ihm.
Ein heftiges Schuldgefühl durchzuckte ihn, gefolgt von einer unerwarteten Zärtlichkeit für die junge Frau. Aber er konnte nichts für Sa'e tun, sie musste selbst sehen, wie sie zurechtkam. Immerhin hatte sie sich aus freien Stücken zu seinem Lager geschlichen, er hatte sie zu nichts gezwungen. Ohne ein Wort drehte er sich um

und begann, aus Leibeskräften zu paddeln. Sa'es Rufe steigerten sich zu einem schrillen, dissonanten Heulen. Er verdoppelte seine Anstrengung, um diesen Rufen zu entrinnen, aber noch am Ende seines langen Lebens würde er den Nachhall ihrer Verzweiflung tief in seinem Inneren vernehmen. Ihr Volk mochte seinen Körper für immer gezeichnet haben, doch Sa'e hatte seine Seele tätowiert.

* * *

Ein ohrenbetäubendes Krachen riss Martijn aus einem leichten Dämmerschlaf. Er richtete sich erschrocken auf. Die heftige Bewegung brachte das kleine Boot gefährlich ins Schwanken, aber er bemerkte es nicht, auch bemerkte er nicht, dass eine günstige Strömung seine Nussschale bis kurz vor die steilen Küsten der großen Insel Pantar getrieben hatte, einige Seemeilen entfernt von dem Ausgangspunkt seiner überstürzten Flucht. Ungläubig starrte er zu der kleinen Insel zurück.

Die Pforten der Hölle hatten sich geöffnet, und der Teufel selbst schleuderte feurige Bälle in die rotglühende Nacht. Das Meer leuchtete in weitem Umkreis der kleinen Insel – Sa'es winziger Heimat – in einem kranken Gelb. Im Zentrum des Infernos ragte der Vulkan auf, dunkel wie die Verdammnis. Ein weiterer Donnerschlag zerriss die Nacht, und Martijn beobachtete entsetzt, wie sich auf der dem Dorf zugewandten Seite ein Riss in der Flanke des Vulkans auftat, aus dem eine glühende Masse quoll und mit unerträglicher Langsamkeit auf die Landzunge zufloss.

Das schiere Grausen kroch Martijn das Rückrat hinauf, als ihn die Gewissheit packte: Das mörderische Spektakel galt ihm, nur ihm allein. Er war kein gläubiger Christ; Gott hatte ihm in seinem Leben nicht viel Gutes zukommen lassen, aber jetzt begann er fieberhaft zu beten. Für Sa'e, für die Dorfbewohner und sogar für den alten Zauberer. Und, ganz zuletzt, für sich selbst.

6 | Samstag, 25. November 2006

Einige Tage nachdem Birgit ihre Gruppe im Hotel abgeliefert hatte, schleppte sie mehrere volle Einkaufstüten die unbeschattete Jalan Ayer Itam entlang. Es waren nur wenige hundert Meter Fußmarsch von der Hauptgeschäftsstraße Ayer Itams bis zu Bee Lees Haus, aber sie war völlig durchgeschwitzt. Sie ignorierte die am Körper klebende Kleidung; wer Schwitzen als unangenehm empfand, taugte nicht für ein Leben in den Tropen. Die Einheimischen schwitzten auch, und im Übrigen war es ihre eigene Dummheit gewesen, die Einkäufe in der schlimmsten Mittagshitze zu erledigen. Trotzdem war sie froh, als sie das Haus erreichte. Ohne die Tüten abzusetzen, streifte sie ihre Plastiksandalen ab und stieß die angelehnte Haustür mit dem Fuß auf. Bee Lee stand auf einem Stuhl vor dem Hausaltar und arrangierte einige mit dem übrig gebliebenen Curry von gestern gefüllte Schüsseln vor den Porzellanstatuen des Fu Xing, Lu Xing und Shou Xing.
»Hi, Bee Lee. Ist heute ein Festtag?«
»Nein. Aber ich habe fünfzig Ringgit in der Vierzahlenlotterie gesetzt.« Bee Lee drehte sich um und sah von ihrem Stuhl auf Birgit hinunter. In der rechten Hand hielt sie ein Dutzend brennende Räucherstäbchen, deren süßlich parfümierter Geruch Birgit unangenehm in die Nase stieg und ihre Augen tränen ließ. Birgit wedelte mit der Hand vor ihrem Gesicht herum, um den Rauch zu vertreiben. »So viel? Du setzt doch sonst immer nur ein paar Ringgit.«

»Das Medium vom Tempel hat mir einen todsicheren Tipp gegeben.«
»Dann kann ja nichts schiefgehen.« Kopfschüttelnd durchquerte Birgit das eingenebelte Wohnzimmer. Bee Lee war eine gebildete, lebenserfahrene Frau, aber wenn es um die Lotterie ging, kannte ihr Aberglauben kein Halten. Womit sie sich in bester Gesellschaft befand: Lotteriebedingter Aberglaube gehörte zu den malaysischen Chinesen wie Gummistiefel nach Norderney. Jeweils am Abend vor den Ziehungen herrschte beim Tempel des Mediums mit dem direkten Draht zum Lottogott ein enormer Andrang. Das Unheimliche war, dass die Leute tatsächlich gewannen.
Birgit hatte gerade begonnen, ihre Einkäufe in den Kühlschrank zu räumen, als Bee Lee in der Küchentür erschien.
»Bevor ich es vergesse: Kurz nachdem du aus dem Haus gegangen bist, rief eine deutsche Frau an. Sie sagte, sie gehöre zu deiner Reisegruppe in Batu Ferringhi. Du sollst sie unbedingt im Hotel zurückrufen.«
Aufstöhnend schob Birgit eine große Papaya in den Kühlschrank. Sie hatte inständig gehofft, dass drüben am Strand alles glatt lief, aber wie so oft kam es anders. Vielleicht hätte sie sich ebenfalls mit Opfergaben und Räucherstäbchen bei den Gebrüdern Xing einschmeicheln sollen, wie sie Bee Lees geliebte Götterstatuen insgeheim nannte.
»Hast du ihren Namen verstanden?«
»Irgendwas mit A. Aleka oder so.«
Alexandra. Auch das noch! Die Gebrüder Xing hatten offensichtlich ein Hühnchen mit Birgit zu rupfen.

* * *

»Martin ist weg? Was meinen Sie damit?«, fragte Birgit. Sie hatte Mühe, mit der langbeinigen Alexandra Jessberg Schritt zu halten, die sich rücksichtslos einen Weg durch die Neuankömmlinge in der Hotellobby bahnte.

»Das kann doch nicht so schwer zu verstehen sein.« Alexandra stieß ungeduldig die Tür zur Hotelterrasse auf und trat vor Birgit nach draußen. »Er ist nicht mehr im Hotel.«

Geschieht dir recht, dachte Birgit. Ich würde auch das Weite suchen. Sie schluckte ihren Ärger über Alexandra Jessbergs Arroganz hinunter. Die Hamburgerin war immerhin eine Kundin, und sie wollte keine Beschwerde bei ihrem Arbeitgeber riskieren.

»Vielleicht hat er sich ein Mofa geliehen und macht einen Ausflug«, sagte sie ruhig und ließ sich an einem der Tische vor der Freiluftbar nieder. Ein wenig Luxus ist manchmal auch ganz angenehm, dachte sie mit einem Blick auf ihre Umgebung. Die Hotelanlage entsprach genau den Wunschträumen, die den Menschen in Deutschland an feuchtkalten Novembertagen im Kopf herumgeistern. Weite Rasenflächen, Kokospalmen und exotische Blumen bildeten den Rahmen für einen gewaltigen Swimmingpool. Hummerrote Urlauber faulenzten auf den Holzliegen in der prallen Sonne und ließen sich von den Hotelangestellten farbenfrohe Früchte und Cocktails servieren. In ihren leuchtend türkisblauen Uniformen wirkten die Kellnerinnen und Kellner wie exotische Schmetterlinge. Fröhliches Lachen drang zur Bar, untermalt vom gedämpften Brummen eines Jetskis, der weit draußen in der Bucht seine Bahnen zog.

Alexandra hatte sich ebenfalls gesetzt. »Ein zweitägiger Ausflug?«, fragte sie und zog die Augenbrauen hoch. »Wohl kaum. Ich habe Martin seit vorgestern Abend nicht mehr gesehen.«

»Oh.« Dies war ernster, als Birgit angenommen hatte. Martin konnte eine Unfall gehabt haben und im Krankenhaus liegen.

Oder schlimmer. »Ist Martin ein geübter Schwimmer?«, fragte sie.
Alexandra sah sie erstaunt an. »Natürlich ist er das. Martin beherrscht jeden Sport«, fügte sie mit einem Anflug von Bitterkeit hinzu. »Warum fragen Sie?«
Birgit wies mit dem Daumen in Richtung des Strandes. Zwischen den Palmenstämmen schimmerte das Meer.
»Er könnte noch ein abendliches Bad genommen haben«, sagte sie. Es war nicht fair, aber sie überließ es Alexandra, den richtigen Schluss zu ziehen.
Alexandras Miene verhärtete sich. »Er ist nicht ertrunken«, sagte sie bestimmt.
»Warum sind Sie so sicher?«
Alexandra blickte über Birgits Schulter hinweg ins Leere.
Birgit wartete. Alexandra wusste etwas über den Verbleib ihres Mannes, aber es war ihr peinlich, darüber zu sprechen. Nach einer Minute unbehaglichen Schweigens ergriff Alexandra ihre Handtasche. Birgit schätzte, dass sie für die dunkelbraun und beige gemusterte Scheußlichkeit zwei Monatsgehälter hätte hinblättern müssen. Mindestens. Alexandra kramte eine Weile in dem Ungetüm herum und zog ein mehrfach gefaltetes Blatt Papier hervor. Sie warf das Blatt vor Birgit auf den Tisch und erhob sich.
»Sie müssen mir das nicht zeigen«, sagte Birgit.
»Ich will aber«, sagte Alexandra, drehte sich brüsk um und ging zur Bar.
Birgit strich nachdenklich über das schwere Papier des Hotelbriefbogens. Es beschlich sie das unangenehme Gefühl, in etwas hineingezogen zu werden, mit dem sie nichts zu tun haben wollte. Alexandra stand an der Bar und beobachtete sie mit versteinerter Miene. Birgit entfaltete das Blatt und las die wenigen handschriftlichen Zeilen.

Alexandra,

mir reicht es. Ich habe es satt, nach Deiner Pfeife zu tanzen. Merkst Du eigentlich, dass nur gilt, was Du für richtig hältst? Ich fühle mich mittlerweile wie Dein dressiertes Hündchen: Mach dies, mach das, aber pinkle mich bloß nicht an! Außerdem ertrage ich Dein Genörgel nicht mehr. Die netten Menschen hier haben Deinen Snobismus nicht verdient, und ich finde Dein Auftreten nur noch peinlich. Werde glücklich in Deiner Fünf-Sterne-Kunstwelt, meine ist sie nicht. Martin
PS: Du brauchst mich nicht zu suchen. Ich werde zum Tobasee fahren und den Rückflug verfallen lassen. Ich kehre rechtzeitig für meinen nächsten Job nach Hamburg zurück.

Birgit ließ das Blatt sinken. Im Prinzip hatte sie Verständnis für Martin, aber diese Nachricht war eine Frechheit. Eine gefühllose Frechheit. So etwas gehörte sich nicht. Er hatte sogar mit viel Mühe das Wort vor Alexandras Namen unkenntlich gemacht. Birgit nahm an, dass es »Liebe« geheißen hatte. Noch nicht einmal dazu hatte er sich durchringen können.
»Entzückend, nicht wahr?« Alexandra stellte zwei Longdrinkgläser auf den Tisch und ließ sich auf ihren Stuhl fallen. »Prost! Auf die Liebe.« Sie griff nach ihrem Glas und leerte es in einem Zug.
»Ich trinke am Nachmittag keinen Alkohol«, wehrte Birgit ab. Ihr stand der Sinn nicht nach einer Verbrüderung mit Alexandra.
»Dann nehme ich Ihren Gin Tonic auch noch.« Alexandra stürzte das zweite Glas ebenso schnell hinunter wie das erste.
Birgit betrachtete sie neugierig. In Alexandra Jessbergs perfekter Fassade war ein Riss entstanden, durch den sie Unsicherheit, Hilflosigkeit, sogar Verletzlichkeit erkennen konnte.
Alexandra knallte das leere Glas auf den Tisch. »So leicht kommt der mir nicht davon«, zischte sie. »Ich will dem Feigling

persönlich sagen, was ich von ihm halte. Und Sie werden mir helfen.«
»Wie bitte?« Birgit schnappte nach Luft. Alexandra war scheinbar der Ansicht, mit der Buchung ihrer Reise den Reiseleiter gleich dazugekauft zu haben. »Sie haben mich über die halbe Insel gehetzt, um Ihre Privatangelegenheiten mit mir zu besprechen? Ihr Mann hat Sie verlassen. Wenn Sie ihn zurückholen wollen, ist es Ihre Entscheidung. Aber ganz sicher ohne mich.«
»So sicher wäre ich mir da nicht.« Alexandras zart gebräunter Arm verschwand erneut in den Tiefen ihrer Tasche. Nach einer Weile hatte sie das Gesuchte gefunden und hielt Birgit einen cremefarbenen Umschlag entgegen. »Öffnen Sie ihn!«
»Was ist das?«, fragte Birgit und verschränkte die Arme vor der Brust. Der Umschlag wippte bedrohlich vor ihrem Gesicht wie eine giftige Schlange.
Alexandra zuckte die Achseln. »Öffnen Sie ihn einfach.«
Als Birgit sich immer noch nicht rührte, riss Alexandra den Umschlag auf und entnahm ihm einen dicken Stapel Hunderteuroscheine. Sie fächerte das Geld vor Birgit auf den Tisch. »Eintausendfünfhundert Euro sofort. Dieselbe Summe erhalten Sie noch einmal, sobald ich mit Martin ins Flugzeug nach Deutschland steige.« Zufrieden lehnte sie sich zurück. Sie zweifelte keinen Moment daran, dass die Reiseleiterin ihr Angebot ausschlagen könnte.
Für einen Augenblick starrte Birgit sprachlos auf das Geld. Dann sprang sie auf. Sie war jetzt richtig wütend. »Wenn Sie glauben, mich einfach kaufen zu können, haben Sie sich gewaltig geirrt«, sagte sie, machte auf dem Absatz kehrt und stürmte in Richtung des Strandes davon. Sie hatte den Swimmingpool noch nicht erreicht, als sie Alexandra rufen hörte.
»Bringen Sie mich zum Tobasee, wo immer der auch sein mag.« Und nach kurzem Zögern: »Bitte.«

Bei den Palmen drehte Birgit sich noch einmal um. Alexandras rotes Kleid leuchtete mit der Intensität einer Dschungelblüte in dem sie umgebenden Grün, aber etwas stimmte nicht. Die Hamburgerin war in sich zusammengesunken. Aus der Entfernung wirkte es, als ob sie weinte. Plötzlich empfand Birgit Mitleid mit der Frau. Wie konnte ihr Mann es wagen, sie hier sitzenzulassen, zehntausend Kilometer entfernt von zu Hause? Birgit zwinkerte. Alexandra war fort, und an ihrer Stelle saß an dem Tisch eine andere Frau, verzweifelt, zerstört. Der Tisch stand in einem anderen Land wie eine einsame Insel in einem Meer von zerlumpten Männern und Frauen in Saris. Die Luft war gesättigt mit dem Geruch vom Kot heiliger Kühe und von brennenden Holzfeuern. Das Kleid der Frau war grün, mit gelben und schwarzen Stickereien am Saum. Birgit konnte die Stickereien nicht erkennen, aber es gab sie, sie wusste es. Graeme hatte ihr das Kleid vor vielen Jahren geschenkt. Sie besaß es immer noch. Birgits Augen füllten sich mit Tränen. Sie wischte sie fort. Als sie die Augen öffnete, war das Trugbild der Frau in Grün verschwunden, und Alexandra saß an ihrem Platz.

Birgit wich rückwärts auf den Strand. Sie wollte nur noch fort, fort von den durch Alexandras traurige Gestalt heraufbeschworenen Erinnerungen. Sie begann zu rennen, aber die Geister von damals ließen sich nicht abschütteln.

Nach einer Viertelstunde fiel sie erschöpft in den Sand und blieb einfach liegen. Ein Einsiedlerkrebs, der genau vor ihrem Gesicht nach Fressbarem gegraben hatte, eilte zu Tode erschrocken davon. Die Geister hatten Birgit eingeholt, setzten sich schwer auf ihren Rücken, drangen in ihren Kopf. Birgit starrte blicklos, mit trockenen Augen aufs Meer. Wie oft würde sie diese Zeit noch durchleben müssen?

* * *

Es war schon dunkel, als Birgit ins Hotel zurückkehrte. Sie hatte stundenlang nachgedacht und einen Entschluss gefasst.
Alexandra würde sich zwar bestätigt sehen, dass alles und jeder käuflich sei, aber es war Birgit egal. Sie konnte das Geld gut brauchen und würde es auch annehmen. Der eigentliche Grund für ihre Entscheidung ging Alexandra nichts an.
Birgit begab sich direkt zum Empfang und bat Fathia, die diensthabende Rezeptionistin und langjährige Freundin, Alexandra Jessberg auf ihrem Zimmer anzurufen. Statt zum Telefonhörer zu greifen, zeigte Fathia zu einem Rattansofa am anderen Ende der Hotellobby. »Sie wartet dort schon seit Stunden auf dich. Was ist eigentlich los?«
»Ich erkläre es dir später«, sagte Birgit und ging zu Alexandra, die wie ein Häufchen Elend auf dem Sofa saß und nervös ihren Kleidersaum zerknüllte. Ihre Frisur hatte jede Raffinesse verloren, ihre Augen waren rot und verquollen. Sie hatte tatsächlich geweint.
Alexandra bemerkte Birgit erst, als diese fast vor ihr stand. Sofort riss sie sich zusammen. Ihr Gesicht erstarrte wieder zu der altbekannten Maske.
»Sie begleiten mich«, sagte sie.
Es war eine Feststellung, keine Frage. Alexandra ist ohne Zweifel eine geübte Manipulatorin, dachte Birgit verärgert.
»Ja. Das heißt, nein.« Birgit hob die Hand, um Alexandra daran zu hindern, sie zu unterbrechen. »Ich werde fahren. Ohne Sie.«
Alexandra sprang auf. »Niemals. Ich komme auf jeden Fall mit.«
»Nein.«
»Ich komme mit.«
»Nein.«
»Doch.«
»Dann verpassen Sie Ihren Heimflug.«

»Wieso? Ich dachte, wir brechen gleich morgen früh auf.«
»Haben Sie eine Ahnung, auf was Sie sich einlassen?«
»Klären Sie mich auf!«
Birgit wurde das Absurde der Situation bewusst. Sie standen voreinander wie zwei aufgebrachte Hühner, und sie konnte deutlich Fathias neugierige Blicke in ihrem Nacken spüren.
»Setzen Sie sich wieder!«, sagte sie versöhnlich zu Alexandra. »Es ist alles nicht so einfach. Sie wissen wirklich nicht, wo der Tobasee liegt, oder?«
Alexandra schüttelte den Kopf und ließ sich widerstrebend auf das Sofa drücken. Birgit setzte sich neben sie. »Der Tobasee befindet sich auf Sumatra«, begann sie, »der gewaltigen Insel gegenüber von Malaysia. Sumatra gehört zu Indonesien, und Sie werden Indonesien hassen. Den Dreck, die Moskitos.« Birgit suchte fieberhaft nach weiteren Argumenten, um Alexandra den Ausflug zu vermiesen, »Den Dschungel, die Schlangen, die Kakerlaken, die Aufdringlichkeit der Leute, die stinkenden, vollen Busse ...«
Alexandra unterbrach sie: »Wir nehmen das Flugzeug.«
»Es gibt kein Flugzeug zum Tobasee. Der See liegt in einem riesigen Vulkankessel mitten im Dschungel. Wir müssen mit dem Flugzeug oder der Fähre nach Medan reisen, der größten Stadt der Insel, und dort den Transport zum See organisieren. Wenn wir erst dort sind, wird es leicht sein, Martin zu finden, denn alle westlichen Touristen mieten sich auf der Insel ein, die in dem See liegt. Allerdings wird die Reise von Penang dorthin mindestens zwei Tage dauern, eher drei. In Indonesien kann man sich eigentlich nur auf zwei Dinge verlassen: Nichts klappt, und kein Bus kommt pünktlich.«
Alexandra war blass geworden, aber sie wollte sich offensichtlich keine Blöße geben. »Ich werde mitkommen«, presste sie zwischen zusammengebissenen Zähnen hervor.

»Warum wollen Sie sich das antun? An Ihrer Stelle würde ich nach Hause fliegen und ihm die Meinung geigen, wenn er wieder angekrochen kommt.«
»Das geht Sie überhaupt nichts an.«
»Nichts? Sie sind bereit, sehr viel Geld für eine Unternehmung zu zahlen, bei der Sie nur verlieren können. Ich möchte wissen, was Sie vorhaben. Am Ende wollen Sie ihn umbringen, und ich hänge mit drin.«
»Das meinen Sie nicht ernst.« Wie von Birgit beabsichtigt, war Alexandra für einen kurzen Moment fassungslos.
Natürlich hatte Birgit die letzte Bemerkung nicht ernst gemeint, obwohl Alexandra in einem bedenklich aufgewühlten Zustand war. Wer wusste schon, was sich hinter ihrer hübschen Stirn abspielte? Birgit schüttelte verneinend den Kopf. »Es war ein Scherz. Zugegebenermaßen ein schlechter.«
»Allerdings«, sagte Alexandra. »Was lässt Sie glauben, ich könnte nur verlieren?«
»Sie erniedrigen sich, wenn Sie ihm hinterherfahren. Im Moment sind Sie viel zu wütend, um es einzusehen.«
»Ich habe allen Grund, wütend zu sein. Nein, ich erniedrige mich nicht. Das würde ich tun, wenn ich ohne ihn zurückkäme. Ich kann schon meine Freunde ›siehste‹ sagen hören, ganz zu schweigen von meinen Eltern, die ...« Alexandra unterbrach sich erschrocken.
Sie hat sich so in Rage geredet, dass sie mehr preisgegeben hat, als sie wollte, dachte Birgit. Sie glaubte Alexandra nur bedingt. Die Wahrung des schönen Scheins war ein Grund, aber mit Sicherheit nicht der einzige. Liebe? Nun, soweit Birgit es beurteilen konnte, war diese Ehe ein Desaster. Wahrscheinlich war Martins feige Flucht eher der Aufhänger für Alexandra, endlich Fakten zu schaffen, wofür Birgit Verständnis hatte. Lieber den gordischen Knoten jetzt zerschlagen als eine sich ewig hin-

ziehende Tragödie, die am Ende doch nur in Lächerlichkeit mündete. Im Grunde wunderte Birgit sich darüber, dass die Jessbergs überhaupt noch gemeinsam in den Urlaub gefahren waren. Alexandra schien eine pragmatische und lösungsorientierte Person zu sein, zu der eine derart verfahrene Situation überhaupt nicht passte.

»Sie sollten trotzdem hier warten«, lenkte Birgit ein. »In spätestens einer Woche bringe ich Ihnen Ihren Mann wohlbehalten zurück.«

»Und wenn Sie ihn nicht zur Rückkehr überreden können? Wenn er sich weigert? Nein, ich muss persönlich mit ihm sprechen.«

Birgit gab auf. Sie hatte vorher gewusst, dass die Hamburgerin dieses Argument ins Feld führen würde. Natürlich hatte Alexandra recht: Martin würde ihr, Birgit, einfach ins Gesicht lachen und seiner Wege ziehen. »Sie haben gewonnen«, sagte sie, »außerdem ist es Ihr Geld. Mit der morgigen Abreise wird es allerdings nichts. Ich muss jemanden bitten, die Reisegruppe zu betreuen, solange wir fort sind, und dann meinem Brötchengeber alles beichten.«

»Wie lange wird es dauern?«

»Wie können übermorgen starten. Es kommt im Übrigen auf einen Tag mehr oder weniger nicht an, da Sie Ihren Rückflug ohnehin verpassen. Vielleicht sollten Sie ebenfalls Ihren Arbeitgeber unterrichten.«

»Kein Problem. Ich bin Teilhaberin in dem Maklerbüro meines Vaters.«

»Was ist mit Martin?«

»Soweit ich weiß, ist er erst in fünf Wochen für den nächsten Auftrag gebucht.«

Birgit erhob sich. »Dann ist auf Ihrer Seite alles geregelt. Kommen Sie, ich will mit der Frau an der Rezeption sprechen.«

Alexandra stand auf und reichte Birgit die Hand. »Danke«, sagte sie förmlich. »Eine Frage müssen Sie mir allerdings noch beantworten: Wenn es auf Sumatra so schrecklich ist, wie Sie es beschrieben haben, was will Martin dann dort?«
Birgit musste lächeln. »Sumatra ist schrecklich schön. Aber Sie müssen Ihre Ansprüche zurückschrauben, um es erkennen zu können«, antwortete sie. Gemeinsam gingen sie zu Fathia hinüber. Die Rezeptionistin beruhigte gerade einen Engländer. Er war davon überzeugt, von einem Taxifahrer übers Ohr gehauen worden zu sein, was den Tatsachen entsprach. Aber das konnte Fathia natürlich nicht zugeben. Nachdem der Engländer einigermaßen zufrieden die Rezeption verlassen hatte, kam Fathia zu den beiden Frauen herüber.
»Kann ich helfen?«, fragte sie mit einem besorgten Blick auf Alexandras gerötete Augen.
»Reserviere bitte zwei Flugtickets nach Medan«, bat Birgit.
»Für welchen Tag?«
»Übermorgen.«
»Der Flug ist ausgebucht.«
»Woher weißt du das?«
»Vor ein paar Tagen hatte ich eine Anfrage für Medan, und es hat nicht geklappt. Da drüben wird irgendetwas gefeiert, und die Flieger sind bis Ende der Woche voll.«
»Schade. Würdest du dann bitte Fährtickets organisieren?«
Fathia tippte ohne Zögern eine lange Nummer in ihr Telefon. Sie wartete einen Moment und legte dann den Hörer auf. »Das Büro hat schon geschlossen. Ich mache der Frühschicht eine Notiz, damit sich morgen sofort jemand darum kümmert. Ich nehme an, die Tickets sind für Sie?«, fragte sie an Alexandra gewandt.
»Für uns«, antwortete Alexandra und zeigte erst auf sich, dann auf Birgit. Sofort versank sie wieder in ihr abweisendes Schweigen.

»Ach so«, sagte Fathia. Die Malaiin platzte beinahe vor Neugierde, war aber professionell genug, keine Fragen zu stellen. Birgit war ihr dankbar dafür.
»Du brauchst die Frühschicht nicht zu behelligen, ich erledige es selbst. Schreibst du mir bitte die Telefonnummer auf?«, bat sie.
Fathia kritzelte die Nummer auf ein Blatt Papier und reichte es Birgit.
»Kennst du eigentlich jede Nummer auf dieser Insel auswendig?«, fragte Birgit, als sie das Blatt in die Hosentasche schob. »Du rufst doch sicherlich nicht häufig bei der Sumatra-Fähre an?«
»Ein gutes Gedächtnis ist die Grundvoraussetzung für diesen Job«, dozierte Fathia lachend. »Aber ich muss gestehen, dass ich die Nummer auch erst seit ein paar Tagen kenne. Sie war dauernd besetzt, da hat sie sich eingeprägt. Irgendwie ist es schon lustig. Erst will monatelang niemand nach Sumatra, und diese Woche gibt es eine regelrechte Völkerwanderung.«
»Wer ist denn noch alles nach Indonesien gereist?«, fragte Birgit betont beiläufig. War Martin tatsächlich so dreist gewesen, seine Frau vor dem Personal bloßzustellen, indem er seine Reise in diesem Hotel gebucht hatte? »Doch nicht etwa einer meiner Schützlinge?«
»Nein, nein«, winkte Fathia ab. »Eine indonesische Kellnerin aus dem Hotel. Sie hatte behauptet, die Tickets seien für Freunde, aber ich glaube, sie ist selbst gefahren. Jedenfalls ist sie die letzten zwei Tage nicht zur Arbeit erschienen. Der Oberkellner schäumt vor Wut.«
Alexandra, die bisher unbeteiligt neben Birgit gestanden hatte, wurde aufmerksam.
»War es zufällig die Kellnerin mit den vielen Sommersprossen?«, fragte sie.

»Das stimmt«, sagte Fathia erstaunt. »Woher wissen Sie davon?«
Alexandra hörte schon nicht mehr hin. »Die kleine Schlampe«, schimpfte sie, vom Englischen ins Deutsche zurückfallend. »Vom ersten Tag an hat sie Martin schöne Augen gemacht, aber der Hurenbock hat alles abgestritten.«
»Martin hat eine Affäre mit einer Indonesierin begonnen?«, fragte Birgit entgeistert. Sie sprach jetzt ebenfalls deutsch. »Das ist nicht Ihr Ernst!«
»Und ob das mein Ernst ist. Ich habe es die ganze Zeit geahnt. Flittchen!«, zischte sie hasserfüllt. Ihr Gesicht wirkte plötzlich hässlich und vulgär.
»Hören Sie auf, Alexandra! Vielleicht irren Sie sich.«
»Ich irre mich nicht.« Alexandras Ton ließ keinen Widerspruch zu. »Ich erwarte Ihren Anruf morgen früh«, sagte sie knapp, dann drehte sie sich um und ging hocherhobenen Hauptes zum Fahrstuhl. Als sich die Fahrstuhltür hinter ihr schloss, stieß Fathia, die verständnislos den hitzigen Dialog der beiden Frauen verfolgt hatte, hörbar die Luft aus.
»Puh«, sagte sie. »Was war denn das für ein Auftritt?«
»Nun ja. Sag mal, Fathia, was weißt du über diese sommersprossige Kellnerin?«

7 | Montag, 27. November 2006

Es war eine dieser Nächte, in denen sich selbst Birgit eine Klimaanlage wünschte. Seit Stunden lag sie mit offenen Augen auf ihrem Bett und schwitzte. Das Laken zum Zudecken und ihr T-Shirt hatte sie zusammengeknüllt auf den Fußboden geworfen und den Ventilator auf höchste Stufe geschaltet, aber es nutzte nichts. Obwohl sie sich müde fühlte, konnte sie nicht einschlafen. Weil es zu heiß war. Und aus einigen anderen Gründen mehr.

Sie hatte lange ihre Ruhe gehabt, aber Martins Verschwinden, für das es zumindest eine einleuchtende und harmlose Erklärung gab, hatte Birgit unbarmherzig mit ihrer eigenen Vergangenheit konfrontiert. Immer wieder wanderten ihre Gedanken zurück zu der glücklichsten und schrecklichsten Zeit ihres Lebens.

Sie bemerkte Graeme das erste Mal im Flugzeug nach Bangkok. Er hatte seinen Platz mehrere Reihen vor ihr, und er war so groß, dass sie bequem seinen Hinterkopf betrachten konnte – und sein Profil, denn er war ständig in Bewegung, beugte sich zum Fenster und hielt die zierliche thailändische Stewardess mit Sonderwünschen auf Trab. Er schien recht charmant zu sein, denn weder die Stewardess noch seine Sitznachbarn nahmen ihm die Störungen übel. Ein interessanter Mann, hatte Birgit kurz gedacht, aber überhaupt nicht mein Typ. Der Große war

für ihren Geschmack viel zu blass und rothaarig. Und zu groß eben. Sie drehte sich zu ihrem Begleiter, der fasziniert aus dem Fenster spähte und die Skyline von Frankfurt kommentierte. Zu einer halben Portion wie ihr passte ein Einszweiundsiebziger wie Markus einfach besser.
Als sie ihre Flughöhe erreicht hatten, hielt es den großen Mann nicht mehr auf seinem Sitz: Mindestens jede halbe Stunde sprang er auf und ging im Gang auf und ab, bis die gestresste Stewardess ihn bat, sich wieder anzuschnallen. Damals hörte Birgit auch das erste Mal seine Stimme und konnte sich ebenso wenig wie die Stewardess einen Reim aus seinen Antworten machen. Es hörte sich irgendwie nach Englisch an. Aber eben nur irgendwie.
Es war Schottisch.
Graeme war durchaus in der Lage, ein für Nichtschotten verständliches Englisch zu sprechen, aber nur, wenn er es wollte. Das erfuhr Birgit allerdings erst ein paar Tage später, als ihr das Wasser im wahrsten Sinne des Wortes bis zum Hals stand.
Bevor sie in die missliche Lage geriet, hatte Birgit mit Markus den schwimmenden Markt, den Königspalast, zwei Millionen glitzernde Tempel und die Brücke am Kwai besucht und keinen Gedanken an den hibbeligen Mann aus dem Flugzeug verschwendet. Tatsächlich hatte sie ihn vergessen bis zu dem Moment, als sie rücklings in den Lotosteich zwischen den Ruinen der alten thailändischen Königsstadt Sukhothai gefallen war. Mit Schuhen, Kamera, Geldgürtel und allem Drum und Dran. Nein, auch in diesem Moment hatte sie natürlich nicht Graeme im Sinn, sondern Markus, der entsetzt am Teichrand stand und brüllte, sie solle um Himmels willen die neue Kamera nicht ruinieren.
Als Birgit hustend und spuckend wieder auftauchte, stand Graeme, der offensichtlich eine ähnliche Reiseplanung hatte wie

sie, neben Markus. Er hatte zufällig Birgits unfreiwilligen Sturz gesehen. Sofort war er zum Teich gesprintet und hatte dem verdutzten Markus seinen Tagesrucksack in die Hand gedrückt. Dann sprang er in den schlammigen Tümpel, um Birgit zu retten. Birgit war so überrascht, dass sie ihn nicht mehr warnen konnte: Der Lotosteich war nämlich nur einen halben Meter tief.
Graeme nahm es mit Humor. »*Here comes your knight in shining armour*«, sagte er, diesmal in einwandfreiem Englisch. Er zupfte Birgit eine Schlingpflanze von der Schulter und reichte ihr galant den Arm. Gemeinsam wateten sie zu dem zur Salzsäule erstarrten Markus zurück aufs Trockene. Graeme war noch größer, als sie im Flugzeug geschätzt hatte. Zweihundertzwei Zentimeter, wie sich später herausstellte. Zweihundertundzwei Zentimeter Charme und Witz, Geist und wohldefinierte Muskeln.
Drei Monate nach ihrer Ankunft in Deutschland trennte Birgit sich von Markus und rief noch am selben Tag Graeme an.
Im Laufe des nächsten Jahres verbrachten sie alle Urlaube gemeinsam. Die Durststrecken dazwischen überbrückten sie mit Briefen und teuren Telefonaten. Birgit aß lieber etwas weniger, um Graemes Stimme öfter hören zu können. Das Internet war zu der Zeit noch etwas für echte Computerfreaks. Dann wurde die Filiale des Reisebüros geschlossen, in der Birgit nach ihrer Ausbildung gearbeitet hatte. Sie packte Knall auf Fall ihre Sachen und siedelte nach Edinburgh über, in Graemes kleine Wohnung. Zuerst arbeitete sie an der Rezeption einer Jugendherberge, später fand sich ein Job in einem Reisebüro. Graeme war als Ingenieur im Schiffsbau beschäftigt. Arbeit, Beziehung, Freunde, alles lief blendend. Birgit war so glücklich wie nie zuvor.
Im März 1996 verlor Graeme seinen Job, und es sah nicht so aus, als würde es mit der Konjunktur in Schottland so bald

bergauf gehen. Sie machten einen Kassensturz und beschlossen, ihren alten Traum von einer ausgedehnten Reise durch Indien zu verwirklichen und sich dort Gedanken über die Zukunft zu machen. Ein Exil in England kam für Graeme nicht in Frage, während Birgit nicht allzu begeistert von der Vorstellung war, nach Deutschland zurückzukehren. Es musste andere Möglichkeiten geben. Ein Gästehaus irgendwo am Strand. Oder eine Tauchschule. Die Welt war voller Versprechungen.
Sie waren schon über sechs Wochen unterwegs, als sie nach Varanasi kamen. Der morbide Charme der heiligen Stadt am Ganges nahm sie gefangen. Tagelang wanderten sie durch die Altstadt mit ihren schiefen Häusern und düsteren Gängen, die von heiligen, den Unrat fressenden Kühen verstopft waren. Sie schlenderten in aller Frühe am Ganges entlang, wenn die Morgennebel noch über dem Wasser lagen und die zerfallenden Paläste mit ihren Schleiern liebkosten. Sie beobachteten die im Fluss badenden Gläubigen und sahen Kricket spielende Kinder neben brennenden Scheiterhaufen. Varanasi war ein Taumel, ein Rausch, mit nichts zu vergleichen.
Dann verschwand Graeme.

Birgit setzte sich in ihrem Bett abrupt auf und schlug die Hände vors Gesicht. Nein, nein, nein!, stöhnte sie verzweifelt. Sie wusste, dass der Strudel ihrer Gedanken sie immer weiter abwärtsreißen würde, bis sie endlich, völlig zerschlagen und verzweifelt, auf den Grund schlug. Es würde sie Tage, wenn nicht Wochen kosten, bis sie sich wieder aufgerappelt hatte.
Zwei Geckos stritten sich laut keckernd über die für Birgit unsichtbaren Reviergrenzen an der Zimmerdecke. Als ihnen die Argumente ausgingen, kämpften sie, bis der Schwächere abstürzte, direkt auf Birgits nackten Bauch. Sie spürte die winzi-

gen Füßchen auf ihrer Haut, als der kleine Kerl in rasantem Tempo über ihren Körper auf die Wand zulief. Zwei Minuten später hing er schon wieder unter der Decke und verkündete lauthals, was er von der eigenmächtigen Landreform seines Rivalen hielt. Dankbar blickte Birgit nach oben. Die Geckos hatten sie in die Gegenwart zurückgeholt.
Sie sah auf ihren Wecker. Drei Uhr morgens. Sie musste noch vier Stunden bis zum Sonnenaufgang totschlagen. Entschlossen, ihren Erinnerungen Paroli zu bieten, stieg sie aus dem Bett, wickelte sich einen *Sarong* um die Hüften und streifte ein T-Shirt über. Dann schlich sie auf Zehenspitzen die Treppe hinunter in die Gemeinschaftsküche. Im Kühlschrank standen immer eine volle Wasserflasche und ein Joghurt.

»Was schleichst du hier im Dunkeln herum?«
Vor Schreck ließ Birgit den Joghurtbecher fallen. Mit einem dumpfen Geräusch landete er auf dem Boden und rollte unter eine Anrichte.
»Wer schleicht hier? Ich hätte beinahe einen Herzinfarkt bekommen«, sagte Birgit, ließ sich auf die Knie nieder und fischte mit langem Arm nach ihrem Joghurt. »Ich habe kein Licht gemacht, weil ich dich und deinen Mann nicht wecken wollte«, fuhr sie fort. Nach einer kurzen Pause fügte sie hinzu: »Nein, das ist nicht wahr: Ich wollte im Dunkeln sitzen.«
Bee Lee, die an den Türstock gelehnt Birgits Joghurtrettungsaktion verfolgt hatte, betrat die Küche und setzte sich neben ihre Untermieterin und Wahltochter an den Tisch. Die Deckenlampe ließ sie ausgeschaltet; es fiel auch so genug Licht von der Straßenlaterne gegenüber in den Raum. Birgit wich Bee Lees prüfendem Blick aus und löffelte ihren Joghurt mit stummer Verbissenheit. Eine Weile war nur das Schaben des Löffels auf Plastik zu hören.

»Raubt dir wieder die alte Geschichte den Schlaf?«, fragte Bee Lee schließlich.
Birgit nickte. »Sie wird mich nie loslassen«, sagte sie kläglich.
»Du wirst niemals wieder glücklich werden, wenn du nicht deinen Frieden mit den Ereignissen von damals schließt. Wie lange ist es nun her? Elf Jahre? Zwölf?«
»Zehn Jahre, zwei Monate und zweiundzwanzig, nein, dreiundzwanzig Tage. Es ist ja schon Montag«, sagte Birgit und brach in Tränen aus.
Bee Lee strich Birgit übers Haar und wartete, bis sie sich ein wenig beruhigt hatte. Die alte Chinesin gehörte zu den wenigen Menschen, denen Birgit ihren ganzen Kummer anvertraut hatte. Nicht zum ersten Mal verlor sie in Bee Lees Gegenwart die Fassung, ein Luxus, den sie sich sonst nie erlaubte. Trotz ihrer zierlichen Statur hatte Birgit sich sowohl in ihrem Freundeskreis als auch unter Kollegen den Ruf eines harten Hundes erworben, weder durch renitente Kunden noch korrupte Beamte oder weggespülte Straßen zu erschüttern. Wenn die wüssten, dachte Birgit jetzt voller Selbstmitleid und zog geräuschvoll die Nase hoch.
»Besser?«
»Ein bisschen.« Birgit nahm dankend ein Papiertuch von Bee Lee entgegen und schneuzte sich.
»Ich kenne dich«, sagte Bee Lee unvermittelt. »Deine Zusage, diesen verschwundenen Ehemann zu suchen, hat nicht nur mit Geld zu tun, oder?«
»Und wenn dem so wäre?«, fragte Birgit abwehrend. Wie so oft war es Bee Lee ohne große Anstrengungen gelungen, ihre wahren Beweggründe zu durchschauen, Beweggründe, die sie am liebsten vor sich selbst geheim gehalten hätte.
»Du willst Martin finden, als Ersatz für Graeme, stimmt's? Wenigstens diese Suche soll erfolgreich sein.«

»Hm.«

»Hm? Was heißt das? Mach nicht den Fehler, Graeme mit Martin zu verwechseln. Steigere dich nicht hinein. Vielleicht findet ihr Martin nicht, und was dann?«

Birgit starrte Bee Lee wortlos an. Dann erhob sie sich und drückte die alte Chinesin kurz an sich. Bevor sie die Küche verließ, drehte sie sich noch einmal um. »Danke für die Warnung«, sagte sie und verschwand die Treppe hinauf.

* * *

In derselben Nacht wälzte sich Sien ebenfalls schlaflos in ihrem Bett. Stunde um Stunde drehte sie sich von einer Seite auf die andere, unfähig, ihre Sorgen und Hoffnungen auch nur für einen Moment zu vergessen. Hin und wieder fiel sie in einen leichten Schlummer, aber die Ereignisse der letzten Tage hatten ihrem alten Traum neue Nahrung gegeben. Der Traum war so intensiv wie in den quälenden ersten Jahren, sie spürte die Verzweiflung von damals in jeder Faser ihres Körpers. Wieder sah sie die kleinen verheulten Gesichter vor sich, doch jedes Mal, wenn sie die Kinder in den Arm nehmen wollte, war sie unfähig, sich zu bewegen und das Unvermeidliche zu verhindern. In grausamer Zeitlupe musste sie mit ansehen, wie der verhasste *Molang* seine Hände auf die Schultern der Kinder sinken ließ, während sie, immer noch bewegungslos, von einer unsichtbaren Kraft fortgezogen wurde. Die Kinder und der Priester wurden kleiner und kleiner, doch sein harter Blick traf sie noch immer, bohrte sich durch ihre Augen tief in ihr Inneres, bis sie nur noch ein Brennen spürte. Dies war der Zeitpunkt, an dem sie gewöhnlich aufwachte, mit verkrampften Muskeln und geballten Fäusten.

So auch jetzt. Mit geschlossenen Augen lag Sien still auf dem Bett und wartete darauf, dass sich ihr Körper wieder entspannte

und sie die Fäuste öffnen konnte. Ihr Kopf war mit Lärm erfüllt, ein Brausen aus Schreien und Donnern, Weinen und Sturmwind. Es dauerte lange, bis sie begriff, dass ein Teil der Stimmen der realen Welt entstammten. Das Brausen wurde leiser und verschwand. In der Stille hörte sie zwei Mädchen mit einander sprechen, und Sien wusste wieder, wo sie war.
Sie öffnete die Augen. Durch die dünnen Vorhänge drang violettes Morgenlicht; die Nacht war überstanden. Eines der Mädchen lachte laut auf, fröhlich und lebensfroh, dann hörte Sien das Klappern eines Eimers und das sich entfernende Schlurfen von Gummilatschen auf Zement. Die beiden Mädchen drehten ihre morgendliche Runde, fegten die Wege und die Terrassen der Gästebungalows, leerten die Mülleimer und sammelten Bierflaschen, Gläser und verkrustete Teller von dem winzigen Strand am Ufer des Tobasees, Überreste einer Party reicher Indonesier aus Medan, die sich übers Wochenende in die kühlen Berge zurückgezogen hatten.
Ein leises Räuspern, gefolgt von einem zufriedenen Schnarcher brachte Sien vollends in die Wirklichkeit zurück. Sie drehte sich langsam um, aber sie hätte sich ihre Vorsicht sparen können: Martin wäre auch nicht aufgewacht, wenn sie auf dem Bett herumgesprungen wäre. Sie stützte sich auf ihren Ellbogen und betrachtete interessiert sein Gesicht. Dies war schon der dritte Morgen, an dem sie neben ihm erwachte, aber sie hatte sich noch nicht an seine Andersartigkeit gewöhnt. Zu sehr unterschied sich sein langes, schmales Gesicht mit der hervorspringenden Nase von den Gesichtern ihrer Landsleute. Selbst seine Haut war anders, heller natürlich - er war ja ein *Orang Putih*, ein weißer Mensch -, aber auch rauher. Sie strich mit ihrer freien Hand leicht über seine Wangen und sein Kinn und spürte die kurzen, dichten Barthaare mit einem angenehmen Prickeln an den Fingerspitzen. Zum ersten Mal, seit sie die Augen aufge-

schlagen hatte, glitt ein Lächeln über ihr Gesicht. Jeder indonesische Mann wünscht sich inbrünstig einen Bart wie diesen, dachte sie amüsiert. Dann zog sie ihre Hand zurück. Martin war auch jetzt nicht aufgewacht, und sie beneidete ihn um seinen tiefen, traumlosen Schlaf. Sie hatte ihn gefragt, er konnte sich nie an die Geschichten der Nacht erinnern, wurde niemals von den Geistern der dunklen Stunden heimgesucht.

Sien schlug die dünne Decke zurück und ging hastig ins Bad. Trotz der aufkeimenden Vertrautheit machte ihre Nacktheit sie vor Martin unsicher; sie fühlte sich unwohl und verletzlich. Es war viele Jahre her, seit sie das letzte Mal unbekleidet geschlafen hatte. Sie nahm ihre Zahnbürste aus dem Becher und drückte einen großzügigen Strang Zahnpasta auf die Borsten. Es ist auch viele Jahre her, seit ich das Bett mit einem Mann geteilt habe, dachte sie, während sie sich ausgiebig ihre ohnehin makellos weißen Zähne putzte.

Wenige Minuten später stand sie fertig angezogen vor dem einzigen Schrank des Bungalows und blickte nachdenklich auf Martins Kamera. Gestern Abend hatte sie sich von ihm zeigen lassen, wie man sie bediente, aber als sie jetzt die vielen Knöpfe und Anzeigen sah, wurde sie unsicher. Hatte sie sich alles richtig gemerkt? Das Ding war komplizierter als die Fotoapparate, die ihr sonst von den Touristen in die Hand gedrückt wurden mit dem Hinweis, sie brauche nur auf den und den Knopf zu drücken, um ein Foto des glücklichen Paares mit den üppig dekorierten Cocktails in der Hand zu schießen. Sie nahm die Kamera aus dem Schrank. So schwierig würde es schon nicht sein. Der größte Knopf war meistens der Auslöser.

Ein Rascheln vom Bett her ließ sie herumfahren. Mit der steigenden Sonne war es im Zimmer merklich wärmer geworden, und Martin hatte im Schlaf die Bettdecke abgestreift. Umso besser. Sien fand den Kontakt zum Einschalten der Kamera sofort. Mit

einem kaum hörbaren Summen fuhr das Objektiv aus dem Gerät. Sie schlich zum Bett und beugte sich über Martin. Ihr Blick streifte seinen Penis, der weich und gemütlich auf seinem Oberschenkel lag, ebenso tief schlafend wie er selbst. Schnell wandte sie den Blick ab. Sie hatte sich um anderes, Wichtigeres zu kümmern.
Sie hob die Kamera und machte ein paar Fotos von seinem Gesicht und seinem muskulösen Oberkörper. Bei jedem Geräusch des Auslösers hielt sie angstvoll den Atem an. Es hing so viel davon ab, dass sie diese Fotos unbemerkt versenden konnte. Ihr ganzes Leben würde sich ändern. Das Glück war ausnahmsweise mit ihr: Martin schlief weiter.
Sobald sie fertig war, entriegelte sie lautlos die Tür und schlüpfte leise wie ein Schatten hinaus in den neuen Morgen. Sie hatte viel zu erledigen.

* * *

Als der Wecker klingelte, stand Birgit erleichtert auf. Sie hatte kein Auge zugetan, aber sie fühlte sich nicht so zerschlagen, wie sie befürchtet hatte. Der neue Tag würde eine Menge Ablenkung bieten, und die brauchte sie dringender als Schlaf.
Eine Stunde später trat sie vor die Tür von Bee Lees Haus und schulterte ihren Rucksack. Er war kaum halb voll und wog höchstens sechs Kilo. Birgit war eine Meisterin des ökonomischen Packens.
»In spätestens einer Woche bin ich wieder da.« Birgit nahm die alte Chinesin zum Abschied in den Arm und wunderte sich einmal mehr darüber, wie klein Bee Lee war. Dank ihrer eigenen Körpergröße von einem Meter und exakt vierundfünfzig Komma fünf Zentimetern gab es selbst in Asien nicht viele Erwachsene, zu denen Birgit sich hinunterbeugen musste.
»Pass auf dich auf! Sumatra ist gefährlich.«

»Und was soll mir dort deiner Meinung nach passieren? Vulkanausbrüche?«
Bee Lee zuckte die Achseln. »Zum Beispiel. Denk an den Tsunami.«
»Das wäre höhere Fügung«, antwortete Birgit. »Die größte Gefahr besteht meiner Meinung nach darin, dass Alexandra Jessberg mich in den Wahnsinn treibt.«
»Vielleicht solltest du dir die ganze Sache doch noch anders überlegen. Ich weiß nicht, ob es dir guttut. Was das Geld anbelangt: Das Medium ...«
»Lass mich raten: Es hat dir die Zahlen für nächsten Mittwoch verraten«, fiel Birgit lachend ein. Sie war froh über den Themawechsel. Seit sie vorgestern Abend aus Batu Ferringhi abgefahren war, hatte sie mindestens hundertmal ihre Zusage verflucht. Was ging sie der Ehestreit der Jessbergs an? Am Ende würden die beiden sich wieder zusammenraufen und gegen sie verbünden. Dann würde es ihr noch schlechter gehen als vorher. »Apropos Lottogott: Hast du letztes Mal gewonnen?«
»Nur den Trostpreis«, knurrte Bee Lee.
»Aber deine Zahlen sind schon wieder gezogen worden. Ich finde das ziemlich seltsam. Als säße da oben tatsächlich einer, der in die Zukunft blicken kann.«
Statt einer Antwort drückte die kleine Chinesin Birgit noch einmal fest an sich. Bee Lees Mann, Ah Choon, hatte mittlerweile sein Mofa vors Haus geschoben und reichte Birgit einen zerschrammten Helm ohne Visier oder sonstige technische Raffinessen. Sie zurrte den Helm fest und schwang sich hinter den alten Mann aufs Mofa. Er ließ den Motor an, und wenige Sekunden später versperrte ein Mangobaum die Sicht auf die ihnen nachwinkende Bee Lee.
Nach einer halbstündigen Fahrt durch den dichten, an Autoscooter erinnernden Berufsverkehr brachte Bee Lees Mann

das Mofa direkt vor dem Eingang des Fährterminals zum Stehen. Birgit kletterte vom Sozius und bedankte sich bei Ah Choon. Er winkte ab. »Gute Reise«, sagte er und knatterte davon. Er war kein Mann der großen Worte. Als er auf die Straße einbog, wäre er beinahe mit einem Taxi kollidiert, aber das irritierte weder Ah Choon noch den Taxifahrer. Der Fahrer hupte nicht einmal.
Birgit sah Ah Choon amüsiert nach. Anstatt über Vulkanausbrüche sollte Bee Lee sich lieber über den Fahrstil ihres Mannes Sorgen machen. Die Einwohner von Penang hatten eine eigenwillige Auffassung von Verkehrsregeln, und Ah Choon bildete keine Ausnahme.
Das Taxi rollte auf Birgit zu und hielt direkt vor ihr. Alexandra, von Kopf bis Fuß in Cremeweiß gekleidet, sprang heraus. Sie war schon wieder auf hundertachtzig. »Haben Sie das gesehen?«, rief sie Birgit zu. »Der Idiot auf dem Mofa hätte uns beinahe gerammt. Man sollte ihm den Führerschein entziehen.«
»Er besitzt keinen«, sagte Birgit trocken. »Das war mein Vermieter.«
Alexandra verschlug es die Sprache. Sie kniff die Augen zusammen und musterte Birgit von oben bis unten. Offensichtlich unzufrieden mit deren Reiseoutfit, bestehend aus khakifarbenen Shorts, Sandalen und einem verwaschenen violetten T-Shirt, wandte sie sich um und ging um das Taxi herum zum Fahrer. Birgit traute ihren Augen nicht, als Alexandra wieder hinter dem geöffneten Kofferraumdeckel zum Vorschein kam. Sie zog einen Hartschalenkoffer von gewaltigen Ausmaßen hinter sich her, an der anderen Hand baumelte ein Beautycase, und ihre hässliche Handtasche hatte sie unter den Arm geklemmt.
»Was ist da drin?«, fragte Birgit.
»Alles, was man zum Reisen braucht«, sagte Alexandra schnippisch.

»Dann wünsche ich viel Spaß beim Schleppen.« Birgit drehte sich um und ging in das Abfertigungsgebäude, ohne sich um die lautstark nach einem Gepäckträger rufende Alexandra zu kümmern.
Das konnte heiter werden.

* * *

Das Innere der Fähre hatte Ähnlichkeit mit einem Flugzeug, allerdings einem sehr heruntergekommenen Flugzeug. Der Kabinenraum spiegelte die abgerundete aerodynamische Außenform des Schnellbootes wieder, und auch die eng stehenden Sitzreihen waren wie in einem Flugzeug angeordnet. Die PS-starken Motoren versetzten das ganze Schiff in Vibrationen und übertönten alles mit dröhnendem Lärm. Zum Beispiel den Ton des billigen Martial-Arts-Films, der gerade über die Mattscheibe eines Fernsehers flackerte. Und andere unangenehme Geräusche, dachte Alexandra. Nur schade, dass die Gerüche nicht auch ausgeblendet werden.
Neben ihr saß Birgit und kotzte sich die Seele aus dem Leib.
Ergeben entfaltete Alexandra eine weitere Plastiktüte und tauschte sie gegen Birgits volle ein. Birgit warf Alexandra einen dankbaren Blick zu, dann fiel ihr Kinn wieder auf die Brust, und sie gab sich ganz ihrem Elend hin. Alexandra schüttelte kaum merklich den Kopf. Die Frau war ihr bisher keine große Hilfe gewesen.
Zu Alexandras linker Seite kauerte ein verhutzelter Indonesier oder Chinese oder ihretwegen auch Taka-Tuka-Insulaner – sie konnte die Asiaten sowieso nicht auseinanderhalten – und fixierte das zwischen den aufgeplatzten Nähten hervorquellende Futter seines Vordersitzes. Er schien die Schifffahrt ebenfalls nicht sonderlich gut zu vertragen, aber immerhin hatte er sich

bisher nicht übergeben. Alexandra stieß ihn an und hielt ihm Birgits volle Tüte hin. Mit einem gequälten Gesichtsausdruck nahm der Alte das eklige Ding und warf es in den im Gang stehenden Mülleimer.

Alexandra reckte sich, um über Birgits Kopf hinweg einen Blick aus einem der von Salz und Gischt getrübten Bullaugen zu werfen. Weit entfernt konnte sie einen Öltanker ausmachen, ansonsten war das Meer leer. Die Sonne schien, aber ein starker Wind wühlte die Wasseroberfläche auf und ließ das Schiff in alle Richtungen verspringen. Sie rasten mit knapp dreißig Knoten über die Straße von Malakka – schnell genug, um die berüchtigten indonesischen Piraten gar nicht erst auf die Idee zu bringen, sie anzugreifen. Alexandra sah auf ihre Armbanduhr. Zwölf Uhr mittags. Die Fahrt würde noch mindestens zweieinhalb Stunden dauern. Sie schloss die Augen und lehnte sich in ihren Sitz zurück. Vielleicht konnte sie ein wenig schlafen.

Der Schlaf kam nicht. Das Boot schlingerte und presste sie immer wieder gegen Birgit oder den Alten. Zusätzlich hielten ihre Sorgen sie wach, ihre immer wieder aufflackernde Wut und ihre Angst vor dem, was passieren würde, wenn sie erst vor Martin stand. Im Grunde war sie froh, dass sich das Treffen noch bis morgen oder übermorgen verzögerte.

Alexandra massierte sich die Stirn, um einen beginnenden Kopfschmerz zu unterdrücken. Was sollte sie Martin bloß sagen? Keine einfach zu beantwortende Frage. Sie gab auf, bevor sie sich mit unangenehmen Wahrheiten auseinandersetzen musste, stemmte sich in ihrem Sitz hoch und quetschte sich an dem alten Insulaner vorbei in den Gang. Sie musste dringend nach draußen.

Ein Schwall feuchtwarmer Luft schlug ihr entgegen und wehte in das klimatisierte Innere, als sie die aufs Außendeck führende Tür am hinteren Ende der Kabine aufdrückte. Sie trat schnell nach draußen, schlug die Tür hinter sich zu und sah sich, gegen das helle Licht blinzelnd, um. Selbstverständlich hatte sie sofort die ungeteilte Aufmerksamkeit aller jungen Männer, die in akrobatischen Posen auf einem gewaltigen, fast das gesamte Achterdeck einnehmenden Gepäckberg lagen und rauchten. Alexandra versuchte, die aufdringlichen Blicke zu ignorieren, und setzte sich auf eine Bank neben einen der jungen Männer. Hier hinten waren die Bewegungen des Schiffes noch stärker zu spüren, aber das schien die Indonesier auf dem Gepäckberg ebenso wenig zu stören wie sie selbst. Alexandra legte die Füße auf einen Koffer, lehnte sich mit dem Rücken gegen die Reling und genoss den an ihren Haaren zerrenden Fahrtwind und die nach Salz duftende Luft – eine echte Verbesserung gegenüber den Ausdünstungen im Innenraum.

Nach einigen Minuten der Ruhe fasste sich Alexandras Banknachbar ein Herz. »*Hello, Mister*«, sagte er und hielt Alexandra eine Zigarettenschachtel vor die Nase. »*Smoking?*«

Alexandra schüttelte unfreundlich den Kopf. Diese plumpe Anmache konnte das kleine dünne Kerlchen mit dem albernen Bärtchen sich sparen. Oder bildete er sich wirklich ein, bei ihr landen zu können?

Aber der junge Mann gab nicht auf. Übers ganze Gesicht strahlend wedelte er weiterhin mit der Zigarettenschachtel. »*Where do you come from?*«, fragte er.

»Ich habe meine eigenen Zigaretten«, sagte sie, »und ich bin auch kein Mister.«

»*Yesss! Where do you come from, Mister?*«, fragte er begeistert. Sein Lächeln wirkte so eifrig und harmlos, dass Alexandra wider Willen lachen musste.

»*Germany*«, sagte sie und nahm eine Zigarette aus der angebotenen Schachtel. Sie sollte eigentlich nicht rauchen, aber dann wischte sie ihre Bedenken beiseite. Sie rauchte ohnehin nur zu besonderen Gelegenheiten, und diese war eine.

Der junge Mann gab ihr Feuer, ein bei dem starken Wind schwieriges Unterfangen, und steckte sich auch eine an. Dann warf er sich in die Brust. »*I am Indonesia*«, sagte er und verstummte.

Alexandra wartete noch eine Weile, aber offensichtlich hatte der Indonesier seinen englischen Wortschatz restlos aufgebraucht. Von seinem Mut überwältigt, blickte er stolz in die Runde und wurde von seinen Freunden auch gebührend bewundert. Daran werde ich mich wohl gewöhnen müssen, dachte Alexandra, zwischen Verärgerung und Amüsiertheit schwankend. In Indonesien scheint es nicht allzu viele Blondinen zu geben.

Sie rauchten schweigend. Die Zigarette hatte einen leicht süßlich schmeckenden Filter und ein starkes Nelkenaroma, von dem Alexandra sich noch nicht klar war, ob sie es furchtbar oder großartig finden sollte. Sie schaffte jedenfalls nur die Hälfte, dann trat sie die Zigarette auf dem Boden aus, drehte sich um und lehnte sich über die Reling. Keine zehn Pferde bekamen sie zurück in die Kabine.

* * *

Zu derselben Zeit durchtrennte etwa dreitausend Kilometer weiter östlich der *Molang* Kebale mit einem gewaltigen Hieb seines *Parang* einem Büffel die Kehle. Das Blut des Tieres spritzte in einer pulsierenden Fontäne über den bootsförmigen Altar und die darauf aufgebauten Opfergaben, über die Steinplatten vor dem *Senuduk* und über den mit groben Schnitzereien verzierten Opferpfahl selbst, an dem das Tier angebunden war. Vier junge Männer hielten den Kopf des tödlich verwundeten Büffels mit aller Kraft zurück, bis ein Beben durch seinen Leib ging und er zusammenbrach.

Juliana hatte angespannt die Tötung des Büffels verfolgt, während sie gemeinsam mit den anderen *Kapalas,* den Dorfältesten der drei Schwesterdörfer, monotone Lieder rezitierte. Obwohl ihre Kehle rauh und trocken war, sang sie weiter; keine Zeile, kein Ton durfte vergessen werden. Es hing so viel vom Gelingen der Zeremonie ab, so unendlich viel. Sie spürte die Augen des gesamten Dorfes auf sich ruhen, sie wusste, wie viel Hoffnung die Menschen in ihre Kraft und die der anderen *Kapalas* setzten. Plötzlich fühlte sie ihre Beine nachgeben, taumelte unter der Wucht dieser geballten Hoffnungen, und sie wäre gestürzt, hätte nicht der neben ihr stehende Niru Wa'e sie am Oberarm gepackt. Mit großer Anstrengung gelang es Juliana, den Kopf hochzuhalten, ihre gewohnte aufrechte Haltung einzunehmen, und dabei streifte ihr Blick die umstehenden Menschen.

Alle Einwohner ihrer winzigen Insel hatten sich auf dem Dorfplatz versammelt. Sie füllten den Platz bis in den letzten Winkel, lehnten auf den Veranden und standen auf den Treppen, ihre ganze Aufmerksamkeit auf das Zentrum der Versammlung gerichtet, wo lediglich um den Altar und den Opferpfahl herum eine kleine Fläche für die direkt an der Zeremonie Beteiligten frei geblieben war.

Furcht sprach aus den Augen aller, Furcht, die sich mit Sicherheit noch verstärkt hätte, wenn sie gewusst hätten, in welchem inneren Aufruhr sich Juliana befand – ausgerechnet Juliana, deren Stärke und Unbeugsamkeit ihnen über Jahrzehnte Halt gegeben und Mut eingeflößt hatte. Doch nun war die Furcht wie bei allen anderen auch in Juliana aufgestiegen, unaufhaltsam wie das flüssige Gestein im Berg. Seit einigen Wochen wütete die Göttin Ravuú in den Tiefen ihres Vulkans mit nie erlebter Kraft, und Julianas Zuversicht wurde mit jedem Erdstoß weiter erschüttert. Der Vulkangipfel war immer häufiger in dichte Schwaden hellgrauen Dampfes gehüllt. Niemand konnte sagen, ob die Göttin sich lediglich eine Mahlzeit bereitete oder ob sie die Menschen strafen wollte. Juliana wusste nicht mehr, wie sie die Bevölkerung der Insel beruhigen sollte, und wie um ihre Sorgen und ihre Verwirrung zu unterstreichen, standen ihre krausen grauen Haare nach allen Seiten ab. Ihr Versuch, die Haare mit dem roten Zeremonientuch zu bändigen, war gründlich fehlgeschlagen. Julianas Gesicht war von tiefen Furchen durchzogen. Obwohl die alte Frau ihre Insel nur selten verließ, hatte sie viel erlebt, und diese Tragödien und Feste, die kleinen Freuden und großen Katastrophen hatten sich unwiderruflich in ihr Gesicht gegraben. Manchmal spürte Juliana ihre Pflichten und ihr Alter wie eine unerträgliche Last auf ihren Schultern, aber meist gewann ihr angeborener Optimismus die Oberhand, und sie stemmte sich den Widrigkeiten des Lebens mit neu entfachter Energie entgegen. Juliana war eine Tochter der Insel; ihre Stärke war in den Feuern des Vulkans geschmiedet worden, in dessen übermächtigem Schatten sie ihr Leben verbracht hatte. Doch genau wie ihr Optimismus waren diese Insel und dieses Leben nun ins Schwanken geraten.

Das Lied war zu Ende, und Juliana verbeugte sich gemeinsam mit den anderen *Kapalas* vor dem gleich hinter dem Dorf aufragenden Vulkan, dann drehte sie sich um und wiederholte die Bewegung vor dem Ahnenaltar. Im Stillen sandte sie auch ein kurzes Gebet an den Christengott, den sie in ihrem langen Leben sehr zu schätzen und zu respektieren gelernt hatte. Trotzdem war es höchste Zeit gewesen, die Ahnen anzurufen, um mit ihrer Hilfe die Göttin des Vulkans zu besänftigen.
Nachdem die Rauchentwicklung immer stärker geworden war und sich die schlechten Vorzeichen gehäuft hatten – ein roter Hund mit fünf Beinen war geboren worden, der Yamsbusch auf dem Feld des Bootklans war verdorrt, und drüben auf Pantar,

der großen Insel, waren Tausendfüßler in ungewöhnlich großer Zahl erschienen –, hatten Juliana und der *Molang* Kebale, also die Vorsteherin und der Priester des Stammdorfes auf der kleinen Insel, eine Zeremonie anberaumt und die Würdenträger der verwandten Klane von der großen Insel Pantar herüber bestellt. Die Männer waren dem Ruf sofort gefolgt: Niru Wa'e aus Sare Muda, Urbanus Lete aus Molo Kanga, der uralte Moses Ubi und außerdem natürlich Rak'abi, der *Molang* der großen Insel. Jeder der Männer hatte einen Lavabrocken vom Kraterrand des Brudervulkans mitgebracht. Die Brocken enthielten eine Botschaft des Vulkans an seine zürnende Schwester mit der Bitte, die Menschen der Rocheninsel zu schonen.
Ein letzter Schauer durchlief den Körper des sterbenden Büffels und setzte sich in Julianas Körper fort. Schweiß trat ihr auf die Stirn. Im Grunde ihres Herzens zweifelte sie daran, dass der Zauber etwas bewirkte.

* * *

Ein kleines Fischerboot erschien in Alexandras Sichtfeld, dann noch eines und noch eines. Die Meeresoberfläche füllte sich mit Booten aller Größen und Farben. Sie passierten ein unter philippinischer Flagge fahrendes Containerschiff von mindestens achtzigtausend Bruttoregistertonnen – als Hamburgerin hatte Alexandra ein geübtes Auge für Schiffe. Sie kniff die Augen zusammen und blinzelte in Fahrtrichtung. Tatsächlich war am Horizont ein schmales dunkles Band zu erkennen: Sumatra. Mit einem mulmigen Gefühl beobachtete Alexandra, wie das diffuse Band immer breiter wurde, bis sich schließlich die Bäume und Häuser, Lagerhallen und Kräne der Hafenstadt Belawan gegen den Himmel abhoben. Jenseits des immer größer werdenden Zoll- und Einwanderungsgebäudes lauerte das Un-

bekannte, eine fremde Welt, unheimlich und bedrohlich. »Sumatra«, flüsterte sie, und der exotische Klang des Namens beschwor alptraumhafte Bilder herauf, die ihr trotz der Hitze eine Gänsehaut den Rücken hinunter jagten. Bilder von wilden Menschen und Tieren, von Schlangen und Skorpionen, von dichtem Dschungel, geheimen Ritualen und schwarzer Magie.
Der Kapitän manövrierte die Fähre kunstlos gegen die Kaimauer, und das Schnellboot kam mit einem letzten heftigen Stoß zum Halten. Nachdem das Schiff vertäut und eine simple Holzplanke angelegt worden war, schwärmten Uniformierte an Bord. Alexandra erhob sich und ging zurück ins Innere. Es kostete sie einige Zeit, bis sie sich durch das Chaos aus hektisch hin und her laufenden Passagieren, Beamten des Zolls und der Hafenpolizei, heulenden Kindern, Taschen und Koffern bis zu ihrer Begleiterin durchgekämpft hatte. Birgit kauerte immer noch wie ein Häufchen Elend in ihrem Sitz.
»Sind wir endlich da?«, fragte sie mit dünner Stimme.
Alexandra nickte mit einer Spur von Schadenfreude. Sie hatte Birgit die Seekrankheit natürlich nicht an den Hals gewünscht, aber es ärgerte sie schon eine ganze Weile, dass die Reiseleiterin grundsätzlich alles besser wusste. Allerdings musste Birgit sich jetzt schnell erholen. Alexandra hatte sie schließlich nicht ohne Grund engagiert, ohne Birgit war sie aufgeschmissen. »Wie fühlen Sie sich?«, fragte sie.
»Wie ausgekotzt«, sagte Birgit düster.
»Warum haben Sie keine Tablette gegen Reisekrankheit geschluckt?«
»Ich dachte, es geht auch ohne.«
»Können Sie Ihren Rucksack tragen?«
»Kein Problem. In ein paar Minuten werde ich mich besser fühlen. Ich kenne das schon.«

Die zierliche Reiseleiterin war tatsächlich bald wieder auf den Beinen und übernahm das Kommando. Alexandra war froh darüber, und ebenso froh war sie, als Birgit ihr kommentarlos die Handtasche und das Beautycase abnahm, damit sie sich ihrem Kofferungetüm widmen konnte. Als sie es mühsam über die schwankende Planke zerrte, regten sich erste Zweifel in ihr, ob sie beim Packen nicht doch übertrieben hatte. Ihr schöner cremefarbener Reiseanzug schien im Übrigen auch nicht die beste Wahl gewesen zu sein.

Die Zoll- und Einreiseformalitäten waren schnell erledigt, dann standen sie draußen in der heißen Nachmittagssonne auf indonesischem Boden und wurden von wild auf sie einredenden Taxifahrern umlagert. Alexandra wollte sofort flüchten, aber sie hatte die Rechnung ohne die nach einer guten Tour gierenden Fahrer gemacht. Sofort griff eine Hand nach ihrem Ärmel und zog sie wieder zurück in den Kreis. Das Gesicht des Mannes war jetzt nur Zentimeter von ihrem entfernt, und seinem beinahe zahnlosen Mund entquoll ein nicht enden wollender Monolog sowie eine betäubende Geruchsmischung aus Knoblauch, Chili und Zigarettenrauch. Alexandra lehnte sich angewidert zurück und stieß dabei gegen einen dicken Fahrer. Der Dicke machte den Eindruck, als wollte er Birgit im Schwitzkasten zu seinem Wagen schleppen.

»Mir reicht es«, rief sie Birgit zu und erkämpfte sich unter Einsatz ihres Ellbogens einen Weg aus dem Getümmel. Nachdem sie auch den letzten Taxifahrer abgeschüttelt hatte, stellte sie sich neben einen gefährlich aussehenden Polizisten und ließ Birgit die Verhandlungen führen. Nach wenigen Minuten zogen alle Fahrer bis auf einen mürrisch von dannen, um sich in die überall tobende Schlacht um potenziell zahlungskräftige Fahrgäste zu werfen – in diesem Fall ein verloren wirkender Japaner mit übergroßer Sechziger-Jahre-Sonnenbrille und Rucksack.

Der übrig gebliebene Taxifahrer, ein hagerer, müder Mann, schnappte sich Alexandras Beautycase und Birgits Rucksack und ging zu einem nicht mehr ganz neuen, aber einigermaßen vertrauenswürdig aussehenden Kleinbus, der Platz für sieben oder acht Passagiere bot. Birgit und Alexandra folgten ihm. Am Wagen angekommen, half Birgit dem Fahrer beim Verstauen des Gepäcks, dann wischte sie sich den Schweiß von der Stirn.
»Puh«, sagte sie, »warum muss das immer so ein Aufruhr sein? Aber ich habe einen ganz guten Preis nach Medan aushandeln können.«
»Nach Medan?«, fragte Alexandra überrascht. »Ich dachte, wir fahren gleich zu dem See und dem Ort mit dem albernen Namen. Wie heißt er noch?«
»Tuk Tuk.«
»Genau, Tuk Tuk. Martin wollte doch dorthin und nicht nach Medan.«
»Das stimmt, aber es wäre verrückt, sich jetzt noch auf den Weg zu machen. Lassen Sie uns lieber morgen früh fahren.«
»Wieso wäre es verrückt?«
»Wir sind mindestens fünf Stunden unterwegs und würden im Dunkeln ankommen. Die letzte Fähre nach Tuk Tuk ist dann schon lange weg.«
»*Yesss!* Tuk Tuk! Tuk Tuk! Tuk Tuk!«, unterbrach sie der Taxifahrer. Er hatte nur dieses eine Wort des auf Deutsch geführten Gesprächs verstanden und witterte das Geschäft des Monats, ach was, des Jahres.
»Ja, Tuk Tuk! Bist du ein Huhn?«, fuhr Birgit ihn unwirsch an und wandte sich wieder Alexandra zu.
Die hatte ihre Aufmerksamkeit mittlerweile auf den Taxifahrer gerichtet. »*Do you speak English?*«, fragte sie ihn.
»*Yesss*, Tuk Tuk.«

»Aha. Und was würde es kosten, uns dorthin zu bringen? Jetzt gleich?«

Der Taxifahrer setzte umgehend eine Leidensmiene auf und begann in holperigem Englisch zu lamentieren. »Das ist furchtbar weit, die Straßen sind schlecht, das Benzin ist teurer geworden und überhaupt ist alles teuer«, sagte er, und nach einer perfekt inszenierten Pause: »zwei Millionen Rupien.«

»Wie viel ist das in Euro?«, fragte Alexandra.

»Hundertsechzig Euro«, sagte Birgit resigniert. »Viel zu viel. Mehr als ein Viertel sollte es nicht kosten.«

»Danke«, erwiderte Alexandra. »Dreihunderttausend Rupien.«

Das galt dem Taxifahrer.

An dem Mann war ein Schauspieler verlorengegangen. Händeringend setzte er Alexandra über den Zustand von Weib und Kindern sowie der zahnlosen kranken Großmutter in Kenntnis, um seinem neuen Angebot das nötige moralische Fundament zu geben.

»Anderthalb Millionen«, sagte er.

»Vierhunderttausend.«

»Sie ruinieren mich! Denken Sie an meine Kinder! Eine Million dreihunderttausend.«

»Vierhundertfünfzigtausend.«

»Eine Million.«

»Fünfhunderttausend.« Alexandra begann, das Gepäck wieder aus dem Wagen zu hieven.

Der Taxifahrer streckte die Hände zum Himmel, um Allahs Beistand anzufordern. »Tun Sie das nicht, schöne Lady«, jammerte er. »Ich mache Ihnen einen Spezialpreis. Siebenhunderttausend.«

Alexandra zerrte unbeeindruckt an ihrem Koffer. »Fünfhundertfünfzigtausend. Mein letztes Angebot.«

»Sechshunderttausend. Okay?« Der Taxifahrer hielt Alexandra die Hand hin.

»Okay.« Sie schlug nicht ein. Seine Fingernägel waren einfach zu dreckig.

Birgit, die den Schacher schweigend verfolgt hatte, hob theatralisch die Hände. »Ich halte es nach wie vor für keine gute Idee, aber bitte. Ich bin ja nur Ihre Angestellte«, sagte sie. »Im Übrigen: alle Achtung! Ich hätte die Verhandlung nicht besser führen können.«

Alexandra zuckte die Achseln. »Ich bin Immobilienmaklerin«, sagte sie, kletterte in den Kleinbus und machte es sich auf der hinteren Bank bequem.

* * *

Da es bis zum späten Nachmittag dauern würde, den geopferten Büffel zu zerteilen und seine Leber für das morgige Orakel vorzubereiten, zogen Juliana, die drei anderen *Kapalas* und die beiden Vulkanpriester sich in den Schatten der Veranda vor Julianas Klanhaus zurück. Mühsam erklomm einer nach dem anderen die steile, auf die Holzplattform führende Leiter. Als alle sich auf dem Boden niedergelassen hatten, erschien Julianas Tochter Adele und reichte den erschöpften Würdenträgern Wasser und weißen Reis mit Sambal. Schweigend aßen und tranken sie, ein jeder in seine Gedanken versunken, von Sorgen um die Zukunft bedrückt.

»Ihr müsst Pulau Melate verlassen«, sagte Niru Wa'e unvermittelt. Seine Stimme war leise, aber eindringlich. »Seit dem Unglück zu den Zeiten unserer Ururgroßväter ist uns die verehrte Göttin des Schwestervulkans nicht mehr wohlgesinnt, und es ist uns nie gelungen, sie zu besänftigen. Doch niemals habe ich Ravuú so wütend gesehen wie in den letzten Wochen. Jeden Augenblick kann sie ihren Zorn über uns bringen.« Er wartete auf eine Antwort, aber die anderen blieben stumm und vermieden es, sich gegenseitig anzusehen.

Jetzt ist es also so weit, dachte Juliana. Die Göttin des Vulkans lässt uns für eine lang zurückliegende Schuld büßen und vertreibt uns. Ihr ganzes Leben hatte Juliana in Furcht vor Ravuú verbracht, die ihre Wut immer wieder mit Erdbeben und kleinen Ausbrüchen an den Bewohnern der Insel ausließ, aber nie war ein ernstlicher Schaden entstanden. Das hatte sich geändert: Die Aktivität des Vulkans war stärker, als sie es jemals erlebt hatte, und die meisten Klanmitglieder befürchteten einen nahen Ausbruch. Auch die Tiere verhielten sich seltsam; eine Rotte Wildschweine hatte sogar die magischen Grenzen überschritten und war bis auf den Dorfplatz gelangt, wo die Tiere die Opfergaben für die *Nitus* von den heiligen Steinen gefressen hatten.

Juliana hatte im Laufe ihres langen Lebens gelernt, die Zeichen der Natur zu lesen. Sie wusste, das Niru Wa'e recht hatte. Sie würden ihre geliebte Insel, ihr geliebtes Dorf aufgeben müssen, und damit auch die Wurzeln ihres Stammes, ihrer Riten, ihres ganzen Selbstverständnisses. Wie Bittsteller würden die Bewohner von Pulau Melate in den Schwesterdörfern ankommen, heimatlos und ohne Besitz, aber auch die Stammesmitglieder auf der großen Insel wären ihres spirituellen Zentrums beraubt. Juliana merkte, wie ihr die Tränen in die Augen stiegen. Es gelang ihr gerade noch, sie zurückzudrängen; sie musste jetzt stark sein.

»Lasst uns keine Entscheidung treffen, bevor *Molang* Kebale und *Molang* Rak'abi das Orakel aus der Leber des Büffelopfers gelesen haben. Vielleicht gibt Ravuú uns noch eine Chance«, sagte sie ohne viel Überzeugungskraft.

Der uralte Moses Ubi, der sich schon die ganze Zeit vor und zurück gewiegt hatte, hielt einen Moment inne und nickte würdevoll. »Das Opfer wird entscheiden«, sagte er und verfiel wieder in sein Schaukeln.

»Ja, lasst uns bis morgen warten.« Urbanus Lete lehnte sich gegen die aus groben Holzplanken zusammengefügte Seitenwand der

Veranda und sah Zustimmung heischend in die Runde. Die beiden *Molangs* nickten, auch Niru Wa'e, aber der schien nicht ganz bei der Sache zu sein. Sein Blick bohrte sich in den Julianas, und sie fühlte sich sofort ertappt. Niru Wa'e wusste, dass sie eine Schwäche für die Naturwissenschaften hatte und über Magmakammern und Fumarolen, über Stratovulkane und Tiefseegräben beinahe so gut Bescheid wusste wie über die Welt der Geister und Götter und die überlieferten Traditionen. Er teilte ihre Leidenschaft fürs Lernen; sie beide hatten viele Wochen und Monate damit verbracht, die in ihre abgelegenen Dörfer gelangenden Informationsschnipsel zu einem sinnvollen Ganzen zusammenzufügen und zu verstehen. Auch ohne den Einsatz von Seismografen konnten sie sich ausmalen, dass eine Katastrophe bevorstand. Was sie nicht wussten, waren der genaue Zeitpunkt und das Ausmaß des Ausbruchs – aber darüber hätte ihnen auch kein Wissenschaftler Auskunft geben können.

»Ja«, sagte Niru Wa'e schließlich widerstrebend, »wir warten.«

Ein von bösen Vorahnungen aufgeladenes Schweigen senkte sich über die kleine Gesellschaft. Vom Dorfplatz her hörten sie, wie die jungen Männer mühevoll das Opfertier zerteilten. Sie hörten, wie die Frauen die großen Kessel bereitstellten, um das Fleisch zuzubereiten. Sie hörten die Kinder bei den Schaukeln hinter den Häusern herumtoben und das Gackern der Hühner unter dem Haus, das träge Surren der Fliegen, das Rascheln einer Brise in den Tamarindenbäumen und, ganz leise und weit entfernt, das sanfte Rauschen des Meeres. Noch hielt sich die Hitze der Mittagsstunden in der zu drei Seiten abgeschlossenen Veranda, und die sechs Würdenträger wurden schläfrig.

* * *

Alexandras Nerven lagen blank. Am Anfang hatte sie die überfahrenen Hühner noch gezählt, aber sie war schnell durcheinandergekommen. Die Fahrt war ein einziger Alptraum. Sie hatte Birgits Schilderung von überfüllten Straßen und Beinaheunfällen für völlig übertrieben gehalten – bis vor zwei Stunden. Seitdem bangte sie im Fünfminutentakt um ihr Leben. Dabei lag noch nicht einmal die Hälfte der Strecke hinter ihnen. Als Alexandra versuchte, den Taxifahrer zu einer vernünftigeren Fahrweise zu bewegen, murmelte er nur »Allah« und scherte in den Gegenverkehr, um ein Mofa mit Beiwagen zu überholen, das wiederum einen mit Metallschrott beladenen Kleinlaster überholte.

Birgit war zu nichts zu gebrauchen. Sie lag ausgestreckt auf der Bank vor Alexandra und schlief. Zu Beginn der Fahrt hatte sie doch noch eine Tablette gegen Reisekrankheit genommen und war seitdem nicht mehr ansprechbar. Das Zeug mache sie immer müde, hatte sie Alexandra erklärt.

Alexandra schrie auf. Ihr Kleinbus raste auf eine Gruppe uniformierter Schüler zu, und der Taxifahrer machte keine Anstalten, den Kindern auszuweichen. Erst in letzter Sekunde riss er das Lenkrad herum, stieß um Haaresbreite mit einem entgegenkommenden Sammeltaxi zusammen, überfuhr ein Huhn und schwenkte seelenruhig wieder auf die eigene Spur ein. Seine vom Rückspiegel hängenden, mit Koranversen bedruckten CD-Rohlinge klapperten dazu fröhlich aneinander. Es fehlte nicht mehr viel, und Alexandra bekam einen hysterischen Anfall. Oder fing an zu heulen. Oder beides.

Eine Viertelstunde später ging der Fahrer endlich vom Gas und hielt vor einer offenen Ladenzeile, deren Geschäfte alle das gleiche bunte Sortiment an Süßigkeiten, Getränken und einheimischem Knabbergebäck führten. Mit einem Brummen, das sich an niemanden Bestimmtes richtete, glitt er aus dem Kleinbus und verschwand zwischen zwei Häusern.

136

Alexandra blieb sitzen und schaute aus dem Fenster. Die Umgebung war deprimierend. Während die Läden auf ihrer Straßenseite bescheidenen Wohlstand zumindest andeuteten, schien auf der anderen Straßenseite das Land der Hoffnungslosigkeit zu beginnen. Zwar waren die Häuser lange nicht so ärmlich wie die grässlichen Wellblechbaracken in den Vororten von Belawan und Medan, aber auch hier war es schlimm genug. Alexandra vermochte sich beim besten Willen nicht vorzustellen, wie man in den wackeligen, jeden Komforts baren Holzhäusern leben konnte. Die Betonhäuser waren auch nicht besser: verschimmelte Fassaden, ungepflegte Vorgärten, Wellblech auf dem Dach. Und völlig überfüllt, gemessen an der Anzahl der Leute, die auf den Veranden herumsaßen und offensichtlich nichts anderes zu tun hatten, als dem nicht abreißenden Verkehr auf der Hauptstraße hinterherzusehen. Überhaupt schien das ganze Land aus den Nähten zu platzen. Jeder Quadratmeter entlang der Straße war bebaut, überall liefen, standen und hockten Menschen am Straßenrand, kauften und verkauften, aßen, redeten, ja schliefen sogar. Alexandra war davon ausgegangen, Indonesien sei ähnlich wie Malaysia, aber die Zustände in Indonesien waren wesentlich ärmer – und beängstigender.
Alexandra wandte sich wieder den Läden zu und suchte sie nach dem Taxifahrer ab, ohne Erfolg. Im Wagen wurde es immer heißer, nun, da der Fahrtwind keine Kühlung mehr brachte. Ihr rann der Schweiß aus den Haaren und übers Gesicht. Auch der Verkäuferin in dem Laden, vor dem sie parkten, machte die Hitze zu schaffen. Ihre Arme lagen lang auf dem Verkaufstresen, den Kopf hatte sie seitlich daraufgelegt. Unendlich gelangweilt glitt ihr Blick über die Waren, unendlich gelangweilt erfasste er den Minibus und rutschte wieder ab, unendlich gelangweilt wedelte sie eine Fliege beiseite, und selbst die Fliege schien sich nur aus Langeweile auf den klebrigen Sü-

ßigkeiten in der Vitrine niedergelassen zu haben. Die Geräusche der Straße traten in den Hintergrund, während Alexandra langsam, aber sicher sauer wurde. Wo blieb der Fahrer?
Er kam nicht. Dafür hielten kurz hintereinander zwei weitere Minibusse und ein Reisebus vor, hinter und neben dem Kleinbus. Verdattert beobachtete Alexandra, wie Dutzende und Aberdutzende Indonesier aus den Fahrzeugen quollen und die Läden stürmten.
In das gelangweilte Mädchen aus dem Laden kehrte ein Hauch Energie zurück. Träge schlurfte sie zu einem großen Coca-Cola-Kühlschrank, ergriff mehrere Flaschen Wasser und schlurfte wieder zu ihrem Tresen, vor dem sich bereits eine lange Schlange gebildet hatte. Mit aufreizender Langsamkeit stopfte sie den Proviant der Kunden in Plastiktüten und kassierte ab. Eine zweite Verkäuferin gesellte sich zu ihrer Kollegin.
Plötzlich erschien das Gesicht einer Frau vor dem Busfenster. Alexandra fuhr zurück. Die Frau lachte sie an, dann rief sie etwas über die Schulter. Sofort ließen die Insassen der anderen Busse alles stehen und liegen und drängten sich um den Minibus. Hilfesuchend rüttelte Alexandra Birgit an der Schulter, aber die drehte sich lediglich mit einem gemurmelten »Die sind nur neugierig« auf die andere Seite und schlief weiter.
Alexandra gewann das Kräftemessen. Sie rührte sich nicht, bis die Leute endlich das Interesse an ihr verloren und sich wieder dem Laden zuwandten. Dann nahm sie all ihren Mut zusammen und kletterte aus dem Minibus. Die einkaufenden Indonesier hatten sie an ihren eigenen Durst erinnert. Mit einer eiskalten Flasche Mineralwasser unterm Arm inspizierte sie die Waren in der Auslage: Kekse, Bananenchips, Bonbons. Getrocknetes Irgendetwas. Nüsse, Tamarindenkugeln und quietschbunt gefärbtes Gebäck. Dazwischen ein einzelner Badelatschen, offensichtlich gebraucht. Kopfschüttelnd ging Alexan-

dra zum nächsten Regal und studierte die Tüten mit den getrockneten Fischprodukten, als ein ausdauerndes Hupen sie aus ihren Betrachtungen riss.
»*Come, Miss, come, hurry-hurry!*«
Der Fahrer war wieder aufgetaucht und saß bereits hinter dem Lenkrad. Alexandra bedachte ihn mit einem bösen Blick, der allerdings seine Wirkung verfehlte, wählte eine Tüte Bananenchips und bezahlte in aller Ruhe. Der Fahrer bearbeitete weiterhin die Hupe, aber Alexandra ignorierte ihn. Was bildete der Typ sich ein?
Zurück auf der Straße, setzte der Fahrer die wilde Jagd umgehend fort. Glücklicherweise erreichten sie bald eine größere Stadt, in der die Straßen so verstopft waren, dass an Überholen nicht mehr zu denken war. Als sie die Stadt nach zwanzig Minuten durchquert hatten, ließ der Verkehr merklich nach, und auch die Landschaft veränderte sich: Es gab Felder und Bäume und hier und da sogar recht einladend aussehende Häuser. Weit entfernt schwebte ein blassblauer Gebirgszug über der Ebene, und während Alexandra sich noch fragte, ob dort oben wohl der verdammte See lag, fielen ihr die Augen zu. Es war zwar erst vier Uhr nachmittags, aber sie konnte einfach nichts Neues mehr verarbeiten. Indonesien war noch schlimmer, als sie es sich ausgemalt hatte.

* * *

»Das ist das Paradies.« Martin trat an den Rand des Steilufers und wies auf die kleine Bucht unter ihnen, in der einige Fischerboote dümpelten. Überflutete Reisfelder zogen sich bis ans Ufer, und etwa zwei Dutzend Häuschen reihten sich entlang der schmalen, in einem weiten Bogen die Bucht umkurvenden Straße. Am Scheitelpunkt der Bucht wachte eine schmucklose Kirche über die Gemeinde. Vegetation in allen nur vorstellbaren Grünschattierungen brandete gegen die Häuschen an, ohne sie zu bedrohen; schützend breiteten die Mangobäume ihre smaragdfarbenen Baumkronen über die Dächer, die großblättrigen Bananenstauden winkten einladend, und hier und da leuchteten die Blüten der Bougainvillea in einem unirdischen Pink zwischen den ineinander verwobenen Pflanzen hervor. Am anderen Ende der Bucht, dort, wo sich die Straße eine kleine Landzunge emporwand, standen die aufwendigen Gräber der Toba-Batak, geschrumpfte, in Pastellfarben bemalte Nachbildungen der Häuser, in denen die Lebenden wohnten, komplett mit den für diesen Teil Sumatras typischen an den Enden hochgezogenen, spitz auslaufenden Dächern. Auf den meisten Gräbern konnte Martin selbst aus der Entfernung ein christliches Kreuz entdecken. Hinter der kleinen Siedlung, nur zwei oder drei Kilometer entfernt, erhob sich steil und scheinbar unbezwingbar eine etwa sechshundert Meter hohe Bergwand in den dunstigblauen Himmel. Selbst an diese Wand klammerten sich Pflanzen, bedeckten das Gestein mit einem weichen grünen Überzug, der Martin an den moosigen Belag auf den Geweihen junger Hirsche erinnerte.

Martin schaltete seine Kamera ein. Es würde ein kitschiges, austauschbares Bild werden, wahrscheinlich schon von jedem Touristen, der jemals auf Samosir gewesen war, geschossen. Der Platz schrie geradezu nach einem Schild »*Take your picture here!*« Egal. Er war schließlich auch Tourist.

»Und wenn man bedenkt, wo wir gerade sind«, sagte er mehr zu sich selbst als zu Sien, aber sie hatte ihn trotzdem gehört.

»Was meinst du damit?«, fragte sie.

»Es ist ein irgendwie ... dramatischer Ort, findest du nicht? Eine Art geologischer Scherz: Wir stehen auf Samosir, einer großen Insel, die in einem See liegt. Der See misst über hundert Kilometer in der Länge und ist ein Kratersee. Das muss man sich mal vorstellen. Na, und dieser Kratersee wiederum befindet sich auf einer gigantischen Insel: Sumatra. Wusstest du, dass der Ausbruch des Vulkans, in dem wir gerade stehen, so heftig war, dass Gesteinsbrocken bis Afrika geflogen sind? Es ist noch gar nicht so lange her, man schätzt etwa siebzigtausend Jahre. Eine gruselige Vorstellung. Und doch ist etwas Wunderbares aus all der Zerstörung hervorgegangen: dieser blühende Garten, ein Ort, an dem die Menschen in Frieden leben und sich von dem ernähren können, was die Natur ihnen schenkt.«

Eine gruselige Vorstellung? Martin hat recht, dachte Sien, und auch wieder nicht. Sie kannte die Geschichte des Sees und des Ausbruchs, jedes indonesische Kind hörte darüber in der Schule, und es gab Dokumentationen im Fernsehen. Aber siebzigtausend Jahre waren eine unvorstellbar lange Zeit, und der Vulkan hatte sich seitdem nicht mehr gerührt. Eine Gänsehaut lief ihr über den Rücken. Wirklich gruselig ist ein Vulkan, der sich schüttelt, der die Erde unter deinen Füßen zum Beben bringt und von dem du nicht weißt, ob er dich noch ein Jahr, einen Monat oder sogar nur einen Tag leben lässt.
Eine Familie auf einem Mofa knatterte vorbei und rief ihnen fröhliche Grüße zu. Das älteste der Kinder, ein vielleicht neunjähriges Mädchen, hatte sich mit einer Hand von hinten an die Mutter geklammert und hob ihren freien Arm zum Gruß. Sien winkte der Kleinen nach, bis die Familie um die nächste Kurve verschwand.
»Um Gottes willen«, sagte Martin, »auf diesem Mofa saßen fünf Leute.«
»Sechs«, korrigierte ihn Sien. »Die Mutter hatte noch einen Säugling auf dem Arm. Und am Lenkrad hingen zwei lebende Hühner.«

Martin schüttelte den Kopf. »Und ich Idiot habe sie nicht fotografiert.«
»Das ist doch völlig normal hier. Du wirst noch massenhaft Gelegenheit haben, Großfamilien auf Mofas zu fotografieren.« Sie hakte sich bei ihm unter. »Komm, lass uns weitergehen! Ich habe Durst, und bis Ambarita sind es bestimmt noch zwei Kilometer.«

* * *

Das Grollen kam völlig überraschend. Es drang aus den tiefsten Tiefen der Erde und ließ die Welt erzittern. Noch bevor einer der Menschen auf der Insel reagieren konnte, kehrte die Stille zurück, und die Erde war wieder fest und zuverlässig. Das Beben war schwach gewesen; vielleicht hatte die Göttin des Vulkans sich im Schlaf gedreht und ein lautes Schnarchen von sich gegeben, oder aber sie hatte nach einem Moskito geschlagen, oder, oder, oder. Die Dorfbewohner suchten nach einer harmlosen Erklärung, aber die furchtbare Angst vor dem Feuer und der Gewalt des Berges presste ihre Herzen zusammen. Sie hatten Ravuús Wüten niemals in seiner ganzen Wucht selbst erlebt, doch im kollektiven Gedächtnis des Stammes waren die Geschichten so präsent, als läge der letzte Ausbruch nur wenige Wochen zurück.
»Vielleicht sollten wir Ravuú wie in den alten Zeiten einen Bräutigam zuführen?«, meldete sich der *Molang* Kebale plötzlich mit rauher Stimme zu Wort.
Juliana fuhr auf. Ihr grauer Haarkranz zitterte und ließ sie aussehen wie einen der in den Baumwipfeln wohnenden *Nitus*. »Was willst du damit genau sagen?«, fragte sie scharf. Auch die anderen hatten sich unwillkürlich gestrafft und Kebale den Kopf zugewandt. Eine schrille, misstönende Spannung erfüllte die Veranda.

Kebale hob die Hände und lächelte, aber sein Lächeln war so kalt, so falsch, dass Juliana innerlich zu frieren begann. Dieser Mann lächelte nur, wenn er etwas im Schilde führte.
»Ihr versteht mich falsch«, sagte Kebale. »Natürlich meine ich eine symbolische Hochzeit.«
Nur langsam entspannten sich die anderen.
»Das will ich auch meinen«, brummte Niru Wa'e kühl. »Eine richtige Hochzeit hat nie stattgefunden.«
Das Lächeln verschwand schlagartig aus dem Gesicht des Vulkanpriesters. »Bist du dir da so sicher? Die alten Lieder erzählen nämlich anderes«, sagte er.
Jetzt meldete sich sogar der *Molang* Rak'abi zu Wort. »Du bist jung und hast die alten Lieder noch nicht richtig verstanden, lieber Kebale«, sagte er bedächtig. »Natürlich haben unsere Vorfahren diese Vermählungen nur symbolisch vollzogen.« Dann versank er wieder in sein übliches Schweigen. Der Priester des Brudervulkans war ein ruhiger und besonnener Mann, der seine Aufgaben sehr ernst nahm.
»Tatata.« Kebale sah hochmütig in die Runde. »Das sagt ihr nur, um euch bei den Christen einzuschmeicheln. Aber es wird vergebens sein, weil wir für die Weißen immer barbarische Wilde bleiben werden.« Er hob wütend die Stimme. Sein eigentlich attraktives, goldbraunes Gesicht verzog sich zu einer Fratze, einem bösartigen Kobold angemessener als einem Menschen. Kebales geringe Körpergröße unterstrich noch diesen Eindruck. Er war der kleinste Mann des Stammes, selbst Juliana überragte ihn, wenn auch nur um zwei Daumenbreiten. »Ich pisse auf eure Europäer und australischen Frauen und die Bücher mit dem fremden Kram«, fluchte Kebale laut. »Wir haben sie nie nötig gehabt, und wir werden sie auch in Zukunft nicht brauchen. Ich will auch ihren faden Gott nicht, der es nicht einmal geschafft hat, seinen Mördern zu entkommen.«

»Also, ich kann mit dem Christengott auch nichts anfangen«, meldete sich der uralte Moses Ubi mit brüchiger Stimme zu Wort.

»Schluss jetzt! Diese Diskussion können wir ein anderes Mal führen.« Juliana hatte sich aufgesetzt und blickte von einem zum anderen, bis sie schließlich bei Kebale angelangt war. »Welcher Dämon hat dir diese Worte eingeflüstert?«, fragte sie und fasste ihn scharf ins Auge. Kebale war ein grausamer Mann, vor dem sie jederzeit auf der Hut sein musste.

»Einer, der mir wohlgesinnt ist«, zischte Kebale. Die Augen zu Schlitzen zusammengekniffen, starrte er Juliana so hasserfüllt an, dass sie sich unwillkürlich gegen die Wand drückte, um ein paar Fingerbreit mehr Abstand zwischen sich und den Zauberer zu bringen. Sie hielt ihn für verschlagen, intrigant und geltungssüchtig, aber sie wusste auch, dass er schlau war – eine äußerst gefährliche Mischung. Sie verachtete Kebale für all dies und noch aus anderen, persönlichen Gründen. Sie wusste, dass der Zauberer sie am liebsten losgeworden wäre, aber als Oberhaupt des Klans der Sonnenaufgangsseite hatte sie eine ebenso herausragende Stellung wie er als wichtigster Vertreter der Seite des Sonnenuntergangs. Beide hatten Funktionen zu erfüllen und spezielle in den alten Gesängen genau festgehaltene Riten auszuführen. Ob sie wollten oder nicht, sie mussten miteinander auskommen, um den Frieden im Dorf und das Wohlergehen des Stammes zu sichern.

Während Juliana und Kebale ihre Blicke ineinanderbohrten, erschien ihr Kebales Vater vor dem inneren Auge. Er war ein liebenswerter und umsichtiger Mann gewesen, der mit Julianas Bruder die Geschicke des Dorfes über viele Jahrzehnte gemeinsam gelenkt hatte, bis vor fünfzehn Jahren ein Bergrutsch Kebales Vater, Julianas Bruder und die Eltern ihrer Lieblingsnichte getötet hatte. An diesem schrecklichen Tag übernahm Juliana

die Aufgaben ihres Bruders, Kebale die seines Vaters. Kebale war damals erst neunundzwanzig Jahre alt gewesen, ein unreifer und jähzorniger Mann, nicht im Geringsten für das Amt geschaffen. Insgeheim beklagte Juliana, dass sein Vater nicht weitsichtig genug gewesen war, seine Kenntnisse und Fähigkeiten an seinen jüngeren Sohn Rake weiterzugeben, der den guten Charakter des Vaters geerbt hatte. Aber es lohnte nicht, darüber nachzudenken: Kebale wäre in jedem Falle der *Molang* des Dorfes geworden, denn sein Halbbruder Rake war vor vielen Jahren unter mysteriösen Umständen verschwunden; man nahm gemeinhin an, dass er ein Opfer von Ravuús nie erlöschendem Zorn geworden war.
Juliana hielt Kebales Blick immer noch stand, mit größerer Willenskraft denn je, bis er endlich die Lider senkte und ein paar unverständliche Worte murmelte. Juliana verzichtete darauf nachzufragen. Kebale hatte in der kommenden Nacht eine äußerst wichtige Aufgabe zu erfüllen, die ihm niemand abnehmen konnte. Es wäre ein denkbar schlechter Zeitpunkt gewesen, sich offen mit ihm anzulegen.
»Geh!«, sagte sie nur. »Geh und bereite dich für den Aufstieg vor!«

* * *

Der Prinz war selbst für indonesische Verhältnisse schmächtig, aber das tat seinem Selbstbewusstsein keinen Abbruch, genauso wenig wie sein löchriges, formloses T-Shirt mit dem fast verblichenen Aufdruck der Olympischen Winterspiele in Innsbruck 1976. Das T-Shirt war mit Sicherheit älter als der Prinz.
Als Sien und Martin vor einer halben Stunde den alten Dorfplatz von Ambarita betreten hatten, war der Prinz sofort freudestrahlend auf sie zugeeilt, hatte sich als Ururenkel des letzten Kö-

nigs von Ambarita vorgestellt und seitdem ununterbrochen auf sie eingeredet. Martin war sich ziemlich sicher, dass der Lumpenprinz eine Art rudimentäres Englisch sprach, aber er konnte aus dem Wortschwall keinen Sinn herausfiltern; zu abenteuerlich waren Aussprache, Satzbau und Grammatik. Anfangs hatte Martin noch versucht, ihn zu verstehen, aber jetzt lief er einfach nur hinter ihm her und bedachte die Sehenswürdigkeiten mit angemessener Bewunderung, um den eifrigen jungen Mann nicht zu enttäuschen. Viele waren es nicht: ein matschiger Platz, neun oder zehn Häuser, das Grab des Ururgroßvaters, ein Baum und unter dem Baum eine Ansammlung aus Stein gehauener, um einen ebenfalls steinernen Tisch gruppierter Sessel. Der Prinz verhedderte sich angesichts des massiven Mobiliars in langwierigen Erklärungen auf Englisch, die von Kriminellen, Richtern und Königen handelten. Martin gab höflich vor zuzuhören, während er die Schnitzereien in den Giebeln und an den Balken der alten Häuser nach Fotomotiven absuchte.
»Machen Kopf ab. Eine Stück.«
Martin horchte auf. »Wie bitte?«
»Machen Kopf ab. Dann essen.« Der Prinz fuhr sich mit einer eindeutigen Handbewegung über die Kehle und redete weiter.
Martins Neugierde war geweckt. Er bremste den Monolog des Mannes ab und sah sich nach Sien um. Sie hatte sich etwas abseits im Schatten eines Wellblechdachs auf einer Betonbank niedergelassen, pulte mit Hingabe an dem abblätternden Nagellack auf ihrem großen Zeh und nahm keinen Anteil an dem Geschehen um sie herum. Sie sah hinreißend aus in der Bluse, die er ihr gestern geschenkt hatte. Sein Fotografenblick hatte ihn nicht getrogen: Ihre hellbraune Haut und die tiefschwarzen, mit einer Spange gebändigten Kraushaare bildeten einen phantastischen Kontrast zu dem Eisvogelblau der Bluse. Martin hätte sich in diesem Moment auf ewig in ihren Anblick versen-

ken können, aber dann fiel ihm ein, dass der Prinz wartete. Er griff ihn am Arm und lotste ihn unter das Wellblechdach.
Sien schrak auf, als Martin sich ihr direkt gegenüber setzte. Sie muss wirklich weit weg gewesen sein, dachte er irritiert. Aber wo war sie gewesen? Eigentlich wusste er über seine Freundin so gut wie nichts außer ihren Namen, ihr Alter und ihre Nationalität. Aber aus welchem Teil Indonesiens sie stammte, war ihm nach wie vor ein Rätsel. Anfangs war er davon ausgegangen, dass sie auf Sumatra zu Hause war, aber sie kannte die Insel ebenso wenig wie er. Sie sah auch ganz anders aus als die hier lebenden Menschen. »Hast du genug gesehen?«, fragte sie.
»Ja und nein. Ich möchte den Prinzen gerne ein bisschen genauer befragen und wollte dich bitten zu übersetzen. Mein *Bahasa Indonesia* ist noch hoffnungsloser als sein Englisch.«
»Was willst du wissen?«, fragte sie.
»Lass dir noch einmal die Sache mit den Steinstühlen erklären. Außerdem möchte ich wissen, was er mit ›machen Kopf ab‹ gemeint hat.«
»Kopf ab?« Sien runzelte die Stirn, dann wandte sie sich dem Fremdenführerprinzen zu. Der schien sich zu freuen, seinen Vortrag noch einmal auf *Bahasa* wiederholen zu dürfen. Martin beobachtet fasziniert, wie er gestenreich auf Sien einredete. Sie stellte einige Zwischenfragen, und mehrmals lachten beide kurz auf, aber dann wurde Sien immer ernster und verschlossener, bis sie schließlich gar nichts mehr sagte und den kleinen dunkelhäutigen Mann einfach reden ließ.
»Und?«, fragte Martin, als der Prinz verstummt war.
»Und was?«, schnappte Sien.
Martin erschrak über ihre Aggressivität. »Ich wollte wissen, was er dir erzählt hat. Aber das kannst du mir natürlich auch später berichten«, lenkte er ein. Er hatte nicht die geringste Idee, womit er sie verärgert hatte.

Nach einer Weile begann Sien doch zu sprechen. Sie sah Martin dabei nicht an, und ihr eigentlich ausgezeichnetes Englisch klang abgehackt und tonlos. Als ob sie jede Emotion unterdrücken wollte, dachte Martin verwundert. »Sie haben hier zu Gericht gesessen. Die Könige von Ambarita und Tomok und Brastagi und noch zwei, deren Namen ich vergessen habe. Ist auch egal. Der Angeklagte musste sich dort auf den kleinsten Stuhl setzen.« Sie zeigte vage zu dem Stuhlkreis unter dem Baum.
»Was hatten die Leute verbrochen?«
»Mord. Unzucht. Spionage.«
»Spionage?« Martin musste lachen. Das Reich des Königs von Ambarita hatte kaum die halbe Insel Samosir umfasst, mit ein paar tausend von Ackerbau, Viehzucht und Fischerei lebenden Untertanen. Er konnte sich beim besten Willen nicht vorstellen, welches Staatsgeheimnis hier gehütet wurde.
»Ich wüsste nicht, was es zu Lachen gibt«, sagte Sien ungehalten. »Bevor sie zum Christentum bekehrt wurden, glaubten die Toba-Batak, dass die Insel Samosir der Mittelpunkt der Welt sei und auf dem Rücken einer gigantischen Schlange balanciere. Es war ein äußerst fragiles Gleichgewicht, das keinesfalls gestört werden durfte, sonst wurde die Schlange ärgerlich. Erdbeben und Vulkanausbrüche waren die Folge.« Sien verstummte, sichtlich um Fassung bemüht.
Martin verstand immer weniger, was sie so aufregte. Seine neue Freundin schien noch einiges mehr mit sich herumzutragen, von dem er nichts wusste. Während er schweigend darauf wartete, dass sie weitersprach, dachte er über die Schlange nach. Die Legende ergab Sinn: Ambarita und alles um sie herum verdankte seine Existenz dem heftigsten Vulkanausbruch der jüngeren Erdgeschichte, und tief unter ihren Füßen brodelte es nach wie vor. In einer solchen Umgebung blühten die schönsten Legenden.

»Die Welt geriet immer dann aus dem Gleichgewicht, wenn Menschen auf die Insel kamen, die nicht hierher gehörten«, fuhr Sien fort. »Missionare zum Beispiel.« Zum ersten Mal blickte sie ihm wieder voll ins Gesicht. »Sie haben sie getötet, Martin. Erst wurden sie gefoltert: Sie schlitzten ihnen die Haut auf und rieben Salz, Chili und Zitrone hinein, dann kam der Scharfrichter und hieb ihnen den Kopf ab.« Sie verstummte.
»Ja?«
»Dann wurden sie gegessen. Die Könige bekamen das Herz und die Leber, das Volk den Rest. Die Knochen wurden ins Wasser geworfen, und sieben Tage lang durfte sich niemand dem See nähern.«
Martin blickte zur Seite. Der Prinz hatte sich im Schneidersitz auf der Bank niedergelassen und lächelte freundlich. »Immerhin hatten seine Vorfahren Geschmack. Die Würzmischung hört sich lecker an«, bemerkte Martin.
»Darüber macht man keine Witze«, sagte Sien scharf. »Wie kannst du nur so reden?«
Er zuckte die Achseln. »Ich schätze, die Missionare wussten, welches Risiko sie eingingen. Wer auszieht, den Menschen ihren ursprünglichen Glauben auszutreiben und einen fremden zu verordnen, wird nicht überall auf Gegenliebe stoßen, oder? Ich habe das ganze Missionsgetue nie verstanden. Soll doch jeder glauben, was er will.«
Sien sah ihn prüfend an. »Meinst du das tatsächlich, oder sagst du es nur so daher?«
»Natürlich meine ich es so. Es ist doch völlig egal, welcher Religion man angehört. Ich könnte jedenfalls nicht an einen Gott glauben, der sich nur für die Christen oder die Moslems oder wen sonst noch interessiert. Gott ist viel größer als jede Religion, und wenn jemand der Meinung ist, dass Gott in Gestalt einer Riesenschlange unter dieser Insel wohnt, dann ist das

auch in Ordnung. Die Jungs hier haben ihre Verbrecher und die Missionare schließlich nicht geschlachtet, weil sie Hunger hatten, sondern aus rituellen Gründen. Immerhin stand nichts Geringeres als die Weltordnung auf dem Spiel.« Martin brach seine Rede abrupt ab. Er hatte sich hinreißen lassen. »Ich wollte deine Gefühle nicht verletzen«, sagte er zu Sien. »Ich weiß ja noch nicht einmal, an was du glaubst.«
Sie sah ihn nur lange an, und jetzt war wieder diese abgrundtiefe Traurigkeit in ihre Augen getreten, die sie umgab wie ein Schleier und die stets von Martin wegführte. Martin ergriff ihre Hand und zog sie hoch. »Lass uns gehen«, murmelte er. »Dieser Ort tut dir nicht gut.«
Bevor sie den Dorfplatz verließen, drehte Martin sich noch einmal um. Der Prinz stand vor dem Grab seines Ururgroßvaters und winkte ihnen fröhlich nach. Als Martin die Hand zum Gruß hob, bemerkte er das Kreuz auf dem großen Grabmal und senkte unwillkürlich den Kopf. Er konnte die Missionare zwar nicht verstehen, aber ihr Mut nötigte ihm Respekt ab.

* * *

Ein heftiger Stoß riss Alexandra aus einem unruhigen Schlaf. Erschrocken öffnete sie die Augen und sah sich verständnislos um. Es dauerte ein paar Sekunden, bis ihr wieder einfiel, dass sie auf der Rückbank eines Kleinbusses auf dem Weg zu einem ominösen Kratersee lag. Allerdings fuhr der Wagen gerade nicht und gab auch sonst keinen Mucks von sich. Ein Unfall? Voll böser Vorahnungen rappelte Alexandra sich hoch und blickte fassungslos aus dem Fenster.
Wald umgab den Wagen von allen Seiten, ein schwarzgrünes Chaos aus dickfleischigen Blättern und pelzig überzogenen Ästen. Ein dicker Klumpen bildete sich in Alexandras Hals, sie

spürte Panik in sich aufsteigen. Die klaustrophobische Dichte der Vegetation nahm ihr den Atem.
In diesem Moment drehte der Fahrer den Schlüssel in der Zündung und gab aufheulend Gas. Das Auto buckelte, schaukelte vor und zurück, bewegte sich aber nicht vom Fleck. Birgits Kopf tauchte über der Vorderlehne auf. Sie gähnte und strich sich über ihre zerzausten kurzen Haare. »Was ist passiert?«, fragte sie. »Warum stehen wir mitten im Wald?«
Alexandra räusperte sich. »Das wüsste ich auch gerne.« Ihre Stimme versagte.
Birgit sah Alexandra abschätzend an. »Keine Angst«, sagte sie. »Es wird eine vernünftige Erklärung geben.« Sie beugte sich zu dem Fahrer. Ein kurzer Dialog auf Indonesisch entspann sich, den Alexandra nicht verstand. Dann gab der Fahrer wieder Gas, ohne Erfolg.
Birgit lehnte sich zurück. »Wir sind vom Weg abgekommen und stecken in einer Morastkuhle fest«, teilte sie Alexandra lapidar mit. »Ich werde mir den Schlamassel mal ansehen.«
Eine halbe Stunde später trottete Alexandra hinter Birgit und dem Taxifahrer auf einem matschigen Pfad durch den dichten Wald. Den Minibus hatten sie in seinem Schlammloch stehen lassen; ohne fremde Hilfe würden sie ihn nicht flottkriegen.
Alexandra presste die Lippen zusammen. Sie wollte sich vor Birgit und dem Fahrer keine Blöße geben, aber das war leichter gesagt als getan. Das allgegenwärtige Tschilpen und Zirpen, Summen und Brummen flößte ihr Angst ein. Bei jedem Knarren eines Astes, bei jedem Rascheln in den Blättern blickte sie sich gehetzt um. Etwas riss an ihrer Hose. Ihr Herz setzte für ein paar Schläge aus, aber es hatte sich nur ein mit langen, dünnen Stacheln versehener Ast in dem Stoff verfangen. Sie ging in die Hocke und zerrte an dem Ast. Endlich gab der Stoff nach, und sie inspizierte bedauernd den Riss. Dann sah sie den Wurm.

Der Wurm war vielleicht drei oder vier Zentimeter lang, von dunkelbrauner Farbe und haftete oberhalb ihrer Socke am Bein. Angeekelt versuchte sie, dass Tier wegzuwischen, aber es hing auch nach dem dritten Versuch noch immer an derselben Stelle und pulsierte im Rhythmus ihres Herzschlags. Ein kleiner Blutstropfen löste sich unterhalb des Wurmes und wurde von der Socke aufgesogen. Die Socke war noch an anderen Stellen blutgetränkt. Mit fliegenden Fingern riss Alexandra sich Schuh und Socke herunter und untersuchte ihren Fuß. Sie fand fünf weitere der ekelhaften Viecher.

Die Würmer gaben Alexandra den Rest. Sie ließ sich mitten auf dem Weg in den Matsch fallen und brach in Tränen aus. Es war ein Fehler gewesen, nach Sumatra zu kommen. Sie gehörte nicht hierher, sie war dieser Welt nicht gewachsen, und nun würde sie hier bei lebendigem Leibe von irgendwelchem tropischen Gewürm zerfressen werden.

Jemand rüttelte sie an der Schulter. Es war Birgit. »Was zum Teufel ist denn jetzt schon wieder los?«, fragte sie ungeduldig.

Alexandra wies stumm auf ihre Fußgelenke. Birgit schob ihr die Hosenbeine hoch und sog hörbar die Luft ein. »Blutegel«, sagte sie. »Die haben uns gerade noch gefehlt.« Sie griff Alexandra unter den Achseln und versuchte, sie hochzuzerren. Da sie viel kleiner war als Alexandra, gelang es ihr nicht. »Reißen Sie sich zusammen!«, sagte sie. »Wenn Sie nicht wollen, dass die Egel Sie in den Hintern beißen, stehen Sie jetzt besser auf.«

Das wirkte. Der Ekel vor den Egeln war stärker als Alexandras Verzweiflung, und sie rappelte sich hoch. Als sie wieder auf den Füßen stand, drückte Birgit ihr aufmunternd die Hände. »Die tun nichts. Na ja, außer Blut saugen natürlich. Sie dürfen nicht an den Viechern ziehen; wenn der Kopf abreißt, wird es unangenehm. Wir müssen die Egel jetzt lassen, wo sie sind. Ich werde sie entfernen, sobald wir das nächste Haus erreichen.« Dann krempelte sie ihre eigenen Hosenbeine hoch und lachte Alexandra aufmunternd an: »Sehen Sie? Ich habe mindestens genauso viele.«

Den Rest des Weges bewältigte Alexandra wie in Trance. Nur schemenhaft nahm sie wahr, dass der Dschungel nach einiger Zeit heller wurde und sie eine Lichtung erreichten, auf der mehrere Häuser standen. Sie wurde in einen Raum voller Menschen geführt und auf ein weiches Kissen gesetzt. Jemand flößte ihr ein heißes, leicht bitter schmeckendes Getränk ein, während Birgit sich an ihren Füßen zu schaffen machte. Es dauerte lange, bis sich die Schleier vor ihren Augen hoben und sie wieder klar denken konnte.
Die Nacht war mittlerweile hereingebrochen, und das Licht der einzigen Glühbirne erhellte den Raum nur unzureichend. Alexandra hatte noch nie in ihrem Leben eine spartanischere Behausung gesehen. Sie war schockiert über die Armut der Bewohner, die mit Birgit in einem engen Kreis auf dem Boden saßen und sich in dem leisen Singsang ihrer Sprache unterhielten. Außer grellfarbigen, den blanken Zementboden bedeckenden Plastikmatten war der Raum so gut wie unmöbliert; lediglich ein großer Standventilator sorgte für einen kühlen Luftzug, und auf einem kleinen Tischchen thronte der Stolz des Hauses: ein Farbfernseher.
Dafür gab es Kinder. Unmengen von Kindern aller Altersstufen, die sich in einem unübersichtlichen Knäuel etwas abseits von den Erwachsenen zusammengedrängt hatten und tuschelnd und kichernd verstohlene Blicke auf Alexandra warfen.
»Haben Sie sich ein wenig beruhigt?«, fragte Birgit.
Alexandra nickte. »Es geht besser, aber ...« Sie verstummte. Wie sollte sie der Reiseleiterin klarmachen, dass nichts, aber auch gar nichts in Ordnung war? Wie sollte sie erklären, ohne igno-

rant oder gar rassistisch zu wirken, dass sie mit den Leuten in diesem Raum nichts zu tun haben wollte, dass ihr ihre Gegenwart sogar körperliches Unbehagen bereitete. Erstaunlicherweise schien Birgit ihre Gedanken zu erraten.
»Ich zeige Ihnen Ihr Zimmer«, sagte sie. »Sie legen sich jetzt besser hin. Wenn Sie möchten, bringe ich Ihnen noch Kekse und einen heißen Tee.«
Alexandra ging dankbar auf das Angebot ein. Eine halbe Stunde später lag sie stocksteif auf dem Ehebett ihrer Gastgeber, dem einzigen Bett im Haus. Trotz der Hitze hatte sie sich das Laken zum Schutz vor Krabbeltieren und Moskitos bis zur Nase hochgezogen und schwitzte erbärmlich.
Nach und nach wurde es im Hauptraum leiser, bis Alexandra nur noch das Klappern von Geschirr und das Murmeln eines Gesprächs vernahm; wenig später klappte eine Tür, und es war still. Alexandra lauschte mit weit aufgerissenen Augen in die Nacht und tat sich selbst leid. In ihrer eigenen Welt war sie eine zielgerichtete und sachliche Geschäftsfrau, die hart mit sich und anderen umging, aber jetzt fühlte sie sich hilflos. Womit hatte sie das alles nur verdient? Erst der beschissene Urlaub, dann Martins mieser Verrat und schließlich diese grässliche Fahrt durch dieses grässliche Land mit seinen grässlichen Bewohnern, egal ob sie zwei, vier, sechs oder gar keine Beine hatten. Sie wollte nur noch weg von hier, weg aus diesem stickigen, moskitoverseuchten Haus, weg aus diesem Land und, wenn sie ehrlich war, weg aus diesem Erdteil. Als zu guter Letzt noch eine Kokosnuss mit lautem Knall auf das Wellblechdach fiel, hielt sie es nicht mehr aus, warf das Laken beiseite und schlüpfte in ihre Schuhe. Sie musste raus aus dem beklemmenden Schlafzimmer.

* * *

Auch Juliana konnte nicht schlafen. Nachdem sie sich eine Weile auf ihren Bastmatten im stockdunklen Inneren des Klanhauses hin und her gewälzt hatte, erhob sie sich und schlich lautlos an den anderen Frauen in dem kleinen Raum vorbei. Juliana war in diesem Haus aufgewachsen und kannte jede knarrende Bodenplanke, jedes Hindernis. Bei der Tür angekommen, schob sie den Riegel beiseite und kletterte durch die niedrige Türöffnung. Die Öffnung war so klein, um es Geistern und Angreifern zu erschweren, in den innersten, den Frauen, Kindern und heiligsten Besitztümern des Klans vorbehaltenen Raum vorzudringen.

An das innere Zimmer schloss sich ein weiterer, ebenfalls fensterloser Raum an. Hier schliefen die Männer. Juliana huschte unbemerkt an ihnen vorbei und schlüpfte durch eine weitere, auf die Veranda des Hauses führende Türöffnung.

Leise drückte sie das zweiflügelige Türchen hinter sich zu und strich dabei mit den Fingerspitzen über die Schnitzereien auf der Oberfläche. Die von den unendlich vielen Berührungen glattpolierten Umrisse der Mantarochen entlockten ihr ein kleines Lächeln. Alles ging zurück auf diese mythischen Beschützer der ganzen Sippe, jene geheimnisvollen Wesen, die sowohl durch das Wasser als auch in von Menschen unbeobachteten Momenten durch die Luft flogen. Vor unvorstellbar langer Zeit, als die Ahnen des Klans, ein junges Mädchen und ein junger Mann, auf der Suche nach einem Ort zum Leben auf der Erde herumgeirrt waren, hatte der Große Manta sie zu dieser Insel geführt.

Juliana wusste nicht, wie alt diese Türen waren, aber ganz sicher waren sie schon alt gewesen, als sie geboren wurde. Das Volk der Rochenkinder war zäh und stur: Sie hatten sich viele Generationen auf dieser winzigen Insel behauptet, und irgendwann würde auch die momentane Krise vorübergehen. Selbst wenn sie morgen die Insel verlassen mussten, so würde doch immer die Hoffnung bestehen zurückzukehren. Juliana würde die jungen Männer des Klans anweisen, die Türen abzumontieren und auf die Boote zu verladen.

Die alte Heilerin richtete sich auf, trat an die aus Bambus gefertigte Balustrade der zum Dorfplatz hin offenen Veranda und lehnte sich hinaus. Bis auf ein paar Hunde, die aufgeregt auf dem mit Büffelblut getränkten Boden des Opferplatzes herumschnüffelten, war das Dorf ruhig. Erschöpft von den Ereignissen des Tages hatten sich die Bewohner und ihre Gäste schon kurz nach Sonnenuntergang in ihre Häuser und Hütten zurückgezogen, wohl wissend, dass sie nur wenige Stunden Schlaf finden würden. Fünf Stunden vor Sonnenaufgang wollten sich alle erneut auf dem Dorfplatz versammeln und die *Molangs* Kebale und Rak'abi zu ihrer wichtigen Mission verabschieden.

Der Himmel war wolkenlos. Ein halber Mond hing über den Häusern des Sonnenuntergangs auf der anderen Seite des Platzes, ließ die Grasdächer bläulich aufleuchten und die Veranden in undurchdringliche Schatten versinken. Julianas Blick schweifte von einem Haus zum anderen. Insgesamt waren es einundzwanzig; fünf Klanhäuser und sechzehn normale für die jungen Familien, denn die Klanhäuser, obwohl sie groß waren, reichten natürlich nicht für alle Familienmitglieder. Hinter diesem inneren Ring schlossen sich noch weitere Häuser an, aber sie waren von Julianas Position aus nicht zu sehen.

In ihren Augen war es ein schönes Dorf, auch wenn die Jungen zuweilen über die primitiven Lebensumstände klagten. Natürlich, sie hatten weder Elektrizität noch fließendes Wasser, die Toilette war eine einfache und nicht besonders gut riechende Angelegenheit am Waldrand, und sie besaßen fast nichts, aber Juliana hätte nirgendwo anders leben mögen. Die meisten Häuser waren noch nach den traditionellen Plänen gebaut worden;

auf hohen Stelzen und bedeckt von einem Grasdach, das vor dem Monsunregen und der Hitze schützte. Jetzt in der Dunkelheit sahen die Häuser aus wie zusammengerollte Tiere mit einem dicken, weichen Fell, die friedlich dem Morgen entgegenschlummerten.
Genau in der Mitte der Balustrade befand sich eine Öffnung für eine aus unregelmäßigen Planken zusammengefügte Holztreppe. Juliana setzte sich auf den Boden in die Lücke und stellte ihre schwieligen Füße auf die oberste Treppenstufe. Sie trug eine aus hartem Gras gewebte Tasche bei sich, deren Inhalt sie nun auf ihrem Schoß ausbreitete. Bedächtig wählte sie ein Betelblatt, streute etwas Kalk darauf, legte eine rote Betelnuss dazu und rollte alles zusammen. Dann schob sie sich die kleine Rolle in den Mund und lehnte sich gegen die Balustrade. Konzentriert kauend, genoss sie den bittern Geschmack der Mischung. Bald entfaltete die leichte Droge ihre Wirkung. Juliana fühlte sich gleichzeitig wacher und entspannter als zuvor. Von ihren Problemen entrückt, sah sie in den Sternenhimmel. Einer der Sterne zog regelmäßig blinkend über das Firmament.
Julianas Gedanken begaben sich viele Jahre zurück, als zum ersten Mal ein wandernder Stern am Nachthimmel aufgetaucht war. Das ganze Dorf war in helle Aufregung verfallen. Der *Kapala* und der *Molang* – damals waren es noch ihr Bruder und Kebales hochgeachteter Vater gewesen – hatten eine Ziege nach der anderen geopfert und zwei große Zeremonien angeordnet. Aber der wandernde Stern war weiterhin Nacht für Nacht rasend schnell über den Himmel gezogen. Allerdings fügte er den Dörfern keinen Schaden zu, selbst die sonst so jähzornige Ravuú störte sich nicht an ihm. Alles war ruhig geblieben.
Juliana wusste heute, dass es ein Satellit war. Und, was sie mit Stolz erfüllte, sie wusste auch, *was* ein Satellit war.

Der Mond war weitergewandert und berührte nun die Flanke des Ile Ravuú. Juliana verfolgte, wie er langsam hinter die dunkle Masse des Berges kroch, bis nur noch eine helle Aureole von ihm zeugte. Dann war auch dieser Schimmer verschwunden, die Welt wurde dunkel.
Mit der abrupten Dunkelheit war auch Julianas Entspannung verflogen. Ihr war, als hätten die Ahnen ihr zugeraunt, dass sich etwas Furchtbares zusammenbraute. Hing es mit dem Vulkan zusammen? Würde er tatsächlich ausbrechen? Oder kam die Bedrohung aus einer ganz anderen Richtung? In diesem Moment hörte sie das leise, weit entfernte Tuckern eines Motorboots.
Sie spuckte einen tiefroten Schwall Betelsaft über die Balustrade und horchte in die Nacht. Das Boot hielt direkt auf den Strand zu.

* * *

Das Licht in dem großen Raum war ausgeschaltet, aber durch das Fenster neben der Haustür fiel ein schwacher Schein, sodass Alexandra sich zurechtfinden konnte, ohne über eines der vielen Kinder zu stolpern, die einfach dort liegen geblieben waren, wo der Schlaf sie übermannt hatte. Leise ging sie zur Haustür und öffnete sie behutsam, um die Schläfer nicht zu wecken. Sie war überrascht, Birgit und den Taxifahrer in ein Gespräch vertieft auf der Veranda zu finden.
»Können Sie nicht schlafen?«, fragte Birgit. Sie räumte eine Thermoskanne und eine giftig riechende Räucherspirale beiseite und wies auf den frei gewordenen Platz. »Setzen Sie sich zu uns! Die Nacht ist wundervoll.«
Wundervoll? Alexandra spähte unsicher in die Dunkelheit. Die Nacht war nicht wundervoll, sondern furchteinflößend. »Gerne«, sagte sie. Sie war über die Gesellschaft der beiden Menschen sehr froh.

»Wie kann man nur so hausen?«, fragte Alexandra auf Deutsch, als sie sich neben Birgit niederließ. »Alles ist schmutzig, und trotzdem schlafen und essen die Leute auf dem Fußboden. Wahrscheinlich habe ich mir schon Malaria und Hepatitis und was weiß ich noch eingefangen.« Wütend rieb sie an einem Mückenstich auf ihrem Arm herum.

»Sie sind ungerecht«, sagte Birgit. »Und Sie wissen es auch, oder?« Sie zog Alexandras Hand weg. »Hören Sie auf zu kratzen, sonst entzündet sich der Stich noch.«

Der Taxifahrer hatte verständnislos zugehört und meldete sich nun zu Wort. »Geht es Ihnen nicht gut?«, fragte er Alexandra in seinem gebrochenen Englisch. »Kann ich irgendetwas tun, um Sie aufzuheitern?«

Sein Lächeln war so warm und freundlich, dass Alexandra sich für ihren Ausbruch schämte. Sie schüttelte den Kopf. »Nein, vielen Dank«, murmelte sie.

»Sind Sie ganz sicher? Ich könnte frischen Tee kochen, und ich glaube, es ist auch noch etwas vom Abendessen übrig geblieben. Oder möchten Sie lieber eine Banane?«

Alexandra hatte schon seit Stunden Hunger, aber sie konnte sich nicht überwinden, etwas von dem Essen anzurühren. Eine Banane wiederum war völlig unbedenklich. »Ja, eine Banane wäre prima«, sagte sie, woraufhin der Mann aufstand und in der Dunkelheit zwischen den Nachbarhäusern verschwand.

»Wohin geht er?«, fragte Alexandra verwundert.

»Zum Bananenladen natürlich«, antwortete Birgit. Und tatsächlich tauchte der Taxifahrer keine fünf Minuten später mit dem Arm voller Bananen auf.

»Frische Ernte«, sagte er und legte die Früchte auf die Veranda. Er gähnte. »Ich werde jetzt schlafen gehen. Wenn Sie noch etwas brauchen, wecken Sie mich ruhig. Morgen gibt es ein richtiges indonesisches Frühstück.«

»Er benimmt sich, als sei es sein Haus«, bemerkte Alexandra, als sich die Tür hinter ihm schloss. Sie nahm sich eine Banane und begann sie zu schälen.

»Es *ist* sein Haus.«

Alexandra hätte beinahe die Banane fallen lassen. »Können Sie das bitte wiederholen?«, fragte sie ungläubig.

»Aber nur, wenn Sie mir versprechen, keine Szene zu machen.«

»Oh, nein!«, stöhnte Alexandra.

»Oh, doch! Aziz und seine Nachbarn haben als Zapfer auf der Kautschukplantage, die uns umgibt, gelebt und gearbeitet. Dann verzockte der Besitzer die Plantage, und Aziz war von einem Tag auf den anderen die Lebensgrundlage entzogen. Um seine Familie durchzubringen, ging er nach Medan, wo er eine Anstellung als Taxifahrer fand. Die Fahrt zum See war nicht nur finanziell ein riesiger Glücksfall für ihn: Er konnte endlich auch seine Lieben besuchen. Wenn seine Angaben stimmen, sind wir nur acht oder neun Kilometer von der Hauptstraße entfernt.«

»Er hat unseren Schlaf ausgenutzt und ist einfach abgebogen. Was für eine Frechheit!«

»So würde ich es nicht bezeichnen. Er wollte uns eine Freude machen.«

»Eine Freude?« Alexandra traute ihren Ohren nicht.

»Na ja, es war Zeit fürs Abendessen. Er fand es viel netter, uns zu seiner Familie zu bringen, anstatt an irgendeiner Bude am Wegesrand zu essen. Bis Prapat sind es wohl nur noch anderthalb Stunden. Prapat ist die kleine Stadt, von der die Fähren nach Tuk Tuk fahren«, fügte Birgit erklärend hinzu.

»Wenn das die vielgerühmte Gastfreundschaft der Asiaten ist, dann will ich sie nicht«, sagte Alexandra kopfschüttelnd. »Ich weiß nicht, wie ich die Nacht durchstehen soll. Ich habe einfach ...«

»Einen Kulturschock«, vollendete Birgit den Satz.

Alexandra sah sie überrascht an. Birgit schien es absolut ernst zu meinen. Ein Kulturschock? War das der Grund, warum sie so von der Rolle war? Warum sie sich wegen ihres schroffen, unangebrachten Benehmens schon vor sich selbst schämte?
»Ja«, sagte sie dann langsam. »So nennt man es wohl. Einen Kulturschock.« Allein von der Tatsache, dass sie ihren Zustand benennen konnte, ging etwas Tröstliches aus.
»Versuchen Sie, das Beste aus der Situation zu machen«, sagte Birgit. »Morgen bei Tageslicht wird es Ihnen hier sicher gefallen.«
»Warum sollte es?«, fragte Alexandra. »Ich glaube, ich werde mit vielem hier niemals umgehen können, vor allen Dingen nicht mit der Armut. Haben Sie die zerrissenen Kleider der Kinder bemerkt? Und Betten haben sie auch nicht.«
»Natürlich. Aber weder die fehlenden Betten noch die geflickten Kleider sind in diesem Klima ein Drama. Man kommt ganz gut klar, solange es genug zu essen gibt.« Birgit zuckte mit den Schultern. »So zynisch es auch klingen mag: Selbst Armut ist relativ.«
»Aber man kann sie doch nicht einfach so hinnehmen!«
»Was wollen Sie dagegen unternehmen? Indonesien ist bis ins Mark korrupt. Solange dieses Problem nicht gelöst ist, wird sich nichts ändern.«
»Hm.« Alexandra war es gewohnt, Probleme anzupacken, mit Birgits fatalistischer Haltung konnte sie wenig anfangen. »Wie ging es Ihnen, als Sie das erste Mal Europa verlassen hatten?«, fragte sie.
»Grässlich«, antwortete Birgit. »Ich habe mich vor allem und jedem gefürchtet und hatte ziemliches Heimweh. Glücklicherweise reiste ich mit einer Freundin, die schon in der Welt herumgekommen war. Sie half mir über die ersten schlimmen Tage hinweg.«
Birgits Eingeständnis von Schwäche machte Alexandra Mut. Zum ersten Mal hatte sie das Gefühl, dass ihre Zweckgemein-

schaft über das rein Geschäftliche hinausging; sie fühlte ein Band zwischen sich und Birgit, wenn auch ein sehr, sehr dünnes. »Wollen wir uns duzen?«, fragte sie aus einem Impuls heraus und erschrak vor ihrer Spontaneität.
Ohne Zögern ergriff Birgit Alexandras ausgestreckte Hand. »Gerne«, sagte sie einfach.

Die beiden saßen noch eine ganze Weile schweigend auf der Veranda. Birgit hatte die Beine untergeschlagen und schien so weit entfernt zu sein, dass Alexandra sie nicht stören mochte. Alexandra lehnte sich gegen die Hauswand und hing ihren eigenen Gedanken nach. Die laue Luft der Tropennacht und das hohe, gleichmäßige Zirpen der Zikaden lullten sie ein, bis einige hohl klingende Rufe sie wieder aufschreckten. Es hörte sich an wie ein Gespräch unter Aliens.
Auch Birgit hatte es gehört. »Ich glaube, es sind Affen«, sagte sie. Dann stand sie auf. »Ich gehe schlafen. Kommst du mit?«
»Traust du mir zu, allein hier sitzen zu bleiben?«, fragte Alexandra und erhob sich ebenfalls.
»Eigentlich nicht«, gab Birgit zu.
»Na also. Wo schläfst du eigentlich?«
»In deinem Bett. Es ist groß genug.«
Natürlich, dachte Alexandra ergeben, wo auch sonst. Das Wort Privatsphäre kannte in diesem Teil der Welt offensichtlich niemand.

* * *

Zur gleichen Zeit beobachtete Juliana angespannt, wie eine dunkle Gestalt zwischen zwei Häusern auf den von den Sternen nur wenig erhellten Dorfplatz trat. Bevor sie erkennen konnte, wer es war, zog sich die Person wieder in den Schatten der Häuser zurück. Juliana rührte sich nicht und lauschte in die Dunkelheit. Sie kannte die Geräusche des Dorfes so gut, dass sie die Schritte der Person aus dem normalen Knarren und Ächzen der Holzhäuser, dem Ruf eines aus dem Schlaf geschreckten Vogels, dem Zirpen und dem Schnattern und Flattern der Nachttiere heraushören konnte. Die Person bewegte sich ein wenig unsicher, wusste aber offensichtlich genau, wohin sie wollte: zum Klanhaus des Sonnenaufgangs. Zu ihr.

Wenig später schlich die Person um das Nachbarhaus. Juliana konnte den abgehackten, schnellen Atem hören. Sie kniff die Augen zusammen und versuchte, das Dunkel zu durchdringen, bis sie eine Bewegung neben dem Nachbarhaus wahrnahm. Sie fragte sich gerade, was der Eindringling nun tun würde, als er unvermittelt seine Schritte beschleunigte und direkt auf die Treppe zukam. Er hatte sie offensichtlich noch nicht entdeckt. Juliana konnte nun endlich seine ganze Gestalt erkennen.

»Moke«, sagte sie leise.

Die dunkle Gestalt blieb abrupt stehen, fing sich dann aber schnell und kletterte die Treppe hinauf.

Juliana freute sich; sie bekam den jungen Mann nur selten zu Gesicht. Moke hatte die Christenschule besucht, ein Jahr auf Bali gearbeitet und war schließlich nach Kalabahi auf den östlichen Inseln zurückgekehrt, um in dieser einzigen Stadt in weitem Umkreis einen Laden zu eröffnen.

»Großmutter!«, flüsterte Moke und zog Juliana tiefer in das Dunkel auf der Veranda. »Du hast mich erschreckt. Warum sitzt du allein hier draußen? Hast du keine Angst vor den *Nitus*?«

Juliana umarmte ihren Enkelsohn. »Die Geister der Ahnen sprechen mit mir, aber sie bedrohen mich nicht. Sie wissen, dass ich ohnehin bald zu ihnen komme. Aber was soll ich von dir denken? Du schleichst dich mitten in der Nacht wie ein Dieb ins Dorf. Wenn du von einem deiner hitzköpfigen Cou-

sins erwischt worden wärst, hättest du jetzt sicher eine Beule«, sagte sie halb im Spaß, aber sie flüsterte ebenfalls. Mokes Aufregung war auf sie übergesprungen. »Was führt dich her?«, fragte sie.
»Diese E-Mails hier.«
Juliana konnte Moke kaum erkennen, hörte aber ein leises Rascheln der Papiere, als er sie aus seiner Umhängetasche zog. Er drückte ihr den Packen in die Hand. Juliana erfühlte mehrere sorgfältig in der Mitte gefaltete Bogen. Moke war ihr Draht in die Welt; er war es, der über das Telefon und das Internet den Kontakt zu ihrer Großnichte aufrechterhielt. Juliana hatte nach wie vor nur eine äußerst vage Vorstellung davon, was es mit dem Internet auf sich hatte, aber es schien sehr zuverlässig zu sein, denn wenn Moke die Insel besuchte, was etwa alle drei Monate geschah, hatte er regelmäßig vier oder fünf Mails für sie dabei.
»Warte.« Moke wühlte wieder in seiner Tasche. Eine kleine Taschenlampe leuchtete auf. Er schirmte das Licht ab und richtete den Strahl auf die Bogen. Juliana faltete sie auseinander und betrachtete ein Blatt nach dem anderen. Beim dritten verweilte sie sehr lange und nahm Moke die Taschenlampe ab, um es genauer untersuchen zu können. »Wer ist das?«, fragte sie verständnislos.
»Meine Cousine hat einen Brief dazu geschrieben, es ist das letzte Blatt.«
Juliana blickte erstaunt auf. »Hat sie die Bilder gemacht?«
»Ja«, sagte Moke. »Sie hat auch vor zwei Tagen angerufen. Aber lies den Brief; alles, was sie mir gesagt hat, steht auch darin. Er ist sehr wichtig.«
»Das muss er sein, wenn du es auf dich genommen hast, in der Nacht übers Meer zu fahren. Wie lange warst du unterwegs?«
»Sieben Stunden. Lies jetzt, bitte.«

Mokes Stimme war so drängend, dass sich Juliana, ohne weitere Fragen zu stellen, in den Inhalt des Briefes vertiefte. Er war nicht lang, aber sie las ihn dreimal, Wort für Wort, bis sie endlich die Tragweite dessen erfasst hatte, was dort geschrieben stand. Schließlich ließ sie die Blätter in den Schoß sinken.
»Ist das eine gute oder eine schlechte Nachricht?«, fragte Moke.
»Ich bin mir nicht sicher. Natürlich freue ich mich, dass sie kommt, nur der Zeitpunkt ist denkbar schlecht. Ravuú ist zorniger denn je, und du weißt, was das bedeutet. Hoffentlich entwickelt sich alles so, wie sie es sich vorstellt, aber ich bin skeptisch.«
»Ich kann ihr schreiben, dass sie noch abwarten soll.«
»Nein. Sie wird den Mann nicht lange hinhalten können. Wenn die beiden hier sind, sehen wir weiter. Komm jetzt mit hinein und ruhe dich aus! In wenigen Stunden senden wir die Priester auf den Berg, du wirst nicht viel Schlaf bekommen.«
Die beiden zogen sich in das Klanhaus zurück – sehr zum Ärger des Lauschers, der sich schon seit geraumer Zeit unter der Veranda versteckt hielt und das Gespräch der beiden gespannt verfolgt hatte. Wer die Frau war, die auf dem Weg zur Rocheninsel war, konnte er sich leicht ausmalen, aber was hatte es mit diesem geheimnisvollen Mann auf sich? Während Kebale zu seinem eigenen Haus zurückschlich, zerbrach er sich den Kopf, wie er an den Inhalt dieses offensichtlich hochinteressanten Briefes gelangen konnte.

8 | Dienstag, 28. November 2006

Trotz des schweren Büffelkopfs auf seinem Rücken erreichte Kebale den großen Felsen lange vor Rak'abi. Der *Molang* des Schwesterdorfes war dreiundzwanzig Jahre älter als er und dementsprechend langsamer. Kebale legte den Büffelkopf auf den Boden und kletterte dann auf den großen, etwa zweieinhalb Meter hohen Steinblock. Oben angekommen, wischte er sich den Schweiß aus dem Gesicht und sah sich um. Es war die dunkelste Stunde der Nacht; die Sterne spendeten nicht viel Licht, aber Kebale reichte es, um ein vollständiges Bild in seinem Kopf entstehen zu lassen. Er war oft genug hier gewesen.
Während sich in seinem Rücken fruchtbare Felder bis zum Dorfrand erstreckten, befand sich auf der anderen Seite des Felsens ein etwa vierzig Meter breiter Strom aus erstarrter dunkler Lava, die sich zur Zeit seines Ururgroßvaters eine Schneise durch den Bergwald gefressen hatte. Die Fließrichtung der Lava war direkt auf das Dorf gerichtet, und sicherlich hätte das flüssige Gestein die Felder und die Häuser zerstört, wenn nicht jenes Wunder geschehen wäre. Kebale warf einen triumphierenden Blick in Richtung des Berggipfels. Damals war Ravuú von seinem Ururgroßvater gedemütigt worden, denn er hatte sich als stärker erwiesen und die Lava gezwungen, sich seitlich an dem Felsen vorbeizuwälzen. Die rotglühende Masse hatte sich eine neue Rinne gesucht und sich in ihr, weitab des Dorfes, zum Meer gewälzt.

Kebale setzte sich und ließ die Beine über den Rand des Felsens baumeln. Er fühlte sich wach und kräftig, aber eine Pause schadete nicht: Der Aufstieg zum Krater würde sich noch über mindestens drei Stunden hinziehen, vielleicht sogar vier. Da es von größter Wichtigkeit war, vor Sonnenaufgang bei dem Opferplatz am Kraterrand zu sein, hatten sie einen ausreichenden Spielraum in ihren Zeitplan eingebaut.

Jenseits der Felder, etwa zwei Kilometer entfernt, war das Flackern der Feuer auf dem Dorfplatz auszumachen: Trotz der frühen Stunde waren alle Dorfbewohner hellwach. Kebale konnte sich lebhaft vorstellen, wie sie sich verängstigt um die Feuer scharten und es vermieden, zum Berg hochzublicken, aus Angst, die Aufmerksamkeit der *Nitus* auf die beiden Priester zu lenken. Kebale verzog seinen Mund zu einem Grinsen. Ihre Angst stärkte seine Position im Dorf. In diesem Moment war er der mächtigste Mann aller Klane, eine Situation, die ihm außerordentlich schmeichelte. Von ihm hing es ab, ob Ravuú sich besänftigen ließ. Er würde das Orakel lesen und interpretieren – und das Ergebnis morgen in einer furchteinflößenden Rede auf dem Dorfplatz verkünden. Sie würden jammern und ihm dankbar sein, und Rak'abi würde ihm den Platz nicht streitig machen; in Kebales Augen war der Alte ohnehin nur ein sabbernder Tattergreis, der kaum den Mund aufbekam.

Rak'abi näherte sich schneller, als Kebale erwartete hatte. Er verließ seinen Aussichtspunkt, um dem alten Mann auf den heiligen Monolithen zu helfen.

»Danke«, sagte der alte Priester und ergriff die ihm entgegengestreckte Hand. Kebale zog ihn hoch, und einen Moment später saß Rak'abi schwer atmend neben ihm auf dem blanken Felsen.

»Ich werde langsam zu schwach für diese Expeditionen«, stellte Rak'abi fest.

»Du bist stark wie ein Wal, verehrter Rak'abi«, sagte Kebale, bemüht, seine Stimme demütig klingen zu lassen. Es fiel ihm nicht leicht. »Die Klane vertrauen dir und deinem Urteil. Niemand ist bewanderter in den alten Riten, und niemandem zeigen sich die Geister der Ahnen öfter als dir. Also rede nicht von Schwäche und Alter!«
»Du bist freundlich, Kebale«, sagte Rak'abi.
Kebale hätte beinahe lauthals losgelacht. Niemand hatte jemals behauptet, er sei ein freundlicher Mensch. Unten im Dorf wurde er nicht geliebt, sondern gefürchtet, was ihm recht war. Nur Weichlinge wurden geliebt und gingen irgendwann unter, während die unvergessenen *Molangs* und *Kapalas* der Vergangenheit große Helden waren, hart und unerschrocken, zu denen das Volk aufsah. Was für ein naiver Trottel Rak'abi doch ist, dachte Kebale. Der Priester der drei Pantar-Dörfer glaubte bedingungslos an das Gute im Menschen, und er hatte nicht nur eine gute Beziehung zu den Ahnen und *Nitus*, sondern auch zum Christengott.
Kebale räusperte sich und gab seiner Stimme einen besorgten Klang. »Wir müssen weiter, lieber Rak'abi. Gib mir deine Tasche, meine Beine sind noch jung.«
»Du kannst nicht beides schleppen«, protestierte der alte Priester. »Selbst für dich ist es zu schwer. Außerdem ist es meine Pflicht, die anderen Opfer selbst zu tragen.«
»Ach was«, schnaubte Kebale. Grob entriss er Rak'abi die Tasche. Der Zauberer verstummte und sah ihn nur forschend an. Das Weiße in seinen Augen leuchtete auf, und plötzlich hatte Kebale das unangenehme Gefühl, dass der Alte vielleicht doch nicht so verkalkt war, wie immer angenommen wurde. Er drehte sich um und ging los, ohne sich zu vergewissern, ob Rak'abi ihm folgte. Nach wenigen Schritten hatte der schwarze Wald ihn verschluckt.

Ohne auf seine Umgebung zu achten, stapfte Kebale blindlings voran. Wie schon oft war es Rak'abi gelungen, Kebale zu verunsichern, und diese Verunsicherung machte ihn wütend. Es war leicht, sich mit Juliana oder Niru Wa'e zu streiten; sie wurden laut wie er, sie kämpften und sie schrien, und wenn es darauf ankam, intrigierten auch sie. Rak'abi wiederum bot einfach keinen Widerstand und nahm damit jeder Auseinandersetzung die Spitze. Und – das wurde Kebale jetzt klar – setzte sich mit dieser Strategie bei jedem Streit durch.

Je weiter sie in den Wald eindrangen, desto schmaler wurde der Pfad. Kebale musste sich verstärkt auf den schon halb überwucherten Weg konzentrieren. Es wäre wesentlich einfacher gewesen, über die Lavazunge zu gehen, doch die war mit einem Tabu belegt. Niemand durfte sie betreten, auch der Priester des Berges nicht.

Es war stockdunkel, und Kebale streifte seine Plastiksandalen ab. Er musste sich nun auf alle Sinne verlassen, musste den Weg mit seinen Fußsohlen erfühlen, ihn riechen, hören und schmecken. Langsam arbeitete er sich voran und versuchte, die Lockrufe der Geister zu ignorieren. Es raschelte und knarrte in den ihn umschließenden Büschen, aus den Bäumen riefen ihn die *Nitus* mit Vogelstimmen, leise gurrend flogen sie an ihm vorbei und streichelten sein Gesicht. Kebales Nerven waren zum Zerreißen gespannt. Der Schweiß floss ihm nicht nur wegen der schweren Last in Strömen über Gesicht und Rücken. Der Wald war unheimlich und gefährlich, und der *Molang* war jedes Mal froh, wenn er ihn unbeschadet hinter sich gebracht hatte. Rak'abi, nun von seiner Tasche befreit, hatte keine Mühe, ihm zu folgen. Sie erreichten mit nur wenigen Minuten Abstand den oberen Saum des Dschungels. Kebale entledigte sich seiner Last und nestelte eine billige Armbanduhr hervor. Er hielt sie dicht vor sein Gesicht, um die Zeit ablesen zu können: Viertel nach vier; sie hatten über zwei Stunden gebraucht, um den Wald zu durchqueren.

Vor ihnen ragte das obere Drittel des Vulkans auf, düster und einschüchternd. Seine Pflichten als Zauberer und Priester zwangen Kebale mindestens zweimal im Jahr, den Gipfel des Berges zu besteigen, führten ihn auf einem kaum erkennbaren Pfad über trügerische Geröllfelder und steile Hänge, über scharfkantige, glasharte Felsen und an bodenlosen Spalten entlang. Aber all diese Schrecken waren nichts im Vergleich zu dem Horror, wenn er in den Abgrund des Hauptkraters blickte. Denn dort befand sich wahrhaftig der Eingang zur Unterwelt.

Es gab keinen Tag, den Kebale mehr herbeisehnte, aber auch fürchtete als den Tag, an dem Ravuú endlich aus dem giftigen, übelriechenden Kratersee steigen und sich ihm in ihrer ganzen abstoßenden Großartigkeit zeigen würde. Er wusste nicht, was dann geschehen würde, aber sie hatte schon zu anderen vor ihm gesprochen, und diese *Molangs* gehörten zu den berühmtesten und geachtetsten Priestern und Zauberern in der Geschichte des Stammes – nicht zuletzt sein Urahn, der *Molang* Bale, von dem er auch den Namen geerbt hatte.

»Es ist kalt«, bemerkte Rak'abi. Er war hinter Kebale getreten und hielt seinen mageren, nur mit einem dünnen Baumwollhemd bekleideten Oberkörper mit den Armen umschlungen.

»In dieser Höhe ist die Kälte normal«, sagte Kebale. »Mich beunruhigt eher, dass es viel stärker stinkt als sonst. Und siehst du das?«

Rak'abi folgte dem ausgestreckten Arm des Jüngeren mit den Augen.

»Es dampft«, krächzte er. Gegen seine Gewohnheit musste er die Stimme erheben, um das Zischen des austretenden Dampfes zu übertönen. »Aber tut Ile Ravuú das nicht meistens?«

»Ich war schon vor drei Wochen hier oben an der Waldgrenze. Es gab viel weniger Löcher. Und auch kaum Rauch«, fügte Kebale nachdenklich hinzu.

Die beiden Männer sahen sich respektvoll um. Sie sprachen nicht mehr; es war auch nicht nötig, denn niemand in den Dörfern konnte die Zeichen der Vulkane besser deuten als die *Molangs*. Schon als Kinder hatten sie von ihren Vätern die Sprache der Berge, an deren Hängen sie lebten, gelernt. So wie Rak'abi keine noch so kleine Veränderung des Brudervulkans entging, so gut verstand Kebale die Stimme Ravuús mit all ihren Nuancen. Er kannte die Falten auf ihrem Antlitz genau – und jetzt hatte sich ihr Gesicht verzerrt. Die schreckliche Ravuú wollte ihnen etwas mitteilen. Die neu entstandenen Fumarolen waren nur etwa hundert Meter von ihnen entfernt, und ihr Gas glomm in einem Unheil versprechenden kalten Licht in der Dunkelheit.

»Ich habe ein sehr schlechtes Gefühl«, murmelte Rak'abi. »Es wird nicht gut ausgehen.« Als Kebale nicht antwortete, wandte der Alte sich zum Gehen und verschwand bald darauf hinter einem riesigen Gesteinsbrocken.

Kebale bemerkte Rak'abis Weggehen nicht. Unfähig, sich zu rühren, starrte er auf die neuen Austrittslöcher. Bildete er es sich nur ein, oder war das unheimliche Leuchten des Dampfes heller geworden? Er sah genauer hin, und dann bemerkte er sie. Vor Entsetzen stellten sich alle Haare auf seinem Körper auf.

In dem schwefeligen Qualm tummelten sich drei weibliche *Nitus* über den ins Innere der Erde führenden Löchern. Immer wieder zerflossen sie zu Rauch, nur um dann an anderer Stelle wieder zu erscheinen. Hypnotisiert beobachtete Kebale den ausgelassenen Tanz der menschenähnlichen und doch unirdisch schönen Berggeister. Jetzt entdeckte ihn eine der Rauchfrauen

und winkte ihn heran. Kebale trat der Schweiß auf die Oberlippe: Die Geister wollten ihn in die Unterwelt entführen, aber es war ihm unmöglich, ihren Ruf zu ignorieren. Langsam ging er auf die *Nitus* zu, bereit, sich in den kochendheißen Dampf zu werfen. Der Schwefelgestank nahm ihm den Atem und verwirrte seine Sinne, bis er nur noch die wabernden Gestalten wahrnahm. Jeder taumelnde Schritt brachte ihn seinem Untergang näher, schon drohte die Hitze ihn zu versengen.
Ein loser Stein rettete Kebale vor dem sicheren Tod. Er rutschte aus, und sein Sturz brach den Bann. Die *Nitus* zogen sich eilig in ihre Welt zurück; sie würden den Priester des Berges früher oder später ohnehin bekommen.
Hastig rappelte Kebale sich auf, eilte zu seinem Standort zurück und griff, ohne anzuhalten, nach dem Büffelkopf und der Tasche mit den anderen Opfergaben. Mit langen Schritten hetzte er dem alten Zauberer nach, ohne sich noch einmal umzudrehen. Er spürte auch so, dass das Grauen ihm dicht auf den Fersen war, dass die *Nitus* ihre langen silbernen Arme nach ihm reckten; er hörte ihr lockendes Flüstern im Zischen des Rauchs, er schmeckte ihren Atem, der bitterer und fauliger wurde, je höher er kam. Endlich schälte sich die Gestalt Rak'abis aus dem Dunkel. Kebale verlangsamte seinen Schritt. Der andere durfte seine Angst nicht erkennen.

Die letzten zweihundert Meter waren die schlimmsten. Vorsichtig tasteten sich die beiden Priester am Rand des Kraters entlang. Unter ihren Füßen spürten sie die Hitze der Felsen. Sie banden sich Tücher vor Mund und Nase, so giftig waren die Ausdünstungen. Die Zeit drängte jetzt; bald würde die Sonne aufgehen, und sie hatten ihr Ziel noch immer nicht erreicht. Nervös sah Kebale den Berg hinunter und schätzte ihre Position ein. Eigentlich sollte der Opferstein jetzt ganz in ihrer Nähe

sein, aber bisher hatte er keine der ihm bekannten Orientierungshilfen entdecken können.
Sie irrten immer noch umher, als das erste graue Licht den Tag ankündigte. Kebale kletterte auf den nächsten, einem großen Fischkadaver ähnelnden Berggrat und sah sich ratlos um. Von der ihm so vertrauten Umgebung keine Spur; er hätte genauso gut auf einem ihm völlig fremden Vulkan stehen können. Dann verstand er, und das Grauen packte ihn: Dort, wo sich seit Menschengedenken der große Opferstein befunden hatte, klaffte ein Abgrund. Der Opferplatz war im Schlund der nimmersatten Ravuú verschwunden.

* * *

Birgit erwachte mit einem Ruck. Die Vögel hatten sie geweckt, Hunderte von Vögeln, die im angrenzenden Wald den neuen Tag mit ihrem Gezeter begrüßten. An Schlaf war nicht mehr zu denken – sie war hellwach und ausgeruht. Alexandra schlief noch, ihr Atem ging gleichmäßig. Gut so, dachte Birgit, nach den überwältigenden Erlebnissen des letzten Tages hat meine dünnhäutige Begleiterin sich eine Auszeit verdient.
Birgit setzte sich auf und sah auf ihre Bettnachbarin hinunter. Alexandra war eine schöne Frau, zweifellos, aber ihrer Schönheit haftete gewöhnlich etwas Unnahbares und Arrogantes an, das jetzt, im Schlaf, verschwunden war. Ihre Züge waren weicher, und diese Sanftheit wurde noch unterstützt von den wie ein goldener Heiligenschein um ihren Kopf liegenden Haaren. Ein Engel. Im Übrigen einer, der überhaupt kein Make-up nötig hat, um zu strahlen, dachte Birgit. Vielleicht sollte ich meiner Reisegenossin nahelegen, das Schminkzeug wegzuschmeißen.
Vielleicht auch nicht. Es konnte ihr völlig egal sein, was Alexandra machte. Obwohl die Hamburgerin gestern von ihrem ho-

hen Ross gestiegen war und sogar ein paar liebenswerte Seiten offenbart hatte, war Birgit weit davon entfernt, sie zu mögen. Es war wahrscheinlich unfair, aber es fiel ihr nach wie vor wesentlich leichter, die Schuld an Martins Fremdgehen bei Alexandra zu suchen statt bei dem charmanten Werbefilmer. Alexandra war eine Zicke, wenn auch eine bedauernswerte Zicke.

Birgit blieb noch eine Weile im Bett sitzen. Durch die dünne Wand hörte sie Aziz und seine Frau flüstern, und auch die Kinder waren leise, um die Gäste nicht zu stören. Birgit liebte die frühen Morgenstunden, wenn die Luft noch die Kühle der Nacht speicherte und die Menschen sich in tropischer Gelassenheit, ohne Hektik und Hetze, auf die Aufgaben des Tages vorbereiteten. Sie schloss die Augen und dachte über den Tag vor der Abreise nach.

Ohne Alexandras Wissen hatte sie den Sonntag genutzt, ein paar Nachforschungen über die indonesische Kellnerin anzustellen. Es war ihr gelungen, die beiden Kolleginnen ausfindig zu machen, mit denen sie sich eine winzige Zweizimmerwohnung teilte. Obwohl sie ebenfalls Indonesierinnen waren, konnten die Frauen Birgit nicht viel über ihre Mitbewohnerin erzählen. Die Kellnerin war nicht sonderlich gesprächig und blieb immer für sich. Sie ging nicht aus, traf sich nicht mit Männern. Viel gelesen habe sie, berichtete die jüngere der beiden Frauen mit einem Hauch von Ehrfurcht, Zeitungen und sogar Bücher. Und geschrieben auch, seitenlange Briefe, und viel Zeit habe sie im Internetcafé verbracht.

Mehr wusste die Frau nicht zu sagen. Familie? Herkunft? Was hatte sie vorher gemacht? Fehlanzeige: Die Kellnerin war vor etwa zwei Jahren aus dem Nichts aufgetaucht. Sie musste gute Zeugnisse vorgewiesen haben, denn sie bekam sofort die Anstellung im Hotel, und sie war gut. Etwas anderes interessierte sowieso niemanden.

Was Birgit stutzig machte, war die Zurückgezogenheit der Frau. Warum hatte sie so plötzlich ihre Deckung verlassen, als Martin auf der Bildfläche erschien? Die berühmte Liebe auf den ersten Blick? Wohl kaum.

Birgit schlüpfte behutsam aus dem Bett. Die Grübelei führte zu nichts, und wahrscheinlich waren ihre Sorgen unbegründet: Alexandra war zwar felsenfest davon überzeugt, dass ihr Mann mit dieser Sien abgehauen war, aber einen Beweis hatten sie dafür nicht, nur Vermutungen. Das eine hatte mit dem anderen nichts zu tun. Hoffentlich.

Birgit zog leise ihr T-Shirt über den Kopf, leise schlang sie sich den *Sarong* um. Leise suchte sie auf dem Tisch nach ihrer Zahnbürste. Dafür war der Krach umso lauter, mit dem Alexandras Handtasche vom Tisch fiel und ihren Inhalt über den Boden ergoss. Birgit stieß einen Fluch aus, aber sie hätte sich nicht aufzuregen brauchen: Alexandra schnaufte einmal kurz, drehte sich auf die andere Seite und schlief ruhig weiter.

Birgit hockte sich auf den Boden und begann, das Taschenmonster wieder einzuräumen. Es war unglaublich, was Alexandra mit sich herumschleppte: ihr Portemonnaie natürlich, Reisepass, Impfpass, Heftpflaster, Aspirin, Magentabletten, Malariatabletten, Pillen gegen dies und Pillen gegen das, zwei deutsche Nachrichtenmagazine vom letzten Monat, zerfledderte Briefe, sechs – sechs! – verschiedene Lippenstifte, Puder, Cremes in edel schimmernden Töpfchen, zwei Mobiltelefone – wozu um Himmels willen brauchte sie zwei? –, Bürsten, einen Handspiegel, Zigaretten ... Birgit stutzte. Der zerknitterte Brief steckte nicht in einem Umschlag, und ihr Blick war an dem Briefkopf hängen geblieben. Schnell überflog sie den Inhalt, dann ein zweites Mal, um sich zu vergewissern. Sieh mal einer an!, dachte sie. Die Dame erzählt auch nicht alles. Dann stopfte sie den Brief hastig zu dem anderen Kram in die Ta-

175

sche. Sie hatte ein schlechtes Gewissen, ihn überhaupt gelesen zu haben.

Auf Zehenspitzen verließ sie das Zimmer.

* * *

Während der ersten Stunde des Abstiegs sprachen die beiden *Molangs* kein Wort. Jeder hing seinen eigenen Gedanken nach und versuchte, sich einen Reim auf das Erlebte zu machen. Bevor sie das Dorf betraten, mussten sie sich über Ravuús Botschaft einig sein. Da alle Opfergaben den Riten gemäß im Kratersee versunken waren und sie keine Last mehr zu tragen hatten, kamen sie zügig voran. Der Wald rückte schon in greifbare Nähe, als Rak'abi das Schweigen brach.

»Die Zeichen sind eindeutig«, sagte er. »Ile Ravuú wird ausbrechen.«

»Ich bin mir nicht so sicher.«

Rak'abi blieb erstaunt stehen. »Die Büffelleber war verätzt, und das ist gar nicht gut. Du hast doch mit eigenen Augen gesehen, was dort oben los ist. Du hast sie gesehen, die Spalten und die Risse und den Dampf. Ravuú hat den Opferplatz zerstört. Und der See ...« Bei dem Gedanken an den See unterbrach er sich. Der Schreck saß ihm immer noch in den Knochen, es fiel ihm schwer, das Gesehene in Worte zu fassen.

Kebale war offensichtlich schon einen Schritt weiter. »Der See hat seine Farbe verändert«, stellte er nüchtern fest. »Er ist jetzt türkis statt hellbraun. Na und?«

»Reicht dir das nicht? In der Geschichte unseres Stammes ist jedes Mal, wenn der See seine Farbe verändert hat, etwas Schreckliches geschehen.«

»Das weiß ich ebenso gut wie du. Aber es bedeutet nicht zwangsläufig, dass der Schwesterberg ausbrechen wird. Soweit ich mich entsinnen kann, hat Ravuú bisher überhaupt nur ein einziges Mal das Dorf bedroht, und selbst dieses Unglück konnte von meinem Urahn abgewendet werden.«

Rak'abi musterte den wesentlich jüngeren Zauberer abschätzend. »Mach nicht den Fehler, um jeden Preis in die Fußstapfen deines Vorfahren treten zu wollen«, sagte er. »Heute trägst du die Verantwortung für die Menschen von Pulau Melate. Sie werden auf deine Worte hören, also wäge genau ab, was du sagst.«

Kebale starrte Rak'abi fassungslos an: Der alte *Molang* hatte tief in seine Seele geschaut und seine geheimsten Wünsche ans Licht gezerrt. Ja, er träumte davon, als Retter von Sare Melate gefeiert zu werden, aber es würde ihm sicher nicht gelingen, wenn er die Menschen anwies, feige die Flucht über das Meer anzutreten. Kebale hatte andere Visionen: Er sah sich auf dem Felsen stehen, auf dem schon sein Urahn der glühenden Feuerzunge entgegengetreten war, sah sich selbst durch die Augen der zitternden Inselbewohner, wie er mit weit ausgebreiteten Armen, umgeben von einem Strahlenkranz aus züngelnden Flammen, Ravuús Zorn Einhalt gebot. Er würde der mächtigste Zauberer sein, und noch die Enkel der Enkel der Enkel würden ehrfürchtig Lieder anstimmen, die von seinen Heldentaten erzählten.

»Wir müssen die Insel verlassen«, sagte Rak'abi. Die ungewohnt autoritäre Stimme des Alten holte Kebale wieder auf den leicht schwankenden Boden der Realität zurück: Ravuú schüttelte sich erneut, aber das Erdbeben dauerte glücklicherweise nur wenige Sekunden, gerade lange genug, um Kebale in die Schranken zu weisen. Angesichts der unbändigen Gewalt des Berges war er kein strahlender Held, sondern nur ein ohnmächtiger Priester.

»Wir?«, fragte er bitter. »Es betrifft dich doch gar nicht. Du wirst heute einfach wieder in dein Dorf zurückkehren, während wir unsere Sachen packen und unsere Ahnen und Felder und alles, was wir aufgebaut haben, zurücklassen müssen. Und dann? Wo sollen wir hin?«

»Deine Worte verletzen mich«, sagte Rak'abi. »Ihr werdet selbstverständlich bei uns aufgenommen. Auch wir verlieren viel, wenn die Insel geräumt wird. Wer kümmert sich um die heiligen Stätten der Vorfahren?«

»Ja, wer?«, murmelte Kebale. »Welche Funktion habe ich dann noch? Was wird mit den Klanen des Dorfes geschehen?«

»Wir werden eine Lösung finden.«

»Ich wüsste nicht, wie sie aussehen sollte. Drüben, im Stammesland auf der großen Insel, ist nicht genug Platz, und Krieg gegen die Nachbarstämme zu führen ist in diesem Indonesien nicht mehr erlaubt.« Kebale legte seinen ganzen Abscheu in das Wort »Indonesien«, aber Rak'abi ignorierte die Anspielung.

»Diese Stammeskriege mussten unterbunden werden«, sagte er. »Sie haben Elend gebracht und uns alle geschwächt.«

Kebale fuhr herum. »Wie verblendet seid ihr eigentlich alle? Ist euch nicht klar, dass wir in den Augen der Welt nicht mehr sind als Kinder, die für jede Unternehmung um Erlaubnis fragen müssen? Alle mischen sich in unsere Angelegenheiten: die Vorsteher der anderen Stämme, die Küstenwache, die Armee und die Politiker aus Java, die nichts, aber auch gar nichts von unserem Leben verstehen.« Um seine Aufzählung zu unterstreichen, stieß er Rak'abi seinen Zeigefinger vor die Brust, immer und immer wieder. »Dazu kommen triefäugige, satte, romantische Weiße, die uns verbieten wollen, Delfine zu jagen – und die womöglich noch weniger wissen, als die Moslems irgendwo dahinten im Westen. Habe ich noch jemanden vergessen? Oh, ja, natürlich.« Kebale holte tief Luft, bevor er fortfuhr. Er zitterte am ganzen Körper, so stark hatte er sich in Rage geredet. »Die Christenpriester. Sie sind die schlimmsten von allen, denn sie wollen uns unsere Götter nehmen. Hast du jemals daran gedacht, dass Ravuú uns straft, weil sie die Kapelle am Nordhang nicht mehr erträgt? Weil sie es nicht duldet, dass der ganze Stamm sich jedes Mal, wenn der Christenpriester in unsere Gegend kommt, gebärdet wie ein Haufen zahnloser Weiber? Wir waren ein stolzer Stamm mit starken Männern und starken Göttern, aber sieh ihn dir jetzt an: wimmernde Angstmäuse überall. Und mein Bruder ist der Anführer aller Angstmäuse gewesen.« Er spuckte aus und sah Rak'abi herausfordernd in die Augen.

Der alte Priester hatte mit wachsendem Entsetzen Kebales Ausbruch zugehört. Es gelang ihm nur mühsam, ruhig zu bleiben. »Du bist wahnsinnig. Glaubst du wirklich, wir kommen alleine zurecht?«, sagte er schließlich. »Die Welt hat sich verändert seit der Zeit unserer Großväter. Deine Reden hätten vor hundert Jahren Gültigkeit gehabt, doch nun sind sie ein Zeichen rückständiger Verbohrtheit.«

»Du nennst mich wahnsinnig?«, fragte Kebale. In der Frage schwang eine kaum verhohlene Drohung mit. Er richtete sich vor Rak'abi zu seiner vollen Größe auf, doch obwohl der alte *Molang* schon recht gebeugt war, überragte er Kebale noch immer um einen halben Kopf. Da er zudem höher am Hang stand, musste Kebale den Kopf in den Nacken legen, um ihn anzusehen. Die demütigende Situation schürte seine Wut noch zusätzlich. Es kostete ihn enorme Überwindung, nicht auf den alten Zauberer loszugehen und ihn an der Kehle zu packen.

Rak'abi schien den aufziehenden Sturm nicht zu bemerken, oder aber er ignorierte ihn. »Ja, ich nenne dich wahnsinnig«, sagte er unbeeindruckt und drängte sich barsch an Kebale vorbei. »Wahnsinnig und verblendet, wenn du es genau wissen willst. Und nun komm, wir müssen den anderen Bescheid sagen. Je eher wir die Insel verlassen, desto besser.« Mit erstaunlich sicheren Schritten strebte der Zauberer auf den Waldrand zu; er wirkte plötzlich jünger, wie von einer Last befreit.

Kebale blickte Rak'abi ungläubig nach. Dies war nicht der ihm bekannte sanftmütige, etwas schusselige alte Mann, sondern ein gefährlicher Gegner. Schon während des Aufstiegs hatte er kurz die Einsicht gehabt, dass sich hinter der Maske des liebenswürdigen Alten ein wacher und messerscharfer Geist verbarg, der nur darauf wartete, Kebales Schwachstellen auszuloten, und nun sah er sich in der Annahme bestätigt: Rak'abi verachtete ihn. Die Wut stieg ungebremst in Kebale auf, übernahm die Herrschaft über sein Denken und umschloss seine Eingeweide mit kochend heißem Griff. »Das wirst du bereuen, genau wie mein ach so kluger Bruder!«, schrie er dem alten Zauberer hinterher. Er packte einen Stein, eilte Rak'abi nach und schlug ihm den Stein mit grausamer Wucht auf den Hinterkopf.

* * *

Als Birgit sie weckte, drang bereits helles Licht in das Schlafzimmer, und das Haus war von Lachen und Gesprächen erfüllt. Alexandra setzte sich auf und rieb sich die Augen. »Wie spät ist es?«, fragte sie.

»Halb elf. Aziz ist schon aufgebrochen, um Hilfe zu holen.«

»Aziz?«

»Unser Taxifahrer.«

»Ach ja. Und wann geht es weiter?«

Birgit lachte. »Du hast es immer noch nicht verstanden, oder?«, fragte sie gut gelaunt. »Wir sind in Indonesien. Nichts ist planbar, Zeit spielt keine Rolle. Die Hilfe kommt, wenn sie kommt. Wir können nichts tun außer warten und uns einen schönen Tag machen.«

»Einen schönen Tag? Hier?«

»Du musst positiv denken: Die Sonne scheint, die Leute sind nett, es ist eine interessante Umgebung. Wir könnten einen Spaziergang machen.«

»Ich werde mir Mühe geben«, sagte Alexandra und schwang seufzend ihre Beine aus dem Bett. Positiv denken, predigte sie sich, als sie etwas später in einem Verschlag stand und sich mit einer Schöpfkelle kaltes Wasser über den Kopf schüttete. Es war besser als gar keine Dusche. Positiv denken, betete sie leise, als ihr die Frau des Taxifahrers eine Schüssel mit Reis und Curry überreichte, besprenkelt mit einer Handvoll winziger Trockenfische: das typisch indonesische Frühstück. Es würde sie schon nicht krank machen. Sie hatte sich fest vorgenommen, die Zähne zusammenzubeißen, freundlich zu ihren Gastgebern zu sein, mit den Kindern zu spielen und alles, was der Tag noch bereithielt, mit einem Lächeln hinzunehmen.

Alexandras gute Vorsätze wurden auf eine harte Probe gestellt, denn die von Birgit angekündigte Hilfe erschien erst am frühen Nachmittag in Form eines rostigen japanischen Kleinwagens, der von Aziz' Schwager gelenkt wurde. Die beiden Männer verschwanden zur Unfallstelle, nur um eine Stunde später ohne Autos zurückzukehren: Der Kleinwagen steckte jetzt ebenfalls im Morast. Die Sonne stand schon bedenklich tief über den Baumwipfeln, als endlich ein weiterer Schwager auftauchte, diesmal auf dem Beifahrersitz eines sehr alten und sehr zerbeulten Mercedes. Hinter dem Steuer saß ein betagter Herr in einem langen weißen Gewand, auf dem Kopf ein weißes Käppchen, und drückte ungeduldig auf die Hupe. Aziz und der erste Schwager eilten sofort zu ihm. Eine Minute später hatte der Wald die vier Männer verschluckt.

Wenig später kehrten sie triumphierend mit den drei Autos zurück. Aziz bedankte sich überschwenglich bei seinen Schwägern und dem alten Mann, der, wie sich herausstellte, der Imam des nächstgelegenen Dorfes war und einen guten Draht zu jemandem hatte, der wiederum den Besitzer des Mercedes kannte.

Birgit grinste, als sie diese Erklärung für Alexandra übersetzte. »Indonesien«, fügte sie am Ende hinzu und hob die Hände. Alexandra wusste, was sie meinte; die letzten beiden Tage hatten bereits ausgereicht, um ihr zu zeigen, wie das Leben hier funktionierte: gar nicht. Ohne Improvisationstalent, Geduld und die richtigen Bekannten kam man nicht weiter. Außer man hatte einen dicken Geldbeutel.

Als sie abfahrbereit waren, nahm Alexandra Aziz' Frau beiseite und drückte ihr ein Bündel Geldscheine in die Hand. Die Frau wehrte ab, aber Alexandra weigerte sich, das Geld zurückzunehmen. »*Anak-anak*«, sagte sie, Kinder. Birgit hatte ihr das lustig klingende Wort beigebracht. Nach kurzem Zögern nahm die Frau Alexandra in den Arm und redete auf Indonesisch auf sie ein. Verlegen löste Alexandra sich aus der Umarmung. »Gern geschehen«, murmelte sie und kletterte in den Kleinbus, wo Birgit und Aziz schon auf sie warteten.

»Aziz' Frau war ja völlig aus dem Häuschen. Wie viel hast du ihr denn gegeben?«, fragte Birgit, nachdem die Familie aus ihrem Blickfeld verschwunden war.

»Den Rest«, sagte Alexandra leichthin.

»Welchen Rest?«

»Na, zu den zwei Millionen, die Aziz eigentlich für die Fahrt haben wollte.«

»Wow«, sagte Birgit. Und, nach einer kleinen Pause: »Hoffentlich verlegt er sich jetzt nicht darauf, arglose Touristen in sein Haus zu verschleppen.«

»Eigentlich kann es uns doch egal sein«, sagte Alexandra lachend. Birgit stimmte mit ein, und mit einem Mal hatte Alexandra das Gefühl, dass sich vielleicht doch noch alles zum Guten wenden würde.

* * *

Sie holten die Leiche des alten *Molang* noch am selben Tag vom Berg herunter. Kaum dass Kebale mit zerrauften Haaren und vom Weinen dick geschwollenen Augen ins Dorf getaumelt kam und die Nachricht von Rak'abis unglücklichem Sturz herausgeschrien hatte, waren mehrere starke junge Männer aufgebrochen, um den Toten zu bergen, während Juliana und die anderen *Kapalas* sich den immer wieder von heftigen Weinkrämpfen unterbrochenen Bericht Kebales anhörten.
Als er geendet hatte, erhob sich Juliana und stellte sich an die Verandabrüstung. Kebale tat es ihr nach, hielt sich aber ein wenig hinter Juliana. Der Dorfplatz war voller Menschen, die nun ihre Augen erwartungsvoll auf ihre sichtlich erschütterten Anführer richteten. Das seit Kebales Ankunft anhaltende Gemurmel ebbte langsam ab, bis sich eine unheimliche Stille über alle Anwesenden gesenkt hatte. Etwas Außergewöhnliches lag in der Luft; selbst die Hunde spürten es und zogen sich stumm und mit an den Boden gedrückten Bäuchen unter die Häuser zurück.
»Wir bleiben«, sagte Juliana schlicht.
Sofort brandete eine Welle von aufgeregten Stimmen auf sie zu. Fragen flogen durcheinander, ohne dass sich jemand Gehör verschaffen konnte. Nicht wenige blickten zweifelnd zwischen Kebale, Juliana und dem Berg hin und her. Juliana brachte die Menge mit einer Handbewegung zum Schweigen.
»Kebale und …« Ihr versagte die Stimme. Es fiel ihr schwer, den Namen ihres alten Weggefährten auszusprechen. Sie brauchte einen Moment, bis sie die aufsteigenden Tränen unterdrückt hatte. Trauern konnte sie später, nicht jetzt, wo das ganze Dorf sich auf ihre Stärke verließ. »Unsere beiden Priester haben Ravuú befragt. Wir brauchen uns nicht zu fürchten«, fuhr sie fort. »Nachdem die Riten auf dem heiligen Platz abgehalten wurden, haben Kebale und Rak'abi die Zukunft aus der Leber des jungen Büffels gelesen. Sie waren sich einig: Für unser Dorf besteht kei-

ne Gefahr. Kebale hat die Opfer in die braunen Wasser des Sees geworfen, und Ravuú hat sie angenommen.«

Eine ältere Frau drängelte sich zwischen den anderen zur Veranda. »Was ist mit Rak'abi geschehen?«, rief sie und entfesselte einen erneuten Sturm von durcheinanderschwirrenden Rufen. »Ja, erzähl es uns, Kebale!« – »Ein schlechtes Omen!« – »Der alte Mann hätte den gefährlichen Weg nicht gehen dürfen.« – »Aber es war seine Pflicht.« – »Was werden wir ohne ihn bloß tun?« – »Ravuú hat ihn geholt.« – »Nein, er hat sich für uns geopfert.« – »Sein Leben für unser Leben.« – »Warum ist er eigentlich gestürzt?«

Kebale trat vor. Juliana machte ihm Platz und betrachtete ihn nachdenklich von der Seite. Der *Molang* war sichtlich am Boden zerstört. Seine graue Haut und die zitternden Hände sprachen Bände, aber trotzdem nagten Zweifel an Juliana. Diese Art von Trauer passte nicht zu dem skrupellosen Mann, mit dem sie sich seit einer halben Ewigkeit wohl oder übel auseinandersetzen musste. Sie empfand Kebales Verhalten als übertrieben und melodramatisch, beinahe geschmacklos: Kebale und Rak'abi waren alles andere als befreundet gewesen. Während Rak'abi ihr gegenüber mehr als einmal geäußert hatte, für wie unmoralisch er den jüngeren Priester hielt, konnte sie über Kebales Gefühle gegenüber dem Älteren nur spekulieren. Verachtung ganz sicher, aber auch Neid und vielleicht sogar ein latentes Unterlegenheitsgefühl dürften eine Rolle in der Beziehung der beiden gespielt haben. Im Gegensatz zu den *Molangs* der Vergangenheit, die sich zu allen Gelegenheiten gegenseitig unterstützt und ausgetauscht hatten, waren sich Rak'abi und Kebale aus dem Weg gegangen, bis sie zum Schluss nur noch bei den großen Festen aufeinandertrafen. Juliana schüttelte kaum merklich den Kopf. Das ganze Dorf, die *Kapalas* eingeschlossen, war schockiert, aber niemand, von wenigen Kindern und zartbesaiteten Frauen abgesehen, hat-

te dermaßen die Fassung verloren. Warum übertrieb Kebale so maßlos? Was war dort oben wirklich geschehen?
Nachdem die Dorfbewohner wieder ein wenig ruhiger geworden waren, ergriff Kebale das Wort. »Rak'abi ist gestolpert«, sagte er leise. Sofort erstarben alle Geräusche. Die Menschen richteten ihre ganze Aufmerksamkeit auf den *Molang*, damit ihnen nichts von dem entging, was er ihnen mitzuteilen hatte. Juliana hatte Kebale diesen Trick schon häufiger anwenden sehen. Er hatte ein angeborenes Talent, die Menschen mit Worten in seinen Bann zu ziehen, ein Talent, das weder sie noch die anderen *Kapalas* besaßen und das Kebale doppelt gefährlich machte.
»Rak'abi ist einfach nur gestolpert. Er hat sich weder geopfert, noch hat Ravuú ihn zerstört. Er war ein alter Mann und müde nach dem anstrengenden Aufstieg. Nicht viele von euch waren schon dort oben, denn Ravuú rächt sich an denen, die sie grundlos stören oder mit unwichtigen Bitten belästigen. Es ist ein schrecklicher Ort.« Kebale machte eine dramatische Pause. Seine Stimme war zu einem Flüstern gesunken, und die Menschen auf dem Platz drängten sich stumm und mit angehaltenem Atem immer dichter um die Veranda des Klanhauses. Ein Kind begann zu weinen, hörte aber sofort auf, als die Umstehenden es mit bösen Blicken bedachten. Juliana ertappte sich dabei, dass sie sich vorbeugte, um besser hören zu können.
»Ein wüster und grausamer Ort. Zu jeder Tages- und Nachtzeit können sich dort die Türen der Unterwelt öffnen. Dann steigen die *Nitus* des Feuers und des Rauchs aus tiefen Spalten und locken den unvorbereiteten Wanderer ins Verderben. Ja ...« Er wurde unvermittelt lauter, und seine Rede hallte über den Platz bis in die hintersten Räume und unter die Häuser, wo die Hunde jämmerlich zu winseln begannen. »Ja, der mutige Rak'abi hat sich ihnen entgegengestellt, und so auch ich, im Angesicht der grässlichsten Fratzen, die ihr euch ausmalen könnt. Wir sind

unversehrt zum Krater aufgestiegen. Dort haben wir der Göttin geopfert. Durch das Orakel und viele andere Zeichen hat sie uns versichert, dass sich ihr Zorn nicht gegen das Dorf richten wird, wenn ...«
Ein kleines Mädchen stürzte auf den Platz und unterbrach Kebale.
»Sie kommen«, rief sie und verschwand wieder zwischen den Häusern.

Während Juliana sich an der Spitze der Dorfgemeinschaft dem Schwestervulkan näherte, schien das ganze Gewicht des Berges auf ihren Schultern zu lasten. In ihren Ohren gellte höhnisch das Lachen der Vulkangöttin. Wenn? Wenn was? Was hatte Kebale gemeint, was hatte er noch sagen wollen? Juliana schloss die Augen und atmete tief durch. Nein, Ravuú, dachte sie, du bist eine Ausgeburt meiner Fantasie, und deshalb sind auch deine Forderungen nichtig, wie immer sie geartet sein mögen. Ich werde alles in meiner Macht Stehende tun, um die Menschen des Dorfes davon zu überzeugen, dass es dich nicht gibt, denn nur so kann ich sie vor deinen Launen schützen. Juliana straffte ihre Schultern. Sofort wurde die Last auf ihren Schultern leichter und leichter, bis sie mit neuem Mut zum Gipfel des Ile Ravuú hinaufsah, bereit, den Kampf mit Kebale und den Unheil stiftenden Geistern des Berges aufzunehmen.
Eine Viertelstunde später trafen sie inmitten der Reisfelder auf die traurige kleine Prozession, die vom Berg heruntergekommen war. Die Männer stellten die eilig aus einer geflochtenen Matte und Bambusstangen zusammengebaute Trage auf dem Boden ab und traten respektvoll zurück, als Juliana sich dem Toten näherte. Die anderen *Kapalas* folgten zwei Schritte hinter ihr. Von Kebale war nichts zu sehen. Aufs Schlimmste gefasst, schlug Juliana das bunte Baumwohltuch zurück, mit dem die

jungen Männer die Leiche bedeckt hatten. Der tote Zauberer schien unverletzt; keine Wunden entstellten sein Gesicht, nur ein wenig auf seiner Wange verschmiertes Blut ließ darauf schließen, dass der alte Mann nicht schlief. In diesem Moment verschwand die untergehende Sonne hinter dem Schwesterberg. Juliana beugte sich tief über ihren alten Weggefährten, um sich seine Züge besser einzuprägen.

»Ist dort oben alles mit rechten Dingen zugegangen, mein lieber Freund?«, fragte sie leise und blickte aufmerksam in das leblose Gesicht, als könnte ihr der Tote eine Antwort geben und ihre Zweifel zerstreuen.

Und dann spürte sie es. Es war nur ein Hauch gewesen, der weich und zart wie Rauch ihre Wange gestreift hatte. Juliana hielt den Atem an und konzentrierte sich noch stärker. Da war der Hauch erneut, und noch einmal, noch einmal und immer wieder, in regelmäßigen Abständen und so schwach, dass sie ihn fast nicht gespürt hätte.

»Du atmest«, flüsterte sie. »Gott sei es gedankt!«

* * *

Es war beinahe zehn Uhr abends, als Alexandra, Birgit und Aziz das Städtchen Prapat erreichten. Natürlich hatten die Fährschiffer längst Feierabend gemacht. Alexandra stieg aus dem Bus und ging auf den Pier. Mit vor der Brust verschränkten Armen blickte sie über das dunkle, vom Wind aufgewühlte Wasser des Sees hinüber nach Samosir. Die Insel war so groß, dass man sie leicht für das andere Ufer hätte halten können; eine gewaltige schwarze Masse, die sich kaum von der sie umgebenden Dunkelheit abhob. Über der Insel und dem See hingen schwere Wolken. In ihrem Inneren zuckte gelbes Wetterleuchten, hin und wieder erstrahlte ein Blitz und tauchte die Insel in

ein fahlblaues, kränkliches Licht. Am Ufer der weit entfernten Insel zeigte eine winzige Ansammlung von Lichtern eine menschliche Siedlung an: Tuk Tuk. Dort drüben ist also Martin, dachte Alexandra. Sie ballte die Hände zu Fäusten. Martin mit dieser anderen Frau.
Sie fing an zu weinen.
Nach einer Weile trat Birgit neben sie und hielt ihr eine Rolle Toilettenpapier hin. Alexandra riss einen Streifen ab und schneuzte sich die Nase.
»Ich heule vor Wut«, schniefte sie.
»Natürlich«, sagte Birgit ernst. »Das würde ich auch tun. Komm jetzt, Aziz hat ein nettes Hotel für uns aufgetrieben.«

* * *

Sien löste vorsichtig eine Mückenspirale aus der Packung, zündete sie von einer Seite an und stellte sie neben Martins Rattansessel. Beißender Rauch stieg auf, der Martin niesen ließ.
»Muss das sein? Dieses Teufelszeug vertreibt nicht nur die Mücken, sondern auch mich.«
Sien zog den zweiten Sessel neben seinen und setzte sich. Sie ergriff Martins Hand und drückte sie. »Ich möchte dich nicht vertreiben«, sagte sie leise.
Martin antwortete nicht gleich. Hand in Hand saßen sie auf der Veranda vor ihrem Bungalow und blickten in die immer wieder von Blitzen durchzuckte Nacht. Weit entfernt, am anderen Seeufer, glitzerten die Lichter von Prapat.
»Du bist mir ein Rätsel, Sien«, sagte er schließlich. »Manchmal habe ich den Eindruck, dass du genau das möchtest: mich vertreiben. Was war los in Ambarita? Warum warst du heute so still? Du hast kaum ein Wort mit mir gesprochen. Ich akzeptiere es, wenn du mir nicht alles erzählen magst, aber trotzdem finde

ich es ziemlich anstrengend, mit deinen Stimmungen Schritt zu halten. Vielleicht wäre es das Beste, wenn ich morgen allein zurück nach Malaysia fahren würde.«
»Nein!«
Martin blickte erschrocken auf. Siens Aufschrei hatte sich beinahe verzweifelt angehört. »Nun, nun«, beruhigte er sie, »ich sagte ›vielleicht‹. Ist es dir denn lieber, wenn ich bleibe?«
Sien nickte.
»Warum?«
»Ich ... ich mag dich sehr. Ich möchte so viel Zeit mit dir verbringen wie möglich.«
Martin seufzte. Er mochte Sien ebenfalls, und auch ihre Stimmungen, wie er es genannt hatte, weckten eher sein Mitleid als seinen Ärger. Anfangs hatte er versucht, sie aus dem Schneckenhaus zu locken, in das sie sich immer wieder verkroch, doch sie hatte sich zu allen seinen Fragen beharrlich ausgeschwiegen, bis er es aufgegeben hatte, sie weiter zu bedrängen.
Wenn sie ein Geheimnis aus ihrer Vergangenheit machen wollte, bitte, es war ihre Entscheidung. Im Grunde war er sogar ganz froh darüber, nicht zu tief in ihr Leben hineingezogen zu werden. Vielleicht nahm er ihre Stimmungsschwankungen auch zu ernst. Er hatte mittlerweile begriffen, dass er keine Schuld daran trug, und letztendlich war Sien die meiste Zeit guter Dinge. Im Großen und Ganzen waren die letzten Tage wunderschön und harmonisch gewesen.
»Ich werde dir erzählen, was mich bedrückt«, sagte Sien nach einer langen Pause, während deren ihr anzusehen gewesen war, welchen inneren Kampf sie mit sich ausfocht. »Bald.«
Martin ließ ihre Hand los und streichelte ihre Wange.
»Du musst das nicht tun«, sagte er.
»Doch«, sagte sie, »ich muss.«

Sie saßen noch lange auf der Veranda. Das Außenlicht war irgendwann ohne erkennbaren Grund ausgegangen, aber die Stromversorgung in Indonesien unterlag ohnehin keinen erkennbaren Regeln. Sien war es recht. Die Dunkelheit bot ihr die Möglichkeit, sich fallenzulassen, sich auf Martins Hand zu konzentrieren, die sie wieder umfasst hielt und die das Band zwischen ihnen stärkte. Sie hatte Angst vor dem Moment, in dem er losließ, Angst davor, einfach davongetragen zu werden, mitten hinein in das Wetterleuchten, in die ohne Zweifel fürchterlichen Stürme, die dort oben tobten. Sie wusste, wie es war, haltlos einem Sturm ausgeliefert zu sein, und sie wollte den Boden unter den Füßen nicht wieder verlieren, nun, da sie schon einen winzigen Kontakt mit den Zehenspitzen hergestellt hatte. Martin konnte ihr helfen, ihr Leben wieder zu verankern. Er würde sie verstehen. Er musste sie verstehen, sonst würde sie endgültig davonwehen, bis nichts mehr an sie erinnerte.

* * *

Noch in derselben Nacht ruderte Moke sein Boot geräuschlos von der Insel fort. Er wollte den Motor erst benutzen, sobald er außer Hörweite des Dorfes war. Die beiden Kinder, die mit ihm an Bord waren, wagten kaum zu atmen; auf keinen Fall durften sie entdeckt werden.
Juliana stand allein am Strand, bis das Boot nur noch ein undeutlicher schwarzer Fleck auf der dunkelgrauen Oberfläche des Meeres war. Sie drehte sich um und sandte ein Stoßgebet an den Christengott, dessen Milde sie zunehmend den rachsüchtigen Göttern ihres Volkes vorzog. Tief in Gedanken versunken, ging sie zurück in das schlafende Dorf. Aus dem Dunkel zwischen den Booten löste sich eine Gestalt und folgte ihr ungesehen in großem Abstand.

Solor-Alor-Archipel, Ostindonesien, August 1871

Der Bauer verschränkte trotzig die Arme vor der Brust und lehnte sich gegen die Wand. Zufällig befand er sich nun genau vor dem einzigen Wandschmuck des kargen Raumes, einer aus künstlerischer Sicht mittelmäßig ausgeführten Himmelfahrtsszene in einem üppig vergoldeten Rahmen. Pater Rouven hatte Himmel und Hölle – man verzeihe ihm den Ausdruck, aber anders konnte er den abenteuerlichen Transport des Ölbilds von Rotterdam bis ans Ende der Welt nicht bezeichnen – in Bewegung gesetzt, um das Gemälde hierherzuschaffen. Und siehe, all der mit der Beförderung verbundene Ärger hatte sich gelohnt: Der Strahlenkranz, eigentlich dem zum Himmel auffahrenden Christus und einer Heerschar anmutiger, flachshaariger Engel vorbehalten, verlieh nun dem bockigen Eingeborenen einen Heiligenschein. Der Pater schmunzelte. Gott zeigte ihm auf seltsame Weise seine Bestimmung: Man durfte nicht ungeduldig sein. Auch in diesem Wilden steckte ein guter Kern, und es war des Paters Aufgabe, diesen Kern freizulegen und der christlichen Gemeinschaft zuzuführen. Genauso sah Pater Rouven es allerdings als seine Aufgabe an, den Büffel, den der Bauer zwar in sein Dorf getrieben, aber nie bezahlt hatte, umgehend seinem eigentlichen Besitzer zuzuführen.

Als man Pater Rouven vor drei Jahren eröffnet hatte, dass sich sein neues Wirkungsfeld in Larantuka befinde, hatte er demütig genickt und gefragt, wo dieses Larantuka denn sei. In Afrika vielleicht? Die Jesuiten unterhielten dort in mehreren Ländern Missionsprojekte, und Pater Rouven mutete der Klang des Ortsnamens afrikanisch an. Nein, nein, hatte er unwirsch zur Antwort erhalten, Larantuka liege in Niederländisch-Ostindien. Vor etwa neun Jahren habe die niederländische Regierung den katholischen Portugiesen die Hoheitsrechte über Larantuka abgekauft, und deshalb würde es dort nun einen Bedarf an katholischen Missionaren aus den Niederlanden geben. Er würde schon sehen.

Pater Rouven kam und sah. Und bemühte sich seitdem zusammen mit einigen Ordensbrüdern, den Wilden die Geister auszutreiben und durch Jesus und Maria zu ersetzen. Ein, wie sich herausstellte, langwieriges Unternehmen. Pater Rouven benötigte all seine Kraft und seinen Langmut, denn selbst jene Eingeborenen, die sich sonntags in der Kirche einfanden, gingen danach mit aufreizender Regelmäßigkeit zu ihren Schreinen und opferten den heidnischen Götzen. Der Sieg der christlichen Kirche würde also noch auf sich warten lassen, aber der Pater glaubte fest daran, dass die Zeit für ihn arbeitete. Die Zeit und gute Werke. Während er den teilnahmslos gegen sein schönes Bild lehnenden Bauern nicht aus den Augen ließ, wanderten seine Gedanken zwei Jahre zurück.

Die Reise hatte endlose fünf Monate gedauert und ihn um das Kap der Guten Hoffnung, nach Madagaskar und schließlich nach Goa geführt, wo er den Monsun abwartete.

Als die Winde wieder günstig standen, segelte er als Passagier eines Handelsschiffs über den indischen Ozean und brach beim Anblick der Küste Sumatras ebenso in Jubel aus wie die rauhen Seeleute, deren Glaubensfestigkeit er trotz ihrer mehr oder minder kunstvoll gestochenen Kreuztätowierungen in den letzten Monaten anzuzweifeln gelernt hatte. Seiner Ansicht nach benötigten die Seeleute einen zupackenden Missionar ebenso dringend wie die irgendwo in diesem gigantischen Archipel auf ihn wartenden ominösen Wilden.

Bevor er jedoch zu den Wilden aufbrechen konnte, lief das Schiff den Hafen von Batavia an. Pater Rouven verbrachte zwei angenehme Wochen in der mäßig zivilisierten Handelsniederlassung, bevor er sich endgültig nach Larantuka einschiffte.

Niemals würde er die gemächliche Reise entlang der Küsten Javas und Balis, Lomboks, Sumbawas und Flores' vergessen, nicht die türkisfarbene See und die weißen Strände, nicht den dräuenden Wald und die schläfrigen Dörfer, nicht die Fischerboote mit ihren dreieckigen, aus einer Art Schilf geflochtenen Segeln. Er bewunderte die eleganten Silhouetten der kühn geformten Bugis-Boote, neben denen sich die holländische Dreimastbark ausnahm wie ein schwerfälliger Bartenwal unter pfeilschnellen Delfinen. Vor allem die beängstigend hohen und steilen Vulkane, Fluch und Segen des indonesischen Archipels, brannten sich in sein Gedächtnis ein.

Gegen Ende der dreiwöchigen Reise wurden die Boote und Dörfer weniger und die Vulkane zahlreicher, bis Pater Rouven sich schließlich von feuerspeienden Bergen, die glücklicherweise gerade kein Feuer spien, regelrecht eingekreist sah. Das dort rechts sei die Insel Solor, erklärte der neben ihm an der Reling lehnende Schiffszimmerer, und etwas dahinter erkenne man auch schon Adonara, die Insel der Mörder, wo – und hier senkte der mit seinem struppigen Bart und wilden Haaren ein wenig an den Klabautermann erinnernde Seemann die Stimme zu einem Flüstern – es allerlei schwarzen Zauber gebe und Schlimmeres. Schlimmeres?, fragte Pater Rouven, aber er erhielt keine Antwort. Stattdessen zeigte der Schiffszimmermann nach links auf die Ostküste der Insel Flores, dann geradeaus auf den höchsten Vulkan: Larantuka. Vier Glasen später umrundete das Schiff die letzte Landzunge, und Pater Rouven sah zum ersten Mal die Stätte seines zukünftigen Wirkens. Der Anblick war ernüchternd.

Wenig später, an einem Tag, der ebenso schwül und heiß war wie alle anderen Tage in den Tropen, saß Pater Rouven auf seinem Gepäck und blickte, während er langsam mit dem Beiboot zum Strand gerudert wurde, über die armseligen Häuser und Hütten der winzigen Niederlassung. Eigentlich, dachte er, eigentlich war es schon als ein Wunder zu bezeichnen, dass überhaupt ein Wort von der Existenz dieses Flecken Erde bis nach Europa gedrungen war. Zwei winkende Gestalten erregten seine Aufmerksamkeit. Erfreut erkannte er in den bärtigen, in lange weiße Gewänder gehüllten Gestalten zwei Ordensbrüder. Sobald das Beiboot auf den Strand aufgelaufen war, sprang Pater Rouven heraus und eilte mit geraffter Soutane auf die Europäer zu. Der ihm folgende Matrose konnte kaum mithalten, war er doch von seiner Last behindert, einem flachen Paket mit über einen Meter langen Seitenkanten, bei dem es sich selbstverständlich um Pater Rouvens geliebtes Himmelfahrtsbild handelte. Er hatte das Erbstück aus der Familie seiner Mutter nicht in Rotterdam zurücklassen wollen, jenes Bild, das am heutigen Tag, zwei Jahre später, einen so wunderbaren Rahmen für den verstockten Bauern abgab.

Pater Rouven räusperte sich und runzelte die Stirn. Sein Gesichtsausdruck zeigte nun eine genau berechnete Mischung von Milde und Strenge, die selten ihre Wirkung verfehlte. »Du wirst den Büffel dem rechtmäßigen Besitzer zurückbringen«, sagte er. Noch beherrschte er den Dialekt des im Larantuka-Gebiet wohnenden Volkes nicht perfekt, aber für eine einfache Unterhaltung wie diese waren seine Sprachkenntnisse allemal ausreichend.
Der Bauer schüttelte den Kopf. »Nein«, sagte er. »Ich brauche ihn, und mein Vetter, von dem das Tier stammt, weiß das sehr wohl. Ich verstehe überhaupt nicht, was ihr alle von mir wollt.«
»Es ist Diebstahl!« Pater Rouven erhob sich und stützte die Fäuste auf den Tisch. Es passte ihm eigentlich nicht, den Eingebore-

nen, die sich im Großen und Ganzen als liebenswürdig und hilfsbereit erwiesen hatten, so einschüchternd und autoritär gegenüberzutreten, aber irgendwie musste er diesen Konflikt schließlich beilegen. Obwohl er den Vetter des Bauern für vertrauenswürdig hielt, war er nicht übermäßig glücklich gewesen, in die Büffelangelegenheit hineingezogen zu werden. Wer wusste schon über die komplizierten Besitzverhältnisse der Insulaner Bescheid. Er konnte nur hoffen, dass der Vetter wirklich im Recht war. »Hast du mich verstanden?«, donnerte er nun, um seinem Standpunkt noch mehr Gewicht zu verleihen.
Die Wirkung seiner Worte überraschte selbst den Pater. Hatte er es mit dem Augenbrauenzusammenziehen übertrieben oder seine Stimme zu stark erhoben? Was auch immer den Ausschlag gegeben hatte, der Bauer war bis ins Mark erschüttert: Das gesunde Braun seiner Haut verwandelte sich zu Aschgrau, und er starrte Pater Rouven an, genauer gesagt, auf einen Punkt jenseits des Paters Schulter, irgendwo draußen vor dem Fenster. Einen Lidschlag später rannte der Bauer blitzschnell aus dem Raum, aus dem Haus und, wie Pater Rouven mit einem Anflug von Ironie dachte, wohl auch aus Larantuka, so als wäre der Leibhaftige höchstselbst hinter ihm her. Rouven lachte noch in sich hinein, als ein Geräusch am Fenster ihn dazu bewog, sich umzudrehen. Und dann verging auch dem Pater jeglicher Humor.
In der glaslosen Fensteröffnung stand der Leibhaftige. Höchstselbst. Bevor Pater Rouven schreien konnte, öffnete der schrecklich aussehende Teufel den Mund und gab seltsame, unartikulierte Laute von sich. Daraufhin verdrehte er die Augen, bis nur noch das Weiße zu sehen war, und fiel um.

Der heruntergekommene Teufel war unzweifelhaft europäischer Abstammung. Seine Ohnmacht dauerte nur wenige Minuten, aber auch nachdem der Mann die Augen wieder aufgeschlagen hatte, schien er sich noch in Welten fernab der Missionsstation zu bewegen. Zumindest gelang es Pater Rouven trotz aller Bemühungen nicht, einen Sinn aus dem zusammenhanglosen Gebrabbel des Mannes zu filtern, weshalb er schließlich aufgab. Wenn der Mann überlebte, konnte er ihn später immer noch befragen.

Der Mann war so geschwächt, dass er es kaum wahrnahm, als Pater Rouven ihn mit Hilfe zweier starker Eingeborener in seine Kammer schleppte und auf das Bett legte, wo er sofort erschöpft einschlief. Nachdem der Pater die nötigen Anweisungen erteilt hatte – der Kranke benötigte dringend abgekochtes Wasser und eine stärkende Hühnerbrühe –, schälte er die fadenscheinigen, nur noch entfernt an Kleidung erinnernden Lumpen vom Körper des großen Mannes, um ihn nach Verwundungen abzusuchen. Er fand viele, viel zu viele für einen einzelnen Menschen, doch bis auf eine stark entzündete Fleischwunde am Oberarm waren die Schnitte und Abschürfungen nur oberflächlich und würden schnell abheilen.

Bevor er ging, um Salben und Verbandsmaterial zu holen, blieb Pater Rouven noch einen Moment neben dem Lager stehen und sah auf den nackten Mann hinunter. Der Kranke musste einmal eine stattliche Statur besessen haben, doch jetzt wirkte er nur noch wie ein ausgezehrter Schatten seiner selbst. Jeder Knochen zeichnete sich deutlich unter der Haut ab, langes, verfilztes Bart- und Haupthaar bedeckte seine eingefallenen Wangen, die Augen lagen tief in den Höhlen. Er musste Schreckliches erlebt haben. Tätowierungen auf seinen Armen wiesen ihn als Seemann aus: Auf dem linken Unterarm hatte er die Tätowierung eines christlichen Kreuzes, wie es üblich war, und direkt daneben eine Meerjungfrau mit prachtvollen Brüsten, wie es leider ebenfalls üblich war. Auf dem rechten Unterarm fand sich das Glaube-Liebe-Hoffnung-Symbol, und auf der Armkugel ein überaus hässliches, vom wahrscheinlich unbegabtesten Tätowierer der Weltmeere gestochenes Seemannsgrabmotiv. Dagegen schien derjenige, der dem ausgemergelten Riesen das seltsame Bild auf die Brust tätowiert hatte, ein Meister seines Faches gewesen zu sein: Das heidnische Motiv war von außergewöhnlich kraftvoller Linienführung. Pater Rouven konnte über die Bedeutung des Motivs nur rätseln, doch es übte eine eigenartige Faszination aus, die den Kunstliebhaber in ihm jubeln und den Gottesmann erschauern ließ.

* * *

»Sie sind alle tot?«
»Ich nehme es an. Die Lava wälzte sich direkt aufs Dorf zu, allerdings langsam. Vielleicht haben sie sich auf die Boote flüchten können. Ich hoffe es jedenfalls«, fügte Martijn de Groot leise hinzu.
»Ihr mochtet die Menschen?«, fragte Pater Rouven und fasste de Groot scharf ins Auge. Er wurde aus dem Mann nicht schlau. Einerseits schien er ein harter Typ ohne jegliche Skrupel zu sein, andererseits hatte der Pater ein verräterisches Glitzern in den Augen des Seemanns bemerkt. Würde der riesige Kerl etwa in Tränen ausbrechen? Zu verdenken wäre es ihm nicht. Immerhin hatten die Leute ihm das Leben gerettet.
»Wollt Ihr etwas trinken?«, fragte er und ging ins Haus, ohne eine Antwort abzuwarten. Als er mit zwei Bechern Wasser wieder auf die Veranda trat, hatte de Groot sich gefangen und lächelte ihn ein wenig schief an. Pater Rouven lächelte ebenfalls. Trotz seiner mittlerweile gestutzten Haare und glattrasierten Wangen haftete dem Seemann etwas Linkisches, Ungeschlachtes an, und diese Eigenschaften wurden durch den filigranen, aus Rattan und Bambus geflochtenen Sessel, in dem er saß, noch unterstrichen.

Es sprach für die Handwerkskunst des einheimischen Tischlers, der dieses ihm fremde Möbelstück nach einer Zeichnung des Paters angefertigt hatte, dass das Sitzmöbel bisher nicht unter dem riesenhaften Seemann zusammengebrochen war.

»Vielen Dank«, sagte de Groot und nahm das Wasser entgegen. »Ich bin immer noch völlig durch den Wind, wenn ich an diese ersten Stunden meiner Flucht denke. Manchmal frage ich mich, ob mir all dies wirklich passiert ist.«

»Wir haben hier in Larantuka den Ausbruch des Vulkans gehört und eine Rauchwolke gesehen. Sowohl davor als auch danach hat die Erde mehrere Male gebebt. Die Erinnerung trügt Euch nicht.«

»Hm. Wart Ihr schon einmal auf den östlichen Inseln?«

»Nein. Ich weiß, wo Pantar liegt, aber weiter als bis Solor bin ich nie gekommen. Die Inseln dahinter gelten als sehr gefährlich.«

»Das sind sie nur zum Teil.«

Pater Rouven beugte sich interessiert vor. De Groot war der erste Mensch, der ihm von seinen Erlebnissen in der Wildnis weiter im Osten berichten konnte. Einer Wildnis, die seinen Missionseifer befeuerte. Es gab viel zu tun, aber die Leute würden nicht nach Larantuka kommen, um Gottes Wort zu vernehmen. Der Prophet musste sich zum Berg bemühen, und genau dies hatte Pater Rouven vor.

»Erzählt!«, sagte er.

Martijn erzählte, erzählte von seinen Tagen auf See, von Hunger, Durst und Entbehrungen, erzählte von den freundlichen Menschen auf Lomblen, von der brennenden Sonne und einem furchtbaren Gewittersturm, der ihn schließlich vor der Küste Adonaras Schiffbruch erleiden ließ, wo er in die Hände der Eingeborenen fiel.

»Warum?«, unterbrach ihn Pater Rouven. »Warum waren die Eingeborenen von Adonara Euch feindlich gesinnt?« Er saß mittlerweile auf dem vorderen Rand seines Rattansessels, um nur kein Wort zu verpassen. Jedes Detail von de Groots Odyssee interessierte ihn, ob es sich nun um die Zusammensetzung der Nahrung, die Muster der Webtücher oder den speziellen Schmuck der Eingeborenen handelte.

»Die Tätowierung«, antwortete de Groot und wies auf seine Brust. »Erst sah es so aus, als würde sich alles zum Guten wenden. Sie führten mich in ihr Dorf und gaben mir zu essen. Der Häuptling überreichte mir sogar ein handgewebtes Baumwolltuch. Ich zog mein zerfetztes Hemd aus, um es gegen das neue Tuch zu ersetzen. Das war ein Fehler.« Martijn de Groot unterbrach sich und trank einen langen Zug aus seinem Becher. »Ich hatte kaum mein Hemd abgestreift, als ein großes Geschrei und Gezeter anhob. Der Häuptling bekam ganz große, runde Augen und stieß immer wieder mit dem ausgestreckten Zeigefinger auf die Tätowierung. Offensichtlich wussten sie, woher sie stammte, und waren überhaupt nicht erfreut. Als sich die beiden größten Krieger des Stammes mit finsterem Gesicht neben mir aufstellten, riss ich aus.« De Groot strich über seinen verbundenen Oberarm. »Es war ziemlich knapp. Von einem Moment zum anderen betrachteten sie mich als ihren Feind und benahmen sich auch so, aber es gelang mir, aus dem Dorf zu flüchten. Schon zum zweiten Mal in so kurzer Zeit musste ich das Hasenpanier ergreifen«, sagte er bitter. »Selbst der stärkste Mann kann sich nicht einem ganzen Dorf entgegenstellen.«

Er stand abrupt auf und ging mit schweren Schritten auf der Veranda auf und ab. Pater Rouven konnte sehen, wie seine Kiefer mahlten; noch hatte de Groot die Demütigung durch die Wilden nicht verdaut.

»Wie viel Zeit, sagtet Ihr, ist seit dem Vulkanausbruch vergangen?«, fragte de Groot unvermittelt.

»Zweiundzwanzig Tage.«

»Das heißt, dass ich beinahe zwei Wochen auf dieser gottverfluchten«, er warf einen schnellen Blick zu dem Pater, aber der bedeutete ihm nur mit hochgezogenen Augenbrauen fortzufahren, »auf dieser verdamm..., auf dieser Insel zugebracht habe. Es war die Hölle.«

* * *

Martijn rannte, bis er sicher war, seine Verfolger abgeschüttelt zu haben. Dann hielt er inne und lehnte sich keuchend gegen den Stamm eines Baumes. Im gleichen Maße, in dem sich sein Atem beruhigte, verstärkten sich die Schmerzen in seinem Arm, strahlten bis in die letzten Bereiche seines Körpers aus und nahmen all seine Sinne in Besitz. Das scharfe Messer eines Eingeborenenkriegers hatte ihm eine tiefe, stark blutende Fleischwunde beigebracht, für die sich schon die ersten Fliegen interessierten. Martijn scheuchte sie angeekelt fort, zerriss kurz entschlossen das neue Tuch und wickelte einen Streifen fest um die Wunde. Tatsächlich gelang es ihm, die Blutung zu verlangsamen. Nachdem er sich vergewissert hatte, dass kein lebendes Wesen in der Nähe war, glitt er tiefer in den dichten Wald hinein, immer auf der Hut vor unliebsamen Begegnungen. Die Luft stand heiß unter dem dichten Blätterdach; klebriger Schweiß bedeckte seinen Körper und durchtränkte seine Lumpen. Jede freie Hautstelle war mit stechenden Insekten übersät, und der Juckreiz wurde so unerträglich, dass er selbst die Schmerzen im Arm nebensächlich erscheinen ließ. Ohne zu wissen, wohin, stolperte Martijn durch den erdrückenden Dschungel, verlor jegliches Gefühl für Richtung und Zeit, zerschrammte sich die Haut an dornenbewehrten Pflanzen und an Steinen, bis er schließlich heulend wie ein Weib vor Erschöpfung zusammenbrach.

Die Täler der Insel waren so zerklüftet und ineinander verschoben, dass Martijn zeitweise orientierungslos war, insbesondere wenn die Sonne hoch am Himmel stand und ihm keinerlei Aufschluss über die Himmelsrichtungen gab, was dazu führte, dass er in den ersten Tagen mehr oder weniger im Kreis herumlief. Er ernährte sich von unvorsichtigem Kleingetier und Würmern; an die Knollen und Früchte des Waldes traute er sich nicht heran, zu grell waren ihm meist die Farben und zu intensiv der Geruch. Wasser gab es reichlich, ob in kleinen Bächen und Pfützen oder nach einem Regenguss als dicke Tropfen auf den Blättern. Trotzdem musste er sich beeilen, Larantuka zu erreichen. Die Nahrung war bei weitem nicht ausreichend, und die Wunde an seinem Arm hatte sich entzündet.
Er war bereits drei oder vier Tage auf Adonara herumgeirrt, als er auf ein Feld stieß. Ein großblättriges Rankgewächs, in unregelmäßigen Abständen gepflanzt, wuchs darauf. Die Blätter hatten sich gelb und braun verfärbt, und an den Rändern des Felds begann der Dschungel schon sich zu holen, was ihm ohnehin gehörte. Martijn blieb misstrauisch in der Deckung des Unterholzes und ließ das gerodete Areal endlose Stunden nicht aus den Augen. Abgesehen von einigen Vögeln, die sich um irgendetwas in der Mitte des Feldes balgten, und zwei ebenfalls dorthin strebenden Hunden blieb er allein. Erst bei Einbruch der Dunkelheit, die Vögel und Hunde waren längst verschwunden, traute er sich aus seinem Versteck hervor. Vielleicht fand sich Essbares, Wurzeln, Getreide oder Gemüse. Sich auf allen vieren fortbewegend, untersuchte Martijn systematisch das Feld – und dann entdeckte er sie.
Er übergab sich.
Es waren ein Mann und eine Frau, aber sicher war er sich nicht. Die Vögel, die Hunde und die Insekten hatten von den Unglücklichen nicht viel mehr als Knochen übrig gelassen. Die

Arbeitsgeräte lagen neben den Toten: ein Grabmesser, ein Korb, ein großes Tragetuch.
Die Köpfe fehlten.
Von einem Moment auf den anderen stieg die Erinnerung an die gewisperten Geschichten in den Zwischendecks der Handelsschiffe wieder in Martijn auf. Kopfjäger, hallte es in seinem Schädel, Kopfjäger, Kopfjäger. Du bist auf einer Insel von Kopfjägern, und das Wort wurde immer größer und lauter, bis er beinahe durchdrehte. Mit einem gequälten Schrei sprang er auf und hetzte zurück in den Wald.
Noch in derselben Nacht wurde Martijn krank. Seine Eingeweide verkrampften sich, und er musste sich erbrechen, immer wieder, bis nur noch bittere Galle kam. War es die Yamsknolle gewesen, die er in seinem Heißhunger roh hinuntergeschlungen hatte? Die Schlange, die ihn erst gewittert hatte, als es für sie zu spät war? Er wusste es nicht, wollte es nicht wissen. Der Tod umkreiste ihn in immer geringer werdendem Abstand, und er war gewillt, sich in seine Arme zu werfen, sich von ihm fortbringen zu lassen aus diesem von Dämonen bevölkerten Alptraum. Doch seine Zeit war noch nicht gekommen. Nach zwei Tagen erwachte er aus seiner Lethargie und schleppte sich weiter, irgendwohin, nur fort von dem Feld mit seinen kopflosen Toten. Manchmal hörte er die Geräusche großer Lebewesen, Menschen vielleicht, dann presste er sich dicht auf den schlammigen Grund und wartete, bis sie vorbeigezogen waren. Einmal gelangte er in die Nähe eines Dorfes. Schreie drangen an sein Ohr, und sofort verschmolz er wieder mit dem Wald, verwandelte sich in einen seiner Geister. Einem Tier ähnlicher als einem Menschen, hatte er längst aufgehört, die Tage zu zählen, kroch blind voran und stopfte wahllos alles in sich hinein, was ihm in die Hände fiel. Er hatte sich aufgegeben.

»Aber Ihr seid den Kopfjägern entronnen. Der Herr ...«
De Groot unterbrach den Pater mit einer Handbewegung. »Ich weiß nicht, ob der Herr mir den Weg gewiesen hat. Mir sind jedenfalls keine Engel erschienen, dafür umso mehr heidnische Geister. Aber wer auch immer es war, er leitete mich zum Strand. Vor mir befand sich die Meerenge, die Adonara von der Larantuka-Halbinsel trennt. Sie ist schmal genug, um die Kirche auf der anderen Seite zu erkennen.«
»Gott sei Dank«, flüsterte der Pater und schlug ein Kreuz. »Aber wie seid Ihr herübergekommen?«
»Am anderen Ende des Strandes lagen Auslegerboote. Niemand bewachte sie.«
»Ihr habt ...«
»Ein Boot gestohlen. Ja. Wenn Ihr wollt, könnt Ihr es auf die Kopfjägerinsel zurückbringen. Es müsste noch unten am Anleger sein.« Martijn atmete tief durch. »Ich selbst werde Larantuka an Bord eines europäischen Schiffes verlassen. Oder gar nicht.«

* * *

Martijn de Groot heuerte noch im selben Jahr auf einem Kauffahrer an. Nach kurzem Abschied von den Jesuitenpatern ging er ohne Bedauern an Bord der Bark und meldete sich zum Dienst. Er konnte es kaum erwarten, die Kleinen Sundainseln hinter sich zu lassen. Tatsächlich sollte ihn sein Weg an Bord von verschiedenen Gewürzschiffen noch häufig durch die Floressee führen, doch betreten sollte er die Inseln nie wieder.
Wenige Monate nach Martijns Abreise, in einer Nacht so dunkel, dass Adonara wie ein schwarzer Kohlehaufen aus einem Meer aus Tinte ragte, verließ auch Pater Rouven Larantuka – gegen den Willen seiner Ordensbrüder. Die goldgerahmte Himmelfahrt nahm er mit.

9 | Mittwoch, 29. November 2006, Tag

Vom Boot aus wirkte Tuk Tuk sehr übersichtlich. Die fast runde, wie eine kleine Blase von der Küste Samosirs in den See hineinragende Halbinsel maß vielleicht einen, höchstens anderthalb Kilometer im Durchmesser. Im Zentrum erhob sich ein niedriger bewaldeter Hügel, während das Ufer dicht an dicht mit Hotels bebaut war. Die meisten Hotels waren klein, lediglich eine Ansammlung von Bungalows mit seltsam geformten, an Bootsrümpfe erinnernden Dächern. Die Anlagen waren üppig mit blühenden Büschen und Bäumen bepflanzt, dazwischen ragten Kokospalmen in den Himmel. Fast alle Hotels verfügten über einen schmalen rasenbedeckten Strandstreifen am Seeufer. Metall- oder Holzliegen luden zum Faulenzen ein, und zierlich wirkende Leitern führten von den Kaimauern ins Wasser.

Nur wenige Menschen sonnten sich oder badeten; die ganze Insel machte einen verschlafenen, beinahe ausgestorbenen Eindruck. Es würde ein Kinderspiel werden, Martin zu finden, stellte Alexandra mit Genugtuung fest.

Ihr Hotel lag auf der Nordseite von Tuk Tuk. Die Fähre steuerte eine Anlage nach der anderen an, um die sechs oder sieben weiteren Bootspassagiere zu den Hotels ihrer Wahl zu bringen und andere Urlauber abzuholen. Alexandra musterte die Reisenden. Sie waren zwischen zwanzig und vierzig Jahre alt und kamen aus den unterschiedlichsten Ländern, aber alle verband ein gewisser Hang zur Ungepflegtheit: Ihre Kleidung war nach-

lässig, das Haar lange nicht geschnitten, und ihre Rucksäcke waren geflickt. Birgit stieß sie in die Seite.
»Du machst auch nicht mehr her«, sagte sie. »Deinem Anzug sieht man den gestrigen Tag an.«
»Woher weißt du, was ich gedacht habe?«
»Das war nicht schwer zu erraten. Die Traveller lästern übrigens schon die ganze Zeit über deinen teuren Designerkoffer. Und das Beautycase«, fügte sie ein wenig boshaft hinzu.
»Pah. Die sind nur neidisch.«
»Darauf würde ich nicht wetten. Wer in dieser Gegend herumreist, sammelt im allgemeinen Stempel im Pass, keine materiellen Dinge.«
»Deshalb kann man ja wohl trotzdem zum Friseur gehen.«
Birgit schüttelte den Kopf. »Oh, Alexandra«, sagte sie nur.

Wenig später stand Alexandra in ihrem Bungalow im »Samosir Cottage« und begutachtete ihren cremefarbenen Hosenanzug von allen Seiten. Das teure Stück ähnelte mittlerweile einem Putzlappen kurz vor der Pensionierung. Graue Knie, ein zerrissenes Hosenbein, und auf der Vorderseite der leichten Jacke prangte ein Curryfleck. Nachdem Alexandra die Inspektion beendet hatte, warf sie den Anzug bedauernd in den Abfalleimer. Keine Wäscherei der Welt würde ihn jemals wieder säubern können. Sie ging ins Bad und stellte sich unter die warme Dusche. Obwohl sie ihr komfortables Hotel auf Penang erst vorgestern früh verlassen hatte, fühlte sie sich, als seien Wochen vergangen, seit sie das letzte Mal warm geduscht hatte; in dem Hotel in Prapat war der Boiler kaputt gewesen, natürlich.
Niemand zu Hause in Hamburg wird mir abnehmen, was seit meiner Ankunft in Indonesien alles passiert ist, dachte Alexandra. Sie war mittlerweile tatsächlich ein wenig gelassener, der Kulturschock ebbte mit Birgits Hilfe langsam, sehr langsam ab.

Trotzdem hatte sie die Nase bereits gestrichen voll von Abenteuern aller Art. Alexandra drückte eine großzügig bemessene Menge Shampoo in ihre Handfläche und massierte es mit kräftigen Bewegungen in ihre Kopfhaut und Haare. Als sie das Shampoo ausspülen wollte, wurde das Wasser kalt.
Martin, Birgit und ganz Asien verfluchend, beendete sie ihre Dusche im Eiltempo, wickelte sich in eines der fadenscheinigen Hotelhandtücher und ging zurück ins Zimmer. Birgit mochte sich noch so viel Mühe geben, ihr das Land schönzureden, sie empfand es nach wie vor als eine Zumutung. Nun, es war bald vorbei. Spätestens heute Abend würde sie Martin zur Rede stellen, dann konnte sie endlich den Rückweg in die Zivilisation antreten; nie hatte sie sich stärker nach ihrer schönen Wohnung in Eppendorf gesehnt.
Martin. In den letzten Tagen waren kaum zehn Minuten vergangen, ohne dass sie an ihn gedacht hatte. Es war ihr gelungen, die Wut auf ihn am Leben zu halten. Ohne diese Wut hätte sie niemals den Mut und die Kraft aufgebracht, ihn bis zu diesem schäbigen Ende der Welt zu verfolgen, und so hatte sie die Wut gefüttert und gehätschelt, bis sie groß genug war, um alle anderen Gefühle zu unterdrücken. Leider funktionierte der Trick seit ein paar Stunden nicht mehr so gut wie in den Tagen zuvor. Alexandra ließ sich kraftlos auf die Bettkante sinken und vergrub ihr Gesicht in den Händen. Je näher sie der Insel gekommen war, desto kleiner und zahnloser war die Wut geworden und hatte schließlich einer lähmenden Mutlosigkeit Platz gemacht. Auch wenn sie es nicht wahrhaben wollte: Martin war hier in diesem Ort und lag vielleicht gerade mit seiner Indonesierin im Bett. Alexandra stöhnte auf. Sie durfte diese Bilder nicht zulassen, musste aktiv werden, sich auf die Suche konzentrieren. Was sie tun würde, wenn sie Martin fand, wusste sie immer noch nicht. Was sollte sie ihm bloß sagen?

Dass das Maß voll war, dass er sich zum Teufel scheren solle? Nun, das hätte sie einfacher haben können, indem sie seine neueste Eskapade ignorierte wie alle bisherigen auch und ihm gar nicht erst hinterherlief. Sie ballte die Fäuste. Hinterherlaufen – das Wort legte sich wie ein pelziger Belag auf ihr Denken. Sie gab es nicht gerne zu, aber Birgit hatte die Situation weitaus besser eingeschätzt als sie selbst: Wie sie es auch drehte und wendete, sie kam nicht um die demütigende Erkenntnis herum, dass sie Martin nachlief wie eine dieser hysterischen, eifersüchtigen Ehefrauen, die sie bisher immer abfällig belächelt hatte. Zu Hause, in ihrer Welt, war sie stark, aber hier? Ausgerechnet ihr, die immer alles im Griff hatte, war die Situation vollständig entglitten. Und sie würde die Situation auch jetzt nicht mehr in den Griff bekommen, dachte sie fatalistisch. Also, wozu all die Mühe? Noch war es nicht zu spät umzukehren. Sollte Martin sich doch von den Moskitos auffressen lassen!
Sie gab sich einen Ruck. Nein! Ihre kämpferische Natur gewann die Oberhand. Martin hatte sie verletzt, aber sie konnte seine feige Flucht nicht einfach hinnehmen. Zu viel stand auf dem Spiel. Nachdenklich strich sie über die neben ihr auf dem Bett liegende Handtasche und zog dann einen zerknüllten Brief hervor. Sie setzte sich auf, glättete den Brief auf ihren Oberschenkeln und las ihn erneut, obwohl sie den Wortlaut längst auswendig kannte. Ein müdes Lächeln glitt über ihr Gesicht, dann stopfte sie den Brief wieder zurück in die Tasche. Sie hatte sich bereits entschieden, jetzt war Martin an der Reihe, Stellung zu beziehen. Sie würde dafür sorgen, dass er es tat. Nicht morgen, nicht nächste Woche. Jetzt. Hier.
Entschlossen klappte sie ihren Koffer auf, wählte ein Kleid in einem pudrigen Türkiston und zog sich an. Das Kleid hatte einen spektakulären Ausschnitt und sollte eigentlich seine Wir-

kung auf Martin nicht verfehlen. Alexandra hatte es vor dem Urlaub gekauft, um ihn zu überraschen. Nun, es würde ihr in jedem Fall gelingen, wenn auch anders, als sie es sich erträumt hatte. Sie schminkte sich dezent, schlüpfte in ein Paar türkisfarbene Riemchensandalen mit Bleistiftabsatz und ging einige Male im Zimmer auf und ab. Die Schuhe waren ebenfalls neu und eigentlich nicht für längere Wanderungen gedacht, aber ihre einzigen bequemen Schuhe waren goldfarbene Sneaker und einfach indiskutabel zu dem Kleid. Sie schnappte sich ihre Handtasche, trat auf die Veranda und blieb für einen Moment mit aufgestützten Händen an der Brüstung stehen.

Die Aussicht auf den See und den ihn umgebenden Kraterrand war fantastisch. Keine Jetskis, Motorboote oder andere lärmende Wassersportgeräte störten den Frieden; außer einer der buntbemalten Fähren und ein paar kleinen Fischerbooten war die Wasseroberfläche leer. Weit im Norden erhoben sich zwei Vulkankegel über den Kraterrand und erinnerten Alexandra daran, dass sie auf verdammt wackeligem Boden stand: Sie hatte an dem Tag vor ihrer Abreise aus Malaysia ausgiebig im Internet recherchiert. Sumatra gehörte zum Pazifischen Feuerring, einer aus Hunderten von Vulkanen zusammengesetzten Kette, die fast den gesamten Pazifik einrahmte. In Indonesien reihte sich ein Vulkan an den anderen, von Sumatra über Java und Bali bis zu einer obskuren Insel namens Alor irgendwo weit im Osten, und viele der Vulkane waren aktiv.

Irgendwann in ferner Zukunft würde es auch hier wieder krachen. Aber dann war wahrscheinlich schon die gesamte Menschheit Geschichte. Schade um die schöne Landschaft, dachte Alexandra, aber ich habe gerade andere, dringendere Sorgen als den Weltuntergang: meinen untreuen Ehemann.

Alexandra hatte das teuerste und am höchsten gelegene Zimmer der ganzen Anlage und konnte von ihrer Veranda aus die meisten der anderen Terrassen einsehen. Leider befand Martin sich nicht unter den wenigen Gästen, was angesichts der Hoteldichte in Tuk Tuk allerdings kein Wunder war. Dafür entdeckte sie vor einem der Zimmer schräg unterhalb ihrer Veranda zwei über die Brüstung ragende Beine. Birgits Beine, unschwer zu erkennen an den ausgetretenen Sandalen. Alexandra schloss ihr Zimmer ab und stieg die Treppen zu Birgit hinunter, um endlich mit der Suche zu starten.

Martin residierte weder in ihrem Hotel noch in einem der zwei Dutzend anderen, die Birgit und Alexandra an ihrem ersten Tag in Tuk Tuk abklapperten. Die Angestellten waren ausgesprochen hilfreich, aber auch nach eingehendem Studium von Martins Passbild schüttelten sie den Kopf. Niemand hatte Martin gesehen, weder allein noch in Begleitung einer großen Indonesierin mit Sommersprossen. Birgit beobachtete besorgt, wie sich Alexandras gespannte Erwartung mehr und mehr in Enttäuschung verwandelte, bis sich schließlich am Abend eine verzweifelte Ratlosigkeit auf ihrem Gesicht breitgemacht hatte. Als die beiden nach einem weiteren fruchtlosen Versuch wieder auf die Straße traten, fasste Birgit Alexandra beim Ellbogen und dirigierte sie in ein hellerleuchtetes Restaurant auf der anderen Straßenseite.
»Für heute reicht es«, sagte sie und drückte Alexandra sanft auf einen Stuhl. »Lass den Kopf nicht hängen! Früher oder später läuft er uns über den Weg.«
»Womit habe ich diesen Scheißkerl eigentlich verdient?«, murmelte Alexandra.
Birgit sagte darauf nichts. Seit sie zufällig den zerknitterten Brief aus Alexandras Handtasche gelesen hatte, war ihre Sympathie für Martin merklich abgeflaut. Sie griff nach der Menükarte und überflog sie. Jemand hatte sich die Mühe gemacht

und die angebotenen Gerichte ins Englische und Niederländische übersetzt, mit teilweise abenteuerlichen Ergebnissen. Irgendwo in Tuk Tuk musste es auch jemanden mit künstlerischen Ambitionen geben, denn die Karte war liebevoll mit naiven Bildern von lachenden Kühen und Schweinen, Obsttellern und dampfenden Kaffeetassen verziert. Birgit entschied sich für »*Currry wit chickens and very very hot*« und reichte Alexandra die Karte.

Diese bemerkte es überhaupt nicht. Sie starrte Löcher in die Luft, irgendwo hinter Birgits linker Schulter. Birgit verspürte plötzlich tiefes Mitleid für sie, so traurig und verloren sah sie aus. Seit ihrem Gespräch in Batu Ferringhi hatte Alexandra es vermieden, über Martin zu sprechen, aber Birgit konnte sich vorstellen, dass der Mann ihre Gedanken beherrschte.

Birgit wedelte mit der Karte vor Alexandras Gesicht herum, und langsam kam wieder Leben in die Augen der Hamburgerin. Sie nahm die Karte und vertiefte sich in das Angebot.

»Meinen die, was sie hier schreiben: ›*Many vegetable with cow on rice*‹?«, fragte sie nach einer Weile.

»So ungefähr auf jeden Fall.«

»Gut, dann nehme ich es. Es wird schon keine ganze Kuh im Reisrand kommen.«

Birgit musste lachen. Alexandra konnte also auch witzig sein. »Ist es in Ordnung für dich, hier zu essen?«, fragte sie.

Alexandra ließ ihren Blick über die einfache Einrichtung des Restaurants gleiten, runzelte die Stirn, als sie die Zahnbürsten der Besitzer auf dem Rand des für alle zugänglichen Waschbeckens entdeckte, und schüttelte kurz den Kopf angesichts der nur mit einer Gasflamme ausgestatteten offenen Küche. Als sie ihre Inspektion beendet hatte, lächelte sie Birgit ein wenig schief an. »Haben wir denn eine Wahl?«, fragte sie.

»Eigentlich nicht. Dies hier dürfte der Standard sein.«
»Dann können wir auch gleich hierbleiben. Die da«, sie wies auf ein paar Hühner, die zwischen den Tischen nach Nahrung pickten, »scheinen es ja auch ganz lecker zu finden.«

Nach dem Essen, das tatsächlich sehr gut geschmeckt hatte, beugte Birgit sich vor und hob ein graugetigertes Kätzchen auf ihren Schoß. »Was machen wir jetzt?«, fragte sie und begann das Kätzchen unterm Kinn zu kraulen.
»Ist die Katze nicht völlig verfloht?«, fragte Alexandra skeptisch.
»Mit Sicherheit«, antwortete Birgit leichthin.
Alexandra schwieg einen Moment, dann griff sie ebenfalls unter den Tisch und beförderte das Geschwisterchen von Birgits Katze auf ihre Knie. »Es ist ja auch egal«, sagte sie. »Katzenflöhe meiden Menschen.«
»Du magst Katzen?«
»Zu Hause warten zwei Kater auf mich. Der eine kommt aus dem Tierheim, den anderen haben Martin und ich aus Spanien mitgebracht. Er war fast verhungert.«
Birgit war ehrlich überrascht. Nicht nur darüber, dass Alexandra überhaupt Katzen besaß, sondern auch darüber, dass es keine Rassekatzen waren. Sie konnte sich Alexandra wesentlich besser mit einer kapriziösen Siamkatze als einem robusten Straßenkater vorstellen.
Birgit kam zu ihrer anfänglichen Frage zurück. »Was wollen wir denn nun tatsächlich mit dem angebrochenen Abend anfangen? Eigentlich habe ich wenig Lust zum Weitersuchen, außerdem scheint es auf Tuk Tuk mit der Straßenbeleuchtung nicht weit her zu sein. Wir würden garantiert die Hälfte der Hotels übersehen.«
»Das stimmt, aber wenn ich jetzt untätig in meinem Zimmer herumsitzen muss, werde ich wahnsinnig.«

»Das habe ich mir gedacht. Was hältst du davon, noch ein Bier trinken zu gehen?«

»Gerne, aber wo?«

»Ganz in der Nähe des ›Samosir Cottage‹ ist mir eine Bar aufgefallen, die einladend aussieht. Vielleicht ist Martin sogar dort; Ich glaube, es gibt in Tuk Tuk nicht allzu viele Gelegenheiten zum Ausgehen.«

Alexandra beugte sich abrupt vor. Das Kätzchen sprang vor Schreck auf den Boden und flüchtete in die Küche. »Du meinst, Martin ist dort?«

»Vielleicht, vielleicht auch nicht.«

»Lass uns hingehen. Auf dem Weg können wir noch die Restaurants abklappern.«

10 | Mittwoch, 29. November 2006, Nacht

Die Bar bestand aus einem spärlich beleuchteten Raum mit Getränketresen, Tanzfläche und Diskokugel. Zwei einheimische Mädchen und eine Touristin tanzten ausgelassen zu dem neuesten östlichen Technopop, ansonsten war der Raum verwaist. Nach einem kurzen Rundblick gingen Birgit und Alexandra wieder hinaus und ließen sich auf der Terrasse in bequemen Korbsesseln nieder. Auch hier waren nur wenige Plätze besetzt. Um den Billardtisch hatten sich ein paar Holländer und Indonesier versammelt und spielten die nächste Runde Bier aus. Die Holländer verloren, trugen es aber mit Fassung. Die Indonesier hätten sich das Bier sowieso nicht leisten können.
Alexandra zog sich die Schuhe aus und untersuchte ihre Füße.
»Meine kleinen Zehen haben sich in Brei verwandelt«, stöhnte sie.
»Selbst schuld. Ich habe mich schon den ganzen Tag gefragt, wann du aufgibst. Samosir ist definitiv kein Stöckelschuhland.«
»Jaja. Du hättest wahrscheinlich Wanderstiefel zum Kleid kombiniert.«
»Ich hätte gar nicht erst so ein Kleid angezogen.«
Bevor Alexandra etwas erwidern konnte, trat eine der Tänzerinnen an ihren Tisch. Das etwa zwanzigjährige Mädchen war noch völlig außer Atem und lächelte sie breit an. »*Horas!* Was kann ich euch bringen?« Ihr Englisch war sehr gut.
»Zwei Bier, bitte.«

»Eins. Ich nehme eine Cola«, sagte Alexandra. Sie sollte besser keinen Alkohol trinken; sie hatte schon ein schlechtes Gewissen wegen der Gin Tonics kürzlich im Hotel.

»Sofort.« Das junge Mädchen drehte sich schwungvoll um und verschwand in dem schummrigen Raum. Drei Minuten später brachte sie die Getränke und setzte sich unaufgefordert zu den beiden. »Ich heiße Marintan. Willkommen in Tuk Tuk!«, sagte sie. »Und wie heißt ihr? Woher kommt ihr? Wie lange bleibt ihr? Wie gefällt euch Tuk Tuk?«

»Ich bin Birgit«, sagte Birgit. »Und dies ist Alexandra. Wir kommen aus Deutschland.« Marintan war entwaffnend in ihrer naiven Herzlichkeit, und Birgit konnte ihr die Neugierde nicht übelnehmen. »Tuk Tuk ist toll«, fügte sie hinzu, um dem jungen Mädchen eine Freude zu machen. Es funktionierte. Marintans Lächeln wurde womöglich noch breiter, und Birgit hatte reichlich Gelegenheit, ihre perfekten weißen Zähne zu bewundern, die zwischen vollen, pinkfarben geschminkten Lippen hervorstrahlten. Sie hätte den Lippenstift lieber weglassen sollen, dachte Birgit. Die Farbe passte einfach nicht zu ihrer hellbraunen Haut. Wahrscheinlich hatte sie den Lippenstift von einer Europäerin geschenkt bekommen.

Inzwischen hatte Alexandra Martins Passfoto aus ihrem Portemonnaie gezogen und reichte es Marintan. »Arbeitest du jeden Abend hier?«, fragte sie.

»Fast jeden«, antwortete das Mädchen.

»Gut. Ist dir an einem der letzten Abende dieser Mann aufgefallen? Er war höchstwahrscheinlich in Begleitung einer großen Indonesierin mit Sommersprossen.«

»Was sind Sommersprossen?« Marintans Englisch war gut, aber so weit reichte ihr Vokabelschatz dann doch nicht.

»Punkte im Gesicht. So wie sie der blonde Mann dort am Billardtisch hat.«

»Ach so. Ja, die waren hier. Gestern, nein, vorgestern.«
Alexandra riss die Augen auf. Sie wollte etwas sagen, aber die Worte blieben ihr im Hals stecken. Entgegen aller Wahrscheinlichkeit hatte sie bis zum Schluss ein winziges Fünkchen Hoffnung genährt, dass Martin allein nach Tuk Tuk gereist war. Nun, warum sollte er? Frauenherzen flogen ihm zu, er brauchte bloß zuzugreifen. Und tat es auch, dachte sie bitter. Birgit hatte es ebenfalls die Sprache verschlagen. Marintan sah irritiert zwischen Alexandra und Birgit hin und her.
»Bist du ganz sicher?«, fragte Alexandra schließlich mit belegter Stimme.
Marintan hielt zur Sicherheit Martins Bild direkt unter die Lampe und studierte es eingehend. Dann nickte sie. »Er ist es. Ich erinnere mich, weil er so lustig war und toll getanzt hat. Ich fand ihn sehr nett, viel netter als die seltsame Frau.«
»Wieso seltsam?«, fragte Birgit. »Sie ist doch Indonesierin?«
»Doch, doch. Zumindest hat sie das gesagt, und sie sprach auch *Bahasa*. Aber irgendetwas war anders an ihr. Nicht nur, weil sie diese Punkte hatte und so groß war. Sie wirkte furchtbar ernst. Tarride meinte, sie sei eine Prostituierte aus Bali, aber das glaube ich nicht. Was wollt ihr eigentlich von dem Mann? Ist er ...?« Sie unterbrach sich erschrocken, als sie Alexandras verletzten Gesichtsausdruck bemerkte. »Oh, oh. Ich sollte nicht so viel plaudern«, sagte sie dann und wollte sich erheben, aber Birgit hielt sie zurück.
»Wir sind froh, dass du es getan hast. Weißt du eventuell auch, in welchem Hotel der Mann wohnt?«
»Nein, es tut mir leid. Aber wenn ihr möchtet, kann ich herumfragen. Später am Abend kommen viele Gäste, auch Leute von der Insel. Vielleicht wissen die etwas.«
»Das wäre sehr nett von dir«, sagte Birgit und wies auf das Bild von Martin. »Du kannst den Leuten das Foto zeigen.«

»Okay. Jetzt muss ich aber wirklich wieder arbeiten.« Bevor Marintan den Tisch verließ, wandte sie sich noch einmal an die wie erstarrt dasitzende Alexandra: »Du bist wunderschön«, sagte sie tröstend. »Viel, viel schöner als die andere Frau.«

»Danke«, murmelte Alexandra und griff nach ihrer Cola. Nachdem sie einen tiefen Zug genommen hatte, knallte sie das Glas hart auf die Tischplatte. Die Männer am Billardtisch drehten sich neugierig zu den beiden Frauen um.

»Tja, nun habe ich die Bestätigung«, sagte sie bitter. »Er hat mich tatsächlich wegen dieser Urlaubsliebelei verlassen.«

* * *

Die Dunkelheit, schwarz, kompakt und ungeheuer still, hielt Pulau Melate fest im Griff. Schon den ganzen Tag über waren die Bewohner der kleinen Insel schweigsam ihren Geschäften nachgegangen und hatten den um ihr Dorf liegenden magischen Bannkreis nur für unaufschiebbare Arbeiten verlassen. Die schrecklichen Ereignisse des vorigen Tages saßen ihnen in den Knochen, und während sie am Morgen noch flüsternd um das Klanhaus der Sonnenaufgangsseite gestanden hatten, in dem Juliana um Rak'abis Leben rang, waren im Laufe des Tages selbst diese zaghaften Gespräche nach und nach erstorben. Schon kurz nach Sonnenuntergang hatten sich Männer und Frauen, Alte und Kinder in wortlosem Einverständnis in ihre Häuser und Hütten zurückgezogen und den *Nitus* die dunklen Gassen überlassen: In einer Nacht wie dieser trieben sich die Geister im Dorf herum, kein noch so starker Zauber konnte sie davon abhalten, die Nähe des Sterbenden zu suchen. Niemand schlief, und so hörten alle, wie ein Kind erschrocken aufschrie; ebenso wie seine Eltern hatte es ein Rascheln und Keuchen vernommen. Sofort zog die Mutter es auf den Schoß, bis es sich beruhigte. Der Waldgeist auf der anderen Seite der aus hartem Gras geflochtenen Hüttenwand zog weiter, ohne sich der Seele des Kindes zu bemächtigen.

»Du kommst spät.« Der Vorwurf in Kebales Stimme hielt sich in Grenzen. Der *Molang* war sich bewusst, dass sämtliche Stammesmitglieder mit angehaltenem Atem auf die Geräusche außerhalb ihrer Behausung lauschten. Ihm war es nicht leichtgefallen, sich unbemerkt aus dem Dorf zu schleichen.
»Das Mädchen von Nikele hätte mich beinahe verraten. Die Rotzgöre hat Ohren wie ein Hund.« Der Neuankömmling nickte Kebale und zwei kräftigen jungen Männern kurz zu und ließ sich dann mit untergeschlagenen Beinen im letzten freien Viertel des Kreises nieder, den die Männer um ein niedriges Feuer gebildet hatten. Der große, hagere Mann hob seine gewebte Umhängetasche über den Kopf und sah sich nach einer Ablagemöglichkeit um. Der Boden war übersät mit grob geschnitzten Holztieren, Plastikflaschen, Zwillen, Stofffetzen und seltsamen Konstruktionen aus Bananenblättern und Stöckchen: Sie waren in der geheimen Höhle der Kinder. Natürlich war die Höhle nicht so geheim, wie die Kinder glaubten. Auch ihre Eltern und Großeltern hatten schon hier gespielt.
Der Hagere fegte ein paar Spielsachen beiseite, um Platz für seine Tasche zu schaffen, als sein Blick auf einen seltsamen Gegenstand fiel. »Was ist das?«, fragte er und griff nach dem etwa handtellergroßen, metallisch schimmernden Ding. Ungeübte Hände hatten aus bunt bedrucktem Blech einen Kasten geformt und in unregelmäßigen Abständen Löcher hineingeschnitten. An den Längsseiten des Kastens waren jeweils zwei Holzscheiben befestigt, die sich um Achsen aus kleinen Zweigen drehten.

»Es ist ein Auto. Die Kinder bauen neuerdings Autos aus angeschwemmten Getränkedosen und dem, was sie sonst noch am Strand finden«, sagte einer der beiden jungen Männer.
Der Hagere hielt das Auto kopfschüttelnd neben das Feuer, um es genauer betrachten zu können. »Ein Auto aus Colabüchsenblech«, murmelte er. »Mit vier Rädern und einem Lenkrad und sogar einem Fahrer aus Holz. Woher wissen die Kinder, wie ein Auto aussieht?« Er hob den Kopf und sah auffordernd von einem zum anderen. Im Schein des Feuers waren seine Züge jetzt deutlich zu erkennen. Kebale erschrak wie so oft, wenn er seinem vier Jahre älteren Cousin gegenüberstand. Sakké sah Kebale zum Verwechseln ähnlich; beginnend mit der hohen, von Längsfalten gekerbten Stirn über die leicht schräg stehenden Augen und die etwas zu breite Nase bis hin zu den vollen Lippen war der eine ein Abklatsch des anderen. Kebale erkannte in dem herablassenden Lächeln und dem harten Ausdruck in den schwarzen Augen des Cousins seine eigene Mimik, und dafür liebte er ihn. Im Unterschied zu Kebale war Sakké allerdings von stattlicher Größe. Er überragte den kleinen Priester um mehr als einen Kopf, und dafür hasste Kebale seinen Cousin. Aber das wusste Sakké nicht. Er war Kebales treuester Anhänger.
»Wahrscheinlich haben sie Bilder gesehen. Juliana hat viele Zeitschriften und Bücher und solchen Kram. Die Kinder gehen bei ihr ein und aus«, sagte Kebale mürrisch. »Wirf endlich das jämmerliche Auto fort!« Er nickte dem jungen Mann auf der anderen Seite des Feuers zu. »Hast du alles vorbereitet, wie ich es dir aufgetragen habe, Masakké?«
Der Mann räusperte sich. »Ja, Onkel«, sagte er und strich sich eine Strähne seiner schulterlangen Haare nervös aus dem Gesicht. »Ich habe das Boot und den Außenbordmotor überprüft. Es ist alles in Ordnung, und ich habe auch genug Benzin auf-

treiben können. Das meiste stammt ohnehin von Vater«, sagte er und wies mit dem Kinn auf Sakké.
»Wohin fahren wir eigentlich?«, meldete sich nun der dritte Mann zu Wort. Er mochte wie Masakké etwa Anfang zwanzig sein und hatte ebenso wie dieser einen sehnigen, durchtrainierten Körper und schwielige Fischerhände, aber ihm fehlte die Intelligenz seines Freundes. Keke war ein simpler, freundlicher Mann, bereit, für Masakké durchs Feuer zu gehen, während Sakké und Kebale ihm Angst machten. Er hätte niemals gedacht, dass der mächtige *Molang* ihn überhaupt wahrnahm, geschweige denn ihn auf eine wichtige und streng geheime Mission entsandte. Wahrscheinlich liegt es nur an meiner Freundschaft mit dem Neffen des Vulkanpriesters, dachte Keke resigniert. Er fühlte die Blicke der drei anderen missbilligend auf sich ruhen und bereute schon, die Frage gestellt zu haben. Beschwichtigend hob er die Hände, aber zu seiner Überraschung antwortete Kebale.
»Nach Westen«, sagte er kurz angebunden. »Ich hoffe, dass Masakké die Nachricht richtig gelesen hat und ihr die Frau wirklich dort antrefft.«
Masakké fuhr auf. »Ich kann sehr gut lesen, Onkel«, sagte er giftig.
Kebale winkte ab. »Schon gut, schon gut«, sagte er. »Wenn ich davon nicht überzeugt wäre, hätte ich dich sicher nicht in Julianas Haus geschickt, um diesen Brief zu finden.«
»Ich habe ihn nicht nur gelesen, sondern auswendig gelernt. Die Verstoßene hat sogar das Hotel erwähnt. Sie will versuchen, den Touristen ...«
Kebale schnitt ihm das Wort ab. »Du plauderst zu viel. Gewöhne es dir schnell ab, damit nicht jeder während eurer Reise gleich erfährt, was ihr vorhabt. Verstanden?« Er machte ein Zeichen. »Jetzt verschwindet! Leise. Sehr leise.«

Nachdem die drei Männer hinaus in die Nacht geschlüpft waren, saß Kebale noch lange an dem herunterbrennenden Feuer und begleitete sie in Gedanken hinunter zum Strand und hinaus aufs Meer. Mit der rechten Hand schob er das Spielzeugauto hin und her, bis er es schließlich wütend in seiner Faust zerdrückte. Die scharfen Blechkanten schnitten in seinen Handballen, was ihn noch wütender machte. Mit aller Macht schleuderte er das zerstörte Spielzeug gegen die Höhlenwand. Es prallte von den Felsen ab und landete wieder vor ihm. Kebale warf einen angeekelten Blick auf das einem zertretenen Käfer ähnelnde Autowrack und verließ die Höhle. Die Außenwelt stürmte unaufhaltsam gegen seine Insel an, jawohl, *seine* Insel. Er wusste kaum noch, wie er sich dieser Flut entgegenstemmen sollte.

* * *

Gegen elf gähnte Birgit so lautstark, dass Alexandra ihr zuredete, schon vorzugehen. Birgit wollte Alexandra erst nicht allein lassen, aber nachdem ihre Augenlider immer schwerer wurden, machte sie sich doch auf den Weg. Alexandra lehnte sich in ihrem Sessel zurück und beobachtete die Gäste.
Im Laufe der letzten zwei Stunden hatte sich die Bar gefüllt. Mindestens die Hälfte der Besucher waren Einheimische; die meisten von ihnen Männer zwischen zwanzig und dreißig. Es überraschte Alexandra, dass etwa ein halbes Dutzend der Männer von europäischen Freundinnen begleitet wurden, obwohl die Mädchen sie im Allgemeinen um einen halben Kopf überragten. Sie fragte sich gerade, ob sie dem Reiz eines dieser Beach Boys ohne Beach erliegen könnte, als sich ein mit einer Baseballkappe herausgeputztes Exemplar neben sie setzte und zu flirten begann. Alexandra hörte sich seinen Small Talk eine Weile an, bevor sie ihn höflich abblitzen ließ. Er zeigte sich

nicht einmal beleidigt, sondern bedankte sich für das nette Gespräch und steuerte zielstrebig auf eine stramme, dunkelhaarige Europäerin zu, um bei ihr sein Glück zu versuchen.
»Darf ich mich zu Ihnen setzen?«
Alexandra sah auf. Der vor ihr stehende Mann war ihr schon vorher aufgefallen. Der Indonesier sah auf eine wilde Art gut aus: fast so groß wie sie und sehr muskulös, aber das Auffälligste an ihm waren seine gewellten schwarzen Haare, länger noch als ihre eigenen. Sie schätzte ihn auf Anfang dreißig. Vorhin hatte der Mann, der gut Englisch sprach, immer wieder interessiert zu ihr herübergesehen, sich aber nicht entschließen können, sie anzusprechen.
Alexandra wies gelangweilt auf den freien Platz neben ihr. »Wenn es sein muss.«
Er ließ sich geschmeidig in den Sessel gleiten. »Vielen Dank«, sagte er. »Darf ich mich vorstellen? Mein Name ist Lasdin.«
»Wie interessant«, nuschelte sie abweisend.
Der Mann ließ nicht locker. »Ich möchte mich für die Störung entschuldigen. Aber Sie werden mir sicher verzeihen.« Er legte Martins Foto vor Alexandra auf den Tisch. »Ich weiß, wo er ist. Das Hotel liegt ein bisschen außerhalb von Tuk Tuk. Wenn Sie wollen, bringe ich Sie dorthin.«
Alexandra wurde schwindelig. Martin war also tatsächlich in greifbarer Nähe. »Können wir uns zeitig morgen früh treffen?«, fragte sie mit belegter Stimme.
»Morgen arbeite ich. Warum fahren wir nicht gleich?«
»Jetzt?«
»Es ist erst kurz nach Mitternacht.«
Alexandra stand abrupt auf. »Warum nicht«, murmelte sie. »Die späten Gäste sind bekanntlich die besten. Kommen Sie!«, fügte sie zu Lasdin gewandt hinzu. »Bereiten wir dem Schweinehund eine Überraschung, die er nicht vergessen wird.«

Alexandra saß zum ersten Mal in ihrem Leben auf dem Sozius eines Mofas, und sie genoss es: Die Euphorie, Martin endlich zu stellen, wischte ihre Vorbehalte gegenüber Zweirädern aller Art einfach weg. Als sie nach wenigen hundert Metern Tuk Tuk verließen und Lasdin sein Mofa beschleunigte, stieß sie ein triumphierendes Lachen aus. Gefährlich?, dachte sie. Pah, das ganze Leben ist gefährlich. Der Fahrtwind zerrte an ihren Haaren, und sie fühlte sich stark und frei. Frei, zu tun und zu lassen, was sie wollte. In seiner Arroganz hatte Martin den Fehler gemacht, ihr mitzuteilen, wohin er mit seiner Schlampe fuhr. Er hatte ihr nicht zugetraut, dass sie ihm ins wilde Indonesien folgte. Er hatte sie gehörig unterschätzt, und das würde sie ihm genüsslich unter die Nase reiben.

Es war eine helle Nacht; immer wieder tauchte der voller werdende Mond zwischen schnell ziehenden Wolken auf und überflutete die Insel mit geisterhaftem Licht. Dunkle Häuser flogen an ihnen vorbei, nur auf einer einsamen Veranda saßen noch ein paar ältere Männer im Licht einer Glühbirne und blickten dem vorbeirauschenden Mofa mit mäßigem Interesse hinterher. Alexandra bemerkte eine Kirche und einzelne Gebäude, bis sie schließlich die letzten menschlichen Behausungen hinter sich ließen und in einen dunklen Tunnel aus Bäumen und Sträuchern fuhren. Alexandras Hochgefühl erlitt einen merklichen Dämpfer. Wo sollte hier ein Hotel zu finden sein? Sie wurde unruhig und wollte Lasdin gerade zur Rede stellen, als sie um eine Kurve fuhren und sich vor ihnen erneut eine Bucht öffnete. Vereinzelte Lichter funkelten zu ihnen herüber.

»Das ist das Dorf Ambarita«, rief Lasdin über den Lärm des Motors hinweg. »Wir sind gleich da.«

Kurz darauf stoppte er vor einem kleinen Torbogen ohne Tür. Alexandra stieg ab und sah sich misstrauisch um. Lasdin nahm ihre Hand und führte sie durch das Tor auf einen unbeleuchteten Platz. Zu ihrer Linken stand eine Reihe von acht oder neun Häusern, die düster über den Platz wachten. Ihre bootsähnlichen Dächer sahen genauso aus wie die Dächer der Touristenbungalows, aber diese Häuser hier waren alt, sehr alt.

»Das ist doch nicht das Hotel«, sagte Alexandra verunsichert.

Sie wollte sich gerade umdrehen, als Lasdin sie von hinten umarmte. »Natürlich nicht. Ich dachte, ich zeige dir erst mal einen unserer alten Kultplätze«, murmelte er und versuchte, sie aufs Ohr zu küssen. »Hier ist es nachts nämlich viel romantischer als tagsüber. Und gruseliger auch. Wusstest du, dass meine Vorfahren Kannibalen waren?«

Alexandra lief ein Schauer über den Rücken, aber nicht wegen seines Hinweises auf die Kannibalen. Natürlich schwebte sie nicht in der Gefahr, gegessen zu werden, aber vielleicht würde Lasdin versuchen, sie zu vergewaltigen. Um sich zu beruhigen, atmete sie mehrere Male kontrolliert ein und aus und ergriff dann mit einer blitzschnellen Bewegung seinen Arm, wirbelte herum und rammte ihr Knie präzise zwischen seine Beine. Er ging zu Boden.

»Fünf Jahre Selbstverteidigungstraining für Frauen«, zischte sie und gab ihm noch einen Tritt. »Damit hast du nicht gerechnet, du Arsch.«

Lasdin quälte sich mühsam wieder auf die Beine. Sein hübsches Gesicht hatte sich in eine schmerzverzerrte Grimasse verwandelt. Wütend und immer wieder von Hustenanfällen unterbrochen schrie er ihr irgendetwas in seiner Sprache entgegen. Alexandra konnte sich denken, was es war. Sie drohte ihm mit der Faust und machte einen Schritt auf ihn zu. Er wich zurück.

»Ich hoffe, du hast deine Lektion gelernt«, sagte sie. »Und jetzt verschwinde!«

Röchelnd und schimpfend humpelte Lasdin zurück zum Tor. Wenige Sekunden später raste er mit einem Karacho davon, das man seinem Vehikel nicht zugetraut hätte.

Alexandra lauschte, bis sich das Knattern in der Ferne verlor. Den war sie los. Leider hatte sie vergessen, ihn nach dem Namen von Martins Hotel zu fragen. Sie seufzte resigniert. Wahrscheinlich wusste er ihn ohnehin nicht.

Ein paar Schritte entfernt stand ein von einer Steinmauer umfasster Baum. Alexandra setzte sich auf die Mauer. Bevor sie etwas unternahm, musste sie erst mal Ordnung in ihre Gedanken bringen. Langsam wurde ihr die Tragweite ihres unverantwortlichen Ausflugs bewusst. Sie begann unkontrolliert zu zittern. Wie hatte sie nur auf diesen miesen Typen hereinfallen können? Sie hätte gleich alarmiert sein müssen, als er zum sofortigen Aufbruch drängte. Alexandra strich sich müde die Haare hinter die Ohren. Sie war einfach zu dämlich gewesen.

Und was jetzt? Nach Lasdins unrühmlichem Abgang war wieder Stille eingekehrt, eine Stille, die Alexandra bis ins Mark kroch. Die Erkenntnis traf sie wie ein Schlag: Das Mofa war weg, und die Inselbewohner schliefen. Sie saß fest.

Zögernd erhob sie sich und sah sich um. Wo war sie eigentlich? Der Baum stand in der Mitte des kleinen Platzes und beschirmte ein unheimliches, auf einer erhöhten Plattform stehendes Ensemble von grob gehauenen Steinstühlen und einem Tisch. Das durch die Blätter des Baumes fallende Mondlicht streute hin und her wandernde Punkte auf die Steine.

Alexandra berührte die Lehne des ihr am nächsten stehenden Stuhls, zog die Hand aber sofort wieder weg. Plötzlich wusste sie mit absoluter Gewissheit, dass auf diesem Platz vor lang vergangener Zeit fürchterliche Dinge passiert waren. Sie trat schnell einen Schritt zurück, stieß gegen den Stuhl hinter ihr und stolperte. Als sie sich wieder aufrappelte, fand sie sich Auge in Auge mit einem grässlich verunstalteten Gesicht wieder. Sie brauchte drei entsetzlich lange Herzschläge, um zu begreifen, dass das Gesicht zu einer von Moos und Flechten überwucherten Stein-

figur gehörte. Aus den Augenwinkeln nahm sie eine Bewegung wahr und fuhr herum. Ihr Herz klopfte bis zum Hals. Sie war darauf gefasst, den Geist eines jener Unglücklichen zu sehen, die hier umgekommen waren, aber es schlich nur eine magere Katze über den mondbeschienenen Platz.
Alexandra sprang auf. Wenn sie nicht verrückt werden wollte, musste sie diesen unseligen Ort sofort verlassen. Sie kletterte von der Terrasse und hatte erst ein paar Schritte gemacht, als sie das Mofa hörte. Sie blieb wie angewurzelt stehen. Es kam näher, direkt auf das Tor zu: Lasdin! Er kehrte zurück, weil sein männliches Ego die schmähliche Niederlage nicht hinnehmen konnte.
Panik stieg in ihr auf. Sie hatte Lasdin nur überrumpeln können, weil das Überraschungsmoment auf ihrer Seite gewesen war. Wenn der kräftige Mann ihr Gewalt antun wollte, konnte sie ihm nichts entgegensetzen. Sie sah sich hektisch nach einem Versteck um. Der Baum? Nein, sie konnte nicht hochklettern. Die Häuser? Sie hatten keine Fenster, und die Türen waren verrammelt. Jetzt hörte sie Lasdins Schritte durch das Tor kommen. Wohin, wohin nur? Sie rannte auf die Häuser zu, schrak vor einer Götzenmaske zurück, wandte sich zur anderen Seite, und auch hier grinste eine Fratze mit hervorquellenden Augen aus der Dunkelheit. Beinahe hätte sie laut geschrien.
»Alexandra?« Es war tatsächlich Lasdin. Gleich würde er durch das Tor treten.
In letzter Sekunde schlüpfte sie in den schmalen dunklen Gang zwischen zwei Häusern, ließ sich fallen und zwängte sich zwischen den dicht stehenden Stelzen hindurch, auf denen die Gebäude errichtet waren. Gut, dass sie sich immer streng an ihren Diätplan hielt.
»Alexandra? Komm her!«
Alexandra presste sich flach auf den Boden und spähte zwischen den Stelzen hindurch. Lasdin stand in der Mitte des klei-

nen Platzes und drehte sich langsam um seine eigene Achse. Immer wieder bückte er sich, um auch unter die Häuser zu spähen, aber offensichtlich war es zu dunkel. Alexandra zog sich vorsichtig noch weiter zurück, bis sie mit dem Fuß an einen festen Gegenstand stieß. Sie wandte den Kopf und sah allerlei Gerümpel. Mit äußerster Vorsicht schob sie sich in die tiefe Dunkelheit zwischen mehreren Holzplanken und einer großen Plastikwanne. Einen besseren Schutz würde sie nicht finden.

Lasdin hatte sich in Bewegung gesetzt und lief jetzt zwischen den Häusern herum. Seine Stimme entfernte sich, dann kam sie wieder näher. Er redete ohne Unterlass. Schließlich blieb er ausgerechnet vor dem Haus stehen, unter dem Alexandra sich versteckt hielt. Sie konnte hören, wie er in seinen Taschen kramte, dann schnappte ein Feuerzeug auf. Zigarettenrauch kroch ihr in die Nase.

Er musste inzwischen Kreide gefressen haben. »Es tut mir leid«, hörte sie ihn mit schmeichelnder Stimme sagen. »Ich dachte, es gefällt dir hier. Und jetzt bin ich gekommen, um dir zu helfen. Wie willst du ohne mich nach Tuk Tuk kommen?«

Irgendwie, dachte Alexandra im Stillen, aber ganz sicher nicht mit dir.

In diesem Moment streifte etwas Warmes, Weiches sie am Ellbogen. Sie riss entsetzt den Arm zurück und stieß gegen die Plastikwanne. Ein dumpfes Geräusch erklang und dröhnte in Alexandras Ohren wie ein Gongschlag. Das weiche Wesen kam wieder und schnurrte. Eine Katze!

Lasdin hatte das Geräusch gehört. Er unterbrach seinen Redefluss und war absolut still. Alexandra starrte mit pochendem Herzen auf seine sich deutlich gegen das Mondlicht abhebenden Beine. Die Katze drückte sich an sie, offensichtlich erfreut darüber, in der langen Nacht endlich Gesellschaft gefunden zu haben.

»Alexandra?«, fragte Lasdin jetzt mit scharfer Stimme. »Ich habe dich doch gehört.« Er ging in die Knie. Alexandra sah ohnmächtig zu, wie sich erst sein Bauch, dann seine Brust in ihr Gesichtsfeld schoben. Sie fühlte sich wie das Kaninchen vor der Schlange. Und dann, im Bruchteil einer Sekunde, bevor er sie entdecken würde, hatte sie eine Idee. Sie packte die Katze und stieß sie mit aller Kraft in Lasdins Richtung. Das Tier rannte los und sprang direkt neben ihm zwischen den Stelzen hervor. Er richtete sich erschrocken auf und trat nach der Katze, die fauchte und floh. Dann wandte er sich zu Alexandras grenzenloser Erleichterung ab und ging. Als er das Tor erreichte, drehte er sich noch einmal um.
»Ich wünsche dir eine erlebnisreiche Nacht«, rief er. »Nimm dich vor dem Hundegeist in Acht! Der hat schon viele einsame Wanderer geholt.« Mit einem unangenehmen Lachen verschwand er endgültig von dem uralten Dorfplatz und ließ Alexandra wieder allein.

* * *

Das Dorf hielt noch immer den Atem an, als Kebale zurückkam. Er gab sich keine Mühe, leise zu sein, im Gegenteil. Die Vorstellung erheiterte ihn, wie die Rochenkinder angststarr, zu einem großen Klumpen aus Menschenleibern zusammengeballt, auf die Türen gafften, weil sie ihn für einen *Nitu* auf Seelenfang hielten. Wunderbar. Die noch immer in ihm brodelnde Wut ermöglichte es ihm, seine eigene Angst vor den Geistern zu verdrängen, und so streifte er eine Weile kreuz und quer durch das Dorf, klopfte an Wände und Türen und ächzte und keuchte, wie er es von den *Nitus* selbst gehört hatte. Erst der Anblick von Julianas Klanhaus ließ ihn schlagartig wieder vernünftig werden. Aus den Ritzen zwischen den schweren Bohlen der

Wände sickerte Licht. Juliana und ihre Gäste waren noch wach. Natürlich waren sie noch wach: Sie kümmerten sich um Rak'abi.

War er schon tot? Oder war er womöglich auf dem Weg der Besserung? Bei diesem Gedanken krampfte sich in Kebale alles zusammen. Hatte Rak'abi gesprochen? Ihnen berichtet, was wirklich auf dem Berg geschehen war? Er hätte den alten Priester niemals allein in der Obhut seiner Widersacher lassen dürfen. Er musste etwas tun. Entschlossen erklomm er die Leiter zur Veranda des Sonnenaufgangshauses.

»Was willst du?« Die Frage war aus einer dunklen Ecke der Veranda gekommen. Kebale erkannte die Stimme Niru Wa'es und verfluchte sein Pech. Musste ausgerechnet Niru Wa'e die Nacht auf der Veranda verbringen? Niru Wa'e, dem das Alter ganz sicher nicht den Verstand vernebelt hatte? Wie lange mochte der *Kapala* schon hier sitzen? Hatte Niru Wa'e sein Wüten zwischen den Häusern bemerkt oder sogar gesehen, wie er sich aus dem Dorf schlich? Kebale unterdrückte den Impuls, einfach umzukehren und sich in sein eigenes Klanhaus zu flüchten. Wenn er seinen Willen durchsetzen wollte, musste er sich allen Widrigkeiten stellen.

Er senkte höflich den Kopf. »Ich konnte nicht schlafen, verehrter Niru Wa'e«, sagte er in einem Tonfall, der, wie er hoffte, das nötige Maß an Besorgnis erkennen ließ. »Ich bin sehr verwirrt. Das Schicksal des armen Rak'abi hat mich wach gehalten. Juliana ist eine fantastische Heilerin, aber sie wird nun bald meine Hilfe benötigen. Ich möchte ihr helfen, den krank machenden *Nitu* zu vertreiben.«

»Krank?«, sagte Niru Wa'e abfällig. »Ich vermute eher, der *Nitu* hat mit einem Stein nach ihm geworfen. Mit einem großen Stein.«

Kebale biss sich auf die Zunge. Niru Wa'es Vermutung und sein Misstrauen waren keine Überraschung, zumal der *Kapala* ein enger Freund Rak'abis war. Solange Rak'abi jedoch nicht geredet hatte, konnte ihm selbst niemand etwas nachweisen. Er musste gelassen bleiben, denn jede Form der Verteidigung würden die anderen als Schuldbekenntnis deuten. Er räusperte sich. »Du hast vermutlich recht«, sagte er. »Und es macht mir Angst. Warum hat der *Nitu* ausgerechnet den freundlichen Rak'abi gewählt?«

»Tja, warum wohl?«

Kebale hörte, wie der alte Mann sich mühsam erhob, und dann stand er auch schon vor ihm und legte seine Hand schwer auf seine Schulter. Niru Wa'es Augen blitzten aus seinem faltigen Gesicht. »Ich werde dich beobachten, Kebale. Ich weiß nicht, was du im Schilde führst, aber ich werde verhindern, dass du die Bewohner der Insel ins Unglück führst.« Er gab dem Priester einen Stoß. Kebale stolperte zwei Schritte rückwärts, bis er mit der Hüfte schmerzhaft gegen den Riegel der Eingangstür stieß. »Geh zu Juliana. Tu, was ein richtiger Priester tun muss. Tu, was dein Vater getan hätte. Oder dein verschollener Bruder.« Niru Wa'e drehte sich abrupt um und kletterte die Leiter hinunter. Kebale sah ihm nach, bis er auf der anderen Seite des Platzes zwischen zwei einfachen Häusern verschwand. Einerseits war der *Molang* erleichtert, dass Niru Wa'e seinen heimlichen Ausflug nicht bemerkt hatte, andererseits musste er nun doppelt und dreifach vorsichtig sein. Eigentlich sollte er dem *Kapala* dankbar für die Warnung sein. Mit einem überlegenen Lächeln schlüpfte er durch die Tür in das Innere des Klanhauses der Sonnenaufgangsseite.

Mit auf die Knie gesunkenem Kopf hockte Juliana neben Rak'abis Lager. Sie war völlig erschöpft. Seit die jungen Männer den verletzten Priester am gestrigen Morgen in ihr Haus getragen hatten, war ihr kein ruhiger Moment vergönnt gewesen. Gleich zu Beginn hatte sie seine Kopfwunde mit abgekochtem

Wasser gesäubert und die Blutung mit einem Kräuterwickel gestillt, doch seitdem wusste sie nicht mehr weiter. Rak'abis Atem war erschreckend flach. Sie flößte ihm hartnäckig Wasser und einen Kräutersud ein. Leider half es nichts: Rak'abi war noch immer bewusstlos. Juliana war mit ihrer Kunst am Ende. Am liebsten hätte sie den alten *Molang* ins Krankenhaus gebracht, aber er würde die dreitägige Reise mit Sicherheit nicht überleben. Sie hielt ihn nicht einmal für stark genug, um die Überfahrt zur großen Insel durchzustehen.
Ein Schluchzen schüttelte sie. Sie ballte die Hände zu Fäusten. Sie war mit ihrem Leben auf Pulau Melate zufrieden, doch hin und wieder verzweifelte sie an ihrer Ohnmacht. Schon immer war sie neugierig gewesen, und diese Wissbegierde hatte ihr schließlich vor Augen geführt, dass ihre kleine Insel am Rand der Welt lag, abgeschnitten von allem Fortschritt, abgeschnitten von den Wundern, die es möglich machten, neue Sterne an den Himmel zu hängen und Menschen zu heilen, die in der herkömmlichen Obhut nur auf den sicheren Tod warten konnten. Ich bin nur eine Kräuterfrau, dachte Juliana, eine alte, ungebildete, unnütze Kräuterfrau. Wir alle sollten hier verschwinden und in die großen Städte gehen. Dort liegen der Fortschritt und die Zukunft, dort gibt es Arbeit und Schulen und Universitäten. Sie seufzte. Dies alles gab es, aber warum waren dann Moke und Siprianus, Moses und Lieka, Adam und all die anderen wiedergekommen, die auf Bali und Java gelebt, gelernt und gearbeitet hatten? Juliana wischte sich die Tränen aus den Augenwinkeln. All diese Gedankenspiele waren sinnlos. Außer nach Pantar würde ihr Stamm nirgendwohin gehen. Und selbst dies würde nur geschehen, sollte Ravuú ihre Warnungen in die Tat umsetzen und Pulau Melate zerstören. Die Rochenkinder waren stur. Sie lebten hier, weil sie es wollten, nicht weil sie mussten. Sie liebten ihre Insel, trotz allem.

Juliana tauchte einen Lappen in eine Wasserschale und ließ Tropfen für Tropfen auf Rak'abis Lippen träufeln. Sie durfte den Mann nicht aufgeben. Er musste ihr mitteilen, was er gesehen hatte. Es war lebenswichtig. Für alle.
Die Verbindungstür öffnete sich mit einem leisen Schaben. Als Juliana sah, wer den Kopf durch die Öffnung streckte, schlug ihre Verzweiflung in puren Hass auf den ungebetenen Gast um.
»Was willst du hier?«, zischte sie. »Das Unglück ist dein ständiger Begleiter. Willst du es auch noch in mein Haus schleppen?«

Kebale ließ sich von Julianas offener Feindseligkeit nicht einschüchtern. Bald ging es für die Bewohner der Insel ohnehin nur noch darum, ob sie auf Julianas oder seiner Seite standen. Und für die richtige Entscheidung würde er schon sorgen. Er trat in den Raum. Ein kurzer Blick auf Rak'abi überzeugte ihn, dass der Priester des Brudervulkans dem Tod nahe war. Hervorragend. Er hatte eine neue Idee und würde sie sofort umsetzen.
»Ich werde eine Zeremonie vorbereiten«, sagte er kalt.
»Wozu? Ich habe alle alten Krankenlieder gesungen. Neben seinem Lager steht ein Käfig mit einer grünen Schlange und einer Ratte. Ich habe Kräuter ausgesucht, die *Nitus* vertrieben und seine Wunde verbunden. Die Kranken gehören in mein Haus, du hast mit ihnen nichts zu schaffen. Du bist der Vulkanpriester. Nicht mehr und nicht weniger.«
»Wie recht du hast, meine Liebe. Ich bin der Priester der Göttin. Genau deshalb wird es eine Zeremonie geben.«
»Was meinst du damit?«
»Aus Respekt vor deiner Freundschaft zu Rak'abi wollte ich schweigen, aber nun, da Ravuú immer bedrohlicher wütet, kann ich es nicht länger für mich behalten. Der alte Narr hat sich auf dem Vulkan aufgeführt wie ein Besessener. Er hat getobt und die Göttin beleidigt, wollte ihr sogar das Opfer vorenthalten. Das

Orakel war eindeutig: Wir müssen bleiben, Ravuú verlangt es so. Rak'abi wollte es nicht wahrhaben. Wer weiß«, sagte er nach einer kurzen Pause verschlagen, »vielleicht verfolgte Rak'abi eigene Ziele? Vielleicht passte es ihm nicht, dass deine und meine Stimme ein größeres Gewicht haben als die der *Kapalas* und *Molangs* von Pantar? Vielleicht wollte er uns von der Insel fortlocken und sich selbst zum Hüter des Ahnenschreins aufschwingen?«

Sein Blick wanderte zu einer großen, reich mit Schnitzereien verzierten Holztruhe. In ihr waren die wertvollsten Besitztümer des Stammes verstaut: mehrere goldene Schmuckstücke, zwei Bronzetrommeln, prächtige gewebte Decken und eine uralte Holzfigur in der Form eines Rochens. Der Schutzgeist war auf dem Mast des Bootes befestigt gewesen, mit dem die mythischen Stammesgründer einst übers Meer gekommen waren.

Kebale riss sich von der Truhe los und richtete seine Aufmerksamkeit wieder auf Juliana. Befriedigt registrierte er die Veränderungen in ihrem Gesicht. War sie ihm erst abweisend und hochmütig begegnet, so spiegelten ihre Züge nun Verwirrung und Unglauben wider. Nur langsam dämmerte ihr die Ungeheuerlichkeit seiner Unterstellung. Sie rang um Fassung.

»Raus!«, sagte sie schließlich. »Geh mir aus den Augen und wage es nie mehr, mein Haus zu betreten!«

* * *

Alexandra wusste nicht, wie lange sie unter dem Haus gelegen hatte, gelähmt vor Erschöpfung und Angst. Ihr ganzer Körper war verkrampft, bei jedem Knarren, jedem Ächzen der alten Häuser grub sie ihre Finger in die nach Hühnerdreck stinkende Erde. Mit geschärften Sinnen hörte sie das Rascheln der Mäuse im Gebälk, sah ein vielbeiniges Insekt vorbeihuschen, verfolgte, wie sich das Licht veränderte, wenn hin und wieder eine Wolke

über den Himmel zog. Die Dunkelheit war das Schlimmste; jedes Mal, wenn der Mond verschwand, erwartete sie, dass der von Lasdin beschworene Hundegeist ihr ins Genick sprang.
Es dauerte lange, bis sie sich überwinden konnte, unter dem Haus hervorzukriechen. Sie überlegte kurz, jemanden aus dem bewohnten Teil Ambaritas aus dem Bett zu klopfen, aber was hätte sie den Leuten sagen sollen? Bis sie ihnen alles erklärt hatte, wäre sie zu Fuß wahrscheinlich schon längst wieder in Tuk Tuk angelangt. Nach ihrer Schätzung waren sie nicht länger als zehn, fünfzehn Minuten unterwegs gewesen, also lag Tuk Tuk maximal vier Kilometer entfernt. Wenn sie sie schnell ging und vielleicht sogar joggte, konnte sie es in einer Dreiviertelstunde schaffen. Lediglich ihre Schuhe bereiteten ihr Sorge. Es war überhaupt nicht daran zu denken, die Sandalen noch einmal über ihre malträtierten Füße zu streifen.
Irgendwo fiel etwas mit einem leisen Scheppern um. Alexandra nahm ihre Schuhe in die Hand und flüchtete barfuß von dem kleinen Platz, ohne sich noch einmal umzusehen. Sie wollte überhaupt nicht wissen, ob eine Katze, ein Huhn oder etwas anderes, Unaussprechliches, der Verursacher des Lärms war.
Sobald Alexandra verschwunden war, sanken die dunklen Häuser wieder in ihr stummes Brüten zurück. Die Fratzen der Geistermasken leuchteten kurz auf, als das Mondlicht sie streichelte, und ein hölzerner Wächter, stiller Zeuge der Geschehnisse der Nacht, schickte sein jahrhundertealtes Grinsen über den einsamen Platz. Die Katze war zurückgekommen und rieb sich an seinen geschnitzten Beinen. Dann rollte sie sich zufrieden zwischen seinen Füßen zusammen. Das alte Dorf gehörte wieder ihr und dem leisen Wind, der mit einer raschelnden Plastiktüte sein Spiel trieb.

Alexandra führte das Ziffernblatt ihrer Uhr dicht an die Augen. Drei Uhr morgens, die Zeit, in der die Welt im Tiefschlaf lag. Geisterstunde. Sie war bereits seit einer halben Stunde unterwegs und hatte die ersten Häuser Tuk Tuks immer noch nicht erreicht, obwohl sie wie von Furien gehetzt durch Ambarita und entlang des sich zwischen den beiden Dörfern erstreckenden Waldes gerannt war. In diesen ersten Minuten hatte sie die sich in ihre Fußsohlen bohrenden Steinchen und Äste kaum wahrgenommen, aber jetzt zwang der Schmerz sie zu einer Pause. Sie setzte sich mitten auf die Straße und tastete ihre Füße ab. Aus mehreren Rissen sickerte Blut. Nachdem sie sich ein wenig erholt hatte, stand sie wieder auf. Sie musste die Zähne aufeinanderbeißen, um nicht zu heulen, humpelte aber tapfer weiter. Was hätte sie auch sonst tun sollen?
Aus der Ferne hörte sie Motorengeräusch. Ein Mofa näherte sich von vorn. Alexandra presste sich an den Stamm eines großen Baumes, bis das Fahrzeug vorüber war. Dass Lasdin noch nach ihr suchte, war unwahrscheinlich, aber nach ihrer schlechten Erfahrung wollte sie ihr Glück bei niemandem versuchen, der sich zu dieser unchristlichen Zeit noch auf der Straße herumtrieb.
Sie blieb eine Weile an den Stamm gelehnt stehen. Eine Lücke in der Vegetation erlaubte ihr einen Blick über den See. Seit sie aus Ambarita geflüchtet war, hatte der Himmel sich komplett zugezogen, und ein über dem Kraterrand tobendes Tropengewitter sandte einen Donnerschlag nach dem anderen übers Wasser. Alexandra beobachtete mit einem flauen Gefühl die bedrohlichen tiefschwarzen Wolken, in denen Blitze zuckten. Die Blitze schienen immer näher zu kommen. Ein Gewitter über der Insel hätte ihr gerade noch gefehlt.

Zehn Minuten später watete sie patschnass durch den Weltuntergang. Das Gewitter war jetzt genau über ihr. Es war stockdunkel geworden; der Regen hatte alles Licht ausgelöscht, nur die in schneller Folge aufleuchtenden Blitze tauchten die Umgebung für winzige Augenblicke in gleißende Helligkeit. Alexandra hastete geduckt die Straße entlang auf der Suche nach einem Unterschlupf. Sie war noch nicht weit gekommen, als sie meinte, ein Haus gesehen zu haben. Hoffnungsvoll strebte sie darauf zu und fand tatsächlich eine aus Stein gehauene Treppe. Die Stufen fühlten sich unter ihren bloßen Füßen weich und moosig an. Alexandra eilte die Treppe hinauf und gelangte unter ein Vordach aus Wellblech.

Das Prasseln des Regens auf das Dach war ohrenbetäubend und übertönte alle anderen Geräusche. Alexandra kam sich vor wie das einzig lebende Wesen in einer Welt aus Wasser und Lärm. Wieder erhellte ein greller Blitz ihre nähere Umgebung, und sie wich entsetzt einen Schritt zurück. Dort draußen in den Regenschleiern hatte sich etwas bewegt. Etwas Kleines, Schnelles. Regungslos wartete sie auf einen Angriff der Kreatur, aber als der nächste Blitz aufzuckte, war diese verschwunden, und Alexandra konnte auch im Licht der vielen folgenden Blitze nichts erkennen.

Irgendwann hatte das Gewitter sich ausgetobt. Alexandra trat unter dem Dach hervor. Das Donnergrollen kam jetzt aus weiter Ferne, der Regen war so schwach geworden wie ein ganz normaler Sommerregen in Norddeutschland. Alexandra atmete tief ein. Der Regen hatte die Schwüle der Nacht endgültig mit sich genommen und den Staub aus der Luft gewaschen; zurückgeblieben war ein erdiger, ungemein reicher Pflanzenduft. Zwischen den Wolken leuchteten wieder vereinzelt die Sterne hervor, und der untergehende Mond spendete genug Licht, um sich zurechtzufinden. Alexandra nahm von der Straße aus ihren

Unterschlupf noch einmal näher ins Auge. Der sich bewegende Schatten hatte sie zutiefst verunsichert. Sie hätte gerne gewusst, was sie da gesehen hatte.

Das Häuschen war klein, nicht mehr als eine Bretterbude. Alexandra entdeckte ein handgemaltes Schild: »Helda's Coffeeshop«. Das winzige Café musste schon vor längerer Zeit aufgegeben worden sein, denn es gab weder Tische noch Stühle, und in der Seitenwand klaffte ein großes Loch. Um die Bude herum war ein kleiner, mittlerweile völlig verwilderter Garten angelegt worden. Zwischen der wuchernden Vegetation lagen ein paar große, dunkle Steine. Hatte sie einen der Steine für ein Tier gehalten? Alexandra ging noch einmal zurück, um genauer hinzusehen. Ihre Nackenhaare stellten sich auf: In jeden einzelnen Stein war ein Gesicht gemeißelt, ähnlich den Fratzen auf den alten Häusern. Von allen Seiten starrten sie weit aufgerissene steinerne Augen an, Münder mit wulstigen Steinlippen schienen sie zu verhöhnen. Völlig unvermutet sprang ein großer dunkler Hund zwischen den Götzensteinen hervor, knurrte Alexandra an und verschwand auf der anderen Straßenseite im Unterholz.

Alexandra verlor die Nerven. Hysterisch schreiend schleuderte sie ihre Sandalen hinter dem Hund her und rannte einfach los, die Straße hinunter.

11 | Donnerstag, 30. November 2006

Birgit stand vor Alexandras Zimmertür und überlegte, ob sie die Hamburgerin schon wecken sollte. Es war erst halb acht Uhr morgens. Birgit war hellwach und ausgeruht, aber sie wusste nicht, wie lange Alexandra gestern Abend noch in der Bar gesessen hatte. Schließlich klopfte sie leise an die Tür. Wenn Alexandra noch weiterschlafen wollte, konnte sie das Klopfen ignorieren. Zu ihrer Überraschung reagierte Alexandra sofort.
»Birgit? Bist du es?«, fragte sie durch die geschlossene Tür.
»Natürlich. Wer sollte es denn sonst sein?«
»Ist jemand bei dir?«
»Nein. Warum fragst du?«
Die Tür öffnete sich. Alexandra humpelte auf die Terrasse und blickte sich misstrauisch um.
Birgit erschrak über den Zustand ihrer Begleiterin. Die trug noch immer das spektakuläre türkisfarbene Kleid, aber es hatte sehr gelitten: Die Vorderseite war voller Matschflecke, und einer der Ärmel war am Saum ausgerissen. Alexandras Haare hingen glanzlos und ebenfalls verdreckt herunter, aber was Birgit am meisten beunruhigte, waren die zerschundenen Füße und der gehetzte Ausdruck auf dem Gesicht Alexandras. Sie wirkte völlig zerstört.
Birgit stieß einen leisen Pfiff aus. »Das muss ja noch eine feuchtfröhliche Nacht gewesen sein«, sagte sie und bereute den müden Witz sofort, als sie Alexandras hilflosem Blick begegnete.

Was, um Himmels willen, war geschehen? Birgit machte sich schon jetzt Vorwürfe, Alexandra alleingelassen zu haben.
Es dauerte eine Weile, bis Alexandra die ganze Geschichte erzählt hatte, und auch dann gab es noch einige Ungereimtheiten. Was hatte es beispielsweise mit dem Hundegeist auf sich, den Alexandra immer wieder erwähnte? Sie schien davon überzeugt zu sein, ihn gesehen zu haben. Wieso glaubte die kühle, sachliche Immobilienmaklerin plötzlich an indonesische Geister? Nachdem Alexandra ihren Bericht beendet hatte, überredete Birgit sie zu einer Dusche. Wenig später saßen sie im Restaurant des »Samosir Cottage« und frühstückten Kaffee und Omelett.
Birgit nahm einen Schluck Kaffee. »Was wollen wir jetzt tun?«, fragte sie. »Ich schätze, wir könnten diesen Lasdin ausfindig machen, aber dann? Seine Aussage steht gegen deine. Du kannst dir sicher vorstellen, wem die Leute hier glauben.«
Alexandra winkte müde ab. »Vergiss ihn. Ich war einfach blöd. Hoffentlich sind andere Touristinnen schlauer als ich. Aber vielleicht lassen sie sich gern von ihm verführen.« Sie lächelte ein wenig gezwungen. »Wahrscheinlich hat er überhaupt nicht mit einer Abfuhr gerechnet.« Sie pustete auf ein Stück Omelett und legte es dann unangetastet wieder auf ihren Teller. Auf diese Art und Weise hatte sie schon das ganze Omelett zerpflückt, ohne auch nur einen Happen gegessen zu haben.
Nachdem sie eine Weile ein Tomatenstück auf dem Teller hin und her geschoben hatte, ergriff sie wieder das Wort. »Würde es dir etwas ausmachen, heute ohne mich weiterzumachen?«, fragte sie. »Ich fürchte, ich fange an zu heulen, wenn mich einer auch nur schief ansieht. Außerdem tun mir die Füße ziemlich weh.«
»Kein Problem. Aber was willst du den ganzen Tag machen?«
Alexandra verzog das Gesicht. »Meine Wunden lecken.«

* * *

Masakké und seine beiden Begleiter erreichten Larantuka am frühen Nachmittag. Etwas abseits des großen, von vielen Booten und einer Personenfähre verstopften Landungsstegs entdeckten sie eine ruhigere Bucht und vertäuten ihr Boot zwischen einigen kleinen Fischerbooten an einer kurzen Mole. Nachdem sie ihre wenigen Sachen zusammengerafft hatten und an Land gegangen waren, sprach Masakké eine Gruppe Fischer an, die ihre Netze flickten, und fragte sie nach dem Weg zur Busstation. Sie antworteten bereitwillig. Masakké machte Keke und seinem Vater ein Zeichen.

Sakké und Keke folgten ihm stumm. Larantuka mit seinen unfassbar vielen Menschen, den Steinhäusern und der Kirche schüchterte die beiden ein. Es gefiel Masakké überhaupt nicht, seinen sonst so strengen und harten Vater derart kleinlaut und verunsichert zu sehen. Im Gegensatz zu seinen Begleitern hatte Masakké schon einmal in Larantuka zu tun gehabt, und er ahnte, dass es sich im Vergleich zu den Städten am Ziel ihrer Reise um einen sehr kleinen Ort handelte.

Eine halbe Stunde später stiegen die Männer misstrauisch in den Bus nach Westen. Keiner der drei hatte je zuvor in einem Bus gesessen.

* * *

Einige Stunden nachdem sie die Suche am Morgen erneut aufgenommen hatte, entdeckte Birgit auf der anderen Seite der Tuk-Tuk-Halbinsel den Eingang zu einer kleinen Hotelanlage. Weil die Zufahrt von üppig blühenden Bougainvillea- und Hibiskussträuchern überwuchert war, musste sie mehrfach daran vorbeigelaufen sein. Birgit hatte fast alle Hotels abgeklappert und sich schon mit dem Fahrrad die nähere Umgebung absuchen sehen, was bei der herrschenden Hitze kein Vergnügen zu sein ver-

sprach. Hoffnungsvoll betrat sie nun den schmalen, abschüssigen Weg. Vielleicht konnte sie sich das Fahrradfahren sparen.
Eine Minute später betrat sie das gleichzeitig als Rezeption fungierende Restaurant. Birgit stellte sich an das Geländer des nach allen Seiten offenen Raums und sah nach unten. Das Restaurant war das höchstgelegene Gebäude und erlaubte einen guten Blick auf die gesamte Hotelanlage. Sie unterschied sich nicht sonderlich vom »Samosir Cottage«; gepflegte Bungalows im traditionellen Stil waren über das ansteigende Gelände verteilt, ein künstlich angelegter winziger Strand lud zum Faulenzen ein, und auch das Restaurant war mit Geschmack und viel Liebe zum Detail eingerichtet. Es gab hier allerdings wesentlich mehr Blumen und blühende Sträucher als in all den anderen Hotels von Tuk Tuk. Die Besitzer hatten einen verwunschenen Garten angelegt, wie geschaffen für ein frischgebackenes Liebespaar. Birgit war froh, dass Alexandra nicht dabei war; sollte Martin tatsächlich hier abgestiegen sein, hätte sie die bezaubernde Umgebung nur schwer verkraftet.
»*Selamat Soré*. Kann ich Ihnen helfen?«
Birgit drehte sich um. Vor ihr stand eine sehr kleine junge Frau mit für diese Gegend ungewöhnlich kurzen Haaren. Um größer zu erscheinen, trug sie ramponierte, ehemals elegante türkisfarbene High Heels, die ihr mindestens drei Nummern zu groß waren. Sie war nicht sonderlich hübsch, aber ihr Lächeln nahm Birgit sofort für sie ein.
»*Selamat Soré*«, antwortete Birgit und blieb auch gleich in der indonesischen Sprache. »Sie können mir tatsächlich helfen. Ich habe mich mit einem befreundeten Paar hier in Tuk Tuk verabredet, aber ich konnte die beiden bisher nicht finden. Möglicherweise sind sie in Ihrem Hotel abgestiegen.«
»Ich schaue gleich nach. Wie heißen sie denn?« Die junge Frau war schon hinter den Tresen gegangen und schlug ein riesiges Gästebuch auf.

Birgit gab ihr die Namen und Martins Passfoto. Das Foto war mittlerweile so zerknittert, dass man einige Fantasie brauchte, um Martin zu erkennen. Zu viele Menschen hatten es in den letzten zwei Tagen in den Händen gehalten, und letzte Nacht war es gemeinsam mit Alexandra pitschnass geworden.
Aber das Mädchen hatte keine Zweifel. »Sie kommen leider zu spät«, sagte sie bedauernd. »Er und seine Freundin haben vier Tage hier gewohnt, aber sie sind gestern Mittag abgereist.«
»Mist.«
»Wie bitte?«
»Nur ein hässliches deutsches Wort«, sagte Birgit. »Hat Herr Jessberg Ihnen eventuell gesagt, wohin er als Nächstes reisen wollte? Vielleicht nach Malaysia?«, fügte sie hinzu. Die junge Indonesierin machte ihre Hoffnung sofort zunichte.
»Nein, nicht nach Malaysia. Die beiden wollten nach Bali fliegen.«
»Bali? Wie kommen Sie darauf?«
»Ganz einfach: *Ibu* Sien hat mich vor ein paar Tagen nach einem Reisebüro gefragt, in dem sie Flüge nach Bali buchen kann. Ich habe dann selbst in Medan angerufen und zwei Plätze für morgen früh reserviert.«
»Oh, nein.«
»Es tut mir sehr leid. Ich kann mir vorstellen, wie enttäuscht Sie darüber sind, Ihre Freunde verpasst zu haben. Aber Sie müssen von der Suche ziemlich erschöpft sein. Darf ich Ihnen etwas zu trinken bringen?«
»Gerne«, sagte Birgit und setzte sich auf den ihr angebotenen Stuhl. Die junge Frau ging in die Küche und kam bald darauf mit einem dünnen Nescafé wieder. Birgit nahm die Tasse dankbar entgegen und trank in kleinen Schlucken.
Was für ein Reinfall, dachte sie verärgert. Sie nahm die Niederlage persönlich: Wenn sie etwas schneller gewesen wären, hät-

ten sie Martin gefunden. Wenn der Taxifahrer keinen Umweg gefahren wäre, wenn sie die Suche gestern am anderen Ende der Halbinsel gestartet hätten. Wenn, wenn, wenn. Sie knallte die Tasse auf den Tisch. Es war müßig, darüber nachzugrübeln, was gewesen wäre, wenn. Martin und seine Indonesierin waren ihnen durch die Lappen gegangen. Die beiden Turteltäubchen hatten offensichtlich nicht die Absicht, ihre Affäre zu beenden. Birgit seufzte. Wie sollte sie Alexandra diese Hiobsbotschaft beibringen?
Sie trank den Kaffee aus, stand auf und trat an den Rezeptionstresen.
»Wie viel bekommen Sie?«, fragte sie die gelangweilt in einer Zeitschrift blätternde junge Frau.
»Zweitausendfünfhundert Rupien.«
Birgit zog mehrere Geldscheine aus ihrem Portemonnaie und reichte sie über den Tresen. Dabei fiel ihr Blick auf drei Computerarbeitsplätze hinter der Rezeption.
»Funktionieren die?«, fragte sie. Ihr war eingefallen, dass sie Bee Lee immer noch nicht geschrieben hatte. Bevor sie Alexandra gegenübertreten musste, kam ihr ein kleiner Aufschub gelegen.
»Nur der mittlere. Wollen Sie ins Internet oder eine CD brennen?«
»Ins Internet.«
»Warten Sie einen Moment, ich schalte alles für Sie ein.« Die junge Frau setzte sich an die Tastatur und bat Birgit auf den Stuhl neben sich. Der Computer war äußerst langsam. Birgit trommelte ungeduldig mit ihren Fingern auf der Armlehne. Sie hasste nichts mehr, als einem Ladebalken bei der Arbeit zuzusehen.
»Ich habe das Gefühl, der Rechner wird immer langsamer«, sagte die Rezeptionistin entschuldigend. »Als ich mit *Ibu* Sien die Fotos heruntergeladen und verschickt habe, hat es auch eine Ewigkeit gedauert.«

Birgit wurde hellhörig. »Dann hat Sien sich also tatsächlich eine Digitalkamera gekauft«, sagte sie beiläufig.
»Nein, nein. Es war *Pak* Martins Kamera. Sie kannte sich nicht aus, ich musste ihr helfen. Ich kann auch nicht gut mit Computern umgehen, aber *Ibu* Sien und ich haben es am Ende geschafft«, sagte sie nicht ohne Stolz. »*Pak* Martin hat die ganze Zeit geschlafen und nichts mitbekommen. Ich weiß nicht, was *Ibu* Sien gemacht hat, aber es sollte eine Überraschung sein.«
»Ach so«, sagte Birgit, ohne im Geringsten zu verstehen, woraus die Überraschung bestehen sollte. Aber sie hatte etwas anderes sehr gut verstanden: Die indonesische Kellnerin verbarg etwas vor Martin. Gedankenverloren spielte Birgit mit einem schmalen Silberarmband an ihrem Handgelenk. Sien verschickte Bilder aus Martins Kamera. Heimlich. Was ging hier vor?
Die junge Indonesierin stand auf und machte Platz für Birgit. »Sie sind im Netz«, sagte sie und entfernte sich diskret.
Die nächste halbe Stunde war Birgit damit beschäftigt, ihre E-Mails zu lesen und einen Brief an Bee Lee zu senden. Die Informationen, mit denen die Rezeptionistin sie so naiv versorgt hatte, ließen sie nicht los. Wie von selbst wanderte der Cursor immer wieder in Richtung Papierkorb, ohne ihn anzuklicken. Sie hatte kein Recht, sich in Siens Privatangelegenheiten zu mischen.
Oder doch? Als Alexandras Auftragsschnüfflerin machte sie schließlich seit Tagen nichts anderes. Also los.
Der Ordner war leicht zu finden. Die beiden Frauen hatten ihn »Sien« genannt, ein Fehler, wenn Sien wirklich etwas zu verbergen hatte. Auch hatte sie nicht bedacht, dass die gelöschten Dateien noch im Papierkorb aufgehoben wurden. Außerdem fühlte Sien sich sicher: Wer sollte ihr hinterherspionieren?
Birgit öffnete den Ordner und fand sieben Bilddateien. Sie markierte alle sieben und öffnete sie dann mit einem Doppelklick. Das erste Bild zeigte tatsächlich Martin. Er stand mit dem

Rücken zum See auf einer Veranda und lachte in die Kamera. Birgit vergrößerte sein Gesicht. Martin sah gelöst und glücklich aus, die Anspannung von Malaysia schien komplett von ihm abgefallen zu sein. Alexandra würde das Bild nicht mögen. Ebenso wenig das nächste: ein Porträt von Sien. Das Bild zeigte mehr als nur das attraktive Äußere der Frau; es gewährte einen Einblick in ihr Leben und ihre Seele. Martin verstand ganz offensichtlich etwas von seinem Beruf, ihm war ein Bild voller Melancholie und Schönheit gelungen.

Die anderen Fotos gaben Birgit Rätsel auf: scheinbar willkürliche Ausschnitte, stümperhaft fotografiert und verwackelt. Was Birgit am meisten verwirrte, waren die Motive. Sien hatte aus verschiedenen Winkeln Martins nackten Oberkörper fotografiert. Zuerst war Birgit sich nicht sicher, ob es sich wirklich um Martin handelte, doch das letzte Bild zeigte sein Gesicht im Profil. Er hielt die Augen geschlossen und wirkte sehr entspannt. Er schlief. Martin schlief! Sien hatte die Fotos geschossen, während er schlief, sie dann heimlich von der Kamera gezogen und an jemanden geschickt. Aber an wen? Und warum?

Aus einem Impuls heraus sandte Birgit die Bilder an ihre eigene Adresse. Wie die Rezeptionistin angekündigt hatte, dauerte es eine Ewigkeit, bis die Dateien hochgeladen waren. Birgits Gedanken kreisten ohne Unterlass um die seltsamen Bilder, aber sie fand keinen vernünftigen Grund für ihre Existenz und gab schließlich auf. Sie beendete ihre Sitzung und bezahlte bei der redseligen jungen Frau.

»Schöne Schuhe«, sagte Birgit zum Abschied. Das Türkis hatte sie auf eine Idee gebracht.

»Nicht wahr?« Die Frau schlüpfte aus dem rechten Schuh und hielt ihn Birgit vor die Nase. Jimmy-Choo-Schuhe. Alexandra schien wirklich über eine Menge Geld zu verfügen. Ob sie wusste, dass der Designer aus Penang stammte? Wahrscheinlich nicht.

»Ich habe sie gefunden«, fuhr die Rezeptionistin fort. »Ich komme täglich mit dem Mofa von Ambarita hierher, und heute morgen lagen die Schuhe mitten auf der Straße. Ich frage mich, wer sie dort hingeworfen hat.«

»Der Hundegeist?«

Die Indonesierin riss die Augen auf. »Darüber macht man keine Scherze«, flüsterte sie.

»Stimmt«, sagte Birgit mit einem entschuldigenden Lächeln. »Sicher hat irgendeine Touristin sie fortgeworfen, weil sie nicht mehr in ihnen gehen konnte.«

Die Rezeptionistin nickte eifrig. »Das glaube ich auch«, sagte sie. »Es ist sehr schwirig, in ihnen zu laufen.«

Birgit war schon fast aus dem Restaurant, als die junge Frau hinter ihr her gestöckelt kam. »Warten Sie!«, rief sie. »Mir ist noch etwas eingefallen: Ihre Freundin hat gleich am Abend ihrer Ankunft telefoniert. Sie sprach weder *Bahasa Indonesia* noch einen Dialekt von hier, aber ich habe immer wieder die Namen der Inseln Bali, Flores und Pantar verstanden.« Sie sah beschämt auf ihre satinbeschuhten Fußspitzen. »Ich wollte nicht lauschen, aber *Ibu* Sien war aufgeregt und sprach sehr laut.«

Birgit starrte sie entgeistert an. Flores? Pantar? Es wurde immer mysteriöser.

* * *

»Es ist alles die Schuld des Taxifahrers!« Alexandra humpelte wütend auf ihrer Veranda hin und her. Birgit saß auf der Brüstung und beobachtete einige neue Gäste, die gerade von der Fähre auf den Hotelanleger hüpften.

»Hörst du mir überhaupt zu?«

Ertappt wandte Birgit sich von den Touristen ab. Alexandra stand direkt vor ihr. »Natürlich«, stotterte sie. »Der Taxifahrer hat Schuld. Aber das ist nicht erwiesen«, fügte sie hinzu. »Wir hätten hier eine Woche lang aneinander vorbeilaufen können.«
»Hm.«
»Wie bitte?«
»Ich habe nichts gesagt. Nur gedacht.« Alexandra dachte noch eine Weile länger nach, und Birgit hütete sich, sie zu stören. Die Hamburgerin war gerade wütend auf sich selbst, auf Martin und auf den Rest der Welt. Eine gesündere Reaktion, als zu heulen, war ihr Wüten allemal. Alexandra schien über einige Ressourcen zu verfügen und hatte sich im Laufe des Vormittags gut erholt.
»Wir fliegen nach Bali«, verkündete sie schließlich.
Birgit wäre vor Schreck beinahe von der Brüstung gefallen.
»Du bist verrückt.«
»Eben. Und damit rechnet er nicht.«
Birgit gab sich alle Mühe, Alexandra die Idee auszureden, aber die Hamburgerin blieb dabei: Sie würde ihre Suche auf Bali fortsetzen. Birgits Einwand, Bali sei viel größer als Samosir und es gebe dort unendlich viel mehr Touristen, wischte sie einfach beiseite.
»Wir müssen ja auch einmal Glück haben.«
Nach einem letzten halbherzigen Versuch, Alexandra umzustimmen, lenkte Birgit ein. »Okay«, sagte sie. »Du hast gewonnen. Wir fliegen nach Bali.«
Alexandras Reaktion kam völlig überraschend. Ohne ein Wort zu sagen, nahm sie Birgit in den Arm und drückte sie an sich. Birgit erwiderte den Druck. Es ist richtig, dass wir fahren, dachte sie, nicht nur wegen Alexandras Seelenheil. Vielleicht braucht Martin unsere Hilfe. Sie hatte Alexandra bisher nichts von den mysteriösen Fotos erzählt; die Hamburgerin hatte schon genug

Kummer. Aber die Entdeckung beunruhigte Birgit. Irgendetwas war faul.
Nach einem kurzen Augenblick löste sie sich aus der Umarmung und sprang auf den Weg vor der Veranda.
»Wohin gehst du?«, fragte Alexandra.
»Zur Rezeption. Ich will mit guten alten Freunden auf Bali telefonieren und versuchen, unserem Glück ein wenig auf die Sprünge zu helfen.«

12 | Sonntag, 3. Dezember 2006

Alexandra lehnte sich erleichtert in ihrem Sitz zurück und ließ den Sicherheitsgurt einschnappen. Sie hatte sich geschworen, jede Sekunde des Fluges zu genießen, bevor sie wieder in die Tropenhitze gejagt wurde. Die sterile Sauberkeit, Ordnung und Kühle in der Kabine standen in einem angenehmen Kontrast zu dem Chaos der Stadt dort draußen, einem Pandämonium von zwei Millionen Menschen, die versuchten, in dem feuchtheißen Brutofen Medan zu überleben.

Alexandra hatten der Lärm und die Slums von Medan so zermürbt, dass sie sich vornahm, niemals nach Manila oder Bangkok oder Kalkutta zu reisen, Städte, die laut Birgit noch weitaus schlimmer waren. Alexandra war unbegreiflich, wie gleichgültig Birgit angesichts der unübersehbaren Armut bleiben konnte. Ungerührt umkurvte die Reiseleiterin riesige Krater im Bürgersteig, Bettler und tote Ratten, ohne sie wirklich wahrzunehmen, dann wieder stürzte sie sich in den beinahe lückenlosen Verkehr, nur weil sie auf der anderen Straßenseite einen Stand mit dubios aussehenden, fliegenbedeckten Fleischspießen entdeckt hatte. Alexandra hatte es abgelehnt, an dem Fleisch auch nur zu riechen. Sie mochte vielleicht den schlimmsten Kulturschock überstanden haben, aber deshalb war sie noch lange nicht lebensmüde.

Nachdem Birgit sich einverstanden erklärt hatte, mit ihr nach Bali zu reisen, war alles sehr schnell gegangen. Birgit hatte ihren alten Freund auf Bali sofort erreicht. Alexandra konnte nicht ganz folgen, aber anscheinend hatte dieser Freund wiederum einen Schwager oder Bruder, dessen Schwester mit einer Frau befreundet war, deren Mann am Flughafen arbeitete. Jedenfalls würde man auf Bali versuchen, Martin und Sien auf der Spur zu bleiben, auch wenn sie leider die genaue Ankunftszeit der beiden nicht kannten. Es gab keine Direktflüge, sie mussten in Jakarta umsteigen. Birgit meinte aber, die Chancen, Martin aufzustöbern, stünden nicht schlecht. Ein bisschen Schmiergeld hier und da würde es ihren Freunden ermöglichen, die Passagierlisten einzusehen. Birgit hatte ihrem Freund zusätzlich eine treffende Beschreibung des auffälligen Paares geliefert.

Gleich am nächsten Morgen verließen sie Tuk Tuk, um mit dem nächsten Bus nach Medan zu reisen. Nach den Erfahrungen der Herfahrt hatte Alexandra keine Lust mehr auf Experimente mit selbst angeheuerten Taxifahrern. Es dauerte allerdings nur eine Viertelstunde in dem überfüllten, nach Schweiß, Trockenfisch und Nelkenzigaretten stinkenden Bus, bis sie ihre Entscheidung bereute. Die Sitze waren viel zu eng für durchschnittlich große Europäer, wegen der verschmierten Fensterscheiben konnte sie kaum nach draußen schauen, und zu allem Überfluss funktionierte die Klimaanlage nicht. Eine völlig normale indonesische Busfahrt, hatte Birgit lapidar bemerkt, die Augen geschlossen und sie erst wieder geöffnet, als sie pünktlich am frühen Nachmittag in Medan ankamen, exakt zehn Minuten nachdem die Reisebüros ihre Rollläden heruntergelassen hatten. Die beiden hatten nicht bedacht, dass Freitag war: Am heiligsten Tag der moslemischen Woche schlossen die meisten Läden schon am frühen Nachmittag.

»So ein Mist«, sagte Alexandra und hämmerte noch einmal gegen die Gitter vor der Tür des Reisebüros. Drinnen brannte Licht, aber es ließ sich niemand blicken. Ein distinguiert wirkendes älteres Paar kam die Straße herunter. Die Frau trug ein farbenfroh geblümtes Kleid und ein strahlend weißes, spitzenbesetztes Kopftuch, während der Mann zu seinem bodenlangen hellblauen Baumwollgewand eine weiße Kappe aufgesetzt hatte. Sie waren auf dem Weg zum Freitagsgebet. Vor der Barrikade, die Birgit und Alexandra mit ihren Gepäckstücken auf dem schmalen Bürgersteig errichtet hatten, blieben sie stehen und musterten die beiden Ausländerinnen neugierig.

Wir müssen ein komisches Bild abgeben, dachte Alexandra. Angesichts der festlichen Kleidung der beiden Indonesier fühlte sie sich schmuddelig, unfrisiert und verschwitzt. So schlecht sind ein Kopftuch oder gar ein *Chadoor* manchmal gar nicht, schoss es ihr durch den Kopf. Heute würde ich sogar mit Freuden einen Gesichtsschleier tragen.

»*Selamat Makan*«, sagte sie höflich. Immerhin hatte sie die indonesische Grußformel schon gelernt.

»*Selamat Soré*«, antworteten die beiden und sahen Alexandra irritiert an.

»*Selamat Soré*«, sagte auch Birgit und verwickelte das Paar in ein längeres Gespräch. Nach ein paar Minuten gestenreicher Diskussion verabschiedeten sich die beiden, kletterten über Alexandras Beautycase und verschwanden um die nächste Ecke, nicht ohne sich noch einmal umgedreht und gewinkt zu haben.

»Nette Leute«, bemerkte Alexandra. »Aber war *Selamat Makan* nicht richtig?«

»Beinahe«, sagte Birgit grinsend. »Es heißt ›guten Appetit‹, was aber mindestens ebenso wichtig ist wie ›guten Tag‹.« Sie wurde ernst. »Willst du die schlechte Nachricht hören?«

»Oh nein.«

»Leider doch. Die Büros machen heute nicht mehr auf, auch nicht morgen oder am Sonntag. Wir müssen zum Flughafen fahren, aber dort könnte es ebenfalls schwierig werden.«

»Was machen wir jetzt?«

»Wir versuchen es natürlich am Flughafen, aber vorher sollten wir uns ein Hotel suchen. Heute kommen wir sowieso nicht mehr weg.«

»Einverstanden«, sagte Alexandra. Sie trat an den Straßenrand und winkte nach einem Taxi. »Was heißt eigentlich auf Indonesisch ›Bringen Sie mich zum besten Hotel der Stadt‹?«, fragte sie Birgit, als ein Auto vor ihr hielt.

Am Ende saßen sie zwei Tage und zwei Nächte in Medan fest, eine Erfahrung, auf die Alexandra gerne verzichtet hätte. Dabei konnte sie noch von Glück reden, dass Birgit es ohne Murren auf sich nahm, die Weiterreise zu organisieren, während sie selbst sich die meiste Zeit unter dem Vorwand, noch nicht wieder richtig laufen zu können, in ihrem Hotelzimmer verschanzte. Das Hotel war nicht schlecht, das Fernsehprogramm dafür umso schlechter. Alexandra fühlte sich regelrecht erlöst, als Birgit am Samstagabend mit zwei Flugtickets in der Hand an ihre Tür klopfte: Schon am nächsten Vormittag würden sie Medan verlassen.

Mit viel Ruckeln und Wackeln hoben sie endlich ab. Alexandra presste ihre Nase gegen das Fenster. Das Flugzeug flog eine weite Kurve, bis es sich auf einem südöstlichen Kurs stabilisierte. Alexandra saß auf der rechten Seite mit dem Blick nach Westen, aber leider versteckte sich das vulkanische Rückgrat Sumatras im Dunst. Zu Anfang des Fluges war die Ebene unter ihr noch mit Feldern und mittelgroßen Siedlungen bedeckt, aber bald änderte sich das Bild. Von Horizont zu Horizont erstreckten sich endlose, von einem dichten Vegetationsteppich bedeckte Feuchtgebiete und Sümpfe, nur unterbrochen von riesigen Ölpalmplantagen. Schlammbraune Flüsse mäanderten in weiten

Bogen durch das grüne Land und trugen das Sediment aus den Bergen bis in die Meerenge zwischen Sumatra und Malaysia.

In dem Maße, wie das Land unter dem Flugzeug fortglitt, fiel die Anspannung von Alexandra ab. Sowie sie Distanz zum Boden gewonnen hatte, war sie mehr und mehr in der Lage, auch die Erlebnisse der letzten Tage mit Abstand zu betrachten. Sie registrierte erstaunt, dass sie mit jedem Kilometer in der Luft ihren Schrecken mehr verlor und sogar in der Lage war, der einen oder anderen Situation einen komischen Aspekt abzugewinnen. Sie spürte regelrecht, wie die Kraft in ihren Körper zurückfloss. Ein bisher unbekanntes Gefühl ergriff von ihr Besitz: Abenteuerlust.

* * *

Martin rekelte sich auf seinem Liegestuhl und beobachtete träge eine durch den Garten watschelnde Entenfamilie. So lässt es sich leben, dachte er. Dabei hatte er Bali so viele Jahre lang keine Chance gegeben. Die Insel hatte ihn nie gereizt, weil er sie für zu touristisch, zu abgezockt hielt. Ein Trugschluss, wie sich nun herausstellte: Bali schlug einfach alles. Martin konnte sich nicht erinnern, je an einem bezaubernderen Ort gewesen zu sein. Die Schönheit der Insel hatte ihn gefangen genommen, obwohl sein erster Eindruck alles andere als vorteilhaft gewesen war.

Nachdem sie vor drei Tagen am späten Nachmittag gelandet waren, führte Sien ihn sofort zum Taxistand. Da sie sich nach vorn setzte und die ganze Fahrt über mit dem Fahrer sprach, hatte er Muße, die draußen vorbeifliegende Welt auf sich wirken zu lassen. Ihr Weg führte sie zuerst durch Denpasar. Die Hauptstadt der Insel war genauso laut, hässlich und enttäuschend wie fast alle südostasiatischen Städte, und auch als sie

Denpasar endlich hinter sich ließen, konnte Martin lange nichts Ansprechendes entdecken. Die Straße war völlig überlastet mit hupenden und qualmenden Autos, Mofas, Karren, Lastwagen, Bussen und Tanklastern, deren maroder Zustand mehr als bedenklich war.

Erst allmählich, als sie sicherlich schon zwanzig, fünfundzwanzig Kilometer zurückgelegt hatten, standen die Häuser am Straßenrand nicht mehr dicht an dicht und erlaubten Martin einen Ausblick auf die sattgrünen Reisfelder dahinter. Sofort fühlte er sich ein wenig versöhnter mit der Insel, auch wenn er sich immer noch über Siens Wunsch wunderte, nach Ubud zu fahren. Der Ort lag im Inselinneren, nicht an der Küste. Martin fand es sehr schade; er liebte das Meer über alles.

Sobald sie in Ubud angekommen waren, lotste Sien den Taxifahrer um mehrere Ecken und hieß ihn dann vor einem Kunsthandwerkladen anhalten. Während sie den Fahrer bezahlte, sah Martin sich neugierig um. Links von dem Laden gab es einen Autoverleiher, rechts wurde Silberschmuck verkauft, daneben pries ein Schild die beste Fußreflexzonenmassage Balis an, und schräg gegenüber warb eine mindestens anderthalb Meter hohe Holzente für ein Restaurant mit balinesischer Küche und Müsli. Mit bunten Wickelröcken bekleidete Balinesinnen, europäische Flitterwöchner, robuste Australier und einheimische Taxifahrer auf Kundenfang schlenderten über die Bürgersteige der schmalen Straße. Alle lächelten, auch Martin; er konnte gar nicht anders. Von ihm unbemerkt hatte Bali bereits begonnen, seinen Zauber zu entfalten. Dabei wusste er immer noch nicht, was Sien vorhatte. Ein Hotel konnte er nämlich nicht entdecken.

In diesem Moment zupfte sie ihn am Ärmel und dirigierte ihn in einen schmalen Gang zwischen dem Kunsthandwerksgeschäft und dem Autoverleiher. »Komm!«, sagte sie. »Ich möchte dich jemandem vorstellen.«

Die Enten hatten jetzt einen kleinen Teich erreicht. Mutter Ente scheuchte ihren Nachwuchs ins Wasser und hielt selbst am Ufer Wache, während die leuchtend gelben Entchen ihre Bahnen um prächtige rosa und weiße Lotosblüten zogen. Direkt hinter dem Teich stand ein kleiner, grasgedeckter Altar. Darauf saß ein Huhn und pickte die Überreste der allmorgendlichen Opfergabe von einem Teller. Bunte Singvögel flogen scheinbar planlos zwischen blühenden Büschen hin und her, hüpften über die Wege und besuchten Martin auf seiner Veranda. Er nahm ein von seinem Frühstück übrig gebliebenes Stück Melone und bot es einem blau schillernden Vögelchen an. Das Vögelchen legte den Kopf schief, traute sich dann aber doch nicht und flog wieder davon. Martin legte die Melone auf die Balustrade. Vielleicht kam der kleine Vogel wieder.

Martin war Sien ohne große Erwartungen durch den langen, von Mauern eingefassten Gang gefolgt, doch als er den Garten das erste Mal betrat, blieb ihm fast die Luft weg, so stark war der Duft der Blumen und so überwältigend ihr Anblick. Versteckt hinter Blumen, Büschen und Bäumen lugten die Grasdächer von sieben oder acht ebenerdigen Bungalows hervor, einer einladender als der andere. Martin war noch ganz in den Anblick versunken, als eine kleine, rundliche Frau auf sie zugelaufen kam.
»Sien, Sien!«, rief sie, und im gleichen Moment bemerkte auch Sien die Frau. Eine Sekunde später lagen sich die beiden in den Armen, weinend, lachend, redend und wieder lachend, bis Sien sich an Martin erinnerte. Sie löste ihre Umarmung, schob die Frau vor Martin und stellte sie einander vor. Die Frau hieß Nyoman.
Sie streckte Martin die Hand entgegen. »Herzlich willkommen!«, sagte sie. Ihr strahlendes Lächeln ließ erkennen, dass sie

es genau so meinte, ohne Wenn und Aber. Dann drehte sie sich zu Sien. Ein kurzer Wortwechsel auf Indonesisch folgte. Sien lachte verlegen und schüttelte den Kopf. Dann wandte sie sich wieder an Martin.

»Ich habe einige Jahre auf Bali gelebt. Dies war mein erster Arbeitsplatz. Und mein schönster«, fügte sie mit einem bitteren Lächeln hinzu. »Nyoman und ihr Mann haben mir alles beigebracht, was ich für die Arbeit im Tourismus wissen musste, nachdem ich aus ... nachdem ich ...« Sien verstummte und sah Nyoman hilflos an.

Nachdem was?, fragte Martin sich im Stillen. Was hast du so tief in deinem Inneren eingesperrt, dass es dir unmöglich ist, mir davon zu erzählen?

»Nachdem es dich nach Bali verschlagen hatte«, kam die rundliche Frau Sien in perfektem Englisch zu Hilfe. Wieder war eine Gelegenheit für Martin ungenutzt verstrichen, mehr über das Leben seiner Freundin zu erfahren. Er tat es mit einem Schulterzucken ab.

»Sie war eine gute Schülerin«, fuhr Nyoman fort. »Als in Kuta Fachkräfte gesucht wurden, hat man sie sofort eingestellt. Wir haben sie nicht gerne gehen lassen, das können Sie mir glauben, *Pak* Martin. Aber seit den Anschlägen und dem Tsunami kommen nicht mehr viele Touristen. Mein Mann und ich können die wenigen Bungalows gut allein bewirtschaften.« Ein Schatten huschte über ihr Gesicht. Sie schüttelte den Kopf, als wollte sie einen unangenehmen Gedanken verscheuchen. Einen Augenblick später gewann ihr resolutes, fröhliches Naturell wieder die Oberhand. »Ich rede und rede, dabei müsst ihr furchtbar müde sein. Ich zeige euch jetzt euren Bungalow, und sobald ihr euch frisch gemacht habt, kommt ihr zum Abendessen in mein Haus. Es gibt so viel zu erzählen.« Sie streichelte Sien über den Rücken und schnappte sich ihre Reisetasche.

255

Martin folgte den Frauen durch den Garten. Er war überhaupt nicht zu Wort gekommen. Hier werde ich ganz offensichtlich die zweite Geige spielen, dachte er. Umso besser. Insgeheim beglückwünschte er sich dazu, Siens Drängen nachgegeben und nach Bali gereist zu sein. Der Anfang war vielversprechend.
Die beiden folgenden Tage hatte Sien ihn in Tempel und durch Reisfelder, zu einem traditionellen Tanz und in ein spektakuläres Entenrestaurant geführt, bis er keine neuen Eindrücke mehr aufnehmen konnte. Hand in Hand waren sie durch Ubud geschlendert. Martin hatte es eine diebische Freude bereitet, Sien jeden Wunsch von den Augen abzulesen, und so war sie nun stolze Besitzerin von einigen neuen Ohrringen, Kleidern und sogar ein paar handgearbeiteten Spielwaren. Er wusste zwar nicht, was sie damit wollte, aber das Leuchten in ihren Augen war ihm Grund genug, die bunten Holzfische und Stofftiere zu kaufen. Er berauschte sich an der Anmut der Balinesen, ihren bunten Prozessionen, den Fahnen am Wegesrand und all den anderen Details. Der Sinn für Schönes schien diesen Menschen in die Wiege gelegt zu sein; kein Haus, keine Mauer war vor Steinmetzarbeiten und geschnitzten Verzierungen sicher, jede Frau, jeder Laden, jeder Altar war mit Blumen geschmückt. Selbst die Beerdigungen waren ein Fest für Augen, Nase und Ohren.
Und er berauschte sich an dem, was die Insel aus Sien machte. Sie war glücklich, und er war es ebenfalls.

Das blaue Vögelchen war tatsächlich wiedergekommen und rupfte an dem Melonenstück. Martin hob ganz langsam, um das Tier nicht zu verscheuchen, seine Kamera vom Boden hoch und drückte ab. Der Vogel ließ sich nicht stören und flog erst davon, als eine schlanke Katze über den Rasen näher kam und sich zu Martin gesellte. Er streichelte die Katze. Es ging ihm so

gut, dass er am liebsten ebenfalls geschnurrt hätte. Voller Zärtlichkeit dachte er an Sien, die ihn für den heutigen Vormittag sich selbst überlassen hatte, um mit Nyoman Freunde zu besuchen. Ich habe mich verliebt, dachte er. So richtig bis über beide Ohren verliebt. Sieh mal einer an.
Die Katze reckte und drehte sich. Sie hatte einen weißen Bauch, genau wie Tortilla, sein spanischer Kater. Ob Tortilla mich vermisst?, fragte sich Martin. Ob Alexandra mich vermisst? Von einer Sekunde auf die andere war seine gute Laune wie weggeblasen.
Alexandra war seit ein paar Tagen wieder zurück in Hamburg. Was mochte sie gerade tun? Wie spät war es dort jetzt? Zeit zum Aufstehen? Martin stellte sich vor, wie der Wecker mit einem hässlichen Geräusch ansprang und Alexandra sich, wie es ihre Art war, mit einem Ruck aufsetzte. Er verfolgte sie durch die viel zu große Altbauwohnung bis in die Küche, wo sie als erste Handlung des Tages die beiden Kater mit Futter versorgte. Dann erst ging sie ins Bad und kehrte kurz darauf frisch geduscht wieder. Martin sah sie am Küchentisch sitzen, allein. Weinte sie? War sie vielleicht sogar froh, ihn los zu sein? Froh, dass endlich die Verhältnisse geklärt waren? Er konnte es nicht sagen.
Natürlich konnte er seiner Frau nicht ewig aus dem Weg gehen. Er musste sich dem stellen, was er angerichtet hatte, er war es Alexandra schuldig. Aber nicht heute. Und auch nicht morgen. Er wollte seinen Urlaub mit Sien so lange wie möglich ausdehnen, denn dies war mit Sicherheit das letzte Mal für eine lange Zeit, dass es ihm wirklich gutging. Bisher hatte er jeden Versuch seines Unterbewusstseins, ihm ein schlechtes Gewissen einzureden, erfolgreich abgewehrt.
Die Sonne war mittlerweile weitergewandert, hatte den Schatten von Martins Terrasse vertrieben und brannte unangenehm auf seinen bloßen Armen. Die Katze suchte sich einen kühleren

Platz unter einem der Büsche vor dem Bungalow. Martin wischte sich den Schweiß von der Stirn und blinzelte in den blassen Himmel. Weit über ihm beschrieb ein Flugzeug lautlos einen Bogen, bevor es Kurs auf Denpasar nahm. Bunte Papierdrachen schaukelten im Wind und verspotteten die Greifvögel, eine Libelle tanzte durch die duftende Luft.
Die Welt brummte friedlich.

* * *

»Eines der vielen Dörfer dort unten ist Ubud«, sagte Birgit.
Alexandra hielt ihre langen Haare hinter dem Kopf zusammen und spähte aus dem Bullauge des Flugzeugs. Auf der Landkarte hatten Balis Umrisse sie an ein Ginkgoblatt erinnert, und tatsächlich besaß die Insel auch eine ähnliche Struktur; die Adern des Blattes wurden durch fächerförmige Bergrippen gebildet, die sich von den Spitzen der drei großen Vulkane bis ans Meer zogen. Entlang diesen Linien reihten sich Dörfer, Wälder und Felder, was der Insel aus der Vogelperspektive etwas ungemein Aufgeräumtes gab.
»Meinst du, wir finden sie diesmal?«
»Ich weiß es nicht. Die Chancen stehen nicht so gut, weil meine Freunde leider nur herausbekommen haben, dass Martin und seine ..., dass die beiden nach Ubud gefahren sind, aber nicht, welches Hotel sie sich ausgesucht haben.«
In diesem Moment überflog das Flugzeug die Küste und kippte dann in eine weite Rechtskurve, um den Landeanflug einzuleiten. Ein Vulkan mit so perfekten Proportionen, als hätte ein Gott ihn geschaffen, schob sich in Alexandras Blickfeld.
»Kennst du den Namen des Berges?«, fragte sie.
Birgit beugte sich vor. »Der Agung«, sagte sie. »Er ist den Balinesen heilig.«

»Gibt es in Indonesien eigentlich einen Vulkan, der nicht heilig ist?«
Birgit zuckte die Achseln. »Kaum. Ich könnte mir vorstellen, dass es für die Menschen in der näheren Umgebung eines aktiven Vulkans wichtig ist, ihm eine Persönlichkeit zu geben. Er wird dann irgendwie berechenbarer, oder? Im Ätna und im Vesuv wohnen bestimmt auch heidnische Götter.«
»Da magst du recht haben«, sagte Alexandra nachdenklich. »Ich glaube, ich hätte Angst, am Hang eines Vulkans zu leben.«
Birgit schüttelte den Kopf. »Du bist eine echte Stadtpflanze«, sagte sie. »Warum hast du Angst vor allem, was Natur ist? Ehrlich gesagt, anstatt unter die Räder eines Busses der Linie Kleinhintertupfingen–Großvordertupfingen zu geraten, würde ich lieber bei einem Vulkanausbruch draufgehen. Es ist viel spektakulärer. Und schneller geht's wahrscheinlich auch.«
»Bin ich wirklich so schlimm?«, fragte Alexandra.
»Na ja.«
»Sag schon. Ich beiße nicht.«
»Nicht?«
Alexandra lachte. Sie nahm Birgit die Sticheleien nicht krumm. Nicht mehr. Indonesien veränderte sie, langsam, aber unaufhaltsam. Sie merkte, wie ihr Horizont stetig weiter wurde.
Das Flugzeug sank dem türkisfarbenen Meer entgegen. Ein Rumpeln ging durch die Maschine, als das Fahrgestell ausgefahren wurde. Häuser und Palmen tauchten vor dem Bullauge auf, und plötzlich packte Alexandra eine wilde Vorfreude auf Bali, die kaum noch Raum für einen Gedanken an Martin ließ. Die Erkenntnis traf sie wie ein Schlag: Martin war nebensächlich. Es ging gar nicht um ihn. Es ging um sie. Um ihr verdammtes Leben.

* * *

»Juliana! Du solltest nicht hier draußen sitzen, sondern schlafen.« Julianas Tochter ließ sich schnaufend neben ihrer Mutter auf der Veranda nieder. Sie war die dickste Frau im Dorf, und niemand wusste, warum. Von Juliana oder ihrem früh verstorbenen Vater hatte sie ihre Statur jedenfalls nicht geerbt.
»Hallo, Adele. Mir ist nicht danach. Wie geht es ihm?«
»Unverändert.«
Juliana lehnte sich zurück und blickte ergeben zum Himmel, demselben verwaschenen Himmel, aus dem sich gerade tausend Kilometer entfernt Birgits und Alexandras Flugzeug dem Erdboden entgegensenkte. »Er wird sterben«, flüsterte Juliana.
Adele nickte bedrückt. Mit ihren sechsundvierzig Jahren verfügte sie über genügend Erfahrung, Rak'abis Zustand einschätzen zu können. Von Kindesbeinen an hatte sie von ihrer Mutter alles gelernt, was eine Heilerin wissen muss: den Gebrauch von Kräutern, die Beschwörung von Geistern, das Lesen von Zeichen in der Natur. Irgendwann würde sie in die Fußstapfen ihrer Mutter treten.
»Wir sollten die Hoffnung trotzdem nicht aufgeben«, sagte sie. »Ein Wunder ...«
»Wunder, Wunder«, unterbrach Juliana sie heftig. »Wir brauchen kein Wunder, sondern einen Arzt.«
»Ach ja?« Adele schob trotzig das Kinn vor. »Wie erklärst du dir dann, dass er überhaupt noch am Leben ist? Ist es denn kein Wunder, dass er noch atmet?«
»Doch, das ist es.« Juliana nahm die Hand ihrer Tochter und drückte sie. »Wir dürfen uns nicht streiten, Adele. Es ist nur so, dass Rak'abis schrecklicher Sturz nun schon sechs Tage zurückliegt, und ich weiß langsam nicht mehr, wie ich ihn vor Kebale beschützen soll.«
Sie saßen eine Weile schweigend nebeneinander. Juliana bemerkte, dass Adele etwas auf dem Herzen hatte. »Du wirkst, als sei da noch mehr, was dich bedrückt. Was ist los?«

»Du glaubst nicht an einen Unfall, oder?«, fragte Adele dagegen.
»Du etwa?«
Adele schüttelte verneinend den Kopf. »Aber die anderen glauben es. Kebale streut Gerüchte aus, dass Rak'abi die Göttin beleidigt habe. Niemand wagt es laut auszusprechen, aber es wird geflüstert, Kebale wolle eine Zeremonie abhalten.«
»Ich weiß. Er hat auch mir gegenüber davon gesprochen.«
»Dann weißt du auch, worüber noch geflüstert wird?«
»Ja. Dass er ihn opfern will.«
»Aber das ist doch Unsinn, oder? Mutter! So weit wird doch nicht einmal Kebale gehen.«
»Da wäre ich mir nicht so sicher. Eines darfst du nicht vergessen: Wenn wir mit unserem Verdacht richtigliegen, muss er Rak'abi endgültig zum Schweigen bringen«, sagte sie dann bitter. »Und sein Klan steht hinter ihm. Sie wollen nicht wahrhaben, dass sie einen Mörder decken. Solange aber Rak'abi nicht erwacht, können wir es nicht beweisen.« Mit einer heftigen Bewegung griff sie nach ihrem Beutel und begann, ein Betelpäckchen vorzubereiten. Ihre zitternden Hände verrieten, wie aufgewühlt sie war.
»Weißt du, was das Schlimmste ist?«, fragte sie ein wenig undeutlich, nachdem sie das Päckchen in den Mund geschoben und lange genug gekaut hatte, bis es weich geworden war und ihren Speichelfluss angeregt hatte. »Er hat es geschafft, auch unseren Klan wie die Schuldigen an Ravuús Zorn aussehen zu lassen, weil ich dazu geraten habe, die Insel zu verlassen. Ich bete jeden Tag zum Christengott, damit er den Rochenkindern die Augen öffnet und sie endlich auf die Boote gehen, um nach Pantar überzusetzen. Auf mich hören sie nicht mehr.« Sie spuckte aus, zielte aber nicht richtig, der blutrote Betelsaft landete auf der Treppe.
»Der Klan der Sonnenaufgangsseite hört auf dich. Der Bootsklan und der Fischklan ebenso.«

»Aber wie lange noch?«

In diesem Moment ging ein Mann aus dem Bootsklan an der Veranda vorbei und warf einen scheelen Blick auf die zwei Frauen. Als Juliana die Hand hob, blickte er zur Seite und eilte schnell weiter.

»Siehst du, was ich meine?«, fragte Juliana.

Adele sah dem Mann verblüfft nach. »Das ist der Ehemann meiner besten Freundin. Er hat nicht einmal gegrüßt«, sagte sie. »Das kann doch nicht wahr sein!«

»Das ist es aber, leider. Und mit jedem Erdbeben werden es mehr.«

»Ich verstehe das nicht. Eigentlich sollte es doch genau umgekehrt sein: Je schlimmer Ravuú wütet, desto lauter müssten die Stimmen werden, die zum Aufbruch drängen. Also, wenn es nach mir ginge, würde ich sofort die Sachen packen und nach Sare Muda flüchten.«

»Ich auch«, seufzte Juliana. »Aber ich werde nicht gehen, bevor ich nicht den letzten Inselbewohner auf die Boote gescheucht habe. Kebale natürlich ausgenommen. Soll er sich doch seiner Göttin an den Hals werfen und untergehen!« Sie lachte, ein kleines, bösartiges Lachen. Auch Juliana hatte ihre dunklen Seiten. »Kebale hat die Rochenkinder schon so stark im Griff, dass sie gar nicht merken, wie er sie für seine Zwecke missbraucht. Sie vertrauen darauf, dass er die Wahrheit spricht und Ravuú sie verschont, wie damals bei dem Ausbruch in der Zeit des weißen Mannes.«

»Aber was bezweckt er damit?«

»Macht, Adele. Er will als strahlender Sieger im Kampf gegen den Vulkan dastehen. Du und ich, wir würden uns nicht von seinen vermeintlichen Heldentaten blenden lassen, aber du siehst es ja: Die anderen hat er schon eingeschüchtert. Außerdem will er Rache.«

»Rache? An wem? Wofür?«

Juliana stand auf, ohne auf Adeles Fragen einzugehen. »Ich versuche jetzt doch noch, ein wenig zu schlafen. Wecke mich bitte zum Sonnenuntergang, damit ich deinen Platz an Rak'abis Lager einnehmen kann.«

»Selbstverständlich.« Adele stand ebenfalls auf und folgte Juliana in die dämmrigen Tiefen des Hauses, um ihre Wache am Lager des Todgeweihten fortzusetzen. Bevor sie die Außentür hinter sich zuzog, warf sie einen misstrauischen Blick auf den stillen Dorfplatz. Sie hatte das Gefühl, beobachtet zu werden. Dann sah sie ihn: Ein Geist, schauderhaft anzusehen mit seinen hervorquellenden Augen, seinen starken, krallenbewehrten Händen und fürchterlichen Zähnen, saß auf dem Dachfirst des Klanhauses der Sonnenuntergangsseite. Kebales Haus. Unheilvoll starrte er zu ihr herüber, geduckt und sprungbereit. Ein Totenfresser.

Adele schlug sich entsetzt die Hand vor den Mund. Ein Schrei entfuhr ihr, und von einem Moment auf den anderen war sie schweißgebadet. Einen Lidschlag später löste der *Nitu* sich vor ihren Augen in nichts auf, verschwand in seine eigene, unheimliche Welt.

»Ja, geh nur fort«, flüsterte Adele. »Lass uns in Ruhe! Bevor du Rak'abi bekommst, musst du an Mutter und mir vorbei, und wir werden es dir nicht leichtmachen.« Ihr Pulsschlag beruhigte sich wieder. Es war nicht das erste Mal, dass Adele einem Geist von Angesicht zu Angesicht gegenübergestanden hatte. Sie sprach einen Bannspruch und schloss dann die Tür endgültig hinter sich.

13 | Montag, 4. Dezember 2006

Die dunklen Stunden waren unbemerkt verstrichen. Der Berg hatte sich still verhalten und den Bewohnern der Insel, die nicht zum Fischen hinausgefahren waren, den ersten ruhigen Schlaf gegönnt, seit Kebale und Rak'abi vor einer Woche zum Krater hinaufgestiegen waren. Selbst Juliana, die als Einzige die Nacht durchwacht hatte, fühlte sich nicht so zerschlagen wie an den Tagen zuvor. Rak'abi wanderte noch immer in Welten jenseits ihrer Vorstellungskraft, aber er atmete gleichmäßig, und ab und zu sah sie seine Augenlider zucken. Sie strich ihm sanft über die Wange.

»Komm zu uns zurück!«, flüsterte sie. »Wir brauchen dich mehr denn je.« Dann erhob sie sich und schlich zum anderen Ende des Zimmers, wo Adele sich ihr Lager bereitet hatte.

Sie berührte ihre Tochter vorsichtig an der Schulter. Adele fuhr sofort hoch, die Augen weit aufgerissen vor Schreck.

»Sch. Ich bin es nur.«

Adele atmete mit einem leisen Zischen aus. »Ich habe schlecht geträumt«, sagte sie entschuldigend. »Ist es schon Morgen?«

»Beinahe.«

»Gut. Ich will mich nur schnell waschen, dann kannst du schlafen.«

»Danke.«

Adele wickelte sich in einen fadenscheinigen *Sarong* und begann ihre Haare zu bürsten. »Die Träume hat mir sicher der

Totenfresser geschickt, den ich gestern gesehen habe«, sagte sie. »Er saß auf Kebales Haus.« Nach ein paar letzten, harten Bürstenstrichen stand sie auf und wandte sich zum Gehen.
Juliana fasste sie am Arm und hielt sie zurück. »Du hast den Totenfresser gesehen, und du hast ihn nicht gesehen«, sagte sie eindringlich. »Es war ein Trugbild. Du hast ihn dir so ausgemalt, wie die alten Lieder ihn beschreiben. Er kam, weil der Tod um unser Haus streift. Er war eine Vision in deinem Kopf. Verstehst du, was ich dir sage?«
»Natürlich verstehe ich es, du hast es mir schließlich oft genug gepredigt.« Adele schüttelte die Hand ihrer Mutter ab. »Aber wenn es Ravuú und die *Nitus* und die Dämonen gar nicht wirklich gibt, warum halten wir dann all diese Zeremonien ab? Wir könnten es doch auch sein lassen und nur noch in die Kirche gehen.«
»Weil wir ohne die alten Traditionen nichts sind. Sie gehören zu uns. Wir dürfen sie uns nicht nehmen lassen.«
»Also gibt es die Geister doch?«
»Nein!«, sagte Juliana heftig. »Es sind bloß Geschichten von Geistern.«
»Wie kannst du dir so sicher sein?« Adele verschwand durch die niedrige Tür in den angrenzenden Raum, in dem heute Nacht lediglich zwei Männer zu ihrem Schutz geschlafen hatten. Die Menschen, auf die sie zählen konnten, wurden von Tag zu Tag weniger.

Nachdem Adele frisch gewaschen wiedergekommen war, verließ Juliana das Klanhaus und ging zum Meer hinunter. Es war noch immer so dunkel, dass sie beinahe über zwei Hunde und ein schwarzes Schweinchen gestolpert wäre, die eng aneinandergedrängt mitten auf dem Weg schliefen. Der Anblick der Tiere, deren außergewöhnliche Freundschaft das ganze Dorf in Erstaunen versetzte, zauberte zum ersten Mal seit langer Zeit ein Lächeln auf ihr Gesicht: Die Welt konnte nicht so schlecht sein, wenn sich zwei Hunde eines elternlosen Ferkels annahmen, anstatt es zu fressen.

Am Strand angekommen, setzte sie sich in den Sand, lehnte sich mit dem Rücken an den Stamm einer Kokospalme und wartete auf den neuen Tag. Sie genoss die Stille und das Alleinsein, und es gelang ihr, die Sorgen eine kostbare halbe Stunde lang von sich fernzuhalten. Bald zeigte ein schwacher Schimmer hinter dem Brudervulkan an, dass die Sonne aufgegangen war. Es dauerte nicht lange, bis Juliana die Fischerboote auf der etwa sechs oder sieben Kilometer breiten Wasserstraße zwischen den beiden Inseln ausmachen konnte. Einige der Fischer hatten schon den Heimweg angetreten, entweder in Richtung Sare Muda auf Pantar oder nach Pulau Melate, andere schienen noch unschlüssig, ob sie die Netze noch einmal auswerfen sollten.

Als die letzten Boote auf den Strand liefen, stand Juliana auf und schüttelte den Sand von ihrem *Sarong*. Sie verspürte plötzlich einen unerklärlichen Stolz, als sie die Fischer betrachtete. Es waren schöne und starke Männer, die dort auf dem Strand herumliefen, gegenseitig ihren Fang begutachteten und ernst ihre Erlebnisse der Nacht austauschten. Immer wieder wanderten die Blicke der Männer zu dem Vulkan, doch sie sahen schnell wieder weg, als wollten sie die von ihm ausgehende Bedrohung durch Nichtachtung aus der Welt schaffen. Julianas Augen glitten über die Boote. Sie waren gut in Schuss, und einige verfügten zusätzlich zu den Rudern und Segeln über kleine Außenbordmotoren. In diese Boote würden sie im Ernstfall die Kinder setzen, um sie so schnell wie möglich von der Insel fortzuschaffen. Sie fragte sich, ob die Boote ausreichen würden, die gesamte zweihundertdreiundneunzig Menschen starke Bevölkerung der Insel aufzunehmen. Ein Lächeln glitt über ihr Gesicht. Zweihundertvierundneunzig, korrigierte sie sich. Vorletzte Nacht war ein kleiner Junge hinzugekommen.

Wenn sie nichts außer ihrem nackten Leben mitnähmen, ließen sich bis zu zwanzig Menschen in ein Boot pferchen. Es würde eng werden, aber die Überfahrt dauerte nicht lang. Es würde gehen.

Um sich zu beruhigen, zählte sie die Boote durch. Siebzehn Boote lagen jetzt nebeneinander auf dem Strand, hinzu kam das große Zeremonienkanu. Es würde reichen und nicht einmal sonderlich eng werden. Dann stutzte sie. Wieso siebzehn? Es sollten eigentlich achtzehn Boote sein. Sie zählte wieder und wieder, doch es blieb dabei. Das achtzehnte Boot fehlte, Sakkés Boot.

Ein junger Mann des Walklans ging an ihr vorbei. Juliana hielt ihn auf und fragte ihn nach Kebales strengem, aufbrausendem Vetter, aber der junge Mann konnte ihr nur berichten, dass Sakké und sein Sohn schon seit einigen Tagen nicht mehr im Dorf waren. Das Boot? Nein, er wusste auch nicht, wo es war. Er hatte nur gehört, dass sie irgendeinen Auftrag hatten, konnte aber nichts Genaues sagen. Dann entschuldigte er sich und eilte mit seinem Fang nach Hause.

Ein Auftrag?, überlegte Juliana misstrauisch. Was für ein Auftrag? Und weshalb wusste sie nichts davon? Nachdenklich verließ sie den Strand und beschloss, Sakkés Haus einen Besuch abzustatten. Die Sache mit dem Auftrag gefiel ihr ganz und gar nicht.

Sakké und seine Familie bewohnten eines der wenigen Betonhäuser auf Pulau Melate, eine ebenerdige Konstruktion mit einem Wellblechdach. Juliana mochte diese Häuser nicht. In ihrer Vorstellung waren Häuser lebendige Wesen, die atmeten und sich veränderten und denen Respekt erwiesen werden musste. Sie konnte sich beim besten Willen nicht vorstellen, dass diese harten, kalten Steinhäuser ein Eigenleben führten. Ebenso wenig konnte sie sich vorstellen, dass die Bewohner darin glücklich wurden. Aber sie war ungerecht. Die Betonhäuser stellten eine gute und billige Alternative dar, denn hartes Bauholz war knapp geworden auf der Insel. Sie umrundete zwei in ihr Spiel vertiefte kleine Mädchen und klopfte an die angelehnte Tür.

»Moment!«, tönte es von drinnen. Einen Moment später schwang die Tür auf. Dessi, Sakkés Frau, trat heraus.

»Juliana! Was willst du?« Ihre Stimme klang abweisend, beinahe feindselig.

»Ich möchte deinen Mann sprechen.«

»Das geht nicht. Er schläft.«

»Und was ist mit Masakké? Schläft der auch?«

»Natürlich. Die beiden hatten eine harte Nacht.«

»Haben sie denn etwas gefangen? Kann ich es sehen?«, fragte Juliana.

»Nein, das kannst du nicht. Und jetzt lass mich in Ruhe, ich habe zu tun.« Sie wollte sich ins Haus zurückziehen, aber Juliana war schneller und hielt sie fest. Ihre Gesichter waren nur zwei Handbreit voneinander entfernt. Juliana bemerkte Dessis rotgeäderte Augen. Sie hatte geweint.

»Natürlich kann ich den Fang nicht sehen, weil es keinen gibt. Das Boot ist fort, und mit ihm dein Mann und dein Ältester.«

»Wenn du es sowieso schon weißt, warum fragst du dann?« Dessis anfängliche Aggressivität verpuffte schlagartig. Mit weinerlicher Stimme fuhr sie fort: »Ich habe solche Angst um meinen Sohn. Bali ist furchtbar weit weg.«

Juliana riss die Augen auf. In ihrem Kopf jagten sich die Gedanken. Bali? Was wollten die Männer auf Bali? Hatte Kebale sie geschickt? Und wenn dem so war, aus welchem Grund?

Die Erkenntnis traf sie wie ein Schlag in die Magenkuhle. Endlich begriff sie, was tatsächlich hinter Kebales Machenschaften, hinter seinen Einschüchterungsversuchen steckte. Sie begriff, warum ihm so viel daran gelegen war, dass sie von seinen Plänen bezüglich Rak'abi erfuhr. Er hatte ihr Sand in die Augen gestreut, um seine wahren Pläne zu verschleiern. Es ging ihm gar nicht darum, Rak'abi auszuschalten, zumindest nicht nur. Irgendwie musste er von dem Brief ihrer Großnichte erfahren haben, und nun ging er aufs Ganze: Er wollte den anderen, den Fremden!

* * *

»Der Schmuckladen ist mit ziemlicher Sicherheit auch nach dem Frühstück noch hier. Nun komm schon, ich habe Hunger«, sagte Birgit. »Du müsstest doch mittlerweile erkannt haben, dass ich ohne meinen Morgenkaffee unausstehlich bin.«
»Das bist du auch mit Morgenkaffee«, antwortete Alexandra, ohne den Blick von der Auslage abzuwenden.
»Danke für die Blumen.«
»Gern geschehen«, sagte Alexandra und fügte schnell hinzu: »War nicht so gemeint.«
»Weiß ich. Andernfalls hätte ich dich nämlich in den Hintern getreten. Was übrigens trotzdem passieren wird, wenn du ihn nicht umgehend in Bewegung setzt.«
Alexandra wandte sich bedauernd von dem Schmuckladen ab.
»Frechheit«, sagte sie. »Ich sollte dein Honorar kürzen.«
»Untersteh dich! Sonst lasse ich dich alleine hier.«
»Hm.«
»Dein ›hm‹ gefällt mir nicht«, sagte Birgit lachend.
»Vielleicht komme ich ja ohne dich klar?«

»Möglich. Aber nicht wahrscheinlich.«
»Okay, okay, du bist wirklich unausstehlich. Was hältst du von dem Restaurant dort drüben? Das mit der riesigen Holzente vor dem Eingang? Es hat balinesische Küche und Müsli im Programm. Für jeden etwas.«

Birgit lehnte sich zufrieden zurück. Sie war bei der dritten Tasse Kaffee angelangt und genoss die hübsche Umgebung. Alexandra hatte eine gute Wahl getroffen: Der mit mannshohen Mauern eingefasste rückwärtige Garten des Restaurants war mit steinernen balinesischen Götterfiguren, Schnitzereien und einer Unmenge von üppigen Büschen und Blumen liebevoll dekoriert. Ein großer Tamarindenbaum breitete seine Krone über den gesamten Innenhof und spendete den dringend benötigten Schatten, denn obwohl es erst halb zehn war, hatte die Hitze den Tag schon fest im Griff. Leises Stimmengemurmel drang von den anderen Tischen herüber und vermischte sich mit dem allgegenwärtigen Trillern der Singvögel, die sich in halsbrecherischen Manövern aus den Büschen stürzten, um die Krümel vom Boden zu picken. Müsli mochten sie besonders gern; Alexandra hatte ein bisschen auf den Tisch gestreut, und prompt bekamen sie Besuch von einem mutigen Balistar, dessen Gefieder so weiß war, dass Alexandra die Vermutung äußerte, er würde direkt aus der Wäscherei kommen.
Auch Alexandra fühlt sich wohl, dachte Birgit, während sie die Hamburgerin bei dem Versuch beobachtete, den kleinen Vogel mit einer Linie aus Müsli immer weiter zu sich heranzulocken. Alexandra wirkte wesentlich entspannter als auf Sumatra, selbstbewusster. Auch ihr Verhalten den Indonesiern gegenüber hatte sich verändert. Sie begegnete den Menschen freundlicher und höflicher und nahm vieles kommentarlos hin, was sie noch vor wenigen Tagen beanstandet hätte.

Birgit trank einen großen Schluck Kaffee. Ihr sollte es recht sein. Die neue Alexandra war wesentlich angenehmer als das alte Biest.

»Wie wollen wir vorgehen?«, fragte sie.

»Mist. Jetzt hast du den Vogel verjagt.«

»Der kommt wieder. Also, was machen wir als Nächstes?«

»Suchen, nehme ich an.«

»Das klingt nicht sehr überzeugt.«

Alexandra zuckte die Achseln. »Es ist sowieso sinnlos. Du hattest mich ja gewarnt: Ubud ist viel zu groß. Wie viele Hotels und Bungalowanlagen mag es geben. Fünfzig? Sechzig? *Zweihundert?*«

»Irgendwo dazwischen, schätze ich.«

»Ich hätte auf dich hören sollen. Andererseits ...« Sie verstummte und begradigte die Müslikrümellinie.

Birgit kannte Alexandra mittlerweile gut genug, um zu erkennen, dass ihr etwas im Kopf herumging und sie sich nicht traute, es auszusprechen. Sie wartete.

Schließlich brachte Alexandra die akkurate Linie mit einer heftigen Handbewegung wieder durcheinander. »Andererseits«, sagte sie, »wäre ich dann niemals nach Bali gekommen. Es gefällt mir hier, ich möchte mehr sehen als immer nur die blöden Hotels. Lass uns einen Tag Urlaub machen.«

»Und Martin?«, fragte Birgit verblüfft.

»Der ist auch morgen noch hier«, antwortete Alexandra, und damit war das Thema für sie erledigt. Sie machte der Kellnerin ein Zeichen, dass sie zahlen wollte.

Ein paar Stunden später standen die beiden Frauen in einer nicht weit von ihrer Unterkunft gelegenen unbefestigten Gasse vor einem kleinen Restaurant. Sie hatten mehrere Tempel besucht, einen Spaziergang durch die Reisfelder gemacht und sich durch den Tag treiben lassen. Jetzt waren sie bester Laune und ziemlich hungrig.

»Du traust dich nicht, hier zu essen. Wetten?«, sagte Birgit.

»Wette angenommen. Worum wetten wir?«

»Der Verlierer zahlt die Zeche. Aber du wirst sowieso kneifen«, stichelte Birgit.

»Pah.« Alexandra drehte sich um und rauschte am Tresen vorbei in den Gastraum.

Zwölf Augenpaare richteten sich interessiert auf sie. Die Gäste waren ausschließlich Indonesier. Alexandra ignorierte sie und steuerte einen Tisch an der hinteren Wand an. Dieses Restaurant hatte mit dem hübschen Café vom Morgen nichts gemein: Statt Kunst, Kübelpflanzen und bunter Vögel gab es nackten, unverputzten Beton und einen räudigen Hund, der ungerührt von den hin und her laufenden Gästen mitten im Raum seine Siesta hielt. Birgit folgte Alexandra, nickte den Gästen und Besitzern zu und stellte ihre Einkaufstüten neben den Tisch.

»Willst du dir etwas aussuchen oder soll ich für uns beide bestellen?«, fragte sie.

»Gibt es keine Karte?«

»Nein. In einem Padang-Restaurant werden alle Gerichte morgens vorgekocht. Sie sind dort drüben in der Vitrine. Du kannst dir gerne ansehen, was sie haben.«

In der Vitrine standen etwa zwei Dutzend Schüsseln und Teller mit Currys, Eiern, gekochtem Gemüse, Rindfleisch und gebratenen Fischen. Auf einem der Teller lagen sogar zwei große Langusten.

»Ich glaube, diese Wette hast du gewonnen«, murmelte Alexandra.

»Sieht doch lecker aus.«

»Mit den ganzen Fliegen darauf? Du musst verrückt sein. Ich kann mir außerdem nicht vorstellen, dass sich die Sachen in diesem Saunaklima lange halten.«

»Du machst dir zu viele Sorgen. Die Einheimischen essen es doch auch und sind noch nicht tot umgefallen. Außerdem sind es höchstens sieben Fliegen.«
Alexandra schüttelte den Kopf. »Mach doch, was du willst. Ich gehe später lieber noch woanders hin.«
»Ein klitzekleines Ei? Oder *Rendang*?« Birgit zeigte mit dem Finger auf einen Teller mit Rindfleisch. »Es ist wirklich fantastisch.«
Am Ende ließ Alexandra sich zu einem Gemüsegericht und dem *Rendang* überreden. Birgit hatte nicht zu viel versprochen: Das Essen schmeckte sehr gut. Als Birgit ihr jedoch von ihrem Fisch anbot, lehnte Alexandra ab. Alles hatte seine Grenzen.

* * *

»Halt an!«
Erschrocken über Martins lauten Ausruf, trat Sien auf die Bremse und brachte den Leihwagen mitten auf der Straße zum Stehen. Ihnen war in der letzten Viertelstunde kein anderes Auto begegnet, Vorsicht war nicht vonnöten.
»Um Gottes willen, was ist das?«, fragte Martin und zeigte durch die Windschutzscheibe in das Blätterdickicht, dass die dschungelgesäumte Straße überwölbte.
Sien verdrehte den Kopf. Als sie in etwa zehn Meter Höhe den Grund für seine Beunruhigung entdeckte, begann sie zu lachen, erst leise, dann immer lauter und fröhlicher.
»Eine Jackfrucht.«
»Das ist eine Frucht? Dieses riesige, stachelige Ding? Das wiegt mindestens eine halbe Tonne.«
»Mindestens.«
»Du lachst! Und wenn die Frucht herunterfällt? Direkt auf unser Auto? Wir wären Mus.«

Sien wischte sich die Lachtränen aus den Augen, aber als sie Martins ehrlich besorgtes Gesicht sah, brach die Heiterkeit erneut aus ihr heraus. Seit sie heute Morgen in Ubud aufgebrochen waren, hatte sich ihre Stimmung, die seit der Ankunft auf Bali für ihre Verhältnisse ohnehin schon himmelhoch jauchzend war, stetig verbessert. Sie war dem Glück zweitausend Kilometer näher gekommen, und auch wenn ihr heutiger Ausflug nur ein Umweg zum eigentlichen Ziel war, so genoss sie ihn doch in vollen Zügen. So unbeschwert wie heute hatte sie sich seit ihrer Hochzeit nicht mehr gefühlt. Und das nur wegen einer zufälligen Entdeckung an dem Strand auf Penang. Zufall? Nein, da hatte wohl ein Gott seine Hand im Spiel. Ein ihr wohlgesinnter Gott. Einer, von dem sie nie vermutet hätte, dass er überhaupt existierte.

In ihr Lachen hinein hörte sie Martin etwas sagen, aber sie verstand es nicht. Umso besser verstand sie seine Hände, die ihre Oberarme umschlossen und sie in seine Richtung zogen, und seinen Mund, der ihren Mund suchte. Immer noch lachend ließ sie sich von ihm küssen, ein langer, wunderbarer Kuss, der erst ein Ende fand, als lautes Hupen sie aufschreckte. Schuldbewusst fuhren sie auseinander. Sien ließ hektisch den Motor an, um die Straße freizugeben.

Das andere Auto schlich an ihnen vorbei, wohl um dem Fahrer und den auf der Ladefläche des Pick-ups zusammengedrängten, festlich gekleideten Menschen einen ausgiebigen Blick auf die Insassen des Toyotas zu gewähren. Sien machte sich auf böse Blicke gefasst; öffentliches Küssen wurde im Allgemeinen nicht gutgeheißen, aber zu ihrer ebenso großen Verwunderung wie Freude strahlten die Menschen in und auf dem Wagen sie an. Ihr Glück schien ansteckend zu sein. Sobald der Pick-up außer Sicht war, fuhr sie in gemütlichem Tempo ebenfalls weiter, eine Hand aus dem heruntergekurbelten Fenster hängend, die ande-

re lässig am Lenkrad. Im Büro des Autoverleihers war sie überrascht gewesen, als sich herausstellte, dass Martin keinen Führerschein besaß. Die Überraschung war schnell in Begeisterung umgeschlagen. Sien hatte das Autofahren vor vielen Jahren auf Bali gelernt und fuhr für ihr Leben gerne – wenn sich die Gelegenheit ergab, was leider selten der Fall war. Nun war die Gelegenheit da: Für drei Tage war sie die Königin der Straße. Zumindest fühlte sie sich so, als sie Martin über kurvenreiche, durch Dschungel und hellgrüne Reisterrassen sowie kleine Dörfer führende Bergstraßen chauffierte.
»Sind wir bald da?« Martin rutschte auf dem Beifahrersitz herum.
»Du bist wie ein Kind. Nun warte doch ab.«
»Ich muss mal.«
Sien sah zur Seite. Martins Augen funkelten, und in seinem Nacken saß ein deutlich zu erkennender Schalk mit violetter Haut und regenbogenfarbenen Haaren.
»Ich muss wirklich.«
Nachdem Martin aus den Büschen zurückgekommen war, führte die Fahrt sie zwischen Palmenhainen und Reisterrassen noch eine weitere Viertelstunde bergan, bis Sien von der Straße abbog und auf einen mit Reisebussen, Menschen und Souvenirbuden verstopften Parkplatz fuhr. Sie fand trotzdem schnell einen freien Platz und stellte den Toyota ab.
»Wir sind da.«
»Hier steigen wir aus?«, fragte Martin mit einem zweifelnden Blick auf die durcheinanderhastenden Touristen und Balinesen. »Ich dachte, wir suchen uns etwas Ruhiges?«
»Das machen wir auch, aber später. Jetzt komm! Und vergiss deine Kamera nicht.«

Martin dankte Sien insgeheim für den Hinweis auf die Kamera. Angesichts der Touristenhorden hätte er sie tatsächlich im Auto gelassen. Doch nun kam er weder aus dem Staunen noch dem Fotografieren heraus. Vielstöckige Pagoden und Tempel, in schwarzweiß karierte Tücher gehüllte Steinmetzarbeiten von Göttern und Dämonen, farbenprächtig gekleidete Balinesen und Opfergaben in Form kunstvoller Blumenarrangements konkurrierten um seine Aufmerksamkeit. Über allem thronte der mächtige Vulkankegel des Agung, steil und abweisend. Extra für Martin hatte er sich heute ausnahmsweise nicht in Wolken gehüllt.

Martin hätte nicht sagen können, wie lange er sich schon durch dieses hinduistische Wunderland hatte treiben lassen, als eine leichte Berührung am Arm ihn wieder in die Welt der Menschen zurückholte.

»Wollen wir uns dort im Schatten ein wenig ausruhen?« Sien wies auf eine niedrige Steinmauer.

»Möchtest du die Geschichte des Tempels hören?«, fragte sie, nachdem sie sich vor der Mauer niedergelassen hatten.

»Leg los!« Martin lehnte sich bequem zurück. Doch bald beugte er sich wieder vor, um besser hören zu können; Sien erzählte die dramatische Geschichte des Tempels mit einer Intensität, als wäre sie persönlich dabei gewesen, damals 1963, während der Katastrophe.

»Der Besakih-Tempel ist der heiligste der gesamten Insel«, berichtete Sien, »eine über tausend Jahre alte balinesisch-hinduistische Kultstätte, in der alle hundert Jahre ein ganz besonderes Fest gefeiert wird. Das letzte Eka Dasa Rudra, so wird das Fest genannt, war für den 8. März 1963 angesetzt. Viele Menschen hatten sich bereits im Tempel versammelt, als der Agung ausbrach, genau an diesem Tag.«

»Davon habe ich nie gehört«, warf Martin überrascht ein.

»Damals hat der Agung mit seiner Lava und seiner Asche ein Viertel Balis verheert, beinahe zweitausend Menschen sind gestorben, und Zehntausende verloren ihre Häuser und Felder. Es muss furchtbar gewesen sein. Aber weißt du, was das Unheimlichste war?«
Martin schüttelte den Kopf.
»Der Besakih-Tempel blieb verschont. Ein Lavastrom teilte sich oberhalb der Tempelanlage und wälzte sich rechts und links an ihr vorbei.«
»Unglaublich.«
»Nicht wahr? Und doch passiert so etwas. Immer wieder.«
»Immer wieder? Wo noch?«
Sien blieb Martin eine Antwort schuldig. Tief in Gedanken versunken, blickte sie über die Felder und Wälder, die sich unterhalb der Tempelanlage im nachmittäglichen Dunst verloren.
»Möchtest du meine Heimat kennenlernen?«, fragte sie plötzlich, ohne Martin anzusehen.
Die Frage traf ihn völlig unvorbereitet, aber er brauchte nur den Bruchteil einer Sekunde, sich zu entscheiden. »Sehr gerne«, sagte er. »Wo ist deine Heimat?«
Sie machte eine unbestimmte Geste mit dem linken Arm. »Dahinten.«
»Das ist nicht unbedingt das, was man eine präzise Beschreibung nennt.«
»Der Name würde dir ohnehin nichts sagen. Die Reise zu meinem Dorf würde einige Tage in Anspruch nehmen. Kommst du trotzdem mit?«
In Siens Augen lag eine Dringlichkeit, die Martin nicht geheuer war, aber er wollte nicht zurückrudern. Außerdem war »dahinten« präzise genug, um seine Neugierde zu wecken. »Dahinten« hatte den würzigen Beigeschmack von einem echten Abenteuer.

Er hielt ihrem Blick stand. »Ich gehe mit dir bis ans Ende der Welt«, sagte er. Und in diesem Moment meinte er es auch so.
»Das könnte sich erfüllen«, murmelte Sien. Einen Moment später sprang sie auf und streckte Martin, übers ganze Gesicht strahlend, die Hand entgegen, um ihn hochzuziehen. »Du glaubst gar nicht, wie glücklich du mich machst«, rief sie. »Doch nun lass uns zurück zum Auto gehen, damit wir nicht im Dunkeln am Meer ankommen.«

* * *

Birgit wachte mitten in der Nacht auf. In ihrem Magen und Darm rumorte es, und sie fühlte sich fiebrig. Ihr war hundeelend zumute. Benommen tastete sie nach der Wasserflasche auf ihrem Nachttisch. In diesem Moment ging es los. Sie schaffte es gerade noch bis ins Bad.
Als sie zum Bett zurückwankte, klopfte es an der Tür.
»Wer ist da?«
»Alexandra. Ich habe lautes Poltern gehört und wollte dich fragen, ob alles in Ordnung ist.«
Birgit entriegelte die Tür und ließ Alexandra ein. »Nichts ist in Ordnung«, sagte sie kläglich. »Ich fühle mich wie durch die Mangel gedreht.«
»Magen verdorben?«
»Sag jetzt bloß nicht ›Siehste!‹«. Birgit schlüpfte wieder unter ihr Laken und blinzelte mit kleinen Augen zu Alexandra.
»Es lag mir auf der Zunge. Soll ich einen Arzt holen?«
»Nicht nötig.«
Den Rest der Nacht verbrachte Birgit zum größten Teil im Bad. Alexandra wich nicht von ihrer Seite, stützte sie und wischte ihr die Stirn mit feuchten Handtüchern ab. Als der Morgen an-

brach, war Birgit so ausgelaugt, dass sie endlich erschöpft einschlief.

In den Bäumen und Büschen erwachten die Vögel und begrüßten laut singend den neuen Tag. Alexandra trat auf die Veranda und wartete, bis es hell war, dann zog sie sich wieder in Birgits Zimmer zurück und legte sich angezogen auf das zweite Bett. Es dauerte nicht lange, bis sie eingeschlafen war. Die durchwachte Nacht hatte auch an ihren Kräften gezehrt.

14 | Dienstag, 5. Dezember 2006

Im Hafen von Lombok, der östlichen Nachbarinsel Balis, dachte niemand an Schlafen, im Gegenteil. Auf dem Kai drängelten sich schwerbepackte Menschen und warteten darauf, an Bord der Bali-Fähre gelassen zu werden. Hühner gackerten, Mütter schimpften mit ihren heulenden Kindern, Wasser- und Obstverkäufer drängelten sich durch die Menschenmenge, Jugendliche ließen die Motoren ihrer Mofas aufjaulen, und über allem hing ein fetter Geruch von Fisch, Diesel und menschlichen Ausdünstungen.

Keke war fassungslos. Schon die letzten sieben Tage seit ihrer heimlichen Abreise von Pulau Melate waren ein einziger Alptraum gewesen, eine Aneinanderreihung von furchteinflößenden Bus- und Fährfahrten, von immer größeren und unübersichtlicheren Orten, doch dieses erneute Durcheinander von Menschen- und Tierleibern, dieser Lärm und Gestank überstiegen alles vorher Erlebte bei weitem. Seit er vor wenigen Minuten etwas benommen aus dem Nachtbus geklettert war, hatte er das Gefühl, in den Rachen der Hölle geschleudert worden zu sein. Nicht in Ravuús Rachen, denn dort erwarteten einen die Ahnen schon sehnsüchtig in ihrem Schattendorf, nein: Dies hier ähnelte mehr der Hölle des Christenpriesters.

Gerade ging der ungewöhnlichste Mensch, den er je gesehen hatte, an Keke vorbei. Der Mann warf ihm einen kurzen Blick zu, einen Blick, der Keke durch Mark und Bein ging, und ver-

schwand dann in der Menge. Keke bekam eine Gänsehaut. Der Mann war seltsam mit seiner rosafarbenen Haut, den hellen, zu dicken Würsten verzwirbelten Haaren und den langen, weißen Fäden, die ihm aus den Ohren hingen, doch was Keke am meisten beunruhigte, waren die Augen: blassblaue, irgendwie fischige Augen. Tote Augen.
Eine Hand legte sich auf Kekes Schulter und holte ihn auf die Erde zurück. »Wo bleibst du denn?«, fragte Masakké ungeduldig. Keke riss sich zusammen. Die anderen durften auf keinen Fall bemerken, wie unwohl er sich fühlte. Masakké und sein Vater, der seine anfängliche Verunsicherung schnell überwunden hatte, machten sich schon seit Tagen über ihn lustig, und er wollte ihnen möglichst keinen weiteren Grund liefern. »Mein *Sarong* ist aufgegangen«, sagte er entschuldigend und nestelte an dem Wickelrock herum. »Ich komme sofort.«
Masakké gab sich mit der Erklärung zufrieden. »Beeile dich! Wir dürfen das Schiff nicht verpassen.« Er drehte sich um und schloss zu seinem Vater auf, der unbeweglich in einem Strudel von hin und her eilenden, schreienden und zankenden Menschen auf seine beiden Begleiter wartete. Keke folgte seinem Freund mit gesenktem Kopf. Keiner der drei Männer bemerkte die neugierigen Blicke, mit denen die Balinesen und Lombok-Leute, die Javanesen und Minangkabau sie musterten. Drei mit Muschelketten, blauen Stirnbändern und gewebten *Sarongs* ausstaffierte Männer sah man auch auf Lombok nicht alle Tage. Die großen *Parangs*, die Sakké, Masakké und Keke mit sich führten, trugen nicht dazu bei, die instinktive Angst der Menschen vor den kriegerischen Männern aus dem Osten zu zerstreuen. Die drei kraushaarigen Kerle von Pulau Melate boten jedenfalls genügend Gesprächsstoff, um den anderen Passagieren die lange Überfahrt nach Bali zu verkürzen.

* * *

Etwa zur selben Zeit, als die Fähre den Hafen von Lombok verließ und Kurs auf Bali nahm, hasteten Juliana und Gregorius, der Sohn ihres jüngsten Bruders, zum Strand hinunter. Ohne sich um die Grüße und Fragen der heimkommenden Fischer zu kümmern, eilten die beiden direkt auf das Boot des Sonnenuntergangklans zu. Der Mann half Juliana hinein, einen Moment später waren sie auf dem Wasser. Der Lärm des Außenbordmotors dröhnte in die frühmorgendliche Stille, und schon entfernten sich Juliana und Gregorius vom Strand. Verunsichert sahen die Fischer ihnen nach. Was mochte Juliana dazu bewegen, in einer Zeit wie dieser die Insel zu verlassen?
Innerhalb kürzester Zeit schwirrten die Fragen von einem Boot zum anderen, erst flüsternd, dann immer lauter: Hatte Juliana sich womöglich von ihnen abgewandt? Hatte Kebale unrecht? Sollten sie ebenfalls packen? Sich in Sicherheit bringen? Aber die Göttin hatte doch zu Kebale gesprochen, ihm versichert, dass den Rochenkindern nichts geschehen würde.
»Oh, ja, das hat sie. Außerdem hat sie fürchterliche Rache geschworen, sollten wir uns ihrem Willen widersetzen und ohne Not die Insel verlassen.«
Die Fischer fuhren herum. Unbemerkt war Kebale an den Strand gekommen und stand nun mitten unter ihnen. Seine Augen sprühten vor Zorn, als er langsam einen Fischer nach dem anderen von oben bis unten musterte, bis schließlich auch das letzte Flüstern erstarb.
»Zweifelt ihr etwa an mir? Dann zweifelt ihr auch an meinem Vater und meinem Urgroßvater und dessen Vater, der unter Einsatz seines Lebens das Unheil von den Rochenkindern abgewendet hat. Seid ihr so undankbar, dass ihr diese Helden verleugnet? Überlegt euch gut, wem ihr die Treue haltet!«
Unvermittelt wurde er lauter. Seine Stimme schallte über den ganzen Strand und drang bis in den letzten Winkel des Dorfes.

»Die dort«, brüllte er und zeigte auf Julianas Boot, das mittlerweile kaum noch auf dem violetten Wasser auszumachen war, »die dort verrät euch. Juliana missachtet Ravuús Befehle, und es wird mich alle Kraft kosten, die Göttin wieder zu besänftigen.« Er machte eine bedeutsame Pause. »Geht jetzt und denkt darüber nach, ob ihr eure Heimat verlassen wollt!«
Die Fischer wagten nicht, ihrem zornbebenden Priester zu widersprechen. Stumm gingen sie auseinander und vermieden es, einander anzusehen. Stumm schlichen sie zu ihren Häusern, und stumm verrichteten sie ihre Arbeit. Über das gesamte Dorf legte sich eine unheilvolle Stille, die den ganzen Tag nicht mehr wich.

Die Überfahrt nach Pantar dauerte keine halbe Stunde. Juliana klammerte sich an die Bordwand, bis ihre Fingerknöchel weiß hervortraten, doch sie bemerkte es nicht, ebenso wenig wie die aufspritzende Gischt, die sie und Gregorius durchnässte. Die Fahrt kostete die Gemeinschaft viel zu viel des kostbaren, aus Kalabahi herangeschafften Benzins, aber dies war nun nebensächlich. Zum Segeln hatte sie weder die Zeit noch die Geduld; eigentlich hätte sie gestern, sofort nachdem sie Kebales perfiden Plan erkannt hatte, nach Sare Muda fahren müssen, aber dann hatte sich Rak'abis Zustand verschlechtert. Adele und sie waren damit beschäftigt gewesen, die Krise zu meistern. Nun hoffte sie, dass es noch nicht zu spät war, ihre Großnichte zu warnen. Kaum war das Boot auf den Strand des Schwesterdorfes gelaufen, kletterte Juliana heraus und eilte direkt zum Klanhaus von Niru Wa'e.
Der *Kapala* von Sare Muda erwartete sie schon; die Nachricht von ihrer Ankunft war ihr vorausgeeilt. Als Juliana die imposante Gestalt Niru Wa'es sah, fühlte sie sich nicht mehr so allein mit den sich immer höher auftürmenden Problemen. Niru

Wa'es Meinung hatte Gewicht im Ältestenrat, und er würde ihr niemals in den Rücken fallen.

»Juliana! Was ist passiert?« Niru Wa'es Besorgnis war unüberhörbar.

Juliana erklomm die Stufen und ließ sich schwer auf die Veranda fallen. »Setz dich besser. Ich habe schlimme Nachrichten.«

»Dreht es sich um Kebale?«

»Allerdings. Aber lass mich von vorn beginnen. Letzte Woche, nach der Büffelzeremonie, kam Moke mitten in der Nacht.«

Niru Wa'e nickte. »Ich habe kurz mit ihm gesprochen. Er sagte, er habe dir einen Brief gebracht. Ich wollte dich noch danach fragen, aber dann habe ich es in all dem Trubel vergessen. War der Brief wichtig?«

»Er kam von meiner Großnichte. Sie ist auf dem Weg hierher.«

Niru Wa'e war so erstaunt, dass er keine Worte fand. »Aber die Insel ist tabu für sie«, setzte er schließlich an. »Sie darf Pulau Melate nicht betreten. Vielleicht in einer ruhigeren Zeit, aber gerade jetzt, angesichts der Erdbeben, ist es unmöglich. Kebale war damals so überzeugend, dass niemand Verständnis hätte. Er würde sie von der Insel jagen, mit voller Rückendeckung der Rochenkinder. Ein zweites Mal«, fügte er hinzu. Seiner Stimme war anzuhören, dass er ganz und gar nicht mit jenen viele Jahre zurückliegenden Ereignissen einverstanden war.

»Darüber ist sie sich im Klaren. Aber sie hat gute Gründe.« Juliana atmete tief durch. »Sie kommt nicht allein.«

Niru Wa'e runzelte die Stirn und bedeutete ihr fortzufahren.

»Ich hätte es dir gleich sagen sollen, aber ich war verwirrt und musste erst einmal die ganze Tragweite erfassen. Ich ahnte nicht, dass Kebale den Brief lesen würde. Mir ist immer noch unklar, warum er von seiner Existenz weiß, aber das ist nun unerheblich. Wir können davon ausgehen, dass er den Inhalt kennt.«

»Wer begleitet sie?«
»Ein Ausländer.« Sie machte eine Pause. »Ein Ausländer, der das Zeichen der Rochenkinder trägt.«
»Oh, nein. Meinst du, Kebale hat an diesen Mann gedacht, als er über die Hochzeit mit der Göttin sprach?«
Juliana schüttelte den Kopf. »Nein, das konnte er nicht. Erinnere dich, er hat über die Hochzeit gesprochen, bevor Moke zu mir kam. Ich bin zu dem Schluss gelangt, dass er uns damals nur provozieren wollte. Wenn er an dem Nachmittag überhaupt an einen Bräutigam dachte, dann an den kleinen Tio. Vorsichtshalber habe ich Tio und seine Schwester noch an jenem Abend mit Moke nach Kalabahi gesandt.«
»Tio ist viele Jahre davon entfernt, ein Mann zu sein. Und das Zeichen trägt er auch noch nicht.«
»Das hätte Kebale schon hingebogen. Aber ich habe meinen Glauben an die Rochenkinder nicht verloren. Sie würden niemals zulassen, dass er in ihrem Namen ein Kind tötet. Bei einem Fremden liegt der Fall anders. Unsere alte Schuld bei Ravuú könnte ein für alle Mal beglichen werden. Mittlerweile sind sie so hysterisch, dass sie keinen vernünftigen Argumenten mehr zugänglich sind. Auf der Insel ist der Teufel los, im wahrsten Sinne des Wortes.« Juliana seufzte tief. »Vielleicht erreicht Moke Sien noch mit Hilfe dieses Internets. Du musst jemanden zu ihm senden. Von den wenigen auf der Rocheninsel, die noch zu mir halten, kann ich niemanden entbehren, ebenso wenig ein Boot. Wir brauchen alle Schiffe, falls die Insel geräumt werden muss.«
Niru Wa'e erhob sich. »Ich werde mich sofort darum kümmern.«
Während Niru Wa'e draußen war, nahm Juliana ein herumliegendes Schulheft, riss zwei Seiten heraus und schrieb einen Brief an Moke, in dem sie alles erklärte.

Nach einer Weile kehrte Niru Wa'e zurück. »Es ist alles erledigt. Clemens, mein Jüngster, macht sich noch heute auf den Weg. Er kommt später, um sich mit dir zu besprechen. Danach solltest auch du fahren. Ich rieche Gewitter.«
»Ja, ein Sturm kommt, ich spüre es ebenfalls.« Juliana reichte ihm den Brief. »Verpack ihn gut, damit er nicht nass wird.«
»Natürlich.« Er ließ sich gegenüber von Juliana nieder. »Kebale ist verrückt«, sagte er. »Was bezweckt er damit? Will er uns alle ins Unglück stürzen?«
»Nein, nicht alle. Nur mich und die, die mir nahestehen. Er nutzt die Gelegenheit, meinen Klan zu vernichten und seine Macht auszubauen. Du weißt, wie rachsüchtig er ist.«
»Aber ihm muss doch klar sein, dass es Konsequenzen hätte. Regierungsleute würden kommen und die Wahrheit ans Licht zerren.«
»Die Polizei wird nicht kommen. Kebale ist sehr schlau, und er kennt die Schwächen der Menschen. Wenn er sich durchsetzt und Ravuú diesen jungen Mann opfert, wird niemals jemand davon erfahren.«
»Warum nicht?«
»Weil wir alle mitschuldig wären. Du, ich, die anderen *Kapalas* und jeder einzelne Bewohner der vier Dörfer. Alle würden schweigen und für immer von Kebale und seinem Klan abhängig sein.«
»Der geltungssüchtige Hund hätte niemals Priester werden dürfen«, zischte Niru Wa'e.
»Natürlich nicht, aber nun ist es zu spät. Hätten wir ihm nach dem Tod meiner Eltern und seines Vaters das Amt verweigert und seinen Bruder eingesetzt, wäre alles anders gekommen.«
»Wir müssen ihm Einhalt gebieten.«
»Das wird schwierig. Auf Pulau Melate hat er selbst unter den Leuten des Bootklans schon Anhänger gefunden. Andere wan-

ken, wissen nicht, was sie denken sollen. Kebale hat Zweifel in ihre Lebern gesät, und ich spüre bereits, wie das Misstrauen mir gegenüber zunimmt. Die Rochenkinder sind nicht böse, Niru, aber ungebildet. Ich hätte mich mehr um ihre Bildung kümmern, mehr Kinder in die Schulen schicken müssen, doch nun ist es zu spät. Sie verstehen Kebale mit seinen einfachen Wahrheiten, nicht mich. Und sie haben Angst vor dem, was er ihnen verkündet.«
»Ich werde dir die jungen Männer unseres Dorfes an die Seite stellen. Sie werden nachher mit dir auf die Insel fahren.«
»Damit auch sie von den Reden des Priesters vergiftet werden?«
»Hast du so wenig Vertrauen in sie?«, fragte Niru Wa'e. Juliana konnte heraushören, dass er beleidigt war.
»Ich wollte dir und den Deinen nicht zu nahe treten«, sagte sie beschwichtigend. »Ich weiß, dass es aufrechte Männer sind. Doch glaube mir, Kebale hat die unheimliche Gabe, auch die Ehrlichsten auf seine Seite zu ziehen. Ich nehme dein Angebot an, doch lass uns warten, bis es sich nicht mehr vermeiden lässt. Vielleicht wendet sich ja alles zum Guten, und Moke kann Sien noch rechtzeitig benachrichtigen.« Juliana fasste Niru Wa'e fest ins Auge. »Es ist gefährlich geworden auf der Insel«, sagte sie. »Ich möchte nicht, dass dort mehr Menschen sind als nötig.«
Niru Wa'e nickte, doch er wirkte nicht überzeugt. »Wie geht es Rak'abi?«, fragte er, um das Thema zu wechseln.
»Ich weiß es nicht. Manchmal glaube ich, dass er bei Bewusstsein ist, doch dann driftet er wieder in das Zwischenreich. Adele kümmert sich um ihn, und die Männer meines Klans sind bereit, ihn notfalls mit Gewalt gegen Kebale und seine ... seine ... Helfer zu verteidigen. Es ist furchtbar.« Juliana schluchzte auf und schlug die Hände vors Gesicht. Ein Weinkrampf schüttelte sie, bis sie sich wie ein Häufchen Elend fühlte.

Niru Wa'e legte seine Hand auf ihren Rücken. Noch nie hatte er Juliana, die starke Juliana, derart verzweifelt gesehen.
»Niru, was geschieht mit uns?«, presste sie hervor. »Kebale bringt die Rochenkinder gegeneinander auf. Sie sind bereit, das Blut ihrer Brüder zu vergießen. Was habe ich falsch gemacht?«
»Du hast überhaupt nichts falsch gemacht. Es ist Ravuú. Sie ist unberechenbar.«
»Die Göttin?« Juliana nahm die Hände vom Gesicht und richtete sich auf. Ihre Augen waren gerötet, doch der alte Kampfgeist flackerte nach wie vor in ihnen. »Pah! Sie ist so unberechenbar, wie Kebale sie haben will. Du glaubst doch ebenso wenig an Ravuú wie ich! Unter dem Vulkan befindet sich eine zum Bersten gefüllte Magmakammer, die explodieren wird. Morgen, übermorgen oder in drei Jahren, aber es wird passieren.« Juliana holte tief Luft. »Und dann können wir nur hoffen, dass *irgendein* Gott mit uns ist.«

* * *

Birgit wachte mit einem fürchterlichen Geschmack im Mund auf. Sie öffnete die Augen. Gleißend helles Sonnenlicht bohrte sich direkt in ihren ohnehin pochenden Schädel. Sie kniff die Augen wieder zusammen und stöhnte auf. Es ging ihr schlecht, sehr schlecht. Trotzdem musste sie ins Bad. Gegen ihren Schwindel und ihre Übelkeit ankämpfend, setzte sie sich vorsichtig auf. Mit zitternden Beinen, eine Hand immer an der Wand abgestützt, schlich sie ins Bad und übergab sich prompt ins Waschbecken.
Guten Morgen!, dachte sie. Ein wunderbarer Tag kündigt sich an.
Ihr Spiegelbild sah so schlimm aus, dass sie sofort wieder wegsah. Man muss sich in seinem Elend ja nicht suhlen. Sie drehte

den Wasserhahn auf. Das kalte Wasser jagte ein unangenehmes Gefühl über ihre Haut. Trotz der Hitze fror sie: Es war Schüttelfrost. Sie hatte Fieber.

Auf das Zähneputzen verzichtete sie, allein der Gedanke an den Pfefferminzgeschmack der Zahnpasta ließ ihr wieder übel werden. Der Weg zurück zum Bett war kaum zu bewältigen, aber irgendwann hatte sie die sieben Meter doch überwunden. Erleichtert ließ sie sich aufs Bett fallen.

»Na?«

Birgit schrak hoch. Auf dem Nachbarbett saß Alexandra und rieb sich verschlafen die Augen. Ihre blonden Haare standen auf abenteuerliche Weise nach allen Seiten ab, und auf dem Kopf hatte sich eine Art Vogelnest gebildet. Überhaupt ließ Alexandras Aufzug in den letzten Tagen mehr und mehr zu wünschen übrig, stellte Birgit fest.

»Hast du etwa hier geschlafen?«, fragte sie.

»Ja. Wie fühlst du dich?«

»Fürchterlich.«

»Das wundert mich nicht. Es war bestimmt das Zeug aus dem Padang-Restaurant.«

»Vielleicht«, gab Birgit kleinlaut zu. »Aber du hast auch dort gegessen.«

»Keinen Fisch. Bei den vielen Stromausfällen in diesem Land sind Fische Selbstmord.«

»Quatsch.«

»Kein Quatsch. Irgendwann wirst auch du es einsehen.« Alexandra fuhr sich mit gespreizten Fingern durch die Haare und zerstörte das Vogelnest. Dabei fiel ihr Blick auf Birgits Reisewecker. »Es ist ja schon fast drei! Kein Wunder, dass sich das Zimmer in ein Dampfbad verwandelt hat. Ich werde mich jetzt duschen und umziehen, und du überlegst dir in der Zwischenzeit, welche Medikamente ich dir besorgen soll.«

Ohne Birgits Antwort abzuwarten, sprang sie aus dem Bett und rauschte hinaus. Birgit hörte die Tür des Nebenzimmers klappen, kurz darauf das Plätschern der Dusche. Alexandra hat sich tatsächlich verändert, dachte sie. Ob dies die wahre Alexandra ist?

Zwei Stunden später kam Alexandra von ihren Besorgungen zurück. Sie knallte die Tür mit dem Fuß hinter sich zu und warf ihre Handtasche auf das Gästebett. »Ich bin zu einer Entscheidung gelangt«, verkündete sie.
»Schön für dich«, murmelte Birgit. Sie fühlte sich fast so grässlich, wie die Handtasche aussah.
»Ich erzähle es dir gleich«, sagte Alexandra unbeeindruckt. »Aber erst schluckst du eine von diesen Tabletten.«
»Was ist das?«
»Antibiotika. Mit einer Fischvergiftung ist nicht zu spaßen. Davon ist übrigens auch der hiesige Arzt überzeugt. Er kommt später vorbei und untersucht dich.«
»So schlimm wird es schon nicht sein. Wie hast du ihn überhaupt dazu gebracht, einen Hausbesuch zu machen?«
Alexandra setzte einen verzweifelten Gesichtsausdruck auf und klimperte mit den Wimpern. »Überzeugungskraft, Blondhaar«, sagte sie dann lachend, »und ein schönes Honorar.« Sie kippte den Tascheninhalt aufs Bett und kramte herum. Dann suchte sie ein Glas, füllte es mit Mineralwasser und schüttete den Inhalt eines kleinen Beutels hinein. »Eine isotonische Lösung. Weg damit!«, befahl sie und reichte Birgit das zischende und sprudelnde Getränk.
Birgit gehorchte. Ihr wurde sofort wieder schlecht, aber sie trank das Glas heldenhaft leer. Ein paar Minuten später ging es ihr wirklich etwas besser. Sie setzte sich auf und lehnte sich mit dem Rücken gegen die Wand.

»Was für eine Entscheidung?«, fragte sie.
»Wir beenden die Suche.«
»Wie bitte?«
»Du hast richtig gehört: Wir suchen nicht weiter. Sobald du wieder gesund bist, sehen wir uns diese tolle Insel an. Ich habe schon mit dem Autoverleiher gesprochen, der seinen Laden neben unserem Eingang hat. Es ist spottbillig. Wir machen Urlaub, und du bist meine Reiseleiterin, wie gehabt. Du hast doch einen internationalen Führerschein, oder?«, fragte Alexandra und setzte sich neben Birgit auf die Bettkante.
Birgit nickte abwesend. Sie hatte Alexandras Neuigkeit noch nicht verdaut. »Aber du liebst Martin doch.«
Alexandra runzelte die Stirn. »Wie kommst du darauf?«
»Ich weiß nicht. Du siehst oft so traurig aus.« Birgit verstummte hilflos. Sie wusste nicht, wie es in Alexandra aussah, aber sie wusste sehr genau, wie es in ihr aussah. Und ausgesehen hatte. Sie stand kurz davor, in Tränen auszubrechen.
Alexandra nahm ihre Hand. »Na, na«, sagte sie tröstend. »Es ist doch gar nicht dein Mann, sondern meiner. Dein Gefühl täuscht dich übrigens nicht, ich liebe ihn immer noch. Aber wenn ich traurig aussehe, dann wohl hauptsächlich deshalb, weil ich die letzten Jahre mit verbundenen Augen durch meine Ehe gestolpert bin. Ich habe endlich eingesehen, dass wir überhaupt nicht zusammenpassen.«
»Warum denn nicht? Du hast ihn immerhin geheiratet.«
»Ja, das habe ich, und ich bereue es auch nicht. Aber als ich Martin kennenlernte, war ich gerade zweiundzwanzig Jahre alt und der irrigen Annahme, die Welt – und Martin – formen zu können. Das war jedenfalls das Motto, das mir mein Vater eingebleut hat: Alles hört auf mein Kommando. Beruflich habe ich es durchsetzen können: erst ein ausgezeichneter Universitätsabschluss, danach sofort der Einstieg als Juniorpartner im

Büro meines Vaters. Ich habe einen dicken Fisch nach dem anderen an Land gezogen und uns ein Umsatzplus beschert, das selbst meinen Vater zu einem Lob hinriss. Aber mein Privatleben? Nun, du siehst das Ergebnis.«

Alexandra wickelte nachdenklich eine Haarsträhne um den Zeigefinger.

»Martin und ich kommen aus völlig unterschiedlichen Welten; vielleicht hätten wir gar nicht heiraten dürfen. Ich bin die einzige Tochter einer alteingesessenen hanseatischen Unternehmerfamilie, in der alle deutschen Tugenden großgeschrieben werden: Ordnung, Disziplin, Selbstbeherrschung, Fleiß, Erfolg. Der vor allem. Martin ist das genaue Gegenteil. Einen flatterhaften Hallodri hat mein Vater ihn genannt.«

»Da hatte er nicht unrecht.«

»So einfach ist es nicht. Martin ist ein Träumer, ein bezaubernder Träumer. Er ist alles, was ich nie sein durfte: spontan, sorglos und zufrieden mit sich selbst. Ich wäre gern selbst so gewesen und habe mich in diesen Traum verliebt.«

»Bist du deshalb mit ihm nach Malaysia geflogen? Wolltest du es noch einmal versuchen? Deinen Traum wieder zum Leben erwecken?«

»Nicht ganz. Ich habe in die Reise eingewilligt, um Martin zu zeigen, dass er falsch liegt, dass ich durchaus bereit bin, ihm entgegenzukommen, und seine Wünsche ernst nehme. Leider habe ich mich in Malaysia die ganze Zeit über im Kreis gedreht, nur über Martin und meine Enttäuschung über ihn nachgedacht. Diese ganze Reise war ein jämmerlicher Versuch, das Ruder in unserer Beziehung noch einmal herumzureißen.«

»Noch ist es nicht zu spät. Sobald wir ihn finden ...«

»Doch, es ist zu spät.« Alexandra ließ ihre Strähne los und nahm einen tiefen Zug aus der Mineralwasserflasche. »Deine Prophezeiung ist eingetroffen, Birgit. Indonesien macht etwas mit mir. Ich merke nicht nur, wie ich immer gelassener werde und sich meine Sicht auf die Dinge ändert, auch meine Sicht auf mich selbst verändert sich. Ich habe immer nur die Schuld bei Martin gesucht, dabei habe ich ihn fortgetrieben mit meinen ständigen Versuchen, ihn zu formen. Mit meinem Perfektionismus. Man kann einen freien Vogel nicht einsperren. Ich hätte es wissen müssen«, fügte sie hinzu.

Birgit wollte etwas sagen, aber Alexandra winkte ab. »Ich weiß, das klingt alles sehr selbstanklägerisch, aber zur Märtyrerin bin ich dann doch nicht geschaffen. Martin ist tatsächlich ein Hallodri, wenn auch ein ungemein liebenswerter, und so einer taugt nun mal nicht zum Familienvater. Sieh mich nicht so entgeistert an, Birgit. Ich mag ja eine Karrieretante sein, aber Kinder möchte ich trotzdem haben. Je früher, desto besser. Leider hat Martin mich jahrelang auf später vertröstet, ich habe gewartet und gewartet. Hier in der Krankenstation saß ein balinesischer Vater mit seinem Kind. Das Kind hatte nur eine Schnittwunde, aber der Vater war so rührend um die Kleine besorgt, dass ich einen Kloß im Hals bekam. Mir ist bewusst geworden, dass Martin niemals die Verantwortung für ein Kind übernehmen wird. Er schafft es ja kaum, Verantwortung für sein eigenes Leben zu übernehmen.«

»Aber du bist doch ...« Birgit biss sich auf die Zunge. Beinahe hätte sie sich verplappert. »Du solltest trotzdem nichts tun, was du später bereust«, sagte sie.

»Was sollte das sein? Außerdem habe ich mich ja gerade dazu entschlossen, nichts zu tun.«

Birgits Magen krampfte sich zusammen, aber diesmal hatte es nichts mit dem gammeligen Fisch zu tun.

Alexandra streichelte Birgit über die kurzen Haare. »Was ist denn los?«, fragte sie.

Birgit schluckte. Das unangenehme Gefühl im Magen ebbte langsam ab. »Hast du dich eigentlich schon einmal gefragt, warum ich mich auf dein Angebot eingelassen habe?«, fragte sie schließlich.
»Es ging dir offensichtlich nicht nur ums Geld.«
»Stimmt. Da ist noch etwas anderes. Er hieß ..., heißt Graeme. Ein Schotte. Meine große Liebe. Vor dreizehn Jahren traf ich ihn in Thailand.«
Leise, in abgehackten Sätzen und immer wieder unterbrochen von hastigen Ausflügen ins Badezimmer erzählte Birgit Alexandra von ihrem Leben, bevor sie Europa endgültig den Rücken gekehrt hatte. Alexandra hörte ihr konzentriert zu, bis Birgit zu dem Tag von Graemes Verschwinden kam.
»Er ist verschwunden? Einfach so?«, fragte sie dann entsetzt. Ihr war bisher nicht klar gewesen, worauf Birgits Geschichte hinauslief.
»Ja. Am späten Nachmittag. Wir waren den ganzen Tag in Varanasi herumgelaufen, und ich wollte mich in unserer Pension ein wenig ausruhen. Graeme hatte noch Hummeln im Hintern. Ich habe dir ja erzählt, dass er ständig in Bewegung war, Müdigkeit war ohnehin ein Fremdwort für ihn. Nun, er ist noch einmal hinausgegangen, wollte ein paar Postkarten besorgen, einkaufen, was weiß ich. Er gab mir einen Kuss auf die Stirn und ging. Und das war's. Er kam nicht wieder.«
»Aber er muss doch etwas gesagt haben? Habt ihr euch gestritten?«
Birgit schüttelte den Kopf. Der verlorene Ausdruck in ihren Augen verstörte Alexandra.
»Hast du ihn gesucht?«, fragte sie.
»Natürlich«, sagte Birgit tonlos. »Die nächsten Tage und Wochen waren die Hölle. Ich bin zur Polizei gegangen, habe die Botschaft informiert, seine Eltern und Freunde, und jeden Tag bin ich bis

zur Erschöpfung durch die Gassen gelaufen. Habe die Inder aufgespürt, mit denen wir Kontakt hatten, habe mit allen Angestellten auf dem Bahnhof gesprochen, mit Busfahrern und Händlern und Verkäufern. Alle waren nett und hilfsbereit, aber niemand hatte ihn gesehen. Niemand! Einen Zweimetermann mit roten Haaren! Es war, als hätte die Erde ihn verschluckt.«
»Um Gottes willen. Aber Indien ist groß, irgendwo muss er ja gewesen sein. Hat er dir später erklärt, was los war?«
»Du hast es immer noch nicht verstanden: Er ist nie wieder aufgetaucht. Niemand, auch seine Eltern nicht, haben je wieder von ihm gehört. Keine Karte, kein Anruf, nichts.«
»Ist er ...« Alexandra verstummte. Sie konnte den Satz einfach nicht zu Ende bringen.
»Ermordet worden? Vielleicht. Er könnte in den Ganges gestürzt und Richtung Meer getrieben, kriminell oder ein Heiliger geworden sein. Ich weiß es nicht. Und es verfolgt mich, seit Jahren und Jahren und Jahren.« Birgit atmete einige Male tief ein und aus, bis sie sich wieder gefangen hatte. »Wir müssen Martin aufspüren. Ich will nicht, dass dir auch so etwas passiert. Du wirst nie wieder glücklich.«
»Aber mit Martin ist es doch etwas ganz anderes. Er ist mit dieser Kellnerin durchgebrannt. Und nach Deutschland muss er zurückkehren. Seine Sachen sind in unserer Wohnung.«
»Und wenn er nicht kommt? Du wirst dir dein Leben lang Vorwürfe machen, nicht alles in deiner Macht Stehende getan zu haben, glaub mir! Aber da ist noch etwas. Ich habe es dir bisher nicht erzählt, weil ich dich nicht unnötig beunruhigen wollte.«
Alexandra zog die Augenbrauen hoch. »Was denn?«
In diesem Moment klopfte es.
Alexandra stand auf. »Das wird der Arzt sein. Du erzählst nachher weiter«, sagte sie über die Schulter und öffnete die Tür.

Es war tatsächlich der Arzt. Alexandra musste den jungen Balinesen schwer um den Finger gewickelt haben. Er hatte nur Augen für sie und machte ihr ein Kompliment nach dem anderen, bis Birgit sich räusperte.
»*Orang sakit di sini*«, sagte sie säuerlich. Die Kranke ist hier.

* * *

Keke langweilte sich, außerdem knurrte ihm der Magen. Seit Stunden kauerten er, Masakké und Sakké nun schon vor diesem Restaurant und beobachteten die andere Straßenseite, aber nichts geschah. Dass Keke hin und wieder der Duft von gebratenem Fisch und Fleisch in die Nase stieg, trug nicht zur Verbesserung seiner Laune bei.
Masakké schien seine Gedanken gelesen zu haben. »Was ziehst du für ein Gesicht? Passt dir irgendetwas nicht?«, fragte er.
»Nein, nein«, stammelte Keke. Er fühlte sich ertappt.
»Hm. Dann ist ja gut.« Masakké versank wieder in sein Grübeln.
Es läuft nicht so, wie er es sich vorgestellt hat, dachte Keke. Deshalb ist er so feindselig.
Dabei hatte es so gut angefangen: Sofort nach ihrer Ankunft heute Morgen waren sie in einen Bus nach Ubud gestiegen und ohne Zwischenfälle hier angekommen. Masakké hatte sich die Adresse, die in der E-Mail an Juliana gestanden hatte, auf einen Zettel notiert. Mit Hilfe dieses Zettels und eines ortskundigen *Bemo*-Fahrers hatten sie das *Losmen* schnell gefunden. Seitdem herrschte allerdings Ratlosigkeit. Sie konnten die Frau und ihren Freund nicht entdecken, obwohl sie den Eingang des Gartens keinen Moment aus den Augen gelassen hatten. Eine riesige geschnitzte Holzente gab ihnen Sichtschutz, falls die Frau überraschenderweise herauskommen sollte. Es war da-

mit zu rechnen, dass sie trotz der vielen inzwischen verstrichenen Jahre zumindest Sakké sofort erkennen würde. Keke und Masakké waren erst fünfzehn gewesen, als sie gehen musste, aber Keke konnte sich noch gut an den Tag erinnern. An Kebales hämisches Lachen und die versteinerte Miene der Frau, an die schreienden Kinder und das Trommeln, dumpf und endgültig. Und an Julianas Tobsuchtsanfall, als das Boot mit dem Horizont verschmolz. Die Heilerin war auf den *Molang* losgegangen, kreischend und um sich schlagend. Julianas Haare waren damals noch schwarz, wilde, lange Locken, und sie trug ihre Tracht mit dem roten Kopfputz, den Federn und Muscheln und den weißen Zeichnungen auf den bloßen Armen. Ihre Augen waren so weit aufgerissen, dass Keke dachte, sie müssten herausfallen. Sie glich einer Göttin, schrecklich, rächend und zornig.

Eine Verwünschung nach der anderen hatte sie Kebale entgegengeschleudert, bis Keke sich furchtsam hinter die Reihen der Erwachsenen zurückzog. Gleich, gleich musste der *Molang* mit einem lauten Knall in Rauch aufgehen, oder aber die *Nitus* würden über ihn herfallen und ihn zerfetzen. Nichts geschah. Julianas Verwünschungen verpufften ohnmächtig in der schwülen Luft, und schließlich zogen ihre jüngeren Geschwister sie von Kebale fort und brachten sie in ihr Klanhaus.

Keke war bis heute nicht klar, worum es eigentlich gegangen war. Kebale hatte die Frau aus dem Weg haben wollen, aber welche Rolle Ravuú tatsächlich bei deren Vertreibung spielte, hatten viele nicht verstanden.

Keke hatte die Frau gemocht; eine stille Frau, etwa zehn Jahre älter als er, eine entsetzlich traurige Witwe, die zu den meisten freundlich war, wenn sie sich auch von den Leuten des Sonnenuntergangklans fernhielt. Aber das war normal. Juliana und Kebale hassten sich, und wenn sich dieser Hass auch nicht auf alle Klanmitglieder übertragen hatte, so begegneten sie sich doch mit Misstrauen und mieden die anderen, soweit es möglich war.

Aber jetzt schien alles gut zu werden. Masakké hatte ihm gesagt, dass sie die Frau zurückholen sollten. Sie würde sich sicherlich freuen, ihre Heimat wiederzusehen.

Oder nicht? Plötzlich beschlichen Keke Zweifel. Masakké und sein Vater hatten viel geflüstert in den letzten Tagen. Warum waren sie so angespannt und ernst? Wozu die Heimlichtuerei vor ihm? Vertrauten sie ihm nicht?

»Was machen wir jetzt?«, fragte er an Sakké gewandt. »Geh doch einfach in dieses *Losmen* und frage, ob sie da sind.«

Sofort bereute er, den Vorschlag gemacht zu haben. Sakké presste die Zähne zusammen, bis seine Kiefermuskulatur deutlich hervortrat. Sein Blick war so kalt, dass Kekes alte Angst vor ihm sofort zurückkehrte. »Dummkopf«, zischte er und hüllte sich ohne ein weiteres Wort wieder in den Rauch seiner Nelkenzigarette.

»Das können wir nicht«, sagte Masakké. »Es soll eine Überraschung sein.« Er lachte kurz auf. Ein kaltes Lachen.

In seiner Stimme hatte nicht der Hauch von Freundlichkeit gelegen. Keke erschauerte. Was war bloß los? Wo war ihr altes Band? Hatte Masakké ihm irgendwo auf dem langen Weg die Freundschaft aufgekündigt, ohne dass er es gemerkt hatte? Keke zog sich verletzt in sein Schneckenhaus zurück. Mit jedem Satz, mit jeder Handlung ließen Masakké und sein Vater ihn spüren, dass sie ihn für dumm und einfältig hielten, dabei hatte er ihnen keinerlei Grund gegeben, ihn so feindselig zu behandeln. Ich bleibe besser auf der Hut. So dumm, wie sie glauben, bin ich nämlich nicht, dachte er trotzig.

Ein Balinese ging an ihnen vorbei und musterte sie neugierig. Ein paar Meter weiter gesellte er sich zu einigen an der Mauer

lehnenden Taxifahrern. Die Männer lungerten wie die drei aus dem Osten schon seit Stunden dort herum und boten den vorbeischlendernden Touristen ihre Dienste an. Keke sah, dass sie die Köpfe zusammensteckten und immer wieder zu ihm, Sakké und Masakké deuteten.
Masakké hatte es ebenfalls bemerkt. Er erhob sich aus der Hocke. »Wir fallen zu sehr auf. Ich gehe jetzt zum Markt und besorge uns andere Kleidung.«
»Hast du denn genug Geld?«, fragte Keke überrascht.
»Keine Sorge. Kebale hat Vater ausreichend Rupien gegeben.«
Als er sich einige Schritte entfernt hatte, drehte er sich noch einmal um. »Ich verlasse mich darauf, dass du wachsam bist, Keke«, sagte er drohend.
Sakké rauchte schweigend weiter, während Keke immer unheimlicher zumute wurde.

Sie wachten bis lange nach Einbruch der Dunkelheit. Die Frau tauchte nicht auf. Das Restaurant mit der Holzente leerte sich. Vergnügte europäische Paare gingen Hand in Hand an Keke und seinen Begleitern vorbei, warfen ihnen kurz neugierige Blicke zu und verschwanden dann in den Zugängen zu ihren *Losmen*, ohne sich noch einmal umzudrehen. Die von Masakké gekauften Hemden und Hosen wirkten wie eine Tarnkappe: Die drei glichen nun einigermaßen den Balinesen. Keke hatte sich mittlerweile an die *Orang Touris* gewöhnt. Im Laufe des Tages war er zu der Überzeugung gelangt, dass sie auch nur gewöhnliche Menschen waren, wenn auch viele von ihnen diese seltsamen hellen Fischaugen hatten und ihre Haare und Kleidung ihn immer wieder in Staunen versetzten.
Bald war niemand mehr auf der Straße zu sehen. Die Menschen hatten sich in den Schutz ihrer Häuser verkrochen und Ubud den streunenden Hunden überlassen.

Masakké gähnte. »Sie kommt nicht mehr. Lasst uns einen Platz zum Schlafen finden.«
Keke sah sich um. Die Straße war von Autos, Geschäften und Mauern gesäumt. Es gab keine Rückzugsmöglichkeit. »Aber wo?«, fragte er ratlos.
»Auf dem Herweg sind wir an einem Wald entlanggefahren. Er müsste ein Stück die Straße hinunter beginnen. Gehen wir.«
Sie fanden den Wald, suchten sich einen geschützten Platz, säuberten ihn von feuchtem Laub, um zu verhindern, dass Blutegel sie aufspürten, und rollten ihre dünnen Webdecken auf dem Boden aus. Wenige Minuten später waren Masakké und sein Vater eingeschlafen. Keke lag noch lange wach und starrte in das dichte Laubdach über seinem Kopf. Er hätte nie gedacht, dass das Schicksal ihn einmal so weit in die Welt hinaustreiben würde. Er hatte in kurzer Zeit so viel Neues gesehen, dass ihm der Kopf zu platzen drohte.

* * *

Der Arzt untersuchte Birgit gründlich, stellte viele Fragen und verschwand schließlich mit ihren Blut- und Stuhlproben und dem Versprechen, sich zu melden, sobald die Laborbefunde eintrafen. Die Tropennacht war mittlerweile hereingebrochen. Der Duft von Blüten, die sich nur in der Dunkelheit entfalten, schwebte herein und milderte ein wenig die abgestandene, kranke Luft in Birgits Bungalow.
»Da hast du noch einmal Glück gehabt«, sagte Alexandra. »Keine Salmonellen, kein – wie hieß das?«
»Ciguatera oder so. Aber er hat doch gesagt, dass er erst nach der Laboruntersuchung sicher sein kann«, bemerkte Birgit kleinlaut.
»Er hat aber auch gesagt, dass es dir im Falle von Salmonellen oder Ci..., Ci..., ach egal, also, dass es dir in dem Falle wesent-

lich schlechter gehen würde. Du fühlst dich doch wirklich etwas besser, oder?«

»Ja.«

»Na also.« Alexandra stand auf und strich über ihr hellgelbes Kleid. Es war so zerknittert, dass es all seine Eleganz eingebüßt hatte. »Ich gehe kurz zu mir rüber. Dein Badezimmer ist mir dann doch etwas zu bazillen-, amöben- und parasitenverseucht.«

Birgit lag noch etwas auf dem Herzen. »Alexandra?«, rief sie, als Alexandra die Tür erreicht hatte.

»Ja?«

»Ich habe dich nicht gemocht. Überhaupt nicht. Insgeheim habe ich Martin verstanden. Aber du bist doch ganz anders. Entschuldige …«, stotterte sie. Sie wusste nicht mehr weiter.

Alexandra sah sie lange an. »Da gibt es nichts zu entschuldigen. Ich wollte nicht gemocht werden«, sagte sie schließlich. »Weil ich mich selbst nicht mag.« Ohne Birgit die Chance zum Antworten zu geben, verließ sie das Zimmer und zog die Tür leise hinter sich zu.

Zwanzig Minuten später war sie wieder da.

»Ich fand dich am Anfang übrigens auch furchtbar. Wir sind also quitt«, sagte sie beiläufig. »Und jetzt erzähl mir, was dich noch beunruhigt.«

»Dafür muss ich dir zuerst eine Frage stellen: Ist Martin tätowiert?«

»Ja«, sagte Alexandra überrascht. »Ein riesiges Bild auf seiner Brust. Ich finde es abstoßend, aber er hatte es schon, als ich ihn kennenlernte. Er trägt deswegen meistens ein T-Shirt, selbst am Strand. Weshalb willst du das wissen?«

»Später. Hast du eine Ahnung, was die Tätowierung darstellt? Wer sie gestochen hat? Und wo?«

»Das weiß ich allerdings. Er hat mir die ganze Geschichte erzählt. Ein bisschen unheimlich, wenn du mich fragst.«

»Schieß los!«

Amsterdam, Februar 1992

Es war höchste Zeit, Fersengeld zu geben. Martin, Holger, Maik und Andi beendeten ihre Vorstellung und sprinteten den Oudezijds Achterburgwal entlang. Die Schaufenster mit den Prostituierten zogen rechts an ihnen vorbei; links schwappte das dunkle Wasser der Gracht. Sie erreichten eine Brücke, überquerten sie im Laufschritt und tauchten kurz darauf in eine sehr schmale, nur spärlich beleuchtete Seitengasse ein, wo sie sich lachend auf einen Treppenaufgang fallen ließen. Martin bildete sich ein, immer noch die schrillen Stimmen der Huren hören zu können, die ihnen wütende Verwünschungen in ihrer jeweiligen Muttersprache hinterhergebrüllt hatten.
Die Prostituierten waren stinksauer, und unter anderen Umständen, an einem anderen Ort hätte Martin sich wahrscheinlich für sein albernes Verhalten geschämt. Er war aber nicht an einem anderen Ort, sondern hier in Amsterdam. Allein die Tatsache, dass sie ein paar Tage in dieser wunderbaren, durchgeknallten Stadt feiern konnten, hatte sowohl bei ihm als auch bei seinen Kumpels für ein nicht endend wollendes Hochgefühl gesorgt, und so waren sie schließlich in dem berüchtigten Rotlichtviertel der Stadt gelandet mit seinen pinkfarben ausgeleuchteten Schaufenstern, in denen gelangweilte Huren aus aller Herren Länder auf Kundschaft warteten. Sie mussten mindestens ein Dutzend Mal die Straße auf und ab geschlendert sein, bis Holger die Idee hatte, einen Tanz vor den Fenstern aufzuführen. Anfangs fanden die Damen die vier grünen Jungs aus der deutschen Provinz ganz amüsant, aber irgendwann war die Stimmung umgeschlagen, wahrscheinlich als Andi im Überschwang der Gefühle begann, eine Parodie auf die Huren aufzuführen. Andi war ein guter Schauspieler, ein zu guter, wie sich herausstellte. Als die Damen von ihren Barhockern stiegen

und Anstalten machten, auf die Straße zu kommen, waren Martin und seine Freunde lieber losgerannt. Mehr als eine der Prostituierten sah aus, als könnte sie ordentlich Prügel verteilen.
»Oh, Mann, was für ein Spaß!«, keuchte Holger, nachdem er einigermaßen zu Atem gekommen war. »Habt ihr den Gesichtsausdruck von der Dicken in dem hellblauen Federdingsda gesehen?« Eine neue Lachsalve schüttelte ihn, und er konnte nicht weitersprechen. Auch Andi und Maik prusteten wieder los.
Martin stand auf und rieb sich mit behandschuhten Händen über den Hosenboden. Die Kälte der Treppenstufe, auf die er gesunken war, hatte ihn endgültig in die reale Welt zurückgeholt. Amsterdam war eine tolle Stadt, keine Frage, aber Ende Februar genauso arschkalt wie Soltau. Er fing an zu kichern und klatschte sich die Hände noch einmal zur Bestätigung auf den Hintern: arschkalt. Jetzt wusste er endlich, woher das Wort kam.
»Los, aufstehen«, sagte er zu seinen drei Freunden. »Sonst holt ihr euch noch Hämorrhoiden.«
»Hä... Hä... Hämo-was? Kann man die essen?« Andi kugelte sich schon wieder vor Lachen über einen Witz, den nur er verstand. Auch mit den anderen beiden war nichts anzufangen. In einem Anflug von Vernunft fragte Martin sich, ob sie nicht vielleicht doch zu viel gekifft hatten. Er selbst war völlig nüchtern, weil er bei ihrem letzten Koffieshopbesuch heute Nachmittag pausiert hatte, aber dann musste er ebenfalls grinsen: Es war einfach großartig, mit den besten Freunden in Amsterdam zu sein und die Sau rauszulassen. Sie hatten es sich verdammt noch mal verdient, nach all dem Stress mit den Abiklausuren. Und wenn sie wieder zurück in Soltau waren, ging es sofort weiter mit dem Lernen für die mündlichen Prüfungen. Martin stampfte mit den Füßen auf, um die Kälte zu vertreiben. Nicht jetzt über

Prüfungen nachdenken. Sie hatten schließlich noch drei Tage Freiheit vor sich, die genutzt werden mussten.

»Los jetzt!«, sagte er in einem erneuten Versuch, seine Freunde zum Aufstehen zu bewegen. Er ging von einem zum anderen und versetzte ihnen leichte Tritte. »Setzt euch in Bewegung, ihr Chaoten! Es ist schon fast acht Uhr. Ich will jetzt endlich was essen gehen, und dann könnten wir ja vielleicht noch ...«

»Was könnten wir?«, fragte Andi und rappelte sich hoch.

Martin antwortete nicht. Er war wie angewurzelt neben Holger stehen geblieben und starrte die Gasse hinunter.

Andi trat neben ihn. Er schüttelte sich vor Kälte wie ein Hund und wickelte dann seinen Schal fest um Hals, Mund und Ohren, bis er aussah wie eine Schildkröte mit Kopfschmerzen. »Was ist denn los?«, fragte er. Seine Stimme war durch den Schal kaum verständlich. »Hast du deine Zunge verschluckt?«

Martin schüttelte langsam den Kopf. »Nein, nein«, sagte er. »Aber sieh mal dort.«

Andi folgte mit dem Blick Martins ausgestrecktem Finger, bis er ein altertümlich anmutendes Firmenschild aus Holz entdeckte, das drei oder vier Häuser weiter über dem Eingang einer Kellertür pendelte. Ein versteckt angebrachter Strahler leuchtete das Schild an, und eine kleine Lichtpfütze ergoss sich über die Gasse; wahrscheinlich stand die Tür des Ladens einen Spalt offen.

»Ein Tätowierstudio«, sagte Andi unbeeindruckt. »Na und?«

Martin ging wie hypnotisiert auf den Laden zu, um das Holzschild genauer zu betrachten. Es waren zwei Schilder: Von einem schmiedeeisernen Galgen hing eine verwitterte Holztafel, an der wiederum ein moderneres Schild befestigt war, auf dem »Hugo Tattoo Art« stand. Martins Aufmerksamkeit war von der alten Holztafel gefesselt. Obwohl hier und da die Farbe abblätterte, war das daraufgemalte Motiv noch immer gut zu erkennen. Im ersten Moment hatte Martin gedacht, dass die kräfti-

gen Linien und Ornamente ein zufälliges Muster ergäben, aber als er jetzt genauer hinsah, verbanden sich die Linien zu einem stark abstrahierten Mantarochen, dessen zwei hörnerähnliche Auswüchse am Kopf nach oben ragten, während der lange dünne Schwanz nach unten zeigte und sich mit der Spitze eines auf der Basis stehenden Kegels verband. Martin ließ die Augenlider flattern, um das Motiv unscharf zu stellen, und tatsächlich kippte das Bild: Die komplizierten Muster auf der Fläche des Kegels bildeten jetzt ein Gesicht. Sofort ergaben auch die zwei kleinen Auswüchse Sinn: Es waren Reißzähne. Martin öffnete die Augen wieder. Die Fratze mit den Zähnen war noch da, ebenso der Manta. Den Kopf immer noch in den Nacken gelegt, trat er einen Schritt näher. Auch der Kegel erinnerte ihn an etwas, aber er kam nicht darauf, woran. Über dem Bild stand der alte Name des Ladens in handgemalten, verschlungenen Buchstaben. Martin brauchte eine Weile, bis er ihn entziffert hatte: »De Tatoeage Oost-Indië«.
»*Hoi! Kann ik je misschien helpen?*«
Die Stimme war von unten gekommen. Martin trat erschrocken einen Schritt zurück. Er hatte gar nicht bemerkt, dass er mittlerweile direkt vor der Treppe stand, die in das Reich des Tätowierers führte. In der geöffneten Kellertür lehnte ein sehr großer und sehr muskulöser Mann mit bis weit über die Schultern fallenden Haaren, deren Blond zu einem hellen, gelblichen Grau verblichen war. Martin schätzte den Mann, der seine dunkelblauen, von tiefen Falten umgebenen Augen mit einem zugleich fragenden als auch amüsierten Ausdruck auf ihn gerichtet hielt, auf mindestens sechzig Jahre.
»Willst du dich tätowieren lassen?«, fragte der langhaarige Hüne. Er sprach jetzt Deutsch mit einem weichen holländischen Akzent.
»Äh, ja. Nein. Ich weiß nicht«, stotterte Martin.

»Komm erst mal rein. Du bist ja völlig durchgefroren.«
Martin stieg zögernd die wenigen Stufen zu dem Laden hinab. Der Mann schüchterte ihn ein, aber auf der anderen Seite übte das helle Lichtviereck einen unerklärlichen Zauber auf ihn aus. Eine ernste und irgendwie feierliche Stimmung hatte ihn ergriffen. Die ausgelassene Fröhlichkeit, die ihn nur wenige Minuten zuvor durch die Straßen der Stadt getrieben hatte, war wie weggeblasen. Martin wollte unbedingt wissen, was sich hinter dem breiten Kreuz des Tätowierers verbarg.
»Woher wissen Sie, dass ich Deutscher bin?«, fragte er.
Der Mann zuckte nur die Achseln und sah ihn so vielsagend an, dass Martin verstummte und wortlos an dem Hünen vorbeischlüpfte.
Martin hätte nicht sagen können, was er erwartete hatte, aber er war ganz sicher, dass es nichts mit dem zu tun hatte, was er nun sah: Der Laden war wesentlich größer, als der bescheidene Eingang vermuten ließ, und bis zum Bersten mit Dingen gefüllt. Martin blieb verblüfft stehen und wartete, bis sich seine Augen an das müde Licht im Inneren gewöhnt hatten. Die rückwärtige Seite des Raumes war mit dunkelbraunem Samt verhängt, aber an den übrigen drei Wänden reihten sich Regale, antike Kommoden, Stühle und Tische mit wuchtigen Löwenfüßen aneinander. Jedes einzelne Regalbord, jede Tischplatte und selbst die brokatbezogenen Sitzflächen der Stühle waren mit Gegenstände aus weit entfernten, geheimnisvollen Ländern bedeckt.
Völlig entrückt erkundete Martin den Raum und nahm alles in sich auf. Er sah Urnen aus blau bemaltem Porzellan und winzige, bestickte Schühchen aus China, er ließ seine Finger über die polierten Innenwände von gigantischen Schneckenhäusern wandern, öffnete neugierig einen burmesischen Zeremonienschirm und blätterte in einem vergilbten Buch voller alter Stiche von Südseeinsulanern mit fantastischen Tätowierungen.

Der riesige Holländer ließ ihn in Ruhe, und Martin registrierte nur am Rande, dass seine Freunde ebenfalls die Treppe heruntergekommen waren und sich im Eingang zusammendrängten. Irgendwann mussten sie doch den Mut aufgebracht haben, die seltsame Wunderhöhle zu betreten, denn nach einer Weile stellte sich Holger neben Martin.
»Lass uns gehen«, flüsterte er. »Es gefällt mir hier nicht. Ich finde es ziemlich gruselig.« Wie zur Unterstreichung drehte er eine glubschäugige Götzenfigur mit dem Gesicht zur Wand.
Martin hatte Holger nicht verstanden. Ihm war, als würde er aus einer Trance erwachen. »Was?«, fragte er.
»Wir sollten verschwinden. Der Mann sieht uns schon die ganze Zeit so komisch an.«
»Welcher Mann?«
»Bist du völlig weggetreten, oder was? Der Mann, dem der Laden gehört, wer sonst.«
Martin drehte sich um. Der Tätowierer saß auf der anderen Seite des großen Ladens in einem riesigen, mit goldgemustertem Brokat bezogenen Polstersessel und beobachtete belustigt die auf Zehenspitzen durch seine Schatzkammer schleichenden jungen Deutschen. Als seine und Martins Blicke sich trafen, glitt ein Lächeln über das Gesicht des Mannes. Plötzlich wusste Martin, was er wollte. Er legte die tibetische Gebetsmühle, mit der er gespielt hatte, vorsichtig zurück auf ihren Platz neben einem dicken, lachenden Bronzebuddha, ließ Holger einfach stehen und durchquerte den Raum.
Vor dem Holländer richtete er sich zu seiner vollen Höhe auf.
»Ich möchte, dass Sie mich tätowieren«, sagte er fest.
»Ich weiß.«
»Woher?« Wieder traf Martin ein Blick, der ihn zum Schweigen brachte. Es war auch egal.
»Hast du ein eigenes Motiv mitgebracht?«, fragte der Holländer.

»Nein. Stechen Sie mir das Bild von Ihrem Ladenschild.«
Es war schon vorher sehr ruhig gewesen, aber die Stille, die sich jetzt über den Raum senkte, war absolut. Niemand bewegte sich, niemand sprach.
Nachdem er Martin nachdenklich von oben bis unten gemustert hatte, ergriff der Tätowierer als Erster das Wort. »Hast du getrunken? Gekifft?«, fragte er.
»Nein.«
»Dann ist es mir eine Ehre«, sagte er, stemmte sich aus seinem Sessel und ging auf den dunkelbraunen Samtvorhang zu. »Folge mir.«
Die anderen hatten dem Gespräch von Martin und dem Tätowierer mit angehaltenem Atem gelauscht, aber nun war der Bann gebrochen. Es kam wieder Leben in sie.
»Bist du verrückt geworden?«, rief Holger. Mit drei langen Schritten war er bei Martin. Er packte ihn am Jackenärmel und wollte ihn zurückhalten, aber Martin riss sich los.
»Lass mich! Ich weiß, was ich tue.«
»Da bin ich mir nicht so sicher«, sagte Holger. »Hast du denn überhaupt genug Geld?«
Bevor Martin antworten konnte, drehte der Tätowierer sich um. »Keine Sorge«, sagte er zu Holger. »Sein Geld wird schon reichen.«
Dann zog er mit einer schnellen Bewegung den Vorhang beiseite und drückte auf einen Lichtschalter. Eine Neonröhre flackerte mehrmals kurz auf und verbreitete dann ein so helles Licht, dass Martin und die anderen die Augen zusammenkneifen mussten. Der Kontrast hätte nicht stärker sein können: Im Gegensatz zu dem staubigen und chaotischen Laden verbarg sich hinter dem Vorhang eine pingelig saubere, beinahe leere Nische, die lediglich eine verstellbare Liege, einen kleinen Arbeitstisch mit vielen Schubladen und einen Drehhocker beherberg-

te. Mehrere Kabel schlängelten sich auf den Tisch und endeten in einem auf der Tischplatte bereitliegenden, abenteuerlich aussehenden Gerät mit vielen Schrauben, Gelenken und zwei glänzenden Trommeln. Schraubenzieher unterschiedlicher Größe, ein Paket Küchentücher, ein Zerstäuber, Vaseline und mehrere mit bunten Tinten gefüllte Fläschchen vervollständigten das Ensemble.

»Zieh deine Jacke und deinen Pullover aus und leg dich auf die Pritsche«, sagte der Tätowierer und schaltete einen unter der Decke befestigten Heizstrahler ein. »Es wird gleich warm.«

Martin war stehen geblieben. Er machte keine Anstalten, sich auszuziehen. »Jetzt?«, fragte er ungläubig. »Es muss bald neun Uhr sein. Sie brauchen doch sicher die ganze Nacht.«

»Nein, so lange dauert es nicht«, antwortete der Holländer. »Und selbst wenn: Ich bin ein Nachtmensch. Los, leg dich da hin!«

Martin zog langsam den Reißverschluss seiner Jacke auf. War es wirklich eine gute Idee? Holger und Andi bemerkten seine Unsicherheit und versuchten, ihn aus dem Laden zu locken.

»Nun komm schon«, sagte Holger. »Du willst doch gar keine Tätowierung.«

»Morgen bereust du es«, schaltete Andi sich ein. »Deine Alten werden auch nicht gerade begeistert sein.«

Martin drehte sich zu Andi um. »Seit wann kümmert dich die Meinung von Eltern? Falls du es vergessen haben solltest: Ich bin volljährig.«

»Also, ich finde ein Tattoo ziemlich cool.«

Die drei fuhren herum. Maik saß im Sessel des Tätowierers und sah grinsend von einem zum anderen. Auf seinen Knien lag das aufgeschlagene Buch mit den tätowierten Südseeinsulanern. »Wenn Martins Tattoo gut wird, lasse ich mir vielleicht auch eins stechen.«

Maiks Einwurf gab den Ausschlag. Martin zog seine Jacke und seinen Pullover aus und schwang sich auf die Liege des Tätowierers.

»Ich hätte es gerne auf dem rechten Oberarm«, sagte er.

»Das geht leider nicht«, sagte der Tätowierer.

»Wie bitte?«

»Der einzig mögliche Platz für diese Tätowierung ist die Brust, genau in der Mitte. Wenn du ein Tattoo auf den Oberarm haben möchtest, musst du dir ein anderes Motiv aussuchen.« Sein Ton war so bestimmt, dass Martin sich fügte. Er wollte kein anderes Motiv, sondern diesen geheimnisvollen Rochen. Im Prinzip war es ihm egal, wohin er kam. Je länger er darüber nachdachte, desto mehr erschien ihm die Brust der einzig richtige Ort zu sein.

»Warum ist die Stelle so wichtig?«, fragte er neugierig und machte es sich auf der Liege bequem.

»Das ist eine lange Geschichte. Ich erzähle sie dir, während ich arbeite. Ich heiße übrigens Hugo. Du kannst mich duzen.«

»Danke. Ich bin Martin.«

»Martin? Hm.« Hugo öffnete eine der Schubladen, holte Rasierschaum und einen Nassrasierer hervor und seifte Martin die Brust ein. »Du hast zwar kaum Haare, aber je glatter die Haut ist, desto besser«, sagte er und rasierte Martin mit großzügigen Strichen. Dann wischte er die Brust trocken und stand auf. Holger, Andi und Maik, die neugierig näher gekommen waren, traten beiseite, um ihn vorbeizulassen. Hugo kramte eine Weile in den Tiefen seines Ladens, der ihnen jetzt noch düsterer vorkam als vorher, und kehrte dann mit einer abgegriffenen Ledermappe zurück. Nach kurzem Blättern zog er ein stark vergilbtes Blatt Papier hervor. Die Jungen reckten die Hälse. Auf dem Blatt war das Motiv des Ladenschilds zu sehen. Jemand hatte mit Bleistift Kommentare dazu geschrieben und hier und da sogar einen

Pfeil angebracht, aber die Schrift war so krakelig, dass weder Martin noch seine drei Freunde etwas entziffern konnten.

Hugo hielt das Blatt vor Martins Brust und kontrollierte die Position. Das Motiv war etwa zwanzig Zentimeter breit und beinahe dreißig Zentimeter hoch, aber da es aus feinen Linien und wenigen Flächen bestand, wirkte es trotz seiner Größe nicht plump. Die geschwungenen Flügel des Rochens folgten mit etwas Abstand der Form von Martins Schlüsselbein, während der Schwanz exakt auf der Mitte des Brustbeins saß und sich etwas unterhalb des Solarplexus wieder zu der Maske auf dem Kegel erweiterte. Hugo hielt Martin einen Handspiegel vor, damit er die Wirkung überprüfen konnte.

»Ist es nicht ein bisschen groß?«, fragte Martin zaghaft. »Ich werde meine Hemden immer geschlossen tragen müssen.«

»Noch kannst du den Schwanz einziehen«, sagte Hugo mit einem Achselzucken. »Du hast die Wahl. Im Übrigen kannst den oberen Knopf auflassen«, fügte er grinsend hinzu. Es war ein komplizenhaftes Grinsen, und Martin lächelte zurück. Er hatte das Gefühl, mit dieser Tätowierung einen großen Schritt zu machen: Es war seine erste weitreichende Entscheidung als Erwachsener; das Ergebnis würde ihn sein ganzes Leben begleiten. Ein Tattoo wurde man nicht wieder los. »Eben«, vervollständigte er seinen Gedankengang laut, wenn auch nicht verständlich für die anderen. »Leg los!«

Hugo fertigte eine Matrize des Motivs an und übertrug sie dann auf Martins Brust. Von dem aufsteigenden Alkoholgeruch begannen Martins Augen zu tränen, aber er zwinkerte die Flüssigkeit fort. Gebannt beobachtete er Hugos Vorbereitungen. Während die Vorlage trocknete, beschäftigte sich der Tätowierer mit der Tätowiermaschine, justierte hier ein Schräubchen, kontrollierte dort ein Scharnier und steckte schließlich eine lange, gefährlich aussehende Nadel in den dafür vorgesehenen Schacht.

Dann schaltete er die Maschine ein. Sofort erfüllte ein lautes Rattern den Raum. Hugo wog sie in der Hand, schaltete sie wieder aus und legte sie sichtlich befriedigt beiseite. Als Nächstes füllte er ein kleines Näpfchen mit Farbe und testete dann die Zeichnung auf Martins Haut. Als er feststellte, dass sie trocken war, desinfizierte er die Haut und schickte Martins Freunde fort. Er mochte es nicht, wenn ihm jemand beim Stechen zusah.

Sobald sich die Tür hinter Holger, Andi und Maik geschlossen hatte, nahm Hugo die Maschine auf. In seinen großen Händen wirkte sie winzig. Martin fragte sich noch, wie ein Mann mit solchen Pranken die delikaten Linien und Muster der Tätowierung nachzeichnen konnte, als Hugo die Nadel ein erstes Mal ansetzte. Martin zuckte kurz zurück, aber dann entspannte er sich: Der Schmerz war längst nicht so stark, wie er befürchtet hatte.

Hugo arbeitete zügig und konzentriert. Obwohl sein Kopf dicht vor Martins Gesicht war, hob er selten den Blick und wenn, dann nur, um die Nadel erneut in das Farbtöpfchen zu senken. Immer wieder wischte er überflüssige Tinte von der Zeichnung und verglich sie mit der alten Vorlage. Das gleichmäßige Rattern des Tätowierapparats, die Wärme des Heizstrahlers und die erzwungene Untätigkeit machten Martin nach einer Weile trotz des leichten Schmerzes so schläfrig, dass ihm die Augen zufielen, und er driftete in einen Zustand zwischen Schlaf und Wachen. Irgendwann fragte ihn der Holländer etwas. Martin antwortete mit einem Brummen. Der Holländer begann mit leiser Stimme zu erzählen, eine lange komplizierte Geschichte über die Inseln, wo der Pfeffer wächst, über den Urgroßvater, über ein türkisfarbenes Meer und Boote und Rochen. Am Ende verschwamm die ganze lange Geschichte zu einem einzigen unverständlichen Wortsalat, an dessen Inhalt sich Martin sein Leben lang nur bruchstückhaft erinnern würde, sosehr er sich auch das Hirn zermarterte.

»Willst du ein Bier?«

Martin schreckte aus seinem trägen Dösen auf und öffnete die Augen. Hugo stand vor der Liege und hielt ihm eine Flasche Amstel hin. Martin nahm das Bier und richtete sich auf, noch immer benommen. Seine Brust fühlte sich an, als hätte er zu lange unter der Höhensonne gelegen. Neugierig schaute er nach unten. Tatsächlich prangte auf seinem Körper nun die faszinierende Zeichnung, und sie würde für immer dort bleiben.

»Gefällt es dir?«, fragte Hugo. Er nahm einen tiefen Zug aus seiner Flasche.

Martin nickte. Die Tätowierung gefiel ihm sogar sehr gut, aber es würde eine Weile dauern, bis er sich an den Anblick gewöhnt hatte. Außerdem war seine Haut stark gerötet und angeschwollen, was ihn ein wenig beunruhigte.

Hugo hatte seine Frage vorausgesehen. »Übermorgen sieht alles schon viel besser aus, und in ein paar Wochen ist auch die letzte Entzündung abgeklungen. Ich zeige dir, wie du die Tätowierung pflegen musst.«

Martin räusperte sich. »Wie viel bekommst du dafür?«

»Wie viel ist sie dir wert?«

»Auf jeden Fall mehr, als ich dir geben kann«, sagte Martin und nestelte seine Brieftasche aus der Gesäßtasche. Nachdem er den Inhalt inspiziert hatte, zog er einige Scheine heraus und reichte sie Hugo. »Meine Gulden habe ich fast alle ausgegeben. Wären einhundertzwanzig Mark in Ordnung? Ich habe noch etwas mehr, aber ich muss ja die nächsten zwei Tage auch von etwas leben«, fügte er entschuldigend hinzu.

Hugo nahm das Geld, zählte es und gab Martin einen Fünfzigmarkschein zurück. »Das reicht.«

»Bist du sicher? Du hast doch ein paar Stunden gearbeitet.«

Hugo unterbrach ihn. »Das mag sein«, sagte er, »aber ich freue mich wirklich darüber, dass du dieses Motiv ausgewählt hast, und deshalb bekommst du es sozusagen zum Selbstkostenpreis.«
»Dieses Bild ist wunderschön«, sagte Martin erstaunt. »Ich könnte mir vorstellen, dass dich alle naselang jemand darum bittet.«
»Täusch dich nicht«, sagte Hugo und half Martin von der Liege. Er rieb ihm die Brust mit einer entzündungshemmenden Salbe ein, wies ihn an, sich wieder anzuziehen, und begleitete ihn dann zur Tür. Als er sie öffnete, traf sie ein Schwall eiskalter Luft. Martin zog den Kopf tiefer in seinen Kragen und drehte sich zu dem Tätowierer um.
»Danke«, sagte er.
»Keine Ursache«, antwortete der bärengroße Mann mit einem breiten Lächeln. Für den Bruchteil einer Sekunde sah es so aus, als wollte der Tätowierer Martin in den Arm nehmen. Der Augenblick ging schnell vorüber. »Ich habe den Laden seit über dreißig Jahren«, sagte er zusammenhangslos. »Du warst der Erste, der den Rochen haben wollte. Und jetzt hau ab zu deinen Freunden und gib ordentlich an!«
Martin gehorchte und sprang die Stufen hinauf. Als er oben angekommen war, wandte er sich noch einmal um. Hugo hatte sich gerade vorgebeugt und angelte nach einer Plastiktüte, die sich im Treppengeländer verfangen hatte. Dabei klaffte sein Hemd ein wenig auf. In dem diffusen Licht, das aus dem Laden drang, konnte Martin eine Tätowierung auf der Brust des Mannes erkennen. Überrascht registrierte er, dass es dieselbe Tätowierung war, die er nun auch hatte. Ohne ein weiteres Wort zu sagen, ging er in die dunkle Nacht davon. Vielleicht hatte er sich geirrt. Das Licht war wirklich schlecht gewesen.

15 | Mittwoch, 6. Dezember 2006

Alexandra fühlte sich zerschlagen, als sie am nächsten Morgen aufwachte. Der Schlaf war alles andere als erholsam gewesen. Birgits Bericht über die seltsamen Fotos wirbelte in ihrem Kopf herum. Sie konnte sich ebenso wenig wie Birgit einen Reim darauf machen. Was führte diese Kellnerin im Schilde? Oder gab es eine völlig harmlose Erklärung? War sie einfach fasziniert von der Tätowierung und hatte das Motiv einem befreundeten Tätowierer geschickt?

Blödsinn. Hahnebüchener Blödsinn. Alexandra warf das Laken beiseite und ging ins Bad. So viel Zufall gab es nicht. Die Kellnerin hatte ein Techtelmechtel mit Martin begonnen, weil er die Tätowierung hatte. Noch mal Blödsinn: Sie konnte gar nicht gewusst haben, dass Martin tätowiert war. Er trug grundsätzlich den Oberkörper bedeckt, weil er es hasste, wenn die Leute ihn anstarrten. Die Tätowierung war einfach zu auffällig. Also hatte wohl doch eher er der Kellnerin schöne Augen gemacht. Und dann hatte sie die Tätowierung gesehen. Und dann – ja, was dann? Alexandra putzte sich mit ruppigen Bewegungen die Zähne; sie hatte einfach keine Lust mehr, sich den Anweisungen ihres Zahnarztes zu fügen. Wirst du langsam aufsässig?, fragte sie sich. Nach dreißig Jahren reibungslosen Funktionierens war es eigentlich an der Zeit. Sie zog eine Grimasse. Zurück im Zimmer, inspizierte sie den Inhalt ihres Schranks. Viele saubere Sachen waren nicht mehr übrig; sie musste das

Zeug dringend zum Waschen geben. Oder auch nicht. Nachdem sie ein Stück nach dem anderen geprüft und dann auf einen immer größer werdenden Haufen geworfen hatte, stellte sie fest, dass ihr nichts, aber auch gar nichts davon gefiel. Zu mondän, zu sexy. Und zu teuer. Jawohl, teures Gelumpe, ein Panzer aus Chiffon und Seide und Leinen, um zu Hause, in ihren Kreisen, nicht ausgelacht zu werden. Und hier lachte Birgit sie aus, wegen ihrer Stöckelschuhe und des Handtaschenmonstrums, das zwar vom richtigen Designer, aber bei Licht betrachtet eigentlich potthässlich war. Die anderen Touristen musterten sie abschätzig – *Was macht die denn hier? Sollte die nicht in irgendeinem abgeschotteten Fünfsternebunker sein?* –, und Alexandra wusste mit einem Mal, dass sie genau dort weder sein sollte noch wollte.

Sie fischte ein möglichst neutrales Kleid aus dem Stoffhaufen und streifte es über. Für heute würde es noch gehen, aber sie musste Abhilfe schaffen. Sie brauchte keinen Panzer mehr. Was Martin anbelangte – er hat sich selbst in den Schlamassel geritten. Wenn es denn überhaupt einer war. Birgit malte den Teufel an die Wand, und gestern Abend hatte Alexandra ihn tatsächlich ums Haus schleichen sehen, mit Hörnern und allem, was zu einem Teufel gehört. Aber das war gestern Abend gewesen. Das Tageslicht hatte ihn vertrieben. Alexandra freute sich auf einen neuen, spannenden Tag im Paradies.

Birgit war schon angezogen, als sie Alexandra die Tür öffnete.

»Du siehst besser aus«, stellte Alexandra fest.

»Ein bisschen. Ich bin immer noch ganz schön wackelig, aber ich dachte, trocken Brot und Wasser in dem Restaurant gegenüber können nicht schaden. Mir fällt hier langsam die Decke auf den Kopf.«

»Na, dann los!«

Während des Frühstücks versuchte Birgit erneut, Alexandra zu überzeugen, dass sie weitersuchen müsse.

»Ich muss überhaupt nicht«, sagte Alexandra. »Außerdem spreche ich kein Indonesisch, und du bist noch nicht fit genug, um mit mir in Ubud herumzulaufen.«
»Dann tu es mir zuliebe.«
»Was versprichst du dir davon?« Alexandra kniff die Augen zusammen. »Die Küchentischpsychologin in mir würde sagen, dass du deine Geschichte mit meiner verquickst und Martin und Graeme zu einer Person verschmolzen hast.«
Birgit kaute nervös auf ihrer Unterlippe herum.
»Ist es nicht so?«, drängte Alexandra.
»Und wenn es so wäre?«, fragte Birgit schließlich.
Alexandra seufzte und richtete sich auf. »Es macht mir mehr Angst als das, was mit Martin sein könnte. Du verrennst dich in etwas, das du nicht steuern kannst. Ob du am Ende wirklich deine Erlösung finden wirst, ist mehr als fraglich.«
Birgit antwortete nicht.
»Das ist Erpressung«, sagte Alexandra, aber sie war nicht verärgert. Auch wenn es ihr nicht gelang, mehr als nur vage Parallelen zu ihrer eigenen Situation herzustellen, hatte Birgits Geschichte sie aufgewühlt. Es war scheußlich, was Birgit durchlitten hatte. Und ganz offensichtlich noch immer durchlitt.
»Ich schlage einen Kompromiss vor: Heute erholst du dich noch, und ich werde nachher eine ausgedehnte Einkaufstour machen. Morgen durchkämmen wir Ubud.«
Birgits Augen leuchteten auf. »Vorschlag angenommen«, sagte sie.

* * *

Moke stand in der Tür seines Ladens in Kalabahi und starrte in den Regen hinaus, obwohl es eigentlich nichts zu sehen gab. Durch den dichten Wasservorhang war kaum das vor der Tür parkende *Bemo* zu erkennen, geschweige denn die Häuser auf der anderen Straßenseite. Das Gewitter wütete selbst für die Regenzeit ungewöhnlich heftig; die aus dem Himmel stürzenden Wassermassen hatten die Straßen bereits in schlammige Bäche verwandelt.

Die Weltuntergangsstimmung passte zu Mokes Verfassung. Vor kaum einer Stunde, mit den ersten schweren Regentropfen, war Clemens gekommen. Niru Wa'es Sohn hatte fast die doppelte Zeit benötigt, um die Strecke von Pantar nach Kalabahi zu bewältigen; zweimal hatte er in der Nacht Schutz vor den Gewittern suchen müssen, die über den Inseln tobten. Er war dementsprechend erschöpft, als er endlich auf Mokes kleinen Laden zustolperte. Moke hatte Clemens schon von weitem angesehen, dass er schlechte Nachrichten brachte, aber was Clemens ihm dann offenbarte, hatte ihn schockiert. Kebale zeigte endlich sein wahres Gesicht.

Jemand zupfte an Mokes Hemd. Er drehte sich um. Tio stand hinter ihm. »Onkel Moke!«

Moke ahnte mehr, dass Tio seinen Namen rief, als dass er ihn wirklich hörte. Das Prasseln des Regens auf das Wellblechdach war ohrenbetäubend. Moke beugte sich hinunter und brachte seinen Mund an das Ohr des Jungen. »Du brauchst keine Angst zu haben«, schrie er gegen den Lärm an. »Der Regen hört bald wieder auf.«

Tio machte eine wegwerfende Handbewegung. »Regen – egal«, schrie er zurück. Seine Worte kamen nur in Fetzen bei Moke an. »... gehört. Onkel Clemens ..., Ihr habt ... Mama gesprochen. Wo ist sie? – uns holen?«

»Du hast uns belauscht?«, fragte Moke ärgerlich.

Tio nickte energisch. In seinen aufgerissenen Augen lagen eine Dringlichkeit und Hoffnung, die Mokes Ärger sofort verpuffen ließ. Aber was sollte er dem Jungen sagen? Die Wahrheit? Tio

war erst elf. Moke kniete sich vor den Jungen und fasste ihn bei den Schultern. Ihre Gesichter waren jetzt auf einer Höhe. »Ich weiß es nicht«, rief er. »Aber es wäre besser, sie käme nicht.« Tios Augen füllten sich mit Tränen, aber er riss sich sofort wieder zusammen. Der Junge gleicht seiner Mutter, dachte Moke. Nicht nur das Aussehen, auch den Charakter hat er von ihr geerbt. Zu der kühlen Beherrschung seiner Mutter kam allerdings noch Julianas Kampfgeist. »Warum hassen alle meine Mutter?« Tio riss sich los und verschwand zwischen den eng stehenden Regalen des Ladens. Eine Zwischentür führte von dort zum Wohnhaus, in dem Clemens sich ausschlief.
Moke richtete sich seufzend auf. Lange würde er Tios und Mi'as traurige Blicke nicht mehr ertragen. Juliana hatte ihm die Kinder anvertraut, weil sie befürchtete, Kebale könnte seine Rachsucht an ihnen auslassen. Es war mit Sicherheit eine richtige Entscheidung gewesen, auch wenn Kebale nun ein weitaus passenderes Opfer in Aussicht hatte. Trotzdem gehörten die Geschwister auf die Insel, zu Juliana. Nein, korrigierte er sich, sie gehörten zu ihrer Mutter.
»Verflucht seist du, Kebale«, sagte er knirschend und trat auf die Straße. Innerhalb von Sekunden war er völlig durchnässt, aber er kümmerte sich nicht darum. Verbissen stapfte er durch den Schlamm. Einige Meter vor ihm prallte eine große Kokosnuss auf die Straße. Der aufspritzende Schlamm verdreckte Moke von oben bis unten. Erschrocken blickte er auf. Ich muss vorsichtiger sein, dachte er, ich darf nicht ausgerechnet heute von einer Kokosnuss erschlagen werden. Den restlichen Weg beobachtete er misstrauisch die sich im Sturm schüttelnden Palmen und trat nach wenigen Minuten erleichtert in ein kleines Betonhaus.
Jeweils drei Computer standen aufgereiht an den Seitenwänden des vorderen Raums. Vier Jungen und zwei Mädchen hockten

auf den Plastikstühlen vor den Monitoren; soweit Moke es beurteilen konnte, bearbeiteten die Mädchen ihre Schulaufgaben, während die Jungen Monster abschossen.

Vom Boden bis zur Decke zog sich ein breiter Riss durch die rechte Wand. Eine gewaltige Kraft hatte die Mauern so gegeneinander verschoben, dass ein handbreiter Vorsprung entstanden war. Moke nahm die zerstörte Wand nur kurz zur Kenntnis; der Schaden an diesem Haus war harmlos im Vergleich zu dem, was anderen widerfahren war. Das große Erdbeben vor zwei Jahren hatte Hunderte Häuser zum Einsturz gebracht, und es würde noch lange dauern, bis alle wieder aufgebaut und die Spuren der Katastrophe beseitigt waren. Er selbst hatte ebenfalls Glück gehabt, lediglich ein Anbau war zusammengefallen und hatte niemanden unter sich begraben oder verletzt.

Er umrundete eine Pfütze und steckte seinen Kopf durch die Türöffnung in der Trennwand zwischen dem Internetcafé und dem Wohnzimmer. Der Raum dahinter war ein Chaos aus Kleidung, zusammengerollten Matratzen und Gebetsteppichen, aus Geschirr und Decken und Spielzeug und tausend Dingen mehr. Der Besitzer des Internetcafés hatte nach dem Beben einige Verwandte aus einem Dorf im Nordosten der Insel bei sich aufgenommen. Es gefiel ihnen so gut in Kalabahi, dass sie gar nicht mehr gingen.

Bis auf einen alten Mann, der mit dem Rücken zu Moke saß, war der Raum menschenleer.

»Hallo, *Bapak!* Hast du Mohd gesehen?«, rief Moke in den Raum. Der Alte reagierte nicht. Noch immer übertönte der Regen jedes Geräusch.

»Ich bin hier!«

Moke drehte sich um. Hinter ihm stand Mohd und grinste ihn an. Der dicke Mann war genauso nass wie Moke. »Willst du ins Netz?«

»Ja, es ist dringend.«

»Kein Problem.« Mohd ließ seine fleischige Hand schwer auf die Schulter eines der spielenden Jungen sinken. Der fuhr erschrocken auf seinem Stuhl herum. »Genug gespielt«, knurrte Mohd. »Geh nach Hause!«

Moke konnte sehen, dass der Junge widersprechen wollte, aber dann überlegte er es sich anders, schluckte seinen Protest hinunter und trollte sich hinaus in den Sturm. Moke glitt auf den frei gewordenen Platz und loggte sich ins Internet. Es dauerte sehr lange, aber nach ein paar Minuten konnte er endlich beginnen, sein Schreiben an Sien aufzusetzen. Es fiel ihm schwer, die richtigen Worte zu finden, aber endlich war es geschafft. Gerade fügte er noch einen Gruß von seiner Frau hinzu, als es in dem Raum für den Bruchteil einer Sekunde gleißend hell wurde, gefolgt von einem Donnern, dass seinen Ursprung direkt über dem Haus gehabt haben musste. Gleichzeitig kreischten die Kinder, und auch Moke hatte unbewusst aufgeschrien. Die Härchen auf seinen Armen und im Nacken stellten sich wegen der starken elektrischen Entladung auf.

Moke fing sich schnell wieder. Ein Blitzeinschlag. Keine große Sache, so etwas passierte andauernd. Dann starrte er fassungslos auf seinen Computer.

Der Monitor war schwarz.

»Es tut mir leid. Die Computer sind hin.« Mohd zuckte frustriert mit den Schultern. »Zumindest kann ich sie nicht reparieren, und hier in Kalabahi gibt es auch sonst niemanden, der es könnte.«

Moke saß wie betäubt auf einem der Stühle. Der Gewittersturm war längst weitergezogen. Mohd hatte sich alle Mühe gegeben, seine Computer wieder zum Funktionieren zu bringen, aber vergeblich. Der Blitz hatte in den Baum direkt vor der Tür eingeschlagen, die Spannung war für die Rechner zu viel gewesen. Die nächste Möglichkeit, ins Internet zu gehen, bestand in Larantuka, zwei Tagesreisen von hier entfernt. Moke schlug sich verzweifelt die Hände vors Gesicht. Es kam ihm vor, als sei Kebale mit dem Sturm im Bunde.

* * *

Es war schon beinahe zehn Uhr abends, als Sien den Leihwagen direkt vor dem Gang zu ihrer Bungalowanlage zum Stehen brachte. Noch war die Straße belebt, aber bald würden die Restaurants schließen und die Urlauber und Einheimischen schlafen gehen. Sien sprang aus dem Auto und öffnete die hintere Tür, um ihre Reisetasche herauszuziehen. Als sie sich aufrichtete, bemerkte sie schräg gegenüber vor dem Restaurant mit der Holzente ein streitendes indonesisches Paar. Die Frau war eine der Kellnerinnen des Restaurants, eine äußerst resolute Person. Was auch immer der Mann ausgefressen hatte, um den Zorn der Frau auf sich zu ziehen, er dürfte es bereits bereut haben, dachte Sien amüsiert.
Dann stutzte sie. Obwohl der Mann halb abgewandt von ihr stand und sie sein Gesicht nur zu einem Viertel sehen konnte, kam er ihr seltsam vertraut vor. Sie blieb stehen in der Hoffnung, dass er sich vielleicht umdrehte, aber dann fuhr ein Bus vorbei und verdeckte die Sicht. Weiter vorn auf der Straße rangierte ein kleiner Lastwagen und brachte den Verkehr zum Stocken. Als es endlich weiterging und der Bus die Sicht freigab, war der Mann verschwunden.
»Kommst du?«
Sien warf noch einen letzten Blick auf die monströse Ente. Dann drehte sie sich um und folgte Martin zum Bungalow. Als

sie durch die Tür trat, hatte sie den Mann schon wieder vergessen.

Martin nahm sie in den Arm und rieb sein stoppeliges Kinn an ihrer Stirn. »Das war ein schöner Ausflug«, sagte er. »Schade nur, dass wir das Auto schon zurückbringen müssen. Das kleine Hotel in Amed, in dem wir übernachtet haben, war richtig romantisch. Was meinst du, wollen wir uns dort für eine Weile einnisten?«

Sien machte sich los. »Wir wollten doch mein Heimatdorf besuchen«, sagte sie.

»Das hat doch keine Eile.«

Sien antwortete nicht.

»Oder etwa doch?«

»Nein, nein.« Sien wich seinem forschenden Blick aus. »Kann ich dich kurz allein lassen? Vielleicht hat das Internetcafé noch auf. Ich möchte unbedingt meine E-Mails lesen. Es könnte eine Nachricht aus Penang gekommen sein.«

»Hau schon ab und lass mich mit dem Gepäck allein.«

In der Tür drehte sie sich noch einmal um.

»Du kratzt«, sagte sie. »Nutz die Zeit zum Rasieren.« Sie warf ihm eine Kusshand zu.

Sien war gerade aus dem Gang getreten und nach rechts abgebogen, als sie Alexandra sah. Martins Frau war im selben Moment auf die Straße eingebogen wie sie und kam nun direkt auf sie zu. Mit einem Satz sprang Sien an dem Autoverleiher vorbei, der rauchend vor seinem kleinen Laden stand, und versteckte sich hinter der Tür.

»Sie haben es aber eilig.« Kopfschüttelnd warf der Mann die Zigarette fort und wollte ihr folgen. Sien winkte ihn heftig zurück. Er sah sie verdutzt an, blieb aber stehen. Alexandra ging vorüber, ohne dem Laden Beachtung zu schenken, und strebte

auf das hell erleuchtete Restaurant mit der Ente zu. Sien atmete erleichtert aus. Offensichtlich hatte Alexandra sie nicht erkannt. Mit klopfendem Herzen spähte sie ihr nach. Es war Martins Frau, unzweifelhaft. Obwohl sie nicht mehr so glänzte wie noch vor zwei Wochen. In Batu Ferringhi hatte Sien sie insgeheim mit Claudia Schiffer verglichen. Letztere hätte in dem Vergleich eindeutig schlechter abgeschnitten. Martins Frau hatte sich verändert, was sicherlich auch daran lag, dass sie ihre teuren Kleider gegen einen billigen *Sarong* und eine hübsche Tunika eingetauscht hatte. Sie sah normaler aus, ein Mensch zum Anfassen, nicht nur zum Ansehen.
»Ihr Mann hat das Auto schon vorab bezahlt.«
Sien schreckte aus ihren Überlegungen hoch. »Wie bitte?«
»Das Auto, das sie die letzten zwei Tage hatten. Es ist alles in Ordnung. Oder wollen Sie es noch länger mieten?« Der Mann witterte ein Geschäft.
»Nein. Entschuldigen Sie. Ich wollte nur ... nur ...«
Er grinste. »... von der Blondine nicht gesehen werden?«
»Wie kommen Sie darauf?«, fragte Sien in gespieltem Ärger.
»Na ja, als Sie so schnell hier reingeflüchtet sind, da dachte ich, es hätte was mit ihr zu tun.«
»Ich bin nicht geflüchtet.«
»Schon gut, schon gut.«
»Ja dann, danke auch. Ich frage meinen Mann noch mal wegen des Autos.«
»Tun Sie das.« Er deutete eine Verbeugung an und ließ sie an sich vorbei auf die Straße treten. Als Sien schon ein paar Meter entfernt war, rief er ihr noch etwas nach. Sien drehte sich um.
»Dort!«, rief er. »Dort wohnt sie. Sie stehen direkt davor.«
Sien hob die Hand und winkte ihm dankend zu. Sie stand vor einer schmalen, von Mauern eingefassten Gasse, die der zu ih-

rem *Losmen* glich. Ein von einer kleinen Lampe angestrahltes, schmetterlingsförmiges Schild mit einem Pfeil erklärte ihr, dass sie am Ende des Ganges das *Losmen* »Rama-Rama« finden würde. Sien eilte weiter. Ihr Herz pochte nach dem unverhofften Beinahezusammenstoß wie ein stotternder *Bemo*-Motor. Alexandra war auf Bali, und sie wohnte nebenan. Ein Zufall? Oder war sie ihnen gefolgt? Wusste sie, wo Martin war?

* * *

Keke ging leise vor sich hin fluchend die dunkle Straße hinunter. Nicht genug, dass Masakké und sein furchtbarer Vater ihn allein auf dem Beobachtungsposten gelassen hatten, nun war er auch noch von der rabiaten Kellnerin vertrieben worden. Es gab aber keinen anderen Platz, um den Eingang zu dem *Losmen* im Auge zu behalten. Und seine Begleiter waren nicht aufzufinden. Sie hatten nur schnell etwas essen wollen, aber darüber war es dunkel geworden, und er hatte keine Ahnung, wo sie waren. Mit sinkendem Mut durchsuchte Keke ein *Kedai Kopi* nach dem anderen, aber die Cafés waren viel zu hübsch und viel zu teuer, als dass sich seine Begleiter dort hineingesetzt hätten. Keke gab schließlich auf und machte sich auf den Rückweg. Wenn er sich ganz klein hinter die Ente duckte, würde ihn die Kellnerin vielleicht nicht bemerken.

Kurz vor dem Entenrestaurant zweigte ein schlammiger Weg von der Hauptstraße ab. In einem der Läden weiter hinten brannte Licht. Ein Padang-Restaurant für die Einheimischen. Keke hatte es vorher nicht bemerkt. Er strebte auf das Restaurant zu. Vielleicht waren sie ja dort.

Er sah Sakké und Masakké sofort. In ein aufgeregtes Gespräch vertieft, saßen die beiden in der hintersten Ecke, vor sich mehrere orangefarbene Plastikschüsseln mit Knochen und Curryresten. Als Keke die Überbleibsel des Festmahls sah, knurrte sein Magen vernehmlich.

Er trat an den Tisch. »Hallo.«

Die beiden sahen überrascht auf.

Sakké fing sich als Erster. »Was machst du hier?«, fauchte er. »Geh sofort zurück auf deinen Posten!«

Keke sackte in sich zusammen. »Sie hat mir verboten, dort zu stehen«, stammelte er.

»Wer hat dir das verboten?«, fragte Masakké scharf.

»Na, die Kellnerin.«

»Und dann bist du einfach gegangen? Ich fasse es nicht. Wie lange bist du schon fort?«

»Ich weiß nicht. Eine halbe Stunde? Ich habe euch gesucht.«

»Eine halbe Stunde? Haben dir die *Nitus* das Hirn vernebelt?«

»Er hat doch gar keins«, sagte Sakké wegwerfend. Dann hob er die Stimme. »Du gehst jetzt zurück. Sofort.«

»J-ja. Aber ich habe Hunger«, wagte Keke einzuwenden.

Ein eisiges Schweigen hing zwischen den dreien, so kalt wie das Innere des Kühlschranks, den Keke heute das erste Mal gesehen hatte. Er bekam eine Gänsehaut. Alles machte er falsch, dabei gab er sich doch solche Mühe.

»Geh jetzt, wir kommen gleich nach«, sagte Masakké nach einer endlosen Minute einlenkend. »Wir bringen dir etwas zu essen mit.«

Er stand auf und schob Keke in Richtung der Straße. Keke ließ sich nur widerstrebend führen, aber als er zufällig Sakkés harten Blick einfing, blieb ihm sein Protest im Hals stecken. Dann würde er eben noch ein wenig länger hungrig sein. Zu Hause, auf den Booten, passierte das schließlich auch ständig.

Die Hände zu Fäusten geballt, schlurfte Keke langsam den kurzen Weg zurück zu der Ente. Er hielt den Kopf gesenkt und haderte mit seinem Freund, der Welt und sich selbst. Er fühlte

sich ungerecht behandelt. Tief in Gedanken rannte er direkt in einen Passanten hinein. Ein lautes Scheppern folgte. Erschrocken sah Keke auf. Und schnappte nach Luft.
Vor ihm, im Licht der Restaurantbeleuchtung, stand ein Engel. Ein weiblicher Engel mit langen blonden Haaren, die mit unirdischem Leuchten ein wunderschönes Gesicht umschlossen. Die Engelfrau war aus dem Bild gestiegen! Wie oft hatte Keke heimlich das Gemälde bewundert, das der Christenpriester vor vielen Generationen auf die Rocheninsel gebracht hatte, aber nicht so sehr wegen des mit Wunden bedeckten, so fürchterlich leidend aussehenden Christus im Zentrum des Bildes. Nein, es war dieses unglaublich schöne Wesen zur rechten Seite des Gottessohns, das es ihm schon als Kind angetan hatte. Und jetzt war ihm das himmlische Geschöpf erschienen. Ihm! Keke wagte nicht zu atmen.
Die Engelfrau öffnete den Mund, aber er konnte nicht verstehen, was sie sagte. Sie schien ärgerlich zu sein und zeigte vor seine Füße. Keke sah nach unten. Dort lagen ein Tablett und ein zerschlagener Teller. Ein hellrotes Curry zerfloss zu einer Lache auf dem Bürgersteig. Wie Blut, dachte er und hob lächelnd den Kopf. Er war ganz benommen, in seinen Ohren rauschte es: der Engel, der Engel, der Engel!
Mit einem Mal benahm sich die Engelfrau ganz merkwürdig. Er hatte das neue Hemd nicht zugeknöpft, sie starrte auf seine bloße Brust. Sie gab ein Krächzen von sich. Ihre großen dunkelblauen Augen wurden noch größer, dann rannte sie einfach fort, über die Straße, und verschwand in der Dunkelheit.

* * *

»Da draußen ist ein Mann!« Alexandra stürzte an Birgit vorbei in den Raum. »Ein Mann! Er hat ... er hat ...« Sie fasste Birgit an den Schultern und schüttelte sie. »Er ist tätowiert.« Endlich war es draußen, aber die unglaubliche Entdeckung verfehlte ihre Wirkung auf Birgit.
»Was für ein Mann? Wo ist mein Essen?«, fragte sie.
»Essen?«
»Ja. Du wolltest mir ein Curry holen.«
»Ach ja. Es liegt auf der Straße.«
»Auf der Straße? Was ist denn los? Du bist ja völlig durcheinander. Setz dich und berichte der Reihe nach.«
Birgit versuchte, Alexandra in den zur Einrichtung des Bungalows gehörenden Rattansessel zu drücken, aber die Hamburgerin weigerte sich. Ihr Atem ging abgehackt. Mit einer ungeduldigen Bewegung strich sie ihre Haare aus dem Gesicht.
»Ich bin vor dem Restaurant mit einem Mann zusammengestoßen. Einem jungen Indonesier. Er war ziemlich dunkel, dunkler als die Balinesen. Er hatte eine Tätowierung auf der Brust.« Sie holte tief Luft. »Martins Tätowierung.«

* * *

Nichts. Gar nichts. Etwas verwundert scrollte Sien durch ihren E-Mail-Account. Es war jetzt über eine Woche her, seit sie die E-Mail mit den Fotos von Martins Tätowierung an Moke gesandt hatte, aber außer seiner postwendenden Bestätigung mit dem Versprechen, Juliana so schnell wie möglich von ihrem Kommen zu unterrichten, war ihr Postfach leer. Er hatte ihr kein zweites Mal geschrieben, ihr keine Nachrichten von Juliana gesandt, die sie doch so dringend herbeisehnte.
Sien war verunsichert. Sie wollte nichts mehr, als auf die Rocheninsel zurückkehren, und Martin würde ihre Eintrittskarte sein,

aber vorher musste sie sichergehen, dass Juliana mit ihrem Plan einverstanden war und ihn unterstützte. Was sollte sie jetzt tun? Abwarten? Aber wie lange konnte sie Martin hinhalten? Nur gut, dass er von sich aus vorgeschlagen hatte, noch auf Bali zu bleiben.
Sie erhob sich und ging zum Schreibtisch des Cafébesitzers.
»Darf ich ein Inlandsgespräch führen?«, fragte sie und zeigte auf das Telefon auf dem Tisch.
»Natürlich.«
»Danke.« Sien tippte die Nummer von Mokes Nachbarn ein, dem Einzigen in Mokes Straße, der über ein privates Telefon verfügte. Es war ein bisschen kompliziert, Moke zu erreichen, aber normalerweise konnten die Nachbarn ihren Cousin schnell zum Telefon holen, wenn sie anrief. Vorausgesetzt, das Telefon funktionierte.
Es funktionierte nicht.
Sien zahlte und verließ das Café. Vielleicht kam die Nachricht ja morgen.

* * *

»Da ist sie!«
»Wo?«
»Sie ist gerade im *Losmen* »Agung« verschwunden.«
»Bist du sicher, dass sie es war?«
Sakké warf seinem Sohn einen bösen Blick zu.
»Natürlich. Sie hat sich nicht sonderlich verändert. Außer, dass sie älter geworden ist.«
»Dann nichts wie hinterher.« Keke war erleichtert. Masakké und sein Vater waren erst vor ein paar Minuten wieder zu ihm gestoßen, und er hatte die ganze Zeit befürchtet, in der Zwischenzeit etwas verpasst zu haben. Die Ankunft der Frau. Oder, schlimmer, ihre Abreise.

Masakké hielt ihn zurück. »Langsam. Wir haben es nicht eilig. Wir wollen sie doch überraschen, oder?« Er grinste. Ein Grinsen, das Keke nicht gefiel.
»Folgt mir, aber seid leise«, sagte Masakké.
Niemand beobachtete die drei Männer, als sie Schatten gleich in die Gasse glitten, die zum *Losmen* »Agung« führte.

* * *

»Er ist nicht mehr da«, flüsterte Alexandra. Sie war mit Birgit zum Ende des dunklen Ganges geschlichen und spähte um die Ecke.
Birgit drängelte sie beiseite. »Lass sehen!«
Es war tatsächlich niemand da. Die Straße lag verlassen, auch bei dem Entenrestaurant war kein Mensch zu sehen. Plötzlich fröstelte sie. Die einsame Straße mit ihren trüben Lichtinseln strahlte etwas ungemein Bedrohliches aus.
Alexandra schien es ebenfalls zu spüren. »Lass uns reingehen«, sagte sie. »Es ist unheimlich.«

* * *

Martin erhob sich aus seinem Verandastuhl, als Sien zurückkam, und folgte ihr ins Zimmer. »Hast du Post bekommen?«
Sien schüttelte den Kopf. »Nein, die haben mich schon vergessen«, sagte sie leichthin und warf ihre Umhängetasche aufs Bett. Dann stellte sie sich vor den Spiegel, um ihr Haar zu bürsten. Martin sah ihr dabei zu. »Wir sollten wirklich noch ein paar Tage auf Bali herumreisen«, sagte sie. »Lass uns gleich morgen früh die Sachen packen und ans Meer fahren.« Und lass uns verdammt schnell Abstand zu deiner Frau gewinnen, ergänzte sie im Stillen.

»Woher der plötzliche Sinneswandel? Vorhin hast du es kaum abwarten können, zu deinen Leuten zu fahren.«
»Ich habe sie so lange nicht besucht, dass es auf ein paar Tage mehr oder weniger nicht ankommt.«
»Mir soll es recht sein. Ich wollte ohnehin ...«
»Was war das?« Sien fuhr herum und starrte zum Fenster. »Ich glaube, da war ein Mensch. Ich habe im Spiegel eine Bewegung gesehen.«
»Ein Mensch? Bist du sicher?«
»Es war nur kurz. Vielleicht hat meine Fantasie mir einen Streich gespielt. Es könnte auch ein Tier gewesen sein.«
»Oder ein Spanner.« Martin trat ans Fenster und spähte hinaus, aber der Garten lag ruhig im Mondlicht. Kein Geräusch, keine Bewegung störte seinen Frieden. Viel konnte er allerdings nicht sehen: Die Bambusstäbe vor der Fensteröffnung, die Einbrecher abhalten sollten, erlaubten es ihm nicht, sich nach draußen zu beugen. Er lauschte noch einen Moment in die von Zikadensurren erfüllte Nacht. Dann zog er die Vorhänge zu und wandte sich wieder um. »Im Garten ist niemand.«
Sien stand noch immer wie angewurzelt vor dem Spiegel. Die Bürste in ihrer Hand zitterte sichtbar. Ihre sonst so gesunde, hellbraune Gesichtsfarbe war einem Aschgrau gewichen.
Martin ging zu ihr und nahm sie in den Arm. »Was ist denn in dich gefahren?«
»Ich habe vor ein paar Stunden einen Mann gesehen. Jetzt ist mir eingefallen, wer es war«, flüsterte sie. »Vielleicht war er am Fenster. Vielleicht lauert er da draußen.«
»Ein Mann lauert uns auf? Bist du verrückt geworden?«
»Verschwinde!« Mit überraschender Kraft stieß sie Martin von sich.
»Was?«
»Du musst verschwinden. Sofort.« Lauter diesmal.

»Du brauchst nicht zu schreien. Ich habe verstanden, was du gesagt hast. Nein, ich habe es nicht verstanden. Was für ein Mann? Warum muss ich verschwinden? Wohin?« Er umfasste Siens Kopf mit beiden Händen und zwang sie, ihn anzusehen. »Was ist hier eigentlich los?« Sein Gesicht war jetzt so dicht vor ihrem, dass seine Brille von ihrem Atem beschlug.

»Ich kann es dir nicht sagen!« Sie klang völlig verzweifelt. Verzweifelt und hysterisch. »Glaub mir einfach, dass du von hier wegmusst. Am besten sofort. Es ist gefährlich hier!« In ihren braunen Augen konnte Martin pure, ungefilterte Angst erkennen.

»Gefährlich? Was redest du?«, fragte er barsch, aber insgeheim begann auch er sich langsam unbehaglich zu fühlen. »Wie stellst du dir das vor? ›Es‹, was immer ›es‹ auch sein mag, ›ist gefährlich‹? Ich soll verschwinden? Mit dir? Oder schickst du mich fort?« Ein unangenehmer Gedanke schlich sich in seinen Kopf, giftig und krank. »Ist das deine Art, mich loszuwerden?«

»Nein!« Sie schrie jetzt. Ihr Zittern wurde stärker. »Ich will dich nicht loswerden. Aber du musst gehen. Geh!«

»Nicht ohne dich.«

»Was?« Verwirrt irrte ihr Blick von seinem Gesicht zum Fenster und wieder zurück. »Was hast du gesagt?«, flüsterte sie.

»Dass ich nicht ohne dich gehe, wohin auch immer. Und warum auch immer. Wenn du mir keine Erklärung gibst, wirst du wohl mit mir kommen müssen. Sonst bleibe ich hier. Bei dir.« Er machte eine Pause. »Ich habe mich nämlich in dich verliebt. Verstehst du? Verliebt. Sien!«

»Keke«, sagte sie plötzlich zusammenhangslos, »der Mann vorhin beim Restaurant. Der Mann, der sich mit der Kellnerin gestritten hat. Es war Keke. Wenn er hier ist«, panisch sah sie sich um, »dann ist sein Freund Masakké auch nicht weit. Und andere. Sie hätten Keke niemals allein losgeschickt. Juliana hat

nicht geschrieben. Irgendetwas geht vor auf der Insel. Etwas Schlimmes.«
In diesem Moment flog krachend die Eingangstür auf.

* * *

Masakké konnte sich gerade noch unter den Busch fallen lassen, bevor der Ausländer ans Fenster kam. Mit angehaltenem Atem wartete er, bis der Mann sich wieder umwandte. Äußerlich völlig reglos, hatte Masakké jeden Muskel bis zum Äußersten angespannt. Er fühlte sich wie auf der Jagd. Endlich zog der Mann die Vorhänge zu. Masakké konzentrierte sich auf die von drinnen kommenden Geräusche. Leider diskutierten die beiden in einer ihm unverständlichen Sprache, Englisch wahrscheinlich. Er hätte seinen kleinen Finger dafür gegeben, um zu verstehen, was Sien und der Kerl beredeten. Es hörte sich nicht nach einem Streit an, aber trotzdem schienen sie sich über etwas aufzuregen. Nur eine dünne Wand trennte ihn von seiner Beute, er konnte die in dem Raum herrschende Spannung körperlich spüren.
Dann hörte er die Frau Kekes Namen rufen. Und seinen eigenen. Scheiße!
»Los!«, brüllte er den anderen zu. Mit einem gewaltigen Satz war er auf der Terrasse und trat die Tür ein.
Er sah Siens entsetztes Gesicht und die verwirrte Miene des Ausländers, dann war er über ihm. Der Europäer leistete kaum Gegenwehr. Schwächling. Masakké brauchte nur ein paar Sekunden, bis er ihm einen Schlag gegen das Kinn versetzen konnte. Sofort sackte der Körper des Mannes bewusstlos zusammen. Der Europäer hatte keinen Laut von sich gegeben. Masakké erhob sich zufrieden.
»Bringt Sien her!«, sagte er und drehte sich um.

Keke stand bewegungslos in der Türöffnung. Von der Frau und seinem Vater war keine Spur zu sehen.

»Ist sie etwa entwischt? Wo ist sie?«

»Du hast ihn umgebracht«, sagte Keke tonlos.

»Das habe ich nicht. Er lebt.«

»Ihr habt mich belogen. Die ganze Zeit.«

Der Fausthieb traf Keke völlig unvorbereitet. Er taumelte gegen die Wand und stürzte zu Boden. Masakké rieb sich die schmerzende Hand. So stark hatte er gar nicht zuschlagen wollen, aber nun konnte er es nicht mehr ändern. Er stellte sich mit gespreizten Beinen über Keke. Als er dessen blutende Nase sah, überkam ihn ein leises Bedauern, aber es verflog so schnell, wie es gekommen war. Keke war immer begriffsstutzig gewesen, aber nun erwies er sich auch noch als unzuverlässig, und das konnten sie sich nicht leisten. Er musste ihm deutlich machen, wer hier das Sagen hatte. Freundschaft hin, Freundschaft her, Kebales Auftrag war wichtiger. Viel wichtiger. Er beugte sich vor und schlug Keke mit der flachen Hand auf die Wange. Ein Aufstöhnen sagte ihm, dass Keke bei Bewusstsein war.

»Hörst du mich?«, zischte er seinem Freund ins Ohr.

Keke nickte. Mit der rechten Hand tastete er sich vorsichtig die Nase ab. Sein Gesicht verzog sich vor Schmerzen.

»Du hast mir die Nase gebrochen.« Seine Stimme kam gequetscht.

»Vielleicht. Vielleicht auch nicht. Aber ich verspreche dir, dass ich sie dir breche, wenn du nicht tust, was mein Vater oder ich dir befehlen. Ich breche dir deine Nase und alle Knochen. Hast du mich verstanden?«

Keke öffnete die Augen. Masakké sah befriedigt die Angst in ihnen. Aber da war noch etwas. Ein Glimmen, das er nicht zuordnen konnte. Er holte zu einer erneuten Ohrfeige aus, um seiner Rede Nachdruck zu verleihen.

»Was ist denn hier los? Seid ihr wahnsinnig geworden?«
Sakké war lautlos in den Raum geglitten und zog ebenso lautlos die demolierte Tür hinter sich zu. »Wie macht man dieses Licht aus?«
Masakké deutete neben die Tür. »Da ist ein viereckiges Plastikding. Drück drauf!«
Einen Moment später standen sie im Dunkeln.
»Wo ist Sien?«
»Sie ist mir entwischt. Als du den Mann angegriffen hast, ist sie weggerannt. Ich bin sofort hinter ihr her, aber sie war schneller. Als ich auf die Straße kam, war sie schon verschwunden.«
»Wie konnte das passieren! Hättest du nicht besser aufpassen können?«
»Hüte dich, Sohn! Deine Rede gefällt mir nicht.« Sakké hatte leise gesprochen, aber die Stimme seines Vaters schnitt wie ein Messer in Masakkés Selbstherrlichkeit. Für ein paar Tage hatte er geglaubt, der Anführer zu sein, der Boss, aber mit einem kurzen Satz hatte Sakké diese Illusion zunichte gemacht. Erst kam der Vater, dann der Sohn. Er wurde genauso benutzt wie Keke.
»Ha«, sagte er leise, mehr zu sich selbst. »Aber *mich* braucht ihr. Ich kann lesen.«
»Ich habe dich gehört. Natürlich brauchen wir dich. Jedenfalls mehr als deinen Schwachkopf von Freund. Was ist mit ihm?«
»Ich glaube, er ist nicht einverstanden mit dem, was wir hier tun. Er dachte wohl, dass wir Sien und ihren Liebhaber freundlich bitten, mit uns zu kommen, woraufhin sie uns dann ebenso freundlich sagen: ›Ja gerne, nichts lieber als das.‹«
Sakké stieß einen kurzen Pfiff aus. »Hat er jetzt kapiert, wo sein Platz ist?«
»Ich denke schon.«
»Gut. Dann beeilen wir uns. Vielleicht hetzt Sien ja doch noch jemanden auf uns.«

»Sollten wir sie nicht besser suchen und ebenfalls mitnehmen?«
»Kebale will den Mann. Außerdem weiß sie, wohin wir ihn bringen. Soll sie doch selbst kommen. Es spart uns eine Menge Scherereien.«
»Sie wird die Polizei rufen.«
»Die lachen sie aus. Du glaubst doch nicht, dass man sie ernst nehmen würde? Eine Vertriebene aus der hintersten Ecke Indonesiens? Je weiter wir nach Osten kommen, desto sicherer sind wir.«
»Woher willst du das wissen? Außer Kalabahi hast du doch noch nie etwas von der Welt gesehen.«
»Na und? Ich bin alt genug und habe mir einiges zusammengereimt. Jetzt hilf Keke auf, und schnappt euch den Europäer.«
Sakké ging zur Tür und öffnete sie vorsichtig. Draußen war kein Mensch zu sehen.
Einen Augenblick später hatte die Dunkelheit die Männer mit ihrer Last verschluckt.

* * *

»Was jetzt?« Alexandra lief im Zimmer auf und ab und rauchte eine Nelkenzigarette. Die neue Situation rechtfertigte ganz eindeutig das Rauchen.
»Keine Ahnung. Du bist ganz sicher, dass es dasselbe Motiv war?«
»Hundertprozentig. Ich habe es Tausende Male gesehen. Martin und ich sind verheiratet. Da sieht man sich manchmal nackt«, sagte sie mit einem sarkastischen Unterton, aber im Grunde war ihr nicht nach Scherzen zumute. Die Umstände hatten sich von einer Sekunde auf die andere völlig verändert. Birgit hatte recht gehabt mit ihrer Unkerei. Irgendetwas war faul.

»Setz dich endlich! Deine Rennerei macht mich verrückt.«
»Ich mache mich selbst verrückt. Es muss eine harmlose Erklärung geben.« Alexandra blieb vor Birgit stehen, die mit angezogenen Beinen in dem Rattansessel saß und die Fingerglieder knacken ließ. »Dein neuester Tick ist auch nicht gerade angenehm.«
»Ich hatte es mir abgewöhnt. Du glaubst es doch selbst nicht.«
»Was?«
»Dass es eine harmlose Erklärung gibt. Das Motiv ist viel zu ungewöhnlich.«
»Also, was jetzt?«
Birgit stand auf. »Wir müssen Martin finden. So schnell es geht. Noch heute Nacht.«
»Wie stellst du dir das vor? Bist du überhaupt schon fit genug?«
»Wird schon gehen. Los jetzt, vielleicht haben wir Glück. Wenn der Typ wirklich etwas mit Martin zu tun hat, muss er ganz in der Nähe sein. Martin meine ich.«
»Und der Typ auch. Wir werden ihm in die Arme laufen. Wir sollten die Polizei ...«
Es klopfte an der Tür.
Alexandra und Birgit erstarrten.

* * *

Sien brauchte nur den Bruchteil einer Sekunde, um sich von dem Schock zu erholen. Adrenalin durchflutete ihren Körper.
»Lauf, Martin! Lauf!« Sie stieß Masakké in die Seite und sprintete los. Aus den Augenwinkeln sah sie, wie sich zwei weitere Schatten aus dem Dunkel hinter dem unbewohnten Nachbarbungalow lösten und auf sie zuhasteten. Sie blickte über ihre Schulter zurück. Mit überdeutlicher Schärfe erfasste sie die Situation.

Martin war nicht zu sehen. Auch Masakké nicht. Dann streifte einer der Schatten das aus der Tür fallende Licht. Sakké! Sie konnte sein Gesicht erkennen, eine hagere Fratze mit unheimlich glimmenden Augen. Er war nur zehn, zwölf Meter hinter ihr. Sien schrie entsetzt auf, aber ihre Kehle war wie zugeschnürt, nur ein kleiner erschreckter Vogelruf kam heraus. Sie rannte schneller.
Ihre Gedanken überschlugen sich. Martin hatte es nicht geschafft. Was nun? Wohin? Wo war Hilfe? Sie waren die einzigen Gäste in der Anlage; Nyoman und ihr Mann besuchten Freunde. Sie rannte in den Verbindungsgang zur Straße. Sakkés Gummilatschen klatschten auf Asphalt. Er hatte den Gang ebenfalls erreicht. Jetzt die Straße. Es war spät, nur in weiter Ferne konnte sie ein paar Spaziergänger sehen. Aus einer Bar, zweihundert Meter weiter, fiel Licht auf die davor parkenden Autos. Zu weit. Sie würde es nicht schaffen. Schneller. Schneller! Das Schmetterlingschild des *Losmen* »Rama-Rama«, ein blau schillernder Farbtupfer. Sien rannte wie noch nie in ihrem Leben. Ihre Lunge brannte. Das Klatschen von Sakkés Schuhen wurde leiser. Sie taumelte auf den einzigen erleuchteten Bungalow in dem Garten zu. Tränen rannen ihre Wangen hinunter. Martin! Sie hatte ihn verraten!

* * *

Es klopfte wieder, lauter, eindringlicher.
Alexandra griff nach einer Cola-Flasche aus Glas. Zum Glück gibt es hier so etwas noch, dachte sie grimmig.
Birgit hielt den Zeigefinger vor die Lippen und schlich zur Tür. Sie wollte gerade die Hand auf den Türknauf legen, als eine Frauenstimme zu ihnen drang, ein verzweifelter Ruf.
»*Help! Help me! Tolong!*«

Birgit öffnete die Tür mit einem Ruck.
Sien taumelte herein. Ihr flackernder Blick irrte zwischen Alexandra und Birgit hin und her, bis er schließlich irgendwo in der Mitte hängen blieb. »Kommt schnell! Die Männer haben Martin«, krächzte sie. Ihre Stimme versagte.
»Woher weißt du, wo wir wohnen?«
Birgit schnitt Alexandra das Wort ab. »Später«, sagte sie, und an Sien gewandt: »Wir folgen dir. Los.«

Alexandra hörte das Blut in ihren Ohren pochen. Immer wieder drehte sie sich um, darauf gefasst, die geheimnisvollen Männer auf sich zuspringen zu sehen. Aber da war niemand. Lautlos schlich sie hinter Birgit und Sien entlang den hohen Mauern.
Endlich öffnete sich der Gang zum Garten. Silbernes Mondlicht malte tiefschwarze Schatten, in denen es kein Problem gewesen wäre, eine ganze Kompanie zu verstecken. »Wo?«, flüsterte Alexandra.
Sien zeigte auf ein Häuschen in der rechten Ecke, halb versteckt hinter einem großen Hibiskusstrauch. Das Mondlicht hatte das Rot der geschlossenen Blüten in ein krankes Violett verwandelt. Es waren noch mehr Bungalows auf dem Gelände. Schwarze Quader hinter schwarzen Büschen vor der schwarzen Mauer. Alexandra gefiel das alles nicht, aber die Angst um Martin entfachte ihren Mut. Sie trat aus dem Schutz des Schattens und ging direkt auf den Bungalow zu.
»Wer auch immer da drinsteckt: Kommt raus, ihr Arschlöcher!«, brüllte sie.
Sien schnappte nach Luft. »Sie ist verrückt!«
»Nein, mutig.« Birgit folgte Alexandra. Schließlich setzte sich auch Sien in Bewegung.
Zu dritt traten sie auf die Veranda. Es war totenstill. Die Tür stand offen, ein klaffendes schwarzes Maul, bereit, sie zu ver-

schlingen. Schwarz ist die Farbe dieser Nacht, dachte Alexandra.
Plötzlich flammte die Terrassenbeleuchtung auf.
Ihr Herz setzte einen Moment aus.
Birgit hatte den Lichtschalter gefunden und lächelte entschuldigend. »Hier ist keiner mehr. Wir müssen uns schnell umsehen. Vielleicht finden wir etwas.«
Sie fanden einen umgestürzten Stuhl. Einen kleinen Blutfleck. Und Martins Brille. Einer der Bügel war abgebrochen. In den Schränken und Schubladen, auf der Kommode und dem Nachttisch lagen Siens und Martins Sachen, unangetastet.
Alexandra bückte sich nach der Brille. »Scheiße. Ohne das Ding ist er hilflos«, sagte sie. Ihr wurde schwarz vor Augen. Schon wieder Schwarz, dachte sie noch, dann krachte sie auf den Boden.

Das Schwarz hob sich und machte Platz für Blau und Violett und Orange. Alexandra hörte flüsternde Stimmen. Etwas Nasses, Kaltes glitt über ihre Stirn. Es fühlte sich angenehm an.
»Wie lange war ich weg?«, stammelte sie. Ihr wurde wieder schwindelig, aber sie zwang sich, die Augen zu öffnen. Sien hatte sich über sie gebeugt und tupfte ihr mit einem Handtuch über die Stirn.
»Du! Du wagst es!«
Sien öffnete den Mund. Es kam nichts heraus. Alexandra riss ihr den Lappen aus der Hand und schlug damit nach ihr. Sien rührte sich nicht. Alexandra tobte.
»Genug jetzt!« Birgit zog die reglose Sien von der Bettkante fort. »Ihr könnt euch meinetwegen die Augen auskratzen. Aber erst, wenn wir Martin haben. Alexandra!«
Der scharfe Ruf dämpfte Alexandras Wut. Es gab wirklich Dringenderes. »Darauf kannst du Gift nehmen«, sagte sie zu Sien

gewandt. Die Indonesierin lehnte mit hängenden Schultern an der Wand.

»Ich verlange eine Erklärung.« Alexandra stemmte sich vorsichtig hoch. Ihr Kopf schmerzte. Neben sich entdeckte sie eines von Martins T-Shirts, das zerknüllt auf dem ungemachten Bett lag. Dem Lotterbett. Sie stöhnte. Ihr blieb wirklich nichts erspart.

Es dauerte eine Weile, bis sich die Wogen so weit geglättet hatten, dass Sien berichten konnte. Sie hatte sich einen Platz im hintersten Winkel des Zimmers gesucht, möglichst weit entfernt von Alexandra. Gut so, dachte Alexandra. Komm mir bloß nicht zu nahe, sonst vergesse ich mich. Ihre so hart erkämpfte Gelassenheit hatte sich in Luft aufgelöst. Es war eine Sache, über Martins Eskapaden zu theoretisieren, eine andere, die Frau, mit der er gevögelt hatte, in Fleisch und Blut vor sich zu haben.

»Es tut mir so leid.« Siens Worte kamen brüchig, kaum hörbar.

»Ach wirklich?«, fragte Alexandra ätzend.

Sien nickte. »Es war nicht so, wie du denkst.«

»Ach? Was denke ich denn?« Alexandra zeigte auf das Doppelbett. »Was soll ich denn denken?«

»Ich mag Martin. Sehr sogar. Und du ... du hast ihn doch verlassen.«

Alexandra schnappte nach Luft. »Ich ihn verlassen? Spinnt der?«

»Hör auf damit, Alexandra«, schaltete Birgit sich ein. »Wir haben keine Zeit. Sien, wir wissen, wo ihr wart. Was ihr in der Zwischenzeit gemacht habt, interessiert uns im Großen und Ganzen nicht.« Birgit warf Alexandra, die schon wieder auffahren wollte, einen warnenden Blick zu. »Was uns interessiert, ist das Warum. Und noch brennender: Wer sind diese Männer, und was haben sie mit Martin vor? Wo ist er jetzt? Weißt du es?«

Sien schüttelte den Kopf. »Ich weiß es nicht«, sagte sie leise, »Aber ich weiß, wohin sie ihn bringen.«
»Wohin?«
»Nach Pulau Melate.«
»Nie gehört.«
»Das wundert mich nicht. Die Insel ist nur ein kleiner Fleck im Meer. Sie liegt vor der Küste von Pulau Pantar.«
»Oh, nein. Das ist das Ende der Welt.«
»Für dich«, unterbrach Sien. »Aber nicht für mich. Und nicht für die Männer, die Martin entführt haben. Für uns ist die Insel der Mittelpunkt der Welt. Unsere Heimat. Eine Heimat, die es vielleicht bald nicht mehr gibt.«
»Für euch? Deine Heimat?«, fragte Alexandra.
»Ja«, sagte Sien schlicht, »meine Heimat.«
Dann begann sie zu erzählen. Von einem weißhäutigen Seemann, der vor langer Zeit an die Küste der Rocheninsel gespült worden war. Von seiner Flucht und von dem Zorn der Vulkangöttin. Und von der Frau, die der Seemann schwanger zurückließ. Die Sätze sprudelten aus ihr heraus, der Strom der Worte wurde immer eindringlicher und fesselnder, bis Alexandra und Birgit von ihrer Erregung mitgerissen wurden.
»Deine Sommersprossen«, warf Birgit ein. »Du bist mit dem Holländer verwandt.«
Sien nickte. »Ich bin die Urururenkelin dieses Mannes. Es gibt nur noch drei direkte Nachkommen: mich und meine beiden Kinder.«
»Deine Kinder?«, fragten Birgit und Alexandra wie aus einem Mund.
»Ein Sohn und eine Tochter. Ich habe sie seit sieben Jahren nicht mehr gesehen.« Ihre Augen füllten sich mit Tränen, aber sie wischte sie mit einer fahrigen Handbewegung fort. »Tio ist jetzt elf, und meine kleine Mi'a ...« Sie konnte nicht mehr wei-

tersprechen und bedeckte ihr Gesicht mit den Händen. Ein heftiges Schluchzen schüttelte sie. Nach eine Weile setzte Birgit sich neben die zusammengesunkene Indonesierin. Tröstend strich sie ihr übers Haar.

Alexandra verfolgte die Szene mit Unbehagen. Angesichts der Verzweiflung dieser Frau ging ihrer Wut die Luft aus wie einem angestochenen Luftballon. Was hatte Sien gesagt? Es war nicht so, wie sie, Alexandra, dachte? Nein, ganz offensichtlich nicht, auch wenn sie immer noch versuchte, die Puzzleteile zu einem stimmigen Ganzen zusammenzusetzen.

Siens Weinkrampf endete so abrupt, wie er begonnen hatte. Sie hob den Kopf und versuchte ein zaghaftes Lächeln. »Ich habe schon so lange nicht mehr geweint«, sagte sie.

»Schon in Ordnung«, murmelte Alexandra, und Birgit fragte: »Warum hast du deine Kinder so lange nicht gesehen?«

»Kebale, der Priester unseres Vulkans, ging eines Tages vor sieben Jahren zum Krater hinauf, weil es eine Serie von kleineren Erdbeben gegeben hatte. Er sollte der Vulkangöttin ein Huhn und ein paar andere Dinge opfern, um sie zu beruhigen und den Grund ihres Zorns herauszufinden. Als er zurückkam, rief er das Dorf zusammen. Die Göttin sei noch immer erzürnt über den Frevel des weißhäutigen Seemanns, und deshalb verlange sie, dass ich als direkter Nachkomme an seiner Stelle büßen soll. Ich wurde von der Insel verbannt. Der *Molang* Kebale hätte es niemals gewagt, wenn mein Mann, sein Halbbruder, noch gelebt hätte. Aber der war zu diesem Zeitpunkt schon seit vier Monaten verschwunden.«

»Verschwunden? Das werden mir langsam zu viele verschwundene Männer«, sagte Alexandra.

Sien sah sie verständnislos an, aber als Alexandra ihr eine Erklärung schuldig blieb, fuhr sie leise fort: »Mein Mann hatte am Berg zu tun und ist wohl in eine der Spalten gestürzt. Es bringt kein Glück, sich mit meiner Familie einzulassen. Meine Eltern kamen bei einem Erdrutsch ums Leben. Die Vulkangöttin verzeiht nie.«

»Du glaubst doch nicht etwa an diesen Mist?«, fragte Alexandra. Sien erschien ihr nicht unbedingt wie eine Wilde, die um ein nächtliches Feuer herumhüpft und sich mit Hühnerblut einreibt. Die Indonesierin war intelligent und drückte sich gut aus, und in der Welt war sie offensichtlich auch herumgekommen.

»Mist?«, fragte Sien dagegen. »Warum ist es Mist? Es sind unsere Traditionen, genauso wie es Traditionen im Christentum gibt. Um deine Frage zu beantworten: Ich glaube tatsächlich nicht an die Vulkangöttin, aber ich sehe den Vulkan, sehe die Bedrohung, die von ihm ausgeht. Es war nicht die Göttin, die mich vertrieben hat, sondern mein Stamm. Mein Volk hat nur getan, was die Überlieferung verlangt. Und natürlich, was Kebale verlangte«, fügte sie bitter hinzu.

»Schon gut, schon gut«, wehrte Alexandra ab. »Was hat deine Familie sich zuschulden kommen lassen?«

»Es war der Seemann. Er hat meine Urururgroßmutter geschwängert, obwohl sie nicht verheiratet waren.«

»Eins verstehe ich immer noch nicht«, warf Birgit ein. »Was hat das Ganze nun mit Martin zu tun?«

Sien holte tief Luft. Alexandra sah ihr an, wie viel Überwindung es sie kostete, endlich mit den Tatsachen herauszurücken, aber das Mitleid der Hamburgerin hielt sich in Grenzen. Hier war etwas Unerhörtes im Gange, und es betraf sie alle.

»Martins Tätowierung ist ein Stammessymbol. Jeder Mann bei uns trägt es auf der Brust und geht damit eine Verbindung mit der Insel, dem Vulkan und der Göttin ein. Im Umkehrschluss bedeutet es, dass kein Mann die Insel für einen langen Zeitraum verlassen darf, ohne die Göttin um Erlaubnis zu bitten.

Auch der Seemann von damals war tätowiert worden; er gehörte zum Stamm. Aber dann flüchtete er, bevor eine Scheidungszeremonie abgehalten werden konnte. Am Tag seiner Flucht ist der Vulkan ausgebrochen.«

»So langsam dämmert es mir: Eure Göttin ist sauer, weil ihr der Typ keinen Respekt gezollt hat und durch die Lappen gegangen ist. Du hast eins und eins zusammengezählt, als du euer Motiv auf Martins Brust gesehen hast. Martin war deine Rückfahrkarte nach Hause. Du bringst einen Europäer, ihr haltet eine seit anderthalb Jahrhunderten überfällige Zeremonie ab, und du kannst bei deinen Kindern bleiben, stimmt's?«, fragte Birgit.

Sien nickte. »Ich konnte mein Glück kaum fassen, als ich Martins Tätowierung entdeckt habe. Der Seemann muss die Tätowierung an seine Nachkommen weitergegeben haben.«

»Nachkommen? Was soll Martin denn mit einem holländischen Seemann zu schaffen haben?«, fragte Alexandra, ehrlich erstaunt über so viel Naivität.

»Aber natürlich hat er«, sagte Sien. »Selbst die Namen gleichen sich. In unserer Überlieferung wird der Holländer Marr-Tin genannt.«

»Martijn, Marten, Martin«, warf Birgit ein. »Ein Allerweltsname. Hunderttausende Europäer heißen so, und das schon seit den alten Römern. Du kannst davon ausgehen, dass unser Martin nicht mit dem Seemann verwandt ist. Dieser Holländer hat offensichtlich den Weg zurück nach Amsterdam gefunden. Wer weiß, vielleicht hat er ja sogar das Tätowieratelier gegründet? Jedenfalls überdauerte das Motiv die Zeit, und Martin gefiel es ebenfalls. Das ist alles.«

»Oh.« Sien verstummte. Alexandra konnte sehen, dass sie diese Erklärung erst mal verdauen musste. Dann hob die Indonesierin den Kopf. »Im Grunde ist es egal«, sagte sie. »Die Zeremonie wird nur symbolisch sein. Wichtig ist, dass alle aus meinem

Stamm es glauben. Ich brauche ihnen ja nicht auf die Nase zu reiben, was ihr mir gerade erzählt habt.«
»Du willst diese Zeremonie immer noch abhalten?«, fragte Alexandra. Sie war fassungslos. »Martin ist gerade entführt worden. Von deinen Leuten! Und zwar unnötigerweise; ihr wart ja ohnehin auf dem Weg zu ihnen. Was hast du dazu zu sagen?«
Siens Blicke wanderten hilflos zwischen Alexandra und Birgit hin und her. »Ich kann mir eigentlich nur vorstellen, dass Kebale verhindern will, dass ich zurückkomme. Wenn er Martin dem Dorf präsentiert, festigt das seine Stellung ungemein.«
»Der Kerl scheint dich ja wirklich zu hassen.« Alexandra rappelte sich vom Bett hoch. Der Schwindel hatte nachgelassen. »Wir müssen etwas unternehmen, um seine Pläne zu durchkreuzen. Also, in welcher Richtung liegt deine Insel?«

Es dauerte keine halbe Stunde, bis Birgit und Alexandra ihre Taschen gepackt hatten. In gedrückter Stimmung trafen sie auf Birgits Veranda zusammen.
»Wo ist dein Koffer?«, fragte Birgit.
»Den brauche ich nicht mehr.« Alexandra wies auf einen billigen Rucksack: »Ich habe mir doch vorhin ein paar praktische Sachen gekauft, und den Rucksack noch dazu.« Sie verjagte einen aufdringlichen Moskito von ihrer Stirn. »Ist das wirklich erst heute gewesen? Mein Gott, in was sind wir hineingeraten? Ich kann es immer noch nicht fassen: Martin in den Händen von durchgedrehten Eingeborenen. Im dritten Jahrtausend! Wären wir bloß nach Taormina gefahren, wie ich es mir gewünscht hatte.«
»Taormina liegt am Hang des Ätnas«, sagte Birgit. Der Witz verpuffte. Die ganze Angelegenheit war viel zu ernst.
In diesem Moment kletterte Sien auf die Veranda. Auch über ihrer Schulter hing nur eine kleine Tasche.

»Ich habe mich nach einem Taxi umgeschaut, aber die Straße ist wie ausgestorben«, sagte sie.
Birgit sah auf ihre Armbanduhr. »Kein Wunder, es ist beinahe zwei. Was machen wir jetzt?«
»In zwei, drei Stunden erwacht Ubud. Wenn wir dann zum Hafen fahren, reicht es noch, um die erste Fähre nach Lombok zu erwischen«, sagte Sien.
»Wer sagt uns, dass sie die Fähre nehmen? Wer sagt uns, dass sie nicht ein Boot stehlen?« Alexandra hatte sich seit Siens Erzählung erstaunlich beherrscht und kampfeslustig gezeigt und versucht, die ganze Angelegenheit mit Abstand zu betrachten, sie als ein Problem zu sehen, das es zu lösen galt. Doch jetzt verriet die in ihrer Stimme mitschwingende Hysterie, wie aufgewühlt sie tatsächlich war. »Wer sagt uns, dass sie Martin nicht schon längst umgebracht haben?«
»Ihn zu töten wäre unsinnig. Sie brauchen ihn auf der Insel«, sagte Sien. »Ich glaube nicht, dass Sakké ein Boot stiehlt. Es würde zu viel Aufmerksamkeit erregen, außerdem braucht man mit einem kleinen Boot Wochen bis zur Insel. Die Fähren und Busse sind schneller. Wir haben eine gute Chance, sie abzufangen.«
»Ich bin immer noch dafür, die Polizei einzuschalten«, sagte Alexandra.
Birgit und Sien schüttelten entschieden den Kopf.
»Warum nicht?«
»Weil wir in Indonesien sind. Wenn wir mit dieser Geschichte dort auftauchen, nehmen sie wahrscheinlich erst einmal uns in die Mangel, um zu sehen, wie viel Schmiergeld dabei herausspringt. Es würde Tage dauern, bis irgendetwas passiert, und dann hat dieser Kebale vielleicht schon seinen faulen Zauber ausgeführt und Sien kann sich die Rückkehr in ihre Heimat ein für alle Mal aus dem Kopf schlagen.«

Alexandra musste ihr beistimmen. Birgits Erklärung entsprach ungefähr dem Bild, das sie sich von Indonesien gemacht hatte. Immerhin spielte das Land in der Oberliga der korruptesten Länder der Welt.
Eine nach der anderen suchten sich die drei Frauen einen Platz auf der Veranda und warteten schweigend auf den neuen Tag. Die Angst um Martin schnürte ihnen die Kehle zu.

* * *

Die Welt schaukelte sacht, drehte sich hierhin und dorthin. Es hätte ein schönes Gefühl sein können, wäre da nicht diese riesige Fliege gewesen, die in seinem Kopf gefangen war und brummte und brummte und brummte und immer wieder von innen gegen seine Schädeldecke knallte, wieder und immer wieder, und der Kopf tat ihm weh und der Rücken, etwas bohrte sich in sein Kreuz, aber er war zu träge, sich zu bewegen; seine Gliedmaßen gehorchten ihm ohnehin nicht, dann raste die Fliege wieder gegen seine Schädeldecke und verwandelte sich wundersamerweise in einen bunt schillernden Kolibri, die Welt löste sich auf in einen Taumel von gelben und violetten und blauen Spiralen. Langsam sank Martin auf den Grund seines Bewusstseins, und es wurde wieder schwarz um ihn, während das Schiff leise stampfend und brummend seinen Weg durch die Nacht fortsetzte.

16 | Freitag, 8. Dezember 2006

Alexandra trat an die Reling und blickte in das kabbelige blaugraue Wasser unter ihr. Befriedigt stellte sie fest, dass die Delfine noch immer neben dem Schiff herschwammen. Die Tiere waren kurz nach der Abfahrt von Sape, dem östlichsten Hafen Sumbawas, zu ihnen gestoßen und begleiteten sie seitdem. Angesichts des unglaublichen Zustands der Fähre, die im Großen und Ganzen aus von Farbe zusammengehaltenem Rost bestand, empfand Alexandra die Anwesenheit der Tiere als ausgesprochen beruhigend. Sollten sie sinken, was Alexandras Meinung nach unausweichlich war, würden die Tiere sie retten. Vorausgesetzt, sie hatten »Flipper« gesehen und wussten, wie man einen Menschen transportiert, ohne ihn zu ersäufen. Seufzend löste Alexandra ihren Blick von den fröhlichen Delfinen und blinzelte gegen die Sonne. Noch konnte sie Flores nicht sehen, die nächste große Insel, die es hinter sich zu bringen galt. Sie hätte gerne mit jemandem gesprochen, sogar mit Sien, aber die Indonesierin war irgendwo unter Deck und fragte die anderen Passagiere, ob ihnen ein Europäer in Begleitung von drei kraushaarigen Einheimischen aufgefallen sei, während Birgit mit grünem Gesicht auf drei nebeneinanderstehenden Plastikstühlen lag und gegen ihre Seekrankheit ankämpfte. Sie hatte ihre Tablette zu spät genommen und würde noch ziemlich lange leiden müssen. Laut Sien sollte die Überfahrt sieben Stunden dauern.

Unruhig nahm Alexandra ihre Deckwanderung wieder auf, umrundete in kleinen Gruppen zusammensitzende indonesische Mütter, plärrende Kinder und Gepäckhügel. Ausländer waren keine zu sehen, sie hatten die touristischen Zentren des riesigen Landes längst hinter sich gelassen. Die Sorge um Martin machte Alexandra langsam verrückt. Er war in der Nacht von Mittwoch auf Donnerstag entführt worden, und heute war schon Freitag. Seit anderthalb Tagen waren sie ununterbrochen unterwegs. Wenn sie Sien und Birgit Glauben schenken durfte, stand ihnen der schlimmste Teil sogar noch bevor. Nicht, dass die bisher zurückgelegte Strecke nicht ihre Härten gehabt hätte.

Noch im Dunkeln, nach einer langen Wartezeit, hatte Birgit endlich das erste Auto des Tages an ihrer Bungalowanlage in Ubud vorbeifahren hören. Wie auf Kommando waren die drei Frauen aufgesprungen und zur Straße gehastet. Minuten später saßen sie in einem Taxi und erreichten Balis Hafen Padangbai kurz nach Sonnenaufgang. Am Fährterminal war noch nicht allzu viel los gewesen. Sie gingen sofort an Bord der bereitliegenden Fähre und suchten sich einen Platz, von dem aus sie die Gangway im Auge behalten konnten, ohne selbst gesehen zu werden. Bald belebte sich der Kai; ein Bus nach dem anderen hielt am Terminal, beladen mit Menschen, Hühnern und Warenballen. Dann kamen die Sammeltaxis, aus denen Touristen und Einheimische quollen, Autos und Mofas bahnten sich hupend den Weg, und alle strebten auf das Schiff.
»Ich verliere langsam den Überblick«, stöhnte Alexandra. »Sie können überall sein. Bist du sicher, dass dies die erste Fähre ist, Sien?«
»Ziemlich sicher. Aber wartet mal.« Sien hatte einen Matrosen entdeckt und ging zu ihm. Sie sprachen eine Weile, dann kam Sien mit langem Gesicht zurück.

»Wir haben wahrscheinlich Pech gehabt«, berichtete sie. »Es gibt massenhaft Fähren nach Lombok, manchmal fahren sie sogar nachts. Vor drei Stunden hat eine kleine Fußgängerfähre abgelegt.«
»Mist«, sagte Birgit knapp.
»Worauf wartet ihr noch?« Alexandra war schon halb auf der nach unten führenden Treppe.
Birgit lief ihr nach. »Wo willst du hin?«
»Ein Boot chartern, was denn sonst?«
»Vergiss es. Bevor wir jemanden gefunden haben, ist es Mittag. Ein kleines Boot würde ohnehin zu langsam sein. Martins Entführer haben nur drei Stunden Vorsprung, und unsere Fähre ist schnell.«
Nicht schnell genug, hatte Alexandra gedacht. Es war schon beinahe Mittag gewesen, als die Fähre endlich im Hafen von Lembar auf Lombok anlegte. Alexandra und Sien nahmen die wackelige Birgit in ihre Mitte und drängelten sich mit dem ersten Schwung Passagiere an Land. Alexandra hatte gehofft, hier im Hafen Erkundigungen über die Entführer einziehen zu können, aber ein Blick auf das allgegenwärtige Gewimmel belehrte sie eines Besseren: Selbst ihr wäre es gelungen, einen gelb angestrichenen Elefanten auf die Insel zu bringen, ohne dass es jemanden gekümmert hätte. Sien steuerte sofort den Pulk der wartenden Sammeltaxis an, und wenige Minuten später rumpelten sie in dem stickigen, völlig überfüllten umgebauten Pick-up vom Hafengelände. Alexandra saß eingeklemmt zwischen einem intensiv nach Curry und Nelkenzigaretten riechenden alten Herrn und einer korpulenten Indonesierin, die ihr ein verschrecktes Kleinkind auf den Schoß gedrückt hatte, während sie selbst sich um ihren Säugling kümmerte. Aus riesigen Boxen, die anstelle von Bänken als Sitzgelegenheit dienten, dröhnte ein Boney-M-Medley, gefolgt von einer Frau, die dauernd »*Cinta-Cinta*« sang.

Alexandra hatte in den letzten Wochen vieles zu ertragen gelernt, aber was zu viel war, war zu viel. Sie beugte sich vor und hieb mit der flachen Hand gegen die Trennwand zur Fahrerkabine. Der Chauffeur drehte sich um, aber als Alexandra brüllte, er solle die Musik abstellen, zuckte er nur die Schultern. Als er endlich wieder auf die Straße schaute, hatten schon zwei Hühner ihr Leben lassen müssen. Alexandra lehnte sich resigniert zurück. Immer wenn sie dachte, mit dem Land einigermaßen klarzukommen, hielten die Indonesier neue Überraschungen parat.
Die Fahrt dauerte nur eine knappe Stunde, und auch auf dem Busbahnhof ging dank Sien alles sehr schnell. Um drei Uhr nachmittags saßen die drei Frauen in einem Reisebus in Richtung Osten. Der Bus war erstaunlich bequem, der Abstand zwischen den gepolsterten Sitzen sogar für Alexandras lange Beine ausreichend. Erleichtert rutschte sie auf ihren Platz. Der Bus würde für die nächsten zwanzig Stunden ihr Zuhause sein. Mitten in der Nacht, sie hatten Lombok längst hinter sich gelassen und befanden sich nun irgendwo auf der großen Insel Sumbawa, begann die Klimaanlage zu tropfen.
Während Alexandra leise fluchend ein Papiertaschentuch nach dem anderen in die undichte Düse über ihrem Kopf stopfte, wachte Birgit auf.
»Was machst du da?«, fragte sie schlaftrunken.
»Reparaturarbeiten«, knurrte Alexandra.
Birgit besah sich das Problem. Nachdem es ihnen schließlich gemeinsam gelungen war, das Kondenswasser mit Hilfe einer Plastiktüte in den Gang abzuleiten, waren sie hellwach. Der Bus jagte in einem derart atemberaubenden Tempo durch die tintenschwarze Nacht und jedes sich bietende Schlagloch, dass Alexandra sich wunderte, wie sie überhaupt hatte schlafen können.
»Warst du schon einmal auf dieser Insel?«, fragte sie Birgit leise. Sie wollte die anderen Passagiere nicht wecken.

»Nein. Weiter östlich als bis Lombok bin ich nie gekommen.«
»Also hast du auch keine Ahnung, was auf uns zukommt?«
»Eine Ahnung schon: Ab jetzt wird es mit jedem Kilometer wilder.«
»Glaubst du ihre Geschichte?« Alexandra zeigte auf Sien, die drei Reihen vor ihr mit zur Seite gesunkenem Kopf schlief.
»Hast du Zweifel?«
»Ich weiß nicht. Am Anfang hatte ich keine, aber jetzt? Das Ganze hört sich sehr nach einem Indiana-Jones-Drehbuch an. Mein Gott, das ist doch nur ein böser Traum!«
»Soll ich dich kneifen? Es ist kein Traum, Alexandra. Die Typen haben Martin, und in Indonesien ist alles möglich. Alles.«
Alexandra nickte stumm. Es war kein Traum, sie hatte nur nach einem Strohhalm gegriffen, gehofft, dass Birgit sagen würde, April, April, was bist du aber leichtgläubig.

Ein Rollen des Schiffs brachte Alexandra aus dem Gleichgewicht. Sie konnte sich gerade noch fangen und schüttelte die Erinnerung an die bisherige Reise ab.
Während sie sich davon überzeugte, dass es Birgit auf ihren Hartschalensitzen an nichts fehlte, fragte sie sich bange, was sie erwartete. Nichts Gutes, so wie es aussah.

* * *

Keke zerrte den hellhäutigen Mann ein Stück weiter den Strand hinauf. Der Mann war groß, viel größer als er, und dementsprechend schwer. Als Keke ihn endlich im Schatten einiger Büsche ablegen konnte, standen ihm die Schweißperlen auf der Stirn. Er zog eine Flasche Wasser aus seiner Umhängetasche und nahm einen langen Zug. Der Mann stöhnte. Keke setzte die Wasserflasche ab und beobachtete ihn mit zusammengekniffenen Augen, bereit, sofort einzugreifen, sollte er erwachen, aber seine Vorsicht war unnötig. Der Mann zuckte einige Male mit den Armen und Beinen, sein Kopf rollte von einer Seite auf die andere, dann lag er wieder ruhig. Keke ließ sich neben ihm im Sand nieder und bettete den Kopf des Mannes auf seinen Schoß. Vorsichtig öffnete er ihm den Mund und flößte ihm etwas Wasser ein. Der Große hatte sich nicht unter Kontrolle; ihn zu füttern war sinnlos, aber trinken musste er.

Es dauerte endlos lange. Tropfen für Tropfen musste Keke ihm das Wasser in den Mund zwingen, und auch dann ging noch die Hälfte daneben, weil der Mann nicht richtig schlucken konnte. Kleine Speichelbläschen platzten auf seinen trockenen Lippen. Keke wischte etwas Sand vom Gesicht des Ausländers. Er tat ihm leid. Was mochte in seinem Kopf vorgehen? Keke erinnerte sich an das erste und einzige Mal, als er die Medizin geschluckt hatte. Es war keine schöne Erinnerung. Er hatte schreckliche Dinge in seinen Träumen gesehen, unverständliche Dinge, und als er am nächsten Tag erwacht war, hatte er sich gefühlt, als sei ein Büffel auf ihm herumgetrampelt. Alle Jungen des Dorfes mussten die Medizin nehmen, wenn sie zu Männern wurden. Kebale achtete immer sehr genau darauf, dass es nicht zu viel war. Die Medizin war gefährlich. Trotzdem verabreichte Sakké diesem armen Ausländer nun schon seit zwei Tagen viel zu große Mengen, und der Mann sah immer schlechter aus. Sobald Masakké und sein Vater das Boot repariert hatten, musste er wegen des Ausländers mit ihnen sprechen. Der Mann durfte keine Medizin mehr bekommen, sonst würde er sterben.

Ein Knacken und Rascheln aus dem Gebüsch ließ Keke aufhorchen. Er stand behutsam auf und lauschte angestrengt, aber er konnte weder etwas hören noch sehen. Erleichtert wandte er sich ab. Wahrscheinlich war ein Vogel aufgeflogen. Trotzdem war ihm nicht wohl. Diese Bucht, ja die ganze Insel war ihm zutiefst unheimlich. Es lauerte etwas in der Stille.

Nachdem er sich versichert hatte, dass der Große geschützt im Schatten lag, schlenderte Keke langsam zum Boot hinunter, einem kleinen, vielleicht acht Meter langen Fischerboot, das schon bessere Tage gesehen hatte. Sie hatten es in der letzten Nacht im Hafen des an der östlichsten Spitze Sumbawas gelegenen Sape gestohlen und in den ersten Stunden auch gute Fahrt gemacht – bis Keke das Leck entdeckte. Es war nicht groß, aber zu groß, um es zu ignorieren. Sie schöpften wie die Verrückten, bis sie schließlich diese auf halbem Weg zwischen Sumbawa und Flores liegende Insel erreicht hatten. Sie war ziemlich groß, sicherlich dreißig oder vierzig Kilometer lang, und im Landesinneren sehr trocken; kaum ein Baum oder Strauch wuchs auf den kahlen braunen Hügeln. Die Insel wirkte völlig unbelebt.
Keke watete in das kaum knietiefe Wasser der Bucht und stemmte sich an Bord des Fischerbootes. Sakké stand mit mehreren Holzbrettern in der Hand neben der Luke zum Rumpf, aus der Masakkés ärgerliches Gemurmel drang.
»Wie weit seid ihr?«, fragte Keke.
»Masakké hat es fast geschafft. Blöderweise gibt es keine Nägel an Bord, er musste mit Lappen, Brettern und Schnüren improvisieren.«
»Meinst du, wir schaffen es bis Flores?«
»Schaffen wir es, schaffen wir es?«, äffte Sakké den jungen Mann nach. »Mein Sohn ist durchaus in der Lage, ein Boot zu reparieren.«
»Ist ja gut. Ich will auch gar nicht weiter stören.« Keke drehte sich um und wollte gerade zurück ins Wasser springen, als er den Drachen sah. Er schrie auf.

»Was ist denn jetzt schon wieder los?«, fragte Sakke. »Du bist wirklich ein ...« Er kam nicht mehr dazu, Keke zu sagen, für was er ihn hielt. Der Satz blieb ihm im Hals stecken. »Was um Ravuús willen ist das?«, flüsterte er nach einer Weile.
Keke brachte nur ein unartikuliertes Krächzen zustande. Am Strand, auf halbem Weg zwischen dem Boot und den Büschen, stand ein leibhaftiger *Nitu*, vielleicht auch eine Ausgeburt der Christenhölle, und musterte sie aus kalten Augen.
»Es ist ein Waran«, flüsterte Sakké.
»So riesig? Er ist so lang wie zwei Männer.« Keke flüsterte ebenfalls, auch wenn er sich keine Illusion darüber machte, dass sie von dem Tier längst entdeckt worden waren. Jetzt öffnete es sein Maul, und kleine, spitze Zähne wurden sichtbar. Speichel tropfte in den Sand. Die gegabelte Zunge schnellte hervor und nahm Witterung auf. Der Waran drehte den Kopf hierhin und dorthin. Schließlich setzte er sich in Bewegung, viel schneller und wendiger, als es der gewaltige, plumpe Körper vermuten ließ. Keke bemerkte die grässlichen Krallen an den Zehen des Warans, jede einzelne eine furchtbare Waffe. Und dann sah er die zweite Echse, die dritte und die vierte. Sie brachen an mehreren Stellen durchs Gebüsch, kamen den Strand herauf, schnell, lautlos, tödlich strebten sie dem Punkt ihres Interesses entgegen.
»Der *Orang Putih*!«, schrie Keke. »Sie werden ihn fressen!«

* * *

»Hast du Hunger?«
Alexandra, die sich wieder auf ihren Delfinbeobachtungsposten an der Reling zurückgezogen hatte, schrak aus ihren Gedanken hoch. Sien war unbemerkt neben sie getreten und hielt ihr schüchtern ein fettiges Päckchen entgegen.

Alexandra nahm es ihr ab und wickelte es aus. »*Nasi goreng?*«, fragte sie angesichts des matschigen Klumpens im Inneren.
Sien nickte und reichte ihr einen verbeulten Blechlöffel. Alexandra schaufelte den gebratenen Reis in sich hinein. Sie würde jeden, der ihr vor vier Wochen prophezeit hätte, so etwas zu essen, für verrückt erklärt haben. Und jetzt schmeckte es ihr sogar.
Als sie fertig war, zerknüllte sie das Papier und ließ es auf den Boden fallen. Auf ein bisschen Müll mehr oder weniger kam es bei dem Zustand des Decks nicht an.
»Alexandra?« Sien stand nun ebenfalls an der Reling und beobachtete die Delfine.
»Ja?« Alexandra musterte die Indonesierin aus den Augenwinkeln. Bisher hatte Sien es vermieden, allein mit ihr zu sprechen; im Grunde war jegliche Konversation über Birgit gelaufen, aber die war vorübergehend außer Gefecht gesetzt. Sien knetete nervös ihre Finger. Sie hatte etwas auf dem Herzen, schien aber nicht recht zu wissen, wie sie anfangen sollte.
»Du willst mir etwas sagen?«, half Alexandra ihr.
Sien schluckte mehrmals. »Ja«, sagte sie schließlich, »das will ich allerdings. Was ich getan habe, ist nicht zu entschuldigen. Ich habe Martin von dir fortgelockt, aber eines musst du mir glauben: Ich wollte nie, dass ihm etwas geschieht. Ich habe ihn wirklich sehr gern.«
»Er hat dir wahrscheinlich gesagt, unsere Ehe sei völlig im Eimer, ich sei eine hysterische Ziege und wir wollten uns sowieso trennen. War es nicht so?«
Sien nickte unglücklich. »Aber das mit der Ziege hat er nicht gesagt«, flüsterte sie.
»Na, immerhin. Von seinen Trennungsgedanken wusste ich nichts, aber ich kann dich beruhigen: Unsere Ehe ist im Eimer. Schon seit geraumer Zeit.«

Sien riss sich von den Delfinen los und sah Alexandra zum ersten Mal voll ins Gesicht. »Warum bist du ihm dann gefolgt?«, fragte sie.

»Am Anfang war ich einfach nur wütend und verletzt, aber er ist mir natürlich alles andere als gleichgültig.« Sie sah Sien an, die so kleinlaut und demütig vor ihr stand, und plötzlich wusste sie, dass sie der Indonesierin längst verziehen hatte. »Guck nicht so verwirrt«, sagte sie lächelnd. »Wir waren acht Jahre ein Paar, drei davon verheiratet. Glaubst du etwa, so eine Liebe löst sich einfach in Luft auf?«

»Nein, nein. Ich bin nur erstaunt, weil ... weil ...«

»Ich habe offensichtlich ein Talent, dich aus der Fassung zu bringen. Okay, ich beende den Satz für dich: Weil Martin dir erzählt hat, ich sei aufbrausend und arrogant. Du brauchst nicht zu antworten«, sagte sie, als Sien protestieren wollte. »Birgit dürfte dir ähnliche Auskünfte geben können. Aber das ist eben nur ein Teil der Wahrheit.«

Sien sah sie stumm an. Eine Träne rollte aus ihrem Auge, und noch eine, und noch eine. Unbeholfen wischte Alexandra die Tränen von Siens Wange. »Du weinst doch nicht meinetwegen?«

»Deinetwegen, meinetwegen, meiner Kinder wegen«, schniefte Sien. »Nenn es tausendmal Mist, aber ich weiß es besser: Ich ziehe das Unglück an.«

»Es scheint so«, murmelte Alexandra. Der Wind blies ihre Worte fort, bevor sie Sien erreichten. »Erzähl mir von deinen Kindern«, sagte sie lauter. »Wie heißen sie?« Es war ein Freundschaftsangebot, und Siens verhaltenes Lächeln zeigte Alexandra, dass die Indonesierin verstand. Alexandra fühlte sich plötzlich leicht und mit sich im Reinen. Ihr war, als wäre eine Schlinge endlich abgefallen, eine Schlinge aus dickem Tau, die ihr seit Wochen, wenn nicht Monaten den Brustkorb zusammengeschnürt und ihr jegliche Lebensfreude genommen hatte

und die sich erst vor wenigen Tagen zu lockern begonnen hatte. Sie hatte sich Sien gegenüber geöffnet, ausgerechnet Sien, die ihr den Mann gestohlen und sie in ein gefährliches Abenteuer gezerrt hatte, Sien, die sie hassen sollte, was sie weder konnte noch wollte. Sie hatte Worte für ihre seelische Schieflage gefunden, die sie sich, bevor sie nach Indonesien gekommen war, nicht einmal selbst hatte zuflüstern können. Trotz der beängstigenden Umstände fühlte sich Alexandra wie ein Schmetterling, der endlich seinen Kokon abstoßen durfte. Ihr altes, enges Leben platzte von ihrem Körper und sank in großen Stücken zwischen den glatten, grauen Delfinen zum Grund des Ozeans.
»Deine Kinder«, wiederholte sie, »du musst dich sehr auf sie freuen.«
»Oh, ja«, sagte Sien. »In all den Jahren ist kein Tag vergangen, an dem ich nicht an sie gedacht, an dem ich nicht davon geträumt habe, sie eines Tages wieder in die Arme zu schließen. Sie waren so klein, als ich wegging. Ich hatte befürchtet, sie erst wiederzusehen, wenn sie erwachsen sind und wir uns irgendwo treffen können. Und dann kam Martin.«
»Ja, dann kam Martin«, wiederholte Alexandra nachdenklich. »Ich hätte an deiner Stelle genauso gehandelt.«
»Wirklich?«
Alexandra zuckte die Achseln. »Für seine Kinder tut man wohl alles, oder?«
Sien nickte.
Alexandra schwieg lange. »Ich bin schwanger«, sagte sie schließlich. »In der neunten Woche. Martin weiß nichts davon.«

Die beiden Frauen standen noch lange nebeneinander an der Reling.
Vereinzelte Fischerboote kreuzten den Kurs der Fähre, und einmal, in der Ferne, sahen sie zwei Schnellboote. Der Küsten-

schutz machte Jagd auf Piraten. Dann, sie waren schon halb an der großen Insel Komodo vorbei mit ihren trostlosen, waldlosen Hügeln und den menschenfressenden Waranen, verabschiedeten sich die Delfine. Alexandra schaute ihnen mit einem bangen Gefühl nach, bis sie mit dem graublauen Wasser eins wurden.

* * *

Bevor Sakké ihn zurückhalten konnte, sprang Keke mit einem gewaltigen Satz ins Wasser, hastete an Land und raste hinter den Waranen her. Er musste den Blasshäutigen vor den fürchterlichen Bestien erreichen. Er rannte schneller und überholte den ersten Waran. Erst jetzt wurde ihm wirklich bewusst, wie groß das Tier war, ein Berg aus Muskeln und Klauen und Zähnen, alles zusammengehalten von grauer, schuppiger Haut. Keke hastete an dem Tier vorbei. Jeden Moment würden sich dessen Zähne in sein Fleisch bohren, würden scharfe Krallen ihn zerfleischen, aber nichts geschah. Endlich hatte er den Ausländer erreicht. Der lag noch immer so da, wie er ihn vor wenigen Minuten zurückgelassen hatte. Eine der grässlichen Echsen, glücklicherweise ein wesentlich kleineres Exemplar, war schneller gewesen als Keke und beugte gerade neugierig den Kopf über den Ausländer. Die Zunge schnellte vor und zurück. Keke stoppte abrupt seinen Lauf und erstarrte. Der Waran sah auf, züngelte in Kekes Richtung, aber irgendetwas an Kekes Witterung schien ihm zu missfallen. Mit einem Schnauben zog er sich unter einen Busch zurück und beobachtete die beiden Menschen von dort aus.
Ohne den Waran unter dem Busch aus den Augen zu lassen, hockte Keke sich langsam neben dem Ausländer nieder. Der Schweiß brach ihm aus allen Poren, gleichzeitig fühlte er sich

eiskalt. Noch nie war er dem Tod so nahe gewesen, noch nie hatte er seinen stinkenden Atem im Nacken gespürt.
Im Nacken? Kekes Herz klopfte ihm bis zum Hals, als er über die Schulter sah. Der riesige Waran, der, den er überholt hatte, stand direkt hinter ihm und schnüffelte mit seiner gespaltenen Zunge durch die Luft. Der Atem des Drachen roch betäubend nach verwesendem Fleisch. Ich will nicht sterben!, dachte Keke verzweifelt. Nicht jetzt und nicht so. Und auch der Mann hier soll leben. Langsam, langsam, um nur ja die Reptilien nicht zu verärgern, schob er seine Arme unter die Schultern des Ausländers und erhob sich. Es waren nun schon fünf oder sechs Warane, die sein Tun interessiert verfolgten. Die Biester schienen aber nicht so recht zu wissen, wie sie reagieren sollten. Keke machte einen Schritt rückwärts, dann noch einen und noch einen. Die Füße des Ausländers schleiften im Sand, nur eine Handbreit an den Klauen des Riesenwarans vorbei. Keke hielt den Atem an, während er sich im Schneckentempo aus dem Kreis der Drachen entfernte.
Diese rührten sich noch immer nicht, aber instinktiv wusste Keke, dass er sich nicht umdrehen und rennen durfte. Seine Flucht würde ihren Jagdtrieb auslösen.
Die dreißig oder vierzig Meter bis zum Boot waren die längsten in Kekes Leben. Mit jedem Schritt wurde der Ausländer schwerer, aber Keke hielt verbissen an ihm fest. Auf unerklärliche Weise fühlte er sich dem Schicksal des fremden Mannes verbunden. Sie würden beide überleben. Oder beide als Drachenfutter enden.
Endlich benetzte das Meer Kekes Füße. Erleichtert drehte er sich um. Masakké hatte das Boot mit einem langen Ruder in seine Richtung gestakt, es war jetzt direkt hinter ihm. Keke zog den bewusstlosen Fremden dichter an sich heran und brachte ihn in eine stehende Position, um es Sakké zu erleichtern, ihn an Bord zu ziehen.

Die Drachen erwachten.
Angestachelt durch Kekes schnelle Bewegungen, setzten sie sich blitzartig in Bewegung und sprinteten in grauenhaftem Tempo auf das Boot zu. Keke riss die Augen auf, sah den Tod näher kommen, nur noch Sekunden ... Er wurde hochgerissen, eine Stimme brüllte ihm ins Ohr, er solle den Ausländer fahren lassen, aber seine Hände krampften sich zusammen, er ließ nicht los, und die beiden zogen ihn ins Boot; Zähne schnappten nur Zentimeter entfernt, das Wasser kochte vor dunkelgrauen Drachenleibern, ein heftiger Schmerz durchzuckte Kekes Bein, dann war er in Sicherheit.

17 | Samstag, 9. Dezember 2006

»Ist das Ding da etwa der Bus?«, fragte Alexandra entgeistert und zeigte auf ein asthmatisches, rheumatisches und mit Sicherheit auch phlegmatisches Gefährt, das unterhalb ihrer Bungalowanlage anhielt. Wobei »Bungalowanlage« recht beschönigend war: Es gab zwar Bungalows, und sie lagen auch, nämlich schief am Hang. Alexandras Bambushütte hatte einen so gefährlichen Neigungswinkel, dass sie letzte Nacht dreimal aus dem Bett gerollt war und sich ihr Lager schließlich auf dem Boden gebaut hatte, was sich angesichts der durchgeschwitzten, säuerlich stinkenden Matratze als echte Verbesserung herausstellte.

Sien nickte und beugte sich neben Alexandra über die Verandabrüstung, um den Bus näher in Augenschein zu nehmen. Birgit blieb sitzen und aß die Frühstücksreste ihrer Begleiterinnen. Nachdem sie den gestrigen Tag notgedrungen ohne Nahrung hatte überstehen müssen, war sie heute doppelt hungrig.

»So schlimm hatte ich die Flores-Busse auch nicht in Erinnerung«, sagte Sien.

»Dann ist die Diskussion hiermit beendet: Wir mieten ein Auto, ein Taxi, was auch immer. Mit dem Dingsda schaffen wir doch höchstens vierzig Kilometer in der Stunde.«

»Zwanzig«, nuschelte Birgit von hinten.

»Was? Schluck erst mal runter.«

Gehorsam verschluckte Birgit ihren Bratfischschwanz. »Zwanzig«, wiederholte sie. »Ich habe gestern Nacht noch in dem hier herumliegenden Reiseführer gestöbert und es ausgerechnet. Flores ist dreihundertfünfzig Kilometer lang, die Straße windet sich aber über die doppelte Strecke, macht siebenhundert. Die Busfahrten werden in Etappen angegeben: neun Stunden bis Bajawa, vier Stunden bis Ende und so weiter. Alles in allem soll es bis Larantuka auf der Ostseite zweiundzwanzig Stunden dauern. Das glaube ich aber nicht, schlage also noch mal fünfzig Prozent obendrauf und komme letztendlich auf einen Schnitt von zwanzig Stundenkilometern. Ich stimme ebenfalls für ein Auto. Haben wir genug Geld?«
Alexandra sperrte den Mund auf. »Das nenne ich eine überzeugende Rede«, sagte sie. »Geld ist kein Problem.«
Birgit stand auf und warf einen letzten bedauernden Blick auf die leeren Teller. »Dann nichts wie los«, sagte sie. »Labuanbajo ist so winzig, dass wir eigentlich sofort jemanden finden müssten.«

Sie fanden niemanden. Gegen Mittag hatten sie in jedem der ärmlichen kleinen Läden des Städtchens vorgesprochen und zu ihrem Kummer feststellen müssen, dass es außer zwei Pick-ups schlicht keine Autos gab. Und die Pick-ups machten einen noch unzuverlässigeren Eindruck als der Langstreckenbus, der schon vor Stunden den Ort wieder verlassen hatte. Entmutigt schlurften sie durch die Mittagshitze zurück zu ihrer Unterkunft und setzten sich in das dazugehörige Restaurant, eine kleine, von einem Grasdach beschattete Plattform auf Stelzen, die der Hangneigung ebenfalls bedenklich nachfolgte.
»Was jetzt?«
»Mittagessen«, sagte Birgit und griff sich die zerfledderte Speisekarte.

Alexandra riss sie ihr weg. »Bist du noch ganz richtig im Kopf? Wie kannst du jetzt ans Essen denken?«
»Reg dich nicht auf. Der ganze Ort weiß Bescheid. Wenn es im Umkreis von hundert Kilometern ein Auto gibt, werden sie es für uns finden. Verlass dich drauf.«
»Du hast Nerven. In der Zwischenzeit sind die Entführer mit Martin über alle Berge.«
»Kaum«, sagte Birgit. »Du kannst Gift darauf nehmen, dass sie mit ähnlichen Transportproblemen zu kämpfen haben. Wer weiß, vielleicht haben wir sie schon überholt?«
»Birgit hat recht«, sagte Sien. »Wir müssen Geduld haben.«
»Das fällt mir schwer.«
»Mir doch auch«, sagte Sien.
»Ob ihr es glaubt oder nicht: mir auch«, sagte Birgit. »Und jetzt lasst uns bestellen, wer weiß, wann es das nächste Mal was gibt.«
Außer Fisch und Reis hatte die Küche nichts zu bieten, aber der Fisch war frisch und groß. Sie hatten ihn beinahe aufgegessen, als zwei einheimische Männer den Pfad zum Restaurant herauftrotteten, ein älterer, ziemlich zerknautscht aussehend, und ein jüngerer mit Pferdeschwanz. Nachdem die beiden die Plattform betreten hatten, nahm sich der jüngere sofort einen Stuhl und setzte sich unaufgefordert zu Birgit, Sien und Alexandra. Der ältere Mann blieb schüchtern im Hintergrund stehen.
»Darf ich mich vorstellen: Mein Name ist Ferri. Sind Sie die Frauen, die ein Auto suchen?« Das Englisch des Mannes war exzellent. Birgit schätzte ihn auf etwa Mitte dreißig. Er wirkte gepflegt und sogar ein wenig wohlhabend; seine intakten und geputzten Turnschuhe stachen zwischen all den ausgelatschten Gummischlappen heraus, ebenso seine weißen, makellosen Zähne sowie sein gebügeltes Hemd, unter dem ein kleiner Bauchansatz zu ahnen war. Überhaupt machte der ganze Mann

auf eine angenehme Art einen sehr gesunden und selbstbewussten Eindruck. Birgit mochte ihn sofort.
»Ja, das sind wir«, sagte sie. »Ich bin Birgit, unsere blonde Schönheit heißt Alexandra, und dies ist Sien.«
Ferri reichte ihnen reihum die Hand. Als er Sien begrüßte, stutzte er einen kurzen Moment. »Sie haben Sommersprossen«, stellte er fest.
Sien entzog ihm die Hand. »So etwas soll vorkommen«, sagte sie abweisend.
»Entschuldigung, ich wollte Ihnen nicht zu nahe treten.«
»Sie haben ein Auto«, stellte Alexandra fest.
»Ja.«
»Fahren Sie uns?«
»Bis ans Ende der Welt.«
»Larantuka würde reichen.«
»Larantuka?« Verwirrung breitete sich auf seinem Gesicht aus. »Sie wollen mich und mein Auto für die ganze Strecke mieten? Das kostet eine Menge Geld.«
»Das lassen Sie unsere Sorge sein. Wann können wir losfahren?«
»Nun, ich denke, morgen früh sollte kein Problem sein.«
»In zwei Stunden«, unterbrach ihn Birgit. »Wenn es geht, früher.«
»Sie haben es aber eilig. Wo wollen Sie Halt machen? Ich kann Ihnen Bajawa empfehlen, sehr schöne traditionelle Dörfer, und natürlich den Kelimutu. Sicherlich haben Sie schon von unserem Vulkan mit den drei Kratern gehört?« Er redete sich warm. »Wir sollten dort zwei Tage bleiben, ich kenne eine angenehme Unterkunft. Danach ...«
»Wir fahren durch.«
Ferri blieb der Satz im Hals stecken. Belustigt registrierte Birgit, dass sie ihn aus der Fassung gebracht hatte. Hilflos sah er zu

Alexandra und Sien, aber die nickten nur zustimmend. Er hob die Hände. »Wie Sie wollen.«

Sie steckten mitten in den Preisverhandlungen, als ein weiterer Mann den Hang heraufrannte. Sobald er Ferris Begleiter sah, redete er in schnellen, abgehackten Sätzen auf ihn ein. Er war völlig außer sich, sein Atem ging stoßweise. Während er wild mit den Händen ruderte, veränderte sich die Miene seines Gegenübers von ungläubigem Staunen zu wilder Wut. Auch Ferris Blick verdüsterte sich.

Alexandra stieß Sien an: »Was geht vor sich?«

»Ich kann sie kaum verstehen, sie sprechen einen Dialekt. Ich glaube, es geht um ein gestohlenes Boot.« Sien riss erschrocken die Augen auf. »Oh, nein. Denkst du, was ich denke?«

»Allerdings.« Alexandra zupfte Ferri resolut am Ärmel. »Übersetzen Sie, schnell!«

»Kapitän Subu und sein Sohn besitzen ein Boot, die ›Angin Maimiri‹«, sagte er. »Sie ist letzte Nacht gestohlen worden, mit dem ganzen Diesel und allem. Der Sohn hat es gerade entdeckt. Die Diebe haben ihnen dafür ein anderes Boot dagelassen, aber es hat ein Leck, und das Deck ist blutverschmiert.«

Alexandra wurde blass. »Martin«, murmelte sie. »Um Gottes willen! Weiß man, wer es war?«

Ferri legte den Kopf schief. »Warum interessieren Sie sich dafür? Kennen Sie die Diebe?«

»Vielleicht?«

Er lachte. »Wohl kaum. Nein, man weiß es nicht. Einer der anderen Fischer sah die ›Angin Maimiri‹ kurz vor Mitternacht nach Süden fahren, dachte sich aber nichts dabei. Hier gehen viele nachts zum Fischen aufs Meer.«

Birgit war schon aufgesprungen. »Ferri«, sagte sie, »wir meinen es ernst: Seien Sie in einer halben Stunde mit dem Wagen hier. Vollgetankt.« Sie drückte ihm ein dickes Bündel Rupien in die

Hand und lief zu ihrem Bungalow hinüber. Alexandra und Sien folgten ihr. Beim Verlassen der Plattform drehte Alexandra sich noch einmal um.

»Sie können sich gar nicht vorstellen, wie sehr Sie uns helfen«, sagte sie zu Ferri und sprang auf den Boden hinunter, bevor er antworten konnte.

* * *

Martin schaukelte träge im Wasser, kreiselte um sich selbst, unten und oben waren eins. Das Wasser pulsierte in wunderschönen Farben, Violett verschwamm zu einem hellen Grün, dann wieder leuchtete alles um ihn herum in einem geheimnisvollen Türkis. Kleine Fische schwammen heran, neugierige kleine Fische mit riesigen Augen. Lichtstreifen drangen durchs Wasser und brachen sich an den silbrigen Fischlein in tausend sich gegenseitig überlagernden Regenbogen, bis alles in Farben explodierte.

Martin hob träge den Arm, winkte die Fische zu sich, und tatsächlich kamen sie näher, dann waren sie um ihn und begannen ihn mit ihrer puren Masse zu erdrücken. Die ersten Fischlein drangen in seine Ohren ein, in seine Nase. Martin schrie auf, aber seinem Mund entwichen nur Blasen und platzten, und mit jeder platzenden Blase zerbarsten auch die Fischlein. Er strampelte und strampelte und kämpfte sich durch die stummen Fische, bis er endlich die Wasseroberfläche durchbrach. Interessanterweise fand er sich in seiner Badewanne in Hamburg wieder. Nebenan sang Alex ein Lied, was merkwürdig war, denn eigentlich sang Alex nie. Sie kam ins Bad, groß, blond und strahlend wie damals, als sie in sein Leben getreten war, und in jeder Hand hielt sie einen Fisch. Entsetzt sah Martin, dass die Fische auf den Seiten dasselbe Motiv trugen wie er auf seiner Brust. Alex sagte etwas zu ihm, aber er konnte sie nicht verstehen. Er strengte sich an, konzentrierte sich, und jetzt hörte er auch etwas, aber verstehen konnte er sie noch immer nicht. Sie hatte die Stimme verstellt, hörte sich an wie ein Mann und sprach in einer unverständlichen Sprache. Die Badewanne schlingerte, er schlug mit dem Kopf hart auf den Rand. Der Schmerz war so heftig, dass er die Augen aufriss.

Grelles Licht blendete ihn. Er kniff die Augen sofort wieder zusammen. Ich habe verschlafen, dachte er und tastete nach seiner Brille. Sein Arm gehorchte ihm kaum, so schwer war er, und es kostete ihn beträchtliche Zeit, bis er die Kontrolle über den Arm und seine Finger erlangte und seine Umgebung bewusst erfühlen konnte. Holz. Überall Holz, feuchtes Holz. Sein Schädel fühlte sich an wie eine Bowlingkugel, und ein dumpfer Kopfschmerz erschwerte ihm das Denken. Warum Holz? Er lag doch im Bett, oder nicht? Wo war der Nachttisch? Wo war seine Brille? Vorsichtig öffnete er erneut die Augen und versuchte, Ordnung in die verschwommenen Umrisse um ihn herum zu bringen. Er hatte fürchterlichen Durst, und der Kopfschmerz drohte ihm den Schädel zu zersprengen, aber er hielt durch. Nach und nach begriff er, dass er sich auf einem Boot befand, einem Holzboot. Mindestens zwei Männer befanden sich noch an Bord. Sie waren braunhäutig und schwarzhaarig, so viel konnte Martin immerhin erkennen, da sie dicht genug standen, während sie sich stritten. Er brauchte dringend seine Brille. Schwerfällig rollte er sich auf die Seite. An Aufstehen war in seinem benommenen Zustand nicht zu denken. Erneut tastete er den Boden ab. Die Brille war nicht da. In diesem Moment legte sich eine Hand auf seine Schulter und drehte ihn wieder auf den Rücken. Die Person, die zu ihr gehörte, war nah genug, um Details zu erkennen. Er hätte sie sich gerne erspart: Der hagere Mann sah zum Fürchten aus mit seinen rotgeäderten Augäpfeln und dunklen Pupillen, in deren Abgründen das Böse loderte. Er mochte fünfundvierzig oder fünfzig sein, so genau konnte Martin es nicht sagen. Jetzt öffnete der schreckliche Mann den Mund und spuckte ein paar kurze Wörter aus.

Martin schrak mit einem Aufschrei vor den dunkelrot verfärbten Zähnen zurück. Ein Alptraum, dachte er. Es ist ein Alptraum. Schnell, ich muss aufwachen! Doch der Mann biss ihn nicht, sondern schlug ihm nur leicht mit der flachen Hand auf die Wange und zog dann seine Augenlider nach oben. Offensichtlich verärgert, erhob er sich wieder und bellte dem anderen etwas zu, bevor er die Kajüte verließ.

Angstvoll drückte Martin sich gegen die Wand, als sich nun der andere Mann näherte. Er war jung und freundlich und lächelte aufmunternd, als er sich neben Martin hockte und ihm eine kleine Wasserflasche an den Mund hielt. Martin nahm gierig einen Zug, aber bevor er ihn schlucken konnte, zog sich sein Mund zusammen. Angewidert spuckte er die Flüssigkeit wieder aus.

»Das ist bitter«, sagte er aufgebracht, aber es kam nur ein unverständliches Lallen heraus. Selbst seine Zunge gehorchte ihm nicht. Was hatten die Männer mit ihm gemacht? War das eine Medizin? Waren es – Drogen?

Der freundliche Mann hielt ihm die Flasche wieder an den Mund und nötigte ihn zum Trinken. Martin presste die Lippen aufeinander. Der Mann wurde nicht wütend, im Gegenteil, er schien sogar erleichtert zu sein. Nachdem auch sein dritter und vierter Versuch fehlgeschlagen war, Martin mit dem Teufelszeug zu vergiften, erhob sich der Mann und stieg unbeholfen über Martin hinweg. Seine rechte Wade war mit einem blutverkrusteten Stofffetzen umwickelt. Einen Moment später war er schon wieder da und hielt Martin die Flasche vors Gesicht. Sie war leer. Der Mann sah sich ängstlich zur Kajütentür um, dann hielt er einen Finger an die Lippen. Martin verstand: Dies war ihr Geheimnis. Er nickte zustimmend.

Abermals hielt der Mann eine Flasche an Martins Lippen, und diesmal enthielt sie klares Wasser. Martin trank in langen, durstigen Zügen. Als er fertig war, wollte er sich aufsetzen, aber der Mann drückte ihn sanft wieder zurück. Nachdem er sich vergewissert hatte, dass Martin seinen Anweisungen folgte, stand er auf und ging ebenfalls an Deck. Die leere Medizinflasche nahm er mit.

Sobald er allein war, tastete Martin wieder nach seiner Brille. Er konnte sich immer noch nicht richtig bewegen, und er musste vorsichtig sein. Er durfte keine Geräusche machen, denn er wollte die Männer, die direkt vor der Kajüte saßen und miteinander redeten, nicht auf sich aufmerksam machen. Die Brille war unauffindbar. Martin ließ erschöpft seinen Kopf auf die Planken sinken. Und jetzt?, dachte er, ich bin verloren ohne Brille! Panik verdrängte alle anderen Fragen, dringendere Fragen; sein vernebeltes Gehirn ließ zurzeit nur einen Gedanken zu, doch bevor er sich diesen drängenden Fragen nach dem Wo und dem Warum widmen konnte, sank er zurück in die bunten Wasser.

Gedankenfetzen wirbelten durcheinander, glitzernd und schlüpfrig, als seien die kleinen Fische noch immer in seinem Kopf und hüteten seine Erinnerungen. Erinnerungsfischlein. Sie flitzten vorbei, und er sah sich selbst, weit weg, wie durch ein umgedrehtes Fernglas, an Bord eines anderen Bootes. Wo war das gewesen? Der Li-Fluss? Ja, jetzt sah er auch die Kormorane, die den Fischern die Beute brachten. Das Bild verschwamm. In schnellem Wechsel sah er sich auf dem Gipfel eines Schneebergs, vor einer Jurte, auf dem Arm einen riesenhaften Adler, sah sich am Meer und in der Wüste. Es waren

Bruchstücke aus seinem Leben vor dem Werbefilmerdasein, als er noch die Welt bereiste und Filmdokumentationen drehte. Sie hat es mir kaputt gemacht, dachte er. Alex hatte ihm dieses Leben zerstört, und dann sprang wieder ein Fischlein in seinen Kopf und nahm ihn mit auf eine Reise bar jeder Vernunft, ein abstraktes Kreiseln und Kreischen und Pumpen, bis sein Geist erschlaffte, ausgewrungen wie ein Feudel, und er in einen ozeantiefen Schlaf fiel.

* * *

»Es ist sehr schön hier«, sagte Alexandra. Sie saß hinter Ferri auf der Rückbank des Toyota Kijang und bewunderte die an den Wagenfenstern vorbeirauschende Landschaft aus Vulkanen und Wildbächen, aus Urwald und Reisterrassen sowie kleinen Dörfern mit bunt angemalten Spielzeughäuschen.
»Schön?« Sien blickte auf ihrer Seite aus dem Fenster. »Ich glaube, ich sehe nicht dasselbe wie du.«
Alexandra drehte sich zu Sien und hob fragend die Augenbrauen, aber Sien blieb stumm. Was sollte sie auch sagen? Da, wo Alexandra die hübsche Fassade sah, erspähte sie Löcher in den Wellblechdächern der Häuser, den Hosen der Kinder und den Mägen der Bauern. Ein dürftiges Leben in einem traumschönen Land. Sien seufzte. Trotzdem liebte sie es, dieses unmögliche, unregierbare Indonesien mit seinen über siebzehntausendfünfhundert Inseln, vierhundert Sprachen und ebenso vielen Kulturgruppen, von denen manche nicht mehr Menschen umfassten, als in einem kleinen Dorfplatz fanden. Es war ihr Land, sie liebte es kompromisslos, mit seinem Chaos und all seinen Fehlern.
Ferri überholte einen Pick-up. Auf der Ladefläche hatten sich mindestens ein Dutzend Menschen zusammengequetscht und

winkten ihnen fröhlich zu. Sien winkte zurück und wandte sich dann an Alexandra.

»Du hast recht«, sagte sie. »Es ist schön. Lass dich von mir nicht beeinflussen: Ich sehe immer erst die Fehler.«

»Ich denke, einen Teil dieser Fehler sehe ich auch«, sagte Alexandra. »Die katastrophale Infrastruktur zum Beispiel.« Wie zur Bestätigung krachte Ferri mit vollem Tempo durch ein Schlagloch, aber Alexandra sprach ungerührt weiter: »Und mir ist durchaus klar, dass die schlechten Straßen eines der weniger dringenden Probleme sind.«

»Stimmt. Aber es sollte dich nicht belasten.«

Alexandra musterte Sien mit einem undeutbaren Blick. »Das tut es aber«, sagte sie. Dann lächelte sie. »Erst befreien wir Martin, danach kümmern wir uns um den Rest der Welt, okay?«

Sien nickte irritiert. Sie wurde aus Alexandra einfach nicht schlau.

Es begann zu regnen. Innerhalb von wenigen Minuten kämpften die Scheibenwischer vergeblich gegen die riesigen auf die Windschutzscheibe klatschenden Tropfen an. Ferri konnte kaum noch etwas sehen und ging vom Gas.

»Hier folgt eine Haarnadelkurve auf die andere«, sagte er und rollte auf die Bergseite der Straße, wo er den Motor schließlich abstellte. »Wir warten, bis es vorbei ist.«

Alexandra beugte sich nach vorn. »Ist das wirklich nötig?«

Ferri nickte und wies nach draußen. »Links von der Straße fällt der Berg fast senkrecht ab. Wir sollten kein Risiko eingehen.«

»Und wenn du ganz langsam fährst?« Alexandra ließ nicht locker.

Ferri öffnete den Mund, aber seine Antwort ging in einem ohrenbetäubenden Getöse unter. Etwas prasselte aufs Dach, lauter und schwerer als Regen. Der Wagen begann zu schaukeln, als würde eine riesige Hand an ihm rütteln. Ferri und die Frauen schrien um die Wette.

Dann wurde es wieder ruhig: So schnell der Spuk begonnen hatte, so schnell war er auch wieder vorbei. Die vier saßen in dem Auto und starrten schockiert durch die Windschutzscheibe. Keine zehn Meter entfernt stand etwas, das vorher nicht da gewesen war. Durch den Regenschleier war das Ding nicht zu erkennen, aber es war groß, sehr groß. So groß wie ein Lastwagen vielleicht, oder eine Hütte. Birgit erholte sich als Erste und öffnete die Beifahrertür. Sofort wurde sie vom Regen durchnässt, der auch ins Wageninnere sprühte. Sie kümmerte sich nicht darum und schlüpfte ganz hinaus. Eine Minute später riss sie die Fahrertür auf. Sie war kreidebleich.

»Ein Erdrutsch«, stammelte sie. »Raus hier, vielleicht kommt noch mehr.«

»Das Auto?«

»Vergesst es, alles ist voller Schutt. Wenden würde zu lange dauern.«

Sie rannten die Straße hinunter, ohne zu wissen, wohin. Ferri entdeckte schließlich einen leicht überhängenden Felsen, der ihnen ein wenig Schutz vor herabfallenden Steinen bot. Verängstigt drängten sie sich zusammen und spähten immer wieder nach oben. Ein weiterer Erdrutsch konnte ihnen zum Verhängnis werden.

Aus dem Tal kroch ein Bus langsam die Steigung herauf. Mehrere junge Männer klammerten sich an dem offenen Türrahmen des Einstiegs fest und ertrugen den Regen mit stoischem Gleichmut. In Planen gewickeltes Gepäck türmte sich meterhoch auf dem Dach, und Alexandra entdeckte dort weitere junge Männer, die sich offensichtlich einen Platz erkämpft hatten. Der Schwerpunkt des Busses lag bedenklich hoch, und das Gefährt schwankte so stark, dass sie es jeden Moment auf die Seite kippen sah.

Ferri stieß sich von der Felswand ab und rannte winkend auf den Bus zu. Es dauerte eine Weile, bis die Nachricht über den Erdrutsch zu dem von Passagieren eingekeilten Busfahrer durchdrang und er endlich den Bus stoppte, nur wenige Meter von dem Toyota entfernt. Um sich die Beine zu vertreten, strömten die Passagiere aus dem Inneren des Busses, bald war die Straße voller aufgeregt durcheinanderredender und gestikulierender Menschen. Der Regen wurde jetzt merklich schwächer. Alexandra drängte sich bis zu dem riesigen Felsbrocken durch, der sie um nur wenige Meter verfehlt hatte. Vorsichtig ging sie näher heran. Neben dem Felsbrocken war ein Teil der Straße in einer Lawine aus Schlamm, Asphalt und Geröll zu Tal gerauscht. Alexandra blickte nachdenklich in den Abgrund, und eine Gänsehaut überzog ihre Arme.
»Das war knapp«, sagte eine Stimme neben ihr. »Sehr knapp.«
Alexandra hob den Kopf. Birgit kletterte bereits an der Abbruchkante entlang und verschwand dann hinter dem Felsbrocken. Kurz darauf kam sie zurück.
»Hinter dem Felsen ist alles in Ordnung. Wir müssen nur durch dieses Nadelöhr«, berichtete sie.
»Und wie stellst du dir das vor?«, fragte Alexandra kopfschüttelnd. Zwischen dem Abbruch und dem Felsen waren vielleicht noch anderthalb Meter Straße stehen geblieben, eindeutig nicht genug für ihr Auto.
Birgit schien ihre Gedanken gelesen zu haben. »Es reicht fast«, sagte sie. »Wir brauchen Bretter.«
Ob die Bretter aus dem Gepäck des Busses stammten oder vom nächsten Dorf herbeigeschafft worden waren, hätte Alexandra nicht sagen können, Tatsache war jedenfalls, dass sie eine Stunde später staunend dabei zusah, wie Birgit und eine Gruppe von Männern über dem Abgrund turnten und mit kruden Werkzeugen und Planken eine behelfsmäßige Verbreiterung

der Straße bauten. Birgit schien in ihrem Element zu sein, gab Anweisungen, überwachte die Verankerung und packte selbst mit zu. Erstaunlicherweise hörten die Männer auf sie, und die Arbeit ging schnell voran. Schließlich standen Birgit und Ferri auf der Plattform und sprangen auf und ab, um die Stabilität zu testen.

»Kommt sofort da runter!«, schrie Alexandra. »Ihr seid doch verrückt!«

»Quatsch«, brüllte Birgit zurück. »Das hält!« Sie grinste über beide Ohren, als sie auf die Straße zurücktrat und zum Auto ging. Ferri rannte hinter ihr her. »Ich fahre«, rief er.

Birgit saß schon hinter dem Lenkrad und ließ den Motor an. »Kommt nicht in Frage«, knurrte sie. »Du kannst mich einwinken, aber wenn etwas schiefgeht, wirst nicht du derjenige sein, der mit der Karre auf Nimmerwiedersehen verschwindet.«

Sie legte den ersten Gang ein und fuhr im Schritttempo auf den Felsblock zu. Die Buspassagiere bildeten eine Gasse. Niemand sprach, und selbst der Regen machte eine Pause, während das Auto Zentimeter um Zentimeter auf die selbstgebaute Rampe zukroch. Ferri ging vor ihr her und gab ihr Zeichen. Dann rollte das linke Vorderrad auf die Bretter. Die Plattform knirschte erbärmlich und senkte sich, senkte sich immer mehr. Fünfzig Menschen öffneten entsetzt den Mund. Alexandra bedeckte die Augen mit den Händen, sie wollte es nicht sehen, wartete auf den Schrei.

Der Schrei kam nicht. Die Plattform hielt. Fünfzig Menschen atmeten auf. Aus ihren Kehlen drang stürmischer Jubel. Alexandra spreizte ihre Finger und schielte hindurch, und dann jubelte auch sie: Birgit hatte es tatsächlich geschafft! Die kleine Reiseleiterin stand auf der anderen Seite des Abbruchs und winkte fröhlich herüber. Mit ihren nach allen Seiten abstehenden kurzen Haaren wirkte sie wie ein Kobold, dem ein besonders guter Streich gelungen ist.

»Täusche ich mich, oder ist ihr Gesicht ein wenig grünlich«, fragte Alexandra die neben ihr stehende Sien.
Sien, selbst ziemlich blass, schüttelte nur den Kopf und stapfte auf die Rampe zu. »Komm!«, sagte sie. »Die Verfolgung geht weiter.«

Der Rest der Fahrt verlief schweigsam. Ferri war immer noch völlig durcheinander und warf nur hin und wieder bewundernde Blicke auf Birgit, die als Einzige putzmunter war und das Auto souverän über die desolate Straße lenkte. Er hatte ihr das Steuer ohne Protest überlassen; Birgit hatte in seiner Achtung schwindelerregende Höhen erreicht. Ferri hatte immer noch keinen blassen Schimmer, was die Frauen so nervös machte, aber ihm dämmerte, dass es sich um etwas ausgesprochen Ernstes handeln musste. Sie erreichten Bajawa, ihr Etappenziel, spät am Abend und suchten sich sofort eine Unterkunft. Nach einem gemeinsamen Abendessen zogen sich alle erschöpft in ihre Zimmer zurück. Am nächsten Morgen wollten sie schon bei Sonnenaufgang wieder unterwegs sein.

18 | Sonntag, 10. Dezember 2006

Masakké lag bäuchlings auf den Planken und zog fluchend einen Kanister aus dem Stauraum unter der winzigen Kajüte. Er warf den Kanister hinter sich, wo er polternd gegen den Dieselmotor schlug und dann direkt vor Sakkés Füßen landete.
»Leer«, stellte dieser fest. »Was ist mit den anderen?«
Das verkniffene Gesicht seines Sohnes tauchte aus der Luke auf. »Sie sind alle leer.«
»Das ist schlecht«, sagte Sakké.
Masakké stemmte sich hoch und setzte sich in die Türöffnung. Das Boot bot nicht allzu viel Platz für vier Personen. »Das ist allerdings schlecht«, sagte er. »Wie weit kommen wir noch?«
Sakké hob den Kanister neben dem Motor hoch und schüttelte ihn.
»Eine Stunde. Vielleicht auch zwei. Wenn wir das Segel setzen ...«
»Es geht kaum Wind«, unterbrach Masakké ihn gereizt.
»Hast du einen besseren Vorschlag?« Sakké war jetzt ernstlich böse. Die Aufsässigkeit seines Sohnes gefiel ihm immer weniger. »In den kleinen Dörfern können wir keinen Diesel kaufen, ohne aufzufallen.«
»Das weiß ich auch.« Mürrisch rappelte Masakké sich auf. Die Kajüte war so niedrig, dass er ohne Probleme über sie hinweg in Fahrtrichtung sehen konnte. Sie überquerten gerade eine weite

Bucht und tuckerten direkt auf ein offenbar unbewohntes Inselchen zu. Masakké suchte die Küste der Insel Flores ab, doch außer ein paar vereinzelten Häusern konnte er keine menschliche Siedlung entdecken.

»Halt mal ein bisschen nach links«, sagte er über die Schulter. »Wir sind der Insel schon viel zu nahe gekommen.«

Sein Vater brummte etwas Unverständliches, korrigierte aber den Kurs. Schnell umrundeten sie den nördlichen Zipfel des Eilands. Die östliche Hälfte der Bucht öffnete sich vor ihnen. Masakké stutzte und beschirmte die Augen mit den Händen gegen die blendende Sonne. Das Meer war plötzlich voller Schiffe, die sich an einem Punkt weit voraus konzentrierten. Er blinzelte.

»Eine Stadt!«

Sakké sprang auf. »Wo?«

»Siehst du die Halbinsel dort? Sind das Häuser?«

Sakké spähte in die angegebene Richtung. Seine Miene entspannte sich zusehends. Anerkennend schlug er seinem Sohn auf den Rücken. »Das sind sogar eine ganze Menge Häuser«, sagte er zufrieden. Dann wies er auf eine Plastikplane, die über den vorderen Bereich des Bootes gespannt war. Keke und der Ausländer lagen im Schatten der Plane, verschliefen den Tag und blockierten den größten Teil des zur Verfügung stehenden Platzes.

»Kümmere dich um den Bräutigam. Stell ihn ruhig«, sagte er kalt.

* * *

Das Klopfen aus dem Motorraum, so leise es auch war, ließ sich nur schwer ignorieren. Birgit und Ferri lauschten angespannt und warfen sich immer wieder beunruhigte Blicke zu.

»Was ist das?«, fragte Ferri. Seit der Angelegenheit mit der Rampe hielt er Birgit offensichtlich für eine Koryphäe in technischen Dingen.
»Keine Ahnung. Es ist doch dein Auto, du solltest es kennen.«
Er zuckte mit den Schultern. »Ich bin Atomphysiker, kein Automechaniker«, sagte er.
»Du bist was?«
Ferri grinste. »Atomphysiker.«
Birgit blieb vor Erstaunen der Mund offen stehen. Schließlich schüttelte sie den Kopf. »Man lernt nie aus«, sagte sie. »Was machst du hier? Ich meine, was machst du auf Flores?«
»Geld verdienen. Indonesien bietet nicht allzu viele Jobs für Physiker.«
»Aber Flores? Zum Geldverdienen sind Java oder Bali doch sicher besser geeignet.«
»Natürlich, aber ich stamme von hier. Aus einem Dorf in der Nähe von Bajawa, um genau zu sein. Ich bin dort auch auf die Missionsschule gegangen, in Mataloko. Es ist die beste Schule weit und breit, und die begabtesten Kinder der ganzen Region werden dorthin geschickt. Es gab sogar einen Jungen von einer Mini-Insel irgendwo bei Pantar in meiner Klasse. Wie war noch sein Name? More? Make?«
Von der Rückbank kam ein aufgeregter Ruf: »Moke!«
Ferri drehte sich um. »Moke, genau. Du kennst ihn?«, fragte er überrascht.
»Er ist mein Cousin«, sagte Sien.
»Guck auf die Straße!«, rief Birgit.
Ferri riss den Kopf nach vorn und konnte gerade noch einem entgegenkommenden Pick-up ausweichen. Ein Huhn, dass sich just diesen Moment zum Überqueren der Straße ausgesucht hatte, schaffte es nicht. Nachdem er den Wagen wieder unter Kontrolle hatte, drehte Ferri den Rückspiegel so, dass er Sien sehen konnte.

»Wir sind bald in Ende und können das Auto dort nachsehen lassen. Aber jetzt, meine Damen«, er holte tief Luft, »seid ihr dran. Ihr schuldet mir die eine oder andere Erklärung.«

»Ende. Wie passend«, bemerkte Alexandra trocken, als sie in die kleine Stadt kurz vor dem Ende der Welt hineinfuhren. Das Auto hatte die Strecke wider Erwarten geschafft, aber die Geräusche waren immer aufdringlicher geworden. Ferri steuerte direkt eine Werkstatt an. Er war offensichtlich bekannt, denn mehrere junge Männer begrüßten ihn mit großem Hallo. Ihre Begeisterung für Ferri erlosch allerdings schlagartig, als Alexandra aus dem Wagen stieg. Mit offenem Mund starrten sie die große Blondine an wie eine Vision.
Der älteste Mechaniker erholte sich als Erster. »*Hello, Mister*«, stotterte er verdattert, als sie tatsächlich seine ausgestreckte Hand ergriff und schüttelte.
»*Hello, Mister*«, antwortete Alexandra ernsthaft. Dann wandte sie sich an Ferri. »Bitte beruhige mich: Diese Benzintonne ist leer, oder?« Sie zeigte auf einen Mann, der auf besagter Tonne hockte und rauchte.
»Ich würde nicht drauf wetten«, antwortete Ferri. »Wird schon gutgehen. Geht ja meistens gut.«
»Meistens?« Sie verdrehte die Augen. »Ihr seid doch alle irre. Ich werde jedenfalls nicht mit dieser Werkstatt in die Luft fliegen, sondern mich um Proviant kümmern. Wer begleitet mich?«
»Ich«, sagte Sien und kramte ein gestreiftes Handtuch aus ihrer Tasche. Mit geübtem Griff schlang sie es sich um den Kopf.
»Was machst du da?«
»Ich schütze mich vor der Sonne. Das solltest du auch tun. Warte, ich habe noch eines.« Sie beugte sich wieder ins Auto.
Alexandra winkte ab. »Was ist mit dir, Birgit?«
»Ich bleibe hier. Unter Umständen brauchen sie meine Hilfe.«

»Wie du meinst.« Alexandra wehrte Siens Versuch ab, ihr das Handtuch um den Kopf zu wickeln, und schlenderte dann gemeinsam mit der Indonesierin die Straße hinunter. Im Vorbeifahren hatten sie einige vielversprechende Läden gesehen.
Nachdem die beiden Frauen ihre Einkäufe erledigt hatten, setzten sie sich in den Schatten eines Baumes vor einem *Lima Kaki* und bestellten Cola und Suppe. Die Suppe war heiß, die Cola lau.
»Was bedeutet *Lima Kaki*?«, fragte Alexandra. »Heißt die Suppe so?«
»Nein.« Sien lachte. »Der Stand heißt so. *Lima Kaki* – fünf Beine. Drei Beine für die Räder, zwei für den Menschen, der den Karren vor sich herschiebt.«
»Das gefällt mir«, meinte Alexandra. Dann fiel ihr etwas ein. Sie kramte in ihrem braunbeigen Taschenmonster, von dem sie sich auf Bali doch nicht hatte trennen mögen, und förderte eine kleine Kamera zutage. Sie reichte Sien den Apparat. »Mach doch bitte ein Foto von mir, wie ich hier vor diesem Stand auf einem Hocker sitze und Nudelsuppe aus der Plastikschüssel schlürfe.«
»Damit deine Freunde dir glauben?«, fragte Sien und stand auf. Alexandra schüttelte den Kopf. »Damit ich es selber glaube«, sagte sie und setzte sich mit gezücktem Löffel in Positur. »Es wäre toll, wenn die Köchin mit aufs Bild käme.«
Sien trat ein paar Schritte zurück, um alles aufs Foto zu bekommen. Sie spielte noch mit dem Zoom herum, als im Hintergrund zwei Männer durchs Bild liefen. Vor Schreck ließ sie die Kamera sinken und starrte den Männern hinterher.
»Was ist denn mit dir los?«, fragte Alexandra. Sien stand noch immer wie versteinert da.
»Dreh dich um, aber vorsichtig! Siehst du die beiden Männer vor dem Plastikeimerladen?«
»Ja?«
»Das sind Masakké und sein Vater.«

Die beiden Männer gingen nach und nach in alle Läden, in denen auch Alexandra und Sien eingekauft hatten. Schwer beladen mit prallvollen Plastiktüten schlugen sie schließlich den Weg zum Hafen ein. Alexandra folgte ihnen in Sichtweite, während Sien ihrerseits Alexandra in großem Abstand verfolgte. Sie hatte Angst, von den Männern erkannt zu werden, aber sie hätte sich die Vorsicht sparen können; die beiden unterhielten sich gestenreich und nahmen ihre Umgebung kaum wahr. Sobald sie die Uferstraße erreicht hatten, bogen sie nach links ab und strebten mit schnellen Schritten zu einem Pier, an dem mehrere Boote festgezurrt lagen. Alexandra umkurvte die auf dem Kai ausgebreiteten Netze und Fischeimer. Von allen Seiten riefen ihr die Fischer *Hello-Mister*-Grüße entgegen. Sie fürchtete schon, zu stark aufzufallen, als sie die Aufschrift auf dem hintersten Boot entziffern konnte: »Angin Maimiri«. Die beiden Männer waren vielleicht noch fünf Meter von diesem Boot entfernt, als eine Person hinter der Kajüte auftauchte.
Alexandra rannte los.

* * *

Die Hitze in der kleinen Kajüte wurde langsam unerträglich. Martin zerrte zum hundertsten Mal an seinen Fesseln. Obwohl sie ihm die Hände vor dem Bauch zusammengebunden hatten, war nichts auszurichten. Seine Entführer kannten sich mit Knoten aus. Wenn er wenigstens seine Zähne hätte benutzen können, aber zu allem Überfluss war er auch noch geknebelt. In ohnmächtiger Wut schlug er gegen die Kajütenwand, doch all die Menschen, die er durch die dünne Holzwand lachen, streiten und reden hörte, machten zu viel Lärm, um ihn zu bemerken. Vielleicht interessierte sie sein Klopfen auch einfach niemand. Ständig hörte er Boote an- und ablegen; wahrscheinlich

waren sie in einem belebten Hafen. Es war zum Heulen. Er bollerte erneut gegen die Wand, zog aber nur die Aufmerksamkeit seines Aufpassers auf sich.
Der Mann schlüpfte in die Kajüte und bedeutete Martin, still zu sein. Martin dachte nicht daran und hämmerte weiter gegen die Wand, bis ihm die Fäuste schmerzten. Sein Aufseher hatte endlich genug, packte Martins Hände und drückte sie nach unten. Das Gesicht des Mannes war jetzt so dicht über seinem, dass Martin den besorgten Ausdruck in dessen Augen erkannte. Dieser Mann war nicht böse; Martin hatte schon vor einiger Zeit festgestellt, dass er der schwächste seiner Entführer war. Vor den beiden anderen Männern, die schon vor einer Stunde oder mehr zum zweiten Mal von Bord gegangen waren, fürchtete er sich, aber dieser schien ein gutmütiger Simpel zu sein. Ein Gedanke schoss ihm durch den Kopf, und sofort machte er sich an die Umsetzung. Wer weiß, wie viel Zeit mir noch bleibt, dachte er. Der bösartige Alte und sein Sohn – zumindest nahm Martin an, dass es sein Sohn war, die beiden sahen sich sehr ähnlich – konnten jeden Moment zurückkehren.
Martin rollte sich hin und her, ließ sich überhaupt nicht mehr bändigen und schrie gegen seinen Knebel an, aber es drangen nur verstümmelte Laute nach außen. Egal. Er riss die Augen auf und wies immer wieder auf seinen Schritt, bis sein Aufseher endlich verstand. Martin meinte das Klicken seiner Gedanken zu hören, als der Einfältige die neue Situation überdachte: Der Gefangene musste mal. Gespannt verfolgte Martin das Mienenspiel des Mannes. Er wagte kaum zu atmen.
Mit einem Grunzen beugte sich der Bewacher schließlich über Martin und löste die Beinfesseln. Dann zerrte er ihn ungeduldig hoch und stieß ihn in Richtung der Kajütentür. Martin konnte sein Glück kaum fassen. Er machte einen langen Schritt auf die Öffnung, auf die Freiheit zu, aber der andere war wach-

sam und sofort hinter ihm. Seine Hände packten Martins Oberarme und hielten ihn fest. Er sagte etwas in seiner Sprache, aber Martin verstand: Er solle keine Spielchen machen.
Sofort entspannte Martin seine Muskeln und schlüpfte betont langsam durch die Tür. Sie war so niedrig, dass er sich tief bücken musste. Der Aufseher lockerte seinen Griff, um sich ebenfalls durch die Öffnung ducken zu können. Auf diesen Moment hatte Martin gewartet. Noch immer in der Hocke wirbelte er herum und stieß seinen Bewacher mit voller Kraft vor die Brust. Der Mann stolperte zurück in die Kajüte, während Martin sich hastig aufrichtete und sich umsah. Mehr denn je verfluchte er den Verlust seiner Brille. Kostbare Sekunden verstrichen, bis er aus den verschwommenen Eindrücken ein einigermaßen realistisches Bild seiner Umgebung zusammensetzen konnte. Seine Hoffnung bekam einen Dämpfer: Rechts, links und vorne war Wasser. Sollte er springen? Mit gefesselten Händen und Knebel? Er drehte sich um. Das Kajütendach, Unmengen von Hindernissen und dann fester Boden. Zu weit, zu spät. Sein Aufseher hatte sich aufgerappelt und griff nach seinen Beinen. Martin machte einen Satz nach vorn. Springen war die beste Alternative. Er stolperte auf die Bordwand zu. Ein dumpfer Aufprall hinter ihm brachte das Boot zum Schaukeln. Martin verlor das Gleichgewicht, wollte sich über die Bordwand rollen, aber in diesem Moment hatte sein Aufseher sich über ihn geworfen. Aufgeregte Stimmen schwirrten durcheinander. Martin erkannte die des bösen Alten, und sein Magen krampfte sich zusammen. Sie waren zurück! Er hatte zu lange gewartet.
Der Motor sprang an, er wurde in die Kajüte gezerrt und über all dem Tumult erhob sich eine Frauenstimme. Martin horchte auf. Die Frau rief seinen Namen! Verzweifelt kämpfte er gegen seine Entführer, aber er hatte keine Chance. Währenddessen war auch im Bug ein Kampf ausgebrochen, er hörte Schreie und

Gepolter und dann ein Klatschen: Jemand war über Bord gegangen. Das Boot nahm Fahrt auf. Martin hörte nur noch das gleichmäßige Tuckern des Motors, und auch das wurde nebensächlich, als der Alte in die Kabine kam und sich drohend über ihm aufbaute.

* * *

»Martin!«
Alexandra lief auf das Boot zu. Die Männer hatten Martin im selben Augenblick gesehen wie sie und sprangen bereits an Bord. Martins Gestalt verschwand aus Alexandras Blickfeld; er musste gestürzt sein. Sie rannte, noch fünfzehn Meter, noch zehn. Der jüngere der Männer löste die Leine vom Poller und stieß das Boot ab. Alexandra schrie erneut Martins Namen, und der Mann sah überrascht auf. Noch fünf Meter. Das Boot trieb langsam vom Pier fort. Noch drei Meter. Alexandra machte vier lange Schritte und sprang über die klaffende Lücke zwischen Pier und Boot.
Der Mann hatte sie erwartet, sie sprang ihm direkt in die Arme. Sofort fiel sie wie ein Furie über ihn her, kratzte, schlug, biss, aber obwohl sie größer war als er, schaffte sie es nicht, ihn abzuschütteln und in den hinteren Teil des Bootes vorzudringen, wo Martin sein musste. Verbissen rangen die beiden miteinander, während sich das Fischerboot immer weiter vom Ufer entfernte. Konzentrier dich!, dachte Alexandra. Was hast du beim Jiu-Jitsu gelernt? Vergeblich versuchte sie, einen der Griffe anzuwenden. Sie waren offensichtlich für festes Land, nicht für schwankende Boote entwickelt worden. Plötzlich spürte sie einen scharfen Schmerz. Der Mann hatte in ihre Haare gegriffen und riss ihren Kopf unbarmherzig zurück. Sie ließ von ihm ab, und im nächsten Moment flog sie in hohem Bogen ins Wasser.

Höhnisches Lachen klang vom Boot herüber, als sie hustend und spuckend wieder auftauchte. Sie brüllte lautstark um Hilfe, aber niemand setzte sich in Bewegung, niemand nahm die Verfolgung auf, obwohl Dutzende Menschen auf den anderen Booten, dem Pier und dem Kai standen und sie mit offenem Mund anstarrten.
»Verdammt, unternehmt etwas! Sie sind gleich weg!« Rasend vor Wut hieb Alexandra aufs Wasser. Warum standen alle nur herum und hielten Maulaffen feil?
Ein Schrei ließ sie herumfahren. Es war Sien. »Halt aus, ich komme!«, rief sie. Bevor Alexandra sie davon abhalten konnte, hatte die Indonesierin sich durch die Gaffer gedrängelt und sprang ins Wasser.

Es war dann Alexandra, die Sien vor dem Ertrinken rettete. Sie griff Sien unter die Achseln und schwamm mit kräftigen Zügen zurück zum Pier. Hilfreiche Hände streckten sich ihnen entgegen und zogen sie unter dem Gekicher der Umstehenden aufs Trockene.
»Was gibt es zu lachen?«, fauchte Alexandra in die Runde und wrang ihre langen Haare aus. Die Fischer lachten nur noch mehr. Es hörte sich an wie das Gezwitscher von großen Vögeln.
»Sie lachen, um uns das Missgeschick erträglich zu machen. Sie bieten uns ein Schlupfloch, damit wir das Gesicht wahren können«, erklärte Sien. »Und außerdem lachen sie, weil sie nicht wissen, was sie sonst tun sollen.«
»Das kann ich ihnen sagen: Sie sollen uns helfen, die Verbrecher da aufzuhalten.« Sie zeigte aufs Meer. Das Boot der Entführer entfernte sich mit hoher Geschwindigkeit, bald würde es von den anderen Schiffen auf der türkisfarbenen See nicht mehr zu unterscheiden sein.
Sien nickte und sprach dann lange auf die Fischer ein. Alexandra stand ungeduldig daneben.

»Und?«, fragte sie, als immer noch niemand vortrat.
»Niemand hat ein so schnelles Boot, mit dem man sie einholen könnte«, sagte sie.
»Was hast du ihnen erzählt? Die ganze Geschichte?«
Sien schüttelte den Kopf. »Lieber nicht. Hier glaubt man an böse Geister, und mit denen legt man sich besser nicht an. Ich habe ihnen gesagt, dass mein abtrünniger Ehemann auf dem Boot sei.« Sie lächelte entschuldigend. »Dass es sich um deinen Ehemann handelt, hätte ich doch kaum sagen können, oder?«
Statt einer Antwort seufzte Alexandra nur. Dann bedankte sie sich bei einem der Fischer, der auf ihre Handtasche aufgepasst hatte, die sie hatte fallen lassen, bevor sie losgespurtet war. »Komm, wir müssen unsere Einkaufstüten von dem *Lima Kaki* abholen und dann so schnell wie möglich aufbrechen. Vielleicht haben die *Hello-Misters* in der Werkstatt den Fehler schon behoben.«

Sie hatten nicht, waren aber zuversichtlich, dass das Klopfen die Fahrtüchtigkeit des Autos nicht beeinträchtigen würde.
»Na hoffentlich«, bemerkte Alexandra nur und kletterte, nass, wie sie war, auf den Rücksitz, ohne sich um Ferri zu kümmern, der betrübt neben seinem Auto stand und den Schaden begutachtete, den seine hellen Autositze durch zwei nasse und eine ölverschmierte Frau nahmen. Dann schüttelte er den Kopf, es gab Wichtigeres. Das verrückte Trio hatte ihm gestern noch die ganze Geschichte aufgetischt, und seitdem betrachtete er ihre Mission auch als die seine. Die Polizei? Er hatte kurz daran gedacht, aber im Grunde war er sich mit Sien und Birgit einig: Sie einzuschalten bedeutete die reinste Zeitverschwendung.

19 | Montag, 11. Dezember 2006

Es musste weit nach Mitternacht sein, als Birgit Ferri am Steuer ablöste. Sien und Alexandra schliefen auf dem Rücksitz. Siens Kopf war auf Alexandras Schulter gesunken. Wer es nicht besser wusste, hätte die beiden für eingeschworene Freundinnen gehalten.

Alexandra und Sien wachten auch nicht auf, als Ferri mit viel Geraschel die Provianttüten im Kofferraum filzte und sich dann mit Keksen, einem Päckchen gekochtem Reis und einer Papaya auf den Beifahrersitz schwang. Sofort ließ Birgit den Motor an und fuhr los. Leider konnte sie nicht schnell fahren. Die Regenzeit hatte vor kurzem eingesetzt, an vielen Stellen hatte das von den Berghängen herabstürzende Wasser die Straße angenagt. Trotzdem war es besser, durch die Nacht zu kriechen, als in einem Hotelzimmer zu hocken und sich vor lauter Nervosität die Fingernägel abzuknabbern. Während Birgit sich auf die dunkle Straße konzentrierte, schnitt Ferri die Papaya in mundgerechte Stücke und reichte ihr eines nach dem anderen.

»Warum machst du da mit?«, fragte er und wies mit dem Daumen auf die Rückbank. »Es könnte sehr gefährlich werden.«

»Mitgegangen, mitgefangen, mitgehangen«, antwortete Birgit. Ferri konnte mit der Redewendung nichts anfangen. »Ich war von Anfang an dabei, und jetzt ziehe ich es auch durch«, fügte sie hinzu. »Aber was ist mit dir? Du hast überhaupt keinen Grund, dich uns anzuschließen. Ich zitiere: Es könnte sehr ge-

fährlich werden. Und korrigiere dich umgehend: Es ist bereits gefährlich.«
Ferri kurbelte das Autofenster hinunter und warf die Papayaschale hinaus. Warme, feuchte, nach Nachtblühern und Erde riechende Luft strömte ins Wageninnere. Birgit schnüffelte. Da war noch etwas anderes, Fauliges.
»Schwefel«, sagte Ferri. »Vielleicht ist eine Quelle in der Nähe. Wo Vulkane sind, gibt es eine Menge Schwefel.«
Birgit nickte. »Der Feuerring«, sagte sie. »Aber zurück zu dir: Was bewegt dich dazu, uns zu begleiten?«
Ferri verschränkte die Arme hinterm Kopf. »Ein uraltes Ritual«, sagte er gedehnt. »In meinem Dorf halten wir auch Zeremonien ab. Alte Bräuche, christliche Feste, Opfer für die Götter und Geister, es geht alles Hand in Hand. Ich habe mich immer dafür eingesetzt, dass die alten Traditionen am Leben erhalten werden, aber mit der Entführung sind Siens Leute eindeutig zu weit gegangen. Ich komme mit, weil ich sie zur Vernunft bringen will. Und zwar ohne dass die Angelegenheit an die große Glocke gehängt wird, denn das würde uns allen hier schaden.«
»Hm. Das hört sich in meinen Ohren ganz schön kopflastig an. Und blauäugig.«
»Es gibt noch einen Grund.« Er zögerte.
»Ja?«
Die Antwort musste warten. Die Scheinwerfer erfassten ein hundsgroßes Tier mit Stacheln. Geblendet von dem Licht saß es bewegungslos auf der Straße. Birgit trat auf die Bremse und wich nach links aus. Das Tier rannte los, leider auch nach links. Birgit kurbelte in die andere Richtung. Unsanft aus dem Schlaf gerissen, kreischten Alexandra und Sien auf. Der Wagen geriet ins Schleudern, aber Birgit war eine geübte Autofahrerin und bekam ihn wieder unter Kontrolle. Sie wollte ge-

rade aufatmen, als es laut knallte. Der Wagen senkte seine Schnauze zum Boden, als wollte er schnüffeln. Vor Schreck würgte Birgit den Motor ab. Das Auto kippte noch ein Stückchen nach vorn und kam dann mit einem Ruck zum Stehen. Nach dem Lärm der letzten Sekunden wirkte die plötzliche Stille erstickend.

»Ist jemand verletzt?«, fragte Birgit, nachdem sich ihr Herzschlag beruhigt hatte.

»Hier hinten ist alles okay«, antwortete Sien vom Rücksitz.

»Ferri?«

Er nickte abwesend, es sollte wohl bedeuten, dass er sich nichts getan hatte. Dann stieg er aus. Die drei Frauen folgten ihm. Sprachlos standen sie vor einem auf der Straße klaffenden Loch von vielleicht einem halben Meter Tiefe und zweieinhalb Metern im Quadrat. Das Auto steckte zur Hälfte in dem Loch.

»Ich fasse es nicht«, sagte Alexandra. »Kneift mich bitte mal jemand? Was ist das?«

»Ein Loch?«

»Ein quadratisches Loch«, sagte Alexandra ungeduldig. »Ein von Menschen gegrabenes Loch. Da stehen sogar noch die Schaufeln. Mitten auf der Straße, in der Mitte vom Nirgendwo, ohne Sicherung und vor allem: ohne Sinn!«

»Na ja, irgendeinen Zweck wird es sicher erfüllen«, meinte Birgit und sprang in das Loch. »Ferri, hast du eine Taschenlampe?«

»Nein.«

»Aber ich.« Alexandra holte ihre Handtasche vom Rücksitz, kramte eine kleine Stablampe heraus und reichte sie Birgit. »Erkennst du etwas? Können wir weiterfahren?«

Nach eingehender Untersuchung des Toyotas stieg Birgit wieder aus dem Loch. »Das Auto ist hin. Es läuft eine Menge Öl aus, und das linke Vorderrad steht schief. Tut mir leid, Ferri, aber ich konnte doch das Vieh nicht überfahren. Was war das überhaupt?«

»Ein Stachelschwein.« Er winkte ab. »Ich wäre auch ausgewichen«, murmelte er. »Aber mein Auto? Wie soll ich jetzt Geld verdienen?«

»Ich kaufe dir ein neues. Guckt mich nicht so entgeistert an!«, sagte Alexandra, als sich drei Augenpaare überrascht auf sie richteten. »Das ist ja wohl das Mindeste. Ich habe zu Hause einen überkandidelten Sportwagen. Wenn ich den verkaufe, springen dabei locker zwei normale Autos heraus. Und jetzt lasst uns die Karre aus dem Loch hieven und zur Seite rollen, damit nicht noch mehr passiert.«

Das Auto war zu schwer, um es anzuheben. Schweißüberströmt gaben sie auf. Alexandra sägte mit ihrem Schweizer Messer ein paar dünne Äste und Farnwedel ab und improvisierte eine Straßensperre, um vorbeifahrende Autofahrer zu warnen. Leider fuhren keine Autos vorbei. Seit dem Unfall waren zwei Stunden vergangen, und sie standen immer noch allein auf der Straße. Allein mit einer halben Million Mücken.

* * *

Martin lag wieder in der Kajüte und konnte sich überhaupt nicht mehr rühren, so sorgfältig hatten sie ihn zusammengeschnürt. Alles tat ihm weh, der Kopf, die Beine, die Handgelenke, einfach alles. Immerhin hatten sie ihm den Knebel erspart, aber wen sollten seine Hilfeschreie auch erreichen? Der kleine Ausschnitt der Außenwelt, den er durch eine Öffnung sah, zeigte nur den Himmel, keine Berge, nicht einmal Vögel. Seine Entführer hatten es eilig; sie waren die ganze Nacht durchgefahren. Nun dämmerte ein neuer Tag herauf, und das Boot rollte noch immer durch die langgezogene Dünung. Ein neuer Tag. Sein letzter Tag?

Martin hatte den Tiefpunkt erreicht. Sein Leben hatte sich zu einem Klumpen aus Verzweiflung und Hoffnungslosigkeit zusammengeballt. Der dilettantische Ausbruchversuch gestern im Hafen hatte seine Hoffnung hell auflodern lassen, aber es war ein Strohfeuer gewesen, brutal zertreten von dem bösen Vater. Sobald sie weit genug vom Land entfernt waren, hatte der Mann erst den Einfaltspinsel geschlagen und getreten und dann ihn, bis der Sohn seinen rasenden Vater von Martin fortgezerrt hatte. Sie fesselten ihn erneut, sorgfältiger diesmal, und das war es dann. Der Einfältige traute sich nicht mehr in seine Nähe, und die beiden anderen dachten nicht einmal daran, ihm auch nur einen Fingerhut Wasser zu geben.

Martin schluckte hart. Es tat weh, denn sein Mund und seine Kehle waren ausgedörrt. Würde es so zu Ende gehen? Eine furchtbare Vorstellung, aber noch mehr als sein wahrscheinlicher Tod quälte Martin die Frage nach dem Warum. Warum hatten die Männer ihn aus seinem Bungalow entführt? Wohin brachten sie ihn? Und welche Rolle spielte Sien dabei? Hatte sie das Ganze eingefädelt? Wohl kaum: Sie war völlig außer sich gewesen, als sie ihn anflehte fortzugehen. Nein, sie hatte die Entführung nicht eingefädelt, aber es war etwas im Gange, über das sie die Kontrolle verloren hatte. Je mehr Martin darüber nachdachte, desto bitterer wurde er. Sien hatte ihn benutzt. Er war nur ein Stein auf dem Schachbrett ihres Lebens, wenn auch ein wichtiger Stein, denn sonst hätte sie ihm kaum so überzeugend ihre Verliebtheit vorgegaukelt. Sie hatte ihn sozusagen am Nasenring durch Indonesien gezerrt. Gezerrt? Martin lachte hart auf, was ihm einen scheelen Seitenblick des Sohns einbrachte, der die Kajütenwache übernommen hatte. Sien hatte ihn nicht gezerrt, er war bereitwillig hinter ihr hergetorkelt, geblendet von ihrer Andersartigkeit und, ja, er musste es zugeben, fasziniert von der sie niemals verlassenden düsteren Traurigkeit.

Er hatte sich unbeschreiblich dämlich aufgeführt, und so wie es aussah, bekam er nun die Rechnung präsentiert. Wer behauptete eigentlich, die Dummen stürben nicht aus?
Aber da war noch etwas: die Frauenstimme. War sie real gewesen oder nur ein weiterer Drogengeist? Sie hatte seinen Namen gerufen, danach brach ein Kampf aus, aber dann verschwamm Martins Erinnerung. Er war viel zu sehr damit beschäftigt gewesen, sich gegen seinen eigenen Widersacher zur Wehr zu setzen. Trotzdem arbeitete es weiter in ihm, die Stimme war der Strohhalm, der ihn davor bewahrte, völlig durchzudrehen. Jemand schien zu wissen, dass er auf diesem Boot war. Jemand schien ihm zu folgen. Ein Jemand mit Alexandras Stimme. Hier biss sich die Schlange allerdings in den Schwanz: Es konnte nicht Alex sein, also war es ein Traum. Er wusste ja nicht einmal selbst, wo er war, wie sollte Alex ihn dann finden?
Entmutigt von seiner eigenen krummen Logik schloss Martin die Augen und ließ sich nach innen fallen. Erinnerungsfragmente spülten an die Oberfläche seines Bewusstseins und verdrängten seine Todesangst, zumindest für eine Weile.

* * *

Eine Stunde nach Sonnenaufgang hockten sie noch immer neben dem Loch und übten sich in Geduld. Da das Loch ihnen auch bei Tageslicht seine Funktion nicht preisgab, diskutierten Ferri, Birgit und Sien mehr oder weniger abwegige Nutzungsmöglichkeiten von der Tierfalle bis zum Swimmingpool, kamen aber zu keinem befriedigenden Ergebnis. Die ostflorinesischen Bus- und Lastwagenfahrer schienen das Hindernis jedenfalls zu kennen. Tief ausgefahrene Spurrillen, die es in weitem Bogen umkurvten, zeugten von seiner weitgehenden Akzeptanz. Nun,

in Zukunft würden die Fahrer den Bogen vergrößern müssen, um nicht das Heck des Toyotas zu rasieren. Wenn es denn Fahrer gab: Außer dem Loch und den beiden Spaten fehlten in der näheren Umgebung jegliche Anzeichen menschlichen Lebens. Die Straße schlängelte sich zwischen Baumfarnen und haushohem Bambus bergauf und verlor sich bald in dichtem Morgennebel. Selbst Alexandra, die sich hangabwärts in vielleicht dreißig Meter Entfernung auf einen großen, kreisrunden Stein gestellt hatte, war nur schemenhaft zu erkennen. Bisher hatte sie sich kaum bewegt, doch jetzt winkte sie ihren Begleitern hektisch zu. Sie rief etwas auf Deutsch.
»Was sagt sie?«, fragte Ferri.
»Ein Lastwagen nähert sich«, sagte Birgit. »Hört ihr das leise Brummen?«
Wie elektrisiert sprangen Ferri, Birgit und Sien auf und stellten sich neben das Auto. An ihnen kam keiner vorbei, ohne sie über den Haufen zu fahren.

Zacharias, genannt Zak, hatte die Lautsprecher seines Lastwagens bis zum Anschlag aufgedreht und wippte im Takt der Musik mit dem Oberkörper. Erst vorgestern hatte er einen Großteil seiner Ersparnisse geopfert und die Lautsprecher in Ende gekauft. Seine Frau würde ihn dafür mit Geschrei und Gezank überziehen, aber er war trotzdem ausgesprochen guter Laune: Die Freude an dem satten Sound der fast neuen Boxen überwog bei weitem sein schlechtes Gewissen über das verschleuderte Geld. Tatsache war, dass er nun die beste Musikanlage von ganz Ostflores besaß. Seine Freunde und er hatten das freudige Ereignis gestern Nacht ordentlich mit *Arak* begossen, mit dem vorhersehbaren Ergebnis, dass er bei seinem frühmorgendlichen Aufbruch nach Larantuka noch immer ziemlich betrunken war. Die Musik erklomm einen neuen Lautstärkegipfel. Zak

schlug begeistert den Takt mit der flachen Hand auf sein Lenkrad und sang den Refrain mit:
»*Schärri schärri Läiddiii! Laik the ...*«
Der Rest blieb ihm im Hals stecken. Entsetzt sog er die Luft durch seine Zahnlücke ein und erzeugte ein seltsames Pfeifen. Etwa fünfzig Meter voraus, auf dem alten Opferstein, stand ein Baumgeist. Nebelfetzen umflossen ihn, aber mit jedem Meter, den sein uralter Lastwagen sich die Steigung hinaufkämpfte, sah Zak den Geist deutlicher, sah seine hellen Spinnwebhaare, seine himmelhohe Gestalt und die dünnen, aus Baumästen geformten Arme. Schlagartig hob sich der Nebel in Zaks Kopf; alkoholhaltiger Angstschweiß trat auf seine Stirn: Baumgeister waren gefährlich. Dutzende und Aberdutzende Berichte von lockenden Geistern und verschwundenen Fahrern kursierten auf der Insel, wurden flüsternd weitergetragen, und einer der fleißigsten Geschichtenerzähler war Zak.
Er war wie gelähmt. Er kam nicht einmal auf die Idee, auf die Bremse zu treten, und so kroch sein Lastwagen unbarmherzig immer weiter auf den Geist zu. Jetzt war er auf gleicher Höhe, der Geist war nur drei, vier Meter entfernt und schrie ihm etwas in seiner Geistersprache zu, aber wegen der lauten Musik hätte Zak auch seine Muttersprache nicht verstanden. Der Lastwagen kämpfte sich weiter den Berg hinauf, vorbei an dem Geist. Im Rückspiegel sah Zak ihn auf die Straße springen. Eine Gänsehaut überlief ihn: Der Baumgeist lief hinter ihm her! Zak trat aufs Gas, doch der alte Motor röchelte nur einmal laut auf und setzte seinen Weg dann mit der gleichen Gemächlichkeit fort wie bisher. Verzweifelt klammerte Zak sich an sein hölzernes Lenkrad und fixierte den Geist im Spiegel. Das Wesen war so nah, dass er sein verzerrtes Gesicht mit dem weit geöffneten Mund erkennen konnte. Zak riss sich von dem Geist los und blickte durch die Windschutzscheibe.

Das Blut stockte ihm in den Adern.
Direkt vor ihm hatten sich drei weitere Geister formiert, Helfershelfer des Spinnwebhaarigen. Nur undeutlich konnte Zak sie erkennen, und er wollte auch gar nicht mehr sehen. Schaudernd kniff er die Augen zusammen und wartete auf das Ende, auf kalte Geisterhände auf seinem Gesicht, seinen Armen, um seinen Hals. Nichts passierte. Der Lastwagen fuhr einfach weiter geradeaus. Nach einigen endlosen Sekunden wagte Zak endlich wieder die Augen zu öffnen. Der Nebel hatte sich hinter ihm geschlossen. Die Geister waren fort, so als wären sie nie da gewesen.

»Das kann ja wohl nicht wahr sein! Spinnt der?« Birgit rappelte sich ärgerlich auf und klopfte sich die Erde von den Knien. Ferri hatte Sien und sie im letzten Moment von der Straße gerissen und war kopfüber mit ihnen in einen Busch gestürzt.
Alexandra stand mitten auf der Straße und sah dem sich entfernenden Lastwagen nach, bis der Nebel ihn verschluckte.
»Der wollte uns überfahren«, sagte Sien fassungslos.
»Der hat ›Cheri Cheri Lady‹ gespielt«, sagte Alexandra, nicht minder fassungslos, »von Modern Talking.«

* * *

Christina, Mokes Ehefrau, ging durch die Mittagshitze zurück nach Hause. Sie war so in Gedanken versunken, dass sie die stechende Sonne kaum bemerkte und sich nicht wie die anderen von Schatteninsel zu Schatteninsel fortbewegte. Vier Tage waren verstrichen, seit Moke sich an Bord des Marktbootes nach Larantuka begeben hatte, um zu versuchen, Sien von dort per E-Mail zu erreichen. Vier Tage, in denen sie nichts von ihm gehört hatte. Während des Sturms, der Mohds Computer lahmgelegt hatte, war auch Kalabahis Telefonzentrale in Mitleidenschaft gezogen worden, und der Schaden war noch immer nicht behoben. Sie waren von der Außenwelt abgeschnitten.

»He, Christina! *Mau ke mana?*« Ein älterer Mann mit einem weißen Scheitelkäppchen winkte ihr freundlich aus seinem Laden zu.

Christina grüßte zurück und ging weiter. Nach ein paar Schritten blieb sie stehen und kehrte um. In ihrem eigenen Geschäft gab es zwar fast alles, was man zum Leben brauchte, aber niemand in Kalabahi hatte bessere Süßigkeiten als Hadschi Achmad. Christina betrat seinen Laden und suchte ein paar Bonbons für die Kinder aus. Mi'a schien es bei Moke und ihr zu gefallen, aber Tio konnte eine kleine Aufmunterung vertragen. Als sie ihr Geschäft erreicht hatte, nickte Christina ihrer hinter dem Tresen sitzenden Helferin kurz zu und stieß dann die Verbindungstür zum Wohnbereich auf. Sie rief laut nach den Kindern, und kurz darauf stand Mi'a vor ihr, ein kompaktes kleines Mädchen mit einer breiten Stupsnase und einem noch breiteren Lächeln, das der ganzen Welt zu gelten schien.

»Du hast mich gerufen, Tante Christina?«

Christina strich ihr übers Haar. Während Tio, viel zu groß für sein Alter, schlank und sommersprossig, seiner Mutter ähnelte, entwickelte sich die Neunjährige zu einem Ebenbild ihres fröhlichen Vaters, Gott hab ihn selig.

»Dich und deinen Bruder«, sagte Christina und hielt ihren Einkauf hoch. »Ich habe ein bisschen Gebäck und Bonbons von Hadschi Achmad mitgebracht.«

»Vielen Dank, Tante«, sagte Mi'a höflich und streckte die Hand aus. »Ich werde Tio seinen Anteil geben.«

»Das ist lieb von dir, aber ich möchte ohnehin mit ihm sprechen, also kann er sich seine Süßigkeiten selbst abholen«, sagte Christina lächelnd. Tio konnte sich glücklich schätzen, eine

Schwester wie Mi'a zu haben. »Sagst du ihm Bescheid, dass ich im Laden auf ihn warte?«
Mi'a nickte, aber sie bewegte sich nicht von der Stelle. Verwundert sah Christina auf sie hinunter. Das Mädchen verhielt sich seltsam. »Willst du deinen Bruder nicht holen?«, fragte sie.
»Doch, doch.« Mi'a ging langsam zur rückwärtigen Tür.
Christina wurde misstrauisch. »Weißt du nicht, wo er ist?«, fragte sie aufs Geratewohl.
Statt einer Antwort brach Mi'a in Tränen aus. Christina eilte erschrocken zu ihr und nahm sie in den Arm. »Was ist los? Wo ist Tio?«
Es dauerte lange, bis Mi'as Weinen abgeebbt war und sie sich verständlich machen konnte. »Er ist fortgegangen. In der Nacht. Aber ich darf ihn doch nicht verraten!«, rief sie und schluchzte heftig.
»Fort?«, fragte Christina ungläubig. »Wie? Wohin?«
»Mit Onkel Mokes Boot«, flüsterte die Kleine. »Zur Rocheninsel.«

* * *

Der Bus, der schließlich den Berg emporschnaufte, glich einer fünfzig Jahre alten und stark beanspruchten Kreuzung aus Minivan und Reisebus, doch trotz seines katastrophalen Zustands reagierten Alexandra und der Rest des Verfolgungskommandos beinahe euphorisch, als er tatsächlich hielt. Seit dem Vorfall mit dem Laster waren lediglich zwei zum Bersten mit Menschen vollgestopfte *Bemos* vorbeigekommen. Beide Fahrer hatten ihnen bedauernd zugewinkt und waren, ohne zu stoppen, weitergefahren. Mit jedem Fahrzeug war die Stimmung mieser geworden, aber nun machte sich wieder Hoffnung breit, Larantuka unter Umständen doch noch vor dem Abend zu erreichen.

Während Sien und Birgit im Bauch des Busses verschwanden und Ferri sich gemeinsam mit einem halben Dutzend junger Männer an die Türöffnung des Busses klammerte, weigerte sich Alexandra, sich zu den sechzig oder siebzig Menschen im Inneren zu quetschen.

»Hier kann ich wenigstens abspringen, sollten wir in eine Schlucht stürzen«, stellte sie sachlich fest und kletterte trotz des Protests des Busfahrergehilfen aufs Dach, wo schon einige junge Männer hockten. Abgesehen von sechs schwarzborstigen Schweinen, die zwischen den Gepäckballen auf das Busdach gebunden waren und fürchterlich furzten, empfand Alexandra die erste Reisestunde als recht gemütlich. Sie hatte es sich auf mehreren weich gefüllten Plastiktaschen gemütlich gemacht und ignorierte ihre verblüfften Mitreisenden, während der Bus im Schneckentempo von Dörflein zu Dörflein rollte. Dann begann es zu regnen.

Zak saß in seinem bevorzugten *Kedai Kopi* in Larantuka und sonnte sich in der Aufmerksamkeit, die eine Gruppe von Freunden und Bekannten ihm zuteilwerden ließ. Genüsslich erzählte er den atemlos Lauschenden von seinem morgendlichen Abenteuer.

»Es war ein richtiger Baumgeist«, sagte er und machte eine dramatische Geste, die andeutete, dass der Geist etwa so groß war wie das Haus auf der gegenüberliegenden Straßenseite. »Der Geist hatte Zähne, so lang!« Er spreizte Daumen und Zeigefinger, so weit es ging, was ein beunruhigtes Gemurmel unter seinen Zuhörern auslöste. »Die Augen leuchteten grün. Er rief nach mir, aber ich widerstand seinen Lockungen. Er hat eine ganze Armee von Unterweltswesen auf mich gehetzt. Ich bin nur noch am Leben, weil meine Musik sie in die Flucht geschlagen hat. Anstatt mit mir zu streiten, sollte meine

Frau froh darüber sein, dass ich diese neuen Boxen eingebaut habe.«

Einige der Umstehenden nickten zustimmend. Sie hatten mit eigenen Augen gesehen, wie Zaks Frau ihn vor zwei Stunden aus dem Haus gejagt hatte. Nun, alles würde sich wieder einrenken, sobald sie vom Segen der Lautsprecher und der geisterabwehrenden Wirkung der ausländischen Wundermusik erfuhr. Sie musste nur dazu gebracht werden, Zak zuzuhören.

Gerade beschrieb Zak das Dämonenheer in seiner ganzen Schrecklichkeit, als der Bus aus Maumere vorbeirumpelte. Zak verstummte und wurde blass: Auf dem Dach des Busses saß mit wehenden Haaren der Baumgeist und sah ausgesprochen schlecht gelaunt aus.

Als sie endlich in Larantuka ankamen, war Alexandras Laune im Keller gelandet. Der prähistorische Bus hatte die hundert Kilometer bis zu dem auf der Ostspitze von Flores gelegenen Hafenstädtchen in etwas weniger als fünf Stunden bewältigt, was unter anderem daran lag, dass alle hundert Meter jemand am Straßenrand stand und mitgenommen werden wollte. Birgit bemerkte später befriedigt, dass sie mit ihrer Schätzung der Durchschnittsgeschwindigkeit genau richtig gelegen hatte. Zu allem Überfluss war immer dann ein neuer Schauer auf den Bus niedergegangen, wenn Alexandras Kleidung gerade einigermaßen getrocknet war.

Die vier verloren keine Zeit. Sobald sie den Bus verlassen hatten, teilten sie sich in zwei Gruppen und machten sich auf die Suche nach einem Bootsbesitzer, der gewillt war, sie nach Pulau Melate zu bringen. Ferri und Birgit verschwanden in Richtung des Hafens, während Sien und Alexandra es sich zur Aufgabe machten, systematisch die *Warung* und *Kedai Kopi* abzuklappern. Im Verlauf der Suche sank Alexandras Laune noch tiefer.

Es erwies sich als unmöglich, ein Boot zu mieten: Waren die Fischer erst noch an dem dicken Bündel Rupien interessiert, mit dem Alexandra verheißungsvoll raschelte, so schreckten sie zuverlässig jedes Mal zurück, sobald Sien erklärte, wohin die Reise gehen sollte. Die Inseln im Osten waren den Fischern zutiefst unheimlich.

Am seltsamsten benahm sich ein etwa vierzigjähriger Mann mit einem fehlenden Schneidezahn. Er hatte offenbar eine größere Gruppe von Männern mit einer spannenden Geschichte unterhalten, aber sobald er Alexandra sah, sprang er auf und nahm Reißaus. Normalerweise hätte eine derartig heftige Reaktion Alexandra irritiert, aber normal war in ihrem Leben schon lange nichts mehr. Sie schenkte dem Typen keine weitere Beachtung und konzentrierte sich auf Sien, die gerade der Runde ihr Anliegen unterbreitete. Aus den furchtsamen Mienen der Männer konnte sie schnell lesen, dass sie einmal mehr auf Ablehnung stoßen würden.

Alexandra und Sien gaben nicht auf. Sie durchkämmten das Städtchen, bis auch der letzte Mensch von Larantukas matschigen Straßen verschwunden war, und trotteten dann zum vereinbarten Treffpunkt zurück, einem winzigen *Restauran*, in dem es außer *Maggi Mie* und Hühnerbeinen, die in einem gräulich gelben Curry schwammen, nichts gab. Sie nahmen alles, was noch übrig war.

Nach einer Weile fischte Birgit mit spitzen Fingern ein Hühnerbein aus ihrem Curry und inspizierte es.

»Warum ist das so flach?«, fragte sie.

»Einheimische Jagdmethoden«, knurrte Alexandra.

Das Gespräch erstarb wieder. In niedergedrücktem Schweigen löffelten die vier weiter. Alle Gedanken kreisten um Martin, die Entführer und ihre eigene Ohnmacht.

»Sien!«

Sie blickten von ihren Schüsseln auf. Im selben Moment stürmte der Mann, der Siens Namen gerufen hatte, auch schon durch die Tür und nahm sie in den Arm. Verwundert beobachteten Alexandra, Birgit und Ferri die herzliche Begrüßung. Schließlich befreite sich Sien aus der Umarmung.
»Das ist mein Cousin Moke«, sagte sie und stellte dann reihum ihre Begleiter vor.
»Moke! Jetzt erkenne ich dich wieder.« Ferri stand auf und drückte ihm die Hand. »Wir waren gemeinsam auf der katholischen Schule in Mataloko. Erinnerst du dich?«
»Wie hast du uns gefunden?«, unterbrach ihn Sien. »Und wieso bist du überhaupt hier und nicht in Kalabahi? Ich versuche seit Tagen, dich zu erreichen, aber die Telefone sind tot.«
»Ein Freund hat mir erzählt, dass zwei ausländische Damen und eine ungewöhnlich große Indonesierin überall nach einem Boot herumfragen. Ich habe zwei und zwei zusammengezählt und mich auf die Suche nach euch gemacht. Larantuka ist klein.«
Moke zog sich einen Stuhl heran und begann zu erzählen, immer wieder durch aufgeregte Fragen von Sien, Ferri und Birgit unterbrochen. Alexandra beobachtete die drei mit steigender Unruhe; sie verstand kein Wort des auf *Bahasa* geführten Gesprächs, aber wenn sie die Mienen richtig deutete, musste es sich um eine äußerst ernste Angelegenheit handeln. Als Moke seinen Bericht beendet hatte, war es für einen Moment totenstill.
Alexandra stieß Birgit an. »Los, übersetz mir, was er gesagt hat.«
Nachdem auch Alexandra ins Bild gesetzt worden war, entspann sich eine Diskussion, die zwischen Englisch und *Bahasa* hin- und herwechselte. Alles drehte sich nur um das Boot. Sie brauchten eines, dringender denn je, aber selbst Moke hatte keine Idee, woher sie eines nehmen sollten. Er selbst war mit

dem Marktboot von Kalabahi nach Lembata gefahren und von dort mit der Fähre nach Larantuka. Die Überfahrt hatte ewig gedauert.

»Wir klauen eins«, sagte Alexandra plötzlich. Ihre Stimme war ruhig, fast beiläufig.

Birgit verschluckte sich beinahe. »Würdest du das bitte wiederholen?«

»Wir klauen ein Boot.«

Bee Lee hat mich gewarnt, dachte Birgit. Ich hätte die Finger von diesem Auftrag lassen sollen. Die Deckung eines großen Bugis-Bootes ausnutzend, schlich sie mit klopfendem Herzen hinter den anderen zu einer kurzen Mole. Die Bucht lag in tiefer Stille. Weit und breit war kein Mensch zu entdecken, aber man konnte nicht vorsichtig genug sein. Weiter draußen auf dem Wasser tanzten vereinzelte Lichtpunkte. Sie zeigten an, wo die Fischer ihr Glück versuchten.

Ferri und Moke führten ihr kleines Rollkommando an. Ferri, weil er sich in Larantuka einigermaßen auskannte und sich an eine etwas abseits gelegene Bucht erinnert hatte, Moke, weil er ein gutes Boot von einem schlechten unterscheiden konnte.

»Weißt du was«, flüsterte Alexandra ihr zu, als Birgit aufgeschlossen hatte, »ich habe mich noch nie so lebendig gefühlt.«

»Du hast Nerven«, sagte Birgit. »wenn wir erwischt werden, verfüttern die Fischer uns an die Haie.«

»Ach was. Es wird schon gutgehen. Wie sagte Ferri so schön: Es geht doch meistens gut.«

»Als ich gesagt habe, du solltest dich mit den Gepflogenheiten des Landes arrangieren, hatte ich nicht bedingungslosen Fatalismus gemeint. Und Stehlen gehört garantiert nicht zu den sanktionierten Verhaltensmustern in Indonesien, es sei denn, es handelt sich um Korruption.«

Alexandra zuckte die Schultern. »Wir leihen uns das Boot ja nur.«

Birgit seufzte. »Gegen den Willen seines Besitzers.«

»Jetzt mach mal einen Punkt!« Alexandra hörte sich ernsthaft sauer an. »Martins Leben ist wichtiger als dieser Diebstahl.«

»Mir ist trotzdem nicht wohl bei der Sache.«

Bevor die beiden sich weiter zanken konnten, kam Sien auf sie zugelaufen.

»Kommt! Es ist nicht zu glauben«, flüsterte sie aufgeregt und hastete dann wieder zurück zum Ende der Mole. Birgit und Alexandra folgten ihr bis zu einem Boot, das sich im Großen und Ganzen nicht von den anderen dort vertäuten Fischerbooten unterschied: Ganz aus Holz gefertigt, etwa sieben Meter lang, lag es so tief im Wasser, dass der seitwärts aufgemalte Delfin gerade noch halb zu erkennen war. Ein schiefer Mast ragte über das Vorderdeck, und der hintere Teil wurde von einer niedrigen Kajüte eingenommen. Moke balancierte gerade um die Kajüte herum zum Heck, um den Motor in Augenschein zu nehmen.

»Viel kann man in dem Mondlicht ja nicht erkennen, aber was ich sehe, ist wenig vertrauenerweckend«, bemerkte Alexandra. Sie zeigte auf das Deck: »Da fehlen ein paar Planken. Wahrscheinlich leckt es. Es macht keinen besonders seetüchtigen Eindruck. Warum habt ihr ausgerechnet dieses Boot ausgesucht?«

»Es ist seetüchtig. Und es muss dieses Boot sein«, sagte Sien und machte eine bedeutungsschwere Pause, »weil es Sakké gehört.«

20 | Dienstag, 12. Dezember 2006

Mit zusammengebissenen Zähnen entfernte Keke den schmutzigen Lappen von seiner Wade. Schweißperlen traten auf seine Stirn und Oberlippe, und er meinte vor Schmerz ohnmächtig zu werden. Als er den Lappen endlich von seinem Bein gelöst hatte, hielt er unwillkürlich die Luft an: Der Drachenbiss hatte sich entzündet. Das Fleisch war knallrot und vereitert.
»Das sieht nicht gut aus«, meinte Masakké. »Dabei ist die Wunde weder sonderlich tief noch groß. Der Waran hat dir nur die Haut angeritzt.«
Keke schüttelte verwundert den Kopf. »Ich habe mich nun wirklich schon oft verletzt, und gebissen wurde ich auch, aber so schlimm war es noch nie.«
Masakké sah ihm forschend ins Gesicht und legte ihm die Hand auf die Stirn. »Du hast glasige Augen und einen heißen Kopf«, stellte er fest. »Mir gefällt das alles nicht.«
»Es geht mir überhaupt nicht gut«, sagte Keke kläglich.
Masakké strich ihm über die verschwitzten Haare und deutete nach links. Die abweisende und zerklüftete Südküste Pulau Melates glitt nur einen Steinwurf entfernt an ihnen vorbei. »Wir sind bald in Sare Melate. Dort werden Kebale und Juliana sich um dich kümmern. Ruh dich so lange hier im Schatten der Plane aus.«
Ein Ruf ließ ihn aufhorchen: Sein Vater wollte etwas von ihm. Masakké erhob sich, nickte Keke aufmunternd zu und kletterte über das Kajütendach zu seinem Vater, der das Ruder hielt.

Keke sah ihm dankbar nach. Endlich erkannte er seinen alten Freund Masakké wieder.

»Was ist?«, fragte Masakké.
»Wie geht es dem Dummkopf?«, fragte Sakké statt einer Anwort.
»Schlecht. Er braucht dringend Julianas Kräuter.«
»Vielleicht wäre es besser, er bekäme sie nicht.«
»Was?«
»Er hat nur Ärger gemacht, und er wird es auch weiterhin tun.«
»Aber ihn deshalb sterben lassen?«
Sakké zuckte die Schultern. »Er ist völlig unwichtig.«
»Er ist mein Freund!«
»Was du nicht sagst.« Sakké fixierte seinen Sohn mit einem kalten Blick, bis Masakké sich abwandte.
»Dann sind wir uns ja einig«, knurrte sein Vater. »Aber ich wollte eigentlich nicht über den Dummkopf mit dir sprechen. Dort.« Er wies in südöstlicher Richtung aufs Meer. In einiger Entfernung dümpelte ein Boot. Eine kleine Figur stand vor dem Segel und winkte.
»Er scheint Probleme zu haben«, bemerkte Masakké. »Sieh dir nur das Segel an. Als ob er noch nie eines gehisst hätte. Die Strömung hat ihn an der Insel vorbeigetrieben.«
»Kannst du erkennen, wer es ist? Deine Augen sind jünger als meine.«
»Nein, du musst näher heransteuern.«
Während sie auf das Boot zuhielten, winkte die Person immer hektischer und sprang schließlich auf und ab. Der Segler war immer deutlicher zu erkennen. Überrascht riss Masakké die Augen auf. Einige Sekunden später glitt ein hinterhältiges Lächeln über sein Gesicht. Er drehte sich zu seinem Vater.
»Der Gott des Meeres hat ein Geschenk für Ravuú«, sagte er.

* * *

Alles und jeder hatte sich gegen sie verschworen. Dabei war es am Anfang noch einigermaßen glatt gelaufen.

Die Treibstoffkanister an Bord von Sakkés Boot waren natürlich leer gewesen, und ausreichend Benzin zu beschaffen hatte sich als eine nervenaufreibende Sache erwiesen. Ferri und Alexandra meldeten sich freiwillig zum Plündern der Boote in der Bucht, wobei sie für jeden Kanister, den sie mitnahmen, ein Bündel Rupien zurückließen. Birgit fand unterdessen tatsächlich einen geöffneten Laden am anderen Ende des Städtchens und kaufte Mineralwasserflaschen, Kekse und Bananen ein. Moke und Sien machten das Boot klar. Um halb zwei Uhr morgens konnten sie endlich ablegen.

Die ersten Stunden der Fahrt verliefen ruhig. Dann ging die Sonne auf.

Sie befanden sich gerade in der schmalen Meeresstraße zwischen den Inseln Solor und Adonara, und das Tageslicht offenbarte ihnen eine prähistorische Landschaft, in der eigentlich nur noch die Dinosaurier fehlten. Aus dem glasklaren Wasser erhoben sich zu allen Seiten gewaltige Vulkane, deren Hänge mit sattgrüner Vegetation bedeckt waren. Den westlichsten Berg, den sie sehen konnten, nannten die Einheimischen »Ile Api«, Feuerberg, weil aus seinem Krater ununterbrochen eine dünne Rauchfahne quoll.

Leider kamen mit dem Tageslicht auch neugierige Fischer, angelockt von der ungewöhnlichen Besatzung des Bootes. Moke und Ferri taten ihr Bestes, die Fragen der Fischer nach dem Woher, Wohin und Warum abzubiegen. Bis sie die Fischer endlich abgeschüttelt hatten, war es Mittag geworden. Sie umrundeten die Südspitze Solors und hielten auf den östlichen Zipfel Lembatas zu. Laut Moke mussten sie dann nur noch die Südküste der Insel verfolgen und danach etwa fünfzig Kilometer übers offene Meer schippern. Bis zum Sonnenuntergang sollten

sie Pulau Melate erreicht haben. Der Vorsprung der anderen konnte nicht mehr groß sein, da die Entführer die gesamte Distanz von Ende her mit dem Boot zurückgelegt hatten und noch langsamer waren als die Verfolgergruppe, trotz deren Pannen und Verzögerungen.
Und dann schlugen die sie ständig begleitenden bösen Geister wieder zu und nahmen sich den Motor vor: Die kleine Schiffsschraube fiel ab und versank auf Nimmerwiedersehen in den dunkelblauen Tiefen der Sawusee.

* * *

Das halbe Dorf war am Strand zusammengelaufen und erwartete sie in stummer Spannung. Sakké setzte das Boot schwungvoll auf den Strand. Das zweite Boot, das sie im Schlepptau mit sich führten, krachte ins Heck und trieb sie noch einen Meter weiter den Strand hinauf, aber niemand kümmerte sich darum.
Die Rochenkinder machten geschlossen einen Schritt auf das vordere Boot zu. Der Kreis war jetzt so dicht, dass sich niemand rühren konnte. Masakké sprang auf den Sand und hob die Arme, um das einsetzende Getuschel zu unterdrücken.
»Wo ist Kebale?«, fragte er mit lauter Stimme.
»Hier.« Mehrere Männer traten beiseite und gaben den Blick auf den Vulkanpriester frei. Masakké senkte respektvoll den Kopf, als Kebale sich vor ihn stellte.
»Habt ihr die beiden?«, fragte der Priester so leise, dass niemand der Umstehenden ihn hören konnte.
Masakké schüttelte den Kopf. »Nur den Mann«, sagte er ebenso leise.
»Was?« Für den Bruchteil einer Sekunde verlor Kebale die Beherrschung. Sein Gesicht verzog sich zu einer wütenden Grimasse. »Ich hoffe, ihr habt eine gute Erklärung«, zischte er. Sei-

ne Miene verwandelte sich blitzschnell in die Maske eines Lächelns, das Masakké frösteln ließ.

»Sien wird kommen, Kebale. Sie war hierher unterwegs, und nun, da wir ihren Liebhaber gefangen haben, wird sie erst recht den Weg zurück zur Insel finden«, sagte er. Den Vorfall mit der großen hellhaarigen Frau in Ende verschwieg er. Sowohl sein Vater als auch er hielten es für besser, Kebales Zorn nicht unnötig zu reizen. »Aber wir haben noch eine Überraschung für dich«, fügte er stattdessen hinzu.

Kebale hob die Augenbrauen und sah Masakké fragend an, doch der junge Mann hatte sich schon umgedreht. »Zeigt ihnen den *Orang Belanda*«, rief er. Einen Augenblick später erschienen Keke und Sakké mit dem großen Ausländer auf dem Deck. Sie hatten ihm die Fesseln abgenommen. Selbst wenn er sich ihnen hätte entwinden können, wohin hätte er schon fliehen sollen? Vorerst bestand ohnehin keine Fluchtgefahr: Der Mann war so geschwächt, dass sie ihn stützen mussten. Masakké sprang zurück aufs Boot und half dann Kebale hinauf.

Kaum an Deck, glitt ein überraschter Ausdruck über Kebales Gesicht. Er kniff die Augen zusammen und fixierte einen Punkt im hinteren Teil des Bootes. Zufrieden nickte er Sakké zu. Niemand sah es, da der Priester mit dem Rücken zum Strand stand. Dann drehte er sich um und hob wie zuvor Masakké die Arme. Mit donnernder Stimme brachte er die aufgeregten Rochenkinder zum Schweigen. Aller Augen richteten sich auf Kebale, und der genoss den Augenblick der absoluten Macht. Er ließ seinen Blick über die Menschen schweifen. Es wurden immer mehr, bald musste das ganze Dorf anwesend sein. Er wartete. Noch fehlte die wichtigste Person.

Die Spannung steigerte sich ins Unerträgliche. Niemand außer Kebale und den drei Männern hinter ihm wusste, was er den

Dorfbewohnern zu enthüllen hatte, und alle begannen erneut zu flüstern und zu spekulieren, was es mit dem geheimnisvollen Fremden wohl auf sich hatte.

Kebale wartete.

Schließlich sah er sie zwischen den Palmen hervortreten, die grauen Haare wild nach allen Seiten abstehend. Ihre letzten Anhänger, etwa zwei Dutzend Dorfbewohner, folgten ihr. Juliana trat an den Ring, den die Wartenden bildeten, heran, aber niemand machte Anstalten, sie durchzulassen. Kebale grinste triumphierend: Julianas Zeit war um. Die Rochenkinder respektierten sie nicht mehr.

»Macht den Weg frei für unsere Dorfälteste und Heilerin!«, rief er verachtungsvoll. Sofort teilte sich die Menschenmenge. Von zwei loyalen jungen Männern begleitet, schritt Juliana auf Kebale zu. Mit jedem Meter, um den sich die Distanz zwischen den beiden Kontrahenten verringerte, schien sie größer zu werden, beinahe riesenhaft. Kebale wich unwillkürlich einen Schritt zurück. Trotz ihrer offensichtlichen Ohnmacht ging von Juliana eine starke Ausstrahlung aus. Ihr lodernder Blick fixierte den Priester und ließ ihn nicht mehr los, bis er sich innerlich wand. Doch dann gewann sein Selbstvertrauen wieder die Oberhand. Welchen Zauber auch immer die alte Heilerin auf ihn anwandte, er schüttelte ihn ab und reckte sich zu seiner vollen Größe. Juliana hatte nun das Boot erreicht und blieb davor stehen. Kebale sah auf sie hinunter. Sie war wieder zu ihrer normalen Größe geschrumpft, das Trugbild verdampft. Wohin ist deine Macht entschwunden, Juliana?, dachte der Priester hämisch. Dies war das letzte Mal, dass ich mich von dir habe einschüchtern lassen.

»Wie schön, dass du uns beehrst«, sagt er von oben herab.

Juliana schüttelte den Kopf. »Tu es nicht!«, befahl sie laut. Ihr herrischer Ton stachelte Kebale nur noch mehr an.

»Du hast mir nichts zu befehlen. Nicht mehr. Pass auf!« Mit diesem Aufruf drehte er sich um. In seiner Hand blitzte ein kleines Zeremonienmesser.
Juliana schrie auf: »Nein!«
Doch Kebale ließ sich nicht beirren. Er näherte sich dem sich windenden Ausländer. Sakké und Keke hatten Mühe, den Gefangenen zu bändigen.
Kebale hielt ihm das Messer direkt vors Gesicht. »Keine Angst«, sagte er zu dem *Orang Belanda*. »Es wird nicht weh tun.« Er lachte ein kehliges, tiefes Lachen. Allen Umstehenden kroch eine Gänsehaut über den Rücken. Der Ausländer hatte natürlich nichts verstanden und wehrte sich immer stärker.
»Haltet ihn ruhig!«, fuhr Kebale Sakké und Keke an. Sie packten den Mann noch fester. Er keuchte auf vor Schmerz. Und dann ging alles sehr schnell: Bevor Juliana das Boot erklimmen konnte, um Kebale daran zu hindern, riss der Vulkanpriester das Messer mit einer präzisen, an Dutzenden Tieropfern geübten Bewegung von unten nach oben.

* * *

Birgit, Alexandra und Sien standen wie vom Donner gerührt an der Leeseite des Bootes und starrten ins Wasser. Ferri, der sofort über Bord gesprungen war, nachdem die Schraube sich gelöst hatte, tauchte zwanzig Meter entfernt prustend wieder auf.
»Hast du sie?«, rief Birgit.
Er schüttelte verneinend den Kopf und kraulte auf das Boot zu.
»Verdammter Mist!« Alexandra hieb mit der flachen Hand auf das Kajütendach. »Wie konnte das passieren?«
»Indonesien«, sagte Birgit nur.
Alexandra fuhr herum. »Ist das alles, was dir dazu einfällt?«
»Mit Wartung nimmt man es hier nicht allzu genau.«

»Mit dem Ergebnis, dass man jederzeit ohne Schiffsschraube mitten auf dem Meer verrecken kann? Es ist nicht zu fassen.«
Sie drehte sich um und verschwand in der Kajüte. »Was hast du vor?«, rief Birgit.
»Die Ersatzschraube suchen, was sonst«, brüllte Alexandra giftig. Aus der Kajüte drang Gepolter, irgendetwas ging zu Bruch. Sien und Birgit sahen sich an. Alexandra läuft zur Hochform auf, dachte Birgit. Ganz die alte. Sie beugte sich vor und half Ferri an Bord.
Selbstverständlich fand sich keine Ersatzschraube. Alexandra tobte, trat gegen den Mast, gegen die Kajütenwand, gegen den Motor, gegen alles. Die anderen vier brachten sich in Sicherheit, bis sie sich abreagiert hatte. Es dauerte nur zwei Minuten. Dann setzte sie sich schwer auf die Planken und vergrub das Gesicht in den Händen.
»Während wir untätig hier herumdümpeln, führen sie Martin vielleicht schon zur Schlachtbank«, stöhnte sie.

* * *

Zweihundertachtzig Menschen keuchten auf. Niemand wagte sich zu rühren.
Kebale reckte das Messer in die Höhe und zeigte mit der linken Hand auf den zusammengesackten Ausländer. Es kostete Keke und Sakké viel Kraft, seinen reglosen Körper aufrecht zu halten.
»Seht her!«, rief Kebale und riss das an der Front aufgeschlitzte T-Shirt des Mannes auseinander. Es dauerte nur einen kurzen, verblüfften Augenblick, bis die Menschen in der vordersten Reihe die Tätowierung auf der Brust des Mannes erkannten. Jubel brandete auf, der bald das gesamte Dorf erfasste. Beinahe das gesamte Dorf: Juliana und ihre Anhänger standen mit versteinerten Mienen zwischen den schreienden und lachenden

Stammesmitgliedern. Außer Kebale nahm niemand Notiz von ihnen, zu euphorisch waren sie, zu geblendet von dem Geschenk, das Kebale ihnen präsentierte. Kebale ließ sie eine Weile schreien und verschaffte sich dann erneut Gehör. Diesmal war es nicht so leicht, die Ruhe wiederherzustellen.

»Lange haben wir gewartet, lange haben wir Ravuú um Milde und Vergebung anflehen müssen, doch diese Zeit ist nun vorbei«, rief Kebale mit zum Vulkan gewandtem Gesicht. Einen kurzen Moment war er erschüttert von dem sich bietenden Anblick. Unbemerkt hatte sich der Vulkangipfel seit dem späten Vormittag in einen grauen Mantel gehüllt, von dem nicht klar war, ob er aus harmlosen Wolken oder Rauchschwaden gewebt war. »Morgen bei Tagesanbruch werden wir unsere Schuld bei Ravuú begleichen, und sie wird uns nicht mehr zürnen. Wir können für immer auf Pulau Melate bleiben!«

Das daraufhin ausbrechende Geschrei schallte weithin übers Meer. Begeistert schrien und heulten, kreischten, lachten und sangen die Rochenkinder durcheinander. Kebale hatte sie in einen trunkenen, fanatischen Zustand versetzt, ihnen die Möglichkeit genommen, selbständig zu denken. Eine Stimme erhob sich über den ekstatischen Jubel. »Wem haben wir all dies zu verdanken?«, schrie Sakké.

»Kebale!«, antwortete der am nächsten Stehende, und sofort setzte sich der Ruf fort, bis er sich zu einem rhythmischen Gesang formte: »Ke-ba-le! Ke-ba-le! Ke-ba-le!«

Der Priester war auf dem Höhepunkt angelangt. Das Dorf gehorchte ihm, nur ihm. In seinem Hochgefühl blickte er von dem Boot herunter, um Juliana seine ganze Verachtung entgegenzuschleudern.

Der Platz, an dem sie noch vor wenigen Augenblicken gestanden hatte, war leer.

* * *

In der Aufregung über die verlorene Schiffsschraube dachte minutenlang niemand daran, dass das Boot eigentlich ein Segelboot war. Moke fing sich als Erster und zeigte auf das Segel.
Alexandra sprang auf. »Warum habe ich nicht gleich daran gedacht«, schrie sie und stürzte zu dem auf den Quermast gerollten Segel. »Los, los, worauf wartet ihr noch?« Sie nestelte bereits an den Tampen, die das Segel zusammenhielten.
»Du kannst segeln?«, fragte Ferri erstaunt. In Indonesien war das Führen eines Bootes reine Männersache. Diese drei Frauen zerlegten langsam aber sicher sein Weltbild.
»Natürlich«, knurrte Alexandra. »Ich stamme aus altem Hamburger Kaufmannsadel. Zu irgendetwas muss das doch gut sein.«
Birgit und Ferri, der aus dem Inselinneren stammte und sich auf einem Boot ungefähr so wohl fühlte wie ein Orang-Utan, sprangen planlos hierhin und dorthin, um Moke und Alexandra zur Hand zu gehen, bis Alexandra der Kragen platzte.
»Könnt ihr euch bitte anderweitig nützlich machen? Ihr stört.«
Erleichtert zogen Birgit und Ferri sich ins Heck des Boots zurück. Ferri tauchte in die winzige Kajüte und kam mit zwei Plastiktüten wieder zum Vorschein.
»Dann sind wir eben die Smutjes«, sagte er. Sorgfältig baute er die wenigen Lebensmittel, die sie hatten, auf dem Kajütendach auf und arrangierte sie so, dass es nach mehr aussah.
Währenddessen löste Alexandra die letzten Knoten. Dann zogen Sien und Moke gemeinsam an einem langen Tau. Knatternd entrollte sich das blauweiß karierte Segel. Alexandra schüttelte den Kopf.
»Das kann doch nicht wahr sein!«, sagte sie. »Ist das nicht dasselbe Zeug, aus dem auf der ganzen Welt diese Plastiktaschen gemacht werden?«
»Traditionell sind die Segel aus Gras geflochten«, bemerkte Sien. »Die hier sind aber haltbarer.«

»Na ja, solange es funktioniert.«
Es funktionierte. Das dreieckige Plastiktaschensegel fing den leichten Wind ein, und sofort krängte das Boot. Ferri konnte sein Bananenstillleben gerade noch davor bewahren, ins Wasser zu rutschen. Moke kletterte hastig an Ferri und Birgit vorbei, griff sich das Ruder und brachte sie auf Kurs. Bald stabilisierte sich das Boot und glitt über die ruhige See.

* * *

Unbemerkt von Kebale und den anderen war Juliana ins Wasser gewatet. Während Kebale die Aufmerksamkeit aller auf sich zog, hatte sie für einen Lidschlag eine Bewegung im hinteren Teil des Bootes ausmachen können. Ihr war, als hätte sie einen Kopf gesehen, der sich kurz über die Bordwand erhoben hatte und sofort wieder abgetaucht war. Sie drückte sich eng an den Bootsrumpf und ging gebückt weiter. Niemand beachtete sie. Am Heck angekommen, richtete sie sich vorsichtig auf, um über den Bootsrand zu spähen. Kebale und seine Handlanger standen mit dem Rücken zu ihr auf dem Bug. Der Priester nahm den Jubel der Rochenkinder entgegen, wie es dem Papst nicht huldvoller gelungen wäre. Schnell suchte Juliana das Heck mit den Augen ab. Eine Taurolle, Unrat, mehrere Plastikkanister und ein großes Stoffbündel neben dem Mast.
Das Stoffbündel bewegte sich! Ein Kopf erschien wie schon ein paar Minuten zuvor. Julianas Herz klopfte ihr bis zum Hals: Sie hatte sich nicht getäuscht. Über einem geknebelten Mund flackerten weit aufgerissene dunkelbraune Augen und sandten einen stummen Hilferuf in ihre Richtung.
»Tio!«, schrie Juliana entsetzt.

Dann ging alles rasend schnell. Kebale schnellte herum, sah Juliana und brüllte: »Schnappt sie euch!«
Für einen kurzen Augenblick wusste keiner, was von ihm verlangt wurde. Alle rannten durcheinander, bis Sakké den Ausländer einfach aufs Deck plumpsen ließ und ins Wasser sprang. Jetzt begriffen auch die beiden Begleiter Julianas, die sich mit ihr bis zur Wasserkante durchgedrängelt hatten, dass etwas nicht stimmte, und stürzten auf Sakké zu. Er hielt Juliana bereits von hinten gepackt.
Sie wehrte sich wie verrückt und schrie immer wieder: »Tio, Tio! Auf dem Boot!« Sakké drückte ihr die Hand auf den Mund. Juliana biss zu. Er brüllte auf und ließ sie los. »Helft mir aufs Boot!«, rief sie, und die beiden Männer, die sie endlich erreicht hatten, warfen sie kurzerhand auf das Deck, bevor sie sich selbst emporhievten. Juliana eilte zu Tio, breitete die Arme aus, um ihn vor allem Unheil dieser Welt zu schützen.
Der Vulkanpriester war schneller. Mit einem riesigen Satz sprang er hinter Tio und hielt dem entsetzten Jungen das Zeremonienmesser an den Hals. Kebales Blick bohrte sich in den Julianas. Um das Boot herum tanzten und schrien die Rochenkinder, aber Juliana hörte und sah nichts außer Kebale und dem Jungen. Die beiden Männer hinter ihr waren ebenfalls erstarrt.
»Und jetzt, Juliana?«, fragte der *Molang* mit einem breiten Grinsen. »Willst du für seinen Tod verantwortlich sein?«
»Du bist wahnsinnig«, keuchte sie.
In diesem Moment begann die Erde zu beben, wie sie noch nie gebebt hatte. Die Insel buckelte wie ein übellauniger Büffel, brachte Menschen und Tiere zu Fall, schüttelte die Kokosnüsse von den Palmen und wühlte das Wasser auf. Den Rochenkindern blieb der Jubel im Hals stecken, während ein Knarren, ein

Ächzen direkt aus den Tiefen der Erde ertönte. Es wurde immer stärker, bis es nach zwei oder drei schlimmen Minuten wieder verstummte. Mit dem Erlöschen des unheimlichen Knarrens hörte auch das Beben auf. Der Boden war wieder fest.

»Ravuú freut sich mit uns«, schrie Kebale. Seine Stimme schallte über die angststarren Rochenkinder und brachte sie zurück ins Leben. »Ergreift alle, die sich gegen Ravuú stellen!«

Die Rochenkinder gerieten völlig außer Rand und Band. Die ausgestandene Angst und Anspannung suchten sich ein Ventil, und binnen Sekunden fielen die Dorfbewohner über Julianas Anhänger her, überwältigten sie, prügelten und traten auf sie ein und schleiften sie schließlich den Strand hinauf in Richtung des Dorfplatzes. Kebale führte sie an. Er hatte sich Tio über die Schulter geworfen und schritt zügig aus. Direkt hinter Kebale folgte Sakké, der Juliana vor sich herschubste. Masakké und Keke hatten den Ausländer unter den Armen gepackt und zerrten ihn hinter den anderen her. Der *Orang Putih* taumelte und schwankte, aber es war Keke, der stürzte. Mit schmerzverzerrtem Gesicht rappelte er sich wieder hoch und quälte sich weiter. Bis zum Dorfplatz waren es nur noch ein paar Meter.

In einem nicht abreißenden Strom drängten sich die Dorfbewohner zwischen den dicht stehenden Häusern hindurch, bis sie den Platz erreichten. Die Blicke aller wanderten sofort zu den Häusern auf der Sonnenaufgangsseite. Ravuú hatte ein eindeutiges Zeichen gesandt; ihr Zorn richtete sich gegen Juliana und die Ihren: Julianas Klanhaus, und nur ihr Klanhaus, war bei dem Beben eingestürzt. Die Stelzen waren zur Seite geknickt und hatten die gesamte Holzkonstruktion mit sich gerissen. Das schwere Dach hatte alles unter sich begraben. Ein letzter Sonnenstrahl fiel direkt auf die Trümmer, dann verschwand die Sonne hinter den Wolken, die noch immer den Gipfel des Vulkans verhüllten. Die Wolken glühten kurz in einem höllischen Orange auf, als stünde der ganze Berg in Flammen, und verbanden sich dann mit dem schnell dunkler werdenden Himmel.

* * *

Alexandra lehnte gegen die Kajüte und verfolgte den Abwärtskurs der Sonne. Halb erwartete sie, dass das Meer zu kochen begänne, sobald der dunkelgelbe Feuerball die Wasseroberfläche berührte, aber nichts geschah. Mit erstaunlicher Geschwindigkeit versank die Sonne im Meer, unaufhaltsam und still. Bleib!, hätte Alexandra am liebsten gerufen. Bleib und gib Martin Aufschub!
Es gab nichts mehr, was sie tun konnte. Martins Leben lag in der Hand höherer Mächte. Dank Mokes Segelkenntnisse waren sie gut vorangekommen, aber laut Sien lagen noch mindestens sechs Stunden zwischen ihnen und der Insel, auf die Martin verschleppt wurde. Ob er schon dort war? Ob er überhaupt noch lebte?
Alexandra schüttelte langsam den Kopf. Obwohl sie vor Sorge um Martin fast verging, hatte sie seinen Tod bisher nicht ernsthaft in Betracht gezogen. Mokes Befürchtungen waren so ungeheuerlich, dass sie immer wieder den Eindruck hatte, es gehe gar nicht um sie oder Sien oder Martin. Sie fühlte sich wie die Zuschauerin ihrer eigenen absurden Abenteuer.
Die Sonne war verschwunden. Lediglich ein winziger Streifen gleißenden Lichts war noch zu sehen, und eine Sekunde später war auch dieses Licht erloschen. Das Versinken der Sonne erschien Alexandra wie eine Metapher für Martins Untergang, auf die Unausweichlichkeit des Schicksals.

Sobald die Sonne hinter dem Horizont abgetaucht war und nur noch eine hellrot angestrahlte Wolkenbank wie ein sprichwörtlicher Hoffnungsschimmer davon zeugte, dass die Welt jemals in Licht gebadet hatte, erstarb der Wind.

* * *

Martin lauschte angestrengt in die Dunkelheit. Die Stimmen der Männer, die ihn hierhergebracht hatten, entfernten sich immer weiter, bis sie nicht mehr zu hören waren. Vom gegenüberliegenden Ende des Raumes drang ein leises Wimmern an sein Ohr.
Er streckte sich vorsichtig auf dem Boden aus. Zwar tat ihm alles weh, aber es waren nur Muskelschmerzen von den langen Tagen an Bord. Außer Prellungen und Abschürfungen war sein Körper intakt. Er war noch auf dem Boot aus seiner Ohnmacht erwacht und hatte zu seiner grenzenlosen Erleichterung festgestellt, nicht in der Unterwelt, sondern nach wie vor auf der Erdoberfläche zu sein. Welche der Welten höllischer war, ließ sich allerdings vorerst nicht beantworten: Um ihn herum kreischten die Bewohner der Insel wie tausend Teufel. Er hatte es für das Beste gehalten, die Augen wieder zu schließen und sich tot zu stellen. Die List hatte funktioniert: Nachdem sie ihn hierhergeschleift und in diesem dunklen Raum abgelegt hatten wie einen Sack Reis, verzichteten seine Entführer darauf, ihn zu fesseln.
Das Wimmern war erneut zu hören. Bestimmt war es der Mitgefangene, der, den sie von dem anderen Boot gezerrt hatten. Martin wusste nicht, wie er aussah; einmal wegen seiner verdammten Kurzsichtigkeit, aber auch, weil sie die kurze Zeit, die sie gemeinsam an Bord verbracht hatten, streng voneinander getrennt waren. Martin hatte in der Kajüte gelegen, der andere auf Deck.

Martin rappelte sich vom Boden hoch und kroch auf allen vieren in Richtung des Wimmerns. Unter seinen Händen spürte er Erde. Er versuchte, sie mit den Fingernägeln aufzukratzen, aber es war vergebliche Mühe. Der stark verdichtete Lehm war so hart wie Beton. Martins Augen gewöhnten sich jetzt langsam an die herrschenden Lichtverhältnisse. Wie in den meisten Häusern Südostasiens waren der besseren Kühlung wegen breite Schlitze zwischen den Wänden und dem Dach freigelassen worden, durch die müdes Licht hereinsickerte. Dunkelgraue Linien zeigten die Position der Tür an, Fenster schien es keine zu geben. Martin kroch einen Meter weiter. Seine Hände ertasteten eine Bastmatte, ein kleines Möbelstück, einen Topf und schließlich Haut. Mit fliegenden Fingern untersuchte er den Mitgefangenen. Er war erstaunlich klein und zart und ähnlich zusammengeschnürrt wie er zuvor. Martin fand den Knebel und lockerte ihn. Sofort legte er dem anderen die Hand auf den Mund. Er durfte auf keinen Fall schreien. Die Vorsichtsmaßnahme war überflüssig. Der Mann war geistesgegenwärtig genug, still zu bleiben. Mit angehaltenem Atem drehte Martin den Gefangenen zur Seite und knüpfte die Knoten auf. Sobald sich die letzte Schlinge gelöst hatte, erhob sich sein Mitgefangener geschmeidig wie eine Katze. Martin wollte ihn zurückhalten, aber der andere machte sich sofort an die Durchsuchung ihres Gefängnisses. Martin hörte Holz auf Holz schaben, etwas knarrte und quietschte. Ein Gegenstand fiel mit einem lauten Krach herunter. Beide erstarrten, aber draußen hatte sie niemand gehört. Nach einer endlosen Minute setzte der andere seine Inspektion fort, und dann vernahm Martin ein leises Reißen.

»Nein!«, rief er, aber es war zu spät.

Die winzige Flamme eines Streichholzes leuchtete auf, einen Augenblick später hatte der andere eine Kerze angezündet. Mit ihr in der Hand kam er auf Martin zu und setzte sich so dicht vor ihn wie möglich. Die Kerze hielt er zwischen ihre Oberkörper, so dass die Flamme direkt auf ihre Gesichter fiel. Martin riss verblüfft die Augen auf.

Vor ihm, so nah, dass selbst er die Details erkennen konnte, saß ein Kind. Ein schlanker Junge von vielleicht elf oder zwölf Jahren. Ein Indonesier mit Sommersprossen.

Siens Sohn.

»Sien?«, fragte Martin verblüfft. »Sien Mama?«

Der Junge nickte. Für einen winzigen Augenblick erhellte ein Lächeln sein Gesicht. Er hatte verstanden. »*Ibu, Ibu*«, sagte er. »Sien *Ibu* Tio!« Er zeigte auf sich: »Tio. *Saya Nama* Tio. *Nama* Tio!«

Das war leicht. Martin zeigte auf Tio. »Tio«, sagte er. Dann zeigte er auf sich. »Martin. *Nama* Martin.«

Wieder begriff der Junge sofort. »Marr-Tin«, bestätigte er, mit demselben stark rollenden »r«, wie Sien es getan hatte.

Plötzlich zuckte ein seltsamer, schwer deutbarer Ausdruck über Tios Gesicht. Überraschung? Freude? Furcht?

»Marr-Tin, Marr-Tin«, wiederholte er ein ums andere Mal, und mit jedem Ausruf wurde er aufgeregter. Schließlich ergriff Martin die Hände des Jungen. »Sch! Wir dürfen keinen Lärm machen.«

Der Junge senkte sofort die Stimme und ergoss einen Schwall hastiger Sätze über Martin. Sobald er merkte, dass der *Orang Putih* ihn nicht verstand, blies er die Kerze aus, sprang auf und schlich zu dem dunkelgrauen Rahmen, der die Tür bezeichnete. Martin blieb an Ort und Stelle hocken. In seinem Kopf überstürzten sich die Gedanken.

Dass er sich in Gefahr befand, stand außer Frage. Das Messer des Verrückten dort auf dem Boot hatte eine deutliche Sprache gesprochen, auch wenn es letztendlich nur sein T-Shirt zerfetzt hatte – fürs Erste. Bevor Martin hatte ergründen können, warum der Mann es auf sein T-Shirt abgesehen hatte, war er ohnmächtig geworden, und als er wieder zu sich kam, waren die Menschen am Strand bereits völlig von Sinnen. Was, zur Hölle, wollten sie von ihm? Lösegeld? Dafür hätten sie ihn nicht ans Ende der Welt verschleppen müssen. Er nahm an, dass sich sein Gefängnis auf einer Insel befand, und zwar einer ziemlich kleinen, und diese Insel war von vornherein das Ziel gewesen. Sie hatten ihn entführt, um ihn genau hierher zu bringen.

Zumindest ein Rätsel war gelöst. Sien hatte ihn tatsächlich in ihr Dorf locken wollen, um ihren Jungen zu besuchen. Aber die Beantwortung dieser einen Frage zog einen ganzen Schwanz neuer Fragen nach sich. Warum hatte sie ihm nichts von dem Kind erzählt? Hatte sie befürchtet, er würde sie dann fallen lassen wie eine heiße Kartoffel? Nun ja, dachte Martin selbstkritisch, so ganz unwahrscheinlich war diese Annahme nicht. Trotzdem: Warum diese Heimlichtuerei? Warum hatte sie ihn ins offene Messer laufen lassen? Hatte sie das überhaupt getan? War sie nicht vielmehr selbst ein Opfer? Hatten die Entführer es nicht nur auf ihn, sondern auch auf sie abgesehen? Folgte sie ihm? Hatte Sien im Hafen seinen Namen gerufen? Martin massierte sich die Schläfen, aber leider brachte ihn auch dies der Lösung der Rätsel nicht einen Millimeter näher.

Eine kleine Hand umfasste sein Handgelenk. Martin erschrak. Er hatte überhaupt nicht bemerkt, dass der Junge wieder zurückgeschlichen war. Widerstandslos ließ er sich von ihm zur Tür führen.

Der Junge.

Dies war das größte, das unverständlichste Rätsel von allen. Was hatte Tio ganz allein dort draußen auf hoher See gemacht? Und warum war auch er ein Gefangener?

Wenn es nach dem Jungen ging, würden sie jedenfalls nicht lange eingesperrt bleiben. Vor der Tür angekommen nahm er Martins Hände und führte sie langsam über die rauhen Betonwände rechts und links der Tür, bis sie an beiden Seiten hölzerne, in der Wand verankerte Haken ertasteten. Martin verstand: Dies waren Vorrichtungen für einen Türriegel, den man von innen anlegte. Direkt daneben fand er auch den an der Wand lehnenden Balken. Gab es einen solchen Riegel auch auf der Außenseite? Wenn dem so war, würde ihr Fluchtversuch enden, bevor er überhaupt begonnen hatte. Offensichtlich gab es diesen Riegel jedoch nicht, denn nun legte Tio seine Hände flach auf das Holz. Seine Körpersprache war unmissverständlich: Drück! Drück, so fest du kannst! Und genau das tat Martin.

Ihre Entführer mussten etwas sehr Schweres vor die Tür geschoben haben, aber mit vereinten Kräften gelang es Martin und Tio, sie Zentimeter um Zentimeter aufzustemmen, bis der Spalt breit genug war, dass Tio hindurchschlüpfen konnte. Martin unterbrach seine Anstrengung und horchte. Jeden Moment musste jemand Tios Flucht bemerken, aber der Warnschrei blieb aus. Stattdessen hörte er Tios angestrengtes Keuchen und das Schaben und Poltern von großen Gegenständen: Der Junge räumte die Hindernisse vor der Tür beiseite. Martin drückte so fest, dass seine Zähne vor Anstrengung knirschten. Die Spalt war jetzt so breit, dass auch er sich hindurchzwängen konnte. Martin taumelte hinaus und stolperte dabei über seine eigenen Füße.

Tio war sofort bei ihm und half ihm auf. Leise flüsterte er ihm etwas ins Ohr. Martin konnte nur raten, was der Junge von ihm wollte. Wahrscheinlich das Naheliegendste: absolute Ruhe.

Martin sah sich um. Sie waren immer noch in einem Innenraum, aber dieser hatte eine glas- und gardinenlose Fensteröffnung, durch die kaltes Sternenlicht hineinfiel und die wenigen Habseligkeiten der Hausbesitzer illuminierte. Verschwommen

erkannte Martin eine große Kiste, Küchengeräte, ein paar Tonschalen. Von der Decke hingen getrocknete Maiskolben und allerlei Gerätschaften, von denen er annahm, dass sie für die Fischerei benötigt wurden. Direkt vor ihm stand das Ding, mit dem sie die Tür blockiert hatten. Selbst mit Brille hätte Martin seinen Augen nicht getraut. Während alles um ihn herum primitiv, ärmlich und schmucklos wirkte, stand da prunkvoll und geblümt: ein üppig aufgepolstertes Sofa. Es war so neu, dass man noch nicht einmal die transparente Plastikschutzfolie entfernt hatte. Langsam zweifelte Martin an seinem Verstand. Was würde als Nächstes kommen? Eine Einbauküche? Ein Ufo?
Zum Glück bewahrte Tio die Nerven. Entschlossen schob er Martin in Richtung der ebenerdigen Fensteröffnung. Vorsichtig spähten sie hinaus. Direkt gegenüber, keine zwei Meter entfernt, sah man die Außenwand des nächsten Hauses. Am rechten Ende des schmalen Gangs zwischen den beiden Gebäuden stand ein Mann mit dem Rücken zu ihnen. Martin nahm an, dass es ihr Bewacher war, aber seine Aufmerksamkeit wurde von etwas anderem beansprucht. Martin hob den Daumen. Tio nickte. Eine leichte Brise trug einen monotonen, auf und ab schwellenden Gesang zu ihnen herüber.
Es hört sich an wie Totengesang, dachte Martin schaudernd. Totengesang für ihn? Für den Jungen? Er straffte sich. Sie mussten fliehen, jetzt oder nie. Er fasste Tio um die Taille und hob ihn lautlos aus dem Fenster. Eine Sekunde später stand auch er in dem Gang zwischen den Häusern. Geduckt liefen die beiden nach links, fort von dem Wächter und den Stimmen. Martin folgte Tio blindlings. Es war offensichtlich, dass der Junge das Dorf in- und auswendig kannte. Während er hinter dem Jungen herrannte, der zwischen den Häusern und Hütten des Dorfes einen Haken nach dem anderen schlug, musste er an das weiße Kaninchen denken, das Alice in das schreckliche Wun-

derland geführt hatte. Er würde Tio in jeden noch so engen Bau folgen, nur fort von hier, fort!
Kurz darauf erreichten sie die letzten Hütten. Vor ihnen erstreckten sich Reisfelder. Tio stürzte sofort weiter und raste quer durch die Felder direkt auf eine dunkle, amorphe Masse zu. Martin ahnte, dass es Bäume und Büsche waren, aber er konnte nicht mehr. Obwohl er nur zwei, höchstens drei Minuten gerannt war, tanzten bunte Punkte vor seinen Augen, und seine Knie zitterten. Bevor er seine Flucht fortsetzen konnte, musste er wieder zu Atem kommen. Die letzten Tage ohne ausreichend Nahrung und Wasser, davon einige unter Drogeneinfluss, forderten ihren Preis.
Langsam beruhigte sich sein Herz. Martin richtete sich auf und betrat misstrauisch den Damm, über den Tio durch das geflutete Feld gelaufen war. Wider Erwarten zerbröckelte die kaum einen Fuß breite Lehmkonstruktion nicht unter seinem Gewicht. Vorsichtig setzte er einen Fuß vor den anderen. Es war gar nicht so einfach, auf dem glitschigen Damm das Gleichgewicht zu halten, aber nach ein paar Metern hatte Martin den Trick heraus. Mit neu erwachter Hoffnung floh er weiter.
Er hatte sie nicht kommen hören; zu konzentriert war er über den Damm balanciert wie ein Seiltänzer, der alles um sich herum abblocken muss, weil er sonst abstürzt. Grobe Hände packten ihn an den Armen und Beinen, legten sich um seinen Hals und umklammerten seinen Brustkorb. Stimmen erhoben sich, schrien ihn an, keiften, heulten und brüllten. Aus den Augenwinkeln bemerkte Martin noch, wie Tio den Waldsaum erreichte und lautlos wie ein Geist mit dem Unterholz verschmolz. Dann zerrten sie ihn fort, zurück ins Dorf zur Quelle des vielstimmigen Gesangs.

* * *

Birgit lag auf dem Kajütendach und beobachtete die langsam vorbeiziehende schwarze Silhouette der großen Insel auf der Backbordseite. Die Flaute nach Sonnenuntergang hatte nur eine halbe Stunde gedauert, eine fürchterliche halbe Stunde, in der die Verzweiflung alle erneut im Nacken packte und schüttelte, bis ein winziger, kaum spürbarer Hauch das Segel gestreichelt hatte.
Birgit warf einen prüfenden Blick auf das Segel, aber alles sah so aus, wie es laut Moke aussehen musste. Siens Cousin hatte Birgit, bevor er sich auf dem Vorderdeck neben Alexandra und Ferri ausstreckte, um ein bisschen Schlaf zu bekommen, alles Wichtige erklärt und ihr das Versprechen abgenommen, ihn zu wecken, falls es Probleme gäbe. Nun, Probleme gab es genug, aber wenigstens spielte der Wind mit. Seit der ersten Böe hatte er sich zu einer steten, verlässlichen Brise gesteigert, und das Boot machte gute Fahrt. Birgit kramte in ihrer Hosentasche nach den Tabletten gegen Reiseübelkeit und steckte sich eine in den Mund. Es war die vorletzte. Zur Insel würde sie noch kommen, ohne seekrank zu werden. An den Rückweg mochte sie lieber nicht denken. Wenn es denn einen gab, dachte sie fatalistisch. Sie verbot sich jeden weiteren Gedanken an die Insel. Sie wussten ja sowieso nicht, was auf sie zukam.
Birgit rollte sich auf den Rücken und blickte in den sternenübersäten Himmel.
Siens Kopf tauchte über dem Kajütendach auf. »Was suchst du dort oben?«, fragte sie.
»Sternbilder.«
Sien stemmte sich auf das Dach. Birgit rutschte ein wenig zur Seite, um ihr Platz zu machen. Das Dach knarrte bedenklich. »Mal sehen, ob es stabil genug ist«, bemerkte sie. »Hast du das Ruder festgestellt?«

Sien nickte. »Es geht nur noch geradeaus. In wenigen Stunden sind wir da.« Sie streckte ebenfalls die Beine aus und sah in den Himmel. »Du kennst die Namen der Sterne?«, fragte sie.
»Nein, nicht die Namen. Aber einige der Sternbilder erkenne ich. Du nicht?«
Sien schüttelte den Kopf.
»Aber wie navigierst du uns dann?«, fragte Birgit.
»Vergiss nicht, dass ich hier aufgewachsen bin. Das dort«, sie zeigte nach links, »ist Lembata. Und gerade voraus wird sich bald Pantar über den Horizont erheben. Meine kleine Insel liegt davor. Wir können sie nicht verfehlen.«
»Hoffentlich. Wir müssen deine Landsleute daran hindern, aus blödem Aberglauben zu Mördern zu werden.«

Blöder Aberglaube? Sien verzichtete auf eine Bemerkung – es war ohnehin sinnlos. Mit dieser Einstellung waren schon die Missionare gekommen, und seitdem hatte sich nichts geändert: Noch immer gingen die *Orang Putih* davon aus, dass ihr Gesellschaftsentwurf der einzig gültige war. Selbst Birgit war nicht frei von diesem Vorurteil, obwohl sie mit Sicherheit mehr von dem Leben in Südostasien verstand als die meisten ihrer Landsleute. Trotzdem hatte die kleine Reiseleiterin natürlich recht: Sie mussten die Rochenkinder vor einer fürchterlichen Dummheit bewahren. Sien seufzte. Hoffentlich stellte sich ihnen nichts mehr in den Weg. Hoffentlich kamen sie nicht zu spät. Hoffentlich. »Erzähl mir etwas über die Sterne und die Bilder«, sagte sie nach einer Weile. »Ich muss etwas anderes denken als Sätze, die mit ›hoffentlich‹ beginnen.«
»In Ordnung. Siehst du die vier hellleuchtenden Sterne dort im Süden? Wenn du die jeweils gegenüberliegenden mit einer Linie verbindest, ergibt sich ein Kreuz: das Kreuz des Südens.«

Sien nickte. Das Kreuz des Südens war leicht zu erkennen, auch wenn die Leute ihres Volkes einen anderen Namen dafür hatten.

»Um das Kreuz herum liegt ein großer Bogen von anderen hellen Sternen. Verbinde sie in Gedanken, und dann geh mit den Augen nach oben. Zieh eine weitere Linie, und dann, von dieser Linie ausgehend, noch zwei nach links. Fertig ist das nächste Sternbild.«

»Ich sehe nur Sterne, aber kein Bild«, sagte Sien. »Es ist sehr verwirrend. Was für ein Bild sollte ich denn sehen?«

»Den Zentaur.«

»Den was?«

»Den Zentaur. Ein Wesen mit einem Pferdekörper, aber dort, wo bei einem Pferd der Hals beginnt, wächst der Oberkörper eines Mannes heraus, mit muskulösen Armen und einem Menschenkopf.«

»Ein Zentaur«, wiederholte Sien und schüttelte den Kopf. »Und ihr macht mir Vorhaltungen wegen unseres vermeintlichen Aberglaubens? Ich habe natürlich gemerkt, dass Alexandra all das, was auf meiner Insel passiert, als primitiven Geisterglauben abtut, und auch du betrachtest unsere *Nitus* und Naturgötter als Humbug.« Sie legte Birgit beschwichtigend den Zeigefinger auf die Lippen, um deren Protest zu stoppen. »Du hast es doch gerade selbst gesagt: der blöde Aberglaube meiner Leute. Und jetzt erzählst du mir seelenruhig und mit größter Selbstverständlichkeit von den Mischwesen deiner Kultur. Halb Pferd, halb Mensch, wo gibt es denn so etwas?«

»Bei den alten Griechen«, sagte Birgit kleinlaut. »Und in unserer Mythologie tummeln sich noch mehr solcher Wesen: geflügelte Löwen, Menschenfrauen mit Vogelbeinen, Geister, Werwölfe. Eine Menge Menschen glauben felsenfest an ihre Existenz.«

»Genau wie meine Leute. Es sind unsere Traditionen, und die haben ihre Daseinsberechtigung. Es sei denn, es handelt sich um Menschenopfer, natürlich«, fügte Sien heftig hinzu. »Ich weiß noch nicht einmal, ob es so etwas in der Geschichte meines Volkes überhaupt schon einmal gegeben hat oder ob Kebale völlig durchdreht und sich die alten Geschichten einfach so hinbiegt, wie er sie gerade braucht.«

»Vielleicht hat deine Großtante ja überreagiert? Vielleicht hat sie die falschen Schlüsse gezogen, und euer Priester will Martin gar nicht in den Krater werfen, sondern nur diese harmlose Zeremonie abhalten, die seine Tätowierung von dem Schicksal der Insel trennt.«

»Vielleicht«, flüsterte Sien, aber ihre Augen sagten etwas anderes.

Eine Sternschnuppe zischte über das Firmament und verglomm.

»Hast du dir etwas gewünscht?«, fragte Birgit.

»Warum sollte ich?«

»Ein Wunsch, an den du beim Flug einer Sternschnuppe denkst, wird in Erfüllung gehen. Du darfst ihn aber nur denken, nicht laut sagen.«

»Noch mehr Aberglaube.«

»Natürlich. Aber bleibt uns etwas anderes?«

Sie lagen noch lange Seite an Seite und warteten auf Sternschnuppen, und jedes Aufleuchten wurde zu einem winzigen Hoffnungsflackern. Wieder und wieder sandten sie denselben Wunsch zu dem Gott, der jenseits der Sterne wachte: Lass uns nicht zu spät kommen! Verschone Martin!

Mach, dass alles gut wird!

* * *

Die Männer waren wütend. Sehr wütend. Mit Tritten und Püffen trieben sie Martin vor sich her, rissen ihn auf die Füße, wenn er stolperte, und stellten ihm in der nächsten Sekunde ein Bein, um ihn wieder zu Fall zu bringen.
Glücklicherweise war die Strecke bis zum Dorfkern nur kurz. Die wenigen Minuten ließen den Männern keine Zeit, ihren Gefangenen ernsthaft zu verletzen. Der Gesang wurde immer lauter. Sie stießen Martin um eine Ecke, um eine zweite. Die Häuserzeile öffnete sich zu einem großen, vielleicht zwanzig mal vierzig Meter messenden Platz, der von singenden Menschen überschwemmt war. Die Dorfbewohner hatten sich in konzentrischen Halbkreisen aufgebaut. Ihre Gesichter und ihre Aufmerksamkeit waren auf ein Haus an der nordwestlichen Seite gerichtet. Einige Feuer an den Rändern des Platzes erhellten die Szene, hier und da hielt jemand eine Fackel über die Menge.
Einer von Martins Häschern stieß einen lauten Ruf aus. Die im äußersten Halbkreis stehenden Sänger und Sängerinnen fuhren herum. Als sie Martin sahen, brachen sie ihren Gesang ab und stupsten die vor ihnen Stehenden an. Bald herrschte auf dem ganzen Platz Totenstille. Ohne dass jemand den Befehl dazu gegeben hätte, teilte sich die Menge für Martin und seine ruppigen Begleiter. Ein Spalier von schweigenden Menschen erwartete ihn.
Martin bekam einen Knuff in den Rücken. Zögernd betrat er die Menschengasse. Er überragte die meisten Insulaner um einen ganzen Kopf und blickte verschüchtert über die Menge, doch sosehr er sich auch anstrengte, er konnte keine Details ausmachen. Die einzelnen Gesichter verschwammen vor seinen kurzsichtigen Augen zu einem konturlosen Brei. Trotzdem fühlte er alle Blicke auf sich ruhen, spürte, wie zweihundert, dreihundert Augenpaare ihn musterten, ihn mit ihren Blicken aufspießten.

Das Gefühl, das sich schon nachmittags am Strand eingestellt hatte, wurde Martin zur Gewissheit: Er stand im Mittelpunkt des Geschehens, er war die Hauptperson. Aber wovon? Ohne sich um die Stöße der hinter ihm drängelnden Peiniger zu kümmern, blieb er abrupt stehen, krallte seine nackten Füße in die sandige Erde des Platzes. Die Schuhe hatten sie ihm schon vor Tagen abgenommen, sie zierten jetzt die Füße des bösen Vaters. Martin fokussierte mit großer Anstrengung einen Mann in der ersten Reihe, der nah genug stand, dass er ihn deutlich sehen konnte. Flehend suchte er den Blick des Mannes. Was wollt ihr von mir?, schleuderte er ihm wortlos entgegen. Was bin ich für euch? Ein Käfer? Ein Zootier? Ein Opfer? Was? Für einen Lidschlag zuckte Verstehen, vielleicht sogar Mitleid in den Augen des Mannes auf, dann drehte er den Kopf beiseite und zerriss das Band. Entmutigt wandte Martin sich ab. Und sah etwas, das ihm den Atem stocken ließ.

Im Gegensatz zu seinen Entführern, die während der gesamten Zeit seiner Gefangenschaft billige, bunt gemusterte Hemden getragen hatten, war dieser Mann nackt bis zur Taille. Seine glatte Brust zierte eine große Tätowierung, die Martin nur allzu gut kannte: ein stilisierter Vulkan, dem ein ebenfalls abstrakter Rochen entstieg wie eine Rauchwolke.

Martin blinzelte panisch. Da war noch eine nackte Brust und noch eine, und auf allen prangte dasselbe Motiv. Die Erkenntnis traf ihn wie ein Schlag. Diese Tätowierung war der Grund für seine Verschleppung! Die Welt begann sich um ihn zu drehen, in seinen Ohren rauschte das Blut. Auf nicht mehr nachvollziehbaren verschlungenen Wegen war dieses Motiv nach Amsterdam gekommen. Das Schicksal hatte ihn vor vielen Jahren genau vor die Tür des Tätowierstudios geführt und eine Kette von Ereignissen in Gang gesetzt, die ihn letztendlich hierhergebracht hatten.

Die Worte des Tätowierers hallten plötzlich in seinem Kopf wider, so deutlich, als seien sie erst vor wenigen Minuten, nicht vor vierzehn Jahren gesprochen worden: Der einzig mögliche Platz für dieses Tattoo sei die Brust, genau in der Mitte. Was hatte der blonde Riese gewusst? Welche Verbindung bestand zwischen dem düsteren, kalten Studio in Amsterdam und diesem Tropenalptraum? Martin stöhnte auf. Wie naiv war er doch gewesen, wie dumm! Wie hatte er es wagen können, sich ein Motiv in die Haut stechen zu lassen, von dem er nicht die geringste Ahnung hatte, was es bedeutete?
Seine Wächter verloren die Geduld. Ohne viel Federlesens griffen sie ihn unter den Armen und schleppten ihn zu dem großen Haus, das sich düster und bedrohlich am Ende der Menschengasse erhob.
Auf der Veranda des Hauses erwarteten ihn schon der Vater und der Sohn. Wortlos nahmen sie Martin in ihre Mitte und zwangen ihn in die Knie. Martin wehrte sich. Vor ihm klaffte eine niedrige Türöffnung, die ihm wie der Eingang zur Unterwelt erschien. Er mobilisierte seine letzten Kräfte, kämpfte wie ein Rasender, aber am Ende siegte die rohe Gewalt. Aus dem pechschwarzen Inneren erschienen zwei Hände und packten ihn, während das grausame Vater-und-Sohn-Duo von hinten schob. Unversehens fand er sich im Inneren wieder, aber bevor er sich orientieren konnte, wurde er schon durch eine ähnliche, noch kleinere Türöffnung geschoben. Er wurde sofort von weiteren starken Armen in Empfang genommen, die ihn erst hochrissen und dann zum hinteren Ende des Raumes stießen.
Martin blieb für einen Moment benommen auf den Knien liegen. Der Gestank nach gekochtem Fisch, menschlichen Ausdünstungen und Kräutern war so überwältigend, dass er für einige Sekunden nichts anderes wahrnahm. Stickige Hitze erfüllte den Raum. Schweiß brach ihm aus allen Poren, rann ihm

über den Rücken, tropfte von seinen Schläfen und brannte in seinen Augen. Nur allmählich schälten sich die Umrisse mehrerer Männer aus dem nur von einigen Kerzen und einem glimmenden Herdfeuer erhellten Dunkel. Jeweils zwei der Männer hatten sich rechts und links von ihm postiert, aber Martin beachtete sie nicht. Gelähmt vor Schreck starrte er nach vorn.
An der Rückwand, auf einem niedrigen Podest, kauerte ein Dämon.
Das Wesen war relativ klein, viel kleiner als er. Es hatte kreisrunde weiße Augen und einen roten Kopf, aus dem riesige Hörner wuchsen. Am erschreckendsten war die Haut: dunkel, mit zahllosen weißen Flecken, die in dem flackernden Licht der Kerzen ein Eigenleben entwickelten und unruhig hin und her tanzten. Martin schrie auf, als der Dämon die Hand hob. Lieber Gott, betete er hektisch, lass es eine Vision sein!
Der Dämon sagte etwas mit einer leisen, überraschend kultiviert klingenden Stimme, woraufhin Martin nach vorne geschoben wurde, und mit jedem Zentimeter sah er klarer. Die Gestalt war weder ein Dämon noch der Teufel, sondern ein braunhäutiger, zeremoniell herausgeputzter Mann, der dort im Schneidersitz hockte. Sein nackter Oberkörper, seine Arme, ja sogar sein Gesicht waren mit weißen Kreisen und Linien bemalt, lediglich die Mitte der Brust war frei geblieben, denn dort war auch er tätowiert. Um den Kopf hatte der Mann ein scharlachrotes Tuch gewickelt, und Martin begriff, dass die Hörner nicht aus dem Kopf des Mannes wuchsen, sondern an der Wand hinter ihm befestigt waren, direkt neben einem Speer und mehreren runden, haarigen Gegenständen, von denen Martin gar nicht genauer wissen wollte, um was es sich handelte. Er stand jetzt dicht genug vor der Gestalt, um den Mann vom Strand wiederzuerkennen. Den Mann mit dem Messer.

Der vermeintliche Dämon begann zu sprechen, und die hinter Martin stehenden Männer antworteten. Der Dialog verlief in ruhigem Ton. Martin entspannte sich ein wenig. Der Bemalte vor ihm war offensichtlich der Anführer; die Menge draußen und auch die Männer hier drinnen begegneten ihm respektvoll. Wenn er sich gut mit ihm stellte, würde sich vielleicht alles klären. Es musste eine harmlose Erklärung für diese verrückte Situation geben. Schließlich lebten sie im einundzwanzigsten Jahrhundert.

Unvermittelt schlug die Stimme des Anführers in ein schrilles Kreischen um. Martin glaubte, den Namen des Jungen herauszuhören. Jetzt verließen zwei der Aufpasser überstürzt den Raum. Der bemalte Anführer stand auf und machte den zwei verbliebenen Männern ein Zeichen. Sofort packten sie Martin und rissen ihm sein zerfetztes T-Shirt, seine Hose und selbst die Unterhose vom Leib.

Splitternackt, fest im Griff der beiden Männer, stand Martin schließlich in der Mitte des Raumes und wurde Zeuge, wie der bemalte Mann in aller Seelenruhe einem Huhn den Kopf abriss. Dann trat er vor Martin und begann, ihm mit dem Hühnerblut Linien und Kreise auf den Körper zu malen.

21 | Mittwoch, 13. Dezember 2006

Die Mitglieder der kleinen Gemeinschaft auf dem Boot spähten gebannt in Fahrtrichtung. Vor ihnen, dunkler als der dunkle Himmel, erhob sich ein perfektes Dreieck mit einer stumpfen Spitze.

»Ist sie das?«, flüsterte Birgit. »Ist das deine Insel?«

Sien schluckte. »Ja«, krächzte sie. Ein Klumpen im Hals drückte ihr auf die Stimme. So viele Jahre hatte sie sich danach gesehnt, ihre Heimat wiederzusehen, aber in ihrer Vorstellung war es immer ein fröhliches Ereignis in hellem Sonnenschein gewesen, ein Tag, der von Kinderlachen und fröhlichen Willkommensgrüßen erfüllt war.

Stattdessen näherten sie sich wie die Diebe, lautlos, ohne Licht, und ohne zu wissen, was sie erwartete.

»Weißt du einen Landeplatz, wo wir unbemerkt anlegen können?«, fragte Alexandra.

Sien nickte. »Die Fischer nutzen immer nur den südlichen Strand, weil dort das Wasser seicht ist und es keine Strömungen gibt. Auf der Nordseite der Insel, in der Nähe der Landzunge, gibt es aber noch eine Bucht. Normalerweise ist dort niemand, weil der Weg von einer Lavazunge abgeschnitten wird, die zu betreten eigentlich streng verboten ist. Außerdem spukt es dort.«

»Es spukt?«

»Nun ja, die *Nitus* des Waldes nutzen die Bucht zum Baden.«

436

»Dann werden sie heute schmutzig bleiben«, sagte Alexandra. »Geh ans Ruder!«
Eine halbe Stunde später setzten sie das Segelboot auf den Strand der kleinen Bucht. Großblättrige Büsche rahmten den schmalen Sandstreifen.
»Eure Geister haben Geschmack«, stellte Alexandra fest. »Hierher würde ich mich auch zum Baden zurückziehen.«
Einer nach dem anderen sprangen sie auf den Strand. Sien übernahm die Führung, im Gänsemarsch zwängten sie sich durch die dichten Büsche und Sträucher. Nach wenigen Minuten hörte die Vegetation abrupt auf. Direkt vor ihnen schlängelte sich ein etwa vierzig Meter breiter Fluss aus erstarrtem Gestein. Die Oberfläche war an vielen Stellen so glatt, dass sie das Sternenlicht funkelnd reflektierte, an anderen zerborsten und scharfkantig, als würden sich Ungeheuer ihren Weg aus der Tiefe nach oben beißen. Auf der anderen Seite des Gesteinsflusses setzte sich der Wald fort.
Sien blieb stehen und wartete, bis die anderen aufschlossen.
»In unseren Geschichten heißt es, dass dieser Lavastrom sich in der Nacht nach der Flucht des holländischen Seemanns auf das Dorf zuwälzte«, erklärte sie. »Aber der *Molang* von damals lenkte ihn um. In Wahrheit war es natürlich nicht der Priester, sondern ein großer Felsblock oberhalb der Felder, der meine Vorfahren gerettet hat«, fügte sie achselzuckend hinzu. Dann kletterte sie auf die glasharte Lava. »Seid vorsichtig! Die Lava kann euch die Schuhe und Sohlen zerschneiden.«
»Was ist das dort?« Alexandra zeigte auf eine kleine Lichtung, die sich in etwa einem Kilometer Entfernung oberhalb des Lavaflusses öffnete. Alexandra hatte gute Augen und trotz der Dunkelheit in der Mitte der Lichtung einen hellen Fleck entdeckt, dessen Form ihr vertraut vorkam.
»Unsere Kapelle«, sagte Sien.

»Kapelle? Ihr seid Christen?«
»Katholiken. Unter anderem. Und nun kommt.«
So schnell es ging, brachten sie den unheimlichen Lavafluss hinter sich. Sien hatte zwar behauptet, dass die Dorfbewohner sich von diesem Ort fernhielten, aber ein unangenehmes Gefühl blieb doch: Der Gesteinsfluss bot keinerlei Sichtschutz, sie waren in dem offenen Gelände weithin zu sehen. Erleichtert schlüpften sie kurz darauf wieder in den Schutz der Bäume und Büsche. Bald wurde die Vegetation lichter, und sie kamen gut voran, bis Sien sich schließlich umdrehte.
»Leise«, flüsterte sie. »Dort drüben hinter dem Feld sind schon die ersten Hütten. Lasst uns das Dorf erst eine Weile beobachten, bevor wir hineingehen.«
Eine Reihe von schwachen Erdstößen durchlief die Insel, gerade stark genug, um ein Zittern im Körper zu spüren. Alexandra und Birgit erstarrten, aber Sien winkte ab. »Das passiert häufig«, sagte sie. »In dem Jahr, als ich verbannt wurde, waren sie viel stärker.«
Ferri meldete sich erstmalig zu Wort. Seit ihrer Landung hatte er keinen Ton gesagt. »Haben wir einen Plan?«, fragte er. »Irgendeinen Plan?«
Unbehagliches Schweigen senkte sich über die Gruppe. Natürlich hatten sie keinen Plan. Sie hatten von Anfang an keinen gehabt, waren nur kopflos hinter Martin und seinen Entführern hergejagt. Ihr ganzes Denken war darauf ausgerichtet gewesen, die Insel rechtzeitig zu erreichen. Was dann passieren würde, hatten sie verdrängt. Jetzt war der Zeitpunkt gekommen, an dem sie es sich eingestehen mussten: Sie wussten nicht, was sie tun sollten.
Birgit räusperte sich. »Ich für meinen Teil hoffe nach wie vor, dass unsere bloße Anwesenheit auf der Insel die Leute zur Vernunft bringt. Wir wären doch Zeugen.«

»Und wenn es nicht so ist? Was, wenn sich das ganze Dorf gegen uns stellt?«

»Mein Klan ist auf jeden Fall auf unserer und Martins Seite«, sagte Sien fest. »Aber Ferri hat recht. Ich habe den ganzen Wahnsinn überhaupt erst losgetreten, und ich werde die Angelegenheit auch zu Ende bringen. Allein. Sollte ich Kebale nicht überzeugen können, lässt er sich vielleicht auf einen Handel ein: Martin gegen mich. Ihr habt ein gewaltiges Risiko auf euch genommen, mich hierher zu begleiten, aber nun ist Schluss. Wartet auf dem Boot. Wenn ich bis zum Morgengrauen nicht zurück bin, verschwindet. Ihr dürft euch nicht in Gefahr begeben.«

Alexandra lachte trocken auf. »Da stecken wir schon lange drin, meine Liebe. Es ist, wie es ist. Ich werde auf jeden Fall ein paar Leuten meine Meinung geigen. Und es ist mir dabei, ehrlich gesagt, ziemlich egal, ob es sich um Geister, Götter oder Sterbliche handelt.« Ohne eine Antwort abzuwarten, trat sie aus dem Gebüsch und lief über das Feld auf das Dorf zu.

Die anderen sahen ihr entsetzt nach. Es kam ihnen so vor, als leuchteten Alexandras blonde Haare wie ein Fackel. Jeden Augenblick musste ein Warnruf ertönen.

Alles blieb still. Alexandra hatte jetzt den Dorfrand erreicht, drückte sich an eine Hauswand in den tiefen Schatten des überstehenden Daches und verschwand. Atemlos starrten Birgit, Sien, Ferri und Moke auf die Stelle, an der Alexandra eben noch gestanden hatte. Nach drei oder vier unerträglich langen Minuten tauchte Alexandra wieder auf und winkte.

Sien sprang auf. »Ich gehe. Ihr bleibt hier«, befahl sie und rannte über das Feld zu Alexandra.

»Ich kneife nicht. Nicht jetzt, wo es ums Ganze geht.« Birgit sprintete ebenfalls los, gefolgt von Moke, und auch Ferri zögerte nur einen winzigen Moment, bevor er den Schutz der Büsche

verließ. Trotz der haarsträubenden Eröffnungen war er bei dem Frauentrio geblieben, warum also jetzt aufgeben? Was hatte Birgit gesagt? Mitgegangen, mitgefangen, mitgehangen? Endlich erschloss sich ihm der Sinn des Spruchs. Die Frauen waren unglaublich mutig, und er würde sich nicht einen Feigling schimpfen lassen. Schon gar nicht von Birgit.
Sobald sie die Felder hinter sich gelassen hatten, wies Alexandra mit weit ausholender Geste auf das Dorf.
»Entweder liegen alle im Dornröschenschlaf, oder sie haben die Insel evakuiert«, sagte sie leise. »Außer ein paar Hunden habe ich kein Lebewesen gesehen. Wo könnten sie sein, Sien?«
»Es ist bestimmt schon zwei Uhr morgens. Um diese Zeit hält man sich besser nicht draußen auf. Dies ist die Zeit der Geister.«
»Umso besser. Also, was jetzt?«
»Wir schleichen zu Julianas Haus und wecken sie. Dann sehen wir weiter. Folgt mir.«
Das Dorf war noch kleiner, als Birgit es sich ausgemalt hatte. Wären sie nicht so vorsichtig darauf bedacht gewesen, lautlos und unsichtbar zu bleiben, hätten sie die Strecke bis zum Dorfplatz in einer Minute zurücklegen können; gerade einmal vier Häuserreihen trennten den Platz von den Feldern.
Der rechteckige, von etwa zwanzig Häusern umrahmte Dorfplatz lag verlassen. Lediglich auf dem Altar in der Mitte des Platzes hatten sich einige Hühner zum Schlafen aufgereiht. Sien stieß einen unterdrückten Schreckensruf aus. Ihre Finger krallten sich schmerzhaft in Birgits Oberarm.
»Dort«, keuchte sie, »am oberen Ende des Platzes!«
Alle Vorsicht außer Acht lassend, rannte sie direkt auf eine Lücke in dem Häuserviereck zu. Die anderen folgten ihr langsam, sie waren nach wie vor auf der Hut. Es konnte nur eine Frage von Minuten sein, bis sie entdeckt wurden.

Sien stand fassungslos vor der Lücke und den Trümmern eines Hauses. Birgit nahm sie in den Arm.
»Es ist Julianas Haus, habe ich recht?«
Sien begann zu schreien, lauter, immer lauter. Der Schrei schraubte sich in den Himmel, wogte über den Platz und kroch durch die Ritzen der Hauswände, füllte das ganze Dorf mit seiner Verzweiflung und Wut. So abrupt, wie er begonnen hatte, brach er ab. Ein Hund bellte. Ein Huhn gackerte.
Ein Mensch stöhnte.
Das Stöhnen kam direkt aus den Trümmern.

* * *

Es war Tio gelungen, Kebales Gefolgsleuten zu entkommen. Wie er vorausgesehen hatte, waren sie zur geheimen Höhle der Kinder gelaufen, aber Tio kannte noch andere Verstecke. Seit Stunden hockte er nun in der dicht belaubten Krone eines weit ausladenden Jackfruchtbaums und versuchte sich zu überwinden, auf den Boden hinunterzuklettern, aber dann traute er sich doch nicht. Vielleicht fingen sie ihn und sperrten ihn wieder ein. Und dann? Er war nur ein Junge, was sollte er schon ausrichten?
Der Schrei kam völlig überraschend. Eine Gänsehaut kroch über seinen Körper. Dieser Schrei war das Schlimmste, was er je gehört hatte, und er musste sehr laut sein, damit er bis zu ihm dringen konnte. Die *Nitus* waren in das Dorf eingedrungen! Zitternd lauschte er. Der Schrei nahm kein Ende, schraubte sich höher und höher. Tio stutzte. Das war kein Geist, das war eine Frau! Eine lang verdrängte Erinnerung stieg an die Oberfläche seines Bewusstseins: Er hatte diesen Schrei schon einmal gehört, vor langer Zeit, als er noch ganz klein war. Der Schrei hatte sich in sein Gedächtnis eingebrannt. Vor lauter Aufre-

gung vergaß Tio seine Angst und kletterte vom Baum. Äste brachen, Laub raschelte, aber er achtete nicht darauf. Er musste sich vergewissern, wer da so schrie. Und warum.

* * *

Nach Siens Ausbruch wirkte die Stille noch unheimlicher. Birgit und die anderen warteten angespannt, aber es geschah nichts, rein gar nichts. Das Dorf war verwaist.
Wieder drang das gequälte Stöhnen unter den Trümmern hervor. Diesmal war es deutlich genug, dass sie es lokalisieren konnten: Es kam von der Seite, von dort, wo mehrere Pfähle und Bretter den Sturz des schweren Daches abgefangen hatten, so dass ein Hohlraum entstanden war. Davor lag ein großer Haufen zersplitterten Holzes.
Sie brauchten sich nicht abzusprechen, jeder wusste, was er zu tun hatte. In fliegender Hast zerrten sie die Bretter beiseite und kämpften sich zu dem Eingeschlossenen vor. Es dauerte nur Minuten, aber als sie eine Öffnung freigelegt hatten, war ihre Kleidung schweißgetränkt. Birgit als die Kleinste schlüpfte durch die Öffnung und tastete sich voran. Jetzt hörte sie auch den Atem des Verschütteten, und gleich darauf konnte sie seinen Körper ertasten. Birgits Herzschlag beschleunigte sich. Es war nicht Siens Großtante, ihre große, vielleicht einzige Hoffnung, die hier unter den Trümmern lag. Dies war eindeutig ein Männerkörper. Der Mann hatte ungeheures Glück gehabt; keiner der Balken hatte ihn getroffen, doch trotzdem rührte er sich nicht. Sie schüttelte ihn leicht. Wenn er wach wäre, würde er mit Leichtigkeit ins Freie kriechen können. Sie schüttelte ihn wieder, fester diesmal, und endlich reagierte er. Er murmelte etwas Unverständliches.
»Sind Sie in Ordnung?«, flüsterte Birgit auf Indonesisch. »Können Sie sich bewegen?«

Der Mann antwortete nicht. Birgit strich über sein runzeliges Gesicht. Er musste sehr alt sein. Sicherlich war er krank, vielleicht sogar gelähmt.
»Warten Sie«, sagte sie und kroch rückwärts zurück. Um den Mann zu bergen, brauchte sie Unterstützung.
Sien und Moke erkannten den alten Mann sofort, als Birgit und Ferri ihn ins Freie zerrten.
»Es ist Rak'abi, der Priester des Brudervulkans«, sagte Sien.
»Frag ihn, wo die anderen sind! Frag ihn, ob noch mehr Menschen in dem Haus waren, als es einstürzte!« Birgit stand auf und umkreiste den Trümmerhaufen. Bis auf die Stelle, an der sie den alten Mann gefunden hatten, lag das Dach flach. Niemand würde überlebt haben. Sie beendete ihre Runde und hockte sich neben Sien. »Und? Was sagt er?«
»Nichts. Ich habe ihm direkt ins Ohr gesprochen, aber außer einem leisen Stöhnen konnte ich ihm nichts entlocken.« Sie wischte sich ihre Tränen mit dem Handrücken von den Wangen. Da berührte jemand zaghaft ihren Arm.
»Was ist?«, fragte sie und wirbelte herum.
Vor ihr stand Tio.

Sien und Tio vergaßen die Welt um sich herum. Gleichzeitig lachend und weinend wirbelte Sien den Jungen herum, presste ihn an sich, hielt ihn dann an den ausgestreckten Armen von sich, um sein Gesicht sehen zu können. Im nächsten Moment hatte sie ihn schon wieder an sich gedrückt. Beide redeten in der Sprache der Insel aufeinander ein, alles Ungesagte der vergangenen Jahre drängte hinaus, jede Frage musste gestellt, jedes Ereignis berichtet werden.
Nach ein paar Minuten trat Birgit zu ihnen und holte sie auf die Erde zurück. »Sien«, sagte sie sanft. »Dein Sohn wird wissen, was hier vor sich geht. Frag ihn.«

Der Junge machte sich los. »Du sprichst *Bahasa Indonesia?*«, fragte er verblüfft.
Birgit nickte. »Und du ebenfalls«, stellte sie nicht minder überrascht fest. »Weißt du, wo die anderen sind?«

* * *

Juliana zerrte zum hundertsten Mal an ihren Fesseln, doch je verbissener sie rüttelte, desto stärker schnitten die harten Grasfasern in ihr Fleisch. Sie gab auf und lauschte den leisen Gesprächen der Rochenkinder. Nachdem sie zu Anfang noch lauthals geschrien und Kebale und seine Anhänger verflucht hatten, waren ihre Stimmen im Laufe der endlosen Stunden immer leiser geworden und hatten einer dumpfen Apathie Platz gemacht. Die Beschimpfungen hatten sich abgenutzt, weil sie ihre Spitzen an niemandem schärfen konnten. Kebale und seine Leute hatten sie hilflos zusammengeschnürt in der dunklen Kapelle allein gelassen und waren einfach gegangen. Vielleicht gab es Wächter vor der Tür, aber Juliana glaubte es nicht. Seit die Hammerschläge verhallt waren, mit denen sie die Nägel in das Holz getrieben und die einzige Tür der Kapelle verrammelt hatten, war kein Laut mehr hereingedrungen.
Sie hatten sich tapfer gewehrt, doch gegen die Übermacht der anderen waren sie chancenlos geblieben. Obwohl das Erdbeben einige Männer und Frauen aus den anderen Klans und sogar zwei Frauen aus Kebales Familie aus ihrem Wahn gerüttelt hatte, so dass sie sich auf Julianas Seite schlugen, war ihre Partei hoffnungslos unterlegen.
Die Luft in der kleinen Kapelle war stickig, und es stank erbärmlich nach Schweiß und Urin. Zu viele Menschen drängten sich auf engstem Raum. Kebale hatte kein Mitleid gezeigt und sogar Kinder fesseln lassen. Nur die Kleinkinder und einen

Säugling hatte er in die Obhut anderer Frauen gegeben. Juliana spürte die Wut erneut in sich aufwallen. Kebale offenbarte für alle sichtbar seine Teufelsfratze, aber kaum jemand bemerkte es. Was würde nun geschehen? Wenn nicht bald ein Wunder geschah, war der Ausländer verloren. Aber diese Sorge verblasste, wenn sie über das Schicksal der beinahe vierzig Männer, Frauen und Kinder in der Kapelle haderte. Was hatte Kebale vor? Wollte er sie hier verrecken lassen? Sie war mehr denn je davon überzeugt, dass der Vulkan kurz vor einem Ausbruch stand, und dann? Die Kapelle stand ungeschützt an der nördlichen Flanke des Berges. Würde ihre Familie, würden ihre Freunde, würden die letzten vernünftigen Rochenkinder ihr Leben im Feuer lassen?
Und noch etwas ließ Juliana beinahe wahnsinnig werden: Wo war Sien? Was hatten sie ihr angetan?
»Was war das?«, flüsterte Adele plötzlich.
»Was denn?«
»Jemand nähert sich. Hör doch! Da ist es wieder.«
Jetzt nahm auch Juliana ein Geräusch wahr, und nicht nur Juliana. Die Gefangenen lauschten unruhig. Da waren Schritte. Stimmen. Juliana versteifte sich. »Sie kommen«, sagte sie leise in die Dunkelheit. »Bleibt ruhig, aber sobald sie eintreten, wehrt euch, verdammt noch mal, wehrt euch!«

Es kostete Moke und Ferri Kraft, die vor die Kapellentür genagelten Bretter abzureißen, aber schließlich gelang es ihnen. Sobald das letzte Brett fiel, schob Sien die Männer beiseite und riss die Tür auf. In der Kapelle war es die ganze Zeit still geblieben, sie fürchtete sich vor dem, was sie dort erwartete.
Ein Schwall schlechter Luft strömte ihr entgegen, dann sah sie die ersten dunklen Gestalten bewegungslos auf dem Boden hocken. Ihr krampfte sich der Magen zusammen.

»Juliana?«, rief sie zaghaft in den Raum. »Adele? Sipri? Juventus? Seid ihr hier? Seid ihr am Leben?«

Ein Jubelgeschrei erhob sich. Vierzig Stimmen riefen durcheinander, Wortfetzen flogen durch die Kapelle, es wurde geweint und gelacht, immer wieder hörte man Siens Namen und auch den Mokes, als er und die anderen in den Raum drängten, um die Gefangenen von ihren Fesseln zu befreien.

Sien nahm Juliana beiseite. Alexandra stellte sich zu ihnen und lauschte verständnislos dem schnellen Wortwechsel, bis sie es nicht mehr aushielt.

»Wo ist der Priester? Wo ist Martin?«, unterbrach sie die beiden Frauen.

»Sie sind um Mitternacht zum Krater aufgebrochen«, antwortete Sien und wandte sich wieder ihrer Tante zu, die aufgeregt auf ihre Großnichte einredete.

»Nein!« Alexandra, packte Sien an der Schulter. »Sag nicht, dass wir zu spät gekommen sind!«

»Wie können es schaffen, aber wir müssen sie unbedingt vor Sonnenaufgang erreichen. Eine Prozession ist sehr langsam, und sie haben nur zwei Stunden Vorsprung.« Sie nahm Juliana kurz in den Arm und drehte sich dann zu Alexandra um. »Los«, sagte sie. »Wir sagen den Männern Bescheid und brechen sofort auf.«

* * *

Alexandra rannte wie noch nie in ihrem Leben, und sie war schon viel gerannt. Einen Halbmarathon, beispielsweise. Vor ihr lief einer von Siens vielen Cousins durch den Wald. Mit schlafwandlerischer Sicherheit hastete er über einen schmalen Pfad, den sie alleine niemals gefunden hätte. Hinter sich hörte sie Äste knacken. Moke, Sien und viele andere folgten ihr.

Ihr Herz hämmerte, und sie fragte sich angstvoll, wie lange sie das Tempo durchhalten würde, zumal es stetig bergauf ging. Der Pfad wurde noch schmaler, Zweige klatschten ihr ins Gesicht, Dornen rissen an ihrer Kleidung und ihrer Haut, aber Alexandra rannte verbissen weiter. Die Angst um Martin trieb sie voran.

Die Rochenkinder hatten den Wald längst hinter sich gelassen. Beflügelt von seinem Sieg über Juliana, war Kebale der Prozession weit vorausgeeilt, ohne es zu bemerken. Umgeben von fauchenden Fumarolen stand er auf halbem Wege zwischen dem Waldsaum und dem Krater, doch heute jagten sie ihm keine Angst ein. Dies war sein Tag. Bei Sonnenaufgang würde er allen beweisen, dass er den Priestern der alten Zeit ebenbürtig war.
Ungeduldig blickte er auf den dunklen Zug der Rochenkinder hinunter. Nur wenige Fackeln wiesen ihnen den Weg. Quälend langsam schlängelte sich die Prozession wie ein gigantischer Tausendfüßler über die Schutthalden des Berges. Kebale ballte nervös die Fäuste. Er wollte sie zur Eile antreiben, obwohl er wusste, dass es sinnlos war. Gebrechliche Greise und ängstliche Kinder waren unter ihnen, verschreckte Frauen und Männer, die sich niemals hier herauf getraut hatten. Er durfte niemanden zurücklassen. Alle mussten Zeuge seines Triumphes über Ravuú werden. Alle, ohne Ausnahme. Um die Gefangenen dort unten in der Kapelle musste er sich später kümmern. Sie würden schweigen, so oder so.
Es schien eine Ewigkeit zu dauern, bis der Kopf des Tausendfüßlers ihn endlich erreichte: Sakké, der mit einer Fackel voranging, gefolgt von seinem Sohn und dem Einfaltspinsel Keke, die den Fremden in ihre Mitte genommen hatten. Einige Schritte hinter ihnen trug ein Mann das Himmelfahrtsbild, das an jenem unseligen Tag vor anderthalb Jahrhunderten gemeinsam

mit Pater Rouven und seiner verhassten Religion auf die Rocheninsel gelangt war. Kebale konnte sich ein Grinsen nicht verkneifen, als sein Blick von dem Bild zurück zu dem *Orang Putih* glitt. Wo ist dein ohnmächtiger, leidender Gott jetzt?, fragte er den Fremden in Gedanken. Was tut er, um dir zu helfen? Nichts natürlich, so wie er sich auch nie um die Sorgen der Rochenkinder kümmert. Christus und seine Engel haben hier nichts zu suchen, dieses ist nicht ihre Welt. Niemand hat sie gebeten zu kommen. Er würde das Bild in den Vulkan werfen, um dem Christenspuk endlich ein Ende zu setzen.
Kebale kniff die Augen zusammen. Der Fremde schien sich mit seinem Schicksal abgefunden zu haben, und die Drogen taten ein Übriges. Seine unfokussierten Augen waren auf den Boden geheftet, während er mechanisch einen Fuß vor den anderen setzte. Sein Wille war gebrochen. Umso besser, dachte Kebale, eine Szene würde mir nur die Zeremonie versauen. Aber auch Keke machte keinen guten Eindruck. Er taumelte von einer Seite zur anderen und schien mehr tot als lebendig zu sein. Der Verband an seiner Wade war blutgetränkt, und er zog das Bein nach. Sobald Sakké mit Kebale auf einer Höhe war, wies der seinen Vetter an, Kekes Platz einzunehmen. Er selbst ergriff die Fackel und ging gemessenen Schrittes seinem Stamm voran. Seine Nervosität war verflogen. Bis zum Sonnenaufgang war noch genügend Zeit. Sie würden rechtzeitig oben sein.

Alexandra hielt unwillkürlich die Luft an, als sie aus dem Wald trat. Eingeschüchtert machte sie ein paar letzte Schritte und hockte sich dann neben den keuchenden Mann, dem sie in einer wilden Jagd bis hierher gefolgt war.
Die Landschaft vor ihr war tot und lebendig zugleich. Sie bestand aus Schlacke, Schutt, Geröll, und doch atmete der Berg, hatte einen Puls. In einiger Entfernung zischten weiße Dampf-

wolken in einem stetigen Rhythmus aus Spalten und Rissen, und unter Alexandras Füßen rumpelte es, schwach zwar, aber wahrnehmbar. Für einen Moment überdeckte eine archaische Furcht vor den Naturgewalten ihre Angst um Martin. Am liebsten wäre sie wie ein Tier aufgesprungen und hätte sich zur Flucht gewandt, hinunter zum Meer, fort von hier, nur fort. Doch dann sah sie Martin vor ihrem inneren Auge und riss sich zusammen. Ihr Herzschlag hatte sich einigermaßen beruhigt, und sie stand auf. Siens Cousin erhob sich ebenfalls, deutete nach oben zur Spitze des Berges, die in all dem Dampf kaum zu erkennen war, und setzte sich dann in Bewegung. Alexandra heftete sich sofort an seine Fersen, froh, dass er nun nicht mehr rannte. Aber auch so zweifelte sie daran, ob sie seine schnelle Gangart bis zum Gipfel durchhalten würde, der ihr in diesem Moment unerreichbar weit entfernt und himmelhoch erschien.

Der Aufstieg ging schleppend voran, noch immer hatten sie den neuen Opferplatz nicht erreicht. Als das Gelände schwieriger wurde, waren die Männer dazu übergegangen, die Alten und kleinen Kinder zu tragen, aber noch strebten alle klaglos und stumm dem Kraterrand entgegen, als würde allein Kebales Willenskraft sie vorantreiben.
Endlich war es so weit. Kebale hievte sich auf ein niedriges Plateau, das ein wenig größer war als das Deck eines Fischerbootes und auch von ähnlicher Form. Rak'abi und er hatten es vor zwei Wochen als Ersatz für den in den Vulkan gerutschten Opferstein auserkoren. Wenige Schritte vor Kebale gähnte der Vulkanschlund. In der Dunkelheit konnte der *Molang* das grauenvolle Loch mehr spüren als sehen. Er blieb stehen und hob die Arme.
»Wir haben es geschafft!«, rief er. Hier und da erschallte ein erleichterter Ausruf, doch viele der Rochenkinder waren am

Ende ihrer Kräfte. Kleinen Käfern gleich krochen die Menschen den letzten steilen Abhang hinauf und versammelten sich in einem weiten Halbkreis um Kebale und seine treuesten Anhänger: Sakké und seinen Sohn, den Träger des Bildes und einige mehr. Niemandem fiel auf, dass Keke fehlte: Nach der unmenschlichen Anstrengung des Aufstiegs war er bei dem Versuch, das Plateau zu erklimmen, gestürzt. Die Schmerzen in seinem Bein waren unerträglich geworden, sein ganzes Sein drehte sich nur mehr um sie. Er krümmte sich in einer Mulde zusammen und schloss die Augen. Weiche, schlackegraue Tücher hüllten ihn ein, das Feuer in seinem Bein erlosch, und er versank in eine Ohnmacht.

Auf ein Zeichen Kebales hin traten die Fackelträger zu ihm und stellten sich rechts und links der Gruppe auf. Kebale blickte prüfend nach Osten. Der Aufstieg mochte endlos gedauert haben, aber noch lagen die Inseln in Dunkelheit. Zeit genug für alle Vorbereitungen.

»Bringt mir den Bräutigam!«, befahl er.

Je höher sie kamen, desto stärker spürte Alexandra die Wärme des Gesteins durch die dünnen Sohlen ihrer Leinenschuhe. War das normal? Waren Vulkane immer warm? Sie hastete weiter. Ihre Lunge brannte, ihre Muskeln zitterten. Dieser Aufstieg im Dunkeln musste bald ein Ende haben, sonst würde sie zusammenbrechen, bevor sie den irren Priester und seine Gefolgschaft erreicht hatten.

Alexandra wäre beinahe in Siens Cousin hineingelaufen. Unbemerkt von ihr hatte er angehalten und legte ihr jetzt die Hände auf die Schultern, um sie ebenfalls zu stoppen. Mit heiserer Stimme sagte er etwas in seiner Sprache und wies nach vorn.

Im ersten Moment dachte Alexandra, ihre Augen spielten ihr einen Streich, doch je mehr sie sich anstrengte, desto deutlicher

wurde das Bild: Nicht weit entfernt zu ihrer Linken war ein flackernder Lichtschein auszumachen. Alexandra holte tief Luft. Sie hatten es tatsächlich geschafft!
Dann sah sie etwas, das ihr Herz für einige Schläge aussetzen ließ. Fern, am östlichen Rand der Welt, zeigte ein dunkelgrauer Schimmer das nahe Aufgehen der Sonne an.

Kebale stand direkt am Abgrund. Vor seinen Füßen fiel der Felsen senkrecht in die Tiefe, hundert Meter, vielleicht auch hundertfünfzig, bis zu dem giftigen türkisfarbenen See. Im Rhythmus der Trommeln, die seine Anhänger auf den Berg mitgebracht hatten, warf er Hühnerkadaver und einen Schweinekopf, Lebensmittel, Kochgeschirr, Tücher, geschnitzte Miniaturen von Booten und Häusern, Büffeln und Walen und vieles mehr in den Vulkankrater, Dinge, mit denen die Göttin ihre Hochzeit ausstatten konnte. Selbst Goldschmuck fand seinen Weg in den gefräßigen Schlund des Vulkans, denn Ravuú war eitel.
Sobald er alle Opfergaben losgeworden war, blinzelte Kebale über seine Schulter. Das Licht am östlichen Horizont wurde schnell heller. Es war so weit. Er wies Sakké an, sich mit dem Bräutigam dicht neben ihn zu stellen, dann drehte er sich mit dem Gesicht zum Krater und intonierte ein langes Lied, das von den ehrenwerten Vorfahren handelte, von ihrem Leben und ihrem Gehorsam der Göttin gegenüber.
Die umstehenden Rochenkinder lauschten ehrfürchtig. Mehr als einer fiel bei dem eintönigen Gesang Kebales in Trance.

Alexandra mobilisierte ihre letzten Reserven und rannte los. Hinter sich hörte sie Siens Cousin stoßweise atmen. Lediglich eine zwei oder drei Meter tiefe Erosionsrinne lag zwischen ihr und der unheimlichen Versammlung am Kraterrand. Noch hatte niemand sie bemerkt. Am Ende ihrer Kräfte, rutschte Alexandra in die Rinne, rappelte sich hoch und krabbelte auf allen vieren auf der anderen Seite wieder hinauf. Nur noch dreißig, vielleicht vierzig Meter trennten sie von der Menschenansammlung. Erstmals konnte sie Details in dem Feuerkreis ausmachen: Ein kleiner dünner Mann stand erhöht auf einem an eine Bühne erinnernden Felsplateau, die Arme weit ausgebreitet. Ein leiser Singsang wehte zu ihr herüber. Auf der einen Seite der kleinen Gestalt warteten zwei größere Männer, auf der anderen stand jemand mit einem großen Bild. Alexandras Füße hasteten über den steinigen Untergrund. Eine letzte Steigung, und dann erkannte sie, dass einer der größeren Männer dort auf der Erhebung Martin war. Mit einem erstickten Röcheln stürzte sie sich in die dichtgedrängte Menge, die den Weg zu Martin blockierte.

Als sie Alexandra sahen, stoben die Rochenkinder erschrocken auseinander, doch sie nahm die entsetzten Gesichter der Menschen nicht wahr. Verbissen kämpfte sie um die letzten Meter auf dem Weg zum Zentrum, dorthin, wo der grässliche Zauberer mit dem Rücken zu ihr stand. Sie sah seinen bemalten Körper und den blutroten Kopfputz, die Federn und die Muscheln um seinen Hals.

Kebale öffnete die Augen. Etwas stimmte nicht. Er spürte eine Unruhe in seinem Rücken, wo eigentlich andächtiges Schweigen herrschen sollte, und jetzt drangen auch Rufe an sein Ohr. Er wirbelte herum.
Inmitten der schwarzen Haarschöpfe seiner Leute leuchtete das blonde Haar einer Europäerin. Sie war so groß, dass sie alle Männer des Stammes überragte. Die Frau erzwang sich eine Gasse durch die Rochenkinder und stolperte direkt auf den Felsen zu. Das Licht der Fackeln fiel auf ihr Gesicht, ein weißes

Gesicht mit riesigen Augen, aus denen eine Raserei sprang, die Kebale nur allzu vertraut war. Unwillkürlich machte er einen Schritt zurück, erinnerte sich aber noch rechtzeitig daran, auf welch gefährlichem Grund er stand, und trat wieder nach vorn. Wer auch immer diese Frau war, sie durfte nicht hier sein. Sie musste verschwinden.

Kebale gab sich einen Ruck. »Haltet sie fest!«, schrie er und stieß Sakké, der ihm am nächsten stand, in die Seite. Sakké ließ den *Orang Putih* los und sprang vom Plateau. Unterdessen hatten sich auch andere Rochenkinder aus ihrer Starre gelöst und gingen auf die hellhaarige Frau los, die so unversehens in ihrer Mitte aufgetaucht war wie ein Geist.

Alexandra trat um sich wie eine Furie. Sie konnte es nicht fassen: Martin stand einfach nur da, starrte blicklos ins Leere, ohne auch nur den Versuch einer Gegenwehr zu machen und ihr zu Hilfe zu eilen. Der Priester legte eine Hand besitzergreifend auf Martins Schulter und beobachtete sie. Sein Blick traf den ihren, und in diesem Moment wusste Alexandra, dass alles aus war. Sie sah in einen Abgrund, der tiefer war als alle Vulkane dieser Erde, einen Abgrund bevölkert von den Dämonen kompromissloser Bosheit. Wie zum Hohn erkannte sie jetzt auch das Motiv des großen Bildes neben dem Priester. Es war eine Himmelfahrt, eine richtige Himmelfahrt mit allem Drum und Dran: blondgelockte Engel, Christus mit Glorienschein, eine händeringende Maria.

Alexandras Knie gaben nach, und Sakké und zwei weitere Männer nutzten die Gelegenheit. Starke Hände packten sie und schoben sie unausweichlich nach vorn.

Der Priester trat an den Rand des Felsplateaus. Er war so klein, dass sein und Alexandras Kopf beinahe auf gleicher Höhe waren. Sie zwang sich, seinem dunklen Blick standzuhalten. Obwohl es nur Sekunden gewesen sein konnten, erschien es Alexandra, als hätte der lautlose Kampf Stunden gedauert. Schließlich war es der Priester, der aufgab. Alexandras blaue Augen erschütterten ihn zutiefst. Niemals zuvor hatte er Augen wie diese gesehen, Augen, in denen er nicht lesen, die er nicht durchdringen konnte. Abrupt wandte er sich ab und erhob die Stimme zu einer kurzen aufpeitschenden Rede.

Alexandra wand sich in ihrer Umklammerung. Vergeblich. Obwohl die Männer an den Lippen ihres Priesters hingen, versäumten sie nicht, den Griff um die Arme der blonden Frau noch zu verstärken. Alexandra rief Martins Namen, lauter und immer lauter.

Kebale beendete seine Ansprache. Trotz des Auftauchens dieser Europäerin war er zufrieden. Es lief zwar nicht alles nach Plan, aber er hatte die Situation unter Kontrolle. Siens Cousin war am äußeren Rand des Halbkreises überwältigt worden, als er versucht hatte, der Hellhaarigen zu Hilfe zu eilen.

Hinter den Rochenkindern färbte sich der Himmel orange, die kurze Tropendämmerung brannte ihr allmorgendliches Feuerwerk ab. Kebale drückte dem Fremden die Hand auf den Rücken und drängte ihn an die Kante des Kraters.

Die Rochenkinder verstummten, doch die Europäerin brüllte noch immer. Sollte sie doch; sie würde ohnehin bald schweigen, dachte Kebale.

»Wag es nicht!«

Eine Stimme zerschnitt die Stille, glasklar und hart. Selbst Alexandra verstummte. Der Priester erstarrte. Mitten unter den Rochenkindern stand Sien. Die Menschen hielten zwei, drei Armlängen Abstand von ihr.

Kebale benötigte nur ein Augenzwinkern, um seiner Verblüffung über die Neuangekommene Herr zu werden. Er ließ Martin los, trat an den rückwärtigen Rand des Felsens und reckte sich, so hoch er konnte. »Sieh an, sieh an, die Verstoßene«, rief er zu Sien hinüber. »Ich soll es nicht wagen? Und wer sollte mich daran hindern?«

»Die Rochenkinder, Kebale! Wenn du Marr-Tin dort hineinstürzt, dann stürzt du auch unser Volk hinein. Alle werden schuldig. Ist es das, was du willst? Hast du in deiner kranken Machtbesessenheit darauf hingearbeitet?« Sien drehte sich langsam im Kreis. »Freunde, Cousinen, Onkel, Tanten! Erkennt ihr denn nicht, was hier vor sich geht? Hindert ihn daran, euch ins Verderben zu führen! Wacht auf! Er hat einen schwarzen Zauber auf euch angewandt, ihr seid nicht Herren eures Willens. Wacht endlich auf!« Sien fixierte die Umstehenden, doch sie wichen ihrem fordernden Blick beschämt und verunsichert aus. Sie tat einen Schritt nach vorn, die Rochenkinder wichen zurück. Ein leises Flüstern erhob sich.

»Ihr müsst fort von dieser Insel. Der Vulkan wird ausbrechen, egal, welche Opfer ihr bringt. Der *Molang* belügt euch!«

»Ich habe es doch immer gesagt. Man kann Kebale nicht trauen.« Die Frauenstimme war von weiter hinten gekommen, aber alle hatten sie gehört. Das Flüstern wurde lauter, Julianas Name war herauszuhören, von Flucht war die Rede, von Verrat. Kebale auf seinem Felsen wurde blass.

»Deine pure Existenz ist eine Beleidigung für Ravuú, Sien!«, schrie er gegen das Gemurmel an. »Als ich dich damals von der Insel verbannt habe, habe ich es nur zu deinem Besten getan, aber da du nun selbst kommst, wird Ravuú dich gerne in Empfang nehmen. Freu dich, du wirst mit deinem Mann vereint, der dir schon vor Jahren vorangegangen ist. Ich selbst habe ihm den Weg gewiesen. Warum sollte er mit dir glücklich sein, wenn ich es nicht durfte?«

Eine entsetzte Stille folgte Kebales höhnischen Worten. Nur langsam sickerte der Sinn des Gesagten in die Köpfe der Insel-

bewohner. Sien schwankte, stürzte. Ihr geliebter Mann, Kebales Halbbruder Rake, war nicht verschwunden! Kebale hatte ihn umgebracht, aus Eifersucht, weil Sien ihn verschmäht hatte. Hilfreiche Arme fingen sie gerade noch auf. Gleichzeitig rief eine Frau, vielleicht war es dieselbe, die ihre Zweifel als Erste geäußert hatte:
»Brudermörder!«
Und auch Alexandra schrie, denn Kebale, der merkte, wie ihm die Kontrolle über die Rochenkinder entglitt, sprang zu Martin zurück.

Der nahm noch immer alles gedämpft und irreal wahr wie durch viele Lagen weichen Stoffes, obwohl er das Gefühl hatte, dass die trennenden Gewebe zwischen Traum und Realität dünner und durchlässiger wurden. Er realisierte, dass sie ihm wieder Drogen verabreicht hatten, diesmal allerdings nicht so starke wie zuvor auf dem Boot. Immerhin war er in der Lage gewesen zu laufen. Stundenlang war er gelaufen, immer im Dunkeln, immer bergauf, doch jetzt konnte er ausruhen. Es war windig, und es stank irgendwie faulig, aber Martin machte sich keine Sorgen. Er konnte seine Gedanken ohnehin nicht steuern, sprunghaft wie kleine Tiere wanderten sie hierhin und dorthin, und ohne Brille war ihm der Blick auf seine Umgebung verwehrt. Vorhin hatte wieder die Traumstimme seinen Namen gerufen. Martin versuchte, sich auf die Stimme zu konzentrieren. Irgendetwas war seltsam gewesen, und er suchte fieberhaft nach dem Grund. Die Stimme hatte sich drängend angehört. Real. Einer nach dem anderen zerrissen die Schleier. Sein Verstand klärte sich schlagartig, und er öffnete die Augen.
Martin versteinerte. Auch ohne Brille erkannte er, dass vor ihm ein bodenloser Abgrund klaffte.

»Martin! Lass dich nach hinten fallen!«, schrie Alexandra. Martin gehorchte und schlug hart auf den Boden auf. Er war wieder unter den Lebenden. Im nächsten Augenblick sah er dicht über sich den bemalten Mann. Martin war zu schwach, um sich zu wehren, als der Mann ihn unter den Achseln griff und Zentimeter für Zentimeter in Richtung des Höllenmauls zerrte.

Keke erwachte aus seiner Ohnmacht. Die Schmerzen hatten etwas nachgelassen, und er zog sich mühsam an der Kante des Plateaus hoch. Der gesamte Berggipfel und die versammelten Rochenkinder waren vom Licht der aufgehenden Sonne orange gefärbt. Zwei, drei Meter vor ihm stand Kebale, aber der *Molang* bemerkte ihn nicht, zu sehr war er auf das konzentriert, was sich vor dem flachen Felsen abspielte. Keke richtete sich auf, um besser sehen zu können. Und dann geschah alles gleichzeitig.
Keke entdeckte die Engelfrau aus Bali. Ungläubig wanderte sein Blick zwischen dem alten Himmelfahrtsbild und dem Engel hin und her. Sie war es, ganz eindeutig! Noch immer leicht benommen, fragte er sich gerade, was die Engelfrau hier machte und warum Sakké sie festhielt, als sie den Mund öffnete und einen schrillen Schrei ausstieß. Im selben Moment stürzte Kebale sich auf den *Orang Putih*. Ungläubig beobachtete Keke, wie der Priester versuchte, den großen Mann zum Abgrund zu schleifen, und endlich, endlich verstand er.
Sein wie Feuer brennendes Bein missachtend, kletterte er auf den Felsen und warf sich auf den überrumpelten Kebale. Wie besessen hieb er auf den verhassten *Molang* ein. Er würde nicht zulassen, dass Kebale den Fremden tötete. Ein Engel war ihm erschienen und hatte ihn als Retter ausgewählt.

Auf dem Felsen entspann sich ein erbitterter Kampf. Alexandra wand sich in Sakkés Griff, während keine vier Meter entfernt Martin versuchte, auf die Füße zu kommen. Endlich gelang es Alexandra, sich von Sakké loßzureißen. Sofort hastete sie zu Martin und zerrte ihn vom Vulkanschlund fort.
Ein vielstimmiger Aufschrei erscholl, als Keke und der Priester ineinander verkrallt auf den Kraterrand zutaumelten. Keke strauchelte, verlor das Gleichgewicht und glitt aus. Sein letzter Blick traf Alexandra; ein Blick, den sie niemals vergessen würde. Keke lächelte.
Dann stürzte er in die Tiefe, und mit ihm stürzte Kebale. Keke hatte ihn nicht losgelassen.

Ravuú erwachte.

* * *

Juliana und Adele standen hinter den letzten Häusern und beobachteten den Waldrand jenseits der Felder. Wieder und wieder erzitterte das Eiland. Der Boden unter ihren Füßen war seit dem großen Beben kurz nach Sonnenaufgang nicht mehr zur Ruhe gekommen. Eine Erschütterung jagte die nächste. Zunehmend beunruhigt, hatte Juliana schon in den frühen Morgenstunden registriert, dass die Vögel die Insel verließen. Später brachen Wildschweine und kleinere Säugetiere aus dem Wald und hetzten auf die Küste zu, wo sie verwirrt am Ufer hin und her liefen, gefangen zwischen dem tobenden Land, das sie so dringend verlassen wollten, und dem Meer, das ihren sicheren Tod bedeutete. Juliana hatte die wenigen Männer ihres Klans, die nicht auf den Berg gehetzt waren, angewiesen, alle Boote abfahrbereit zu halten. Ein Boot war sofort in See gestochen, voll besetzt mit Frauen, Kindern und Kranken, unter ihnen

Rak'abi, der wie durch ein Wunder den Einsturz des Hauses überlebt hatte.
Juliana legte den Kopf in den Nacken. Die Sonne stand fast senkrecht über ihr. Das Boot hatte Sare Muda längst erreicht. Die verbleibenden Männer warteten am Strand auf die Rückkehr der Dorfbewohner, von denen bisher keiner vom Berg heruntergekommen war. Was war dort oben geschehen? Hatten Sien und die anderen die Rochenkinder nicht mehr rechtzeitig erreicht? Hatten sie nicht mehr absteigen können, war ihnen der Weg versperrt? Juliana ergriff die Hand ihrer Tochter und klammerte sich mit solcher Kraft an sie, dass Adele erschrocken nach Luft schnappte.
»Du glaubst nicht mehr daran, dass sie es geschafft haben, nicht wahr?«, fragte sie heiser.
»Sie müssten längst hier sein«, meinte Juliana.
»Bedenke, dass auch Alte und Kinder auf den Berg gestiegen sind.«
»Ich denke an nichts anderes.« Hatte Ravuú in ihrem Heißhunger ihr Volk bereits verschlungen? Juliana ließ Adeles Hand los. »Geh«, sagte sie, »geh und nimm auch die anderen, die noch am Strand sind, mit. Alle anderen Boote lasst ihr liegen. Ich warte, und wenn sie nicht mehr kommen, dann will ich auch untergehen.«
Adele drehte sich zu ihrer Mutter und nahm liebevoll deren Gesicht in ihre Hände. »Glaubst du tatsächlich, dass einer der Männer, von mir ganz zu schweigen, jetzt in die Boote steigt?«
Juliana schüttelte stumm den Kopf. Niemand würde gehen. Es hatte schon Schwierigkeiten gekostet, die Frauen, Kinder und Kranken zum Fortgehen zu bewegen. Zu stark fühlten sie sich ihren Stammesmitgliedern verbunden und waren bereit, deren Schicksal zu teilen. »Ich wollte es wenigstens versuchen«, sagte sie leise.

Statt einer Antwort nahm Adele sie in den Arm. Sie warteten. Langsam wurden die Schatten wieder länger. Sie warteten, regungslos, hoffnungslos. Ein heftiger Erdstoß brachte mehrere Holzhäuser hinter ihnen zum Einsturz.
Sie warteten.
»Dort!« Juliana zeigte aufgeregt zum Waldsaum.
Adele beschirmte ihre Augen. Erst konnte sie vor dem dunklen Laub nichts erkennen, doch dann vermeinte sie eine Bewegung zu sehen. An mehreren Stellen brachen Menschen durch das Unterholz und schwärmten auf die Felder. Jetzt erkannte sie auch, dass viele sich gegenseitig stützten, andere wiederum jemanden trugen. Sie waren unerträglich langsam, aber sie hatten es geschafft! Juliana war schon losgelaufen, ihnen entgegen, und Adele rannte hinunter zum Strand.

In weniger als einer Stunde hatten auch die letzten Nachzügler die Boote erreicht, und die kleine Flotte stach in See. Lediglich das Zeremonienboot lag noch am Strand. Juliana lehnte gegen die Bootswand und trat ungeduldig von einem Fuß auf den anderen, da tauchten endlich Moke, Sien und die beiden Europäerinnen zwischen den Palmen auf. Die blonde Europäerin und Moke schleppten eine große Holzkiste, während Sien triumphierend den geschnitzten Rochen emporhielt. Ein Lächeln erhellte Julianas Gesicht, das erste seit vielen, vielen Wochen. Den jungen Leuten war es tatsächlich gelungen, die wertvollsten Besitztümer des Stammes aus den Trümmern des Klanhauses der Sonnenaufgangsseite zu bergen. Es würde ihr nun leichter fallen, die Insel aufzugeben.

Alexandra hatte sich trotz ihrer Erschöpfung ein Ruder gegriffen und stemmte sich gemeinsam mit Ferri, Moke und einigen Männern in die Riemen. Das Zeremonienkanu war zwar groß, verfügte aber nur über ein Segel, keinen Motor. Trotzdem kamen sie zügig voran. Das Kanu glitt schnell über die glatte Meeresoberfläche, getrieben vom Wunsch aller, die Rocheninsel so weit wie möglich hinter sich zu lassen.

Sie mochten etwa vier oder fünf Kilometer, drei Viertel der Distanz zwischen Melate und Pantar, zurückgelegt haben, als eine ungeheure Detonation die Welt erzittern ließ. Wenige Sekunden später erreichte eine Druckwelle das Kanu, blähte das Segel und drückte es auf die Seite. Alle schrien auf vor Schreck. Alexandra klammerte sich an die Seitenwand, um einen Sturz ins Meer zu verhindern, doch als sich das Kanu wieder aufrichtete, vergaß sie alles um sich herum und starrte ebenso wie die anderen Bootsinsassen fassungslos zurück nach Pulau Melate.

Eine enorme Aschewolke bildete sich über der Insel und hüllte die Spitze des Vulkans vollkommen ein. Die Wolke stieg schnell höher. Blitze zuckten in ihr. Der beim letzten Ausbruch in der Nordflanke entstandene Riss hatte sich wieder geöffnet. Glühende Lava quoll hervor und wälzte sich langsam abwärts. Die Explosion schien noch mehr zerstört zu haben, denn auch der Südhang war in Bewegung, als sei der ganze Berg ins Rutschen gekommen.

Ferri, der hinter Alexandra saß, gab einen erstickten Ausruf von sich: »Ein *Lahar*!«

Alexandra drehte sich um. »Was ist das?«, fragte sie verstört.

»Eine Schlammlawine«, flüsterte Ferri. »Du hast doch dort oben den Kratersee gesehen. Er hat sich entleert, und die Flüssigkeit stürzt nun, vermischt mit Gestein und Asche, den Berg hinab. Nichts, auch der Wald nicht, kann einen *Lahar* aufhalten.« Ferri war kreideweiß. »Wir sind keine Minute zu früh geflüchtet.«

Lange beobachteten sie die tobende Ravuú, die nun Lavafontänen in den Himmel jagte und glühende Bomben weit ins Meer schleuderte. Juliana saß mit dem Rücken zu den anderen im

Heck des Bootes, regungslos, wortlos. Sie erschien Alexandra wie eine Skulptur der Verzweiflung, aber auch der Stärke. Irgendwann ergriff einer der Männer sein Ruder und tauchte es zaghaft ins Meer. Nach und nach folgten ihm die anderen. In langsamem Rhythmus stachen sie die Ruderblätter ins Wasser, die Augen starr zurückgerichtet auf die Zerstörung der Rocheninsel, und mit jedem Ruderschlag entfernten sie sich ein Stückchen weiter von ihrer untergehenden Heimat.

Epilog | Donnerstag, 21. Dezember 2006

Der Regen rauschte mit einer Heftigkeit vom Himmel, als wollte er all den Schmutz, den Ravuú auf die Erde gekippt hatte, fortwaschen. Alexandra und Martin saßen auf der Veranda von Niru Wa'es Klanhaus und beobachteten die grauen Schlammbäche auf dem Weg zum Meer. Alles war grau, selbst das vom Dach laufende Wasser, obwohl sie die letzte Woche gemeinsam mit den Bewohnern der Rocheninsel und Sare Mudas bis zur völligen Erschöpfung gegraben und geschaufelt hatten, um die Dächer und Wege von den Aschemassen zu befreien.

Seit einigen Tagen waren Vulkanologen im Dorf, angelockt von dem starken Erdbeben, das die Explosion eingeleitet hatte; sie vermaßen hier, horchten da und versuchten, Ravuús Pulsschlag zu ermitteln. Es sei kein sonderlich starker Ausbruch gewesen, hatten die Wissenschaftler behauptet, sonst wären Sare Muda und alle anderen Dörfer in der Umgebung entweder von einer Flutwelle weggespült worden oder aber unter einer Ascheschicht erstickt. Lediglich Sare Melate auf der Insel war unwiederbringlich verloren. Die Wissenschaftler hatten Juliana beiseitegenommen und sie gebeten, ihren Einfluss geltend zu machen und vorerst niemandem die Rückkehr auf die Insel zu gestatten, zu traurig sei der Anblick. Juliana hatte genickt und dann mit den Rochenkindern gesprochen, aber die Warnung war überflüssig. Die Menschen waren erschüttert,

nicht nur wegen Ravuús Ausbruch, sondern auch wegen der Schuld, die sie beinahe auf sich geladen hätten. Es beschämte sie zutiefst, dass Martin trotz allem Seite an Seite mit ihnen im Dorf arbeitete, und sie konnten kaum fassen, dass tatsächlich alle außer Kebale und dem heldenhaften Keke das Unglück überlebt hatten.
Martin strich sich über die Brust.
»Tut es weh?«, fragte Alexandra.
»Kaum.« Es stimmte nicht, die neue Tätowierung tat sogar sehr weh. Sie war winzig im Vergleich zu dem eigentlichen Motiv, dem jetzt ein weiteres Element hinzugefügt worden war: eine schwarze Raute, die den Vulkankegel von dem Rochen trennte. Der alte Niru Wa'e hatte sie ihm gestern gestochen und dazu eine Art Kamm benutzt. Alle Einwohner hatten dem Vorgang beigewohnt und ein langes Lied gesungen. Die magischen Trommeln hatten dazu einen aufpeitschenden Rhythmus geliefert, und natürlich hatten auch einige Hühner und ein Schwein dran glauben müssen.
Martin räusperte sich. »Weißt du, wozu dieser ganze Hokuspokus gut sein sollte?«, fragte er.
»Nicht genau«, erwiderte Alexandra. »Aber ich denke, sie haben den Zauber aus deiner Tätowierung genommen. Du bist jetzt sozusagen der Ex-Mann der Vulkangöttin und darfst gehen, wohin du willst.«
Sie versanken wieder in Schweigen.
»Hörst du das?«, fragte Martin plötzlich.
»Ja.« Alexandra stützte den Kopf in die Hände, schloss die Augen und lauschte in den Regen. Zuerst nur leise, dann immer lauter und voller werdend, schwebte ein von vielen Stimmen gesungenes Lied zu ihnen herüber. »Das ist ›Stille Nacht‹ auf Indonesisch. In drei Tagen ist Heiligabend. Wenn ich Sien richtig verstanden habe, wird es eine Art Doppelfest

geben: Weihnachten und eine traditionelle Zeremonie, um allen Göttern gleichberechtigt zu danken, dass sie überlebt haben.«

Martin schüttelte den Kopf. »Das nenne ich ein tolerantes Nebeneinander der Götter. Wobei ich mir wünsche, sie würden ihrer Ravuú komplett abschwören.«

»Es war wohl eher der Priester, der uns alle in diese Geschichte geritten hat. Aus ganz profaner Machtgier und Rachsucht.«

»Rachsucht?«

»Kebale wollte Sien heiraten, aber Juliana hat es vereitelt und sie stattdessen mit seinem jüngeren Halbbruder vermählt. Du kannst dir vorstellen, wie das am Ego des Zauberers genagt hat.«

Martin nickte zustimmend. »Heiligabend«, sagte er nachdenklich. »Mit etwas Glück sitzen wir dann schon im Flugzeug nach Hause.«

»Hm.«

»Du bist nicht gerade gesprächig. Freust du dich nicht?«

»Es gibt eine Menge, worüber ich nachdenken muss.«

»Ich habe mich doch schon für den von mir verzapften Mist entschuldigt.«

Als Alexandra nichts erwiderte, verstummte auch Martin. Er wurde aus ihr nicht mehr schlau: Sie behandelte ihn freundlich, machte ihm keine Vorwürfe, und doch blockte sie regelmäßig ab, wenn er die alte, lang verschüttete Nähe wiederherstellen wollte. Die Erlebnisse der letzten Wochen hatten ihm in mehr als einer Hinsicht die Augen geöffnet.

Nach einer Weile ließ der Regen merklich nach. Die Frauen des Chors übten jetzt eines ihrer traditionellen Lieder. In Martins Ohren hörte es sich kein bisschen weihnachtlich an. Er zuckte die Schultern. Höchstwahrscheinlich war es das auch nicht.

»Dort kommt Sien«, sagte Alexandra und zeigte auf eine Gestalt, die mit schnellen Schritten auf das Klanhaus zueilte.
Martin sah seine Frau von der Seite an. Alexandra lächelte der Indonesierin entgegen, die gerade nass wie ein Pinguin die Stufen erklomm. Es war ihm ein wenig unheimlich, dass die beiden Frauen sich angefreundet hatten.
Sien schüttelte ihre Haare aus. »Rak'abi ist schon an Bord. Ich hoffe, dass im Krankenhaus auf Bali etwas für ihn getan werden kann. Adele begleitet ihn. Das Boot der Vulkanologen wird in einer Viertelstunde ablegen. Seid ihr so weit?«, fragte sie.
Alexandra nickte und wies auf ihren kleinen Rucksack.
Martin erhob sich. »Ich habe ja nichts«, sagte er mit einem schiefen Lächeln.
Ein Großteil der Bewohner Sare Mudas und der nun heimatlosen Rochenkinder hatte sich bereits am Strand versammelt. Juliana kam Alexandra und Martin entgegen und nahm sie nacheinander wortlos in den Arm. Sie hatten keine gemeinsame Sprache, aber es war auch nicht nötig. Als Nächste verabschiedeten sich Ferri und Birgit, die seit einigen Tagen unzertrennlich waren. Die beiden wollten noch eine Weile bleiben und bei den Aufräumarbeiten helfen, bevor sie zu der langen Reise zurück nach Westen aufbrachen.
Als Birgit vor Alexandra stand, stellte sie sich auf die Zehenspitzen. »Du bist klasse«, flüsterte sie ihr ins Ohr. »Besuch mich bald!«
»Versprochen.«
Als Letzte kam Sien, um sie zu verabschieden. Alexandra sah beiseite, als die Indonesierin Martin umarmte, aber Sien war schneller bei ihr, als sie vermutet hatte. Sie nahm Alexandras Hände und drückte sie. »Danke«, sagte sie schlicht. »Danke, dass du mir verziehen hast.«
Alexandra schluckte schwer, doch bevor sie antworten konnte, trat einer der Vulkanologen an die Reling des modernen Mo-

torboots und rief, sie sollten sich beeilen. Wortlos drehte Alexandra sich um und watete ins Wasser. Martin kletterte bereits über eine Aluminiumleiter an Bord. Alexandra stand im hüfttiefen Wasser und wartete, bis er an Deck war. Der Oberkörper des Wissenschaftlers erschien über der Bordwand.
»Schaffen Sie es allein?«, fragte er.
Die Frage gab den Ausschlag. Alexandra rang seit Tagen mit sich, ob sie überhaupt schon zurück nach Deutschland reisen oder noch auf Pantar bleiben sollte. Sie winkte dem Mann zu. »Ich schaffe ziemlich viel allein«, rief sie nach oben. »Fahren Sie schon mal ohne mich!« Dann ließ sie die Leiter los und watete wieder zurück aufs Trockene. Noch bevor sie einen Fuß auf den Sand gesetzt hatte, hörte sie hinter sich die Motoren lauter werden. Sie drehte sich um. Das Boot entfernte sich bereits langsam vom Strand. Martin stand am Heck. Alexandra hatte ihn noch nie so ratlos gesehen. Nun, dachte sie, er würde verstehen, wenn sie die Zeit für richtig hielt.
Als Martin nicht mehr zu erkennen war, blickte sie sich um. Die Leute hatten sich zerstreut, der Strand war beinahe leer. In einiger Entfernung spielten Tio und ein paar gleichaltrige Jungen ausgelassen mit einem geflochtenen Rattanball. Als Sien ihren Sohn gleich nach dem Unglück nach Kalabahi schicken wollte, hatte der Junge trotzig erklärt, dass er seine Mutter nie mehr verlassen würde, und so war Moke allein zurückgefahren zu seiner Frau und der kleinen Mi'a, die sich noch ein paar Tage würde gedulden müssen, bis sie ihre Mutter endlich in die Arme schließen konnte.
Sien saß auf dem Stamm einer umgestürzten Palme. Alexandra ließ sich neben ihr nieder, und gemeinsam blickten die beiden Frauen dem Motorboot nach, bis es hinter der noch immer rauchenden und glühenden Ravuú verschwand. Die perfekte Kegelform des Vulkans war dahin; ein Teil der Südflanke war

kollabiert und abgerutscht, so dass der Berg einem abgebrochenen Zahn ähnelte.
Sien räusperte sich. »Hast du Martin eigentlich erzählt, dass er Vater wird?«, fragte sie.
Alexandra erhob sich. »Nein«, sagte sie.
Arm in Arm gingen die beiden Frauen zum Dorf zurück. Es gab viel zu tun.

Nachwort

Alle Personen und Ereignisse in diesem Roman sind erfunden, und auch die kleine Insel Pulau Melate wird man vergeblich auf einer Landkarte suchen. Ich habe mir die Freiheit genommen, die Insel und das Volk der Rochenkinder der großen, bunten Landkarte Indonesiens mit seinen mehr als siebzehneinhalbtausend Inseln und Hunderten verschiedenen Volksstämmen hinzuzufügen, da mir daran liegt, die oft nur aus wenigen tausend Menschen bestehenden Stämme Ostindonesiens nicht mit den fiktiven Ereignissen dieses Buches in Verbindung zu bringen. Trotzdem habe ich mich dicht an der Wahrheit orientiert und die Legenden und Traditionen der Rochenkinder aus den verschiedenen Überlieferungen der Region zusammengesetzt. Teilweise habe ich die Geschichten während meines dreimonatigen Aufenthalts in Nusa Tenggara Timur selbst erzählt bekommen, teilweise wurde ich durch die dortigen Gegebenheiten zu neuen Geschichten inspiriert. Obwohl etwa neunzig Prozent der Bewohner Nusa Tenggara Timurs sich zum Christentum bekennen und die verbleibenden dem Islam anhängen, ist die Ausübung von weißer und schwarzer Magie nach wie vor weit verbreitet.

Schriftlich niedergelegte Beobachtungen früher Missionare sowie anthropologische Arbeiten halfen mir zusätzlich, das kulturelle, spirituelle und soziale Gefüge der dortigen Gemeinschaften besser zu verstehen. Insbesondere hervorheben möchte ich hierbei das Werk »Naturkatastrophen« von Urte Undine Frömming, in dem meine eigenen Beobachtungen und Schlussfolgerungen bezüglich der Funktion und »Verhaltensweisen« von Vulkangöttern bestätigt und vertieft wurden.

Einige Leserinnen und Leser, die mit Nusa Tenggara Timur vertraut sind, werden sich wundern, warum ich der dort so präsenten und überaus wichtigen Tradition des Webens keine Zeile gewidmet und stattdessen eine Tätowierung als Hauptmotiv gewählt habe.
Nun, ich habe hier meine dichterische Freiheit voll ausgeschöpft. Zum einen empfinde ich eine Tätowierung für die Geschichte als dramatischer. Ein gewebtes Tuch, mag es noch so starke spirituelle Kraft in sich tragen, hätte mir nicht gereicht. Zum anderen gab mir die Tätowierung die Möglichkeit, das Volk der Rochenkinder klar von den existierenden Stämmen abzugrenzen, denn derart elaborierte Körperverzierungen sind in Nusa Tenggara Timur nicht üblich. Durch ihren Ursprungsmythos sowie ihre körperlichen Merkmale, wie beispielsweise das krause Haar, suggeriere ich, dass die Rochenkinder »übers Meer« gekommen und melanesischen Ursprungs sind. Dort wiederum blüht die Tätowierkunst seit Menschengedenken.

Ein letztes Wort zur im Buch erwähnten Musik: So bizarr es auch klingen mag, Boney M und Modern Talking stehen in Ostindonesien in der Gunst des Publikums ganz weit oben. Und zwar so krachlaut wie möglich.

Vielen Dank!

Mein Dank gilt zuallererst den Bewohnern von Tuk Tuk, Flores, Lembata und Alor für ihre Gastfreundschaft und nie ermüdende Begeisterung, mir aus ihrem reichen Legendenschatz zu erzählen, allen voran den Brüdern Siprianus und Juventus Bate Soro aus Bajawa sowie ihrer Tante Juliana aus Wogo, deren erstaunliche Fähigkeit, sich trotz ihrer Funktion als traditionelle Heilerin nicht über die moderne Welt zu wundern, mich zu »meiner« Juliana inspiriert hat.

Martin »Bobby« Priester möchte ich für seine ebenso ausgiebige wie konstruktive Kritik danken. Ebenso geht mein Dank an Anke Hüls. Bessere Testleser kann ich mir nicht wünschen!

Meinem Vater Eberhardt Hochfellner danke ich für die unbefristete Ausleihe von Fachbüchern, Fachbüchern, Fachbüchern. Ich weiß doch, wie sehr du an ihnen hängst!

Mein Dank gilt Ernst Günter Götz und seinem Team von der »Ältesten Tätowierstube in Deutschland« (die natürlich auf St. Pauli zu finden ist – wo sonst?). Hier habe ich nicht nur viel übers Tätowiererhandwerk gelernt, sondern auch über die Geschichte der Körperkunst.

Meinem Agenten Bastian Schlück danke ich für seine wie immer großartige Kritik.

Meiner Lektorin Bettina Traub gebührt ein ganz großes Dankeschön dafür, den Text in die richtige Richtung geschubst zu haben, und für die Erlaubnis, das Manuskript umfangreicher zu machen, anstatt zu kürzen.

Und natürlich bedanke ich mich bei meinem Mann Sven für die vielen roten Anmerkungen im Manuskript und die hin und wieder eingestreuten lachenden Smileys. Ich kann's nur wiederholen: Sven, du bist nicht nur der gute Geist dieses Buches, sondern meines Lebens.

Glossar

Indonesisch/Malaysisch

Die beiden Sprachen stimmen zu 95 Prozent überein, weshalb weder Birgit noch Sien Schwierigkeiten haben, sich in beiden Ländern zu verständigen. Eigentlich werden in diesen Sprachen Hauptwörter klein geschrieben; um einen leichteren Lesefluss im Deutschen zu gewährleisten habe ich mich aber entschieden, sie trotzdem großzuschreiben.

Bahasa; Bahasa Indonesia   Sprache; Indonesisch (wörtl. Sprache Indonesien)
Bapak, Pak   Vater; respektvolle Anrede für Männer, die älter sind als man selbst bzw. älter als 25 Jahre
Bemo   Geschlossener Pick-up zur Personenbeförderung; Abk. von Becak Motor (wörtl. Rikscha Motor)
Besar atau kecil?   Groß oder klein?
Ibu   Mutter; respektvolle Anrede für Frauen, die älter sind als man selbst bzw. älter als 25 Jahre
Cinta   Herz
Kedai Kopi   Café (wörtl. Laden Kaffee)
Lahar   Schlammlawine, dieses Wort ist auch der offizielle Terminus in der Vulkanologie
Lima Kaki   Dreirädriger Wagen zum Schieben, auf dem gekocht werden kann, mobiler Essstand (wörtl. Fünf Beine;

drei Beine für den Wagen, zwei für den Menschen, der den Wagen schiebt)

Losmen Pension, einfaches Hotel

Maggi Mie Instantnudelsuppe der allseits beliebten Marke Maggi

Mau ke mana? Grußformel (wörtl. Wohin gehst du?)

Nama; Saya nama ... Name; mein Name ist ... (wörtl. ich Name ...)

Orang Belanda Holländer (wörtl. Mensch Holland)

Orang Putih Europäer, Weißer (wörtl. Mensch weiß)

Orang Utan Orang-Utan (wörtl. Mensch Wald)

Pak, Bapak Vater; respektvolle Anrede für Männer, die älter sind als man selbst bzw. älter als 25 Jahre

Parang Machete

Pulau Insel

Rama Schmetterling (plural: Rama-Rama)

Restauran Restaurant

Sarong Wickelrock

Selamat Makan! Guten Appetit! (wörtl. Sicheres Essen!)

Selamat Soré! Guten Nachmittag! (wörtl. Sicheren Nachmittag!)

Tolong! Hilfe!

Tuak Palmschnaps

Warung Bude, einfaches Restaurant

Andere Sprachen

Aufgrund der geographischen Besonderheiten Indonesiens mit seinen etwa siebzehntausendfünfhundert Inseln, die oft äußerst zerklüftet sind, leben in dem Land je nach Quelle zwischen dreihundert und vierhundert verschiedene Völker mit einer Unzahl verschiedener Sprachen und Dialekte. Einige Ausdrücke, die von den Rochenkindern verwendet werden, habe ich mir bei unterschiedlichen Stämmen der Nusa-Tenggara-Timur-Region (NTT) entliehen, andere habe ich mir ausgedacht.

Kapala Dorfvorsteher, Dorfältester, Eigenschöpfung angelehnt an das indonesische Wort Kepala = Kopf
Melate Rochen, Eigenschöpfung
Molang Zauberer, Schamane, aus NTT
Nitu Naturgeist, aus NTT
Sare Dorf, Eigenschöpfung
Senuduk Opferpfahl, aus NTT

Foodcourt Englischer Begriff für eine wunderbare asiatische Einrichtung, bei der sich mehrere mobile Garküchen *(Lima Kakis)* um einen mit Tischen und Stühlen ausgestatteten Hof scharen und jeweils nur wenige Spezialitäten anbieten. Hier kann man in zwangloser Atmosphäre von einfacher Nudelsuppe bis hin zum Austernomelett alles bekommen.

STEFFANIE BUROW

Die verborgene Botschaft

ROMAN

Sie ist der Pfad der Karawanen und Entdecker, legendär, exotisch und gefährlich – die Seidenstraße im Nordwesten Chinas. Auf ihrer Reise durch diese entlegene Gegend gelangt die deutsche Touristin Marion in den Besitz eines uralten Kästchens. Wie unter Zwang nimmt sie es an sich und verbirgt es, selbst als ein Kommissar beginnt, ihr Fragen zu stellen. Während Marion Oasen erkundet und der faszinierenden chinesischen Kultur näherzukommen versucht, nimmt ihr Leben eine gefährliche Wendung. Denn das Kästchen mit seinem rätselhaften Inhalt hat schon vielen den Tod gebracht ...

STEFFANIE BUROW

Im Tal des Schneeleoparden

ROMAN

Annas heile Welt zerbricht, als das Leben ihrer Mutter nach deren Unfalltod in einem neuen Licht erscheint – weitaus abenteuerlicher, als sie es bisher vermutet hatte. Mutig begibt sich Anna auf Spurensuche, die sie bis nach Nepal führt, wo sie die Wege eines Alt-Hippies, eines zwielichtigen Geschäftsmannes und der jungen Nepalesin Tara kreuzt. Immer tiefer gerät Anna in ein Netz aus Lügen, die sich um ihre eigene Herkunft ranken. Bald wird sie zum Spielball in einem Machtkampf, der weit in die Vergangenheit zurückreicht. Als Anna begreift, dass alle Fäden bei dem sagenumwobenen Schneeleoparden zusammenlaufen, schwebt sie bereits in höchster Gefahr ...

Atmen Sie den Duft von Zimt und Nelken.
Lauschen Sie den Rufen der Dschungelvögel ...

TESSA WHITE

Die Insel der Orchideen

ROMAN

Schiffe aus aller Herren Länder, ein Gewirr von Stimmen, faszinierende Farben und berauschende Düfte – als die Schwestern Leah und Johanna 1856 in Singapur eintreffen, ahnen sie in ihrer Begeisterung nicht, dass die schillernde Löwenstadt ihr Schicksal bestimmen wird: Johanna nimmt den Antrag des jungen Geschäftsmannes Friedrich von Trebow an und übersieht die tiefen Gefühle, die ein anderer für sie hegt – ein folgenschwerer Fehler. Ihre wilde Schwester Leah verliert ihr Herz an einen jungen Chinesen, eine Beziehung, die nicht sein darf. Als man die Liebenden trennt, flieht Leah und begibt sich auf eine gefahrvolle Reise auf der Suche nach Anerkennung, Glück und nach sich selbst.